Mr. Clair Trembley

L'ÉTÉ DE NOS SEIZE ANS

DU MÊME AUTEUR
CHEZ POCKET

Passion irlandaise

DEIRDRE PURCELL

L'ÉTÉ DE
NOS SEIZE ANS

presses de la cité

Titre original de l'ouvrage
THAT CHILDHOOD COUNTRY

Traduit par Josette Chicheportiche

Le Code de la propriété intellectuelle n'autorisant aux termes de l'article L. 122-5, 2e et 3e a), d'une part, que les « copies ou reproductions strictement réservées à l'usage privé du copiste et non destinées à une utilisation collective » et, d'autre part, que les analyses et les courtes citations dans un but d'exemple ou d'illustration, « toute représentation ou reproduction intégrale ou partielle faite sans le consentement de l'auteur ou de ses ayants droit ou ayants cause est illicite (art. L. 122-4). Cette représentation ou reproduction, par quelque procédé que ce soit, constituerait donc une contrefaçon sanctionnée par les articles L. 335-2 et suivants du Code de la propriété intellectuelle.

© Deirdre Purcell, 1992
© Presses de la Cité, pour la traduction française.
ISBN 2-266-06728-1

A Kevin

Remerciements

Je tiens à remercier Jim MacNeill de l'île du Prince Edward pour l'aide qu'il m'a apportée dans la rédaction de ce livre, et Treasa Davison pour m'avoir accompagnée là-bas et m'avoir encouragée et soutenue.

J'aimerais également remercier le capitaine Frank Forde qui s'est donné tant de mal lorsque j'ai entrepris des recherches sur la navigation, et son ami Tom Dolan, de Liverpool, qui sait tout ce qu'il y a à savoir sur le paquebot *l'Empress* et qui m'a régalée de certains de ses souvenirs. Je voudrais remercier aussi Malcolm et Margery Nash de Orpington, dans le Kent, qui ont travaillé pour la Canadian Pacific, et qui ont répondu à mes nombreuses questions. Merci aussi à Ludmilla Rickwood et David Plane de Plymouth Polytechnic South West, et Tom Manson et Roger Seymour de Denholm Coastes.

Je remercie également l'ambassade canadienne à Dublin, le ministère de l'Agriculture de l'île du Prince Edward, Charlie Byrne, le garde-chasse de Lough Fee, avec qui j'ai passé tout un après-midi ; Julie Lordan, qui a répondu à mes questions, le professeur John Harbison, qui m'a fait partager ses connaissances juridiques, Jacqueline Duffy, Frank Hession et

Roger Cronin pour tous les détails cruciaux qu'ils m'ont donnés. Je voudrais également remercier le Dr Sean O'Loughlin et Eilish O'Leary du Mater Hospital, Antoinette François du ministère de la Santé, et bien sûr, Martin Clancy pour son idée riche et originale.

Merci aussi à mon éditeur, Jane Wood, à Treasa Coady, à Charles Pick et à Felicity Rubinstein. Et enfin, je témoigne tout mon amour et toute ma gratitude à ma patiente famille, Kevin, Adrian et Simon.

Deirdre Purcell
Dublin, février 1992

Prologue

Dix minutes plus tard, Rose s'arrêta à la grille du cimetière. Sa voiture était bien là, mais la portière du conducteur était grande ouverte et la lumière intérieure allumée. Le coffre aussi était entrouvert. Elle scruta les alentours immédiats, il n'était nulle part en vue.

Elle ferma la portière, éteignant ainsi la lumière, puis franchit la grille en demi-cercle qui marquait l'entrée du cimetière. Là, elle s'arrêta un instant pour se repérer. Elle faillit renoncer. L'endroit était tellement calme et silencieux, l'air si vif et hostile sous la lumière blanche d'une lune aux trois quarts pleine, qu'elle sentit sa gorge se contracter sous l'effet de la peur, d'une terreur physique tangible. Mais elle était venue de trop loin, et sa détermination était trop forte pour faire demi-tour si près du but. Elle remonta le col de son manteau et son souffle, en réchauffant son nez et ses joues, lui redonna courage.

Le cimetière s'étendait au sommet d'une petite colline ; ses murs de pierre étaient recouverts de mûriers et d'aubépines enchevêtrés, tandis qu'au sommet du tertre, un arbre épineux, dépouillé de ses feuilles, se découpait comme une main déformée sur un ciel brillant d'étoiles. Cela faisait plusieurs siècles que les catholiques du district étaient enterrés là. Les anciennes dalles de pierre et les croix celtiques, recouvertes d'un épais manteau de lierre, d'orties et de broussailles denses et ligneuses, penchaient de façon menaçante. Il flottait cette odeur âcre et douce si particulière aux cimetières, mélange de terre retournée, de végétation pourrissante — et d'autre chose que Rose préférait ne pas avoir à définir. Elle s'arma de courage et se dirigea vers la partie plus récente du cimetière, celle où les enterrements avaient encore lieu et où, il y a si peu de temps, elle était venue. Ses pas ne faisaient aucun bruit sur le sentier herbeux.

Cette partie du cimetière, juste devant elle, était plus nette, plus propre. Les tombes y étaient encore entretenues, et leurs dalles de marbre renvoyaient des reflets durs et froids. Mais à l'endroit précis où l'ancienne section finissait et où commençait la nouvelle, un Christ couvert de mousse gisait, détaché de son socle, renversé sur un lit de ronces, les bras levés à jamais en un geste de supplication impuissante, son regard de pierre, aveugle, tourné pour toujours vers la résurrection.

Sous l'effet trompeur de la lune, Rose eut l'impression qu'il la surveillait. Brusquement, tout dans le cimetière lui parut gigantesque et sinistre. Un ange aux ailes déployées sembla tout à coup fondre sur elle du sommet de la tombe où il était perché, juste au bord du chemin ; à ses pieds, des fleurs artificielles, décolorées par la lumière de la lune, poussaient leurs tentacules menaçants vers leur dôme de plastique comme pour l'entraîner vers le bas et l'engloutir ; la terre noire et les graviers sur les tombes paraissaient un rempart bien mince pour garder leurs habitants à l'abri.

C'était plus qu'elle n'en pouvait supporter. Elle irait l'attendre dehors, à côté de sa voiture. Si vraiment il était là, il faudrait bien qu'il sorte à un moment ou à un autre.

C'est alors qu'elle entendit un bruit, un tintement isolé, semblable à celui d'une cuillère qui heurte une tasse en porcelaine.

Elle se força à rester immobile et continua d'écouter. Le bruit se fit à nouveau entendre, facilement identifiable.

Et à nouveau encore — le même tintement rythmé, toujours sur la même note, qui venait de l'autre côté de la colline.

Précautionneusement, sentant son cœur battre à tout rompre, elle escalada la colline jusqu'au sommet où, à côté de l'arbre épineux, elle surplomba toute l'étendue du cimetière. Alors, elle l'aperçut, accroupi devant une tombe, ses cheveux clairs se détachant avec précision sur la pierre tombale. Elle voulut l'appeler, mais elle avait la gorge trop sèche, et aucun son n'en sortit. Dans l'espoir qu'il l'entendrait et la verrait enfin, elle fit quelques pas vers lui. Mais il était trop absorbé par sa tâche.

Ce ne fut qu'à ce moment-là qu'elle comprit ce qu'il faisait : il s'acharnait à effacer de la pierre le nom qui y était gravé.

PREMIÈRE PARTIE

1

John Flynn souffrait toujours quand son frère jumeau était malade.

Assis comme un malheureux dans un coin, il regardait leur mère manier énergiquement un torchon dans la cuisine de la maison de gardien. Lorsqu'elle le fit claquer sur le flanc du fourneau, créant un appel d'air, la colonne de vapeur qui se dégageait des deux bouilloires fumantes alla droit vers la chaise où Derek suffoquait, emmitouflé dans ses couvertures, un râle de toux grasse s'échappant de sa poitrine.

Le visage de Mary Flynn était rougi par l'effort et la chaleur humide qui montait de la cuisinière. Quand elle se laissa tomber sur une chaise, sa figure menue accusant nettement plus que ses quarante-neuf ans, John pensa qu'elle ressemblait à une hirondelle épuisée. Il détestait la voir ainsi ; il savait qu'il n'y était pour rien mais, en la regardant, il ne pouvait s'empêcher de se sentir responsable de sa vie difficile et de son veuvage précoce.

— Est-ce que je peux faire quelque chose, maman ? demanda-t-il.

Essuyant son front en sueur à l'aide du torchon, elle se releva lourdement, fit les quelques pas qui la sépareraient de la porte du fond, et souleva le couvercle du bidon de lait posé à côté.

— Un petit supplément d'eau serait le bienvenu, dit-elle.

Deux tonneaux, à l'extérieur, recueillaient l'eau de pluie, mais pour l'eau potable, il leur fallait aller à la pompe, sur la route communale.

John fut ravi d'avoir un prétexte pour s'échapper. Il savait que les attaques de congestion de son frère étaient plus impressionnantes que graves, mais cela faisait tout de même plus d'une heure que sa mère l'avait envoyé à la poste où il avait fait appeler le médecin. Pourquoi celui-ci n'arrivait-il donc pas ? Il prit deux seaux sous l'évier et sortit par l'arrière de la maison ; dans la cour, la vieille chèvre qu'ils gardaient pour son lait se précipita aussitôt vers lui et vint fourrer son museau dans sa main.

Après l'atmosphère humide et chaude de la cuisine, l'air lui parut frais et doux ; les feuilles de la haie d'épine noire bruissaient sous la tiède brise de juin et, à quelques mètres, un merle dressa la tête, regarda John droit dans les yeux, et s'envola se réfugier dans un arbre en sifflant. Comme la chèvre revenait frotter son museau contre lui, John ouvrit le casier à légumes placé devant le mur de la maison et lui tendit une carotte qu'elle prit avec la délicatesse d'une grande dame.

Il avait à peine parcouru une cinquantaine de mètres que la Prefect noire du docteur arrivait poussivement à sa hauteur. Le docteur baissa sa vitre.

— Bonjour, John, j'allais justement voir ton frère.
— Oui, docteur, c'est moi qui vous ai fait appeler.
— Ah, très bien. Ne t'en fais pas, va, il sera vite remis sur pied... A plus tard.

Planté sur la route, John resta un moment à regarder la voiture franchir la grille. Il y a longtemps déjà, le Dr Markey était venu chercher Derek pour l'emmener au sanatorium. A cette époque, il roulait en Morris

Cowley, l'ancêtre de la Prefect. Les jumeaux venaient juste de fêter leur douzième anniversaire, et John avait eu la permission de manquer l'école pour lui dire au revoir. Pourtant, le moment venu, les mots n'avaient pas pu sortir. Derek non plus, ne lui avait pas dit au revoir. Il avait pris son sac de toile, avait ouvert la porte du fond et était sorti dans la cour où leur mère, en larmes, l'avait suivi sur quelques mètres. Les yeux secs, John était resté en arrière et avait vu son frère, pâle de frayeur, monter dans la voiture du docteur. Le sanatorium se trouvait quelque part dans les environs de Dublin, à une distance qui paraissait infranchissable lorsqu'on vivait à Drumboola, mais qui ne devait guère, en réalité, dépasser une centaine de kilomètres.

Pour la première fois de sa vie, ce jour-là, John avait fui la maison. Il avait parcouru des kilomètres dans les champs, jusqu'au moment où, vers la fin de l'après-midi, il avait découvert une petite clairière creusée par un ruisseau dans les profondeurs de la forêt, bien loin du territoire familier de la propriété. La terre, sur les deux berges, était couverte de douces fougères. Il avait choisi un endroit sous un pin, s'était fait un nid avec des feuilles mortes et de l'herbe, et était resté couché, là, jusqu'à la nuit tombée, se laissant recouvrir par les aiguilles de pin comme par une pluie bienfaisante. Et pendant tout ce temps, il avait voyagé en pensée avec Derek, partageant ses craintes grandissantes à chaque kilomètre.

Quand il avait fini par rentrer, sa mère, folle d'inquiétude, était devenue brutale sous le coup du soulagement. Stoïque, sans émettre la moindre protestation, offrant à Dieu sa douleur en sacrifice pour le retour de son frère, John avait enduré la volée de bois vert qu'elle lui avait infligée, l'une des rares qu'elle leur ait jamais donnée, à lui ou à Derek. Une fois dans son lit, il avait laissé ses larmes couler. Il avait toujours partagé ce grand lit avec son jumeau, et c'était la première fois qu'il y dormait seul. A force, chacun avait fait son trou dans le matelas de crin. Cette nuit-là, John s'était couché dans celui de Derek, et tous les soirs, pendant les onze mois qu'avait duré son absence, c'est là qu'il avait dormi.

John attendit que le docteur ait coupé le moteur de la voiture et claqué sa portière pour repartir vers la pompe, qui se trouvait un peu en retrait de la route, sur un socle en ciment enfoui sous les ronces. Il souleva la lourde poignée de fer pour amorcer le mécanisme, l'abaissa et la releva plusieurs fois, jusqu'à ce que les premières gouttes, teintées de rouille, s'écoulent. Puis il pompa encore afin d'obtenir une eau claire, remplit les deux seaux, et attendit que le flot se réduise à un filet pour placer ses mains en dessous et les porter à sa bouche.

Tout en buvant, il eut l'impression que le silence et les bruits légers de la campagne l'enveloppaient peu à peu comme une couverture ouatée. Les oiseaux, encore si bruyants le mois précédent, s'étaient tus, et seul un pépiement ici ou là trahissait leur présence dans les haies. La brise était entièrement tombée ; les feuilles pendaient aux arbres, immobiles, le bétail ruminait dans les champs, et même les chiens du voisinage se tenaient tranquilles. Essuyant sa bouche humide du revers de sa manche, il souleva ses seaux et repartit. A cette heure, Derek devait être soulagé de ses problèmes respiratoires, pourtant l'inquiétude demeurait. Depuis leur séparation, rien n'avait été pareil entre eux, comme si l'intimité qu'ils avaient connue dans leur enfance ne lui avait pas survécu.

Le jour du retour de Derek, il avait fait chaud et lourd. John, torse nu, était occupé à tailler la haie qui entourait le potager, quand il avait entendu au loin le vrombissement de la voiture du docteur. Il avait aussitôt jeté ses outils par terre, et s'était précipité dans la cuisine pour prévenir sa mère ; celle-ci, arrachant son tablier d'un geste brusque, avait couru vers le miroir accroché au mur du fond et s'était recoiffée. Puis ils étaient sortis tous les deux par la porte de derrière et avaient à peine eu le temps de contourner la maison que la voiture du docteur franchissait la grille.

En apercevant Derek à travers la vitre, John avait été submergé par une vague de timidité. Il avait tellement attendu cet instant qu'il était comme paralysé, et avait peur de se mettre à pleurer. A ses côtés, sa mère semblait tout aussi figée.

Le docteur était descendu de voiture.

— Eh bien, mon garçon, qu'attends-tu ? avait-il crié à Derek.

Leur mère s'était alors précipitée pour étreindre son fils. John en avait fait autant, et ils étaient restés ainsi, tous les trois, enlacés. Et c'est à ce moment-là que John avait senti que quelque chose n'allait pas ; Derek avait porté son bras devant ses yeux, le coude relevé, comme pour se protéger de sa mère et de son frère.

Plus d'une heure durant, une fois à l'intérieur, il l'avait observé. Malgré sa minceur, Derek avait l'air en bonne santé, mais il se tenait bizarrement, une épaule plus basse que l'autre.

— Qu'est-il arrivé à ton épaule ?

La question avait fusé avant qu'il n'ait eu le temps de la retenir.

Derek avait rougi.

— Rien du tout, je ne vois pas ce que tu veux dire. Occupe-toi donc de la tienne.

Un peu plus tard, profitant d'une courte absence de Derek, leur mère lui avait expliqué que cette légère déformation était fréquente après l'ablation d'un poumon ; que malgré la physiothérapie, il arrivait que l'on garde une épaule plus basse, du côté où la poitrine était vide.

Toute la soirée, John avait tenté de se persuader que cette distance nouvelle entre Derek et lui était provisoire, prévisible, et que les barrières disparaîtraient avec le temps. Déjà, cette nuit-là, après être allés se coucher, ils avaient repris leurs chuchotements familiers. Mais John était resté éveillé bien longtemps après son frère. Oppressé par un sentiment de tristesse, il avait fixé les ombres sur les murs et le plafond de leur chambre, essayant de percer ce mystère.

Plus rien n'avait jamais été pareil.

En surface, pourtant, leur vie était redevenue normale. Ils étaient tous deux en vacances et se retrouvaient, une fois leurs corvées finies, pour chasser les lapins ou pêcher dans la rivière. La seule différence avec les étés précédents était que Derek n'avait plus le droit de rester dehors quand il pleuvait ou quand il faisait froid. John avait alors décidé que, ces jours-là, il resterait avec lui, mais ce mince sacrifice n'avait fait qu'attiser, semble-t-il, le ressentiment de Derek.

La crise avait éclaté lors d'un après-midi bruineux, environ cinq semaines après le retour de Derek. Ils avaient terminé les livres empruntés à la bibliothèque, et John ne trouvait rien d'autre à proposer. Leur mère était sortie rendre visite à un voisin, et il était allé à la fenêtre, scruter le ciel.

— On dirait que ça va s'éclaircir, avait-il dit sans trop d'espoir.

— Et bien, qu'est-ce que tu fais là, alors ? Rien ne t'oblige à rester à l'intérieur, que je sache. Je ne vois pas ce que tu attends pour sortir. Tu te crois indispensable ici, ou quoi ? Mais bon sang, la seule chose que je souhaite, c'est que tu me laisses enfin seul !

Derek avait le visage convulsé et crachait presque de rage.

Son accès de fureur avait été si soudain et si violent que John avait été trop choqué pour réagir. A pas lents, il était sorti de la cuisine et s'était dirigé vers la petite chambre. Derek l'y avait suivi.

— Excuse-moi, John, je ne pensais pas ce que je disais.

Mais John savait que c'était faux.

— Ça va, lui avait-il dit, n'en parlons plus.

Et, lui tournant le dos, il avait fait mine de redresser un oreiller qui n'en avait nul besoin.

— Oh, pour l'amour du ciel ! s'était exclamé Derek en retournant dans la cuisine.

Au cours des années suivantes, John s'était adapté aux nouvelles relations qui s'étaient établies entre son frère et lui. Dorloté par leur mère qui lui donnait du lait de poule au petit déjeuner et une demi-pinte de bière au dîner, Derek avait vu ses crises respiratoires diminuer en fréquence et en gravité. Mais chaque fois qu'il retombait malade, comme aujourd'hui, John ne pouvait s'empêcher d'éprouver le même sentiment de perte.

Le poids des seaux tirait tant sur ses muscles que John les posa par terre, et ce faisant, regarda par-dessus la haie, vers le pré-au-chêne.

L'arbre massif qui donnait son nom au pré était mort, fendu en deux par la foudre, bien avant la naissance des jumeaux ; mais pour une raison inconnue, on ne l'avait jamais abattu. Dressé sur un tertre au milieu de la pâture, sa souche noueuse, vite adoptée par les enfants, abritait tout un univers miniature de vie sauvage. En le regardant à présent, ce n'était pas le va-et-vient incessant des insectes, des oiseaux et des petits mammifères sur le bois épais et pourrissant que John voyait, mais Derek et lui-même, à peine âgés de trois ans, assis à un mètre l'un de l'autre, chacun dans une fente du vieil arbre, et riant aux éclats.

Par cette belle soirée d'été, le pré-au-chêne bourdonnait du vol des moucherons tandis que les abeilles et les papillons s'affairaient dans le trèfle et les coucous, et que les mouches pullulaient autour des bouses. John revoyait aussi un autre personnage : leur père, debout face à l'arbre, les mains sur les hanches, la tête renversée. Ce souvenir était l'un des rares qu'il conservait de Matty Flynn. Au cours d'une promenade, Matty les avait emmenés, Derek et lui, dans ce champ, les avait hissés tous les deux d'un même geste sur leur perchoir, puis s'était reculé pour mieux les admirer.

— Deux serre-livres ! s'était-il exclamé en riant. La superbe paire de serre-livres que voilà !

Ni John ni Derek ne savaient ce qu'était un serre-livres mais, enchantés par la bonne humeur de leur père, ils s'étaient mis à rire avec lui, et plus ils riaient, plus leur père riait, jusqu'à ce qu'enfin il se rapproche pour les cueillir sur l'arbre, les pose chacun sur une épaule, et les emporte en les secouant si fort que, instinctivement, John et Derek lui avaient passé les mains autour du cou.

Après la mort de leur père, ils avaient continué à venir au pré-au-chêne jouer dans l'arbre ou dans le ruisseau qui courait tout au bout du champ, au creux d'une ravine. Il regorgeait de goujons, mais pour les voir, ils devaient rester penchés un long moment et scruter l'eau brunâtre. Souvent, ils plongeaient les orteils dans le fond vaseux et restaient le plus immobile possible, persuadés que s'ils ne bougeaient pas, les poissons viendraient chatouiller leurs mollets nus. Debout à présent sur la route poussiéreuse, baigné par l'odeur de la terre chaude, John regrettaient cette simplicité et cette joie perdues.

Il poussa un soupir et reprit ses seaux. La vie avait tellement changé ; tout était si simple quand ils étaient enfants, et voilà qu'à présent, ils étaient sur le point de subir le plus grand bouleversement de leur existence. Ils allaient avoir dix-sept ans en août et, comme leur mère ne pouvait plus se permettre de les envoyer à l'école, ils allaient devoir chercher du travail, n'importe quel travail. Dans les années passées, ils auraient été assurés de trouver quelque chose sur la propriété, mais avec les revers de fortune des O'Beirne Moffat, à qui appartenaient les terres, il ne fallait plus y songer.

La route décrivait une courbe le long du mur qui longeait la propriété et, au détour d'un virage, John vit le toit de la maison de gardien. Si le pire arrivait, Derek ou lui, ou peut-être même tous les deux, devraient émigrer. Seraient-ils définitivement séparés ? En dépit de tous leurs problèmes, cette perspective le remplissait de désespoir. Et dans ces conditions, qu'adviendrait-il de leur mère ?

A la dernière minute, Rose O'Beirne Moffat décida d'accompagner son père à Carrick.

— Attends, papa, attends-moi ! cria-t-elle en dévalant les marches du perron trois par trois, puis éparpillant le gravier de la cour envahie par les mauvaises herbes.

— Tiens, tu as changé d'avis ?

Les rênes en main, Gus O'Beirne Moffat souriait à sa fille qui s'arrêta en dérapant devant le cabriolet. Il avait les dents en avant et son sourire, comme la lumière adoucissante d'une bougie, illuminait son visage.

— Eh bien oui, pourquoi pas ? souffla Rose, en grimpant à côté de lui. Je n'ai rien d'autre à faire. Et elle attacha la porte avec un bout de corde effilochée avant de s'installer sur le siège du fond.

— Tu ne vas pas avoir froid ? demanda Gus.

Il portait une écharpe sur sa veste et avait enfoncé sur sa tête un chapeau de tweed mou. Il regarda d'un air dubitatif la robe sans manches de Rose.

— Mais non, papa, je meurs de chaud, dit-elle en balayant l'air du bras. Et il ne risque pas de pleuvoir. Cela n'arrive jamais quand il fait aussi humide.

— Hum, hum, fit Gus. Je me demande bien ce qu'on vous apprend en cours de géographie, là-bas dans ton école. Tu es sûre que ça va aller ?

— Papa, je t'en prie, arrête de te tracasser !

— Comme tu veux.

Gus fit claquer les rênes sur le dos rebondi du poney et l'animal prit aussitôt le trot, d'un pas raide. Secouée d'un côté à l'autre, Rose perdit l'équilibre.

— Je suis sûre qu'il le fait *exprès*, papa, dit-elle d'un ton accusateur en lissant sa robe de la paume de la main.

Le chemin qui menait à la grille d'entrée et qui, même en été, n'était jamais totalement sec, s'enfonçait dans un épais tunnel vert, bordé de marronniers entrelacés. Rose frissonna légèrement mais, après ce qu'elle venait de dire, se garda bien de se plaindre. Elle se pencha par la portière pour arracher une fleur à un rhododendron quand, au même instant, une roue du cabriolet rebondit violemment dans un nid-de-poule. Rose perdit de nouveau l'équilibre.

— C'est vraiment terrible, papa, s'écria-t-elle après s'être redressée. Quand allons-nous faire réparer cette fichue voiture ?

— Rose ! s'exclama son père. Arrête de jurer.

— Pardon.

Elle soupira et lança un regard en arrière vers Sundarbans, la maison où elle était née seize ans auparavant et où elle avait vécu la plus grande partie de sa vie. Vu le site où elle s'élevait et sa laideur trapue, le nom paraissait totalement inapproprié[1]. La demeure avait été construite vers le milieu du XVIIIe siècle par un ancêtre réformé de l'armée des Indes, dont le cœur était resté à jamais là-bas. Les générations suivantes des O'Beirne Moffat avaient tenté d'entretenir la maison mais aujourd'hui, il manquait des tuiles au toit, les vitres étaient ternies, la façade de pierre défigurée par le lichen, et plusieurs des hautes cheminées étaient envahies par des colonies de buddleia. Souvent, Rose rêvait de vivre, comme la plupart de ses camarades de classe de Dublin, dans une de ces douillettes petites maisons de banlieue, dotées du chauffage central et d'une plomberie en état de marche. Elle vit qu'un tuyau s'était détaché d'une gouttière et branlait dangereusement au coin de la maison ; un instant, elle joua avec l'idée qu'une nuit, il pourrait s'écrouler, entraînant toute la maison dans sa chute.

Discrètement, elle regarda son père. Cette fois, elle avait eu un réel choc en revenant chez elle, à la fin de l'année scolaire. Jusque-là, Gus lui avait paru robuste et immortel ; il avait toujours eu l'air assez âgé — d'aussi loin qu'elle se souvienne, il avait toujours été chauve — mais là, quelque chose manquait. Il était plus distrait que d'habitude, et on aurait dit que, pendant les deux mois et demi qui s'étaient écoulés depuis les vacances de Pâques, on lui avait sucé toute la moelle des os, le laissant vidé de toute énergie.

Elle avait une conscience aiguë du combat désespéré qu'il menait pour tenter d'assurer un niveau de vie décent à sa famille. Et, bien qu'il ne s'en soit jamais plaint, elle savait quelle brèche ses frais de scolarité faisaient dans un budget qui s'amenuisait toujours plus.

---

1. Sundarbans est le nom indien des bouches du Gange. *(N.d.T.)*

— Tu sais, papa, dit-elle brusquement alors qu'ils franchissaient la grille pour déboucher sur la grand-route, je me demande si je ne ferais pas mieux d'abandonner les sœurs pour aller à l'école ici. Je pourrais faire le trajet tous les matins. Je trouverais bien quelqu'un pour m'y conduire...

— Qu'est-ce qui nous vaut cette suggestion ?

Les sourcils blonds de Gus avaient disparu sous le rebord de son chapeau.

— Rien de particulier. Sinon que je ne vois pas ce que j'apprends là-bas que je ne pourrais apprendre ici. Il ne me reste plus qu'un an, de toute façon. Je suis bien avancée dans le programme, et je sais exactement ce qu'il me reste à faire pour obtenir mon diplôme...

— Rose, coupa Gus, il n'en est pas question. Comme tu le dis toi-même, il ne te reste qu'une année et on se débrouillera très bien comme ça.

Il lui sourit et fit claquer les rênes, mais le poney continua de trotter obstinément à l'allure qui lui convenait.

— Tiens, voilà la voiture du Dr Markey, dit-il alors qu'ils passaient devant la maison de gardien située légèrement en retrait, derrière les grilles en fer forgé ouvertes en permanence et jamais tout à fait d'aplomb sur leurs gonds rouillés. Le jeune Flynn doit être encore malade.

— Tu crois ? fit Rose, sans intérêt véritable.

Elle commençait à regretter de ne pas avoir pris de cardigan. L'air était tiède, mais avec la vitesse du cabriolet, elle avait la chair de poule. Quand ils tournèrent sur la route, elle vit le second fils Flynn qui portait deux seaux et marchait sur l'herbe du bas-côté.

— Bonjour ! cria Gus quand ils passèrent à côté de lui.

Rose eut le temps d'enregistrer que le garçon avait

beaucoup grandi depuis la dernière fois qu'elle l'avait vu, mais ce fut à peu près tout. Le revêtement de la route ne valait guère mieux que celui du chemin et elle avait toujours fort à faire pour conserver son équilibre.

— Un brave garçon, dit Gus, quand ils l'eurent dépassé. J'irais bien faire un saut chez eux, au retour. Histoire de m'assurer que tout va bien...

— Si tu veux, fit Rose sans enthousiasme.

Ne sachant jamais tout à fait comment se comporter, elle avait horreur de ces embarrassantes visites de convenance qu'ils rendaient aux quelques employés ou anciens fermiers qui vivaient encore sur la propriété. Elle détestait l'obséquiosité, et parfois même le ressentiment qu'elle y décelait. Elle n'était pas allée dans la maison de gardien depuis des années, mais elle savait que la famille Flynn traversait des temps difficiles. Cela lui suffisait pour y voir un reproche envers le genre de vie qu'elle menait et pour se sentir coupable.

Pendant plusieurs kilomètres, ils ne croisèrent aucune autre voiture. Bien qu'on soit en 1953, dans cette partie de l'Irlande toujours touchée par la crise et qui se remettait lentement des années de guerre, les véhicules à moteur et l'essence étaient des denrées de luxe. La plupart des gens, même parmi les personnes aisées, utilisaient encore les chevaux ou les poneys pour se déplacer, mais juste après le déjeuner, c'était généralement calme. Les bras étendus sur le dossier du cabriolet, Rose faisait de son mieux pour conserver son équilibre. En regardant autour d'elle les petites collines et les bocages en jachère, elle vit qu'à l'exception de quelques bœufs, le cheptel y était bien rare.

Passant la plus grande partie de l'année dans son école à Dublin, elle aimait sa région en toute saison, mais plus encore au début de l'été. Après un mois de mai chaud et humide, la campagne était envahie par une végétation exubérante, dont les couleurs étaient intensifiées ce jour-là par la lumière voilée du soleil. Les champs regorgeaient de boutons d'or et d'ansérines et, bien que les primevères tardives et l'aubépine aient presque disparu des bordures des haies, les églantiers, le liseron et l'achillée commençaient à bourgeonner, et les hautes herbes qui empiétaient impunément sur la chaussée arboraient un vert éclatant et brillant d'humidité. Les endroits marécageux étaient parsemés d'iris blancs et violets, et le chèvrefeuille commençait à pointer ses boutons saumon clair à travers les sorbiers et les buissons d'épineux. Ici et là, des lacs minuscules remplissaient les creux et abritaient des escadrons de canards, de poules d'eau et autre gibier.

Toutes les odeurs paraissaient enfermées sous ce ciel bas, qui les distillait de telle manière que la tourbe et l'argile, l'herbe et l'eau, les fleurs et les animaux contribuaient à former un arôme unique, si caractéristique que Rose, en l'inspirant profondément, l'identifiait aussitôt comme l'été à Monaghan.

— Je peux conduire, papa ? cria-t-elle quand ils ne furent plus qu'à un kilomètre de la ville.

— Très bien, vas-y, répondit Gus en lui tendant les rênes. Tiens-le fermement, c'est tout.

Ils croisèrent trois voitures en tout et pour tout avant d'arriver aux abords de la ville. Rose se demanda ce que l'on pouvait éprouver au volant de l'une d'elles et, à la réflexion, se dit que cela ne devait guère valoir le lien qui l'unissait à une créature vivante, à travers les courroies de cuir tiède qu'elle tenait dans ses mains. Dès qu'ils atteignirent le haut de la ville, elle mit le poney au pas. Presque tous ceux qu'ils rencontrèrent les saluèrent de la voix ou d'un geste de la main tandis qu'ils descendaient la rue principale. Bien que propriétaires terriens, les O'Beirne Moffat étaient considérés dans le district comme des gens « bien » et, à part quelques acharnés, personne ne leur en voulait de leur appartenance à la petite noblesse. Il y avait longtemps que la propriété de Sundarbans, de taille encore conséquente mais réduite au cinquantième de ce qu'elle représentait auparavant, n'employait plus de fermiers, et le fait qu'ils soient catholiques depuis la conversion d'un ancêtre éloigné était tenu dans la région comme un élément hautement positif.

Gus était venu en ville pour y prendre des paquets en provenance de Dublin, mais alors que Rose guidait le poney entre les charrettes, les camions et les bicyclettes garées ici et là sur la vaste chaussée, elle vit que le bus n'était pas encore arrivé. Elle arrêta le poney et sauta à terre avant d'attacher les rênes à un lampadaire. Descendant derrière elle, Gus consulta sa montre.

— Trois heures moins dix, dit-il, nous sommes un peu en avance. Ma chérie, je ferais bien un saut chez McCaig pour acheter le journal. D'accord ?

— D'accord, répondit Rose. Je te rejoins, papa.

Après avoir vérifié que les rênes du poney étaient solidement fixées, elle se dirigea vers un groupe de marchands ambulants qui avaient installé leur marchandise sur des tables à tréteaux sur lesquelles étaient disposés les articles. Rose se promena dans cette brocante, prenant puis reposant divers objets, des bouilloires et des brocs brillants, des statuettes en porcelaine et des services à thé ; elle examina les planches à laver, les bougies et les réchauds de camping, les pneus de bicyclette, les bobines de fil, les harnais, pensa un instant acheter une statue du Sacré-Cœur mais arrêta son choix sur trois plaques de cuivre anciennes représentant des chevaux. Derrière elle, deux hommes marchandaient un objet rond muni de dents pointues en fer que Rose était incapable d'identifier, mais qui ressemblait à une pièce de tracteur. Comme rien d'autre ne l'intéressait, elle quitta la foule et traversa la rue en direction du marchand de journaux.

La cloche tinta quand elle poussa la porte. Rose adorait l'odeur qui régnait chez McCaig, mélange de fumée lourde de tabac et d'un arôme particulier qui lui rappelait sa petite enfance, le parfum caractéristique des sucettes enveloppées de cellophane. La propriétaire du magasin leva les yeux de son tricot.

— Tiens, bonjour Rose ! dit-elle. De retour pour les vacances ?

— Comme toujours, Madame McCaig, répondit Rose. Quelle splendide journée, n'est-ce pas ? Vous n'avez pas vu mon père, je pensais qu'il était chez vous.

— Il était ici il y a une minute, mais il est ressorti. Pour attendre le bus, m'a-t-il dit.

— Ah, le voilà, dit Rose, en voyant au même instant la forme sombre de l'autobus passer devant la vitrine.

Après avoir remercié la marchande, elle sortit. L'autobus sans étage, hippopotame vert au nez retroussé dont la galerie était hérissée de bicyclettes, de valises et de paquets, s'arrêta, et le conducteur, sans prendre la peine de couper le moteur, grimpa sur le toit et commença à faire passer les paquets et les bagages. Rose alla rejoindre Gus dont les colis, encombrants, lourds et plutôt informes, étaient parmi les derniers à être déchargés.

— Qu'est-ce que c'est ? demanda Rose en l'aidant à les transporter jusqu'au cabriolet.

— Des pièces détachées. J'espère bien arriver à réparer notre vieil engin avec ça.

— Chic ! s'exclama Rose. Tu crois que tu auras fini à temps pour demain ?
— Et pourquoi demain ? demanda Gus, avec l'air innocent d'un bébé.
— Papa ! s'écria Rose. Tu le sais très bien !
— Ah oui. Ne s'agirait-il pas d'un anniversaire ?
— Alors, ce sera prêt ?
— Quoi donc, qu'est-ce qui sera prêt ?
— La voiture, papa. Tu l'auras réparée ?
— On verra.

Ils avaient parcouru la moitié du chemin de retour quand ils croisèrent la voiture du docteur et s'arrêtèrent pour échanger quelques mots.

— Bonjour, Rose, dit-il, quelle chance de vous avoir parmi nous. C'est la première fois qu'on vous voit cet été. Vous allez rester longtemps ?
— Je suis arrivée il y a quelques jours à peine, docteur, dit Rose gaiement.
— Parfait, parfait. Vous avez tout l'été devant vous.
— En effet, acquiesça Rose.
— Il faudra passer à la maison, les filles seront ravies de vous voir.
— Certainement, cela me fera très plaisir.

Le Dr Markey avait une tribu de filles, six au total, âgées de quatorze à vingt-six ans, qui vivaient toutes à la maison. Elles formaient une bande charmante et indisciplinée que Rose aimait bien, même si, habituée aux espaces glacés de Sundarbans, elle se trouvait parfois intimidée devant le joyeux vacarme de la maison du docteur.

— Rien d'urgent dans la maison de gardien, j'espère ? demanda Gus.
— Non, non. Rien de très grave. Le jeune Derek, comme d'habitude. Juste un rhume. Tout ira bien. En fait, il n'y a plus guère de raisons de se faire du souci,

je dirais. Ce garçon est à présent en meilleure santé que la majorité de la population !

— Tant mieux, fit Gus.

Avant que la propriété ne se trouve dans son piteux état actuel, le père des jumeaux avait été l'intendant de Gus et, après sa mort, Gus avait autorisé sa famille à rester dans la maison de gardien.

— Il faudrait que j'aille les voir un de ces jours.

— Bonne idée, Colonel, dit le docteur en faisant ronfler le moteur de sa voiture. Excusez-moi, je dois y aller. Au revoir, Rose, cria-t-il en s'éloignant.

— Au revoir, répondit Rose automatiquement.

Comme ils approchaient de la grille d'entrée, elle tira sur la manche de son père.

— Papa, n'allons pas voir les Flynn aujourd'hui.

— Et pourquoi pas ?

— Écoute, j'ai un peu froid. Tu avais raison, j'aurais dû mettre un cardigan.

Gus haussa les épaules.

— D'accord, Rose, comme tu veux. J'y ferai un saut tout seul, plus tard...

Ce soir-là, après avoir fini de dîner, Rose, assise dans le renfoncement de la fenêtre de sa chambre, essayait de rassembler son courage pour inscrire quelques lignes dans son journal intime. Le ciel bas de l'après-midi s'était dégagé et le soleil flamboyait sur son visage.

La seule partie du parc de Sundarbans encore un peu entretenue était l'étendue d'herbe située devant la maison, trop envahie par le chiendent et trop drue pour mériter le nom de pelouse mais qui, vue d'où elle se trouvait, paraissait verte et plutôt agréable ; Rose regarda d'un air rêveur deux des chiens, un dalmatien et un bâtard, croisement d'un boxer et d'un labrador, se pourchasser et lutter pour s'emparer d'une balle en caoutchouc crevée. La vigueur des bêtes en pleine action servait de contrepoint à l'immobilité silencieuse qui régnait tout autour et qui, avec la chaleur sur son visage, provoquait en elle une délicieuse impression de langueur.

La maison était construite sur la crête d'une petite colline, d'où la pelouse descendait en pente douce vers la forêt et le lac dont on apercevait le miroitement sous le reflet du soleil. Rose laissa son regard et ses pensées vagabonder. Lors d'un voyage à Dublin, elle avait assisté à une représentation de *Giselle* et avait été profondément touchée par cette histoire pathétique. Bien qu'il fasse encore très clair, elle s'imaginait à présent transformée en wili, s'envolant par la fenêtre et, portée par la brise, elle survolait la pelouse, passait au-dessus des arbres, avant de dériver au-dessus du lac, tel un fantôme en liberté. Mais quelque chose manquait. Le héros. Qui serait son Albrecht ?

Rose avait toujours ressenti sa condition d'enfant unique comme un désavantage, et maintenant qu'elle était une jeune fille, les discussions incessantes de ses amies d'école sur les camarades de leurs frères ne faisaient qu'accentuer son sentiment d'isolement. Elle soupira. Ces vacances d'été s'étiraient devant elle comme un vaste désert. Son seul espoir reposait sur la semaine du Concours Hippique à Dublin, au mois d'août...

Ses yeux se posèrent sur son journal, un épais volume prévu pour couvrir cinq années et muni d'une serrure de pacotille en métal doré ; il était ouvert à la dernière page remplie, le 1er juin, jour précédant son retour à Sundarbans. On était le 9 juin et, depuis lors, elle n'avait eu ni l'énergie ni la discipline nécessaires pour y inscrire quoi que ce soit. Rose l'avait reçu en cadeau de Noël l'année d'avant, mais elle commençait à douter sérieusement de le remplir un jour ; au train où elle allait, elle aurait bien du mal à terminer l'année en cours.

Qu'avait-elle fait depuis son retour ? Pas grand-chose, à part deux voyages à Carrick et quelques promenades à cheval autour de la propriété. Outre la vieille bête qui tirait le cabriolet, Gus possédait deux chevaux, un cheval de chasse, presque aussi vieux que le poney, et une jument grise du Connemara, âgée de cinq ans, qu'il avait achetée pour sa fille l'été précédent à la Foire de Ballinasloe. Rose adorait monter et aimait sa jument, mais elle aurait tellement voulu avoir quelqu'un avec qui se promener.

Elle relut ce qu'elle avait écrit à la date du 1er juin :

« *Encore* de la confiture d'orange et des œufs durs pour le petit déjeuner. Au moins, la nourriture sera meilleure à la maison.

Que me réserve cet été ? j'aimerais bien le savoir. Et si je LE rencontrais ? Je me demande qui cela pourrait bien être... Sûrement pas quelqu'un de Drumboola, en tout cas. Dire que j'ai bientôt seize ans et que personne ne m'a jamais vraiment embrassée. Et si c'était pour cette année !!! Gemma T. jure qu'elle L'a fait à Noël, à l'arrière d'une voiture. Quelle menteuse !

Voilà, cher journal, encore une année scolaire qui se termine. Et, l'année prochaine, le redoutable examen à l'horizon ! J'aimerais déjà savoir si je vais être choisie comme DÉLÉGUÉE ???????!!

La prochaine fois que je t'écrirai, je serai à Sundarbans. »

Rose dut admettre que tout cela ne brillait guère par l'inspiration. Elle avait pris goût à la lecture des sœurs Brontë et de Jane Austen, et pensait romantiquement qu'elle pouvait s'identifier à leurs héroïnes. En commençant son journal, elle formait de grands projets, comme celui de jeter la trame d'une œuvre de qualité. Après tout, sa vie personnelle ne regorgeait-elle pas tout autant de sujets de roman que celle de ses héroïnes ? Elle remonta les pages jusqu'au début. Elle avait bien commencé, mais rapidement les textes étaient devenus plus courts et moins fréquents, et il manquait parfois des semaines entières.

Dehors, les chiens jouaient sur l'herbe en se disputant avec acharnement une branche d'arbre. Rose décida de s'atteler cet été à améliorer son style. Tous les soirs sans faute, quel que soit son degré de fatigue, elle couvrirait une page entière de son journal avec des mots vrais, des pensées et des sentiments réels. Elle se concentrerait sur la nature. Dieu sait que la matière ne manquait pas à Sundarbans. Elle n'avait qu'à regarder autour d'elle. Et puis, il y avait les garçons et les questions importantes.

Malheureusement, les garçons n'abondaient pas vraiment dans sa vie. Il lui faudrait donc se concentrer sur les sujets à réflexion. Elle décida d'écouter tous les jours les informations d'une heure et demie à la radio. Ainsi, son journal, au même titre que celui d'Anne Frank, se placerait dans un contexte historique et servirait de référence à son œuvre future. Elle prit son stylo et se mit à réfléchir.

Le seul événement marquant de la journée avait été le voyage à Carrickmacross.

Elle referma son journal, traversa la pièce et, d'un geste ferme, le posa sur sa table de chevet, le stylo bien en vue à côté. Elle s'y mettrait sérieusement dès demain. En attendant, elle allait profiter de cette belle soirée pour se promener et récolter des éléments indispensables sur la nature.

Très déterminée, Rose sortit de sa chambre. Évitant le tapis usé qui recouvrait le grand escalier, elle fit claquer ses pas sur le marbre, provoquant un bruyant écho dans le hall au plafond de chêne.

Mais personne ne vint voir ce qui se passait : la cuisinière, qui ne vivait plus là, avait dû rentrer chez elle ; Gus, lui, devait être dans les écuries ou parti en balade avec les chiens de chasse, et sa grand-mère probablement déjà au lit, son livre lui tombant des mains, et ses deux vénérables pékinois assoupis sur la courtepointe.
Il restait sa mère. Rose la savait occupée à quelque tâche pieuse ou domestique dans la petite salle de séjour, à côté du grand salon aux meubles continuellement protégés par des housses. D'origine anglaise, Daphné O'Beirne Moffatt, en se convertissant au catholicisme, avait embrassé avec ferveur tout ce qui avait trait à l'Église, y compris les institutions charitables et la chorale, et passait une grande partie de son temps en travaux bénévoles. Elle venait de commencer l'ornementation de vêtements sacerdotaux pour un diocèse de la Mission. Rose l'imaginait, sa corbeille à ouvrage à ses pieds, assise sur sa chaise au milieu d'un océan de brocarts amidonnés et d'éclatantes soieries brodées. Traversant sur la pointe des pieds le vestibule carrelé, elle emprunta le couloir qui longeait les cuisines et menait à la porte de service ; en chemin elle s'arrêta pour caresser le front dur et râpé de la tête de cerf accrochée sur les boiseries du mur. Petite fille, elle avait baptisé l'animal Roger et, encore maintenant, elle ne passait jamais devant lui sans prendre acte de sa présence. Roger arborait de superbes bois, mais sur un seul côté de la tête, et cette infirmité lui donnait un petit air coquin. Après s'être assurée que personne ne l'entendait, Rose regarda la bête droit dans son œil de verre.

— Bonsoir, Roger, lui chuchota-t-elle gaiement, c'est l'heure de ma promenade quotidienne...

Au moment de pousser la porte de service, Rose hésita. Même si le temps était chaud et sec, le bord du lac, où elle comptait aller marcher, était probablement boueux. Elle ôta ses chaussures et extirpa deux bottes en caoutchouc noir du tas amoncelé dans un coin. Bien qu'à peu près à sa taille, elles ne faisaient pas vraiment la paire : l'une des deux avait en effet une bande rouge autour de la semelle. Elle se pencha pour observer ses pieds, tout en pensant que ce n'était guère l'accessoire idéal avec une robe de lin sans manches.

— Pff — qui me verra, après tout ? dit-elle à voix haute et, poussant la porte, elle sortit dans la douceur du soir.

Elle traversa la pelouse en sifflant les deux chiens qui déboulèrent aussitôt pour la rejoindre. Ils couraient gaiement devant, pendant qu'elle longeait l'enclos envahi par les orties mais que la famille persistait à appeler jardin d'agrément, un nom qui datait de l'époque où les massifs de rosiers, les bordures herbacées et les haies de troènes taillés y dessinaient leur tracé rigoureux. Rose se souvenait vaguement qu'un jour, deux jardiniers, un vieil homme et un garçon, l'avaient soulevée dans leurs bras pour qu'elle puisse regarder le cadran solaire, mais le cadran était vendu depuis des lustres, les roses étaient retournées à leur état sauvage de buissons, et l'unique statue qui restait était un buste de pierre craquelée et sans bras, couvert d'algues vertes et gluantes.

A part les reniflements des chiens dans les broussailles, le plus grand calme régnait sous les arbres quand elle pénétra dans les bois. Laissant les bêtes libres de s'éloigner à leur guise, elle resta immobile un moment, à l'affût des moindres bruits. Fidèle à sa résolution et à son journal, elle essaya de trouver les mots qu'un véritable écrivain, tel qu'elle l'imaginait, aurait choisis pour décrire ce qu'elle voyait, entendait et sentait autour d'elle.

Miroitement. Le miroitement de la lumière du soir. Le miroitement de la lumière du soir filtrant à travers la voûte de verdure. Froissements, bruits de galopade sur le sol...

Non, ce n'était pas encore ça. *Froissements de galopade furtive sur le sol.* Voilà qui sonnait déjà mieux.

Consciencieusement, elle leva la tête et prit une profonde inspiration. *Une fraîche odeur propre. Une fraîche odeur de pin.* Non, pas ça, on penserait aussitôt à des toilettes. *Une verte fraîcheur.* Oui, c'était mieux.

Elle pourrait même écrire un poème : *La verte fraîcheur des pins sous la lumière du soir...*

Contente d'elle, elle se remit en route.

Rose se sentait aussi excitée que lorsque, petite, elle se passionnait pour un nouveau violon d'Ingres, avec, chaque fois, la sensation d'avoir trouvé celui qui lui convenait, se promettant de ne jamais l'abandonner et d'y puiser toute sa vie une joie sans fin.

Mais jusqu'ici, aucun passe-temps n'avait tenu au-delà de quelques semaines. Et de ce fait, Rose traversait la vie avec un sentiment de culpabilité quant à son inconstance et à son manque de discipline, défauts que les sœurs lui reprochaient d'ailleurs en permanence à l'école.

Écrire serait différent. Elle était presque arrivée au lac et apercevait déjà un coin d'eau, parfaitement lisse, à quelques mètres devant elle.

— Muffin, Charlie, ici ! cria-t-elle, sans succès.

Elle renouvela son appel et entendit Muffin, le bâtard, aboyer. Surprise que les chiens ne lui aient pas obéi, en débouchant sur la rive herbeuse du lac elle les chercha du regard. Ils se trouvaient à une centaine de mètres, sur un promontoire rocheux que la famille utilisait comme jetée de fortune ; la vraie jetée, en bois, un peu plus haut sur le lac, avait pourri et s'était effondrée. Les chiens agitaient la queue et reniflaient les pieds d'un grand garçon qui, une canne à pêche dans les mains, regardait dans la direction de Rose.

Le soleil l'aveuglait et elle porta sa main en visière pour tenter de le reconnaître. Qui que ce soit, il était en infraction : il se trouvait sur une propriété privée.

Rose hésita. Elle n'avait pas une nature chicanière, mais elle avait si souvent entendu Gus s'insurger contre les braconniers qu'elle décida de marquer le coup. En s'avançant vers le promontoire où le garçon attendait sans bouger, elle prit brusquement conscience de l'assortiment ridicule de ses bottes en caoutchouc avec sa robe de lin. Bien qu'ayant toujours le soleil dans les yeux, elle s'efforça de ne plus grimacer et d'avoir l'air autoritaire.

— Qui êtes-vous, et que faites-vous là ? demanda-t-elle en s'arrêtant à une vingtaine de mètres de lui, les mains sur les hanches, dans une imitation assez réussie de sa mère.

— Bonjour, Miss Rose, cria le garçon en guise de réponse.

— John !

Rose, abritant à nouveau ses yeux, se sentit stupide.

— Excusez-moi, dit-elle. Je ne vous avais pas reconnu. Ne vous dérangez pas, continuez ce que vous étiez en train de faire.

A strictement parler, Rose savait bien que les Flynn n'avait pas plus le droit que d'autres d'empiéter sur la propriété de Sundarbans, mais elle savait aussi que Gus fermait les yeux si une de ses truites ou un de ses faisans venait améliorer leur ordinaire.

— Oh, il n'y a pas de mal, Miss Rose, dit John en rembobinant son fil. De toute façon, j'allais arrêter. Ça ne mord pas beaucoup, ce soir.

Il ne semblait pas du tout pressé et Rose, qui

perdait un peu pied, ne savait plus quoi dire. Maintenant qu'elle s'était arrêtée, elle pouvait difficilement s'en aller. Le halètement des chiens, qui s'étaient assis entre John Flynn et elle dans l'attente de nouvelles instructions, résonnait fortement à son oreille.

Afin de dissimuler sa déconfiture, elle se pencha pour caresser Charlie. Elle n'avait jamais eu l'occasion de rencontrer les fils Flynn ailleurs que dans leur cuisine. Dans son enfance, quand le père des jumeaux était encore en vie, ses parents et elle se rendaient toujours à la maison de gardien pour la distribution rituelle des étrennes — une livre de beurre, une livre de thé, une livre de lard et une demi-couronne. Les jumeaux, à peine plus âgés que Rose, se présentaient à l'inspection, propres comme des sous neufs, et, à la demande, s'inclinaient devant chacun tour à tour en disant : « Bon après-midi, Miss Rose », « Bon après-midi, Colonel », « Bon après-midi, Madame. » Depuis la mort de leur père, c'est à peine si Rose leur avait adressé la parole une demi-douzaine de fois, et jamais seule.

— Comment allez-vous, John ? demanda-t-elle alors, en espérant qu'elle ne donnait pas trop l'impression de jouer à la grande dame du manoir, bien que ce fût exactement ce qu'elle ressentait. Je vous ai vu sur la route tout à l'heure. Vous aviez l'air en forme.

— Tout va bien, je vous remercie, répondit-il en récupérant son hameçon qu'il attacha soigneusement à l'un des anneaux de la canne à pêche.

— Et votre frère ? continua Rose, qui, se risquant à le regarder, chose qu'elle n'avait jamais vraiment faite auparavant, vit qu'il avait les cheveux blonds et bouclés, et des yeux gris.

— Derek va bien aussi — enfin, pas tout à fait. Il vient d'avoir une de ses crises, et le docteur est venu le voir cet après-midi.

— Oh, j'en suis navrée. C'est vrai que nous avons croisé le docteur.

Rose essaya en vain de se souvenir de quel mal souffrait Derek.

— J'espère que sa crise n'a pas été trop grave.

John ramassa le vieux sac de toile posé à ses pieds.

— Non, Miss Rose, il ne s'agissait que d'un rhume.

Il se tenait poliment devant elle comme s'il attendait qu'elle lui donne congé.

— Ah bon, dit Rose. Transmettez-lui tous nos vœux de prompt rétablissement — je veux dire *mes* meilleurs vœux.

— Je n'y manquerai pas.

Rose commençait à retrouver un peu d'assurance. Ce John Flynn était plutôt joli garçon. Il n'était évidemment pas question qu'il puisse s'agir de *lui*, mais enfin, il fallait bien rester ouverte à toutes les possibilités, et il était vraiment *très* beau. Ses yeux gris, écartés et profondément enfoncés étaient fendus vers le haut et, contrairement à la plupart des garçons irlandais que Rose avait rencontrés, il avait des dents magnifiques.

— Qu'est-ce qu'on ressent quand on est jumeau ? demanda-t-elle impulsivement. Les gens vous confondent-ils souvent ?

Il se mit à rire.

— Pas vraiment. C'est vrai qu'on se ressemble, mais nous ne sommes pas identiques. Et puis, il y a l'épaule de Derek.

Devant son regard d'incompréhension, il s'expliqua :

— Derek a une épaule plus basse que l'autre, depuis qu'on a dû lui enlever un poumon.

— Je vois, fit Rose. Puis, après une légère pause : Écoutez, je n'ai rien à faire cet été, vous ne voudriez pas m'apprendre à pêcher ?

A la façon dont il réagit, elle eut l'impression qu'elle lui avait demandé la lune.

— Quoi ? fit-il d'une voix alarmée.

— Vous ne voulez pas m'apprendre à pêcher, John — s'il vous plaît ? ajouta-t-elle, la tête penchée de côté de manière séduisante, et son plus joli sourire aux lèvres.

Il se passa la main dans les cheveux. Elle se mit soudain à espérer qu'il n'allait pas se sentir *obligé* de lui apprendre à pêcher parce qu'elle le lui avait demandé et qu'elle venait de la Grande Maison.

— Bien sûr, si c'est trop compliqué ou si vous êtes trop occupé... Elle marqua une pause, se rendant compte qu'elle souhaitait vraiment qu'il accepte. Je... j'ai l'intention d'écrire quelque chose sur la pêche, expliqua-t-elle.

— Dans un livre ? demanda-t-il, avec un léger accent du cru.

— Peut-être qu'un jour cela figurera dans un livre, mais pour l'instant, je me contente de prendre des notes.

John hésita.

— Vous n'avez jamais pêché auparavant ?

Elle fit non de la tête.

— C'est qu'il y a toutes sortes de pêches, vous savez. Je ne sais pas laquelle vous intéresse.

— Oh ! N'importe laquelle, répondit Rose. Laquelle me suggéreriez-vous ?

S'apercevant qu'elle s'accrochait au collier de Charlie, elle le libéra. Le chien courut aussitôt vers le promontoire. Ils tournèrent tous deux les yeux pour le regarder laper l'eau du lac à l'endroit où elle se brisait paresseusement sur la rive.

— Vous aimez les chiens ? demanda-t-elle.

— Ma foi oui, ce sont de braves bêtes... en fait, j'aimerais beaucoup avoir un chien.

— Qu'attendez-vous pour en avoir un, alors ? Il ne doit pas être bien difficile d'en trouver.

— Nous ne pouvons pas nous permettre de nourrir un chien, avoua doucement John.

— Mais il suffit de lui donner des restes..., répondit Rose, stupéfaite.

Au même instant, elle eut envie de s'envoyer des coups de pied ; bien sûr, il ne devait probablement pas y avoir de restes chez les Flynn.

— Cela viendra sûrement un jour, ajouta-t-elle alors, mais le mal était fait, elle le voyait sur son visage.

— Vous savez, pour la pêche, dit-il, on trouve un peu de tout dans le lac. De la truite, de la brème, et quelques petits brochets, mais chacun se pêche différemment.

— Berk ! fit Rose. Je ne supporte pas la vue du brochet.

Elle exagérait, bien sûr. Elle n'en avait jamais vu de vivant, mais il y avait deux énormes spécimens, avec leurs yeux de verre sinistres et leurs mâchoires béantes, dans des vitrines du grand hall, à Sundarbans.

— Vous pourriez me montrer comment attraper des truites ?

— C'est ce qu'il y a de plus difficile, Miss Rose.

— Si vous devez être mon professeur, vous n'allez pas continuer à m'appeler Miss Rose, non ?

Une nouvelle fois, il passa la main dans ses cheveux.

— Je suppose que non, en effet. Mais cela va me paraître bien étrange de *ne pas* vous appeler Miss Rose.

— Et que penseriez-vous de Rose, tout simplement.

— Je ne crois pas que j'y arriverai.

— Il suffirait d'essayer, au moins une fois. Allez !

Depuis sa bévue, Rose avait repris le contrôle de la situation.

— Plus tard, peut-être, quand nous nous connaîtrons mieux, dit-il avec un large sourire.

Quand il souriait, on voyait ses canines. Elles étaient très blanches et plus proéminentes que les quatre dents de devant, ce qui lui donnait un air carnassier. Oui, il était *très* séduisant, pensa Rose qui remercia sa bonne étoile de lui avoir conseillé de conserver sa jolie robe de lin. Puis elle se souvint des bottes en caoutchouc.

— Désolée pour mes chaussures, dit-elle.

Les mots avaient jailli de sa bouche sans qu'elle ait pu s'en empêcher et elle se sentit mortifiée.

Il baissa les yeux sur ses pieds.

— Pourquoi êtes-vous désolée ? Qu'est-ce que vous voudriez mettre d'autre au bord d'un lac ?

Elle vit qu'il était pieds nus. Il avait de grands pieds bronzés, avec de longs orteils. Il sourit encore.

— Vous voulez qu'on commence tout de suite ?

— Je croyais que ça ne mordait pas, ce soir ?

— C'est juste que... Quand voulez-vous commencer ? demanda-t-il en portant le sac sur son épaule.

— Je ne sais pas exactement. Vous avez beaucoup à faire ces jours-ci ?

Il rit.

— Non, je n'ai rien à faire du tout. J'aimerais bien, pourtant, ajouta-t-il, soudain sérieux. Je cherche du travail. Nous avons... j'ai quitté l'école.

— Et votre frère, il cherche du travail aussi ?

— Oui, dit-il. Bien qu'il n'y ait pas grand-chose dans le coin, j'en ai peur.

Ils avaient commencé à marcher le long du rivage. Rose réalisa que, sur le promontoire, John se tenait sans doute dans un creux de la roche, car maintenant qu'ils étaient côte à côte, il avait au moins quinze centimètres de plus qu'elle. A cette pensée, elle se sentit toute retournée. Son expérience des garçons était pratiquement nulle. Deux ans auparavant, à l'occasion de l'un de ses voyages à Dublin pour le Concours Hippique, Gus l'avait accompagnée à une soirée « mixte » chez des amis de la famille mais, comme c'était la première fois qu'elle rencontrait des garçons en société, elle avait été paralysée par la timidité. Lors d'un jeu, un garçon l'avait embrassée et le plaisir qu'elle avait tiré de ce baiser, tout hâtif et gênant qu'il ait été, l'avait fortement troublée. Pendant plusieurs semaines, bien après son retour au pensionnat, bien à l'abri dans le dortoir et avant de s'endormir, elle pressait avec ferveur le dos de deux de ses doigts sur ses lèvres pour essayer d'en recréer la sensation.

Tout en marchant, elle se surprit à se demander ce qu'elle ressentirait si les lèvres de John Flynn venaient se poser sur les siennes, et cette pensée lui envoya des décharges d'électricité dans tout le corps. Afin qu'il ne surprenne pas son trouble, elle se pencha pour examiner un galet. C'était un galet très ordinaire, lisse et gris, mais elle s'en saisit et l'admira comme s'il s'agissait de la pièce la plus précieuse qu'elle ait jamais vue. Après l'avoir fourré dans la poche de sa robe, elle se remit à avancer.

— Je veux devenir écrivain, vous comprenez, déclara-t-elle, avec l'impression que c'était une autre qui parlait.

— Vraiment ? fit John, impressionné. Je n'ai encore jamais rencontré personne qui veuille devenir écrivain.

— Ahh...

Essayant de prendre un air plein de sagesse et de maturité, elle hocha la tête.

— J'ai dit que je *voulais* devenir écrivain. J'ai peur qu'il n'y ait une grande marge entre ce que l'on veut faire et ce que l'on arrive à faire.

— Quand même..., dit-il lentement, c'est déjà formidable de savoir ce que l'on veut faire.

Rose, dont le projet était tout récent, eut peur qu'en creusant un peu, il ne s'aperçoive qu'il ne reposait pas sur grand-chose.

— Qu'est-ce que vous voulez faire plus tard, John ? demanda-t-elle.

— Aucune idée, dit-il. Et, de toute façon, je ne vois pas bien à quoi cela me servirait. Il faut que je trouve du travail, un point c'est tout.

Il tourna les yeux vers le lac et Rose pensa que c'était la fin de la conversation. Ils poursuivirent leur chemin ; John ne semblait pas désireux d'ajouter quoi que ce soit et, malgré tous ses efforts, elle n'arrivait pas à trouver un autre sujet de discussion.

— Demain, c'est mon anniversaire, dit-elle faute de mieux.

— Eh bien, joyeux anniversaire, alors, et il sourit à nouveau en baissant les yeux vers elle.

Il avait une grande bouche qui se retroussait sur ses canines. Rose en eut la chair de poule. En même temps, elle ne pouvait s'empêcher d'être un peu gênée. Pourtant, n'était-ce pas à lui d'être mal à l'aise ? Après tout, c'était lui qui s'était mis dans son tort en s'introduisant sur la propriété.

— Comment va votre mère ? demanda-t-elle, singeant le ton gracieux que prenait Daphné quand elle demandait aux commerçants le détail de leurs factures.

Mais John Flynn ne parut pas remarquer qu'on le traitait avec condescendance.

— Elle a bien du mal, dit-il simplement. Et je ne sais pas comment elle se débrouillera si nous partons.

Dans un sens, ce sera mieux pour elle, je veux dire que cela lui coûtera moins cher. Mais je me demande bien qui ira couper le bois, chercher l'eau, et tout ça, dit-il.

Il avait marmonné les derniers mots et Rose eut l'impression qu'il lui en avait dit plus qu'il ne voulait.

— Vous allez partir ? demanda-t-elle doucement.

— Je ne sais pas encore, mais si nous ne trouvons pas de travail par ici, il le faudra bien.

— Où voulez-vous aller ? demanda Rose. Et votre mère, elle ne pourrait pas vous accompagner ?

— Non, je ne pense pas. Elle a passé toute sa vie ici. Elle a encore un frère et une sœur du côté de Carrickasedge, elle pourrait peut-être aller vivre avec eux.

L'argent, ou le manque d'argent, tendait à devenir le seul sujet de conversation à Sundarbans ces jours-ci, mais Rose avait compris il y a bien longtemps que, quel que soit le degré de pauvreté qui guettait sa famille, il s'agirait toujours d'une pauvreté relative qui, en tout état de cause, ne menacerait guère ses choix dans la vie. Et si elle devait travailler, avec son diplôme en poche elle pourrait toujours, comme les sœurs n'arrêtaient pas de le répéter, passer les concours pour entrer dans l'administration ou trouver un emploi dans une banque. En fait, son vœu secret était de devenir hôtesse de l'air sur la nouvelle compagnie irlandaise, Aer Lingus. C'était ce qu'avait fait l'une des anciennes élèves du couvent St-Louis, à Carrickmacross, et on avait pu voir sa photo en couverture de l'*Argus*.

A l'endroit du rivage où ils étaient arrivés, les rhododendrons formaient un fourré dense, impraticable, jusqu'aux bords de l'eau. Ils avaient le choix entre obliquer vers l'intérieur ou revenir sur leurs pas. Rose appela les chiens et les attendit un moment, mais ils semblaient repartis vers la maison.

— Asseyons-nous un instant, suggéra-t-elle.
Une fois de plus, sa propre audace la surprit.
— Je ne sais pas..., répondit John, hésitant.
— Allons, insista Rose, rien ne nous en empêche et d'ailleurs, qui pourrait bien nous voir ?
Elle fit quelques pas en avant, jusqu'à un endroit où la rive plantée d'herbe s'était affaissée, formant un petit croissant qui ressemblait à un siège. John finit par poser sa canne à pêche et la suivit, mais au lieu de s'asseoir à côté d'elle, il se laissa tomber quelques pas devant elle, la tête tournée vers le lac. Il ramassa une poignée de cailloux qu'il commença à lancer, un par un, dans l'eau.
Ils restèrent là, à regarder les ronds s'élargir jusqu'à disparaître, avant que la surface du lac ne revienne à son état de miroir. A peine deux mètres plus loin sur leur gauche, dans une petite anse, se tenait un héron, parfaitement immobile dans les roseaux ; à l'exception de quelques moucherons qui volaient près du bord du lac, il n'y avait aucun signe de vie sur l'étendue scintillante qui s'offrait à leurs yeux. L'eau qui caressait les pierres était à peine audible et le seul bruit qui leur parvenait de la rive opposée était un vague ronronnement de moteur, si faible que Rose était incapable de savoir s'il s'agissait d'un tracteur ou d'une scie mécanique.
Les minutes s'écoulèrent. A une dizaine de mètres de la berge, un poisson sortit de l'eau avec un léger « plop ». John se retourna.
— Une truite, dit-il.
Rose acquiesça d'un signe de tête.
— Vous m'apprendrez ?
— Ce sera mon cadeau d'anniversaire, dit-il.

2

Cela faisait plus d'une heure que Derek guettait le retour de son frère. Ses quintes de toux s'étaient calmées depuis longtemps mais, par « mesure de sécurité », le docteur lui avait ordonné de garder le lit, de sorte que ce n'était plus contre la souffrance physique qu'il avait à lutter, mais contre l'ennui.

Devant la fenêtre de sa chambre, la haie de prunelliers masquait en grande partie l'horizon, mais Derek s'aperçut que le rectangle de ciel visible avait pris cette teinte de bleu plus clair qui précède toujours le coucher du soleil. Dans la cuisine, sa mère travaillait et, au bruit régulier de ses mouvements, il devina qu'elle pétrissait du pain.

— Quelle heure est-il, maman ?

Il l'entendit traverser la pièce vers la tablette de la cheminée et attraper la pendule en fer-blanc qui s'y trouvait posée sur le dos en permanence.

— Neuf heures et demie, juste passées, lui criat-elle en retour.

— A quelle heure John va-t-il rentrer ?

— Tout dépendra de sa pêche, je suppose. Il a pris sa canne avec l'intention d'aller jusqu'au Lac du Cygne, je crois.

— Ce n'est pas juste, se plaignit Derek.

— Qu'est-ce qui n'est pas juste ?
— Ce n'est pas juste, c'est tout.

Sa mère conserva son calme. Derek était légèrement en sueur, sous l'effet conjugué des médicaments et de la chaleur du soir. Le drap de coton rude lui irritait la peau des jambes et il le rejeta, préférant rester découvert sur le lit gondolé. Ses yeux firent le tour de la chambre. Des cercles d'humidité tachaient la tapisserie à fleurs fanée par les ans. La pièce était tout juste assez grande pour abriter le lit double en fer, deux chaises en bois et une étagère bricolée et chancelante dont la partie inférieure, fermée par un rideau, contenait les chemises et les sous-vêtements des garçons. Au dos de la porte, des patères en bois servaient à suspendre les vestes et les pantalons et, sur la partie ouverte de l'étagère, ils avaient disposé leurs maigres possessions personnelles, dont la bibliothèque de Derek, éclectique et visiblement lue et relue, qui provenait essentiellement de la Grande Maison. Il y avait deux cadres aux murs, une affreuse gravure du Christ en Bon Pasteur, et une image de Notre-Dame du Bon Conseil, dont la couronne d'or brillait faiblement au soleil. Il ne pouvait plus les supporter ni l'une ni l'autre.

— Est-ce que je peux me lever maintenant, maman ? cria-t-il en s'asseyant dans son lit. Je me sens tout à fait bien, je t'assure.

En guise de réponse, sa mère vint se tenir dans l'encadrement de la porte.

— Couvre-toi, Derek, ordonna-t-elle. Tu vas attraper la mort.

— Maman, pour l'amour du ciel, on est en été. Je ne suis plus un bébé.

— Derek, couvre-toi.

Elle s'approcha du lit et lui retira l'oreiller de sous la tête pour le retaper mais quand elle le secoua, les plumes se mirent à voler en tous sens, faisant aussitôt éternuer Derek.

— Tu vois, je t'avais bien dit que tu attraperais la mort, répéta Mary en lui tendant l'oreiller. N'oublie pas de me le donner demain matin, je le recoudrai.

Et sur ces paroles, elle quitta la pièce. Quelques secondes plus tard, il l'entendit remuer les cendres dans la cuisinière, ferma les yeux et essaya en vain de dormir.

Environ une heure plus tard, alors que le rectangle de ciel au-dessus de la haie avait viré à l'or clair, il reconnut le pas de John qui rentrait par la porte de derrière.

— John, appela-t-il en se redressant aussitôt.

Son frère le rejoignit immédiatement dans la chambre.

— Où étais-tu passé ? lui demanda Derek.
— Dehors.
— D'accord, mais encore ?
— Là-haut, au bord du lac.
— Pendant tout ce temps ?
— Que veux-tu savoir ? demanda John patiemment.
— Rien.

John lui tourna le dos et repartit vers la cuisine. Derek retomba prostré sur le lit.

— Maman, cria-t-il, je peux avoir quelque chose à manger ?
— Je t'apporte ton dîner dans un instant.

Mais, dix minutes plus tard, ce fut John qui entra, un bol de thé et une tranche de pain recouverte d'une épaisse couche de lard sur un plateau. Après avoir tendu son repas au convalescent, il s'assit au bord du lit.

Derek vit immédiatement qu'il lui était arrivé quelque chose.

— Ça a mordu ? demanda-t-il la bouche pleine.
John fit non de la tête.
— Pas même une touche.
— Tu as vu quelque chose d'intéressant ?
Quand ils étaient plus jeunes, tous deux avaient passé de longues heures cachés dans les bois, à guetter les blaireaux et les écureuils.
John fit encore non de la tête et continua à regarder par la fenêtre. Puis il ajouta :
— Attends-moi, je vais me chercher une tasse de thé.
Il sortit et Derek l'entendit entrechoquer de la vaisselle et dire bonsoir à leur mère. Quand il revint dans la chambre, il ferma la porte derrière lui, alluma la bougie et se déshabilla. Puis il s'installa sur le lit.
— Tu sais quoi ? dit-il enfin, son thé à la main.
— Non ?
— Devine qui j'ai rencontré aujourd'hui ?
— Qui ?
— Devine !
— Je donne ma langue au chat.
— Rose O'Beirne Moffat.
— Voyez-vous ça, dit Derek, Mademoiselle de Grand Air en personne...
— En fait, elle n'est pas du tout comme ça, quand on la connaît un peu. On a bavardé un bon moment.
— Au sujet de quoi ?
— Oh, de choses et d'autres. Tu sais...
— Non, je ne sais pas.
Derek termina son thé et posa son bol vide par terre. Les filles étaient un mystère pour lui. Petits, ils avaient fréquenté une école mixte, ce qui, à l'époque, était assez rare. Se retrouver assis dans la rangée des filles était considéré comme une punition, humiliante mais efficace. Mais depuis trois ans, ils étaient dans un collège de garçons. Bien sûr, il leur arrivait parfois

de rencontrer les filles du couvent dans les rues de Carrickmacross, mais les échanges se résumaient la plupart du temps à de grands cris lancés de loin, d'un groupe à l'autre.

Il y avait aussi leurs cousines, éparpillées ici et là dans les villes du comté autour de Drumboola mais, et sur ce point ils étaient d'accord, aucune d'entre elles ne cassait trois pattes à un canard. De toute façon, elles s'étaient avérées aussi muettes qu'eux-mêmes quand ils s'étaient retrouvés ensemble, et il y avait fort longtemps que John et Derek avaient décidé que pas une ne méritait qu'on lui consacre ne serait-ce qu'un fantasme.

Derek se laissa retomber sur le lit.

— Parle-moi un peu d'elle, dit-il. Il y a une éternité que je ne l'ai pas vue, celle-là. A quoi ressemble-t-elle maintenant ? Elle a toujours son drôle d'accent ? demanda-t-il en se livrant à une mauvaise imitation de l'accent anglais très « chic » de Rose.

John se mit à sourire.

— Ce n'est pas facile de la décrire, dit-il lentement. Elle a l'air assez mûre, plutôt gentille, mais en même temps pas vraiment...

— D'accord, mais à quoi *ressemble*-t-elle aujourd'hui ?

La flamme vacillante de la bougie répandait une lumière douce autour du lit, créant un halo d'intimité. L'air pensif, John reprit une gorgée de thé.

— Elle est grande, commença-t-il, enfin assez grande, plus que la plupart des filles d'ici. Elle a les cheveux longs, et elle les avait attachés avec une sorte de ruban — comme sur l'image d'Alice au Pays des Merveilles dans ton livre là-haut, ajouta-t-il.

Il finit son thé, posa sa tasse par terre, puis se glissa dans les draps, les mains croisées derrière la tête.

— Raconte encore, dit Derek. De quoi avez-vous

parlé ? Comment l'as-tu rencontrée ? Comment ça s'est passé ?

— J'étais au bord du lac. Ça ne mordait pas et je m'apprêtais à rentrer, et puis j'ai décidé de lancer une dernière fois. A ce moment-là, deux de ses chiens se sont approchés de moi, et elle est arrivée derrière eux. Je pense qu'elle a été surprise de me voir là. En fait, elle ne m'a pas tout de suite reconnu.

— Qu'est-ce qu'elle a dit ?

— Eh bien, d'abord, elle s'est comportée comme si je n'avais pas le droit d'être là. Et puis, elle a vu qui j'étais, et je crois qu'elle était un peu ennuyée.

— Qu'est-ce qui s'est passé ensuite ?

— On s'est promenés.

— Comme ça ? Vous êtes juste partis vous promener ? Qu'est-ce que tu as dit, allons faire une promenade, ou quoi ?

— Non, ça s'est juste trouvé comme ça. Le moment d'après, on était là, en train de marcher.

— Où ça ?

— Le long du lac, du côté du trou noir.

Le trou noir était le nom que, dans leur enfance, les jumeaux avaient donné à l'endroit où le lac descendait en pente raide. On racontait dans la région qu'à cet endroit, le lac n'avait pas de fond. C'était là que des générations de chatons et de chiots non désirés avaient trouvé la mort, enfermés dans ses sacs de farine alourdis de pierres.

— Elle savait, pour le trou noir ?

— Je ne sais pas. On n'en a pas parlé.

— Mais alors, de quoi avez-vous parlé, qu'est-ce que vous avez fait ?

— On s'est assis un moment.

Derek entendit la voix de son frère baisser.

— Continue, John, dit-il, raconte encore.

— Il n'y a pas grand-chose d'autre à raconter, en

fait. On est juste restés assis, et on a regardé l'eau pendant un moment.

— Vous n'avez pas continué à parler ?

— Si, mais de rien d'important. Elle m'a parlé de son école à Dublin.

— Et qu'est-ce que tu lui as dit ?

— Que nous cherchions du travail.

— Que *nous* cherchions du travail. Il réfléchit. Est-ce que Miss Rose t'a posé des questions à mon sujet ?

— Eh bien oui, en fait. Elle m'a demandé de tes nouvelles.

— Brusquement, comme ça, elle a dit : Et comment va Derek ?

— Oui, c'est à peu près ça.

— Et c'est tout ce qu'elle a dit à mon sujet ?

— Je crois, oui.

John se pencha pour éteindre la bougie.

— On doit se revoir bientôt, ajouta-t-il.

Derek attendit que ses yeux s'adaptent à l'obscurité soudaine. Il les garda longtemps fixés là où la couronne de Notre-Dame du Bon Conseil, éclairée par les dernières lueurs de la fenêtre, brillait encore faiblement. La jalousie le tenaillait, et il dut lutter pour ne pas y donner libre cours.

— Ah oui ? demanda-t-il.

— Oui, fit John, en s'installant pour la nuit. Elle veut que je lui apprenne à pêcher.

Le jour de l'anniversaire de Rose, l'aube se leva, claire et lumineuse. Sa chambre, située à un angle de la maison, avait deux fenêtres, orientées différemment, et, quand elle se réveilla, le soleil filtrait à travers celle tournée vers l'est. Elle ne s'attendait pas à autre chose. Sa mémoire était peut-être sélective mais, aussi loin qu'elle s'en souvienne, la matinée du

10 juin était toujours ensoleillée. Elle regarda sa montre, il était à peine six heures.

Rejetant ses couvertures, elle sortit du lit et se dirigea vers la fenêtre côté sud. La cime des arbres étincelait dans la lumière du soleil levant, et un voile de brume flottait au-dessus de l'herbe.

Pour son plus grand ravissement, elle vit au centre de la pelouse, entre deux araucarias, trois lièvres occupés à brouter à quelques mètres les uns des autres ; on aurait dit qu'ils posaient exprès pour elle. Puis, juste à l'orée du bois, elle perçut un léger mouvement. Elle retint son souffle. Délicatement, un cerf, si bien camouflé qu'elle dut attendre qu'il bouge pour être sûre de ne pas se tromper, sortit du couvert des arbres. Le nez en l'air, il se tint parfaitement immobile pendant une minute ou deux, humant l'air du matin. Rose s'agenouilla sur la banquette sous la fenêtre pour l'observer, mais l'animal vit ou sentit le mouvement derrière la vitre. Il se tourna aussitôt dans sa direction, prêt à s'enfuir. Rose ne bougea pas, se tenant aussi sage qu'une petite souris et, au bout de quelques secondes, le cerf baissa la tête et se mit à paître.

Rose s'installa plus confortablement et pendant près de dix minutes, elle resta là, à regarder les lièvres et le cerf, jusqu'à ce que ce dernier disparaisse à nouveau dans le bois. Alors, elle retourna vers son lit encore chaud, enjambant le tas de vêtements qui jonchaient le milieu de la pièce. Elle était censée tenir sa chambre en ordre mais le plafond était si haut et la surface du plancher si vaste qu'un léger désordre se remarquait à peine, du moins à ses yeux. Son journal et le stylo, bien en évidence sur la table de chevet depuis la veille au soir, se signalaient à son attention, mais elle les ignora. C'était son anniversaire, après tout. Elle avait bien le droit de se laisser vivre un peu ce jour-là et, de toute façon, il était beaucoup trop tôt pour se mettre au travail ou même pour se lever. Mrs. McKenna, la cuisinière, n'arrivait pas avant huit heures et la vie dans la maison commençait à cette heure-là.

Rose avait hérité d'un matelas de plume. Elle s'étendit et se laissa envahir avec délices par l'image de John Flynn. Cela ne lui fut guère difficile : elle ne l'avait pas vraiment quittée depuis qu'elle l'avait rencontré la veille au soir.

Qui l'aurait cru ? John Flynn ! Jusqu'à hier, si on avait demandé à Rose de décrire John Flynn, elle aurait été bien en peine de le faire et se serait souvenue de lui et de son frère comme de deux petits garçons, toujours inséparables, qui disparaissaient de sa vue dès qu'elle les rencontrait sur la propriété. Autrefois, ils ouvraient et fermaient la grande grille en fer située à côté de leur maison quand elle passait en cabriolet, à cheval ou en voiture, mais cette pratique avait cessé peu après la mort de leur père.

Rose était consciente de la dégradation des finances familiales, mais les affaires de la propriété et de la ferme restaient pour elle un mystère, dont son père lui avait toujours dit de ne pas s'inquiéter. Elle savait cependant qu'à part le lointain bâtiment à deux étages où vivait l'actuel intendant de la ferme et de la forêt, le cottage des Flynn était le seul à être encore habité par d'anciens employés. Deux autres maisons de gardien, bien qu'encore intactes, étaient vides, et un artiste anglais louait la quatrième.

Rose remua ses orteils et les enfonça dans le matelas de plume. Que dirait sa mère ? Elle écarta aussitôt toute éventuelle objection. Où était le mal si John Flynn lui apprenait à pêcher sur le lac et dans les ruisseaux de leur propriété ?

En échange des leçons de pêche, Rose avait promis

à John de lui apprendre à monter. Là, en tout cas, il ne devrait pas y avoir de problème. Gus se plaignait toujours que son cheval de chasse ne prenait pas assez d'exercice. L'animal, âgé, avait le dos large et était aussi calme qu'un rocking-chair : la monture idéale pour débuter. Rose se délecta à l'idée de guider John Flynn autour d'un champ au bout d'une longe. Fermant les yeux, elle revit son visage ; il avait une grande bouche, aux lèvres bien dessinées. Pour la vingtième fois depuis qu'elle l'avait rencontré, elle les imagina posées sur les siennes. Fermes, mais douces. Elle frissonna de plaisir, puis aussitôt pouffa de rire dans son oreiller, se rappelant les mises en garde que les sœurs ne manquaient pas de leur adresser contre les pensées impures. Elle avait une grande nouvelle à leur annoncer : elle avait des pensées de la plus délicieuse impureté et elle adorait ça.

Elle réussit à s'assoupir pendant près d'une heure, d'un sommeil léger et riche en rêves dont elle émergea en entendant le crissement des pneus de la bicyclette de Mrs. McKenna sur le gravier. Elle sauta du lit et s'habilla à la hâte, ramassant au hasard quelques vêtements sur le tas posé par terre puis elle fit son lit de façon assez rudimentaire.

A peine sortie, elle rencontra Gus en haut des marches. Un peu surprise, elle vit qu'il s'était habillé plus élégamment que d'habitude, avec une chemise d'un blanc immaculé, une cravate de tweed et son plus beau costume, dont il portait la veste sur le bras. Ses chaussures rutilaient.

— Bonjour papa, dit-elle gaiement. On dirait que tu vas à l'église.

— Bon anniversaire, ma poupée, dit Gus en l'embrassant avant de l'entraîner dans l'escalier. Crois-moi, je préférerais aller à l'église. Malheureusement, je suis obligé de sortir tout de suite après le petit déjeuner : j'ai rendez-vous avec le directeur de la banque, malheureusement.

— Hou là, dit Rose avec sympathie. Espérons que tout se passera bien.

— C'est rarement le cas, répondit Gus sombrement. Puis il s'anima. J'ai un cadeau pour toi, ma Rose.

— Youpie ! Elle passa le bras sous le sien et ils se dirigèrent vers la grande cuisine d'où l'odeur de bacon frit leur parvenait déjà. Rose s'émerveillait toujours de la rapidité de Mrs. McKenna aux fourneaux. A présent, la famille prenait tous ses repas là, sauf pour Noël et Pâques, ou dans les rares occasions où ils avaient des invités. La salle à manger, pleine de courants air, était trop vaste pour eux et trop éloignée de la cuisine pour Mrs. McKenna qui prenait de l'âge.

Elle était occupée à retourner les tranches de lard dans la poêle quand ils entrèrent.

— Bonjour, Mrs. McKenna, cria Gus.

— Bonjour, Colonel, répondit-elle sans se retourner.

Elle cassa une demi-douzaine d'œufs dans la poêle et éleva la voix pour couvrir leur grésillement.

— Et joyeux anniversaire, Miss Rose.

— Merci, Mrs. Mckenna ! répondit Rose.

Elle vit que son couvert n'avait pas encore été mis mais qu'à la place de son assiette, on avait déposé un paquet. Elle courut le chercher.

— Désolé pour le papier brun, dit Gus, qui la regardait faire. Si j'avais eu un peu de tête, j'en aurais rapporté du plus joli de Carrickmacross, hier, mais j'ai oublié.

— Aucune importance, papa, dit Rose en agitant le paquet contre son oreille. Qu'est-ce que ça peut bien être ?

— Ouvre-le et tu verras bien.

Rose arracha le papier d'emballage, dévoilant un écrin plat, en velours rouge usé. Retenant son souffle, elle ouvrit le fermoir doré.

— Oh, mon Dieu ! s'exclama-t-elle en soulevant le couvercle.

Étincelants comme des gouttes d'eau sur leur parure de velours, elle vit un collier, un bracelet et des boucles d'oreilles en pierres précieuses, sertis de vieil or rose. Posant l'écrin sur la table, elle en sortit le collier. Il était lourd dans ses mains et, quand elle le tendit à la lumière de la fenêtre de la cuisine, les pierres légèrement violettes, couleur de bruyère, scintillèrent aussitôt.

— Ce sont des améthystes, expliqua Gus en l'observant du coin de l'œil.

Rose se précipita vers lui pour l'embrasser.

— Oh, papa, merci ! Elles ont dû coûter une *fortune* !

Gus se dégagea.

— Non, Rose, dit-il doucement. Elles appartenaient à Lizzie. Je les gardais dans un coffre depuis sa mort. Je n'ai jamais pu me résoudre à les vendre et je m'étais promis que, si un jour j'avais une fille, je les lui offrirais pour son seizième anniversaire. Je suis sûr qu'elle aurait voulu que tu les aies. Elles sont un peu ternes, et je voulais les donner à repolir avant de te les offrir mais voilà, une chose en entraînant une autre...

— Oh, papa, répéta Rose. Elles sont absolument parfaites comme elles sont. Pour rien au monde, je ne voudrais même qu'on y *touche*.

Elizabeth O'Beirne Moffat était l'unique sœur de son père. Elle était morte de la tuberculose, au temps où l'on disait encore consomption, à l'âge précoce de vingt-huit ans, et tout ce que Rose connaissait d'elle, c'était quelques portraits fanés dans un vieil album de photos.

— J'en prendrai le plus grand soin, papa, je te le promets.

— Moi aussi, j'ai un cadeau pour vous, Miss Rose, dit Mrs. McKenna timidement.

Elle alla chercher un paquet dans son sac à main.

— Oh, Mrs. McKenna, vous n'auriez pas dû, dit Rose en déballant le cadeau qui contenait un assortiment de petits savons et de talc au muguet. Merci infiniment.

— Les œufs vont finir par être durs, dit Mrs. McKenna, ravie, en retournant à ses fourneaux.

Elle sortit pour porter le petit déjeuner à la grand-mère de Rose pendant que Gus et sa fille prenaient place autour de la table. Ils s'étaient à peine assis que la mère de Rose entra. Contrairement à sa fille, Daphné O'Beirne Moffat était habillée avec soin. Elle portait une jupe en tweed, un twin-set et un collier de perles.

— Bon anniversaire, Rose, dit-elle en traversant la pièce et en se penchant pour effleurer du bout des lèvres la joue de sa fille. J'ai ton cadeau là-haut, je te le donnerai tout à l'heure.

— As-tu vu ce que papa m'a offert, maman ? demanda Rose en montrant l'écrin à bijoux.

— Oui, dit Daphné, je les ai vus. Si tu voulais bien m'écouter, Rose, tu les remettrais dès que possible dans le coffre, à la banque. C'est encore là que ces pierres seront le mieux. Dieu sait ce qui risquerait d'arriver si tu les gardais ici ou si tu les portais. Elles ont bien trop de valeur.

Rose, fermement décidée à ne pas laisser gâcher l'émerveillement que lui avait procuré le cadeau de son père, ne chercha pas à discuter. Elle préféra changer de sujet.

— Je crois que Muffin est de nouveau grosse, dit-elle, et sa déclaration produisit exactement l'effet auquel elle s'attendait.

— Rose ! Pas à table, je t'en prie ! s'exclama Daphné avec une moue de dégoût.

Rose se mit à couper énergiquement une tranche de lard dans son assiette, tandis que Daphné allait se servir et revenait s'asseoir. Avant de commencer à manger, elle pencha respectueusement la tête et joignit les mains dans un geste de prière, puis fit un signe de croix.

Rose finit son plat aussi rapidement qu'elle put, ramassa son assiette, sa tasse et ses couverts, les passa sous le robinet de cuivre, et les déposa dans l'évier.

— Bonne chance pour la banque, papa, cria-t-elle en prenant l'écrin à bijoux avant de se diriger vers la porte.

— Où vas-tu ? lui demanda sa mère.

— J'ai un million de choses à faire aujourd'hui, mentit Rose.

— Quoi par exemple ?

— Oh, fit Rose, avec un geste vague de la main, des choses. En fait, j'ai un texte à écrire pour l'école. Tu sais bien, la rédaction des vacances, ce genre-là, plus tout le reste.

— C'est bien, Rose. Je suis heureuse de voir que tu deviens raisonnable et ne remets par tes devoirs au dernier jour, comme d'habitude. Tu n'oublies pas que j'ai un cadeau pour toi, moi aussi.

Rose savait pertinemment que le cadeau de sa mère serait du genre « pratique ».

— Merci, maman, dit-elle en se forçant à paraître enthousiaste, je n'oublierai pas. Mais je préfère étaler les plaisirs. A tout à l'heure...

— Profite bien de ta journée d'anniversaire, lui cria Gus pendant qu'elle s'échappait de la cuisine.

Tout en montant l'escalier, Rose prit le bracelet et l'attacha autour de son poignet. Les pierres sur sa peau ressemblaient à des violettes liquides.

Cinq heures plus tard, John Flynn sentait son cœur battre à tout rompre tant il brûlait d'impatience. Il finit son repas en toute hâte, puis récupéra dans un seau destiné à la chèvre les pelures de pomme de terre et les rares morceaux de chou qui restaient sur son assiette.

— Veux-tu que je fasse quelque chose d'autre, maman ? demanda-t-il à sa mère qui avait déjà terminé son déjeuner et qui, debout devant la cuisinière, versait de l'eau bouillante dans la théière.

— Avons-nous suffisamment d'eau ?

John souleva le couvercle du bidon de lait et vit qu'il était à moitié plein.

— Plus qu'il n'en faut, dit-il en replaçant le couvercle.

— On peut savoir ce qui te presse autant ? demanda Derek, qui poussait négligemment un morceau de bacon tout autour de son assiette.

— Je ne suis pas particulièrement pressé, répondit John.

— John s'en va à la pêche, maman, annonça Derek.

Si leur mère remarqua le ton sarcastique de sa voix, elle n'en laissa rien paraître.

— Très bien, dit-elle.

— Pourquoi ne lui demandes-tu pas où il va ?

Elle se retourna, l'air surpris.

— Que veux-tu dire ? Quelle importance cela a-t-il ?

— Demande-lui donc.

John l'interrompit.

— Je monte jusqu'au lac, maman.

Le regard de leur mère allait de l'un à l'autre.

— John, qu'y a-t-il ?

— Rien du tout, maman, répondit John.

Et sans laisser à son jumeau le temps d'ajouter quoi

que ce soit, il attrapa sa canne à pêche et son sac et sortit, provoquant l'affolement parmi les poules qui picoraient sur le seuil de la maison.

John aurait volontiers tué Derek. Jamais leur mère ne lui aurait interdit d'aller au lac, mais il savait qu'elle serait violemment opposée à l'idée du moindre rapprochement avec quelqu'un de la Grande Maison. Mary Flynn, comme tout un chacun dans le comté, avait des conceptions rigides en matière de classes sociales, et considérait qu'on devait rester à sa place, parmi les siens.

Conscient d'être très en avance, il se mit quand même en route ; il avait fini ses corvées et n'avait nullement l'intention de servir de cible plus longtemps aux piques de son frère. Il lui fallut un quart d'heure pour arriver au promontoire où il pêchait la veille au soir. Mais, une fois là, comme il lui restait environ une heure à tuer avant son rendez-vous, il retira sa chemise et s'allongea sur la roche tiède pour profiter du soleil. Tournant le dos au lac, les yeux grands ouverts, il regarda fixement le ciel sans nuage. Au bout d'un moment, il eut une impression très étrange. Comme si tout son corps se mettait à tournoyer lentement, avant d'être aspiré dans une coupe d'un bleu profond, droit vers l'infini. Cette sensation lui donnait des étourdissements, et il ferma les yeux pour la faire disparaître.

Rose était en avance pour sa première leçon et elle aurait même pu l'être davantage, si elle n'avait pas essayé puis rejeté six tenues différentes avant de fixer son choix sur une robe de coton blanc à manches ballon, boutonnée devant, avec une large ceinture qui imitait le cuir verni. Elle avait mis une paire de sandales blanches à brides, une coquetterie destinée non pas à marcher sur la rive rocailleuse d'un lac, mais plutôt à mettre en valeur ses longues jambes et ses petits pieds.

Elle l'aperçut sur le promontoire alors qu'il lui restait encore une cinquantaine de mètres à parcourir. Ses sandales ne faisaient aucun bruit sur l'herbe et, comme il ne bougeait pas, elle eut tout le loisir de l'observer. Il était étendu de tout son long sur le rocher, la tête légèrement de côté, un bras posé en travers de l'estomac. Ne sachant pas s'il était vraiment endormi, elle s'arrêta un instant, mais peu après, voyant qu'il ne bougeait toujours pas, elle vint s'asseoir sur les talons, à quelques pas de lui. Elle était suffisamment proche pour voir l'éclat doré d'une fine toison sur son torse.

Elle dut résister à l'envie de tendre la main pour la caresser.

Au bout d'une minute, il ouvrit les yeux et, l'espace d'un instant, il eut un regard vague et intrigué, puis il la vit et se redressa brusquement, cherchant à attraper sa chemise.

— Je suis en avance, dit Rose. Désolée de vous avoir réveillé, vous aviez l'air si paisible.

— Je ne dormais pas. Depuis combien de temps êtes-vous là ?

Il avait l'air visiblement gêné.

— Oh, guère plus d'une minute ou deux. J'espère que vous n'avez pas attrapé de coup de soleil, ajouta-t-elle d'un ton innocent. Il fait très chaud aujourd'hui.

Il semblait totalement absorbé par le boutonnage de sa chemise et Rose s'aperçut, non sans déplaisir, qu'elle reprenait l'avantage.

— Je vois que vous avez apporté votre canne à pêche, lui dit-elle.

— Oui, fit-il en se levant. Prête à commencer ?

— Bien sûr, dit Rose, se levant à son tour.

— Parfait, alors.

Il ramassa le vieux sac en toile posé sur le rocher et en sortit une petite boîte en fer-blanc, qu'il ouvrit.

Rose se pencha, surprise et émerveillée : les mouches, certaines minuscules, d'autres aussi grosses que des abeilles, étincelaient comme des bijoux de poupée. Bien que la salle des armes, à Sundarbans, contienne un équipement complet de matériel de pêche, Gus n'était pas doté de la patience nécessaire pour ce sport et elle n'avait jamais vu de boîte à mouches auparavant.

— Elles sont vraiment splendides, John, s'exclama-t-elle en caressant du doigt l'un de ces appâts aux ailes délicates.

— N'est-ce pas ? renchérit-il, ravi du plaisir qu'elle manifestait. C'est mon oncle qui me les a données. Il est mort, à présent.

— Oh, je suis désolée, dit Rose.

— Il n'y a pas de quoi, il y a très longtemps de cela ; deux ou trois ans après mon père, je crois.

Délicatement, il s'empara d'une mouche, en lui précisant qu'il s'agissait d'une Bibio et, tout en lui montrant comment passer la ligne dans les anneaux de fer fixés sur la canne, puis comment attacher la mouche, il en nomma d'autres. Ils se tenaient accroupis sur le rocher, leurs têtes rapprochées au-dessus de la boîte, attentifs à l'exercice auquel il se livrait. Rose essaya de se concentrer tandis que les noms peu familiers lui caressaient l'oreille : Plume Noire, Oreille de Lièvre, Blaireau Argenté, Noire du Connemara, Moulin du Roi, Bordeaux, Poussière Grise, Canard Vert, Olive Noire. De ses cheveux émanait une odeur tiède légèrement sucrée ; Rose était littéralement fascinée par ses longs doigts minces qui fixaient avec précision la mouche à la ligne. Leur habileté et leur légèreté lui donnaient une profonde impression de tranquillité. Elle aurait voulu rester là, indéfiniment, et pour prolonger cette sensation, elle demanda en désignant un specimen particulièrement beau dans la boîte :

— Et celle-ci, comment s'appelle-t-elle ?

— C'est une Pierre Verte, répondit-il.

— Mais elle n'est pas verte du tout, fit Rose. Elle est de plusieurs couleurs différentes.

— C'est possible, mais c'est ainsi qu'on l'appelle.

— Je vois, dit Rose humblement. Et avec cette Bibio, on est sûr d'attraper quelque chose ?

Il sourit.

— Écoutez, dit-il, il est trois heures de l'après-midi, on est au mois de juin, il fait très chaud et il n'y a pas un seul nuage dans le ciel : ce n'est pas exactement le moment idéal pour que le poisson monte. En réalité, c'est le pire moment pour pêcher.

— Et si nous étions sur une barque, au milieu du lac, ce serait mieux ? demanda Rose, qui voyait des paillettes de vert dans ses yeux. On pourrait aller chercher l'une des nôtres.

A peine terminait-elle sa phrase qu'elle regrettait déjà cette proposition, n'ayant aucune idée de l'état dans lequel ils risquaient de trouver les bateaux. La famille possédait encore deux barques, dans un hangar délabré, un peu plus haut sur la rive. Quand elle était petite, Gus l'emmenait souvent ramer le long du bord pour la distraire, mais pour autant qu'elle sache, personne n'avait mis les pieds dans le hangar à bateaux depuis des années.

John parut hésiter. Il regarda le ciel, l'eau, et Rose, qui ne s'était jamais trouvée aussi proche d'un garçon pendant si longtemps, vit que lorsqu'il levait la tête, sa pomme d'Adam devenait très proéminente.

— Ça ne poserait pas de problèmes ? demanda-t-il alors. Rose comprit aussitôt que sa question n'avait rien à voir avec l'état des bateaux.

Si elle avait encore des doutes, ils disparurent instantanément.

— Bien sûr que non, dit-elle avec assurance. De toute façon, c'est mon anniversaire et j'ai le droit de faire ce que je veux.

— Alors, d'accord, on aura vraisemblablement plus de chances au large, même si je ne peux rien promettre. Mais d'abord, il faut que vous appreniez à lancer.

Ce qui s'avéra plus facile à dire qu'à faire. Quand il fut enfin satisfait de l'état de la ligne, il commença la leçon. Il ne lui donna pas tout de suite la canne, mais cassa une branche à l'arbre le plus proche qu'il dépouilla de ses feuilles et de son écorce jusqu'à ce qu'elle soit entièrement lisse. Puis il s'en servit pour lui montrer comment lancer : lever, deux petites secousses, *jeter* ; lever, deux petites secousses, *jeter*...

— A votre tour, maintenant.

Rose prit la branche. Se sentant un peu bête, elle la leva en l'air, jusque derrière sa tête.

— Non, dit-il en reprenant la canne. Il faut acquérir une sorte de rythme. Comme ceci : un, deux-trois, et *quatre* !

Avec un bruit de sifflement, la mouche vola sans effort jusqu'au-dessus de l'eau, la ligne serpentant derrière elle.

Rose releva sa branche :

— Un, deux-trois, *quatre*...

— Ce n'est pas si mal, dit John tout en rembobinant sa ligne. Faites-le encore une ou deux fois et je vous laisserai essayer avec la canne.

Rose s'épanouit de bonheur sous le maigre compliment. Encore et encore, elle leva, secoua, et compta, leva, secoua et compta. Quand il lui tendit la canne, elle lui parut d'une légèreté surprenante, mais aussi très longue et déséquilibrée dans sa main ; au moindre de ses mouvements, l'extrémité tremblait et rebondissait.

— N'essayez pas d'en faire quelque chose pour l'instant, l'avertit-il, tâchez juste de l'avoir en main.

A présent, Rose regrettait le choix de sa tenue. La robe étroite et ceinturée contraignait ses mouvements et, quand elle levait les bras, elle sentait ses seins tirer sur les boutons. Elle jeta un coup d'œil dans la direction de John, il n'avait rien remarqué. Pour dissimuler son embarras, elle garda la canne assez basse et la fit tourner dans sa main comme si elle en évaluait le poids.

Mais bientôt, elle ne put résister à l'envie de l'impressionner.

— Je crois que ça y est, j'ai bien envie d'essayer un petit lancer.

Elle leva la canne comme elle l'avait fait avec la branche, mais elle était au moins trois fois plus longue, et elle eut un geste trop appuyé ; le bout de la canne décrivit une belle courbe arrière, entraînant le fil et la mouche qui se mit à zigzaguer avant d'atterrir dans un rhododendron où elle s'accrocha à une branche haute. Prise de panique, Rose lâcha la canne comme si elle lui avait brûlé les mains.

John éclata de rire.

— Ne vous en faites pas, cela arrive à tout le monde.

Il alla au pied de l'arbre et tira en vain sur la ligne.

La mouche était coincée.

— Il va falloir que j'aille la chercher, dit-il, je ne veux pas la perdre.

Il grimpa à l'arbre.

En le regardant tirer sur l'hameçon, Rose se demanda si c'était ça l'amour : cette confusion, cette vague d'excitation qui déferlait sur tout son corps à la vue de la haute silhouette agile de John Flynn, plaquée au tronc de l'arbre d'un vert brillant. Lui aussi portait du blanc, une chemise blanche immaculée sur un pantalon gris foncé. La chemise, sans col, était un peu trop grande pour lui. L'air s'y engouffra, la faisant gonfler autour de son cou et dans le dos quand il se pencha en arrière pour guider l'hameçon à travers la verdure épaisse. Il avait roulé ses manches, faisant apparaître des avant-bras longs et musclés.

Rose eut l'impression que sa respiration restait bloquée dans sa gorge. Elle tourna le dos et fit semblant de regarder quelque chose, au loin sur le lac.

— Je me demande pourquoi personne n'appelle le lac par son vrai nom, lui cria-t-elle par-dessus l'épaule.

— Vous voulez dire le Lac du Cygne ?

— Je trouve son nom irlandais bien plus beau, « Allabawn ».

— Ça revient au même. Je ne l'appelle jamais comme ça, et personne non plus, d'ailleurs.

— Je sais, mais c'est pourtant son vrai nom.

Dans son dos, elle entendit un bruit sourd quand il sauta à terre. Il ramassa la canne à l'endroit où elle l'avait abandonnée et la rejoignit.

— « Allabawn » veut dire « cygne blanc », dit-il en enroulant la ligne qui traînait. Alors où est la différence ?

Elle commençait à regretter d'avoir soulevé ce débat qui prenait une tournure très scolaire.

— C'était juste une question que je me posais, murmura-t-elle. Cela n'a aucune importance. Et si nous sortions ce bateau ?

— Je crains qu'il ne vous faille vous entraîner un peu plus. Sinon, nous risquons fort de chavirer et de finir noyés.

Pendant les dix minutes qui suivirent, Rose se débrouilla fort bien. Bien qu'incapable de focaliser toute son attention sur les finesses de la pêche à la mouche, elle réussit successivement plusieurs lancers sans se retrouver emmêlée dans quelque buisson ou feuillage, et John Flynn déclara qu'elle pouvait sans trop de risques essayer au milieu du lac.

Tandis qu'ils s'éloignaient du lac pour rejoindre le hangar à bateaux, Rose pria pour qu'ils ne le trouvent pas fermé à clé. Elle se souvenait que, quelques années auparavant, le bruit courait dans la région que l'IRA allait déplacer ses opérations le long de la frontière avec l'Irlande du Nord, à quelques kilomètres de là. Gus avait méprisé ces rumeurs, mais Daphné avait insisté pour qu'on remplace la porte de la salle des armes et qu'on pose de nouvelles serrures à toutes les portes de la maison, y compris les écuries. Pourvu que sa mère ait oublié ce hangar !

Quand le bâtiment fut enfin en vue, elle eut le cœur chaviré. Quel spectacle pitoyable ! La peinture écaillée partait en lambeaux et, ce qu'il restait de l'unique fenêtre était noir de crasse. Tandis qu'ils se frayaient un chemin vers l'entrée, d'épaisses broussailles pleines de ronces lui écorchèrent les jambes, et elle eut du mal à éviter les buissons d'ortie qui atteignaient près d'un mètre de haut de chaque côté de la cale en ciment. A son grand soulagement, un gros cadenas en fer, ouvert et tout rouillé, pendait à l'extérieur, disparaissant en partie dans les hautes herbes qui poussaient devant les portes.

— Il doit dater du siècle dernier, commenta-t-elle en l'écartant du pied pour attraper le loquet et ouvrir les battants.

— Vous êtes sûre que c'est sans problème ?

John se tenait en arrière.

— Mais oui. Je vous l'ai dit tout à l'heure — le jour de mon anniversaire, j'ai le droit de faire ce que je veux.

Il fit un pas en avant et vint appuyer de tout son poids sur les portes pour les ouvrir mais, à peine y fut-il arrivé, qu'ils eurent un choc : le spectacle qui les attendait à l'intérieur était encore pire. Les barques étaient bien là, mais on les distinguait à peine derrière le voile grisâtre, aussi épais que du coton, que les araignées avaient tissé d'un mur à l'autre. En tendant l'oreille, Rose perçut des bruits de craquements et de frottements. Elle frissonna. Elle n'avait pas peur des souris, mais elle détestait les rats.

— Cela doit faire des années que personne n'est entré ici, dit-elle. Dieu seul sait ce que nous allons y trouver.

— Déjà, nous avons les bateaux, fit John avec entrain, et, plongeant la main au milieu du rideau de toile d'araignée, il le déchira.

Instinctivement, Rose sauta en arrière. John baissa la tête puis se frotta les cheveux pendant que le voile tombait en s'effilochant. Rose éternua plusieurs fois, et dans la crainte de se retrouver nez à nez avec un rat, elle resta en retrait. John finit par saisir la plus petite des deux barques et la sortit à moitié du hangar, dans la lumière du jour.

— Celle-ci m'a l'air tout à fait bien, dit-il en la soulevant d'un côté puis de l'autre afin d'en inspecter la quille.

— Elle ne m'a pas l'air si bien que ça, fit Rose.

— Mais si, elle me paraît très solide. Il donna à la barque, jadis verte, un vigoureux coup de pied. En revanche, ajouta-t-il en regardant Rose, elle est assez sale. Comment allez-vous faire avec votre robe blanche ?

Rose éternua.

— Ce n'est pas un problème, dit-elle, je ne peux la mettre qu'une fois, de toute façon. Elle se... elle se — elle éternua encore — elle se lave. Désolée, parvint-elle à articuler, c'est la poussière.

— Restez bien en arrière, je vais la mettre à l'eau.

Il retourna à l'intérieur, où il trouva une paire de rames et de tolets qu'il lança dans la barque avant de la pousser le long de la cale de lancement. Il sauta à l'intérieur et Rose s'apprêtait à en faire autant quand il l'arrêta.

— Donnez-moi deux petites secondes.

Il tira de sous un siège une vieille boîte d'Ovomaltine visiblement prévue pour écoper. Se penchant par-dessus la barque, il la rinça dans le lac, puis lança de l'eau plusieurs fois sur l'un des bancs en bois.

— Ça va sécher au soleil, cria-t-il. Restez-là un instant. Je vais juste tester l'embarcation.

Il ajusta les tolets et les avirons, et commença à ramer en décrivant de petits cercles.

Avec une certitude absolue, Rose sut qu'elle se souviendrait toute sa vie de ce moment-là. Il lui semblait que son esprit fonctionnait comme un appareil photo, captant toutes les sensations qui l'assaillaient en une série d'images claires et nettes : les éclaboussures des rames dans l'eau calme du lac, les trilles d'une alouette très haut au-dessus de leurs têtes, l'aboiement d'un chien dans le lointain, les odeurs — de poussière autour du hangar à bateaux et d'argile au-dessus des broussailles dérangées — le soleil qui envoyait des éclats de diamant au bord des ronds dessinés sur l'eau par le tranchant des rames, l'alignement parfait des épaules de John pendant qu'il ramait, le geste qu'il eut pour abaisser l'un des avirons et tourner la tête vers elle. Elle se rendit compte qu'il venait de lui parler.

— Pardon ? lui cria-t-elle.

— Je disais que c'était presque sec, à présent, répondit-il. Je viens vous chercher. Vous pouvez prendre la canne et le sac ?

Il manœuvra la barque avec le bord, lui prit des

mains la canne et le sac, puis rentrant les avirons, l'aida à monter. Rose fut bouleversée. C'était la première fois qu'ils se touchaient. Elle lâcha aussitôt sa main en espérant qu'il n'avait pas remarqué la brusquerie de son mouvement.

Miss Rose et lui... John n'arrivait pas à croire à ce qui lui arrivait.

Il avait beau concentrer toute son énergie sur l'effort physique comme s'il était en train de naviguer sur un océan, lorsqu'il atteignit le milieu du lac, il était presque en état de choc mental. Assise, droite comme un i sur son siège, elle avait les mains posées sur les genoux et regardait de côté, le long du fil de l'eau. Il avait une expérience limitée des filles, mais celle-ci était la plus belle créature sur laquelle il ait jamais posé les yeux. Elle n'était pas bronzée mais, par contraste, sa robe blanche faisait paraître sa peau dorée, et ses longs cheveux sombres, retenus par le même ruban que la veille, brillaient comme du cuivre sous le soleil éclatant.

Quand ils avaient été si proches, là-bas sur le rocher, au moment où il accrochait la mouche, il avait respiré son odeur de miel et quand il l'avait aidée à monter dans la barque, sa main dans la sienne, déjà un peu moite de l'effort fourni, lui avait paru fraîche et fragile. Elle leva le bras pour abriter ses yeux du soleil et il remarqua qu'un bracelet de pierres bleutées étincelait à son poignet. Ses yeux étaient-ils assortis à la couleur des pierres ? Dans la lumière éblouissante et avec sa tête tournée sur le côté, il fut incapable de le vérifier.

Pour se remettre les idées en place, il se concentra sur les rames. Le bois était usé et tiède au toucher ; ramer lui avait toujours paru facile, comme d'ailleurs tout ce qui exigeait d'être accompli en rythme : son professeur de danse, à l'école nationale, lui avait dit un jour qu'il ferait un excellent batteur. Il adorait danser — au point d'ignorer les railleries de ses camarades qui le taxaient d'efféminé — et avait remporté des médailles dans diverses catégories de danses folkloriques ; lors des veillées ou des mariages, il était très demandé pour les valses à l'ancienne. Il essaya d'imaginer comment ce serait de danser avec Rose, de la tenir dans ses bras ; elle devait sûrement être légère comme un oiseau. Il lui jeta un regard furtif. Elle était penchée sur le côté, une main traînant dans l'eau, et ses cheveux qui évoquaient le drapé d'un rideau cachaient la moitié de son visage.

— Je ne vous ai pas souhaité un bon anniversaire, dit-il pour relancer la conversation.

— Eh bien, il est encore temps. Qu'attendez-vous ?

— Joyeux anniversaire !

— Merci. Et maintenant, vous allez m'apprendre à pêcher ?

Quelque chose dans la manière dont elle parla lui envoya comme une décharge d'électricité dans tout le corps et, pour dissimuler son trouble, il s'empressa de rentrer les avirons et d'attraper la canne à pêche.

— Nous allons nous arrêter ici. Après tout, cet endroit en vaut bien un autre, dit-il, mais je vous préviens, je n'ai guère d'espoir.

Sous le regard de Rose, il sentit ses doigts trembler légèrement quand il voulut attacher la mouche, et il lui fallut bien plus longtemps que d'habitude pour y arriver.

— Comment s'appelle celle-ci ? demanda-t-elle, assise sur ses mains.

— Un oison.

— Pauvre petite bête, dit-elle en souriant.

Il lui sourit à son tour. Toute la scène — l'éclat du soleil, l'eau immobile et claire — paraissait irréelle.

Le seul élément de réalité devint la canne à pêche, le sifflement plaintif de la ligne avant qu'elle ne vienne frapper l'eau, le V qu'elle décrivit à la surface quand il la dévida.

Pendant une demi-heure, ils attendirent le poisson et John se détendit un peu en voyant que Rose prenait progressivement confiance en elle. Elle semblait trouver la canne plus facile à manier là, au milieu du lac, et réussit un ou deux excellents lancers, exactement à l'endroit qu'elle visait. Peu après, il lui prit la canne des mains pour lui montrer comment, par un léger mouvement du poignet, elle pouvait envoyer la mouche effleurer la surface de l'eau comme si elle était vivante.

— Oh, c'est merveilleux ! s'exclama-t-elle. Mais jamais je n'y arriverai.

— Essayez, dit-il.

Mais l'exercice se révéla trop difficile pour Rose et, au bout d'un moment, comme elle lui avouait être un peu fatiguée, il suggéra d'essayer ailleurs.

Ils s'étaient lentement laissés emporter par le courant, à bonne distance au sud du hangar à bateaux, et se rapprochaient à présent de la rive opposée. En face d'eux, un bouquet de saules penchés au-dessus de l'eau faisait de l'ombre.

— On pourrait essayer là-bas, sous ces arbres, dit-il en les montrant du doigt. Il y a moins de lumière.

— D'accord.

Il rembobina la ligne et reprit les rames. Juste à gauche des saules, un héron — le même que la veille ? — était assoupi sur une patte dans les roseaux. En entendant la barque approcher, il étira le cou, s'éleva à une trentaine de centimètres au-dessus de la surface de l'eau, et s'envola à grands coups d'ailes paresseux, pour reprendre la pose un peu plus loin, dans les bas-fonds. A part le héron, ils étaient les seuls êtres vivants sur le lac ; en temps normal, on voyait des cygnes, quelques foulques ou des colverts, mais la chaleur avait visiblement poussé toutes les créatures raisonnables à rechercher l'ombre.

Une fois de plus, John rentra les avirons et laissa la barque dériver dans les roseaux jusqu'à ce que la coque vienne doucement s'arrêter sur un lit de graviers. Il allait se diriger vers l'ombre des saules quand Rose prit la parole.

— John ?
— Oui ?
— Il fait vraiment très chaud. Si nous nous reposions un moment ?
— D'accord, lui répondit-il, troublé.

Livrée à elle-même, la barque quitta le gravier et se remit à dériver en décrivant doucement un cercle, si bien que l'arrière se retrouva à l'avant. Bientôt, l'ombre des saules descendit sur eux, leur procurant un délicieux soulagement.

— Est-ce qu'on ne pourrait pas s'abriter là ?

Elle désignait l'endroit où les branches avaient créé une sorte de grotte entre le feuillage et la rive herbeuse.

— Bien sûr, pourquoi pas ?

S'accrochant aux branches traînantes comme à des cordes, il dirigea le bateau avec habileté. La lumière du soleil filtrait au-dessus de leurs têtes, dessinant des zones d'ombre et de lumière sur la barque, et il remarqua que les cheveux de Rose brillaient doucement par endroits et paraissaient, à d'autres, aussi noirs que les ailes d'un jeune corbeau. Que faire à présent ? Il commençait à se sentir totalement désorienté.

— On dirait une cachette secrète, dit-elle en attrapant, sur une branche qui retombait dans la barque, une feuille étroite dont elle suivit la veine centrale du bout du doigt.

— Oui, dit John, incertain. Il avait l'impression d'être un acteur sur scène qui avait oublié sa prochaine réplique.

— Personne ne pourrait deviner que nous sommes là.

De toute évidence, c'était à lui de parler.

— C'est sûr.

La tête penchée de côté, elle levait les yeux vers lui avec une curieuse expression. Se méfiant de lui-même, il se pencha au-dessus du bateau et fit semblant d'observer les araignées d'eau et les minuscules vairons qui pointaient leur tête à la surface, là où l'on voyait encore l'argile de la rive. Le silence sous les feuilles était si profond qu'il entendait distinctement les très légères perturbations que les insectes provoquaient sur l'eau. Les secondes s'écoulèrent, et la tension augmenta, jusqu'à ce que l'envol bruyant d'un oiseau dans les branches au-dessus d'eux les fasse sursauter et lever la tête au même instant.

Presque sans savoir ce qu'il faisait, John se releva à moitié, se pencha en avant et embrassa le visage de Rose. Il manqua sa bouche et ses lèvres vinrent se poser sur son menton. L'action se déroula en un millionième de seconde et il sauta brusquement en arrière comme s'il s'était ébouillanté.

— Excusez-moi. Je suis vraiment désolé.

— Il n'y a pas de quoi, dit Rose doucement. C'était très agréable.

Il se pencha à nouveau, et la charpente de la barque se mit à craquer sous son poids. Il l'embrassa une seconde fois, bouche contre bouche, mais sans effleurer aucune autre partie de son corps. Rose répondit à son baiser. Ses lèvres étaient douces et chaudes et, de nouveau, l'odeur de son corps lui rappela celle du miel.

Rose aurait voulu que ce baiser ne s'arrête jamais, mais quand elle sentit qu'il allait s'écarter d'elle, elle se détourna aussitôt. Elle ne voulait pas qu'il pense qu'elle était trop hardie. Et chacun regarda au loin, s'absorbant dans la contemplation de l'eau.

Grâce à ses longs cheveux retombant sur son visage, elle put lui dissimuler son expression et l'observer tout à loisir. Il avait la tête tournée de côté, et à son cou une veine battait à un rythme si rapide que le bouton du haut de sa chemise tremblait à chaque pulsation. Son propre pouls battait à la même allure et elle éprouvait tout à la fois un mélange de honte, d'extase et de peur. Le baiser avait été merveilleux, bien mieux que l'expérience hâtive qu'elle avait connue à cette soirée, quelques années auparavant. Sa bouche était exactement comme elle l'avait imaginée. Non, mieux encore.

Elle avait tellement envie qu'il l'embrasse encore, mais bien sûr, ce n'était pas aux filles de prendre les devants. Elle devait juste attendre, et voir ce qui se passerait. Il reprenait les avirons. Ils allaient retourner au milieu du lac...

Avant qu'il n'ait le temps de faire le moindre mouvement, elle oublia ses bonnes manières.

— John ?
— Oui ?

L'une des rames avait glissé de son amarre et il s'apprêtait à la remettre en place.

— Vous voulez y aller maintenant ?
— Qu'est-ce que vous voulez faire ?
— Je voudrais que vous m'embrassiez encore, s'entendit-elle dire avec un petit rire nerveux... Je suis désolée...

L'espace d'une seconde, il la regarda, puis, se déplaçant précautionneusement pour ne pas faire tanguer la barque, il vint s'asseoir à côté d'elle et prit son visage entre ses mains ; elle perçut la fraîcheur de ses doigts derrière ses oreilles et sur sa nuque pendant que, doucement, il posait sa bouche sur la sienne.

Rose ferma les yeux. Elle avait l'impression de nager, et de couler, de nager et de couler. Au bout d'un moment, les lèvres de John s'ouvrirent et elle sentit le bout de sa langue. Elle prit brusquement peur et rompit le baiser. Ils ne pouvaient pas faire ça, c'était un péché.

Mais ses mains n'avaient pas laissé échapper son visage ; il attendit une seconde, puis reposa ses lèvres sur les siennes. Elle les entrouvrit, et cette fois, le laissa entrer. Au début, ce fut une sensation étrange, un peu effrayante, mais très vite, tout son corps sembla acquérir une vie autonome et lui dicta de glisser les bras autour de son cou et de se serrer contre lui. La barque se mit à remuer dangereusement. Instinctivement, Rose tendit les mains devant elle pour se protéger.

Il rit et elle l'imita. Puis ils se turent. Rose avait du mal à respirer.

— Je crois que nous ferions mieux d'y aller, dit-il.
— Si vous voulez.

Elle posa un doigt à l'endroit exact où son pouls battait. John lui prit la main et la garda serrée contre lui.

— Vous êtes adorable, Rose, dit-il. Joyeux anniversaire.

Puis il l'embrassa encore une fois, mais si rapidement qu'elle n'eut pas le temps de lui répondre. En un instant, il s'était éloigné et avait repris les avirons.

Après la fraîcheur des saules, la chaleur sur le lac cogna sur la tête nue de Rose dès qu'ils quittèrent l'ombre. Le soleil éblouissant l'aveuglait à moitié. Ici, elle se sentait exposée comme si elle portait une pancarte proclamant ce qui s'était passé entre eux sous les arbres. Et bientôt, les doutes affluèrent : elle n'aurait pas dû, elle l'avait « aguiché » et maintenant, il n'allait plus la respecter. Sa mère allait tout découvrir — et Rose ne se faisait aucune illusion sur ce que sa mère en penserait si jamais elle l'apprenait.

Enfin, pire que tout, elle avait commis un péché mortel et allait devoir s'en accuser en confession. S'embrasser ainsi sur la bouche était un péché mortel.

Elle regarda le visage sérieux de John et se mit à souhaiter que ce fût elle, et non lui, qui rame. Oh ! Comme elle aurait aimé pouvoir utiliser toute l'énergie physique qui bouillonnait en elle. A quoi pensait-il ? Les garçons éprouvaient-ils le même sentiment de honte quand des choses pareilles se produisaient ? Mais c'était bien elle qui lui avait demandé de l'embrasser, non ? On ne pouvait vraiment pas dire qu'il l'avait forcée. D'un autre côté, il avait été le premier à la toucher. Tout cela était bien embrouillé.

Ils étaient arrivés à mi-chemin quand, pour se reposer un instant, il laissa la barque dériver. Rose se sentit gagnée par la panique ; il la ramenait et tout allait être terminé. Il ne voudrait pas la revoir. Elle se rendit compte que, plus que tout au monde, *elle* voulait *le* revoir. Sa mère, les sœurs et son directeur de conscience pouvaient bien aller au diable — elle avait trop envie qu'il l'embrasse. Encore et encore.

La barque continuait de dériver. Elle finit pas s'arrêter presque complètement. Rose prit une profonde inspiration : c'était maintenant ou jamais. Elle se pencha en avant et posa la main sur sa cuisse qu'elle fut surprise de trouver ferme à travers la toile de son pantalon.

John, qui regardait derrière lui, se tourna vers elle au contact de sa main. La gorge de Rose se serra. Pourtant, elle ne bougea pas.

— A quoi pensez-vous ?

— A rien, et vous, à quoi pensez-vous ?

Il la regardait par en dessous, et ses yeux lui semblèrent plus fendus que jamais. Rassemblant tout son courage, elle lui dit la vérité.

— Je pense au moment où vous m'avez embrassée.

Cela lui parut si osé que sa voix trembla.

John baissa la tête et marmonna quelque chose qu'elle n'arriva pas à saisir.

— Comment, John ?
— Moi aussi, dit-il plus fort.
— Je vois.
— Bon.
— Bon, répéta-t-elle.

Elle chercha des yeux le héron, mais il semblait avoir abandonné son poste. Elle reprit une profonde inspiration. Après tout, elle pouvait aussi bien le dire. Elle n'avait rien à perdre.

— John, est-ce que nous allons nous revoir ?
— Vous voulez dire que nous pourrions sortir ensemble ?

Elle fit un effort pour que sa voix reste calme.

— Vous en avez envie ?
— A votre avis ? demanda-t-il le regard obstinément fixé sur le plancher de la barque.
— Si vous le voulez, je le veux aussi.
— Oui, dit-il d'une voix posée, je le désire de tout mon cœur.

Rose eut l'impression que son corps tout entier allait littéralement éclater de joie, pourtant, elle s'efforça d'adopter le ton bas et sobre de John.

— Alors, d'accord, dit-elle, comme s'ils étaient en train de conclure les préparatifs d'un enterrement.

Il eut son grand sourire carnassier.

— Ce n'est pas exactement le genre de chose qui va les faire sauter de joie, là-haut dans la Grande Maison...

— Non, fit Rose.

Puis elle lui rendit son sourire. Elle souriait tellement aujourd'hui que ses joues lui faisaient mal ; elle pourrait sourire ainsi jusqu'à la fin de sa vie.

— Qui pourrait bien le savoir ? dit-elle. Je n'ai pas l'intention d'envoyer un avis à l'*Irish Times*, et encore moins à l'*Argus* ou au *Démocrate*. Et vous ?

A cet instant précis, elle se sentait plus heureuse qu'aucune fille ne pouvait l'être le jour de son seizième anniversaire. Elle avait bel et bien été embrassée, et elle avait un petit ami.

— Il faudra être prudent.

Il tira sur le bord ouvert de sa chemise et Rose trouva que c'était le geste le plus sexy qu'elle ait jamais vu.

— Bien sûr que je serai prudente, dit-elle.

Elle réfléchirait plus tard aux obstacles qu'ils risquaient de rencontrer. Demain, peut-être.

John lâcha les rames, s'essuya les paumes sur son pantalon et lui tendit ensuite la main d'un air très formel. Intriguée, Rose la prit.

— Bonjour, Miss O'Beirne Moffat. Ravi de vous rencontrer. Je suis John Flynn, un de vos locataires.

Elle eut un petit rire incertain.

— Bien le bonjour, Mr. Flynn. Ravie de vous connaître. C'est vous qui vivez dans la maison de gardien, n'est-ce pas ?

— C'est exact, Miss.

— Et que faites-vous, je vous prie, pour nous autres, les O'Beirne Moffat ?

— Je suis entièrement à votre service, Miss, à votre service le plus *dévoué*...

Il porta sa main à ses lèvres et l'embrassa, puis la retourna doucement pour en embrasser la paume, contre laquelle il plaqua si fort sa bouche qu'elle sentit la pression de ses dents. Puis après un coup

85

d'œil alentour, pour vérifier que personne ne les observait, il se mit à genoux et attira sa tête vers lui. Il lui embrassa les yeux, le cou et enfin, la bouche. Rose entrouvrit les lèvres, mais il les referma en y posant deux doigts, avant de l'embrasser à nouveau.

— Juste un petit porte-bonheur, Rose, murmura-t-il.

Tandis qu'il les ramenait vers le hangar à bateaux, Rose avait l'impression de flotter à dix centimètres au-dessus de son siège. La chaleur bourdonnait à ses oreilles et elle s'aspergea le visage d'eau, si généreusement que quelques gouttes saumâtres lui coulèrent dans la bouche.

— C'est le plus bel anniversaire que j'aie jamais eu, dit-elle. Quand est le vôtre, John ?

Son anniversaire tombait à la fin du mois d'août, le 25.

— Je saurai d'ici là si je pars ou non, dit-il.

— Partir ? demanda-t-elle, brusquement consternée. Où voulez-vous aller ?

— Émigrer, répondit-il. Enfin, peut-être. Je ne sais pas encore.

Rose savait que l'émigration faisait partie intégrante de la vie en Irlande mais, pour elle, cela n'arrivait qu'aux autres, c'était juste écrit quelque part sur ses livres d'histoire et de géographie.

— Pour aller où ?

— Au Canada, probablement. Un endroit appelé l'île du Prince Edward.

— Je n'en ai jamais entendu parler.

Elle n'avait pas le droit de lui montrer ce qu'elle ressentait.

— Ça a l'air romantique, ajouta-t-elle, déterminée à rester positive. Est-ce que c'est plein de neige, d'Eskimaus et tout ça ?

— Pour tout vous dire, je n'en sais trop rien. Nous y avons des cousins éloignés.

— Oh, John, dit-elle rapidement, vous ne pourriez pas trouver un travail par ici ? Et puis, que faites-vous de votre diplôme de fin d'études ?

— Il n'y a guère de chances de trouver du travail dans la région, dit-il brièvement. Je... enfin nous, Derek et moi... nous risquons fort de ne pas avoir d'autre choix que de partir. Et nous avons abandonné l'école.

Rose comprit brusquement. Comment avait-elle pu manquer de tact à ce point ? De toute évidence, Mrs. Flynn ne pouvait plus assurer les frais de scolarité de ses fils.

— Je vois, fit-elle en cherchant désespérément quoi dire. Il fait vraiment de plus en plus chaud, dit-elle enfin, consciente qu'elle aurait pu trouver mieux. Je meurs de soif.

— On y est presque, répondit-il.

Rose laissa de nouveau sa main traîner dans l'eau. Le jour lui semblait brusquement avoir perdu une partie de sa luminosité. Pourquoi fallait-il toujours qu'un nuage vienne obscurcir le ciel le plus brillant ?

Pour l'instant, elle refusait d'envisager la possibilité du départ de John. Il était là, elle était là, et l'été ne faisait que commencer. Ils avaient toute la saison devant eux. Et qui sait si elle ne le détesterait pas à la fin des vacances ? A moins que ce ne soit lui, qui se mette à ne plus la supporter ! Elle lui jeta furtivement un regard. Sous le soleil, ses cheveux étincelaient comme le blé mûr. Mon Dieu, pensa-t-elle, mi-exaltée, mi-désespérée, il est si beau...

Il tira la barque sur la cale et l'aida à descendre. En lui prenant la main, Rose fut envahie par une vague de timidité, mais il continua à la tenir fermement tandis qu'il vérifiait que l'embarcation était bien en place. Puis il la prit dans ses bras et recommença à l'embrasser.

Au même moment, Rose entendit un bruit en provenance du hangar à bateaux. Croyant que c'était un rat, elle poussa un petit cri. John et elle se retournèrent aussitôt.

— Bonjour, dit Derek, en sortant à la lumière.

— Tu m'as suivi... fit John en s'écartant de Rose.

Derek les toisait d'un air narquois.

— Mais pas du tout, répondit-il. Je fais comme toi, je suis sorti me promener. Je cherchais un endroit tranquille pour lire.

Rose vit qu'il avait en effet un livre à la main. Il le brandissait, en fait, en souriant.

— J'ai marché jusqu'au hangar et voyant les portes ouvertes, j'ai décidé d'y jeter un coup d'œil.

— Allons donc, tu n'as jamais particulièrement apprécié les grandes promenades...

— Et depuis quand sais-tu ce que j'aime faire ?

John serra les poings.

— Tu étais en train de nous observer, là-bas sur l'eau, avoue...

— Vous observer ? Sûrement pas, dit Derek. Pourquoi ? Il y avait quelque chose à voir ? Au fait, tu ne me présentes pas ? ajouta-t-il en regardant Rose.

— Tu t'es caché là, délibérément, pour nous espionner.

— Je ne vois pas très bien ce que j'aurais pu espionner. Je t'ai demandé de me présenter, John.

Et sans attendre, Derek fit quelques pas en avant et tendit la main à Rose.

— Bonjour, Miss Moffat. Je m'appelle Derek. C'est moi le jumeau.

Rose prit la main qu'il lui présentait. Elle était terriblement gênée à l'idée que quelqu'un ait pu les voir en train de s'embrasser.

— Comment allez-vous ? dit-elle.

— Je suis ravi de vous rencontrer, continua Derek, sur un ton qui ne fit qu'accroître sa gêne.

Il ressemblait beaucoup à John, ses yeux, sa bouche et jusqu'à sa dentition étaient les mêmes mais, en les voyant l'un à côté de l'autre, Rose remarqua que Derek avait une épaule plus basse que l'autre et qu'il était légèrement plus petit que son frère. Il restait là, à la regarder, et elle se vit à travers ses yeux, avec ses joues rougies par le soleil et la confusion, ses cheveux tout emmêlés et sa robe blanche froissée.

— John m'apprenait à pêcher, expliqua-t-elle. Il se trouve que c'est mon anniversaire.

— Oh, je vois, dit-il.

Rose se mit à bredouiller.

— Eh bien oui, justement, c'est mon anniversaire. Vous ne me souhaitez pas un bon anniversaire ?

— Joyeux anniversaire, Miss Moffat.

Devant le ton volontairement emphatique qu'il employa, Rose se prit à détester son nom de famille. *La petite Miss Moffat ne quittait pas son sofa...*

— Tu peux peut-être m'aider à ranger ce bateau ? intervint John. Enfin, si tu ne te sens pas trop faible aujourd'hui ?

— Je suis au mieux de ma forme, lui répondit gaiement Derek en ignorant le sarcasme de son frère.

Il fit le tour de la barque et, à eux deux, ils la hissèrent jusqu'à l'intérieur du hangar à bateaux.

— Quel charmant endroit, fit Derek, en époussetant de la main les toiles d'araignée qui s'étaient accrochées à ses vêtements.

Rose avait l'impression qu'on l'avait littéralement clouée sur place, là sur la rampe en ciment. Le sentiment de joie qui l'avait habitée toute la journée s'était brusquement éteint. Outre la gêne qu'elle éprouvait à l'idée d'avoir été observée, elle se détestait aussi d'être en partie à l'origine du malaise entre les deux frères. Ne vaudrait-il pas mieux qu'elle s'en aille tout simplement et qu'elle les laisse seuls régler leur différend ?

John sortit du hangar et ferma l'une des portes.

— Excuse-moi, dit-il à Derek, nonchalamment appuyé contre l'autre porte.

Derek fit un bond exagéré pour le laisser passer.

— Faut-il les fermer à clé, Rose ? demanda-t-il.

Rose comprit qu'il cherchait à écarter son frère. Elle jeta un coup d'œil au vieux cadenas rouillé qui traînait dans l'herbe, à quelques mètres de là.

— Je doute fort que ce truc-là marche encore, dit-elle, et de toute façon, je n'ai aucune idée de l'endroit où peut se trouver la clé.

— Très bien, fit John, nous y allons, alors ?

— Je peux venir avec vous ? demanda Derek en souriant.

— Venir où ? rétorqua John. Nous n'allons nulle part. Je vais juste raccompagner Rose.

— Tiens donc, jusqu'à la porte de la Grande Maison ?

— La ferme, Derek ! lâcha brusquement John, et Rose vit, à son visage empourpré, qu'il commençait à perdre patience.

— D'accord, d'accord, fit Derek, en prenant délibérément l'accent local. Désolé, Miss Moffat.

John ramassa sa canne à pêche et son sac et se mit aussitôt en route à une allure d'enfer. Après un instant d'hésitation, Rose le suivit. Elle dut pratiquement courir pour le rejoindre. Derrière elle, Derek lui emboîtait le pas.

Tous trois progressèrent en file indienne le long du rivage, jusqu'au promontoire où Rose avait rencontré John pour la première fois. Ce dernier s'arrêta et se tourna vers son frère.

— Je te retrouve à la maison, Derek, dit-il.

Derek leva les mains, en signe de reddition.

— Entendu, à tout à l'heure, alors.

Il s'avança vers Rose et s'inclina exagérément devant elle.

— Au revoir, Miss Moffat.

— Appelez-moi Rose, je vous en prie, lui dit Rose, complètement désemparée.

— Au revoir, Rose.

Et, les mains dans ses poches, il s'éloigna vers les arbres. John et Rose le suivirent du regard. Arrivé à la lisière du bois, il cassa une petite branche de marronnier dont il agita les feuilles pour s'éventer le visage.

— Je suis désolé, murmura John quand il eut disparu de leur vue.

— Qu'est-ce qu'il a ? Vous vous êtes disputés ?

— Franchement, je ne sais pas. On dirait que Derek cherche noise à tout le monde ces temps-ci.

— Et moi qui croyais que les jumeaux étaient tellement proches l'un de l'autre...

— Mais ils le sont — je veux dire, nous le sommes. Enfin, nous l'avons été pendant très longtemps, et nous le sommes toujours par certains côtés.

— Et s'il ressent une douleur, vous la sentez aussi ?

— Non, lâcha John. Enfin... si. J'ai dit « non », parce que j'en ai un peu assez que tout le monde me pose cette question. C'est vrai que je sens quand il souffre — pas tout le temps mais parfois, c'est évident. Et quand il est malheureux, je le sais toujours.

— Et lui ?

— Je ne sais pas.

Au ton de sa voix, Rose comprit que le sujet était clos. Il lui prit la main.

— Je suis vraiment désolé que vous ayez assisté à tout ceci, répéta-t-il.

— Ce n'est pas grave, John.

Il continuait à lui tenir la main. L'espace d'un instant, elle crut qu'il allait l'embrasser à nouveau, et son cœur cogna dans sa poitrine, mais il fit un pas en arrière.

— Il vaudrait mieux que je rentre, à présent.
— Très bien.
Ils se mirent d'accord pour se revoir le lendemain.
— Prête pour une deuxième leçon de pêche ?
Elle vit que son humeur s'était éclaircie. Ses yeux en amande lui souriaient.
— D'accord pour la pêche, dit-elle.
Il l'embrassa sur la joue et s'éloigna rapidement. Quand il arriva près du bois, il se retourna et lui fit signe de la main, avant de brandir sa canne à pêche.

Rose réussit à traverser la cuisine, le couloir, le hall et à grimper l'escalier jusqu'à sa chambre sans rencontrer âme qui vive. Elle referma la porte derrière elle et retira sa robe qu'elle jeta sur le tas de vêtements par terre. Puis elle se laissa choir sur son lit et se mit à contempler le plâtre craquelé et terne du plafond, en suivant des yeux le tracé des moulures tout autour. C'était une habitude qui datait de son enfance et qui lui avait toujours permis de retrouver une certaine sérénité. Or le tumulte régnait dans sa tête. Voilà que les problèmes se profilaient déjà à l'horizon : John Flynn allait partir...

Rose était cependant bien trop excitée, et rien n'aurait pu la calmer. Elle se retourna sur le ventre et ferma les yeux pour recréer les sensations physiques que lui avaient procurées ses baisers. Brusquement, elle prit conscience d'un bruit : on frappait à sa porte.
— Oui ? cria-t-elle, le cœur serré.
— Puis-je entrer, Rose ?
C'était la voix légère de sa mère.
— Une seconde, maman !
Elle bondit de son lit, enfila à la hâte sa robe de chambre, noua la ceinture, se dirigea vers la porte en ramassant au passage une brassée de vêtements qu'elle flanqua dans un coin de la pièce, et ouvrit enfin à sa mère.

Daphné, impeccable comme d'habitude, tenait un paquet. A son aspect inconsistant, Rose en conclut que c'était un cadeau fait maison.

— Entre, maman, dit-elle.

Daphné O'Beirne Moffat avança de quelques pas et Rose se raidit, dans l'attente de l'inéluctable sermon sur l'ordre qui allait suivre, mais pour une fois, sa mère retint sa langue. Elle lui tendit le paquet.

— Bon anniversaire, ma chérie.

— Merci, maman.

Rose prit le paquet et embrassa sa mère sur la joue. Puis, insufflant un peu d'enthousiasme à sa voix, ce qui ne lui fut pas trop difficile, étant donné son euphorie, elle ajouta :

— Est-ce que je peux l'ouvrir tout de suite ?

Sa mère eut l'air agréablement surprise.

— Bien sûr.

Rose arracha le papier d'emballage et sortit un pull-over en angora, aussi doux que des flocons de neige et d'une ravissante teinte bleu très pâle, tricoté dans une délicate maille dentelle. Rose s'y connaissait suffisamment en tricot pour savoir à vue d'œil que l'ouvrage, réalisé avec des aiguilles très fines, avait dû coûter à sa mère des semaines, voire des mois, de travail. Elle le tint devant elle.

— Oh, maman ! s'écria-t-elle avec un émerveillement sincère, c'est la plus jolie chose que j'aie jamais vue. Merci infiniment !

Avant que Daphné ait pu l'arrêter, elle lui avait jeté les bras autour du cou et l'embrassait.

— Rose, je t'en prie...

Daphné protestait mais, comme elle riait en même temps, Rose continua à l'embrasser. C'était un de ces rares moments de tendresse entre elles, et Rose fut surprise de sentir les larmes lui monter aux yeux. Mais, sachant que sa mère n'appréciait guère ce genre d'effusion, elle détourna la tête en battant des paupières.

— Merci encore, bredouilla-t-elle. Je le mettrai ce soir pour le dîner.

— Je suis contente qu'il te plaise, Rose, dit Daphné. Où donc étais-tu passée cet après-midi ? Je t'ai cherchée partout.

— Je... j'étais sortie avec Muffin et Charlie, mentit Rose. Je les ai emmenés faire une grande balade au bord du lac.

Mais déjà, le regard de Daphné faisait le tour de la pièce.

— Rose, il va vraiment falloir que tu fasses quelque chose à propos de cette chambre. C'est une honte. Je sais que c'est ton anniversaire aujourd'hui, et je ne vais pas choisir ce jour-là pour te sermonner, mais vraiment, je m'étonne qu'on ne t'ai pas inculqué de meilleures habitudes au couvent. Je suppose pourtant qu'on ne tolère pas ce genre de comportement à l'école ?

Rose pensa au box d'un mètre sur deux qu'elle occupait dans le dortoir.

— On n'a pas le même espace, maman. Mais ne t'inquiète pas, j'aurai tout rangé avant le dîner. Je te le promets.

— Au fait, que faisais-tu en robe de chambre en plein milieu de la journée ? Tu dormais ?

— Non, maman, je m'apprêtais juste à me changer quand tu as frappé.

Daphné s'éclaircit la gorge.

— Ah... Eh bien, je te souhaite encore un heureux anniversaire. A tout à l'heure, pour le dîner, alors ? Je crois que Mrs. McKenna a préparé quelque chose de spécial.

— Parfait, à tout à l'heure, maman.

Rose ouvrit la porte à sa mère et, dès qu'elle fut

sortie, la referma avec soulagement. Un sentiment de culpabilité l'envahit. Cela faisait à peine un jour qu'elle connaissait John, et voilà qu'elle mentait déjà.

Derek n'était pas en vue quand John rentra. Leur mère, assise sur le pas de la porte, coupait un chou en lamelles dans une marmite en fer-blanc posée à ses pieds.

— Te voilà, John. As-tu attrapé quelque chose ?
— J'ai bien peur que non, maman. Tu as vu Derek ?

Elle secoua la tête.

— Je crois qu'il m'a dit qu'il allait au côté de Carrickasedge, pour voir Jer Hennessy.

Jer Hennessy était un de leurs camarades d'école.

— Eh bien, il n'y est pas allé. Il m'a suivi jusqu'au lac. Je suis tombé sur lui.

Mary Flynn prit une autre feuille de chou et planta son couteau pointu à l'extrémité de la côte.

— Il y a quelque chose qui tracasse ce garçon, dit-elle.

— Je sais, maman. Mais j'aimerais autant que cela ne rejaillisse pas sur moi. Je ne lui ai rien fait.

Sa mère s'essuya le front du revers de la main qui tenait le couteau, et il vit à ce geste à quel point elle était lasse.

— Ne t'inquiète pas, maman, dit-il, je prendrai soin de lui.

3

Il n'y avait rien de plus triste, pensait Rose, qu'un araucaria trempé. L'été avait filé à une allure terrifiante ; assise sur le rebord de la fenêtre de sa chambre, elle regardait, indifférente, la pluie morne et grise tomber dans les gouttières et le long des murs de Sundarbans, aplatissant les mauvaises herbes dans le gravier et formant des flaques dans les trous de la pelouse. Même les couleurs des chintz sur les chaises de sa chambre et des tapis indiens élimés sur le plancher semblaient avoir été aspirées par la pluie, et elle frissonna tout en feuilletant son journal, fidèlement tenu chaque jour depuis sa rencontre avec John.

Il restait moins de douze heures avant la fin du mois d'août. Et John partait pour l'île du Prince Edward le 1er septembre.

Il aurait pu tout aussi bien partir pour une autre planète. Certes, certains parents éloignés de Rose vivaient dans des colonies exotiques, dans les anciennes dépendances ou même en Angleterre, et plusieurs de ses camarades de pension avaient de la famille en Amérique. Mais John lui avait appris qu'à Monaghan, les gens « simples » n'émigraient pas vers Boston, le Bronx ou Chicago, mais dans cette minuscule province canadienne, une pratique instaurée au milieu du siècle dernier, avant la famine, par un prêtre de la région qui était allé s'y installer et avait ensuite invité ses fidèles à l'y rejoindre.

Elle avait consulté ses manuels scolaires dans l'espoir d'en apprendre un peu plus sur cet endroit, mais n'avait trouvé qu'une simple mention : la Confédération du Canada avait apparemment été signée dans la capitale de l'île, une ville nommée Charlottetown. Et quand, à tout hasard, elle avait parlé de ce lieu à sa grand-mère, qui avait des correspondants dans le monde entier, tout ce que cette dernière avait pu lui dire était qu'elle pensait que l'intrigue d'un livre pour enfants, *Anne, la petite fille du donjon*, se déroulait dans cette île.

Rose avait fouillé les hautes bibliothèques vitrées de Sundarbans, mais aucun exemplaire ne portait ce titre. Elle avait toutefois réussi à localiser l'endroit sur un atlas. L'île du Prince Edward flottait au large des côtes de la Nouvelle Écosse, arquée et étirée comme un sucre d'orge suçoté jusqu'à la moitié.

Elle appuya sa joue contre la fraîcheur de la fenêtre. Cela ressemblait bien au Seigneur, se dit-elle, d'envoyer autant d'eau pour son dernier jour avec John. Ils ne pourraient sans doute même pas monter à cheval, ce qui était devenu leur activité préférée. Ses yeux se remplirent de larmes. John s'était mis à l'équitation comme s'il était né sur un cheval, et tous deux avaient passé le plus clair de l'été, de loin le plus heureux que Rose ait connu dans sa vie, à admirer la campagne de Monaghan du haut de leurs selles.

John et Derek avaient tenté de trouver du travail dans les magasins ou les garages de la région, à Carrickmacross, à Clones, à Monaghan, et même à Butlers Bridge et Enniskillen, de l'autre côté de la frontière. Mais l'Irlande du Nord traversait la même crise économique que celle du sud, et aucun des gros fermiers n'embauchait. Il n'y avait rien à faire, lui avait dit John, la seule solution était de partir. L'idée de laisser leur mère seule l'inquiétait, mais Derek et lui enverraient de l'argent et, au moins, elle serait financièrement plus à l'aise.

— Et, qui sait, tout ira peut-être pour le mieux, Rose, lui avait-il dit. Imagine que je devienne millionnaire dans quelques années... Je pourrai alors revenir.

Rose savait que la possibilité qu'il devienne riche en travaillant dans une exploitation de pommes de terre au Canada était infime.

— Je ne te reverrai jamais, avait-elle sangloté contre sa poitrine.

Il avait essayé de la consoler.

— Je reviendrai pour les vacances, Rose.

Mais ses sanglots avaient redoublé. Elle savait que même s'il disait vrai, il s'écoulerait des années avant que cela ne se produise. Il risquait de rencontrer quelqu'un d'autre, il changerait. Les choses ne seraient jamais pareilles et, elle en était persuadée, sa vie s'arrêterait le jour où John quitterait Drumboola.

Elle l'aimait tellement ! C'était comme si sa souffrance traversait son corps de part en part. Même dans les moments heureux, *particulièrement* dans les moments les plus heureux, les larmes la prenaient par surprise. Le pire ayant été le jour où lui aussi avait pleuré, la tête baissée sur la poitrine.

— Je ne veux pas partir, Rose, avait-il chuchoté.

Elle l'avait pris dans ses bras et avait essayé de le réconforter, mais en vain, et ses propres larmes étaient venues se mêler aux siennes.

Et maintenant, le jour qu'ils redoutaient tant était arrivé. Elle regarda sa montre. Il était midi et demi. Il avait promis de la retrouver aussitôt qu'il le pourrait, vers deux heures, pensait-il.

Rose serra les lèvres, se leva et ferma son journal

d'un coup sec. Elle n'allait pas rester assise là, à pleurer comme un bébé, elle allait se rendre utile ; elle irait voir dans les écuries si les chevaux étaient prêts. Au moins, si John et elle ne pouvaient pas monter aujourd'hui, ce ne serait pas de sa faute.

Après s'être mouchée, elle descendit l'escalier, et avait presque réussi à s'échapper de la maison quand elle entendit qu'on l'appelait depuis le petit salon et dut faire demi-tour. Sa grand-mère se tenait assise à l'écritoire près de la fenêtre, un pékinois sur les genoux, l'autre à ses pieds.

— Tu m'as appelée, Nanny ? demanda Rose.

— Oui, ma chérie. Je suis vraiment désolée de te déranger, mais serais-tu assez gentille pour aller me chercher la bouteille de Quink, dans ma chambre ? Figure-toi que je n'ai plus d'encre.

Rose acquiesça. Elle adorait sa grand-mère et était toujours heureuse de lui rendre service, même quand il s'agissait d'aller promener deux fois par jour les pékinois dans le jardin d'agrément. La mère de Gus, petite et fraîche, était toujours tirée à quatre épingles, un rang de perles autour du cou. La plupart du temps, elle restait dans sa chambre et entretenait une volumineuse correspondance avec de vieux amis disséminés dans le monde entier. Pour Gus et Daphné, la présence de Nancy O'Beirne Moffat dans la maison était comme un voile de brume, visible mais impalpable. Pour sa petite-fille, elle était une confidente aimante et chaleureuse.

Jusqu'à cet été, où Rose avait rencontré John Flynn.

Elle n'avait pu se résoudre à parler de lui à qui que ce soit, pas même à son adorable grand-mère.

Elle monta l'escalier en courant, jusqu'à la chambre de Nancy, toujours légèrement imprégnée de l'odeur de l'eau de Cologne. La bouteille d'encre bleu nuit, presque vide, se trouvait sur le secrétaire en bois de rose qui, excepté le grand lit, était le meuble le plus imposant de la pièce. Rose avait toujours beaucoup aimé ce secrétaire, que la propre grand-mère de Nancy avait rapporté d'Afrique du Sud, plus d'un siècle auparavant. Elle attrapa la bouteille de Quink et redescendit l'escalier en courant.

— Merci, ma chérie, dit sa grand-mère quand elle la lui donna.

Le pékinois, pelotonné sur ses genoux, renifla la bouteille puis se laissa retomber en un tas de poils longs.

— Quelle triste journée, dit-elle à Rose en le caressant. Veux-tu que nous fassions une partie de canasta un peu plus tard ?

Rose perçut l'accent de solitude dans sa voix délicate et s'en voulut aussitôt d'avoir négligé sa grand-mère tout l'été. Mais John était devenu toute sa vie, et rien n'aurait pu la détourner de lui, surtout pas aujourd'hui.

— Demain, je te le promets, Nanny, dit-elle en reculant vers la porte. Aujourd'hui ce n'est pas possible. Je... j'ai un tas de choses à faire. Il faut absolument que je sorte les chevaux.

— Par ce temps ?

— Oh, ça va s'éclaircir. Ils l'ont dit à la météo.

Bien sûr, Rose n'avait pas écouté la météo.

— Et, de toute façon, ajouta-t-elle, les chevaux se moquent bien du temps.

Sa grand-mère continuait à caresser son chien.

— Très bien, ma chérie, je compte sur toi pour demain, alors.

Le ciel était gris sombre, et la pluie ruisselait sur l'imperméable de Rose alors qu'elle se dirigeait vers les écuries. Elle n'avait pris ni chapeau ni parapluie et, en quelques minutes, elle eut les cheveux si dégoulinants d'eau qu'ils se plaquèrent en longues mèches sur son visage. Quelle importance ? Elle pouvait avoir n'importe quelle tête aujourd'hui. Cela lui était bien égal.

Avec le désir pervers de se rendre encore plus malheureuse qu'elle ne l'était déjà, Rose leva les yeux vers le sommet affaissé du toit de la maison. Cet été avait vu Sundarbans dépouillé de la plupart de ses hautes cheminées ; leur poids pesait trop lourd sur le toit déjà affaissé, et représentait un danger pour la maison elle-même. Sundarbans, pensait-elle en s'enferrant dans la souffrance, craquait aux coutures comme une vieille robe de bal dont personne ne voulait plus.

En raison de la pente du terrain, l'arrière de la maison était beaucoup plus haut que la façade ; les bâtiments — la maison, les granges et une étable désaffectée — s'étendaient sur les trois côtés d'une cour pavée, fermée sur le quatrième par un haut mur de pierre. On se serait cru dans une cour de prison, aujourd'hui plus que jamais. Quel contraste par rapport à la superbe journée d'été où l'on avait descendu les cheminées, et où elle était tout accaparée par son nouvel amour. Elle avait trouvé Gus au milieu de la cour, complètement abattu, surveillant les ouvriers sur le toit.

Rose devait retrouver John pour la troisième fois, et c'était tout ce qui comptait ; néanmoins, elle savait à quel point ce moment était dur pour son père.

— Papa ? avait-elle fini par dire, en essayant de ne pas laisser percer son excitation. Tu sais, tu dis toujours que Thumper devient trop gros et qu'il aurait besoin d'exercice ?

— Oui, répondit Gus, les yeux obstinément fixés sur le toit.

— Eh bien, qu'en penserais-tu si je m'arrangeais pour qu'il trotte un peu ?

— Tu as bien assez à faire avec Tartan.

Tartan était le poney du Connemara que Gus lui avait offert.

— Non, ce ne serait pas avec moi. Je vais évidemment continuer à monter Tartan. Mais figure-toi que l'autre jour, j'ai rencontré John Flynn, tu sais, de la maison de gardien, et il aimerait beaucoup apprendre à monter. J'ai pensé que, si tu étais d'accord, on pourrait faire d'une pierre deux coups. Je n'ai pas tellement d'occupation et ça m'amuserait de lui apprendre, si tu n'y vois pas d'inconvénient, bien sûr.

L'acoustique de la cour amplifiait la résonance du marteau sur l'échafaudage métallique, et Rose avait dû élever la voix pour se faire entendre.

— Alors, tu penses que c'est possible ?

Gus lui avait jeté un bref coup d'œil avant de revenir aussitôt au toit.

— Ah, l'argent, l'argent, l'argent, avait-il dit en se massant la nuque.

— C'est d'accord, papa ? Nous pouvons prendre Thumper ?

Rose avait dû lui tirer sur la manche et, tout en continuant à se frotter la nuque, Gus avait fini par la regarder.

— Je suppose que ça peut se faire. Sois prudente. Et n'oublie pas de remettre le foin comme il faut à chaque fois.

— Merci papa. Ne t'en fais pas, je n'oublierai pas.

Alors qu'elle commençait à s'éloigner, Gus l'avait suivie des yeux.

— Tu n'en parles pas à ta mère, s'il te plaît.

Elle avait commencé les leçons avec John l'après-midi même.

Alors qu'elle arrivait devant les écuries, un triste sourire lui vint aux lèvres au souvenir de la recommandation de Gus. Elle n'avait pas eu trop de mal à mener son idylle, malgré le regard d'aigle de Daphné. Du moment qu'elle effectuait ses tâches quotidiennes, aidait sa grand-mère, rentrait le soir à une heure raisonnable et se montrait polie et agréable avec tout le monde, sa mère semblait prête à accepter qu'elle passe le plus clair de ses vacances à monter son poney ou à promener les chiens. Jamais Muffin et Charlie n'en avaient autant profité...

Même par beau temps, la cour des écuries était un endroit désolé et fantomatique, mais aujourd'hui la pluie se déversait à torrents dans les gouttières percées et inondait les pavés, si bien que Rose, qui portait des bottes aux semelles usées, devait faire attention à ne pas glisser. Elle remarqua que la bonde d'écoulement au milieu de la cour était bouchée ; se souciant peu de se salir les mains, elle la dégagea en déblayant les feuilles mortes et les amas de foin mouillé qui l'obstruaient. Elle attendit que les dernières gouttes s'évacuent en glougloutant dans la rigole et regarda autour d'elle. Clicker, le poney qui tirait le cabriolet, ne se manifesta pas, mais Tartan et Thumper, les oreilles dressées, l'observaient par-dessus les portes de leurs stalles.

Gus évoquait toujours le temps où il possédait en permanence sept, huit ou même dix chevaux de chasse, entretenus par des palefreniers qui occupaient les chambres au-dessus de l'écurie. Maintenant, à part Rose et Gus, la seule personne qui prenait soin des trois derniers chevaux était Fergie McKenna, le fils de la cuisinière. Tous les jours, il venait une heure ou deux pour nettoyer le fumier et faire les gros travaux.

Rose se dirigea vers Thumper ; de toute évidence, le cheval appréciait son nouveau style de vie. Il la gratifia d'un hennissement et elle caressa son museau doux et chaud.

— Oh, Thumper, fit-elle, qu'allons-nous devenir ?

Le cheval se frotta contre elle, mendiant un sucre.

Démocratiquement, Rose caressa aussi le nez de Tartan, avant d'entrer dans le box de Clicker. Il sommeillait sur trois pattes, le dos tourné à la porte, mais il ouvrit les yeux quand Rose arriva à hauteur de sa tête.

— Toi aussi, Clicker, dit-elle en lui flattant l'échine, il va te manquer.

Elle prit une poignée de foin dans le râtelier et la lui tendit. D'un geste dédaigneux, le poney étira les lèvres pour en saisir quelques brins.

Rose s'appuya contre son flanc tiède ; le poney déplaça son poids et, tout en respirant l'odeur prenante de l'animal, Rose suivit son mouvement. Elle se sentait à l'abri, apaisée par le bruit de la pluie, la solidité tranquille du vieux poney et le grincement de ses dents tandis qu'il mâchonnait le foin. Une silhouette apparut dans l'encadrement de la porte.

— Ce n'est pas vraiment le temps idéal, hein ?

Rose sursauta de frayeur.

— Ah ! Oh... John, c'est toi, balbutia-t-elle, soulagée, en lui tendant les bras.

C'est alors qu'elle remarqua l'épaule tombante. Ce n'était pas John, mais Derek. Son erreur était compréhensible : ainsi éclairé à contre-jour, son visage était resté dans l'ombre.

— Bonjour, Derek, dit-elle, déçue.

— Désolé, fit-il, ce n'est que moi.

Même le bruit de la pluie n'arrivait pas à masquer l'amertume et l'ironie dans sa voix.

— Ne vous excusez pas, Derek, je vous en prie.

Ses cheveux blonds paraissaient noirs de pluie et ses vêtements dégoulinaient.

— Vous êtes trempé, dit-elle en soulevant la clenche de la porte. Venez vous mettre à l'abri.

— Merci.

Il avança de quelques centimètres dans l'obscurité de l'écurie. Clicker, voyant qu'on ne lui donnait plus à manger, souffla bruyamment par les narines et se détourna d'eux pour aller se servir lui-même.

— Si c'est John que vous cherchez, dit Rose, il n'est pas encore là, mais il devrait arriver d'une minute à l'autre. Il a dit qu'il viendrait dès que possible.

— C'est justement pour ça que je suis là. J'ai un message pour vous. Il ne pourra pas venir cet après-midi. Il est allé en ville avec maman, voir le curé.

— Quoi ?

— John ne peut pas venir cet après-midi, il est...

Rose lui coupa la parole.

— J'ai entendu. Mais est-ce que cela signifie qu'il ne pourra pas venir du tout ?

— Le message dit juste qu'il ne pourra pas venir cet après-midi, répéta Derek.

— D'accord, mais viendra-t-il plus tard, quand il aura terminé avec le curé ? Et puis, pourquoi doit-il le voir ?

— Je ne sais pas.

— Oh, pour l'amour du ciel, vous devez bien avoir une idée...

Rose se sentait gagnée par la frénésie.

— Je vous ai dit tout ce que je savais. Je ne suis que le messager.

— Je suis sûre que vous savez au moins pourquoi il est allé voir le curé...

— Maman voulait nous y emmener tous les deux mais j'ai conclu un marché avec John. Je lui ai dit que je vous porterais le message s'il m'aidait à la convaincre que je n'avais pas besoin d'y aller, étant donné que je me suis confessé et que j'ai communié dimanche dernier.

— Et lui, non ?

— Il y a des semaines qu'on ne l'a pas vu à la messe.

Sa voix était lourde de sous-entendus, et Rose le regarda durement.

— Il ne m'en a jamais parlé, lâcha-t-elle lentement. Merci pour le message.

Ils n'avaient jamais abordé la question de la messe. John pensait-il que ce qu'ils faisaient ensemble les mettait en état de péché mortel ?

— Et maman a peur que là-bas, nous ne fréquentions que des protestants, dit Derek. Ou plutôt des protestantes, rectifia-t-il.

Rose comprit qu'il cherchait à la provoquer, et refusa d'entrer dans son jeu.

— Merci, Derek, répéta-t-elle.

— De rien, répondit-il, sans faire mine de bouger. Je suppose qu'il viendra plus tard, quand il sera revenu de la ville. Il y a environ une heure qu'il est parti.

Devant son immobilité, Rose perdit contenance.

— Et... vous, comment vous portez-vous ? Est-ce que... vos poumons, ça va ?

— Tout va bien. Le docteur dit qu'il n'y a plus de souci à se faire. Il suffit que je reprenne un peu de forces et que j'évite d'attraper froid.

— C'est formidable, Derek.

Voyant qu'il ne bougeait toujours pas, elle se creusa la cervelle pour trouver autre chose à dire.

— Aimeriez-vous visiter les écuries ? fut la première phrase qui lui vint aux lèvres.

Elle était consciente du ridicule de sa proposition par un temps pareil, mais il fallait qu'elle sorte de ce lieu sombre, et vite.

— Oui, c'est une bonne idée.

Le cerveau en ébullition, Rose l'entraîna vers la cour. Elle n'avait encore jamais été seule avec lui. Et il ne semblait pas du tout pressé de s'en aller.

— Eh bien, dit-elle, se sentant un peu bête, voici la cour des écuries, comme vous pouvez le voir.

Son bras décrivit un vague cercle dans l'air.

— Oui.

Il restait immobile. La pluie continuait à tambouriner sur les pavés ; elle lui coulait du sommet de la tête jusque dans les yeux et la bouche, lui donnant l'air d'un phoque, mais il ne semblait pas s'en soucier. Contrairement à elle, il n'avait pas d'imperméable, juste une veste, détrempée par la pluie. A présent qu'ils étaient à l'air libre, la gêne que Rose avait ressentie à l'idée d'être seule avec lui avait disparu. Elle s'était montrée égoïste, se dit-elle, et tellement obnubilée par John qu'elle n'avait pas prêté attention à la souffrance de Derek. Après tout, il n'était encore qu'un jeune garçon. Elle essaya de se mettre à sa place : sur le point de partir à l'autre bout du monde, sans personne pour le regretter si ce n'est sa mère, sans argent, sans perspectives.

— Aimeriez-vous voir les sidecars et les cabriolets ? demanda-t-elle. Papa en a une superbe collection, ils sont très vieux. De véritables antiquités, en fait.

Il acquiesça et elle tira l'une des lourdes portes pour l'ouvrir.

— Oh, Derek, laissa-t-elle échapper impulsivement, c'est tellement affreux que vous deviez partir, John et vous.

A ces mots, elle crut que le visage de Derek allait se briser en mille morceaux. Il enfouit sa tête dans ses mains et se mit à sangloter comme un enfant.

Consternée, la porte toujours entre les mains, Rose resta clouée sur place quelques instants, puis les larmes de Derek vinrent tarauder sa propre souffrance et elle se mit à pleurer avec lui.

— Venez au moins vous abriter, réussit-elle à

hoqueter. C'est idiot, de quoi avons-nous l'air, tous les deux... comme ça, comme...

Elle lui prit le bras et l'entraîna vers l'intérieur. Puis, tout en sachant que cela ne servait à rien, elle tapota sa manche de la main.

— Derek, voyons, Derek, arrêtez... Derek, je vous en prie... Je ne peux pas supporter...

Il s'écarta brusquement d'elle et, s'agrippant des deux mains à la roue du sidecar le plus proche, le secoua si fort que le véhicule se mit à rebondir et à grincer. La grange en pierre résonnait d'un bruit assourdissant. Rose se tenait derrière lui, impuissante, si près qu'elle sentait l'odeur de laine mouillée de sa veste. Quand, peu à peu, il se calma, son instinct la poussa à aller l'embrasser, mais la peur la retint.

— Oh, Derek, dit-elle tristement, j'aimerais tellement...

— Quoi ?

Il se retourna pour lui faire face mais elle ne savait pas ce qu'elle aurait tellement aimé, ni quoi dire d'autre, et elle eut un léger haussement d'épaules en guise d'excuse.

Tout à coup, il se jeta sur elle et la saisit par les bras ; Rose perdit l'équilibre, si bien qu'elle dut s'accrocher à lui pour ne pas tomber. Alors il l'embrassa, avec violence et rage, et tenta de forcer sa bouche avec sa langue.

Rose se mit à hurler et, aussi soudainement qu'il s'était jeté sur elle, il s'écarta. Les yeux écarquillés, il recula, franchit la porte de la grange, et se retrouva dehors sous la pluie. Il avait l'air si jeune et si effrayé qu'elle s'avança vers lui, mais il fit volte-face, traversa la cour en courant et franchit le portillon. Avant qu'elle ait pu dire un mot, il était parti.

Rose sentit ses genoux se dérober sous elle. Elle s'assit sur une marche en pierre à côté du cabriolet, et appuya la tête contre la carrosserie imprégnée de l'odeur de vieux vernis ; après quelques instants, elle se rendit compte qu'étrangement, même si elle avait encore la bouche meurtrie par ce baiser forcé et si son cœur battait toujours à grands coups, elle était moins bouleversée qu'elle n'aurait dû l'être. Le visage de Derek, si semblable à celui de John, mais si pâle et si désespéré, avait éveillé en elle une telle pitié qu'elle n'arrivait pas à lui en vouloir.

Au bout d'un moment, elle se leva et quitta la grange. A l'autre extrémité de la cour, les deux chevaux observaient ses mouvements avec intérêt, mais au lieu d'aller vers eux, Rose retourna dans le box de Clicker. Il lui arrivait parfois de souhaiter être une bête. Une bête naissait, mangeait, travaillait, dormait et mourait. La vie était si simple quand on était une bête.

Elle aperçut une brosse, à moitié cachée sous la paille dans un coin du box. Elle la ramassa et se mit à peigner le dos et les flancs de Clicker, et à démêler sa crinière.

— Qu'est-ce que je vais devenir ? Qu'est-ce que je vais devenir ?

Et, tout en décrivant de larges cercles sur le poil du poney, elle répétait cette phrase sans arrêt.

Clicker, dont la peau ondulait de l'épaule jusqu'à la croupe, frissonnait de plaisir.

Tandis que s'égrenaient les minutes de cette dernière journée, John bouillonnait de frustration. Par amour pour sa mère, il faisait cependant de son mieux pour n'en rien laisser paraître.

La visite au curé s'était finalement avérée brève et anodine ; une simple bénédiction et quelques paroles d'avertissement onctueuses à propos de la « chasteté catholique » et de la nécessité de « garder la foi ».

Mais ensuite, il avait fallu faire la tournée des magasins de Carrick, lent chemin de croix où chaque commerçant tenait à accompagner ses adieux d'un petit cadeau. La souffrance qui marquait le visage de Mary Flynn était déjà plus que John n'en pouvait supporter, sans compter son désir exacerbé de retourner au plus vite vers Drumboola, vers Rose.

McCann, le marchand de tissus, chez qui ils voulaient acheter deux chemises blanches, était leur dernière étape. Le propriétaire, le ventre rebondi et le teint florissant, avait insisté pour les servir personnellement et n'avait rien voulu entendre pour le paiement.

— Non, non, *non*, Mrs. Flynn. N'avez-vous pas été l'une de nos meilleurs clientes pendant toutes ces années et, que Dieu nous garde, il me semble que c'était encore hier que ce chenapan ici présent faisait sa première communion et voilà qu'il nous quitte ! Et pas pour la porte à côté, hein ! Pour l'autre côté de l'océan, à la conquête du Nouveau Monde, ni plus ni moins !

D'un geste habile, il enveloppa les chemises dans du papier brun puis raccompagna John et sa mère jusqu'à la porte. Il y avait plusieurs clients dans la boutique et John était rouge de confusion devant le remue-ménage dont il était la cause. Il savait que le marchand avait bon cœur et que ses intentions étaient généreuses, mais il avait hâte qu'il lui lâche la main et qu'il en finisse avec ses exhortations fleuries.

— Vous serez un brave petit gars, hein ? Vous verrez, vous allez faire fortune, et votre mère sera tellement fière de vous, sans parler de nous tous à Carrick !

Serrant toujours la main de John, il se tourna vers Mary.

— Allez, Mrs. Flynn, vous allez voir ! Pff ! A eux

deux, ils vont revenir avec des millions dans les poches et c'est nous qui serons tous jaloux, hein ? Qu'est-ce que vous voulez, finalement, partir, c'est le mieux qu'ils aient à faire... Il faut bien que jeunesse se passe, et que vieillesse trépasse...

Enfin, ils parvinrent à regagner la voiture de Ned Sherling, le voisin qui les avait accompagnés, et, pendant tout le voyage de retour, John sentit un sourd désespoir le gagner. Il ne voulait pas partir loin d'ici, loin de ce paysage humide, de sa mère, et surtout de Rose. Il se retourna pour regarder Mary ; assise sur la banquette arrière, elle semblait comme raidie par la souffrance. Ne serait-ce que pour elle, il ne devait pas se laisser aller à sa douleur.

Ces derniers jours avaient été les plus durs de sa vie. Outre qu'il allait quitter Rose, il savait aussi que l'émigration de l'autre côté de l'océan était une expérience traumatisante pour toute la communauté, et presque équivalente à une mort prématurée. Le prix du voyage par avion était prohibitif pour des gens simples comme eux, et une fois l'émigrant parti, on avait peu de chances de le revoir un jour. Les seuls liens se résumaient à quelques lettres, et il ne revenait au pays — si toutefois il en avait les moyens — que pour les enterrements.

A la tristesse que John ressentait à l'idée de quitter sa mère, venait s'ajouter la culpabilité qu'il éprouvait à se soucier autant de Rose. Elle et lui étaient jeunes et, pour eux, tout était possible. Tandis que demain, il en était conscient, pouvait fort bien être la dernière fois que Derek et lui verraient leur mère vivante.

— Vous pouvez me laisser là, Ned, s'il vous plaît ? demanda-t-il au moment où la voiture, qui longeait depuis quelque temps le mur d'enceinte de Sundarbans, arrivait devant l'une des maisons de gardien abandonnées.

La grille à cet endroit était fermée, mais John connaissait une brèche dans le mur couvert de lierre par laquelle il pouvait se glisser.

— Cela ne te dérange pas, maman ?

Mary et lui n'avaient jamais parlé de sa relation avec la fille de la Grande Maison. Il savait qu'elle était au courant, mais avec le temps qui filait, ce n'était pas le moment de se perdre en subtilités.

Mary fit non de la tête. Depuis leur départ, elle avait gardé les mains agrippées à la poignée de son sac et aux paquets contenant leurs achats.

— Tu es sûre que ça va aller ? insista-t-il, très mal à l'aise. Sinon, je reste avec toi...

Mais elle répéta son signe de dénégation. Soulagé — et honteux de l'être —, il descendit de la voiture, salua Ned et disparut par la brèche.

La pluie avait fini par s'arrêter, mais le sentier qui menait à la maison, laissé à l'abandon depuis des années, était traître, enfoui sous la boue et les broussailles. De toute la propriété, c'était la partie qu'il aimait le moins, celle que les O'Beirne Moffat avaient le plus déboisée afin d'améliorer les fins de mois difficiles. Au moins, se disait-il, la nature avait entamé son processus de reconstruction : de jeunes plants pointaient le nez et un tapis de lierre, de fougères et de ronces gagnait progressivement sur le chaume brûlé et les souches tronquées. Il se demanda combien de temps il faudrait encore avant que ce paysage désolé ne soit vraiment reboisé, puis il se dit que ce n'était pas la peine de s'en soucier puisqu'il ne serait sans doute pas là pour le voir.

Comme il s'y attendait, il trouva Rose dans les écuries. Elle était assise sur un tas de paille, dans un coin du box de Tartan. Le Connemara était sellé mais pas harnaché. Elle bondit quand il souleva le loquet de la porte.

— J'avais tellement peur que tu ne viennes pas...

— Derek ne t'a pas transmis mon message ? J'ai dû aller à Carrick avec maman...

— Tu es là, c'est le principal, s'exclama-t-elle, et il vit qu'elle était sur le point de fondre en larmes.

— Rose, je t'en prie, dit-il. Nous n'avons pas beaucoup de temps.

— Je sais bien, mais je ne peux pas le supporter, John.

— Veux-tu que nous allions nous promener à cheval ?

Sa question n'arrangea rien. Elle se laissa retomber sur le tas de paille.

— A quoi bon, maintenant ?

— Rose, je t'en prie, répéta-t-il.

Il décrocha le mors de Tartan et l'installa dans la bouche du poney.

— Est-ce que Thumper est prêt ?

Levant les yeux, il la vit acquiescer tout en continuant de pleurer.

— Allez, viens, dit-il. Regarde, le soleil se montre.

Il avait l'impression absurde de consoler une toute jeune enfant.

Rose se leva et sortit de l'écurie, pendant que John, tout en lui tendant les rênes de Tartan, se dirigeait vers le box de Thumper.

Ils enfourchèrent leurs montures et, mettant les bêtes au pas pour sortir de la cour, partirent vers un grand pré où ils pourraient tranquillement leur lâcher la bride. Après toute cette pluie, le soleil humide était étonnamment chaud et, quand ils abordèrent au petit galop le terrain en pente, John, qui précédait Rose, s'abandonna au mouvement de son cheval. Le soleil lui caressait le visage. Comme tout cela allait lui manquer... Cette chaleur, et cette joie qu'il ressentait à maîtriser la course du cheval d'un simple geste de la main ou du pied. Il éperonna Thumper ; il ne fallait pas penser au lendemain, sinon il allait gâcher le peu de temps qu'il lui restait avec Rose.

Puis ils ralentirent l'allure des chevaux avant de pénétrer dans le bois. Le sentier qui serpentait entre les arbres était étroit et ils durent passer l'un derrière l'autre. Dans cette partie du domaine, les arbres verts formaient une voûte touffue et si les oiseaux, particulièrement agités après la pluie, se livraient à un beau tapage dans les branches, les sabots des chevaux ne faisaient pratiquement aucun bruit sur l'épais tapis d'aiguilles. John regardait le dos droit de Rose dont les longs cheveux, répandus sur ses épaules, commençaient à sécher. Sa gorge se serra : qu'allait-il devenir sans elle ?

Ils parvinrent à la petite clairière qu'ils avaient fini par considérer comme la leur, et mirent pied à terre. Après avoir attaché les bêtes à un buisson de noisetiers, ils restèrent debout, face à face, le caractère éphémère du moment pesant lourdement entre eux.

D'une certaine façon, pensa John, c'était comme s'ils s'étaient déjà séparés. Quand il prit Rose dans ses bras, elle lui parut raide et tendue, mais très vite, ses jambes fléchirent, et ils tombèrent enlacés sur le sol.

Ce soir-là, Rose frappa à la porte de la chambre de sa grand-mère, puis la poussa sans attendre la réponse.

Nancy était adossée à des coussins dans son lit massif, une liseuse réchauffant ses épaules étroites. Son visage s'éclaira.

— Rose, s'exclama-t-elle, quelle bonne surprise !

Rose se précipita vers le lit. Se laissant tomber sur les genoux, elle enfouit sa tête dans l'édredon et donna libre cours à ses larmes.

Les deux pékinois, qui dormaient enroulés à côté de leur maîtresse, sautèrent à bas du lit et se mirent sur leurs pattes.

— Ma chérie, Rose, ma chérie... qu'y a-t-il ? Allons, mon petit, que se passe-t-il ? Dis-le-moi...

Des rides d'inquiétude marquaient le mince visage de Nancy lorsqu'elle se pencha pour caresser la tête de Rose.

Rose continuait à sangloter dans l'édredon.

— Oh, Nanny, c'est fini, tout est fini.

— Qu'est-ce qui est fini, ma chérie ? Je t'en prie, mon petit, dis-moi au moins ce qui se passe.

Mais Rose ne put que répéter :

— C'est fini, Nanny, tout est fini !...

— Allons, allons, dit Nancy doucement, je ne sais pas de quoi il s'agit, mais ce n'est sûrement pas aussi grave que tu le penses... Raconte-moi, je t'aiderai. Là, là... ma pauvre chérie, ma petite Rose... Viens là, mon petit, relève-toi et viens t'asseoir à côté de moi.

Rose finit par se calmer et vint se glisser sous l'édredon. Elle posa la tête sur l'épaule de sa grand-mère.

— Pardon, Nanny, excuse-moi, c'est juste que...

Comme elle menaçait de fondre à nouveau en larmes, Nancy intervint.

— Voyons, Rose, montre-toi un peu plus courageuse. Trouve en tout cas la force de me raconter...

Rose ravala ses larmes.

— Je l'*aime*, Nanny, et... et il va partir et je ne le reverrai jamais plus.

— Qui ça, ma chérie, qui aimes-tu ?

— John. John Flynn.

— John Flynn ! Excuse-moi, mon petit, mais je ne crois pas le connaître. L'ai-je déjà rencontré ?

— Tu l'as *forcément* rencontré, Nanny. Tu sais bien, les Flynn, ceux de la maison de gardien. Il a un frère jumeau, Derek.

Si Nancy fut surprise ou contrariée par cette révélation, elle n'en laissa rien paraître.

— Bien sûr, ma chérie. Que je suis bête. Évidemment que je connais les Flynn. C'est simplement que je ne les ai pas vus depuis un moment, dit-elle en caressant les cheveux sombres de sa petite-fille. Et tu dis qu'il va partir ?

— Oui, au... au Canada, Nanny. Autant dire à l'autre bout du monde ! s'écria Rose. Et je... je ne le reverrai jamais !

— Allons, allons, ma chérie. Ces choses-là paraissent toujours pires sur le moment. Bien sûr que tu le reverras. Le monde rétrécit de jour en jour. On est en 1953, pas au Moyen Age. Les avions existent aujourd'hui et, si je ne m'abuse, il faut moins de treize heures pour rallier New York.

— Mais il n'aura pas d'argent et moi non plus, je n'aurai pas de quoi aller le voir.

— Rose, ma chérie, l'argent doit être le moindre de tes soucis. L'argent, ce n'est rien du tout, juste des petits bouts de papier ou de métal. Si vraiment tu l'aimes, et si lui t'aime aussi, tu verras, l'amour triomphera. Tu es encore très, très jeune...

Rose s'écarta.

— Oh, je savais que tu allais dire cela. Je *savais* que tout le monde dirait que nous sommes trop jeunes pour être amoureux. Mais c'est *faux*. Nous sommes réellement et sincèrement amoureux, Nanny.

— Je n'ai pas dit que tu étais trop jeune, mon petit, mais simplement que tu étais jeune. Et crois-moi, je sais que des jeunes gens peuvent tomber amoureux ; tu le sais, *Roméo et Juliette* a toujours été ma pièce préférée de Shakespeare, et je n'ai jamais vu quoi que ce soit d'absurde dans le fait qu'ils s'aiment.

Au son de la voix douce de sa grand-mère, Rose retrouva un peu de calme.

— Que vais-je faire, Nanny ? lui demanda-t-elle. Il s'en va demain matin, et j'ai vraiment été trop bête. Je n'ai même pas réussi à lui dire au revoir comme il faut. J'étais trop bouleversée.

— Tu l'as vu aujourd'hui ?

— Oui, nous... nous sommes allés nous promener à cheval dans les bois.

— Et que s'est-il passé, ma chérie ?

— Comment te dire, Nanny, c'est vraiment trop idiot...

Rose enfouit son visage dans l'oreiller.

— Si tu me racontais, tu te sentirais peut-être mieux.

Rose suivit du doigt les contours d'un myosotis brodé sur la taie.

— Il n'y a rien à raconter, Nanny, dit-elle. Enfin, je veux dire que je ne vais jamais arriver à trouver les mots pour te montrer à quel point j'ai été stupide.

— Essaie, ma chérie.

— Eh bien voilà, commença-t-elle, nous nous promenions à cheval dans le bois, comme je t'ai dit ; nous avons souvent monté ensemble, je lui ai appris, tu comprends, et... et... je savais que c'était la dernière fois. Et puis, nous sommes arrivés à cette petite clairière, continua-t-elle en lançant à sa grand-mère un regard d'excuse, enfin *nous* l'avons baptisée ainsi. Là, nous sommes descendus de cheval, comme d'habitude, et alors... oh, Nanny...

Elle était incapable de poursuivre.

— Là, là... Chut.

La vieille femme se pencha sur le côté et sortit un mouchoir du tiroir de sa table de nuit, qu'elle tendit à Rose.

— Enfin, bref, reprit Rose en se mouchant, au bout d'un moment... je veux dire, après qu'on s'est embrassés... eh bien, je suis remontée sur Tartan, brusquement, et je suis partie au galop. Je ne me suis même pas retournée.

Nancy s'éclaircit la gorge.

— Je vois, dit-elle.

Du fond de sa détresse, Rose perçut une intonation nouvelle dans sa voix et leva sur sa grand-mère un regard légèrement soupçonneux.

— Qu'est-ce que tu vois, Nanny ?

— Rien du tout, ma chérie. Simplement, je me demandais... j'avais peur que...

— Peur de quoi, Nanny ?

— Chut, dit Nancy en posant un doigt sur les lèvres de sa petite-fille.

Elle prit une brosse à cheveux sur sa table de chevet et commença à coiffer doucement Rose.

— C'était peut-être mieux ainsi, mon petit...

Rose, qui s'abandonnait au rythme apaisant, releva la tête.

— Mais c'est *impossible*. Je l'ai *abandonné* là, sans même lui dire *au revoir* ! C'était tellement *égoïste* de ma part !

Nancy réfléchit un instant.

— Écoute, il n'est que huit heures, dit-elle. Ne peux-tu pas le revoir ce soir, ou bien trouverais-tu cela trop pénible ?

— Un peu, oui, confessa Rose, mais surtout, ils font une veillée américaine en son honneur, chez lui.

— Tu pourrais peut-être y aller, suggéra Nancy, qui n'avait jamais eu l'occasion d'assister à une veillée américaine, ainsi baptisée parce que la coutume voulait que la nuit précédant le départ d'un émigrant pour l'Amérique, sa famille, ses amis et voisins se rassemblent chez lui pour une soirée d'adieu, un peu comme pour une veillée funèbre.

— Non, Nanny, je ne peux pas. Je ne pourrais pas le supporter mais surtout, je pense que John ne se sentirait pas très à l'aise de m'y voir, dit Rose avant de se couvrir le visage de ses mains. C'est fini, c'est tout, mais c'est tellement difficile à admettre.

Sa grand-mère continuait à lui brosser les cheveux.

— Pauvre Rose, qui a grandi si vite, si brusquement... Où m'as-tu dit qu'il partait ?

— Sur l'île du Prince Edward, au Canada.

— Ah oui. Eh bien, essaie de voir les choses du bon côté, si tu peux. Au moins, ce n'est pas aussi loin que l'Australie. S'il partait pour l'Australie, évidemment, tu aurais du souci à te faire. Mais le Canada ? C'est juste l'affaire d'un petit saut en avion.

Nancy rassembla les cheveux de sa petite-fille en une épaisse queue de cheval qu'elle se mit à tresser.

— Oh, Nanny, je regrette tant de ne pas t'avoir tout raconté avant. J'aurais dû savoir que tu comprendrais. C'était si affreux de garder tous ces soucis pour moi, sans personne à qui me confier. Je redoutais ce dernier soir plus que tout, et voilà, nous y sommes.

Ses larmes recommencèrent à couler.

— Allons, allons, chérie. Tu peux pleurer autant que tu veux. Je suis là. Mais ce n'est pas aussi terrible que tu le penses, je t'assure.

— Maman ne comprendrait pas.

— Tu pourrais bien avoir des surprises, mon petit, mais cela te regarde. L'un des privilèges supposés de l'âge adulte, c'est qu'il vous appartient de décider à qui faire confiance.

— J'ai totalement confiance en toi, Nanny. Je te demande pardon d'avoir pleuré comme ça, mais je crois que je ne pouvais tout simplement pas m'en empêcher. Il me semble que je n'ai jamais autant pleuré de ma vie.

— Les larmes sont bonnes pour l'âme, ma chérie. Les animaux ne pleurent pas, seuls les hommes ont cette capacité, le savais-tu ? Les êtres humains ont besoin de pleurer de temps à autre.

Rose eut un pâle sourire.

— Oui, enfin... je ne suis pas certaine que tu aies entièrement raison. Je suis *sûre* d'avoir vu des chevaux pleurer.

Elle se tint tranquille pendant que sa grand-mère finissait de lui tresser les cheveux. L'un des pékinois, apparemment satisfait de voir que sa vie reprenait un semblant d'ordre, remonta sur le lit et vint se pelotonner contre sa maîtresse. Peu à peu, l'autre le suivit.

Et tous quatre restèrent ainsi paisiblement allongés dans l'îlot de lumière diffusé par la lampe de chevet.

La maison de gardien était transformée pour la nuit. A travers l'épais rideau de fumée qui montait des cigarettes et des pipes d'argile, les discours allaient bon train, portés par les flots de musique et de boisson ; pour l'occasion, le maigre mobilier de Flynn s'était momentanément enrichi de chaises et de tréteaux empruntés aux voisins.

Bien que le salon, jamais utilisé en temps normal, sente l'encaustique et qu'un feu brûle dans la cheminée, tout le monde était entassé dans la cuisine. Des voisins qui se rencontraient tous les jours, ou du moins une fois par semaine à la messe, se parlaient avec autant d'animation que s'ils ne s'étaient pas vus depuis des années.

Jamais John ne s'était senti aussi las. Il avait présenté à la ronde des assiettées de cake aux fruits, de gâteau au carvi et de sandwiches, s'était assuré que chacun avait un verre. Enfin, il avait un bref instant de répit. Regardant autour de lui, il se demanda tristement combien tout cela allait coûter à sa mère mais il savait que même s'il lui fallait des mois ou des années pour payer, jamais elle n'aurait imaginé se dérober à la tradition. Bien que le feu dans la cuisinière soit entretenu au plus bas et que la porte du fond soit ouverte sur la nuit, l'atmosphère lui parut suffocante et il commença à avoir mal à la tête. Ne pourrait-il pas se glisser dehors un moment pour respirer un peu d'air frais ? Lançant un regard circulaire pour évaluer ses chances d'y parvenir discrètement, il aperçut Derek, coincé entre un vieil homme aux moustaches jaune citron et la sœur, édentée, de ce dernier. John décida de venir à sa rescousse.

— Est-ce que tu pourrais venir me donner un coup de main, Derek ? cria-t-il par-dessus le brouhaha, et il fut récompensé par le regard de soulagement que lui adressa son frère.

— Une autre boisson gazeuse ? reprit-il aussi fort à l'intention des vieillards, deux antialcooliques notoires.

Il s'empara de leurs verres et suivit Derek à l'extérieur, où les casiers de bouteilles étaient entreposés au frais, juste derrière la porte du fond.

— Seigneur, quelle épreuve ! souffla Derek. Tu veux une cigarette ?

— Merci. Arrange-toi pour que maman ne te voie pas fumer ces trucs-là. Enfin, plus que quelques heures encore à tenir, et ce sera fini.

Ils s'appuyèrent contre le mur de la maison. D'où il se tenait, John voyait leur mère debout devant la table de la cuisine, repoussée pour l'occasion à l'autre extrémité de la pièce. Elle beurrait du pain et, dans la lumière des lampes à paraffine, paraissait anormalement rouge.

— Je me fais du souci pour maman, murmura John. Tu crois que ça va aller ?

— Tu as peut-être envie de finir comme ceux-là ? rétorqua Derek en montrant les deux vieux qu'il venait de quitter, avant de tirer avidement sur la demi-cigarette qu'il tenait repliée à l'intérieur de sa paume. Pour tout te dire, j'ai franchement hâte de quitter cet endroit miteux.

— Hier soir, tu disais que tu ne voulais pas partir.
— C'était hier soir.
— Qu'est-ce qui t'a fait changer d'avis ?
— Rien.
— Il a bien dû se passer quelque chose.
— Rien du tout. Et puis, boucle-la, tu veux ?

John le scruta du regard, mais le visage de Derek était dans l'ombre. Alors il se concentra sur la lune et les étoiles. La musique qui provenait de la cuisine lui paraissait gaie et insouciante, plus appropriée à une fête qu'à une veillée.

— Ça va quand même être dur pour maman, reprit-il après un silence.

— Je sais, dit Derek. Mais ce n'est pas de notre faute, que je sache.

— J'ignore de qui c'est la faute, fit John doucement. Mais ce n'est certainement pas la sienne... et moi, je n'ai pas la moindre envie de partir.

Tout à coup, le désir de voir Rose le transperça comme un coup de poignard.

Ils restèrent là un moment, leurs épaules se touchant presque. Derek jeta son mégot par terre.

— Qu'est-ce qui nous attend là-bas, à ton avis ? demanda-t-il.

— Je ne le sais pas plus que toi.

L'un des invités sortit et les salua tout en se dirigeant vers les toilettes, derrière la haie.

— Tu vas lui écrire ? fit Derek en envoyant un coup de pied dans une touffe d'herbe, et John comprit qu'il ne parlait pas de leur mère.

— Nous nous sommes promis de le faire.

— Ha, les grands écrivains ! Les grands cor-res-pon-dants ! s'exclama Derek. Il avait délibérément appuyé sur chaque syllabe pour mieux exprimer le venin de sa remarque.

— Ça suffit, Derek !

Le moment était vraiment mal choisi pour la bagarre.

— Je rentre, reprit John. Tu veux bien porter leur limonade aux deux là-bas ?

— Compte là-dessus.

John, qui avait dû perdre son sang-froid quatre fois dans sa vie, sentit qu'il n'en était pas loin. Il saisit une bouteille de limonade orange dans l'un des casiers et dévissa la capsule. Mais il eut un geste trop brusque et le contenu gazeux jaillit sur ses mains avec un sifflement, éclaboussant le bas de son pantalon et ses chaussures.

Il s'essuya succinctement, retourna dans la cuisine et remplit deux verres. Pendant qu'il traversait la pièce pour les apporter aux deux vieux, il sentit le regard de sa mère, vrillé dans son dos, qui suivait le moindre de ses mouvements. Le volume sonore avait encore augmenté ; sous l'effet de l'alcool qui leur déliait la langue, les gens criaient par-dessus la musique pour se faire entendre. John se sentait à mille lieues de cette atmosphère de fête. Les paroles de Derek résonnaient encore dans sa tête : *Ce n'est pas de notre faute.*

Ce devait bien être de la faute de quelqu'un.

Une boule de colère enflait et montait dans sa gorge comme de la bile. Il fallait à tout prix qu'il s'échappe de cette cuisine suffocante, qu'il échappe à la tristesse de sa mère. Il se força à sourire en tendant aux deux vieux leur limonade, et s'éloigna aussitôt de peur qu'ils n'insistent pour qu'il s'asseye. Du coin de l'œil, il vit que Derek était rentré et qu'il proposait de nouveaux sandwiches aux invités. C'était le moment ou jamais de tenter sa chance.

Une note aiguë mit fin à l'air que jouaient les violoneux, et quelqu'un réclama le silence pour le morceau suivant. Le ton baissa et quand la douce mélodie s'éleva, John se dirigea d'un air déterminé vers la porte du fond, comme s'il allait chercher du ravitaillement.

Avant de sortir, il commit l'erreur fatale de jeter un coup d'œil par-dessus son épaule et croisa le regard de sa mère. Même de loin, sa souffrance le brûla et vint attiser la rage qui bouillonnait en lui. Une fois dehors, il essaya de se calmer en inspirant de grandes bouffées d'air frais, mais ce fut peine perdue. Il aurait voulu pourfendre, mettre en pièces le premier ennemi venu, même invisible.

Il se mit à courir pour s'enfuir aussi vite et aussi loin que possible. Il s'élança dans les champs derrière la maison, à l'aveuglette, martelant le sol spongieux, sans se soucier ni de ses chaussures ni de son pantalon neufs, espérant même les abîmer. Haletant, il courut pendant cinq minutes sur le terrain découvert, bombant le torse face au vent, s'éclaboussant au passage dans les mares laissées par la pluie matinale.

Quand il parvint à la lisière des bois, il ne chercha même pas à trouver un sentier mais, comme un cerf en fuite, plongea droit dans les arbres, écrasant les fourrés et les broussailles. Sa veste s'accrocha à un buisson d'épineux, et il passa sa rage sur le vêtement qu'il arracha violemment, déchirant la poche. Il cassa une branche à un frêne et la brandit autour de lui, frappant de son arme les troncs et les feuilles à sa portée, jusqu'à ce que le bout de bois se désintègre. Indifférent à la piqûre des aiguilles sur ses joues et ses mains, il s'appuya quelques instants contre le fût d'un sapin, essayant de reprendre son souffle. Quelques minutes plus tard, sa fureur s'était entièrement dissipée, et laissait en lui un vide qui lui parut impossible désormais à combler.

C'est alors seulement qu'il réalisa la distance qu'il avait parcourue : il était pratiquement arrivé au lac, dont l'eau aux reflets d'argent, brillait doucement à quelques mètres de lui, sous la pleine lune.

Maintenant, il se sentait idiot — et coupable de s'être enfui de sa soirée d'adieu. Il ne faisait qu'aggraver les choses pour sa mère qui avait pourtant bien besoin de lui. Mais aussitôt lui revinrent en tête la chaleur, la cuisine bondée, et cette gaieté frénétique, artificielle. Il ne pouvait pas rentrer. Pas encore. Il s'écarta de l'arbre et marcha lentement vers l'eau. Quand il sortit à l'air libre, il s'aperçut qu'il était dans un coin du lac inaccessible autrement que par bateau, tant le rivage était marécageux et envahi par les roseaux. S'il avançait encore, il se retrouverait dans l'eau.

John s'assit. Il respira profondément et se concentra sur les légers bruits de la nuit : les froissements dans les roseaux, le son à peine audible de l'eau qui venait se briser contre eux, à quelques centimètres à peine de ses pieds. Un poisson bondit à la surface, tout près, et il sursauta. Sous la lune immobile, la campagne vibrait de petites créatures qui auraient le temps de mener leur existence et d'engendrer de nombreuses générations avant qu'il ne revienne là, s'il revenait un jour. Cette pensée lui fit l'effet d'un grand manteau noir et glacé.

Et Rose ?

John n'avait personne à qui confier son amour et sa passion pour la jeune fille mais, quand bien même il aurait eu quelqu'un, il savait qu'il n'aurait pu en attendre ni consolation, ni encouragement ; personne ne croirait qu'un garçon de dix-sept ans ait pu tomber aussi irrévocablement amoureux. C'est pourtant ce qui lui était arrivé : il était tombé amoureux pour toujours.

Et dans moins de douze heures, il partait loin d'elle.

Dire qu'ils n'avaient même pas pu se dire au revoir.

Une chouette hulula doucement. En essayant en vain de la localiser, il perçut du coin de l'œil un léger mouvement. Il tourna la tête doucement, sans à-coups, et le vit : un grand oiseau, gris et silencieux comme un fantôme, dressait la tête au bout de son long cou étroit et l'agitait vivement, comme pour chasser un rêve. C'était une oie sauvage, arrivée précocement à cet avant-poste sur la route des migrations hivernales. John s'aperçut qu'elle faisait partie d'un troupeau, douillettement installé dans les roseaux, une vingtaine de mètres plus loin. Elles avaient dû arriver dans les dernières vingt-quatre heures, sinon il les aurait déjà remarquées.

La lune était haute dans le ciel et dessinait un ovale blanc sur la surface du lac, près de la rive opposée. Après l'énergie et la rage qu'il avait libérées, John se sentait aussi froid et vide que le reflet de la lune sur l'eau. D'une certaine manière, il lui paraissait logique que son histoire avec Rose s'arrête là où elle avait commencé, sur les bords du lac.

Il se leva. Il n'y pouvait rien : il fallait qu'il la revoie.

Il pouvait difficilement envisager d'aller frapper à la porte de la Grande Maison à cette heure de la nuit, pourtant il devait la revoir. Ne serait-ce que pour lui dire au revoir correctement. Et, sans la moindre idée de ce qu'il ferait une fois arrivé là-bas, il se mit à courir à travers les arbres, en direction de Sundarbans.

Rose était allongée sur son lit, tout habillée, des kyrielles de « si seulement » tournant comme un manège dans sa tête. Si seulement elle n'avait pas été aussi stupide, cet après-midi... Si seulement il ne partait pas... Si seulement ils étaient plus âgés et qu'elle puisse l'accompagner... Si seulement il n'était pas le fils pauvre d'une pauvre veuve. Si seulement elle ne l'avait pas rencontré...

Elle ferait mieux de prendre son journal : au moins, avait-elle quelque chose de sérieux à écrire. Une histoire d'adultes. D'un autre côté, si c'était cela être adulte, elle préférait rester une enfant. Elle attrapa le journal et l'envoya dans un coin de la pièce.

Pas maintenant. Pas tant qu'il était encore en Irlande, à moins d'un kilomètre d'elle, sur le même petit morceau de terre.

Elle essaya de se le représenter au milieu de ses amis et voisins. Il devait porter ses beaux habits neufs, la veste et le pantalon en solide tweed marron, qu'elle avait trouvés superbes quand, fièrement, il les avait sortis du sac pour les lui montrer.

Et si elle vendait ses bijoux pour aller le voir là-bas ? Elle sauta à bas du lit et se dirigea vers sa coiffeuse, où l'écrin de velours trônait à la place d'honneur. S'asseyant sur le tabouret, elle sortit le collier et caressa les pierres chatoyantes ; puis elle attacha le bracelet à son poignet, et fit tourner son bras devant le miroir pour admirer l'éclat des améthystes dans la lumière.

Tout à coup, elle entendit un bruit à l'une des fenêtres. Quand il se produisit une seconde fois, elle comprit ce que c'était : on lançait des graviers sur la vitre. Le cœur battant, elle alla tirer les rideaux, projetant un rectangle de lumière sur une silhouette sombre qui levait le bras.

C'était lui. John.

Elle agrippa la guillotine pour tenter de la soulever, mais cette fenêtre n'avait pas été ouverte depuis des années et refusait de bouger. Avec une joie incrédule, elle lui fit comprendre par des gestes frénétiques qu'il devait rester où il était, et elle traversa la chambre en courant. Elle dévala l'escalier à toute allure sans s'inquiéter de savoir si on l'entendait, et passa comme un éclair dans le couloir le long de la cuisine. Après une caresse rapide sur le front de Roger, elle ouvrit la lourde serrure de la porte de service et sortit.

Jamais la maison ne lui avait paru aussi grande tandis qu'elle courait pour traverser l'arrière-cour, franchissait le portillon, et longeait le mur de côté avant d'arriver sur la terrasse du devant. Elle était terrifiée à l'idée qu'il ait pu partir.

Mais il était là. Debout, adossé à la balustrade, les yeux encore levés vers sa fenêtre, comme s'il s'attendait à la voir arriver par là.

— John ! s'écria-t-elle en se précipitant vers lui.

Il se tourna vers elle, un doigt sur les lèvres. Mais elle ne se souciait guère du bruit et se jeta dans ses bras.

— Oh, John !

Elle enfouit son visage contre son épaule. Il sentait le tabac.

Elle s'écarta, scandalisée.

— John ! Tu as fumé ?

— Non, mais mes vêtements doivent être imprégnés par l'odeur. Presque tous les hommes fumaient chez nous. Je t'en prie, murmura-t-il, allons-nous en d'ici.

— Pour aller où ?

— N'importe où, mais loin de ta maison.

Il lui prit la main, et l'entraîna en courant le long des escaliers, puis à travers l'étendue herbeuse qui menait aux arbres. Une fois à couvert, il se tourna vers elle.

— Une seule règle, murmura-t-il encore comme si quelqu'un risquait de les entendre alors qu'ils étaient hors de portée de voix.

— Quoi, John ?

— Pas de larmes, ni l'un ni l'autre. Nous n'avons pas beaucoup de temps. Il ne s'agit pas de le gâcher.

— Je ne peux rien garantir.
— Moi non plus, mais essayons, d'accord ?
— D'accord.

Elle lui passa les bras autour du cou et allait l'embrasser quand il l'arrêta.

— Non, pas encore. Je veux que nous allions au bord du lac.
— Le lac ?
— J'ai du mal à te dire pourquoi, mais c'est là que je veux être avec toi.
— D'accord.

Elle l'aurait suivi jusqu'à Tombouctou.

Main dans la main, ils marchèrent à travers bois. Ils connaissaient chaque centimètre du chemin. Rose, bien qu'élevée au cœur de la campagne, n'avait jamais tellement apprécié certaines créatures, qui s'agitaient la nuit, comme les rats, les grenouilles ou les chauves-souris. Mais là, sa main dans la sienne, elle marchait d'un pas assuré et confiant. Elle était si heureuse de ce sursis.

Ils débouchèrent sur la rive et se dirigèrent vers le promontoire où ils s'étaient rencontrés pour la première fois. John se retourna et la prit dans ses bras.

— Maintenant, dit-il.

Avec ferveur, elle lui rendit son baiser, puis l'embrassa encore et encore, sur le visage, sur le cou, les oreilles, puis sur la bouche à nouveau. Il l'écarta un peu de lui.

— Rose, laisse-moi voir ta poitrine.

Ces derniers temps, bien qu'elle sût que c'était un péché, Rose lui avait permis de caresser ses seins, mais toujours sous son chemisier ou sa robe. Elle hésita un instant, puis se souvint qu'il partait à l'aube.

Il pouvait bien voir tout son corps, s'il le souhaitait.

Lentement, les yeux rivés sur son visage éclairé par la lune, elle porta les mains à son chemisier. Dire que, parmi tous ses vêtements, c'était *celui-là* qu'elle avait choisi ! Un corsage, en coton blanc, avec un col montant et des manches gigot, fermé par une vingtaine de perles minuscules qu'elle mettait toujours des heures à défaire.

Une par une, elle les fit glisser de leur boutonnière, mais le fil de l'une d'elles enroula autour d'une perle et elle eut beau tirer, tirer, il ne voulut pas céder.

John s'avança pour l'aider et tandis qu'il s'acharnait sur le fil, elle sentit que ses mains tremblaient ; elle vit aussi qu'il s'efforçait de n'utiliser que l'extrémité de ses doigts, de manière à ne pas effleurer sa chair nue.

Enfin, le dernier bouton céda. Rose, fébrile, garda la tête haute tandis que John, le corps arqué pour éviter de la toucher, tâtonnait dans son dos pour dégrafer son soutien-gorge. Lorsqu'il y parvint enfin, respectueusement, comme s'il dévoilait deux coquillages de porcelaine fine, il repoussa les bonnets de dentelle vers le haut, exposant entièrement sa poitrine. Alors il s'écarta.

Tremblant plus que jamais, Rose s'offrit à son regard. Il se rapprocha lentement, plaçant délicatement une main sous chaque sein. Puis, comme s'il participait à une cérémonie rituelle, il se pencha et les embrassa l'un après l'autre, un seul baiser sur chacun. Rose s'attendait à ce qu'il ôte ses mains, mais il n'en fit rien. La sensation de chaleur et de vie que lui procurait le contact de sa peau contre la sienne la grisait, et elle garda les épaules en arrière, son chemisier aussi largement ouvert que possible.

Il recommença à lui embrasser la poitrine, plus d'un baiser sur chaque sein cette fois, s'attardant, et se déplaçant avec précaution afin de ne pas lui faire perdre l'équilibre. Noyée dans ses sensations, Rose ferma les yeux et se balança légèrement. John dut interpréter son mouvement de travers, car il s'écarta aussitôt et baissa les mains.

— Oh, je t'en prie, continue, murmura Rose, ne t'arrête pas.

— Tu es sûre ?

Elle hocha la tête. Cette fois, il l'enlaça et l'embrassa sur la bouche. Rose laissa glisser les manches de son chemisier et se blottit contre lui ; le tweed de sa veste était rêche contre sa peau nue. Alors que le baiser se prolongeait, elle hésita à lui demander de lui embrasser à nouveau la poitrine mais n'en eut pas le courage.

Mais bientôt, c'est ce qu'il fit. Ses baisers étaient différents à présent, plus urgents, plus violents. Il repoussa ses épaules en arrière afin de pouvoir lui entourer la taille d'une main tandis que de l'autre, il portait l'un de ses seins à sa bouche et sembla y boire comme à une coupe. Ils ne devaient pas, elle le savait, mais il allait partir. Il allait partir... Il allait partir... Le refrain tournait sans cesse dans sa tête. Il se déplaça pour s'emparer de l'autre sein et elle se déplaça avec lui. Elle l'aimait tant...

— Il ne faut pas, John, murmura-t-elle, il ne faut pas...

Mais il sentait bien qu'elle ne le pensait pas.

— Je sais, je sais, dit-il. Oh, Rose !

Elle mit ses mains autour de ses seins et les lui présenta en offrande, deux pêches qu'elle lui tendait, puis, tandis qu'elle se penchait pour l'embrasser dans le cou, elle l'entendit qui lui disait quelque chose, tout contre sa peau.

— Qu'est-ce qu'il y a, John, qu'est-ce que tu dis ?

— Je veux me baigner avec toi dans le lac.

— *Quoi* ? là, maintenant, au milieu de la nuit ?

— Oui, pourquoi pas ?

— Mais nous n'avons pas de maillots !

L'absurdité de sa remarque les frappa tous deux et ils éclatèrent de rire.

— Très bien, si tu ne veux pas être romantique. Si tu refuses de prendre un bain de minuit sous la lune avec moi, je ne dis plus rien !

— Mais l'eau doit être glacée ?

— Peut-être est-ce justement ce qu'il nous faut. La mortification de la chair ! On est encore en août... c'est l'été.

Ils rirent et Rose se sentit extraordinairement téméraire.

— Et si on nous surprenait ? demanda-t-elle alors qu'en fait, elle était déjà décidée.

Un bain de minuit. Il fallait être bien dévergondée pour se livrer à ce genre de folie. Pourtant, il n'y avait rien au monde dont elle rêvait plus que de prendre un bain de minuit avec lui. Mais, au moment de passer à l'acte, elle se sentit incapable de se déshabiller, comme cela, devant lui.

— Vas-y le premier, dit-elle.

Il enleva rapidement sa veste, déboutonna sa chemise, défit ses lacets et envoya ses chaussures au loin. Puis il lui tourna le dos et, avant même que Rose n'ait eu le temps de s'en rendre compte, il s'était débarrassé de son pantalon, de son slip et de ses chaussettes et courait dans l'eau. Il faisait trop sombre pour qu'elle ait le temps de voir à quoi ressemblait un homme nu et elle eut juste une vision fugitive de ses fesses avant qu'il ne plonge dans le lac.

— Seigneur tout-puissant ! s'écria-t-il, elle *est* gelée !

Rose hésita, assez heureuse de l'échappatoire qu'il lui tendait, mais en même temps fascinée par le spectacle qu'il lui offrait, figure sombre au milieu de l'eau argentée.

— Bon, j'arrive, mais tu n'as pas le droit de regarder, dit-elle sur un ton pudibond.

— Regarder ? fit-il innocemment. *Moi* ?
— Allez, tourne-toi !
Il obéit, et tourna la tête.
— C'est profond ? cria Rose en détachant son porte-jarretelles et en roulant ses bas.
— Guère plus d'un mètre vingt. On a largement pied. Tu viens ? Je commence à avoir une crampe.
— J'arrive, cria-t-elle tout en ôtant sa jupe et sa culotte. Mais je ne veux pas que tu regardes avant que je sois dans l'eau. Jusqu'au cou, ajouta-t-elle.
— A vos ordres, Madame.
Contrairement à lui, Rose ne plongea pas mais prit son temps, marchant avec précaution entre les pierres et les petits rochers jusqu'à atteindre la rive du lac. Elle trempa un orteil dans l'eau.
— Mon Dieu, dit-elle malgré elle, c'est atroce !
Il se retourna, et elle poussa un léger cri, tentant maladroitement de couvrir sa nudité de ses mains.
— Tu n'avais *pas le droit* de regarder.
— Pardon, répliqua-t-il, mais comment pouvais-je savoir que tu n'étais pas déjà dans l'eau jusqu'au cou ?
— Je te le dirai.
— D'accord, mais pour l'amour de Dieu, dépêche-toi.
Délicatement, un pas après l'autre, Rose finit par immerger son corps tout entier. Le fond du lac descendait en pente raide et, en quelques secondes, elle nageait.
— Ça y est, j'y suis, dit-elle.
— Loué soit le Seigneur !
Elle se mit à nager, timidement d'abord, en décrivant de petits cercles, s'habituant peu à peu la sensation étrange de l'eau sur son corps nu. Déjà, elle ne lui paraissait pas aussi froide. John aussi nageait en rond, un peu plus loin. Elle se rendait compte que, pas plus qu'elle-même, il ne savait quoi faire maintenant.

Ils avaient toujours pied et, pliant légèrement les jambes afin que l'eau la recouvre jusqu'au cou, elle se reposa sur le fond. Celui-ci était doux et visqueux mais pour une fois, il lui était bien égal de marcher sur quelque chose d'un peu dégoûtant. L'eau était très claire, et elle voyait le corps de John briller juste sous la surface comme un poisson blanc, allongé et éthéré.

— John, appela-t-elle.
— Oui ?
— Je t'aime.

Elle ne le lui avait jamais dit. Ils ne se l'étaient jamais dit.

— Je t'aime aussi, Rose.
— Qu'allons-nous faire ?
— Pas de larmes.
— Je sais. Mais qu'allons-nous faire ?
— Ceci.

A son tour, il laissa ses pieds se poser sur le fond et marcha jusqu'à elle, de l'eau jusqu'au milieu de la poitrine. Il se pencha vers elle et la saisit sous les aisselles, la soulevant jusqu'à ce que ses seins apparaissent et flottent juste au-dessus de la surface. Il les embrassa, puis l'attirant contre lui, la serra étroitement et prit sa bouche. Ses lèvres avaient un goût de tourbe, comme l'eau.

Elle sentit son sexe dur contre son ventre et eut un sursaut.

— Tout va bien, Rose, ne t'inquiète pas, dit-il. Nous ne ferons que ce qui te plaît.

Il avait la voix rauque, et cela l'excita. La pensée de sa damnation imminente la traversa de manière fugitive. Elle ne pouvait commettre pire péché mais, tout au fond d'elle-même, cela lui parut juste, et honnête. Demain et dans les années à venir, elle aurait tout le temps de réfléchir à la gravité de ses actes et de se repentir. Demain, il serait parti.

Elle l'embrassa et se blottit contre lui. Son corps lui parut tendu et frais mais, en même temps, elle sentait la chaleur qui courait sous la surface de sa peau. Il leva un genou et elle le chevaucha, portée à moitié sur l'eau. Elle sentit cette *chose*, serrée entre eux. Elle n'osait pas baisser les yeux.

— Oh, Rose, tu es tellement belle, chuchota-t-il. Allonge-toi, je veux te voir tout entière.

Elle se rendit à sa demande et se laissa flotter sur le dos.

— Je peux enlever ça ? demanda-t-il, en tirant sur le ruban qui retenait encore ses cheveux.

— Oui.

Elle le détacha pour lui, et l'étroite bande de tissu partit dans le courant.

Il posa une main au creux de ses reins, pour que son corps demeure immobile à la surface. De l'autre, il démêla sa natte et, glissant ses doigts derrière sa nuque, souleva ses cheveux qui flottèrent tout autour de sa tête. Il répéta ce geste plusieurs fois, séparant indéfiniment les lourdes mèches. Rose ferma les yeux et s'abandonna au mouvement de l'eau et de ses mains.

— Tu es belle, Rose, si belle, murmura-t-il.

Elle savait que c'était la première fois pour lui aussi, mais quand il la pénétra, ce fut facile. Au couvent, Rose avait entendu de sombres secrets, où l'on parlait tout bas de douleur, de sang, d'angoisse et de honte, mais elle ne connut rien de tel. Cela se passa doucement, tranquillement, à peine ressentit-elle un léger pincement. Tout lui sembla parfaitement naturel. C'était peut-être grâce à la fluidité de l'eau, pensa-t-elle, quand, frissonnante de bonheur, elle s'accrocha à lui pour embrasser son cou mouillé.

4

Quand John se réveilla, il faisait encore nuit. Sa première sensation fut celle du poids de la tête de Rose endormie au creux de son bras ; la seconde, celle d'un froid intense.

Ils claquaient des dents lorsqu'ils étaient sortis du lac et avaient cherché l'abri d'un tilleul, où ils s'étaient enroulés l'un contre l'autre sur un lit de feuilles et de mousse, essayant de se tenir chaud sous la maigre couverture que leur offrait la veste de John. Au bout de quelques instants, John s'était mis à caresser le long dos lisse de Rose. Il l'avait embrassée, elle lui avait répondu, et aussitôt, leur désir mutuel s'était enflammé.

Les sensations qu'il éprouva la deuxième fois où ils firent l'amour furent moins surprenantes mais plus riches en émotions : à la fois submergé par l'amour et accablé par un sentiment de perte imminente, il avait pleuré quand il avait joui, enfouissant sa tête dans le cou de Rose, son cœur et son âme se vidant en elle aussi complètement que son corps. Elle aussi avait pleuré.

— John, John, mon chéri, John chéri...

Il n'avait aucune idée de l'heure qu'il pouvait être à présent, mais devina que l'aube allait bientôt poindre ;

à travers les branches, il vit que la lune n'était pas encore couchée, mais à part un murmure à peine audible dans les feuillages au-dessus de leurs têtes, la forêt demeurait silencieuse. Oh, comme il aurait aimé ne pas avoir à déranger Rose ! Il regarda son visage, afin de le graver à jamais dans sa mémoire. Elle avait l'air si paisible, la courbe de sa joue brillant comme de la porcelaine dans la faible lumière, que la réveiller lui paraissait être un acte de destruction. Pourtant il n'avait pas le choix, sa mère devait probablement être folle d'inquiétude.

Ils s'étaient rhabillés après avoir fait l'amour et s'étaient ensuite endormis sous sa veste ; celle-ci avait glissé de l'épaule de Rose et, très délicatement, afin de leur accorder encore quelques minutes ensemble, il tenta de la remettre en place, mais le mouvement la réveilla. Il resta alors immobile et, malgré l'obscurité, parvint à discerner les expressions qui se succédèrent sur son visage tandis qu'elle ouvrait les yeux : la surprise, puis la peur, et enfin le désespoir.

— Oh, John, dit-elle en jetant ses bras autour de son cou.

Il fallait qu'il se montre fort.

— Rose, murmura-t-il dans ses cheveux, c'est l'heure. Ma mère...

— Je sais, je sais...

— Souviens-toi de notre promesse : pas de larmes...

— Je ne peux pas m'en empêcher.

— Rose, nous trouverons une solution, *je* trouverai une solution, je te le promets.

— Tu me le jures, John ? Sans toi, je vais *mourir*.

— Rose, nous sommes très jeunes. Tout est possible à notre âge. Combien de fois ne nous l'a-t-on pas dit ?

— Oui, mais...

— Me fais-tu confiance ?

— Bien sûr. Aujourd'hui plus que jamais, surtout après... tu sais bien..., dit-elle en le regardant courageusement dans les yeux.

Ils restèrent un moment allongés, immobiles ; il l'embrassa doucement, mais l'obligation de rentrer chez lui avait pris le dessus. Elle dut le sentir, car elle posa la main sur son épaule pour l'empêcher de se lever.

— Il y a encore une chose, John.

— Oui ?

Bien que ce ne soit nullement nécessaire, ils murmuraient tous les deux.

— Connais-tu l'histoire de la reine Élisabeth et de Lord Essex ?

— Non, fit-il étonné.

— Eh bien, ils étaient amants — Rose avait un débit précipité, deux fois plus rapide que d'habitude — c'était peut être Sir Walter Raleigh, mais en tout cas, c'était l'un des deux... et...

— Que leur est-il arrivé ?

— Eh bien, la reine Élisabeth le fit enfermer dans la Tour de Londres, pendant des mois et des mois, ou peut-être des années — pour trahison, je crois — mais avant cela... je veux dire quand ils étaient encore amants... elle lui avait donné un anneau en lui disant qu'à n'importe quel moment, même si leur liaison était terminée, s'il lui faisait parvenir cet anneau, elle honorerait sa requête, *quelle* qu'elle soit.

John entendait à peine ce flot de paroles : le visage pâle de sa mère flottait devant ses yeux. Mais il ne voulait pas blesser Rose. Doucement, il dégagea son bras de sous sa tête.

— Oui ?

— Lord Essex allait être exécuté, reprit-elle d'une voix sourde et rapide, et la reine Élisabeth attendit,

attendit qu'il lui envoie l'anneau, mais rien ne vint ; et la veille du jour de l'exécution, elle lui fit parvenir un billet qui disait « Où est l'anneau ? », « Envoyez-moi l'anneau » ou quelque chose de ce genre, mais il ne le fit pas, et il fut exécuté.

John s'assit, et aida Rose à s'asseoir à ses côtés.

— Qu'est-ce que cela a à voir avec nous ? demanda-t-il.

Pour toute réponse, elle détacha son bracelet d'améthystes et le lui tendit.

— Qu'est-ce que tu fais ? s'exclama-t-il, interloqué.

— Je voudrais que ceci soit notre anneau.

— Rose ! Je ne peux pas prendre ce bijou... c'est un cadeau de ton père. Et il a beaucoup trop de valeur.

— Justement, murmura-t-elle. Je sais. Mais j'ai l'impression qu'il pourra nous servir, d'une manière ou d'une autre. Je t'en prie, John, je t'en prie, prends-le.

— Pour quoi faire ? Te le renvoyer un jour ?

— Ça, ou autre chose qui pourra nous aider.

— Y compris le vendre ou le mettre en gage, c'est ce que tu as en tête ?

— Pas nécessairement. Mais s'il le faut, oui.

— Voyons, Rose, tu sais que je ne peux pas accepter.

— Pourquoi ? Ce bijou est à *moi*, je suis libre d'en faire ce que je veux. John, *je t'en supplie*, prends-le... sinon, je crois que j'en *mourrai*. Tandis que là, au moins, il me restera un espoir.

— D'accord, fit-il, toujours réticent ; et il prit le bracelet, encore tiède du contact avec la peau de Rose. Je réfléchirai à la meilleure manière de l'utiliser pour nous deux, je te le promets. A présent, Rose, il faut vraiment que j'y aille.

Il se mit debout et l'aida à se relever. Puis, après

avoir enfilé sa veste, il fit glisser le bracelet dans sa poche, la prit dans ses bras et l'embrassa légèrement.

— Pas de larmes. Veux-tu que je te raccompagne jusque chez toi ?

— Non, dit-elle, vas-y. Ça ira.

— Tu m'écriras ?

John s'efforçait de garder une voix ferme. Maintenant que le moment était arrivé, il avait l'impression qu'une scie lui déchirait les entrailles de part en part. Rose acquiesça de la tête et recula d'un pas. Dans l'obscurité, il ne pouvait distinguer ses yeux, mais son visage était mouillé quand il le toucha.

— Je t'aime, dit-il.

— Je t'aime aussi...

John l'entendit à peine. Il se retourna et partit. Il marchait vite, sans vraiment voir où il allait. Son corps, insensible au froid et à la boue dans laquelle ses pieds s'enfonçaient, semblait ne plus lui appartenir ; il ne prenait même pas la peine de protéger son visage des feuilles qui le fouettaient au passage.

Quand il arriva enfin en vue de la maison de gardien, il s'arrêta net, le cœur battant, plein de remords. Les fenêtres étaient éclairées.

A quoi s'attendait-il donc ? A ce que sa mère, comprenant son absence, soit allée se coucher le cœur léger ? Il prit une profonde inspiration et essaya d'arranger un peu son apparence ; il frotta ses chaussures boueuses à l'aide de touffes d'herbe et mouilla les paumes de ses mains pour les passer dans ses cheveux. Puis il contourna la maison et rentra par la porte du fond.

Une seule lampe, où il ne restait presque plus de paraffine, brûlait sur la tablette de la cheminée, projetant une lumière dorée et vacillante sur le mur du fond. Mary et Derek étaient assis dans l'ombre, côte à côte, sur le banc placé auprès du feu, et Ned Sherling, le voisin, sur une chaise en face d'eux. La cuisine avait été rangée, la nourriture débarrassée, la table remise en place et toutes les chaises empruntées étaient alignées contre un mur. John alla vers sa mère.

— Pardon, maman. Je suis vraiment désolé.

Elle avait le visage rouge et bouffi.

— Où étais-tu ?

Il la vit enregistrer l'état dans lequel il était, la boue sur ses chaussures, sa veste déchirée.

— J'étais là-haut, au Lac du Cygne.

— Jusqu'à cette heure-ci ?

— Oui.

Ils restèrent à se fixer quelques longues secondes.

— Je vois, fit-elle doucement. Ranime le feu, Derek, veux-tu ? Et mets la bouilloire à chauffer.

Derek ne fit pas un geste, et John n'avait pas besoin de regarder son frère pour savoir quelle expression animait son visage.

— Derek ! cria sa mère, la voix cassée.

— Il faut que j'aille chercher des bûches, lança Derek d'un ton hargneux.

Comme il sortait, Mary se tourna vers Ned.

— Merci d'être resté à veiller, Ned. Voulez-vous une tasse de thé avant de partir ?

— Non merci, Mary. Il est temps que je rentre. Je vais en profiter pour m'occuper de la traite sur le chemin du retour.

Mary se leva en même temps que lui.

— Je suis sincèrement navrée, Ned. Merci encore.

— Ne soyez pas trop dure avec ce garçon. Les nuits vont vous paraître longues sans lui.

— Je sais, dit-elle, et John crut que son cœur allait se briser.

— Maman, tenta-t-il timidement quand elle revint après avoir reconduit Ned à la porte, mais elle leva la main pour l'arrêter.

— Non, John. Je ne veux rien savoir. Il n'y a plus rien que je puisse faire à présent. J'ai fait de mon mieux.

Accablé, il s'appuya contre le mur de la cuisine et regarda par la fenêtre. Les étoiles commençaient à pâlir. Plus que quelques heures en Irlande.

Debout contre le manteau de la cheminée, Mary s'affaira à vérifier le niveau de paraffine de la lampe ; un instant plus tard, Derek entrait en tapant des pieds, portant une brassée de bûches qu'il fit tomber dans le coin de la cheminée. John le regarda tirer sur la porte du fourneau pour l'ouvrir, remuer violemment les cendres et jeter trois bûches à l'intérieur, l'une après l'autre, comme s'il voulait défoncer l'arrière de l'appareil.

— Je pense que vous feriez mieux d'aller au lit dormir un peu, déclara Mary. Il fera jour bientôt. Ned a dit qu'il reviendrait vous chercher avec la voiture à onze heures. Vous n'avez que quelques heures devant vous.

— Bonne nuit, maman, dit Derek en refermant la porte du fourneau avant de se diriger vers sa mère, à qui il donna un baiser rapide.

— Toi aussi, John, vas-y.

Il fallait qu'il dise quelque chose, n'importe quoi, pour essayer de lui faire comprendre.

— Maman...

— John, *va te coucher* !

D'un bond, il fut à ses côtés.

— Maman, ne pleure pas, je t'en prie, ne pleure pas.

— Pardon, pardonne-moi, dit-elle, mais ses larmes ne cessèrent pas pour autant.

Il resta là, impuissant, puis lui toucha légèrement le bras. Elle prit sa main dans la sienne et la caressa.

— Donne-moi cette veste, dit-elle, elle est tout

abîmée. Je vais voir ce que je peux faire pour la réparer.

Il l'enleva et la lui tendit. Elle mit la main dans la poche déchirée, afin d'évaluer les dégâts.

— Qu'est-ce que c'est que ça ?

Dans son désarroi, il avait oublié le bracelet.

— C'est... c'est un bracelet.

— Je vois bien. Que fais-tu avec un tel objet en ta possession ?

— Maman, s'il te plaît, donne-le-moi. C'était, c'est... enfin, c'est une sorte de cadeau.

— Un bracelet de fille ?

— Oui.

— Il vient de Miss Rose ?

Il eut un sursaut en entendant ce nom sur les lèvres de sa mère et il lui fallut quelques secondes avant de répondre.

— Oui, maman, Rose me l'a donné.

Elle essuya ses joues mouillées d'un revers de la main.

— C'est un objet très précieux. C'est de l'or.

— Je sais, dit-il doucement, et ce sont de vraies pierres.

Elle lui rendit le bracelet, lui tourna le dos et tendit la veste à la lumière vacillante de la lampe, examinant la poche déchirée.

— Va au lit à présent, John. Tout est prêt. Laisse-moi ton pantalon et tes chaussures, j'essaierai de les nettoyer aussi. Je t'appellerai à dix heures pour le petit déjeuner.

Il vit que son dos étroit était voûté par la fatigue et il aurait désespérément voulu en effacer les années. Lui dire qu'il l'aimait infiniment. Lui confier son histoire avec Rose. Il se pencha pour ôter ses chaussures et son pantalon.

— Maman ?

— Oui, fit-elle, se tournant à demi vers lui.
— Rien, dit-il. Bonne nuit.
— Bonne nuit, John.

Il plia soigneusement son pantalon sur le dos d'une chaise et se dirigea à pas feutrés vers la chambre. Derek était recroquevillé en boule sous les draps, et le lit était secoué par ses sanglots étouffés. Sans prendre la peine d'enlever sa chemise, John se glissa à côté de lui. Derek s'écarta aussitôt le plus loin possible vers le bord.

— Espèce de salaud ! siffla-t-il. Pourquoi as-tu fait ça ?

John se tourna sur le côté, face à la fenêtre. Il savait qu'il n'arriverait pas à dormir ; sans même fermer les yeux, il resta allongé, à regarder la lumière monter lentement ; bientôt, il put délimiter la masse sombre de la haie contre le ciel plus clair. Le merle qui avait chanté tout l'été se mit à pousser ses trilles, comme s'il s'agissait d'une journée parfaitement ordinaire. John eut un instant l'impression qu'il allait se réveiller et que tout serait normal. Il ne partirait pas pour l'autre bout du monde. Il n'aurait pas à supporter la vision permanente de l'angoisse de sa mère. Il pourrait aller voir Rose, là tout près, à moins d'un kilomètre, et referait l'amour avec elle... encore et encore, chaque jour et chaque nuit, à jamais.

A sa grande stupéfaction, il ne ressentait ni culpabilité ni honte concernant ce qui s'était passé entre Rose et lui. Tout lui avait paru si naturel. La première fois, dans le lac, il avait ri tout haut de joie. Elle avait encore les yeux fermés, mais les avait aussitôt ouverts en l'entendant et s'était laissée gagner par son rire, accrochée à lui comme un coquillage à son rocher.

— C'est donc ça, John ?
— Il semblerait bien ! avait-il dit et, toujours en elle, il l'avait fait tourner, l'entraînant avec lui dans un tourbillon.

La seconde fois, sous le tilleul, cela avait été différent, d'une intensité presque insoutenable. Il n'avait même pas honte d'avoir pleuré contre elle et, tandis qu'il contemplait le ciel teinté de mauve, il se concentra sur le souvenir du visage endormi de Rose.

Quand il l'avait quittée, la nécessité urgente de rentrer et la plénitude de l'aventure lui avaient redonné de la force. A présent, la fatigue physique conjuguée à l'émotion lui laissait une impression de nausée. Peut-être une tasse de thé ou un verre d'eau lui feraient-ils du bien... S'assurant que Derek était endormi, il se glissa hors du lit pour gagner la cuisine.

Sa mère, du fil et une aiguille à la main, était en train de recoudre sa poche, et elle leva les yeux en entendant la porte de la chambre s'ouvrir.

— John ?

Le feu dans le poêle sifflait doucement. Elle avait rempli la lampe et l'avait posée à côté d'elle, sur la table de la cuisine.

— Je n'arrivais pas à dormir, maman.

— Tu veux mourir de froid, à marcher pieds nus, comme ça ? Reste là.

Elle se dirigea vers la patère accrochée à la porte du fond et y prit un vieux manteau de tweed qui avait appartenu à son mari et qu'elle utilisait encore pour faire des gros travaux dans le jardin en hiver.

— Mets donc ça.

Tandis qu'il enfilait le manteau, imprégné des odeurs de la soirée de la veille, Mary reprit sa place devant la table.

— J'ai presque terminé. Elle sera bientôt comme neuve.

John était exagérément conscient du tic-tac de la pendule sur la cheminée. Le temps filait à chaque seconde. Pourquoi n'arrivait-il pas à lui dire qu'il l'aimait ? Les mots qui tremblaient sur ses lèvres refusaient de s'échapper.

— Tu crois que Dan nous attendra au débarquement du bateau, maman ? demanda-t-il.
— Je suis sûre que oui. Il m'a écrit qu'il y serait.
Tic-tac, tic-tac.
Ni l'un ni l'autre n'avaient jamais rencontré Dan, un cousin issu de germain des jumeaux, du côté de leur père. Il était né sur l'île du Prince Edward et n'avait jamais mis les pieds en Irlande. John essaya à nouveau de trouver le courage de prononcer les mots d'amour qui lui faisaient défaut. Il aurait tellement voulu lui dire combien il l'aimait, à quel point elle allait lui manquer, et le besoin immense qu'il ressentait à présent de la prendre dans ses bras.
— Veux-tu une tasse de thé ? lui demanda-t-il.
— Ce n'est pas de refus, répondit Mary en coupant le fil avec ses dents avant de l'enrouler autour de l'aiguille.
Il se leva et se dirigea vers le fourneau.
— Maman ?
— Oui ?
— Je... nous... ce n'est pas que nous ayons envie de partir, tu sais.
— Je sais, mon fils.
— Il n'est pas trop tard. On pourrait encore changer d'avis.
— John, crois-tu que j'aie envie de vous voir partir ?
Il entendit le crissement de sa chaise sur les carreaux quand elle la repoussa pour se lever.
— Vous ne pouvez pas rester ici sans rien faire toute votre vie, comme les garçons du village. Vous valez mieux que ça. Tous les deux. Quelles que soient vos possibilités, ce n'est pas ici qu'elles pourront s'exprimer, et... — elle fit une pause et détourna les yeux de son visage — c'est probablement aussi bien que vous partiez.

— Je...

Elle leva la main.

— Tu n'as pas à me dire ce qui s'est passé cet été, dit-elle doucement. Je sais ce qui est arrivé entre Rose O'Beirne Moffat et toi.

Tic-tac.

— Ce n'est pas pour les gens comme nous, John.

Tic-tac. Tic-tac.

Dehors, le merle avait trouvé sa voix. Histoire de faire quelque chose, John s'approcha de la table et éteignit la lampe, donnant à la pièce une tonalité plus blanche.

— Je l'aime, maman.

— J'en suis sûre, dit-elle, faisant le tour de la table pour lui mettre les mains sur les épaules. Mais tu sais que cette histoire n'a pas d'avenir. Tu le sais.

Elle avait le visage levé vers lui et il vit qu'elle comprenait vraiment ce qu'il endurait.

Dans son dos, la bouilloire commençait à chanter sur la plaque.

— Le thé, dit-il.

Mary alla à la fenêtre et, quand elle ouvrit la guillotine, le chant du merle envahit la cuisine.

— Dieu merci, nous allons avoir une belle journée, dit-elle.

Brusquement, tous les vieux objets familiers de la pièce devinrent infiniment précieux aux yeux de John : la pendule, la boîte à thé cabossée avec son image fanée d'un jardin chinois, la toile cirée qui recouvrait la tablette de la haute cheminée, avec ses bords dentelés aux ciseaux à cranter. Il se concentra sur le mouvement circulaire de la cuillère dans la théière.

— Je ferai tout ce que je pourrai là-bas pour que tu sois fière de moi, maman. Nous ferons de notre mieux tous les deux. Je prendrai soin de Derek.

— C'est bien.

— Et... et merci pour tout.

Les mots, articulés précipitamment, ne valaient pas grand-chose, mais c'était mieux que rien.

— De rien, John. Vraiment, il n'y a pas de quoi, dit-elle doucement.

Il n'arrivait plus à voir ce qu'il faisait et quelques feuilles de thé mouillées se répandirent sur la plaque.

La prédiction de Mary à propos du temps s'était vérifiée. Ce matin-là, le soleil brillait quand la voiture poussive de Ned Sherling franchit les grilles. Mary ne venait pas avec eux jusqu'à Dublin. Ned les conduisait à Carrickmacross où ils attraperaient le bus de midi ; ce qui leur laisserait largement le temps à Dublin d'être à l'heure pour le bateau de Liverpool qui embarquait ses passagers à huit heures. Tous trois avaient délibérément gardé quelques menues choses à faire à la dernière minute — des paquets à fourrer dans leurs bagages, des objets oubliés sous les lits ou dans les coins — si bien qu'à l'instant du départ, quand ils entendirent la voiture, chacun était fort affairé.

Tandis que le moteur tournait au ralenti devant la porte ouverte, et que Ned, mal à l'aise, restait debout à l'écart près de la haie, ils se livrèrent à des allées et venues précipitées entre la maison et la voiture. Quand tout fut chargé, John entra dans la cuisine ; sa mère était là, immobile sur le seuil, face à la cour. Elle tourna les yeux vers lui.

— Je vais juste dire au revoir à Biquette, dit-il pour gagner encore un peu de temps.

A peine l'aperçut-elle que la chèvre courut vers lui, aussi loin que sa longe le lui permettait. Il ouvrit le panier à légumes et lui tendit un trognon de laitue et une carotte.

— Sage, ma brave Biquette, sage...

Luttant pour rester maître de soi et ne pas se donner en spectacle, John s'attarda auprès de la chèvre. Il lui caressa la tête et lui tira les oreilles jusqu'à ce qu'elle ait fini de manger ; puis il lui donna une dernière petite tape avant de se détourner, tandis qu'avide d'en obtenir davantage, elle lui lançait un coup de tête.

De retour dans la cour, il vit que Derek pleurait comme un enfant, accroché à leur mère. Son tour arriva, et tout fut terminé en l'espace de quelques secondes. Il serra étroitement les épaules osseuses de sa mère et l'embrassa sur la joue. Puis, à sa propre surprise, il trouva la force de parler clairement.

— Ne t'en fais pas, maman. Surtout, je t'en prie, ne t'en fais pas pour nous. Tout ira bien. Nous te ferons honneur, tu verras, je te le promets. Je t'écrirai souvent et je t'enverrai de l'argent. Dès que j'en aurai gagné suffisamment, tu pourras venir nous rendre visite, peut-être même dès l'année prochaine. Et nous reviendrons te voir ici aussitôt que possible.

Mary acquiesça d'un signe de tête, un pâle sourire aux lèvres.

— Que Dieu vous bénisse.

John la libéra et se tourna vers son frère ; Derek sanglotait misérablement, le front contre la carrosserie de la voiture. Il le saisit par le bras et le poussa sans ménagement sur le siège arrière.

— On ferait mieux d'y aller, Ned, dit-il, et il se laissa glisser sur le siège du passager.

Ned porta la main à sa casquette pour saluer leur mère. Mary rentra aussitôt, et ce fut fini.

Ils arrivèrent largement à temps pour le bus. Tandis que ce dernier serpentait vers Dublin, s'arrêtant en route à la demande et traversant chaque ville ou village qui figurait sur l'itinéraire, John décida de se montrer aussi positif que possible. Derek et lui étaient partis, et il n'était plus question de faire demi-tour. De plus, il savait que sa mère avait raison en soulignant l'écart entre son monde et celui de Rose, mais pas dans le sens où elle l'entendait. La clef, c'était l'argent. Sa seule chance véritable avec Rose se trouvait loin de Drumboola. Il fallait qu'il saisisse toutes les occasions qui s'offriraient à lui.

Juste à la sortie d'Ardee, il tendit la main à son frère.

— On fait une trêve ?

Derek le regarda à travers la colonne de fumée qui montait de sa cigarette.

— Quelle trêve ?

— Tu sais très bien ce que je veux dire, dit John, la main toujours tendue. Nous allons avoir besoin l'un de l'autre.

Derek détourna le regard pour fixer le paysage. Puis, prenant son temps, il laissa tomber sa cigarette à demi consumée sur le plancher de l'autobus et l'écrasa sous le talon de sa chaussure neuve.

— D'accord.

Ils restèrent silencieux jusqu'à ce que le bus gravisse péniblement la côte abrupte à la sortie de Collon.

— Imagine-toi, Derek, dit alors John, un vrai Noël tout blanc...

Leur cousin avait mentionné dans l'une de ses lettres qu'il neigeait toujours en hiver. La neige qu'ils connaissaient à Monaghan était une timide couche, si mince qu'elle fondait en quelques heures et se transformait en boue.

Derek, qui allumait une autre cigarette, grogna de manière inintelligible, puis, honorant la trêve, s'éclaira.

— Je me demande s'ils ont des traîneaux.

— Je suppose, dit John, sinon comment se déplaceraient-ils ?

— A cheval ? suggéra Derek. Évidemment, *tu* serais à ton affaire, n'est-ce pas ? Les chevaux, ça te connaît, maintenant.

Ce fut la seule pique du voyage, et John la laissa passer. Quand le bus s'arrêta sous un auvent de pierre tarabiscoté à la gare de Dublin, il se sentait calme et même optimiste. Ils n'étaient venus que deux fois dans la capitale — pour faire des courses avec leur mère chez Clery's, le grand magasin du centre ; mais aujourd'hui, ils étaient munis d'instructions écrites leur indiquant comment se rendre de la station d'autobus jusqu'au terminal de la *British and Irish Steampacket Company*, à l'extrémité nord de la ville.

C'était le début de la soirée, et les employés se pressaient à la sortie du bureau des Douanes, les filles en robes de coton de couleurs vives et les hommes en manches de chemise, la veste jetée sur l'épaule. John envia ces travailleurs. Ils avaient le cœur léger et l'air heureux. Ils rentraient chez eux, ils sortaient peut-être ce soir. Ils avaient reçu une bonne instruction, et maintenant ils avaient un travail régulier. Peut-être un ou une petite amie, qui les attendait quelque part. Pas de problèmes d'argent, ni de classe sociale... pas d'incertitude quant à leur avenir.

John huma l'odeur puissante de la ville le soir, et ne la trouva pas désagréable ; un mélange de fumée chaude et de goudron, de caoutchouc, de crottin et de poussière, ainsi qu'une étrange odeur douceâtre émanant des eaux du fleuve, qui brillait sous le soleil de septembre comme un dallage irrégulier et liquide.

Derek tendit le doigt :

— Ça doit être notre bateau, là-bas, dit-il en montrant un grand navire vert, amarré au quai.

— Tu arrives à lire son nom ? demanda John.

— C'est le *Munster*.

Le terminal passagers de la B & I n'était guère plus qu'un abri. Bien qu'il y ait encore une bonne heure et demie avant le départ, une file de taxis déchargeait des passagers devant l'entrée et, à l'intérieur, une foule assez considérable fourmillait déjà. Devant tous ces visages étrangers, John fut tout à coup saisi par un sentiment de solitude si aigu qu'il faillit être pris de vertige.

Ce fut Derek qui aborda le sujet de Rose.

A huit heures et demie, le bateau avait dépassé le phare de Kish. La soirée était calme et ils se tenaient à l'arrière avec d'autres passagers, regardant le sillage filer vers la ligne de côte qui s'estompait à leurs yeux. Ni l'un ni l'autre n'avait jamais vu la mer auparavant et, malgré sa tristesse, John était impressionné par cette immensité qui s'assombrissait tandis que le soleil baissait derrière la crête sinueuse des montagnes violettes, au sud de la baie de Dublin.

Peu après, alors qu'ils étaient assis dans un des salons défraîchis et surpeuplés des troisièmes classes, buvant du jus d'orange et mangeant un des sandwiches que leur mère leur avait préparés, leur regard fut attiré par une fille blonde, à peu près de leur âge, vêtue d'un tailleur de tweed marron. Elle passa devant eux pour aller commander au bar ; vue de dos, elle avait de jolies jambes.

— Pas mal, fit Derek.

— Oui, dit John sans le penser vraiment. Pas mal.

— Évidemment, comparée à Miss Rose O'Beirne Moffat, elle ne lui arrive pas à la cheville, c'est ce que tu penses, non ? Et, innocemment, Derek mordit dans son sandwich.

— Sûrement pas, fit John en attaquant le sien à son tour.

— Tu l'aimes, ou quoi ? demanda Derek.
John n'était pas dupe de son ton désinvolte, mais il décida d'être honnête.
— Oui.
— Et elle, elle t'aime ?
— C'est ce qu'elle dit.
— Vous vous êtes vraiment dit que vous vous aimiez ?
— Oui.
La fille fit demi-tour, deux bouteilles de jus d'orange dans les mains, et retourna à sa place, à côté d'une fille plus âgée qui lui ressemblait et était visiblement sa sœur. Les deux garçons suivirent du regard sa progression sur le plancher du salon.
— Personnellement, je n'aurais rien contre..., déclara Derek après qu'elle se fut assise.
— Je vois ce que tu veux dire, répliqua John mécaniquement.
— Vous êtes allés jusqu'au bout, hein ?
Sa question ressemblait plutôt à une affirmation et John chercha à gagner du temps.
— Qu'est-ce qui te fait penser ça ?
— Je ne le pense pas, je le sais.
— Et comment le sais-tu ? Tu nous as encore espionnés ?
— Ha, ha, *donc* vous l'avez fait ?
— Je n'ai pas dit ça, s'exclama John énervé, avec la terrible sensation de trahir Rose.
— Tu fais ce que tu veux, dit Derek. On est en pays libre.
Ce fut alors presque un soulagement pour lui de pouvoir enfin se confier.
— Eh bien, oui.
— Comment était-ce ?
— Je n'ai pas l'intention d'en parler.
— Comme tu veux. Je vais me chercher un autre jus d'orange. Tu en veux un ?

— On n'a pas les moyens.

John rassembla ses pensées pendant que Derek était au bar. Il aimait son frère — cela ne faisait pas de doute — mais il lui aurait fallu la patience d'un saint pour supporter ses attaques et ses revirements incessants. Pourtant, il savait qu'ils n'allaient pouvoir compter que l'un sur l'autre pendant les quelques mois à venir, ce qui voulait dire, évidemment, que le succès de leur entente reposerait sur lui, et sur lui seul.

Quant à parler de Rose avec lui, c'était tout autre chose. Mais s'il ne pouvait pas discuter avec son frère jumeau de la chose la plus importante de sa vie, à qui donc en parlerait-il ? Le bateau s'était mis à tanguer et John sentit bientôt les remous gagner son estomac. Pourvu qu'il ne soit pas malade...

Derek revint s'asseoir, deux bouteilles dans les mains.

— Au fait, j'espère que vous n'avez pas fait de bébé...

John le regarda, sidéré par la brutalité de sa remarque.

— On... on ne peut pas faire de bébé la première fois, finit-il par bégayer.

C'était quelque chose qu'il n'avait pas envisagé mais d'après les quelques rumeurs et sous-entendus qui constituaient son éducation sexuelle, il était certain d'avoir raison.

— Non, répéta-t-il plus fermement, on ne peut pas faire de bébé la première fois.

— Qui t'a dit ça ?

— Tout le monde le sait.

— Eh bien, j'espère que tout le monde a raison.

John, assailli par des haut-le-cœur de plus en plus violents, commença à se sentir trop mal pour discuter.

— Il faut que j'aille m'étendre, dit-il.

Les couchettes superposées, dans la partie réservée aux hommes, étaient disposées en trois rangées parallèles, et la plupart étaient déjà occupées quand Derek et lui descendirent. Ils posèrent leurs valises sur le seuil et observèrent ce dortoir. Plusieurs parties de cartes étaient en cours et, dans un coin éloigné, deux hommes et un garçon d'une douzaine d'années, avaient improvisé un concert — ou, du moins, les hommes chantaient et le garçon était assis les yeux grands ouverts, tandis que des bouteilles vides roulaient à ses pieds à chaque tangage du bateau.

Agressé par la puanteur qui régnait là, John mit quelques secondes à en discerner les diverses composantes : l'alcool et la sueur, le parfum puissant de l'extrait de menthe et une autre odeur dont il s'aperçut, à sa grande horreur, qu'elle provenait d'une mare de vomi sous une couchette, près de la porte, où un homme se tenait vautré. Il ronflait bruyamment et sa tête accompagnait les mouvements du navire. L'estomac déjà malmené de John se souleva. Il détourna la tête, enjamba la flaque, portant sa valise le plus haut possible pour éviter toute contamination.

Ils finirent par trouver deux couchettes vides, loin de l'ivrogne ronflant, et rangèrent leurs valises sous celle du bas, où John s'installa. Elle était dure, peu accueillante, et une odeur bizarre s'en dégageait. Lorsqu'il retira le couvre-lit rugueux, il comprit pourquoi : le sommier, fait de lattes de bois, était recouvert d'une épaisse alaise en caoutchouc. Il mit son sac de voyage sous sa tête et, un bras sur les yeux, s'abrita tant bien que mal de la lumière. Tentant d'ignorer les odeurs, les chants, les ronflements, les jurons et les rires des joueurs de cartes, il passa en revue ses impressions sur ces dernières vingt-quatre heures. Sans aucun doute, c'était le beau visage tant aimé de Rose qui prédominait. Il songea aux améthystes, à l'abri dans sa nouvelle trousse de toilette. Devait-il en parler à Derek ? Mais pourquoi le ferait-il, après tout ? D'autre part, ces pierres seraient peut-être un jour leur salut à tous deux, si leur nouvelle vie dans l'île s'avérait intenable ou sans issue.

Mais même s'il s'en servait pour retourner chez lui, à quoi cela l'avancerait-il ? Il rentrerait aussi pauvre et désespéré qu'il en était parti. Et qu'apporterait-il à Rose ? Les paroles de sa mère résonnaient encore dans sa tête : *Ce n'est pas pour les gens comme nous...* Même lui sentait à quel point il serait puéril, d'offrir à Rose de partager avec lui une vie au rabais. Oh, Rose ! pensa-t-il, les yeux embués de larmes sous la manche de sa veste en tweed.

Daphné O'Beirne Moffat pinça les lèvres.

— Très bien, ma fille, tu resteras ici jusqu'à ce que tu aies recouvré tes esprits.

Rose n'eut pas un geste pour montrer qu'elle avait enregistré les paroles de sa mère. Elle était allongée sur son lit, le visage enfoui dans l'oreiller.

— Tu m'as entendue, Rose ? Rose ! Réponds-moi !

Voyant qu'elle n'obtenait pas de réponse, elle se tourna vers son mari.

— Parlez-lui, Gus. Vous êtes son père, après tout.

Debout derrière Daphné, Gus agitait des pièces de monnaie dans la poche de son pantalon ; il détestait les cris, les altercations et les scènes en tout genre. Mais il ne put ignorer les adjurations de Daphné qui, reculant d'un pas, se plaçait à côté de lui et lui indiquait d'un geste que c'était à lui d'intervenir.

— Rose ? appela-t-il timidement en s'approchant du lit. Écoute, il faut que tu manges quelque chose. Tu es restée ici depuis ce matin et il est maintenant... dix heures du soir, dit-il après avoir consulté sa montre. Tu n'as pas faim, Rose ?

— Il ne s'agit pas de cela ! s'écria Daphné. Ce qu'il faut qu'elle nous dise, c'est où elle était la nuit dernière — *toute* la nuit. J'en ai bien une idée, mais j'ai besoin de l'entendre de sa propre bouche !

— Je croyais que vous aviez dit que c'était moi son père !

Rose fut si surprise par la véhémence de son père qu'elle sursauta et se souleva sur un coude. Elle vit que Gus, la mâchoire à demi ouverte, était lui-même étonné. Puis, avant que Daphné n'ait le temps de réagir, il poussa son avantage.

— Ça va aller, Daphné. Je m'en occupe. Je pense que ce serait une bonne idée si vous me laissiez faire. Je vous appellerai si j'ai besoin de vous.

La mère de Rose émit un petit sifflement, puis tourna les talons et sortit de la chambre. Gus attendit que la porte se soit refermée pour s'asseoir sur le bord du lit. Il pressa doucement l'épaule de Rose.

— Alors, ma poupée, qu'est-ce qui s'est passé ? Tu peux tout me dire, maintenant.

En un éclair, Rose se redressa et jeta les bras autour de son cou.

— Oh, papa ! je ne peux pas, je ne peux vraiment pas, c'est trop affreux...

— Pourquoi, Rose ?

— Parce que tu ne comprendras jamais.

Gus s'éclaircit la gorge.

— Je... euh... en fait, je pourrais peut-être. Tu risquerais d'être surprise... Cela ne serait pas par hasard, je veux dire, cela n'aurait pas à voir avec ce garçon de la maison de gardien... Tu sais, celui à qui tu as appris à monter ?

Au rosissement des joues de son père, Rose comprit que l'expression de son propre visage en révélait bien plus qu'elle ne l'aurait souhaité.

— Je... je vois, dit-il. Je savais que vous étiez...

euh... amis, mais je suppose que j'étais trop pris par mes affaires pour voir ce qui se passait. Pardonne-moi, Rose, mais tu sais bien, la propriété, la banque et tout ça... ajouta-t-il en haussant les épaules.

Rose pressa son mouchoir contre sa bouche. Elle ne voulait pas provoquer de drame, mais si son père ne sortait pas immédiatement de sa chambre, elle craignait de trop en dire.

— Je l'aime de tout mon cœur, papa, murmura-t-elle la voix étouffée, et maintenant, il est parti pour toujours...

Les larmes se remirent à couler sur son visage.

— Je — Gus s'éclaircit la gorge bruyamment — je suppose que c'est là que tu étais cette nuit ? Enfin, à te promener avec lui ?

Rose acquiesça presque imperceptiblement de la tête. Gus semblait avoir les plus grandes difficultés à s'éclaircir la gorge.

— Ma chérie, tu n'as pas à répondre si tu ne le veux pas, bien sûr, mais je suis ton père et je... enfin nous, ta mère et moi, nous nous inquiétons pour toi, voilà tout. Tu étais juste partie te promener avec ce garçon, n'est-ce pas ?

On ne pouvait se méprendre sur le ton implorant de sa voix.

— Bien sûr, papa. Bien sûr, nous sommes juste allés nous promener. C'était sa dernière nuit. Il est venu à la maison hier soir, tard. Nous nous étions déjà dit au revoir, mais pas comme il faut, tu comprends. Enfin, en tout cas, nous sommes sortis... pour faire une grande marche dans les bois.

— Toute la nuit, Rose ?

— Nous ne pouvions pas supporter de nous dire au revoir. Nous nous sommes endormis un moment...

Gus se leva et alla à la fenêtre.

— Il y a encore quelque chose, Rose... mais ne

t'en fais pas, je suis sûr qu'il existe une explication parfaitement innocente. Ta mère dit que, lorsqu'elle t'a croisée dans la cuisine, tôt ce matin, tu rentrais et tes vêtements étaient tout froissés...

— Je t'ai expliqué que je m'étais allongée et endormie un moment.

— Oui, mais elle affirme qu'ils étaient *extrêmement* froissés. Je ne sais pas grand-chose là-dessus, bien sûr, mais elle a vu que tu portais un chemisier de coton et qu'il était dans un état lamentable. Comme s'il avait été mouillé, ou...

— Eh bien je peux t'assurer — et tu peux lui assurer, papa, qu'il n'était certainement pas mouillé ! répondit Rose, sur le ton exagérément outragé de quelqu'un qu'on accuse à tort.

Gus se retourna vers elle.

— Bon, voilà qui est éclairci, alors. Je vais pouvoir le dire à ta mère. Je suis sûr qu'elle sera soulagée.

— Papa... elle déteste John Flynn.

— Qu'est-ce qui te fait dire cela ? Ta mère est une femme charitable, Rose.

La voix de Gus comportait une note d'avertissement, et Rose se reprit.

— Oui, papa, c'est vrai. Bien sûr, maman est très bonne — et j'apprécie tout ce qu'elle fait pour moi — et je sais qu'elle m'aime... mais papa, sois sincère ! Crois-tu vraiment qu'elle approuverait mon amour pour le fils du garde-chasse ? Ce pauvre John n'a pas un sou...

Rose se remit à pleurer à chaudes larmes.

— Rose, le Canada n'est pas le bout du monde. Il reviendra un jour et, entre-temps, tu rencontreras d'autres garçons...

— Oh, papa, je savais que tout le monde dirait cela. Je savais que *personne* ne comprendrait. Jamais je n'aimerai un autre garçon, jamais, jamais, jamais !

Elle descendit précipitamment de son lit.

— Excuse-moi, papa, je dois aller dans la salle de bains.

Gus fit quelques pas vers elle comme pour l'intercepter, mais elle fut trop rapide pour lui, traversa la pièce et sortit avant qu'il n'ait pu l'atteindre.

Gus resta debout un moment, perplexe. Puis, soucieux de ne pas faire trop de bruit en refermant la porte, il quitta la chambre à son tour.

— Hé, maman ! Il est trois heures de l'après-midi. Comment se fait-il que tu ne sois pas encore au bridge ?

Dans sa cabine sur le paquebot *White Empress*, ancré à Liverpool, Karen Lindstrom testait les ressorts de son lit en sautant dessus.

— J'adore les bateaux ! rugit-elle joyeusement, tout en regardant les rideaux de chintz du hublot se soulever dans le courant d'air qu'elle provoquait.

Karen, qui était blonde comme son père, avait hérité le physique robuste de sa mère, et les ressorts du lit grincèrent.

— Pour l'amour de Dieu, Karen, cria sa mère à travers la porte de communication de leurs deux cabines, calme-toi. Tu vas me rendre folle.

Elle apparut sur le seuil, un vase de cristal rempli de fleurs dans les mains.

— On ne lèvera pas l'ancre avant plusieurs heures, ajouta-t-elle. Prends un livre, un magazine, ou que sais-je encore.

— Impossible, répliqua Karen, qui sauta à bas du lit et effectua une gigue endiablée au milieu de la cabine. Trop ennuyeux ! Oh, j'aimerais tant que papa soit avec nous pour cette traversée. L'*Empress* est son bateau préféré.

Puis, saisissant deux oranges dans la corbeille à fruits posée sur la table à café, elle se mit à jongler.

Sa mère soupira.

— Vraiment, Karen ! Quel âge as-tu ? Il va nous falloir vivre toutes les deux pendant cinq jours et demi dans un espace restreint. Alors, fais un effort, d'accord ?

La mère de Karen était originaire de Glasgow, on l'entendait à son accent légèrement grasseyant. Karen et elle revenaient d'un séjour dans sa grande famille qui vivait encore là-bas.

Karen relança les deux oranges dans la corbeille.

— Maman, je t'en prie, nous n'allons pas vivre dans les jupes l'une de l'autre. Tu vas te faire des amis comme d'habitude et jouer au bridge toute la journée, et moi, je serai... enfin bon. Puis, se ravisant, elle lui sourit : Tu préférerais peut-être que je sois triste comme un bonnet de nuit, comme vous autres, les Celtes ?

— Merci beaucoup ! fit sa mère, en lui rendant son sourire. Bien sûr que non, je n'aimerais pas te voir d'humeur sinistre. Je suis ravie de te voir heureuse — mais si, juste un instant, tu pouvais mettre ta joie légèrement en sourdine...

— Pas de problème, maman, répondit Karen.

Et sur ces paroles, elle attrapa son anorak et se dirigea vers la porte de la cabine.

— Ton vœu va être exaucé — la paix immédiate ! Je sors me balader, d'accord ?

— Sois prudente, cria sa mère automatiquement, mais Karen était déjà hors de portée de voix.

Une fois dans le couloir, elle enfila son anorak et entreprit une visite du navire, même si, étant donné que c'était sa quatrième traversée à bord du *White Empress*, elle en connaissait déjà les moindres recoins. Elle avait bien l'intention de profiter au maximum de ce voyage, car c'était probablement sa dernière croisière. Les contraintes des affaires de son père ne lui permettaient plus le luxe de gaspiller six jours en mer, et il avait décrété que la prochaine fois qu'ils iraient en Europe, ils prendraient l'avion.

Karen le regrettait sincèrement. Elle venait d'embarquer pour sa douzième croisière transatlantique et adorait ce sentiment d'intimité immédiate avec des étrangers ; chaque fois qu'ils levaient l'ancre, elle avait l'impression de se trouver sur un terrain de jeu riche en possibilités. Même si la Canadian Atlantic Line transportait un grand nombre d'immigrants en classe touriste, et donc une liste de passagers évidemment beaucoup moins prestigieuse que la compagnie Cunard ou ses homologues américaines et françaises, la première classe était tout autre chose. Dans l'esprit de Karen, les personnes qui occupaient la suite voisine pouvaient fort bien être des stars de cinéma ou des princes du pétrole, des ducs anglais, des membres de familles royales, des veuves éplorées ou bien — et c'était là l'essentiel — des petits amis potentiels. A dix-sept ans et dotée d'une santé redoutable, Karen considérait tous les hommes de moins de vingt-deux ans comme des petits amis en puissance.

Sauf ceux de Charlottetown, évidemment. Charlottetown, capitale de l'île du Prince Edward, où son père possédait le plus grand magasin, et le plus chic, était aux yeux de Karen un territoire qui ne se prêtait pas à l'aventure. Aucun des garçons de là-bas ne possédait ce qu'elle cherchait, ou ce qu'elle espérait trouver chez un homme.

L'air froid lui piqua les joues quand elle déboucha sur le pont promenade et elle s'emmitoufla plus étroitement dans l'anorak qu'elle avait choisi au rayon hommes du magasin de son père.

Karen ne regrettait pas d'être aussi grande ; toutefois, pour être parfaitement honnête avec elle-même, elle devait bien admettre que sa taille et sa personnalité ne jouaient peut-être pas en sa faveur auprès des garçons de Charlottetown. La plupart de ceux qu'elle connaissait donnaient l'impression d'avoir peur d'elle. Mais elle n'en avait cure. Elle considérait que Charlottetown était un trou perdu, et avait hâte d'en partir. Ses parents ne le savaient pas encore, mais Karen, qui entrait en dernière année d'études secondaires, n'avait aucune intention de rester là-bas. En fait, elle n'avait pas non plus l'intention de rester au Canada. Elle avait de bonnes notes et voulait aller à l'université dans une de ces merveilleuses capitales européennes telles que Paris, Rome ou Londres — ou si elle n'arrivait pas à y entrer, au moins dans une institution moderne comme il en existait en Californie ou en Nouvelle-Angleterre.

Elle quitta le pont promenade et grimpa les larges marches qui menaient aux installations sportives, situées juste en dessous du pont supérieur et équipées d'un terrain de tennis grandeur nature. Bien que son anorak soit matelassé de duvet et le court abrité par une haute cloison, elle frissonna sous le vent vif quand elle se dirigea vers les sièges de la galerie, côté port. La jetée de Liverpool se trouvait en plein cœur du quartier commercial, mais Karen qui était venue là si souvent, n'avait pas envie de regarder la ville ; elle se pencha par-dessus le bastingage et observa le bassin fourmillant, quinze mètres plus bas.

Le *White Empress* était arrimé juste derrière un autre paquebot de ligne, plus grand, qui arborait le drapeau allemand, et les deux groupes de passagers auxquels s'ajoutaient les accompagnateurs, les porteurs et les déchargeurs s'agitaient bruyamment en files d'attente ou en attroupements sur le quai, large de dix mètres à peine, et bordé d'entrepôts.

Karen fredonna pour accompagner l'hymne ténu,

rythmé par des cymbales, qu'un orchestre de l'Armée du Salut jouait au milieu de la cohue ; rien au monde, pensait-elle, ne valait le fait de se trouver là et de sentir, à travers l'acier froid et lisse du bastingage, l'accélération des générateurs du bateau. Puis elle regarda derrière elle : le *White Empress* arborait sur son mât le fanion bleu signifiant qu'il avait reçu ses ordres de route ; une mince colonne de fumée s'élevait déjà de l'une des cheminées, droit vers la volée de mouettes aux plumes sales qui tournaient dans le ciel nuageux.

Elle se remit à observer les gens dans les files d'attente. Il n'y avait pas foule devant l'entrée des premières classes, mais une longue queue serpentait devant la passerelle qui desservait la section touriste. L'attention de Karen fut aussitôt attirée par un couple avec un petit bébé et un tout jeune enfant.

Au pied de la rampe d'embarquement, le bébé se mit à pleurer très fort. Tout occupés à le calmer, les parents ne virent pas que l'aîné s'éloignait, s'aventurant dangereusement vers le bord du quai. Karen allait lancer un cri d'avertissement quand, jaillissant comme une flèche d'un peu plus loin dans la queue, un jeune homme se précipita, saisit par la main l'enfant tout surpris et le ramena à ses parents. Après avoir échangé quelques mots avec le couple, le jeune homme regagna sa place, où l'attendait un autre garçon.

Du haut de son perchoir, Karen retint son souffle. *Deux* jeunes hommes, qui semblaient voyager seuls et paraissaient relativement présentables, pour autant qu'elle puisse en juger. Le seul problème, c'était qu'ils embarquaient en classe touriste. Enfin, ce n'était pas insurmontable. Bien qu'un sergent en armes empêche toute circulation de la classe touriste vers les premières, on ne pouvait décemment pas interdire à un passager de première de visiter les touristes. Elle observa les deux jeunes garçons tandis qu'ils attendaient patiemment leur tour pour monter à bord. Ils n'avaient pas pris de porteur et traînaient eux-mêmes leurs bagages ; ils étaient de son âge ou un peu plus âgés et elle remarqua que, bien qu'en chemises et cravates, ils portaient des vêtements sombres et froissés. Certainement pas des Américains ou des Canadiens, pensa-t-elle, plus vraisemblablement des Européens de l'Est.

Des réfugiés, peut-être ? Le cœur romantique de Karen se mit à battre plus vite. Deux cousins, ou deux frères, devenus orphelins au cours d'une guerre affreuse, partis à la recherche d'une vie meilleure dans le Nouveau Monde...

Exception faite de deux familles avec des enfants, les autres passagers étaient pour la plupart en couple, et elle leur trouva peu d'intérêt. Son attention se reporta sur les deux garçons, et elle les suivit des yeux jusqu'à ce qu'ils aient embarqué et disparu de sa vue.

John eut le souffle coupé en découvrant ce qui allait être leur chambre pendant cinq nuits et six jours. Voyageant aussi économiquement que possible, ils avaient réservé une cabine sans hublot, ni « commodités », mais ce qu'il avait devant les yeux était bien plus confortable que tout ce qu'il avait pu imaginer. Sa première expérience maritime sur le bateau de Liverpool, la nuit dernière, avait été si sordide et si inconfortable qu'il n'avait plus guère d'espoir. Par contraste avec la troisième classe sur le navire de la B & I, cette cabine était un palais, avec ses murs gris pâle recouverts de gravures de voiliers, une coiffeuse surmontée d'un miroir, un tapis sur le plancher, deux placards intégrés, et même un petit lavabo dans un coin. Mais John eut surtout le regard attiré par les vrais draps et les oreillers neigeux disposés sur les couchettes, au nombre de quatre. Il se demanda un instant qui allait voyager avec eux, mais il était trop fatigué pour s'en soucier.

Debout derrière lui, Derek émit un léger sifflement d'admiration.

— Seigneur, s'exclama-t-il, mais c'est fantastique !

— Je vais m'étendre.

John fourra ses sacs dans un placard et envoya balader ses chaussures. Comme il était sur le point de grimper sur l'une des couchettes inférieures, il remarqua, dépassant du coin de la couverture, une petite carte pliée en deux, imprimée en rose et vert pomme, avec des dessins de canotiers et de flûtes à champagne, et un mot leur souhaitant la bienvenue à bord et leur demandant de présenter leurs passeports au bureau du commissaire. A l'intérieur, elle offrait la liste des facilités disponibles à bord, et incluait un emploi du temps des activités prévues pour le lendemain.

— Tu te rends compte, s'écria-t-il, le grand confort ! Il y a des tournois de whist, et même un cinéma... et une bibliothèque !

Derek saisit une carte identique sur la couchette du dessus et l'ouvrit.

— Et des bals, dit-il tout excité. Dis, John, regarde, il y a une piscine. On a le droit de l'utiliser ! Et un bar...

— On ne va pas boire, on l'a promis à maman.

— Parle pour toi.

— Derek !

— Bon, eh bien moi, je vais faire une petite promenade, je meurs de faim.

Derek envoya sa valise contre le mur de la cabine où elle s'immobilisa en position verticale. Contrairement à John, l'expérience avait prouvé qu'il avait le pied marin ; il avait même réussi à dormir sur sa couchette la nuit précédente et de ce fait était bien moins fatigué que son frère.

— A plus tard, lui lança-t-il avant de tirer la porte derrière lui.

John rampa, plutôt qu'il ne monta sur sa couchette. Trop las pour soulever les couvertures, il s'étendit dessus. Avec délice, il enfonça sa tête dans l'oreiller propre et moelleux. La cabine tout entière vibrait et bourdonnait sous l'action des machines dans les entrailles du navire. Les vibrations ne lui étaient en fait pas désagréables ; au contraire, il avait l'impression qu'elles le berçaient et, en quelques instants, les coups sourds et les claquements de porte, produits par les passagers qui montaient ou descendaient les couloirs à la recherche de leur cabine, se firent lointains et étrangement rassurants, tandis qu'il glissait dans un sommeil velouté et sans rêves.

Derek erra sur le pont, prenant plaisir à regarder les derniers passagers embarquer, dans l'agitation qui précédait le départ du bateau.

Une foule dense d'hommes, de femmes et d'enfants dont certains pleuraient, faisaient des gestes d'adieu ou criaient par-dessus le bastingage, en direction de leurs parents ou amis massés sur le quai. Derek se souvint de ses larmes brûlantes quand il avait quitté sa mère, la veille — était-ce seulement la veille ? — et sentit qu'elles lui picotaient à nouveau les yeux. Il respira profondément et refoula ses pleurs. A dater de ce jour, Derek Flynn ne serait plus un garçon pleurnichard.

Les passerelles d'embarquement étaient toujours en place, il restait donc encore du temps avant le départ. Il n'avait pas exagéré en disant à John qu'il avait faim ; son estomac gargouillait, et il décida de se mettre en quête d'un snack-bar. A Carrick, l'agent de voyage leur avait expliqué qu'ils pourraient changer leur argent irlandais à bord. Mais où était la banque ?

Il parcourut le pont du regard et avisa un garçon en uniforme, de son âge environ, qui sortait de derrière une petite porte métallique.

— S'il vous plaît ? s'écria Derek.

Le garçon, dont la casquette était perchée sur des cheveux bouclés couleur carotte, se retourna.

— Oui, Monsieur ? Puis, voyant l'âge de Derek, il se décontracta visiblement. Qu'est-ce qui se passe, camarade ?

— Je me demandais si vous pourriez me dire où se trouve la banque ? Je voudrais changer un peu d'argent, expliqua Derek du ton cérémonieux qui lui paraissait convenir à un passager s'adressant à un membre de l'équipage.

— De l'argent ? répondit le garçon aimablement. Il n'y a pas de vraie banque ici, mais, dès que nous serons en mer, le bureau du commissaire sera ouvert et vous pourrez y changer vos billets. Après une pause, il plissa ses yeux et reprit : Il s'agit d'argent irlandais, n'est-ce pas ? Moi, je suis né à Liverpool, mais ma mère et mon père viennent d'Arklow, dans le comté de Wicklow. J'y ai souvent passé des vacances.

— Je vois, fit Derek. Et en quoi consiste votre travail à bord ?

— Je suis apprenti marin, répondit fièrement le garçon en jetant un œil autour de lui, comme s'il avait peur de se faire repérer. En fait, je ne suis pas censé parler aux passagers, mais bon, comme vous m'avez adressé la parole en premier et que vous êtes irlandais comme moi...

Il sourit et Derek lui rendit son sourire.

— Merci... Le bureau du commissaire, donc ?

— Exactement. Il devrait ouvrir une demi-heure après le départ.

— Mon Dieu, je ne suis pas sûr de pouvoir attendre aussi longtemps. Je meurs de faim.

— Une seconde..., fit le garçon en fouillant dans la poche de son uniforme. Tenez, prenez déjà un morceau de chocolat.

A travers l'emballage, Derek sentit qu'il était en train de fondre.

— Merci infiniment. Je vous le rembourserai quand j'aurai changé mon argent.

— Non, tout va bien. Je mange trop de chocolat, de toute façon. Au fait, je m'appelle Andy.

— Derek Flynn.

— Andy Farrell.

Ils échangèrent une poignée de main.

— Je ferais mieux d'y aller. A plus tard.

Le jeune garçon d'équipage s'éloigna et Derek, tournant le dos au vent froid, déchira le papier argenté, et fourra la moitié de la barre de chocolat dans sa bouche.

Sur le quai, l'activité semblait s'être calmée. Quand il eut fini la première moitié de la tablette, il déballa le reste, et s'apprêtait à la manger quand il entendit une voix féminine.

— Il en reste un peu pour moi ?

Derek regarda autour de lui mais ne vit personne.

— Là-haut ! fit la voix.

Il leva les yeux et vit la tête et les épaules d'une fille blonde, penchée par-dessus la rambarde du pont supérieur.

— Salut, dit-elle, le vent faisait voler ses cheveux autour de son visage.

Derek, embarrassé qu'on ait surpris sa voracité, lui retourna un timide « Salut ! ».

— Ça a l'air bon, dit la fille en repoussant un peu ses cheveux. Vous en avez encore ?

— Désolé, fit Derek en haussant les épaules, les mains tendues paumes ouvertes pour montrer qu'elles étaient vides.

— Je vous ai vus embarquer, vous et votre ami, cria la fille.

— Ah bon. Vous voyagez aussi ? demanda Derek, qui eut aussitôt envie de se mordre la langue. Bien sûr qu'elle voyageait. Elle était sur le bateau, non ?

Mais la fille n'eut pas l'air de s'en offusquer.

— D'où venez-vous tous les deux ?

— D'Irlande, cria Derek, et ce n'est pas un ami, c'est mon frère.

— Un frère peut aussi être un ami.

— Oui, bien sûr..., mais tout dépend du frère.

— Ah bon, c'est comme ça, entre vous ? fit la fille avec un sourire qui découvrit deux rangées de dents parfaitement blanches. Irlandais ! Vous parlez gaélique, alors ?

— Un peu, admit Derek, prenant mentalement note de rafraîchir son maigre bagage linguistique.

— Une partie de la famille de ma mère parle gaélique, ils sont écossais.

— Et vous, reprit Derek après un instant d'hésitation, vous ne seriez pas américaine ?

— Canadienne. Mais j'ai une moitié écossaise du côté de ma mère, comme je viens de vous le dire. Et l'autre moitié est suédoise.

— Pour moi, vous parlez un peu comme une Américaine.

Derek n'avait jamais rencontré de Canadiens, mais tous les ans en juillet et en août, les Américains, comme des oiseaux migrateurs, revenaient par vagues à Drumboola, et il avait appris à reconnaître l'accent transatlantique.

— Si j'étais vous, je ne dirais pas cela trop fort, lui conseilla la jeune fille. Les Canadiens ont *horreur* qu'on les prenne pour des Américains.

— Toutes mes excuses, je m'en souviendrai. Alors, de quelle région du Canada venez-vous ?

— Oh... d'une petite ville dont vous n'avez certainement jamais entendu parler, fit-elle avec un geste de mépris. Charlottetown, sur l'île du Prince Edward, mais ne vous...

— C'est incroyable ! cria Derek. C'est là que nous allons. Enfin, pas exactement... A Kelly's Cross... vous connaissez ?

— Bien sûr que je connais, dit la fille. Ça alors ! Nous allons être voisins.

— Ce n'est pas loin de Charlottetown ?

— Environ quarante minutes.

— Eh bien, n'est-ce pas extraordinaire ! répéta Derek, franchement surpris par une telle coïncidence.

— Oui, c'est extraordinaire, comme vous dites. Mais ne vous faites pas trop d'illusions au sujet de l'île, ajouta-t-elle d'une voix traînante. Hé, vous allez attraper un torticolis. Si je descendais vous voir ?

— Volontiers, fit Derek qui n'en revenait pas de sa chance.

— Ne bougez pas. Sa tête disparut puis reparut. Au fait, comment vous appelez-vous ?

— Derek. Derek Flynn.

— O.K., Derek, je m'appelle Karen Lindstrom. Enchantée !

La tête blonde disparut à nouveau. De peur qu'il n'y subsiste encore des traces de chocolat, Derek s'essuya vigoureusement la bouche du dos de la main. Qu'allait-il trouver à lui dire quand elle arriverait ? — Une blonde. Et plutôt jolie, d'après ce qu'il en avait vu. La panique le gagna.

Quand elle apparut à ses côtés, il se sentit tout timide. La fille était encore plus jolie qu'elle ne le lui avait paru au premier abord. Elle était aussi grande que lui, mais il n'y avait pas que sa taille ; elle avait de grandes dents, une grande bouche et de grands yeux, et quelque chose d'autre qui lui coupa le souffle : Karen Lindstrom avait une opulente poitrine.

— Bonjour, dit-il, en se forçant à lui tendre la main.

Elle la saisit et la serra si fort qu'il sentit presque craquer ses doigts.

— Salut ! fit-elle. Eh bien, n'est-ce pas une coïncidence ? Mais pas tant que ça, je suppose, si on y réfléchit. Après tout, nous sommes sur un bateau canadien faisant route vers le Canada. Ç'aurait été plus surprenant si vous m'aviez dit que vous alliez à Honolulu.

Elle relâcha sa main avec un petit rire, étonnamment aigu et flûté, qui contrastait avec son physique.

Derek lui rendit son sourire en s'efforçant de ne pas fuir son regard franc.

— A quoi ressemble le temps sur l'île du Prince Edward ?

A peine eut-il prononcé ces mots qu'il s'en voulut. C'est bien moi, pensa-t-il. Me voilà seul avec une fille superbe, et de quoi je lui parle ? Du temps. A son grand soulagement, elle ne sembla pas partager son point de vue.

— Pas mauvais, répondit-elle. C'est un peu comme en Écosse — si ce n'est qu'il y fait beaucoup plus froid l'hiver. A propos de temps, vous avez le pied marin ?

— Vous voulez savoir si je suis malade en bateau ? Je ne saurais pas vous dire, en fait. Je n'ai encore jamais traversé l'Atlantique. Mais la nuit dernière, pour venir d'Irlande, je n'ai pas eu de problèmes.

— Bon, parce que ça peut être rude, mais à cette époque de l'année, ce n'est pas trop mauvais en général. Allez, ajouta-t-elle avec enthousiasme, on gèle à rester debout ici. Vous ne voulez pas qu'on marche un peu, et je vous dirai tout ce que vous devez savoir sur notre île, ce qui, entre parenthèses, tiendrait facilement au dos d'un timbre-poste.

Elle lui fit passer plusieurs portes et longer divers couloirs, jusqu'à ce qu'ils arrivent sur un pont découvert où il y avait une foule de passagers. Le vent soufflait en bourrasques et Derek se mit à trembler malgré lui. Karen s'en aperçut.

— J'espère que vous avez quelque chose de plus chaud que cette veste pour le voyage. Il fait parfois très froid quand on arrive dans l'Atlantique nord.

— Ça ira, j'ai un manteau.

— Bon. Où est votre frère ?

— Dans notre cabine, où il dort probablement. Il n'a pas vraiment fermé l'œil la nuit dernière.

— Comment s'appelle-t-il ?

— John.

— John et Derek. Ce ne sont pas des noms typiquement irlandais, il me semble. Il y a un tas d'Irlandais à Charlottetown, et ils s'appellent tous Sean ou Michael ou Patrick...

— C'est-à-dire que ma mère a de la famille au nord de l'Irlande — tout près de l'endroit où nous vivons — et en Écosse aussi. Chez nous, beaucoup de gens ont des parents en Écosse, et on nous a donné le nom de deux de nos oncles qui vivent là-bas.

— Eh bien, ça alors, encore un point commun entre nous ! Dans quelle partie de l'Écosse ?

— Pas la moindre idée. Quelque part du côté des Highlands, je crois.

— Tiens donc !

Elle lui sourit et leva les yeux vers le ciel. Derek en profita pour la regarder à la dérobée. Elle était légèrement appuyée en arrière ; sa posture mettait en valeur ses seins magnifiques et Derek sentit des fourmillements dans ses mains. Qu'allait-il faire ensuite ? Que devait-il dire ? Jamais, il ne s'était senti aussi piètre causeur. Encore une fois, ce fut Karen qui le sauva.

— Suivez-moi, dit-elle, et d'un pas vif, elle repartit.

Il y avait des centaines de passagers appuyés au bastingage et, quand Karen trouva un coin libre, il se glissa à côté d'elle pour voir ce qui se passait. En bas, deux hommes s'affairaient autour des cordages qui reliaient le *White Empress* aux bittes d'amarrage. Derek se creusa désespérément la tête pour trouver quelque chose de spirituel à dire.

— On dirait qu'on va bientôt lever l'ancre, fit-il remarquer en voyant qu'on remontait la passerelle, mais au même moment, la sirène du bateau hurla, et il sursauta de frayeur.

Karen lui prit le bras.

— Tout va bien, Derek, c'est normal. Attention, ça va recommencer...

Effectivement, la sirène retentit une seconde fois. Il espéra que, pressé contre elle comme il l'était, elle ne pouvait ni percevoir ni entendre les battements de son cœur.

— Est-ce que vos parents voyagent avec vous ? demanda-t-il.

— Ma mère seulement. Mon père n'a pas pu venir cette fois-ci. Les affaires...

— Quel genre d'affaires ?

Il avait découvert que, s'il ne la regardait pas, il arrivait plus facilement à parler. Les nœuds d'amarrage étaient à présent défaits, et trois hommes tenaient le cordage tandis que les machines rugissaient.

— Nous avons un magasin à Charlottetown, expliqua Karen.

A travers la charpente du pont, Derek sentit les efforts du navire pour larguer ses amarres.

— Ah... un magasin de quelle taille ? Qu'est-ce que vous vendez ?

— C'est un grand magasin. On y vend absolument de tout, répondit Karen qui observait aussi ce qui se passait sur le quai. La sirène du *White Empress* hurla une nouvelle fois. Oh, fit-elle, j'adore ce moment ! C'est fou ce que j'aime ça !

Elle rejeta la tête en arrière et se mit à rire. Ses cheveux volèrent et vinrent se plaquer contre le visage et la bouche de Derek ; leur goût lui rappela celui du pain.

— Pardon, fit-elle dans un grand éclat de rire.

Elle ramena ses mèches éparses, les fourrant à l'intérieur du col de son anorak qu'elle referma étroitement autour de son cou.

Les bras de ceux qui étaient venus souhaiter bon voyage aux leurs se levèrent tandis que, lentement, centimètre par centimètre, l'écart entre la coque du bateau et le mur du quai se creusait. Derek se pencha par-dessus le bastingage ; des détritus, des papiers, des emballages, des éclats de bois et des morceaux de plastique flottaient dans une eau huileuse aux reflets arc-en-ciel. A présent, il n'était plus possible de revenir en arrière, et, l'espace d'une seconde, il oublia la présence chaleureuse de Karen Lindstrom.

Mais quand il tourna à nouveau les yeux vers le charmant visage de la jeune fille, il comprit l'avantage qu'il y avait à aller de l'avant : au moins, tout était possible. Il suffisait qu'il parvienne à manœuvrer correctement.

Ils restèrent là pendant que le paquebot pénétrait lentement dans la Mersey, dépassant les grues et les embarcadères, les files de cargos à quai dans le bassin nord de Gladstone. Liverpool glissa doucement à côté d'eux tandis qu'ils abordaient l'embouchure du fleuve, puis se figea derrière un voile de fumée grise.

Dans sa veste de sport trop légère, Derek grelottait. Karen finit par avoir pitié de lui.

— Venez, dit-elle.

Ils revinrent sur leurs pas, et se retrouvèrent sur le pont où ils s'étaient rencontrés. Ils s'arrêtèrent devant la porte par laquelle Karen était apparue la première fois. Derek vit qu'un écriteau indiquait que cette partie-là du paquebot était réservée aux passagers de première classe.

— Bon, dit-il embarrassé, je n'irai pas plus loin.

— Pour le moment..., fit-elle mystérieusement. A présent, il faut vraiment que j'y aille. Sinon, maman risque de penser que je suis tombée par-dessus bord.

— Bien sûr.

Il brûlait de lui demander quand il la reverrait.

— O.K., fit-elle, à bientôt, alors.

— J'espère, répondit-il ardemment.

— Vous pouvez y compter. Maintenant que je sais où vous trouver...

Tenant la porte ouverte, elle pencha la tête de côté avant de franchir le seuil.

— Je vous trouve très mignon, dit-elle avant de tirer la porte, et le déclic du pêne vint ponctuer sa phrase.

Pris au cœur d'un épais brouillard, John était terrorisé. Il était incapable de voir où il allait. A sa frayeur, venait s'ajouter le bruit ; ces battements, ces coups de marteau dans ses oreilles et dans sa tête. Il ouvrit les yeux. Il n'avait aucune idée de l'endroit où il se trouvait. Le bruit devenait de plus en plus fort et tout bougeait. Puis il reconnut son frère : Derek le secouait par l'épaule.

— Allez, John, réveille-toi, réveille-toi ! C'est l'heure du dîner.

John se dressa avec peine sur un coude.

— Où est maman ? demanda-t-il en lançant un regard inquiet autour de lui. Où diable...

Puis il se souvint. Ils étaient sur le bateau, en route pour le Canada. Le désespoir s'abattit sur lui comme une chape de plomb.

— Laisse-moi tranquille, Derek, dit-il, je veux continuer à dormir.

— Si tu rates le dîner, tu vas le regretter. Ce bateau est formidable, je t'assure, John. Lève-toi. Il faut que tu viennes dîner. Tu pourras même manger un steak si tu veux. Un *steak*, tu te rends compte ?

John sentit son estomac se soulever à la seule idée d'avaler quoi que ce soit.

— Ne prononce pas le mot de steak, tu veux ? Je ne pourrais même pas avaler un œuf. Je t'en prie, Derek, laisse-moi tranquille.

— Il y a aussi des œufs, si tu préfères. Tu peux avoir ce que tu veux, John. Ce que tu veux !

John émit un grognement. Il savait qu'il ne pouvait pas rester au lit pendant tout le voyage et qu'il valait probablement mieux qu'il essaie de manger quelque chose.

— Où sont les autres ? demanda-t-il en se redressant lentement.

— Quels autres ?

— Ceux qui sont censés occuper les deux autres lits.

— Je ne sais pas, répondit Derek. Peut-être qu'ils ne sont pas venus, ou que le bateau n'est pas plein.

John avait l'impression qu'on l'avait frappé sur la tête. Il n'avait aucune énergie.

— Mes vêtements sont dans un sale état, dit-il en baissant les yeux sur son pantalon froissé.

— Eh bien change-toi, alors, lança Derek avec impatience.

La salle à manger était lambrissée de bois et ses

cuivres polis rutilaient. L'estomac délicat de John le força à remarquer que les tables, pour la plupart occupées, étaient munies de rebords destinés à limiter les chutes diverses sur les tapis recouvrant le sol. Derek et lui hésitaient à la porte quand un steward les prit en main et leur indiqua deux chaises vacantes à une table dans un coin.

Le repas réussit à passer. Les autres convives à leur table firent des efforts pour les faire participer à la conversation, mais ils étaient si mal à l'aise qu'ils bredouillaient ; les tentatives de dialogue s'espacèrent, et ils mangèrent presque en silence. John vit que Derek faisait honneur au menu, nettoyant proprement tout ce qui arrivait dans son assiette, le steak, les frites, les champignons et les tomates, suivis par une belle tranche de gâteau au chocolat.

Leur repas terminé, ils firent quelques pas dans un couloir, et après avoir poussé une lourde porte métallique, se retrouvèrent sur un pont où le vent s'engouffrait par une série d'ouvertures rectangulaires placées sur les côtés. John se dirigea vers l'une d'elles et passa la tête à travers, pour se rafraîchir le visage.

— Je crois que j'aurais fait un mauvais marin, dit-il. J'ai peur d'être à nouveau malade.

— Pas maintenant ! fit Derek, horrifié.

— Peut-être pas tout de suite. Mais si le temps se gâte, je vais y avoir droit.

— En principe, il ne devrait pas faire trop mauvais. J'ai rencontré une fille, et elle m'a dit qu'à cette époque de l'année, ça se passait en général plutôt bien.

— Quelle fille ?

— Elle s'appelle Karen Lindstrom. Et, devine ? Elle vient de l'île du Prince Edward.

— Vraiment ? Comment l'as-tu rencontrée ?

— Tu ne t'es pas montré très bavard au sujet de

Rose O'Beirne Moffat, il me semble, lui rétorqua Derek.

— D'accord. Oublie ce que je t'ai demandé.

John se pencha pour regarder l'eau qui écumait contre le flanc du navire avec un bruissement continu. Le temps était couvert mais, depuis une heure ou deux, les nuages avaient commencé à se disperser. Ils filaient dans le sens inverse du bateau, et s'ils restaient gris sur le dessus, ils avaient le ventre teinté d'or et de pourpre sous l'effet du soleil couchant.

— Excuse-moi, fit Derek, chez qui ces paroles ne venaient pourtant pas facilement.

— Ça va. Alors, raconte...

— Je crois que je lui plais bien, John, je t'assure. Elle est blonde et très grande. Vraiment immense. Superbe !

Des deux mains, Derek dessina dans l'air un ballon à hauteur de sa poitrine.

— Je vois, fit John en souriant. Et à part ça ?

— Cela ne te suffit pas ? A part ça ? répéta Derek en souriant lui aussi. Je t'assure, elle est très chouette. D'ailleurs, je n'ai rien eu à faire. C'est elle qui a entièrement dirigé les opérations.

— Tant mieux pour toi, dit John qui, le visage tourné face au vent, commençait à se sentir mieux. Elle était là pendant le dîner ?

— Non, en fait, c'est là le problème, murmura Derek. Elle voyage en première, avec sa mère.

— Dans ce cas, elle n'a rien à faire avec des gens comme nous.

A peine avait-il prononcé ces paroles qu'il les regretta. *Ce n'est pas pour les gens comme nous, John.* Voulant prévenir la réaction de Derek, il lui posa une main sur le bras.

— Excuse-moi, Derek. Je ne voulais pas dire ça. Je suis sûr qu'elle est charmante et que tout ira bien.

Derek dégagea son bras.

— Vous vous êtes fixé un nouveau rendez-vous ? continua-t-il sans tenir compte de son geste de mauvaise humeur.

Puis il regarda au loin vers l'horizon. Il s'était laissé dire que c'était la chose à faire quand on se sentait menacé par le mal de mer. Se concentrer sur le point le plus éloigné.

Le *White Empress* avait des stabilisateurs qui faisaient sa fierté, mais quand Derek se réveilla, au beau milieu de la nuit, sa couchette tanguait. Il fut tiré de sa douce somnolence par le bruit des vomissements répétés de John, dans un coin de la cabine.

— Ça va ? lui demanda-t-il quand ses haut-le-cœur s'arrêtèrent.

— Oui, oui, répondit celui-ci d'une voix faible et haletante. Rendors-toi, je vais me débrouiller.

Derek se retourna et se pelotonna sous ses draps. Du fond de ce cocon sombre et confortable, dans ce lit qui se balançait comme un hamac déséquilibré, l'Irlande lui paraissait aussi éloignée qu'une autre planète. Il ferma les yeux et, quelques secondes plus tard, il dormait.

Le temps ne s'était pas amélioré quand le steward frappa à la porte pour annoncer le service du petit déjeuner. John, encore en proie au mal de mer, refusa la tasse de thé que l'homme lui proposait, et Derek descendit seul dans la salle à manger où il commanda du jus de pomme — une boisson qu'il n'avait jamais goûtée — du bacon, des œufs et, pour la première fois aussi, des crêpes au sirop d'érable. En terminant ce festin, il se sentit soudain libre et vivant... et ivre d'espoir. Il reverrait Karen Lindstrom le jour même, il en était sûr.

Après avoir changé son argent, il se dirigea vers le

pont promenade où il donna soixante-quinze cents à un garçon en échange d'un transatlantique et d'un plaid écossais. Il tira la chaise longue vers un endroit du pont abrité du vent, s'enveloppa dans la couverture et s'installa pour profiter de la vue. Le cœur battant, il guettait Karen. Rarement, il s'était senti aussi bien. Après sa dernière crise, au début de l'été, le docteur lui avait affirmé que, s'il était raisonnable, il serait en aussi bonne santé que n'importe qui pour le restant de sa vie. Eh bien, pensa-t-il, il se pourrait fort que le docteur ait raison.

Il balaya le pont du regard. A part quelques personnes intrépides qui faisaient une petite promenade de santé le long des rampes, l'*Empress* était quasiment désert, et Derek aurait presque pu se croire à bord de son yacht privé. Le vent était chargé de pluie, et il s'enveloppa plus étroitement dans le plaid, couvrant sa tête comme une bohémienne avec son châle. Là, bien au chaud, à l'abri, avec la sensation d'être privilégié, il se laissa entraîner dans une rêverie où Karen et lui faisaient l'amour.

— Salut !
— Bonjour.

Il sauta sur ses pieds, oubliant de rejeter la couverture.

— Quelle charmante vieille dame vous feriez !

Karen riait de bon cœur et Derek, rouge de confusion, ôta brusquement la couverture de sa tête.

— Asseyez-vous, asseyez-vous, ma pauvre dame, fit-elle, la main posée sur son bras, avec une force qui le surprit à nouveau. Ça ne vous ennuie pas que je m'assoie à côté de vous.

Quand elle se laissa tomber sur le plancher du pont, les yeux de Derek pivotèrent, comme attirés par un aimant, sur ses seins qui rebondissaient.

— Vous... vous êtes sûre que vous ne voulez pas la chaise ? bégaya-t-il.

— Non. Je suis très bien là. On voit beaucoup de visages verdâtres, ce matin par ici..., dit-elle avec une moue de mépris. Et vous, vous n'êtes pas affecté par ce temps ?

— Moi ? Pfft... ! Mais je n'en dirais pas autant de mon frère...

— Le pauvre...

Pendant le quart d'heure suivant, Karen, encouragée par les rires d'appréciation de Derek, s'amusa à décerner des surnoms aux rares personnes alentour.

— Les Jeunes Mariés, souffla-t-elle en voyant passer un couple d'âge mûr, l'homme marchant en tête, la femme derrière, à deux pas.

— Tiens, pourquoi ? demanda Derek.

— Les Jeunes Mariés, mais voyons, vous savez bien, Jackie Gleason...

— Qui est-ce ?

— Vous n'avez pas la télévision en Irlande ?

— Non. Enfin... si, il y a celle qui vient du nord du pays, mais nous n'avons pas de poste. D'ailleurs, peu de gens en ont. Seulement les riches.

Karen tendit la main vers son bras.

— Ne vous vexez pas. Moi non plus, je ne connaîtrais pas Jackie Gleason si je n'étais pas allée en vacances en Nouvelle-Angleterre. L'île du Prince Edward n'a pas la télévision. Je ne sais pas à quoi vous vous attendez, mais je vous préviens, l'île n'a rien du tout. Des tas de langoustes, quelques renards, beaucoup de poisson, beaucoup d'églises. Et beaucoup de pommes de terre. J'espère que vous aimez les pommes de terre ?

— Heureusement que oui. Ce n'est pas ce qui va manquer dans la ferme où je vais.

— Mon pauvre, dit Karen avec sympathie. Alors, quels sont vos projets pour aujourd'hui, Monsieur Derek Flynn ?

— Qu'auriez-vous envie de faire ? rétorqua-t-il en éprouvant un sentiment d'excitation inhabituel.
— Je ne sais pas.
— J'ai une idée... J'ai un ami dans l'équipage...
Certes, il exagérait un peu en qualifiant Andy Farrell d'ami, mais il serait temps de rectifier plus tard.
— Je pourrais lui demander de nous faire visiter le bateau.
— Mais je connais déjà tout par cœur...
— Cette fois, vous pourriez aller dans des endroits où vous n'êtes jamais allée. Et comme Karen paraissait sceptique, il insista : La salle des machines, la passerelle, tout ça...
— D'accord, dit-elle. En attendant, ça vous dirait de voir les premières classes ?
L'espace d'un instant, il eut le souffle coupé.
— Mais comment ? Il y a des avis d'interdiction partout. Je n'ai pas le droit.
— Allons Derek, faites-moi confiance. Nous allons visiter la première classe de ce pas. Puis, prenant un accent très snob, elle ajouta : Je ferais bien un petit parcours de golf !
Derek pouffa de rire. Il commençait à se détendre. Jamais il ne s'était senti aussi bien.
— Il y a vraiment un terrain de golf là-haut ?
— Oui, oui. Et en plus... fit Karen sur un ton mystérieux, vous n'aurez pas à vous soucier des clubs.
Puis elle le jaugea d'un œil critique des pieds à la tête.
— Qu'est-ce que vous portez là-dessous ?
Il écarta le revers de son manteau de tweed.
— Une veste et une chemise.
— Mmm, fit-elle. Sans vouloir vous offenser, mon cher, il vaudrait mieux que nous vous trouvions quelque chose qui vous donne plus l'allure « première

classe » ! Attendez-moi ici, dit-elle en se levant d'un bond.

Il la suivit du regard tandis que, d'un pied sûr, elle traversait le pont agité et disparaissait derrière une porte. Devait-il aller voir comment se portait son frère ? Oh, et puis John était assez grand pour prendre soin de lui-même.

Moins de cinq minutes après, Karen était de retour, un blazer bleu marine sur le bras.

— Essayez ça. Je l'ai acheté à Glasgow pour mon père mais il devrait vous aller.

Derek enleva son manteau et sa veste pour enfiler le blazer. Le vêtement lui procura aussitôt une impression de douceur et de chaleur et il remarqua que, contrairement à toutes les vestes qu'il avait eues jusqu'alors, celle-ci ne le serrait pas à la nuque.

— Il est magnifique, dit-il. Quelle est cette matière ?

— Du cachemire, fit-elle d'un ton léger. Tournez-vous, que je regarde derrière. Il lui obéit. Tenez-vous droit, ordonna-t-elle, redressez les épaules. Il ne tombe pas correctement.

D'abord mortifié, Derek se mit en colère.

— Je ne peux pas ! cria-t-il en se retournant pour lui faire face. Je ne peux pas redresser les épaules. Je suis infirme !

Devant la réaction de Karen, il comprit qu'il avait parlé avec trop d'agressivité.

— Excusez-moi, Karen. Bien sûr que non, je ne suis pas infirme, mais on m'a enlevé un poumon et depuis, j'ai une épaule plus basse que l'autre.

— Oh, Derek, mon pauvre chou !

Et, avant qu'il n'ait eu le temps de réagir, elle lui avait passé les bras autour du cou et le serrait contre elle.

Il leva lentement les bras pour la tenir contre lui à

son tour. Son corps chaud était parfumé, et il avait l'impression de tenir un grand matelas ferme et rebondi, avec une somptueuse poitrine en guise d'oreiller.

— Karen ? murmura-t-il, mais elle se dégagea et il fut incapable d'interpréter son regard quand elle mit un doigt sur ses lèvres.

A quelques centimètres l'un de l'autre, ils se faisaient face, oscillant au rythme des mouvements du bateau, qui semblaient s'être un peu ralentis.

— On arrive sans doute à Greenock, fit Derek.

Son pouls battait la chamade et il avait du mal à respirer.

— Sûrement.

Karen se tenait légèrement penchée en avant. Il lui suffirait de baisser à peine la tête, pensa-t-il, pour qu'elle vienne se poser sur ses seins.

— On y va... ? souffla-t-elle, dans un murmure à peine audible au milieu du bruit des machines et du vent.

Derek suffoquait presque.

— Pourquoi pas ? réussit-il à articuler.

Au lieu de s'écarter, Karen se pencha encore un peu. Sa veste était ouverte, et ses bords vinrent frôler la poitrine de Derek. Malgré lui, il s'inclina vers elle, lui attrapa les épaules et allait l'embrasser, quand elle se dégagea, souple comme une anguille.

— Allons, Derek Flynn, maîtrisez-vous !

Affolé, il tenta à nouveau de la prendre dans ses bras mais elle recula encore de quelques pas.

— Patience, patience ! l'exhorta-t-elle. Nous avons tout notre temps... et on dirait bien que nous avons l'*Empress* pour nous tout seuls.

Le sourire aux lèvres, elle s'éloigna de lui et se dirigea vers la porte.

— Vous venez ?

Il ramassa son manteau et sa veste, et la suivit. Juste avant qu'ils n'arrivent devant la porte des premières, elle se tourna vers lui.

— A présent, il suffit que vous donniez l'impression d'avoir toujours été là. Avancez comme si vous saviez *exactement* où vous allez. Si nous rencontrons un steward ou un membre d'équipage, dites « Bonjour » et passez sans vous arrêter. Ayez l'air sûr de vous.

Derek était très loin de cet état d'esprit.

— Et que se passera-t-il si je me fais prendre ?
— Oh, la taule... fit Karen avec désinvolture.
— La quoi ?
— La taule — la prison, si vous préférez.
— Vous plaisantez !
— Évidemment ! Derek Flynn, où est passé votre sens de l'humour ? Et votre esprit d'aventure ? Il faut penser *positif*. Qui vous dit que vous ne deviendrez pas millionnaire, un jour ? Autant vous habituer dès à présent à ce qui vous attend.

Elle lui fit un grand clin d'œil.

— D'accord, allons-y.
— Voilà qui est mieux... Prêt ?

Derek acquiesça d'un signe de tête et la suivit, faisant de son mieux pour se donner l'air d'être chez lui.

A peine la porte se fut-elle refermée derrière lui qu'il vit à quel point les premières classes étaient plus vastes, plus calmes et plus luxueuses que la classe touriste. Et puis, il n'avait pas de souci à se faire. Il y avait peu de monde dehors, et personne ne s'intéressait à eux.

— Où allons-nous ? murmura-t-il à Karen quand elle l'entraîna en bas d'un escalier, large et moquetté.
— Je vous l'ai dit... jouer au golf.
— Mais, nous sommes devant une cabine, dit-il

surpris quand elle s'arrêta enfin devant une porte numérotée.

— Non, une suite, corrigea-t-elle. La porte à côté, c'est la chambre de maman.

Il eut un mouvement de recul.

— Votre mère !

— Le terrain de golf est là-haut, mais il y a beaucoup trop de vent aujourd'hui. Et, rassurez-vous, Derek, maman joue au bridge. C'est une enragée. On ne la verra pas avant le déjeuner.

Elle le prit par le bras et l'entraîna à l'intérieur.

— Asseyez-vous, dit-elle. Vous voulez boire quelque chose ?

Elle ôta sa veste et la jeta sur le lit. Il vit qu'en dessous, elle portait une jupe droite et un cardigan ouvert sur un chemisier.

— Qu'est-ce que vous me proposez ?

Derek était assis dans un petit fauteuil aux coussins moelleux, qui faisait partie d'une paire, posée de part et d'autre de la table, au milieu de la pièce. Du regard, il fit le tour de la cabine, six fois plus grande que celle qu'il partageait avec John. Une large corbeille pleine de fruits trônait sur la table et une commode très travaillée occupait l'un des murs. Le lit — pas une couchette, mais un vrai lit en cuivre — était recouvert d'un couvre-pieds fleuri assorti aux rideaux des deux hublots. Par une porte ouverte, il aperçut une autre chambre, encore plus vaste, et décorée dans des teintes différentes. Entre les deux, il y avait une salle de bains.

— Qu'est-ce qui vous plairait ? demanda Karen en traversant la porte communicante. Le réfrigérateur est dans la chambre de maman. Elle apprécie les martinis. Il vous arrive de boire ?

— Bien sûr, mentit-il. Mais pas des martinis.

— Quoi, alors ? demanda Karen, qui attendait toujours. Une bière ?

— Oui, très bien.

Avant de passer dans l'autre cabine, Karen revint vers la porte et ferma le petit verrou de cuivre.

— Voilà, comme ça nous serons tranquilles !

Derek sentit les battements de son cœur s'accélérer. Il la suivit des yeux et la regarda se pencher pour ouvrir le petit réfrigérateur, exposant une partie de ses cuisses, gainées de bas et vigoureuses comme de jeunes arbres. Le tissu de sa jupe étroite se tendait autour des deux rondeurs jumelles de ses fesses. Derek avait tellement envie de tendre la main vers elles qu'il sentit des fourmillements au bout de ses doigts.

Karen se redressa, ferma la porte du réfrigérateur du bout du pied, puis disparut de sa vue un instant. Il entendit un autre verrou se fermer. Debout dans l'encadrement de la porte communicante, elle annonça :

— La tranquillité absolue !

Derek se mit à trembler. Pour dissimuler son trouble, il se leva et se dirigea vers l'un des hublots.

— Vous croyez que le temps va s'arranger ?

— Quelle importance ?... Voici votre bière. Ça ne vous dérange pas de boire au goulot ? Ça remue un peu trop pour qu'on prenne des verres.

Il fit non de la tête et revint vers elle. D'une main qu'il avait du mal à maîtriser, il prit sa bière.

— *Skol !* lança Karen en levant sa bouteille.

— Quoi ?

— *Skol...* C'est ce que disent les Suédois quand ils portent un toast.

— Oh, *Slainte*, fit Derek en levant sa bouteille à son tour. C'est ce que disent les Irlandais.

— Les Écossais aussi.

— Nous y voilà.

— Pardon ?

— J'ai dit, nous y voilà.

Il ne pouvait expliquer sa phrase. A Drumboola, c'était ce que l'on disait tout le temps, à tout propos, et il porta la bouteille à ses lèvres, laissant couler un peu de liquide dans sa bouche. La bière avait un goût amer, mais il se força à l'avaler, tout en regardant Karen à la dérobée. Elle ne semblait avoir aucun problème et, la tête renversée, buvait à grandes lampées.

— Venez vous asseoir, Derek.

Il reprit place dans le fauteuil qu'il avait quitté et elle s'assit en face de lui. On aurait dit qu'il suivait les instructions d'un jeu nouveau et très excitant. Quand il reposa sa bouteille sur la table, sa main tremblait, et le mouvement du bateau la renversa aussitôt.

— Tss-tss... Vilain garçon ! fit Karen, sans toutefois paraître perturbée par l'incident. Il va falloir nettoyer, maintenant.

Elle finit sa bière — d'un seul trait — se leva et se dirigea vers la salle de bains, d'où elle ressortit une serviette à la main. Elle épongea la table et la moquette, et lança le linge dans un coin. Puis, déplaçant son bras lentement, délibérément, comme s'il s'agissait d'un serpent, elle saisit une mandarine dans la corbeille à fruits et la tint avec délicatesse entre le pouce et l'index.

— Une petite partie de golf, peut-être ?

Derek retint sa langue. Il se sentait comme l'un de ces lapins que John et lui hypnotisaient à la lumière d'une puissante torche avant de les tirer.

Sans le quitter des yeux une seconde, Karen fit glisser la corbeille à fruits sur le côté afin de dégager la surface polie de la table entre eux.

— Prenez ça.

Elle lui donna la mandarine et se pencha en avant, reculant son fauteuil de sorte que ses deux seins viennent reposer sur la table. Puis elle ouvrit deux boutons de son chemisier, à l'endroit précis où le tissu était le plus tendu, et par l'échancrure, Derek put jouir du spectacle grandiose de cette chair bombée, crémeuse, que séparait un profond sillon. Fasciné, il ne pouvait détacher son regard des ondulations que transmettait à ces seins le roulis du bateau.

Karen sourit. Elle glissa deux doigts le long du sillon et écarta légèrement les deux globes magnifiques.

— A présent, dit-elle, voici le trou...

5

Le calme régnait sur la passerelle, mais l'atmosphère y était inhabituellement tendue. Le *White Empress* aurait dû dépasser Belle-Isle depuis un bon moment ; or il avait déjà près de trois heures de retard sur son horaire. De Belle-Isle à Father-Point, où ils devaient prendre un pilote à bord pour la dernière étape du voyage — la remontée du Saint-Laurent — il fallait normalement deux heures et demie ; au train où ils allaient, il leur en faudrait sept, et le capitaine s'était résigné à l'idée qu'ils n'arriveraient pas à destination avant le lendemain après-midi, au plus tôt.

Cette traversée avait été marquée par la malchance ; dès le premier jour, la vedette de Greenock, qui venait à leur rencontre avec le courrier transatlantique, soulevée par une forte houle, avait heurté la coque de l'*Empress*. Le paquebot n'avait guère subi de dommage — seule la ligne verte qui décorait son flanc portait la trace de l'incident —, mais pendant les trois jours et demi où ils avaient été ballottés par un vent de force huit, cette collision avait fait figure de mauvais présage.

Voilà qu'il fallait à présent naviguer avec une visibilité réduite à vingt mètres, sur une mer aussi plate qu'un disque. Le brouillard annoncé par le service météorologique était bien tombé, et le capitaine, assujetti à de strictes consignes où la sécurité devait toujours primer sur la vitesse, avait freiné l'allure de son navire à quatre nœuds, soit l'équivalent d'un bon pagayage. Les machines tournaient au ralenti, deux vigies supplémentaires étaient postées en haut des mâts, et les portes étanches qui séparaient les compartiments étaient toutes fermées.

La sirène du paquebot hurla, un long mugissement isolé transperça le brouillard. Dans le silence qui suivit, Andy Farrell, réquisitionné pour faire le guet, se concentra et tendit l'oreille. Étant donné son inexpérience, Andy n'aurait pas dû être assigné à ce poste en si prestigieuse compagnie, mais dans des conditions aussi difficiles, chacun devait prêter main forte.

Sur la passerelle, personne n'avait pleinement confiance dans le nouveau radar. Tous attendaient, en fait, un coup de sirène en réponse. Si les collisions étaient relativement rares, elles étaient cependant plus fréquentes que ne se l'imaginait la plupart des passagers. Et de nombreux marins à bord auraient pu réciter la liste des navires qui avaient sombré dans ces eaux dangereuses, le plus célèbre était évidemment le *Titanic* ; même le fameux *Queen Mary* avait coulé un des croiseurs de son escorte quand il servait au transport des troupes pendant la guerre. Et cela s'était passé par beau temps, et non dans des conditions comme celles-ci, où un autre navire pouvait être à cinquante mètres d'eux sans qu'ils le sachent.

Andy avait beau écouter, il n'entendait rien. Même le vent, qui d'habitude sifflait et miaulait dans les cordages et les mâts, était réduit à un murmure continu, qui accompagnait l'*Empress* dans sa navigation sereine sur une mer muette. Il eut l'impression qu'au lieu de flotter sur la mer, le paquebot planait au-dessus, tel un fantôme.

Il jeta un coup d'œil à sa montre. Il allait bientôt faire nuit, ce qui ne ferait qu'aggraver la situation.

Pour Derek, ce brouillard était une bénédiction. On leur avait annoncé par haut-parleurs que l'arrivée serait retardée, ce qui signifiait qu'il aurait plus de temps à passer avec Karen.

Il y avait une heure qu'il était à la recherche d'Andy Farrell. S'il voulait tenir sa promesse envers Karen, et lui permettre de monter sur la passerelle, ce soir était sa dernière chance. Il avait espéré qu'elle oublierait son offre inconsidérée — qu'il regrettait amèrement depuis — mais comme elle la lui avait rappelée à plusieurs reprises, il en faisait à présent une question d'honneur. Malheureusement, il n'avait vu Andy qu'une seule fois depuis leur première rencontre, et cela s'était résumé à une vision fugitive de ses cheveux roux disparaissant au coin d'un couloir devant lui, trop loin pour que Derek parvienne à attirer son attention.

En interrogeant un membre de l'équipage, il avait appris qu'Andy était sur la passerelle et qu'il serait bientôt libéré de son tour de garde. C'est pourquoi, le dos tourné à la mer et le col relevé pour lutter contre le brouillard froid et épais, il attendait à l'endroit où on lui avait dit qu'il pourrait probablement intercepter le jeune marin. Il devait retrouver Karen après dîner.

John avait été malade pendant les trois jours de tempête, et quand celle-ci était enfin tombée, il s'était levé, allégé de quelques kilos, et avec une faim de loup. Au début, Derek n'avait vu aucun inconvénient à la présence de son frère : dans cet état d'euphorie permanente qui était le sien, il s'était révélé attentionné et presque jovial, heureux de lui montrer les attractions du paquebot. Il avait même promis à John que « cette fille » qu'il avait rencontrée, « tu sais,

Karen », pourrait lui faire visiter les premières à lui aussi. Mais la magnanimité de Derek s'était quelque peu assombrie quand il avait présenté John à Karen, car il avait senti à cette occasion que la loyauté et la fidélité n'étaient peut-être pas les vertus cardinales de la jeune fille.

Ils s'étaient rencontrés devant le cinéma, et ce n'était pas tant ses paroles que son attitude qui lui avait mis la puce à l'oreille.

— Bonjour, John, avait-elle simplement dit, en levant toutefois les bras pour ramener ses cheveux en arrière, ce qui, dans l'esprit de Derek, ne pouvait qu'attirer l'attention de John sur sa poitrine spectaculaire.

Que le geste ait été délibéré ou non, Derek était incapable de le dire. Il l'avait surveillée tandis qu'elle prenait la main de John et la serrait avec une apparente innocence, mais sous son regard jaloux, la poignée de main avait paru durer plus longtemps que nécessaire.

Derek se demandait s'il n'avait pas raté Andy et commençait sérieusement à s'inquiéter quand, à son grand soulagement, il aperçut sa crinière rousse.

— Andy, Andy ! cria-t-il.

Le mousse s'arrêta, étonné.

— Oui ? Ah... c'est toi, camarade.

— Écoute, Andy... hésita Derek. J'ai une faveur à te demander. Tu sais, cette fille que j'ai rencontrée, eh bien, elle aimerait visiter le bateau et je lui ai presque promis — enfin pas vraiment promis — mais je lui ai dit que je connaissais quelqu'un dans l'équipage...

Il s'arrêta, cherchant ses mots. Ça n'allait pas du tout, ce n'était pas la bonne façon de présenter les choses. Il prit une profonde inspiration.

— En fait, ce qui serait vraiment formidable, ce serait que tu acceptes de nous servir de guide.

— Attends, si j'ai bien compris, tu veux parler des parties du bateau où les passagers n'ont pas le droit d'aller normalement ?

— Oui, en quelque sorte... La passerelle, par exemple ? risqua Derek.

— C'est absolument hors de question, répondit Andy. Je pourrais peut-être vous amener du côté des machines, voir les ateliers, un truc de ce genre... mais il faudrait d'abord que j'obtienne une autorisation.

— Oh, merci ! Tu me rends un fier service.

Et ils se mirent d'accord pour se retrouver après dîner.

John, qui avait repris de chaque plat, replia sa serviette.

— Tu vois Karen ce soir, je suppose ?

— Oui.

John hésita.

— Derek ? Écoute, ce n'est probablement pas mon affaire, mais tu es sûr que ça va aller ?

— De quoi parles-tu ?

— Je veux dire après le voyage... Je ne voudrais pas te voir souffrir.

— Ça me regarde.

— Oui, je sais bien, mais je n'aimerais pas que...

— Occupe-toi de tes propres histoires de cœur, tu veux bien ? fit Derek en repoussant sa chaise pour se lever de table.

Il s'éloigna, et John le suivit.

— Derek, excuse-moi. Je t'ai dit que ça ne me concernait pas.

Mais Derek l'ignora, gagnant la sortie. Arrivé sur le pont, il ne l'attendit pas ; leurs deux pas résonnaient sur le parquet de bois poli.

John avait décidément le chic pour mettre le doigt là où ça faisait mal. Il savait que Karen le laisserait tomber une fois ses riches amis de toujours retrouvés. Encore un jour, et il cesserait d'exister à ses yeux ; même l'homme le plus optimiste du monde, pensait-il, aurait du mal à voir le moindre avenir dans cette relation entre une fille de la bonne société fortunée et un misérable rustaud, ramasseur de pommes de terre, qui plus est. Et, bien entendu, il fallait que ce soit son je-sais-tout de frère qui le lui *dise*, histoire de rendre les choses plus douloureuses...

John le rattrapa devant une porte, au pied de l'escalier menant au cinéma où Derek avait rendez-vous avec Karen. Les bruits du soir — un rire au loin, le claquement assourdi d'une porte à l'étage inférieur — étaient accentués par le calme qui régnait dehors et la douceur extraordinaire avec laquelle le paquebot glissait sur la mer.

Mais Derek ne s'avouait pas encore battu. Il lui restait encore une nuit, et peut-être un peu plus, grâce au brouillard. A présent qu'il avait rencontré Karen, il ne pouvait envisager de la perdre, de ne plus profiter de ce grand corps aux courbes généreuses, de toute cette chair merveilleuse et débordante. Elle avait le pouvoir — et ne se privait pas de l'exercer — de le plonger en trente secondes dans une véritable frénésie sexuelle et, amoureux ou pas, il était obnubilé par cette expérience. La générosité physique de Karen et sa sensualité avaient été pour lui une révélation. Bien qu'ils ne soient pas allés jusqu'au bout, Derek en avait plus appris sur les femmes en trois jours et demi que ce qu'il aurait cru possible. Le simple fait de penser à elle et à ce qu'ils avaient fait ensemble suffisait à le mettre dans tous ses états.

Il frissonna. Le brouillard déployait son voile humide et froid jusque dans les couloirs vides et les ponts désertés par les passagers qui se préparaient sans doute pour les dernières festivités.

— Quelle chance ! Tu vas avoir la salle pour toi tout seul ! cria-t-il à John lorsqu'ils arrivèrent devant le cinéma, situé en retrait, dans un coin du pont E.

Cet enjouement factice visait en partie à s'assurer que John irait bien voir le film, et ne resterait pas à traîner dans les parages.

L'entrée du cinéma, ornée de colonnades, était couverte de dorures. De chaque côté, se dressait une statue de plâtre au ventre proéminent et nu, qui d'après Karen, représentait un dieu oriental.

— Voilà Karen, dit John.

— Salut, fit Karen en avançant vers eux d'un pas élastique. Quel brouillard ! C'est vraiment incroyable, non ? Et tout est tellement *calme*...

Le pouls de Derek se mit à battre plus vite quand il vit que la jeune fille portait sous sa veste une robe rouge, sanglée à la taille par une ceinture-guêpière qui avait pour effet de séparer son corps en deux hémisphères délicieusement appétissants.

— Salut ! lança-t-il à son tour. John est juste venu voir le film. Hmm, tu sens bon...

— Merci, répondit-elle négligemment.

A cet instant, Derek aperçut la chevelure rousse d'Andy Farrell qui se dirigeait vers leur petit groupe.

— Ah, voilà Andy Farrell.

— Qui ? firent John et Karen en se retournant en même temps.

— Andy Farrell, l'ami dont je vous ai parlé, celui qui fait partie de l'équipage. Je te présente Karen Lindstrom, dit-il à Andy quand il arriva, et voici mon frère, John.

Andy tendait la main à la jeune fille, quand la sirène de l'*Empress* retentit, interrompant momentanément la conversation. Il attendit que le signal cesse pour reprendre la parole.

— Je n'ai toujours vu personne qui puisse m'autoriser à vous faire visiter. Vous seriez trois ? ajouta-t-il en regardant John d'un air sceptique.

Le regard de John alla d'Andy à son frère, puis revint sur Andy.

— Non, rassure-toi, dit-il, je ne suis pas de la partie.

— Rappelle-moi ce qui vous intéressait...

Derek était enchanté que le jeune marin ait compris son désir d'impressionner Karen.

— Mais n'importe quoi, tout ce qui est possible. Nous n'allons pas faire les difficiles, n'est-ce pas Karen ?

Andy hésita.

— Je vais voir si je peux vous faire entrer dans la salle des machines ou dans un atelier, d'accord ? Mais d'abord, je descends m'en assurer.

— Ce serait magnifique, répondit Derek en prenant la main de Karen.

— Bon, moi j'y vais, lança John. A plus tard, profitez-en bien, fit-il à l'intention de Derek et Karen. Et ravi de te connaître, Andy.

Il passa entre les divinités orientales et disparut dans la salle.

— Très bien, fit Andy, attendez-moi là une minute.

A une quinzaine de kilomètres de là, vers le nord, le nouveau cuisinier du caboteur *Dorothy Lamont* faisait du café pour l'équipage. Assis sur un tabouret dans la petite cuisine, il regardait le liquide mousser et bouillonner dans la cafetière — le capitaine aimait que son café soit assez fort pour réveiller un mort.

Le *Dorothy Lamont*, qui venait de Goose Bay et faisait route vers Halifax, via Saint-John's, était un vieux bateau grinçant, mais encore robuste. De l'eau de mer s'était infiltrée dans le réservoir d'eau potable et ils avaient fait escale à Battle Harbour afin de se réapprovisionner ; c'est là qu'ils s'étaient trouvés pris dans le brouillard. Le capitaine, pour qui le temps était de l'argent et qui connaissait ces eaux comme le fond de sa poche, avait quand même décidé de reprendre la mer en naviguant lentement.

Le navire transportait une cargaison de bois et de poisson fumé, et le cuisinier, qui n'était là que depuis deux jours, détestait déjà la puanteur qui envahissait les moindres recoins du bateau. Enfin satisfait par la consistance du café, il versa un peu du liquide épais et sirupeux dans deux gobelets en métal. En saisissant un dans chaque main, il emprunta avec précaution l'échelle qui menait à la passerelle et baissa la tête pour ne pas se cogner à la porte basse.

Le capitaine et le second étaient dans la timonerie.

— Quel temps pourri ce soir, hein ? fit le second en prenant son gobelet.

Tout en avalant une première gorgée, il tira sur une corde qui pendait au-dessus de sa tête. Le *Dorothy Lamont* émit un son bizarre, à mi-chemin entre la corne de brume et le sifflement, et plus proche en fait des coin-coin d'un canard.

— Il y a encore une cochonnerie dans ce tuyau, remarqua-t-il, sans manifester la moindre intention d'y remédier. Un oiseau, probablement.

— Envoyez donc le mousse s'en occuper, répliqua le capitaine.

— J'ai le temps de finir ça ? demanda-t-il en brandissant son breuvage.

— Bien sûr.

Le capitaine prit à son tour son café. Si le protocole avait été respecté, c'est lui qui aurait dû être servi d'abord, mais le cuisinier avait déjà appris que l'équipage du *Dorothy Lamont* se montrait rarement formaliste.

— En fait, ce ne sont pas tellement les autres

navires qui m'inquiètent, reprit le capitaine — nous les entendrons avant qu'ils ne nous entendent, j'imagine... Non, je n'ai pas trop peur des bateaux ; je redoute nettement plus les icebergs. J'ai repéré le premier il y a moins de deux jours.

— Vous voulez que j'aille voir pour la sirène, Capitaine ? demanda le cuisinier.

Comme il était nouveau, il avait à cœur de se rendre utile dans tous les domaines, y compris ceux qui n'étaient pas de son ressort.

— Non, ce n'est pas la peine. Mais ouvrez grand les yeux. Et c'est valable pour tout le monde à bord.

Le cuisinier quitta la timonerie, mais au lieu de redescendre vers la cuisine fumante, il alla respirer un peu à l'avant. Il y faisait si froid et humide, et le brouillard assourdissait tellement le bruit des diesels qu'il eut un instant l'impression de se trouver à bord d'un avion au milieu des nuages.

Andy se trouvait dans une situation terriblement embarrassante. Il savait qu'il risquait une sanction disciplinaire, et peut-être même son travail, s'il se faisait prendre à introduire des passagers dans les zones opérationnelles. D'un autre côté, il n'avait trouvé aucun visage amical à qui demander la permission ; la seule personne qu'il avait rencontrée était le quartier-maître, un personnage bourru qui parlait peu à ses congénères, et encore moins aux novices, si ce n'est pour leur donner des ordres. Comment diable avait-il pu se prêter à cette demande ?

Il quitta la salle des machines tout en se demandant comment il allait se tirer de ce mauvais pas.

Avec bien des hésitations, il décida d'aller trouver Derek Flynn et la fille pour leur dire qu'on lui avait refusé l'autorisation. C'était aussi simple que cela. Le devoir passait avant tout, et d'ailleurs, qui étaient ces gens-là pour lui ? Le seul problème, c'est qu'il n'avait pas l'habitude de faire une promesse qu'il ne pouvait pas tenir.

Les pieds pesant plus lourd que du plomb, il gravit l'échelle qui menait au couloir où il les avait laissés. Lorsqu'il ouvrit la porte, Derek, debout à côté de la fenêtre, regardait au large, tandis que la fille — il avait oublié son nom — faisait les cent pas devant l'entrée du cinéma. Elle leva la tête en l'entendant approcher.

— Je suis sincèrement désolé, dit-il, mais je crois que ça ne va pas être possible. Il n'y a personne à qui demander la permission, et je ne peux pas vous emmener en bas tout seul.

Derek le regarda, terriblement déçu.

— Excuse-moi, camarade, dit le mousse, mais nous traversons une très mauvaise nuit. Si tu m'avais demandé avant...

— Ça va, fit Derek, ce n'est pas de ta faute.

— De toute façon, même si j'avais eu l'autorisation, ç'aurait été très difficile, ajouta Andy en matière d'excuse. On vient de fermer toutes les portes étanches entre les compartiments, et on aurait dû grimper et descendre des échelles sans arrêt pour passer d'une salle à une autre.

— Je suis navré que ça ne marche pas, Karen, déclara Derek après qu'Andy fut parti en courant.

— Tant pis, répondit Karen joyeusement. Mais ne perdons pas davantage de temps. Que pourrions-nous faire à la place ?

Derek se mit à réfléchir très vite ; les idées ne lui manquaient pas, mais son désir de l'impressionner était encore très fort.

— Écoute, fit-il, tu as envie d'aventure ? Pourquoi ne pas descendre dans la cale du bateau sans rien demander à personne ?

— Tu crois que c'est possible ?

— Je ne m'appelle pas Flynn pour rien ! s'exclama Derek, ravi de la voir aussi intéressée. J'ai vu d'où Andy était sorti. Nous n'avons qu'à passer par là.

Et sans attendre sa réponse, il se dirigea vers le renfoncement, à quelques mètres de l'entrée du cinéma, par où il avait vu Andy apparaître.

Là, il lui fallut affronter un premier obstacle : la porte n'avait pas de poignée.

Il essaya de la tirer, en insérant les doigts aussi loin que possible dans la rainure côté ouverture, mais en vain.

— Bon, eh bien, voilà tout..., fit Karen derrière lui.

— Qu'est-ce que ça veut dire, « voilà tout » ? Si tu crois que je suis du genre à me laisser impressionner par une vulgaire porte. Il y a *forcément* une solution...

— Allez, Derek, viens, ça ne marchera pas.

— Donne-moi une seconde, tu veux ?

Il la précédait dans le couloir quand ils entendirent un bruit derrière eux. Derek se retourna aussitôt. Un homme, vêtu d'un survêtement, sortit par une porte qui se referma en claquant derrière lui, puis partit dans la direction opposée à la leur. Derek saisit le bras de Karen.

— Voilà ! s'exclama-t-il.

— Voilà quoi ?

— Tu te souviens de ce qu'Andy Farrell a dit à propos de ces échelles qu'ils sont obligés d'utiliser à cause de la fermeture des portes étanches. Eh bien, il nous suffit d'attendre la sortie du prochain machiniste.

— Et alors ?

— Eh bien, il faudra simplement agir très vite. Tous les deux. Passe-moi ton sac.

Karen le lui tendit et il fouilla à l'intérieur.

— Parfait, ceci fera l'affaire, dit-il en sortant un

petit porte-monnaie de cuir et un peigne métallique, avant de lui expliquer en détail son plan.

Ils s'attardèrent près de la porte quelques minutes, faisant mine d'être totalement absorbés l'un par l'autre. Porté par une énergie toute nouvelle, Derek se sentait en mesure de réussir n'importe quel exploit, d'escalader n'importe quelle montagne. La situation et la proximité de Karen le grisaient tant qu'il se risqua à l'embrasser, ce qu'il n'avait encore jamais fait dans un lieu public. La jeune fille accepta son baiser mais, prise au jeu, le repoussa rapidement pour reprendre le guet près de la porte.

Ils furent bientôt récompensés quand celle-ci s'ouvrit brusquement, laissant apparaître la tête, puis le torse d'un homme.

— Laissez-moi vous aider, dit Karen en se précipitant vers lui pour lui tenir la porte.

— Merci, fit l'homme surpris, et comme le remarqua Derek avec délice, totalement absorbé par le physique de Karen qui, les yeux agrandis par l'excitation, jetait un coup d'œil à l'intérieur pendant que l'homme finissait de sortir.

— Qu'y a-t-il là-dedans, monsieur ? demanda-t-elle d'une petite voix.

— Oh, c'est une aire réservée à l'équipage, mademoiselle. Les passagers n'ont pas le droit d'y aller.

Derek s'approcha, et plongea à son tour un regard curieux vers l'étage du dessous.

— Je peux voir ?

Avant même que l'homme n'ait eu le temps de se tourner vers lui, il laissa tomber le porte-monnaie et le poussa du pied, à quelques centimètres de l'endroit où la porte devait se refermer.

— Excusez-moi, Monsieur, mais c'est défendu, fit l'homme sans quitter Karen des yeux. Eh bien, bonsoir, Mademoiselle, ajouta-t-il à l'intention de Karen qui repartait avec un petit geste de la main vers le cinéma.

Il attendit de la voir disparaître entre les deux divinités de l'entrée, pour laisser la porte se refermer et s'en aller.

— Il est parti ? demanda Karen en réapparaissant.
— Oui, répondit Derek.

A ses pieds, un bout du porte-monnaie dépassait de la porte.

— Magnifique, annonça-t-il après avoir lancé un coup d'œil alentour pour s'assurer qu'ils étaient bien seuls.

Il inséra alors l'extrémité du peigne dans l'interstice ménagé par le porte-monnaie, qu'il saisit de l'autre main avant de faire remonter les deux objets. Parvenu à une cinquantaine de centimètres du sol, la porte bougea légèrement, et Karen s'agrippa au bord.

— Parfait, murmura Derek. Tiens-la bien des deux mains.

Il attrapa la porte à son tour, et à eux deux, les jointures serrées, ils parvinrent à l'écarter de quelques centimètres, ce qui permit à Derek d'interposer le pied dans l'ouverture.

— Et si quelqu'un montait ? souffla Karen.
— C'est un risque à prendre. Allez, viens, ce n'est l'affaire que d'une minute. On descend en vitesse, et on remonte tout de suite après. Ça nous fera une belle histoire à raconter à nos petits-enfants.

Avec précaution, ils ouvrirent un peu plus la porte et reçurent en plein visage une bouffée d'air chaud quand ils regardèrent à l'intérieur. Il n'y avait pas de plancher derrière la porte, mais juste un trou carré, profond de trois étages. L'échelle, fixée de leur côté, était en métal.

— Suis-moi, chuchota Derek, il n'y a personne.

Incapable de concentrer son attention sur *African*

Queen, John se trémoussait sur son siège. Il avait raté le début de la projection et était si accaparé par ses propres pensées qu'il se sentait incapable de s'intéresser à l'intrigue du film. Comme il était le seul spectateur dans sa rangée, il put sortir sans gêner personne. Mais une fois sur le pont, il se demanda bien ce qu'il allait faire ; les diverses festivités organisées pour la dernière nuit à bord ne l'intéressaient pas.

Le bateau avançait toujours très lentement ; seule la légère vibration sous ses pieds signalait sa progression. Le brouillard était plus impénétrable que jamais. La nuit commençait à tomber.

Il songea à Derek et Karen, en train de visiter la salle des machines avec le jeune matelot. Il pourrait peut-être les rejoindre, après tout. John en avait assez d'être seul. Le visage de Rose, sa voix douce et son corps blanc et lisse hantaient la moindre de ses pensées. Il lui avait écrit cinq lettres, de longs épanchements douloureux parlant de déchirement, de chagrin et d'amour, tout en sachant qu'il ne les enverrait pas ; s'il retournait à la cabine, il allait encore écrire une autre de ces lettres inutiles...

Il avait bien compris que Derek ne tenait pas à sa présence, mais peut-être pourraient-ils aller tous les trois prendre un verre dans l'un des salons, avant que Karen et son frère ne disparaissent pour le restant de la nuit ?

Toute compagnie, même déplaisante, vaudrait mieux que sa solitude. De toute façon, il n'avait rien à perdre et il descendit l'escalier, dans l'espoir de croiser Derek et Karen sur le chemin du retour.

Derek avait aidé Karen à mettre le pied à l'échelle avant de lui emboîter le pas, mais une fois engagé dans cette cheminée carrée, sa tête se mit à tourner. Karen, elle, descendait régulièrement, un barreau à la fois, et il dut ravaler sa peur. Retenant sa respiration et se raidissant dans la crainte d'une chute, il la suivit, légèrement penché en l'arrière, son dos touchant le mur opposé.

Barreau après barreau, il descendit en rappel ; plus il progressait et plus l'odeur d'essence et de mazout mêlée à celle, douceâtre, du métal chauffé, devenait prenante. Quand enfin, il parvint au bout de la première échelle, il vit une porte sur la droite, et un autre boyau, plus court, sur la gauche. En bas, Karen l'attendait, le visage levé.

Au moins, cette seconde cheminée était plus large que l'autre. Mais en arrivant au sol, fait de treillage métallique, il faillit déraper.

— Attention, murmura Karen. J'ai failli tomber moi aussi. C'est très glissant.

Il regarda autour de lui. Ils se tenaient dans un puits à quatre côtés, dont l'un était ouvert sur une salle pleine de machines imposantes et complexes. A leur gauche, il y avait une porte.

Derek l'ouvrit et regarda avec précaution à l'intérieur.

— Tu peux venir, dit-il, et, suivi de près par Karen, il pénétra dans la pièce.

Une fois à l'intérieur, ils s'arrêtèrent, frappés de stupeur. Derek se sentait un peu comme un Lilliputien dans les *Voyages de Gulliver*. La salle, qui faisait près de vingt mètres de haut, était bourrée de machines qui vrombissaient, des monstres de métal aussi gros que des abris de jardin ; d'innombrables rangées de tuyaux couraient le long des murs, parsemés de cadrans et de robinets d'arrêt, certains d'entre eux étant recouverts d'une matière qui ressemblait à du papier d'aluminium épais. Toutes les surfaces, du sol au plafond, étaient grises ou grisâtres, à l'exception de quelques tuyaux, peints en rouge et en jaune vif. L'air chaud, chargé de fumée, était une telle cacophonie de sifflements aigus, de claquements et de battements qu'ils n'avaient plus aucun besoin de baisser la voix.

— Seigneur ! fit Karen. C'est fantastique.

— Ça oui, alors, dit Derek.

Maintenant qu'il était là, le déploiement de toute cette puissance, stupéfiante et mystérieuse, l'effrayait presque. Cependant, comme il ne voulait pas manifester le moindre signe de faiblesse devant la jeune fille, il glissa avec fierté un bras autour de sa taille.

Le cuisinier, debout à l'avant du *Dorothy Lamont*, inspira profondément l'air glacé. Il sentait ses cheveux froids et humides sur sa nuque, mais cette fraîcheur lui faisait du bien. Il remonta le col de sa veste et se pencha par-dessus le bastingage. Au même moment, le bateau émit un second coin-coin qui le fit sursauter. Souriant de sa propre bêtise, il reprit sa contemplation de l'eau qui clapotait doucement en dessous de lui. Au ras de la surface, la nappe de brouillard ondulait et s'éloignait par bouffées à mesure que la proue effilée du navire la traversait.

Brusquement, une corne de brume résonna, si fort et si près qu'il en perdit presque l'équilibre. Il était tellement sous le choc qu'il aurait été incapable de dire d'où le son était venu.

— Capitaine ! Capitaine ! cria-t-il en courant à toute allure vers la timonerie.

Des membres de l'équipage sortaient par les écoutilles et il entendit tout en bas le carillon de la cloche qui donnait l'ordre à l'ingénieur de bord de mettre les machines du *Dorothy Lamont* au grand ralenti.

A l'instant où le cuisinier arrivait à la timonerie, les diesels changèrent de régime pour adopter un sourd vrombissement discontinu.

— Faites déboucher cette sirène ! aboya le capitaine à son second.

Quand deux bateaux se sont repérés avant d'entrer dans le brouillard, la procédure veut qu'ils maintiennent leur allure, et qu'ils s'en informent mutuellement par un seul coup de sifflet prolongé. Les changements d'allure sont indiqués de la même manière. Ne disposant pas de radar, et sans idée précise de l'endroit où l'autre navire se trouvait, ni de sa proximité, il ne restait plus au capitaine du *Dorothy Lamont* qu'à se fier à son expérience, à son jugement et à son instinct, heureusement considérables. Il prit bientôt une décision.

— Je crois qu'il est à tribord, dit-il en tournant la barre de sorte que si l'autre navire était devant lui, comme il le pensait, son propre bateau effectue un virage à quarante-cinq degrés vers le large et puisse ainsi le contourner avec une marge très confortable.

A strictement parler, ceci était contraire aux règles de navigation qui spécifiaient que les navires en mer devaient se croiser à tribord.

Rassuré, le cuisinier décida de se rendre utile en allant prêter main forte aux hommes en place aux postes d'écoute. Il s'éloigna discrètement et retourna sur le pont.

Là, il se dirigea avec précaution vers la proue en longeant une partie de la cargaison de troncs d'arbre qui, attachés par des chaînes, étaient soigneusement empilés sous le bastingage. Presque arrivé à l'avant, il s'appuya contre un tas de bois pour reprendre sa respiration et allumer une cigarette, la petite flamme de son Zippo projetant un halo dans le brouillard de plus en plus dense.

La sirène de l'autre navire retentit à nouveau, si proche qu'elle lui sembla presque être au-dessus de lui, et quand la représentation cessa, il crut même entendre le bruit des moteurs. C'en était plus que ses nerfs ne pouvaient supporter. Ses mains se mirent à trembler.

Puis la sirène du *Dorothy Lamont*, enfin débarrassée de ce qui l'obstruait, fit entendre trois longues notes d'urgence. Quelques secondes après, l'autre navire émit à son tour un long sifflement.

Le cuisinier se détendit. Les deux bâtiments étaient avertis de leur présence réciproque. La situation était maîtrisée.

Malgré sa paire de gants en laine enfilée sur des mitaines, la jeune vigie, dans le nid de pie du *White Empress*, se massait l'extrémité des doigts pour les empêcher de s'engourdir quand trois coups de sifflet, dangereusement proches, déchirèrent le silence. Il fit aussitôt sonner sa cloche trois fois, manœuvra le levier sur le cadran en face de lui dans la direction où il pensait localiser le son, et décrocha le téléphone.

— On a entendu, fit la voix calme à l'autre bout de la ligne, sur la passerelle. Vous voyez quelque chose ?

La vigie porta ses jumelles à ses yeux et scruta la mer ; à travers le gris impénétrable du brouillard qui s'assombrissait rapidement, la visibilité était nulle.

— Non, Monsieur, rien du tout, j'en ai bien peur.
— Diriez-vous que c'est à tribord, nord-nord-ouest ? demanda le second.
— Je crois, Monsieur.

Puis, après que le son perçant de la sirène du *White Empress* eut disparu, il déclara :

— En fait, j'en suis sûr, Monsieur.
— Très bien. Continuez de surveiller, nous ralentissons l'allure et virons à bâbord.
— Bien, Monsieur.

Il garda les jumelles plaquées contre ses yeux mais on aurait dit que les lentilles étaient recouvertes de papier gris.

Le cuisinier du *Dorothy Lamont* et la vigie du

White Empress virent chacun l'autre bateau exactement au même instant. Le cuisinier hurla quand, à travers le brouillard, il aperçut un mur de lumières, aussi haut qu'un immeuble de trois étages, passer devant lui, à moins de dix mètres de la proue du caboteur ; sur l'*Empress*, la vigie fit sonner sa cloche fébrilement tout en criant dans son téléphone. Instinctivement, les deux capitaines tournèrent la barre et donnèrent l'ordre d'arrêter les machines, mais il était trop tard. Faisant sauter les rivets, déchirant le blindage, le *Dorothy Lamont* s'enfonça dans le flanc du paquebot.

Il y eut une secousse et un coup sourd, qui parut relativement modéré dans le vacarme de la salle des machines. L'ingénieur de service tourna la tête pour localiser le bruit, à l'instant même où la proue du *Dorothy Lamont* traversait le mur et fonçait droit sur lui. Dans le cerveau horrifié de l'ingénieur, le temps se figea, et la seconde suivante lui parut une éternité. Il vit d'abord une sorte de museau noir et laid, porté par une énorme cascade verte. Le museau s'élargit et continua d'avancer directement sur lui, de plus en plus grand, de plus en plus large, de plus en plus gros. Il partit en courant mais ses pieds glissèrent sur le sol mouillé de la galerie.

Le *Dorothy Lamont* avançait toujours. L'ingénieur rampa désespérément sur le ventre, essayant de s'écarter de sa trajectoire, mais la quille du caboteur déchira les tôles de la galerie comme s'il s'agissait d'une pièce de Meccano, accrocha son corps au passage, et le fit rouler jusqu'à ce qu'il bute contre un montant d'acier. Le montant plia, une entretoise cassa net. Il eut à peine le temps de sentir la douleur avant de mourir, les poumons et le cœur transpercés par ses côtes broyées.

Karen s'agrippa au bras de Derek.

— Mon Dieu ! Qu'est-ce qui se passe ?

La pièce tout entière rugissait et tremblait autour d'eux. Ils entendirent un homme crier puis ils sentirent le plancher vibrer sous leurs pieds comme si le navire était halé sur un lit de rochers pointus.

A trois mètres environ, en face d'eux, le support d'un tuyau lâcha, et ce dernier, soumis à une traction beaucoup trop forte, éclata dans un craquement aussi violent qu'une explosion. Karen hurla quand un fin jet d'huile jaillit comme un projectile et atterrit en sifflant sur un des gros générateurs à côté d'eux. L'huile s'enflamma immédiatement et, comme une nappe chargée d'électricité, recouvrit d'une mince couche de flammèches blanches et bleues tout le haut de la machine. Les narines agressées par une odeur âcre et forte, ils virent une fumée noire s'élever aussitôt au-dessus des flammes.

— Derek ! Derek !

Hurlant toujours, Karen s'écarta du générateur, tandis que Derek gardait l'œil fixé sur une petite vague d'eau, haute d'une trentaine de centimètres qui clapotait sous la porte de la salle des machines, et avançait dans leur direction.

John se trouvait dans une impasse. Il était arrivé devant une porte marquée d'un panneau « Privé — Réservé à l'équipage », quand il ressentit un étrange tremblement, qui lui sembla parcourir le navire tout entier. Après un instant de silence, il entendit des cloches sonner et des voix crier.

La porte s'ouvrit brusquement, un steward en sortit en courant, et passa devant lui sans même remarquer sa présence. Machinalement, John retint la porte avant qu'elle ne se referme, et se glissa à l'intérieur. Deux gros paniers de linge montés sur roulettes, hauts de plus d'un mètre, se trouvaient à côté de lui, et il s'accroupit entre eux, le temps de se repérer.

Il s'était de toute évidence introduit dans les quartiers de l'équipage. Le couloir résonnait du tintement des cloches et du claquement incessant des nombreuses portes qu'il distribuait. Il se tassa davantage, tandis que les membres de l'équipage passaient devant lui en trombe, certains finissant en même temps d'enfiler leur veste. Son cœur battait à tout rompre. Il attendit que le couloir soit momentanément vide pour se ruer en avant, dans la direction empruntée par l'équipage. Il n'avait aucune idée précise de ce qu'il allait faire quand il se mit à courir, et lorsqu'il arriva au bout du couloir, une odeur de fumée lui picota les narines. Un incendie ! Le bateau était en feu.

Il eut soudain l'impression de suffoquer. Pourquoi avait-il du mal à respirer ? L'air ne manquait pas pourtant autour de lui.

C'était Derek ! Derek avait des ennuis.

Devant lui, une lourde porte sans poignée fermait le couloir. Il se trouvait dans un cul-de-sac où l'odeur de la fumée était nettement plus forte. Il essaya en vain d'ouvrir la porte en glissant ses ongles dans le jambage. Sentant la panique le gagner, il se mit à crier et à tambouriner sur la porte de toutes ses forces, le vacarme qu'il faisait venant s'ajouter à la cacophonie générale.

Quand le cuisinier du *Dorothy Lamont* vit la collision arriver, il tenta de s'enfuir vers l'arrière, mais alors que la proue du caboteur s'enfonçait dans le flanc du *White Empress*, le chargement de bois, cisaillé par les plaques d'acier du paquebot, s'effondra vers le centre, s'empila au-dessus de lui et le cloua au sol. La douleur lui transperça les côtes et la poitrine, et il était sûr qu'il allait étouffer mais, pire encore que la douleur, il y avait ces grincements, ces déchirements, ces rugissements qui l'assourdissaient et dont il crut qu'ils ne s'arrêteraient jamais.

Sur la passerelle du paquebot, l'équipage se tenait prêt à appliquer les mesures d'urgence.

— Faut-il rassembler les passagers, Monsieur ? demanda le second.

— Pas encore, répondit le capitaine. Le rapport des dommages ?

— Il est en cours, Monsieur.

C'est alors que le second sentit la fumée. Le *White Empress* avait un vieux système de signalisation en cas d'incendie : une sorte d'abri en bois intégré à la passerelle de commandement, à l'intérieur duquel, telle une série de flûtes de Pan, débouchaient les tuyaux provenant des compartiments étanches. Des volutes de fumée s'échappaient de celui qui était relié à la salle des machines auxiliaire.

— Il y a un incendie dans la salle auxiliaire, Monsieur, déclara-t-il d'un ton tranchant.

Le capitaine, déjà en ligne avec l'ingénieur en chef hocha la tête.

— Merci, fit-il. Le chef est au courant. Rassemblez l'équipage.

Tandis que le second décrochait le téléphone à son tour, le capitaine actionna des leviers pour fermer toutes les arrivées d'air dans les salles des machines. Le second reposa son téléphone.

— L'autre bateau est par notre travers, Monsieur, dit-il.

— Je vois, lui répondit le capitaine. Si nous pouvons l'aider à se dégager, la mer viendra probablement à bout de l'incendie. Où en est le rapport des dommages ?

— Les compartiments trois et quatre sont détruits, Monsieur. Jusqu'à présent, les autres tiennent.

— Je vois, répéta le capitaine.

— Voulez-vous que je fasse rassembler les passagers à présent ? demanda le second.

— Oui, ça me paraît sage. On ne sait jamais, prenons nos précautions. Mais ne faites pas sonner l'alarme. Et dites au radio d'appeler le centre de contrôle.

— Bien, Monsieur.

Même si la collision avait endommagé l'une des portes étanches, le *White Empress* était construit de telle façon qu'il pouvait continuer à naviguer avec deux compartiments inondés. C'était un navire solide et sûr.

Mais, pensait le second tout en transmettant calmement les ordres au maître d'équipage et à l'officier radio, le *Titanic* aussi...

Les lumières vacillèrent, puis s'éteignirent. A travers un nuage de fumée épaisse et huileuse, Derek et Karen, saisis de terribles accès de toux, virent de petites langues de flammes jaunes et bleues danser sur les machines autour d'eux.

— L'échelle... l'échelle, souffla Derek.

Il saisit Karen par le bras et chercha à l'entraîner vers l'échelle ou du moins, vers le coin de la pièce où, dans son souvenir, elle se trouvait. Mais Karen resta sans réaction, son bras inerte pesait si lourd qu'il le relâcha. Ses jambes chancelaient et chacune de ses respirations déclenchait un violent accès de toux. Quelques secondes plus tard, il s'effondrait sur le corps inconscient de la jeune fille.

Deux étages plus haut, John continuait de frapper sur la porte quand, à quelques mètres de lui, une autre porte s'ouvrit. Deux hommes, précédés par des nuages de fumée, apparurent. Glacé d'horreur, John vit qu'ils transportaient un fardeau pesant, flasque et peu maniable ; même à cette distance, il reconnut la tête ballante d'un être humain. Incapable de crier, il se précipita vers eux. Le temps qu'il arrive, un attroupement s'était formé autour du corps broyé de l'ingénieur.

Voyant que la porte était restée ouverte, John s'y engouffra. Mais il n'eut guère le loisir d'aller bien loin ; un membre de l'équipage l'attrapa par le bras et lui fit lâcher prise.

— Vous n'avez pas le droit de descendre par ici, petit. C'est interdit aux passagers.

John se garda de protester. Tout en reculant rapidement, il vit du coin de l'œil, un peu plus loin dans le couloir, une seconde porte qui s'ouvrait, et d'autres nuages de fumée. Il s'éloigna en courant et parvint à la porte juste au moment où deux hommes finissaient de gravir l'échelle intérieure. Avant qu'on ait pu l'en empêcher, John se précipita pour ramasser une serviette de toilette sale que l'un d'eux avait laissé tomber, prit une profonde respiration, puis, appliquant le linge humide sur le bas de son visage, commença à descendre.

Sur la passerelle de commandement, le capitaine venait d'apprendre la mort de l'ingénieur. Les rapports que le second lui avait fournis stipulaient que les équipes de pompiers avaient du mal à atteindre le brasier. D'un côté, ils étaient bloqués par une porte étanche et, de l'autre, par la proue du caboteur. Par ailleurs, leur encombrant matériel respiratoire les empêchait d'emprunter les échelles de secours.

Il passa en revue les choix qui lui restaient. Soit il faisait évacuer la zone et utilisait la neige carbonique, une solution sans doute inefficace à cause de la fuite qui se produirait immanquablement autour de la brèche provoquée par le bateau encastré. Soit il demandait au capitaine du caboteur, avec lequel il avait établi le contact par téléphone, de faire machine arrière, ce qui aurait pour effet d'inonder entièrement le compartiment. De toute façon, ils en viendraient là tôt au tard... Le risque, c'était que les cloisons cèdent, et que le paquebot tout entier se trouve inondé ; avec ce brouillard, quand arriveraient les navires de secours ?

Quoi qu'il en soit, il ne pouvait pas laisser l'incendie gagner du terrain, et il décida de faire confiance à la solidité du bateau. Il donna l'ordre à son second d'évacuer entièrement les compartiments neuf et dix. Puis il appela le capitaine du *Dorothy Lamont*, et lui demanda de faire machine arrière.

Il fallut moins de vingt secondes à John pour dégringoler l'échelle et atterrir sur le sol. Quelqu'un en haut lui criait de revenir, mais il l'ignora. Autour de ses pieds, l'eau clapotait. En tendant les mains, il rencontra très vite un mur épais sur sa droite ; à gauche, en revanche, des flammes brillaient à travers l'obscurité. C'était le seul chemin possible. Il hésita un instant, puis, gardant la tête baissée et la serviette humide plaquée contre sa bouche, il avança à l'aveuglette dans cette direction. Il avait l'impression qu'on lui appliquait sur les yeux des tisonniers chauffés au rouge tant ils le brûlaient et, bien que ses poumons soient encore remplis d'air, sa poitrine l'élançait comme si elle était serrée dans un étau. Au bout de quelques mètres, il trébucha sur une masse volumineuse, molle mais compacte, dans laquelle, partagé entre l'horreur et le soulagement, il reconnut au toucher les corps de son frère et de Karen. Il comprit aussitôt qu'il n'arriverait jamais à les remonter seul par l'échelle.

Cherchant à tâtons son chemin, il revint sur ses pas jusqu'à l'échelle, aussi vite qu'il le put. Mais l'obscurité était si dense qu'il fit un faux pas et s'affala sur un objet invisible. Faisant fi de la douleur qui lui déchirait la joue et l'oreille, il se releva et, quelques instants après, retrouva l'échelle. Il grimpa tant bien que mal mais, juste comme il arrivait au sommet, il buta contre les pieds d'un homme, parti de toute évidence à sa recherche. Il faillit lâcher prise, et ce fut au prix d'un dernier effort qu'il resta accroché. Sa poitrine était sur le point d'exploser. Il savait qu'il ne pourrait contenir sa respiration plus longtemps. C'est alors qu'il sentit qu'on l'attrapait par les aisselles et qu'on le soulevait vers l'extérieur, à l'air libre. Il s'effondra à plat ventre sur le pont en toussant et en aspirant de grandes goulées d'air ; sous sa joue brûlée, le plancher lui fit l'effet d'un baquet de tisons ardents. Dès qu'il en fut capable, il cria que son frère et une fille étaient restés en bas. Il n'eut aucune idée de ce qui se passa ensuite, car il s'évanouit.

Le cuisinier entendit les moteurs rugir au-dessous de lui tandis que le *Dorothy Lamont* se soulevait légèrement ; le capitaine avait dû commencer à faire machine arrière. Il eut soudain peur que les troncs qui l'emprisonnaient ne se soulèvent à nouveau et que ce ne soit la fin. La douleur dans ses côtes et sa poitrine avait atteint un seuil insoutenable ; rassemblant le peu de forces qui lui restaient, il prit une inspiration aussi profonde que ses blessures le lui permettaient, et dans un dernier effort pour se faire entendre, appela au secours.

Dans la confusion assourdissante qui l'entourait, son cri lui parut trop faible pour être perçu. Lutter était inutile. Il ne lui restait plus qu'à attendre la mort. Au moins, la douleur disparaîtrait.

Mais un miracle se produisit. Accroché, pâle comme un linge, au bastingage du caboteur, le garçon de pont crut entendre un bruit — une voix peut-être — venant de sous les débris, à la proue, et en avertit un matelot ; celui-ci se précipita à la timonerie. Immédiatement, le capitaine du *Dorothy Lamont* stoppa ses machines et appela le capitaine du paquebot pour lui annoncer qu'il suspendait sa manœuvre.

Presque au même moment, et alors que l'eau s'engouffrait dans le *White Empress* par les bords de la brèche élargie par la proue du caboteur, le maître d'équipage envoyait l'un de ses hommes téléphoner au capitaine pour l'avertir qu'une opération de secours se déroulait dans la salle des machines auxiliaire, où se trouvaient deux jeunes gens blessés. Quatre sauveteurs, munis d'appareils respiratoires, avaient réussi à descendre jusqu'au bas de l'échelle de secours. En attendant qu'ils remontent, il calcula qu'environ trois minutes et demie s'étaient écoulées depuis la collision et que les chances de survie des jeunes gens prisonniers de l'incendie à l'étage inférieur étaient minimes. En réalité, il n'avait guère d'espoir à leur sujet.

Une fumée épaisse avait envahi le couloir sans fenêtre d'où le maître d'équipage dirigeait les opérations. Il entrouvrit la porte de secours, et eut beau écouter, aucun bruit ne lui parvint. Il se retourna vers ses hommes, leur ordonnant de recouvrir le corps de l'ingénieur. Pendant que l'un d'eux courait chercher un drap, d'autres tournèrent John sur le côté en attendant l'arrivée du médecin de bord.

Après ce qui sembla une éternité, la tête du premier sauveteur apparut. Il portait un garçon sur l'épaule. Le maître d'équipage aida ses hommes à l'allonger doucement sur le pont. Les cheveux et les vêtements du garçon étaient noirs de suie, mais le médecin, tout essoufflé, posa une oreille sur sa poitrine et fit signe qu'il était encore en vie.

Pendant qu'on transportait les deux frères à l'hôpital, on remonta la jeune fille. Ses vêtements et ses cheveux étaient trempés mais son visage, également couvert de suie, était resté sec. De toute évidence, elle avait séjourné dans l'eau, mais heureusement pour elle, sur le dos. Le médecin prit son pouls et hocha la tête : elle aussi était vivante.

Il fallut un moment pour délivrer de sa prison de bois le cuisinier, encore conscient, mais presque délirant de douleur. Malheureusement, il n'y avait ni médecin ni infirmière à bord du *Dorothy Lamont* et son capitaine demanda à bénéficier de l'équipement médical du *White Empress*, ce qui lui fut aussitôt accordé. Le paquebot dominait de toute sa hauteur le caboteur, et sous les yeux fascinés des passagers, tous massés le long du bastingage, on improvisa un brancard, et le cuisinier, solidement attaché, fut hissé à bord, centimètre par centimètre, à l'aide de courroies, jusqu'au pont. De là, on l'emporta immédiatement au service médical.

Vingt minutes après avoir éventré le paquebot, le *Dorothy Lamont* commença à se dégager, froissant les plaques d'acier comme s'il s'agissait de vulgaires mouchoirs en papier. La manœuvre terminée, la mer s'engouffra dans la brèche béante et, en quelques minutes, l'eau remplit la salle des machines du *White Empress* jusqu'au plafond.

6

Ma Rose chérie,
Excuse-moi de ne pas t'avoir écrit plus tôt. En fait, j'avais commencé sur le bateau, mais quand j'ai relu mes lettres, je les ai trouvées si tristes que je les ai déchirées.

Tu me manques tant, Rose... J'espère que tu penses à moi autant que je pense à toi. Tu es tout le temps avec moi. Tout le temps. La première image que je vois quand je me réveille, c'est ton visage, et la nuit, j'essaie de rêver de toi.

*Il s'est passé pas mal de choses. Peut-être l'as-tu su par les journaux, bien que je ne sois pas certain que l'*Argus *ou Le* Démocrate *aient les nouvelles aussi vite ! En réalité, c'est de l'hôpital de Halifax, en Nouvelle-Écosse, que je t'écris, et non de chez les McGuigan où je devrais déjà être, à planter des pommes de terre (et je parie que c'est là que tu me croyais !).*

Imagine-toi que la dernière nuit où nous étions sur le bateau, nous sommes entrés en collision avec un autre navire. C'était déjà terrible en soi, mais pour nous, cela l'a été encore plus. Il me faudrait des mois pour te raconter par écrit ce qui s'est passé (j'aimerais tellement pouvoir te parler !) mais, bref, quand les bateaux se sont heurtés, Derek et une fille qu'il avait rencontrée à bord, Karen Lindstrom (très sympathique, et qui allait aussi à l'île du Prince Edward) avaient disparu.

A ce moment-là, en fait, je les cherchais. Je savais qu'ils étaient descendus dans la salle des machines avec un copain que Derek s'était fait dans l'équipage. C'est alors que, sous mes yeux, on a évacué un homme par une porte. Il était mort, Rose.

J'ai compris qu'il fallait agir de toute urgence et, l'instant d'après, j'étais au milieu des flammes et de la fumée. Je n'ai jamais vécu une expérience aussi effrayante. Mais, grâce à Dieu, je les ai trouvés tous les deux. Comme je ne pouvais pas les sortir de là tout seul, je suis revenu tant bien que mal vers l'échelle pour aller chercher de l'aide.

A présent, ils vont bien l'un et l'autre. Quant à moi, si je suis encore à l'hôpital, c'est que j'ai fait une chute quand j'étais en bas, me brûlant la joue et l'oreille. Je vais devoir subir une intervention de chirurgie plastique, mais les docteurs disent que dans un an, plus personne ne pourra deviner que j'ai eu un accident.

J'ai un peu peur de l'opération, évidemment, mais ils sont vraiment gentils ici. En fait, tout le monde a été adorable. Ce sont les parents de Karen qui ont payé tous les soins. Après la collision, comme le bateau ne pouvait pas continuer jusqu'au Québec, il a fallu le remorquer jusqu'à St John's, une ville du Nouveau-Brunswick. Les Lindstrom étaient là pour nous accueillir et ils ont aussitôt emmené Derek et Karen avec eux en avion, jusqu'à Charlottetown. Quant à moi, ils avaient organisé mon transport dans un autre avion vers Halifax, où une voiture m'attendait pour me conduire à l'hôpital.

Il va bientôt falloir que je te quitte. Je me sens très

seul sans toi, Rose. Tu sais, j'ai eu le temps d'y penser depuis que je suis ici, et j'ai décidé que rien au monde ne m'empêcherait de venir te retrouver dès que possible. J'espère que, de ton côté, tu n'as pas changé d'avis.

Je t'aime, ma Rose chérie. Je voudrais être avec toi pour toujours. Et, avec l'aide de Dieu, je ferai tout pour y arriver. Je te le promets.

J'espère que tout va bien pour toi. Tu dois être rentrée dans ton école de Dublin, à présent, et c'est là que je vais t'envoyer cette lettre.

Bonne chance pour le diplôme.

Pardonne-moi encore de ne pas t'avoir écrit plus tôt, mais j'espère que tu comprendras. Réponds-moi aussi vite que possible à l'adresse que je t'ai donnée sur l'île du Prince Edward. Le temps que tu reçoives cette lettre et que tu me répondes, j'y serai.

Tout mon amour, pour toujours,
John

— *P.S. Le cadeau que tu m'as fait est en sécurité. Je le regarde tous les jours.*

Quand, sous le regard pesant de la mère supérieure qui l'observait sans ciller, Rose avait lu la lettre, elle avait gardé le dos droit et la tête haute. Elle était au bord des larmes, mais ne voulait surtout pas que la religieuse le voie.

Elle aurait dû prévenir John : ici, tout le courrier reçu ou expédié était lu par les sœurs. C'était cependant la première fois qu'elle avait un motif sérieux de se plaindre de ce système. Quand elle eut fini de lire, la sœur lui reprit la lettre.

— Vos parents connaissent-ils l'existence de ce garçon ?

Rose se concentra un instant sur le craquement du

panneau réflecteur devant le feu de cheminée artificiel qui rougeoyait dans le bureau de la directrice.

— Oui, ma sœur, répondit-elle.

— Ils approuvent votre amitié avec lui ?

— Je ne sais pas, ma sœur.

— Que vous ont-ils dit ? L'ont-ils invité à venir chez vous ?

— Non, ma sœur.

— Et pour quelle raison, à votre avis ?

— Je ne sais pas, ma sœur. Cela ne s'est pas présenté... Mais mon père nous avait donné un de ses chevaux pour que je lui apprenne à monter, ajouta-t-elle, en désespoir de cause.

— Je vois, fit la sœur lentement. Enfin, cette lettre vous appartient, ajouta-t-elle en la glissant dans l'enveloppe avant de la lui rendre. Quand vos parents doivent-ils venir vous voir ?

— Le week-end prochain, ma sœur.

— Très bien. Dites-leur que je souhaiterais leur parler, voulez-vous ?

— Bien, ma sœur.

Rose se promit aussitôt de tout faire pour que Gus s'y rende seul. Elle se méfiait des réactions de sa mère, surtout lorsqu'il était question de John Flynn.

— Où est votre béret ? demanda la sœur.

Comme les jeunes filles étaient tenues de porter un béret dans la chapelle, l'une des règles inflexibles du couvent exigeait qu'elles le gardent en permanence sur elles, plié dans la ceinture de leur uniforme. Si on l'oubliait, on recevait une amende.

— Je... je crois qu'il est au dortoir, ma sœur, dit Rose, heureuse de cette diversion.

— Vous aurez une amende d'un shilling, fit la sœur avant d'extirper un petit carnet noir et un crayon de la poche de son habit et de le noter.

Rose sortit tranquillement du bureau. Malgré

l'amende et le fait que la sœur ait lu sa lettre, les mots de John chantaient dans sa tête, et elle avait hâte de les relire. Ayant été convoquée chez la sœur au beau milieu d'un cours, elle se demanda si elle ne pourrait pas prolonger un peu son absence. Jetant un coup d'œil à sa montre, elle vit qu'il ne restait qu'un quart d'heure avant la pause ; avec un peu de chance, c'était jouable.

Elle se dirigea vers la chapelle, en prenant soin d'atténuer le couinement de ses semelles de crêpe sur le parquet ciré, mais en longeant les portes des classes, derrière lesquelles tout un petit monde ordinaire et sans grâce planchait sur des cahiers ternes et gris et marmonnait de plates réponses à des questions encore plus plates, elle avait du mal à dompter son envie de courir, de sauter, de crier. Elle avait l'impression d'être unique, absolument exceptionnelle. John lui avait dit qu'il l'aimait, il l'avait même écrit en toutes lettres sur le papier.

Fait rare, la chapelle était vide, ce qui était tout aussi bien puisqu'elle n'était toujours pas allée chercher son béret. Elle hésita un instant sur le seuil, mais le désir de relire la lettre de John était si fort qu'elle décida que, pour cette fois, Dieu lui pardonnerait sa tête nue.

La chapelle, nouvellement ajoutée au couvent, sentait encore le vernis. Du côté ensoleillé, les vitraux projetaient des arcs-en-ciel sur le bois blond des bancs et sur le parquet. Le regard de Rose, qui avait choisi l'aile plongée dans la pénombre, tomba sur un bouquet de roses blanches et de freesias posé au milieu de rubans multicolores sur les marches du sanctuaire ; les anciennes élèves envoyaient parfois leur bouquet de mariée à la chapelle. Son bouquet de mariée à elle, pensa Rose joyeusement, serait composé d'une multitude de fleurs : des roses et des freesias, bien sûr, mais aussi des jonquilles et des tulipes, des giroflées, des dahlias..., toutes les espèces qui fleuriraient ce jour-là en Irlande.

Elle sortit la lettre de John de son enveloppe. Bien qu'elle ait promis de lui écrire, l'importance de ce qui s'était passé entre eux lors de leur dernière nuit l'avait d'une certaine manière inhibée, et elle n'avait pas réussi à trouver les mots pour exprimer ce qu'elle aurait pourtant voulu lui dire. Elle avait donc attendu qu'il écrive le premier, et quand elle avait vu les jours et les semaines se transformer en mois, elle avait commencé à désespérer.

A présent, tout allait bien, merveilleusement bien. Il l'aimait.

Elle aussi l'aimait — plus que tout au monde. Depuis qu'elle était retournée à l'école, Rose avait vécu comme dans un rêve. Chaque jour, elle attendait avec impatience le moment de se coucher. Tandis que les autres chuchotaient et pouffaient dans leurs lits, Rose, les paupières fermées et les draps remontés jusqu'aux oreilles, s'évadait dans la reconstitution minutieuse de cette dernière nuit qui commençait par le bruit des graviers sur sa fenêtre. John était là, elle le sentait, elle sentait même sa peau, la fraîcheur et la douceur de son corps contre le sien quand il l'avait prise dans l'eau du lac, la force de ses bras, puis la chaleur et la passion qui les avaient ensuite envahis, sous les arbres.

Comme elle avait du mal à se concentrer sur ses études ! Les marges de son exemplaire de l'*Énéide* et de ses livres de trigonométrie étaient toutes couvertes de dessins représentant la courbe de ses lèvres, la fente de ses yeux.

Rose ne s'était confiée à personne. Avant ce trimestre, Dolores O'Brien, sa meilleure amie, et elle n'avaient pas de secret l'une pour l'autre. Toutes deux étant trop paresseuses pour s'écrire pendant les vacances, le jour de la rentrée était toujours l'occasion de bavardages interminables pour tenter de rattraper le temps perdu. Or, cette fois-ci, Rose n'avait pas réussi à parler de John à Dolores — même si son amie, qu'on n'abusait pas facilement, avait deviné qu'il s'était passé quelque chose.

Rose aurait été bien en peine de dire pourquoi elle n'avait rien pu lui raconter. Craignait-elle que d'en parler n'ait pour effet de gâcher cet amour, de le déprécier ? Avait-elle l'impression d'avoir franchi un fossé tel que Dolores ne pourrait — ou ne voudrait — pas la comprendre ? De toute façon, pendant les premières semaines qui avaient suivi la rentrée, ses souvenirs étaient si vivaces dans son esprit qu'ils lui suffisaient.

Rose détestait pourtant ce sentiment de trahison et, plus encore, l'idée de faire de la peine. Ces derniers temps, elle avait hésité ; il ne s'agissait plus que de trouver une occasion, et ce moment venait d'arriver. Elle allait montrer sa lettre à Dolores.

Il l'aimait. *Il l'aimait !* A nouveau, elle dut se maîtriser, tant l'envie de lancer la lettre en l'air la grisait.

Le silence de la chapelle fut brutalement rompu par le vacarme de la cloche électrique indiquant la fin des cours, suivi aussitôt par l'ouverture des portes au loin, et le chahut provoqué dans les couloirs par les filles qui changeaient de classe. Rose replia la lettre qu'elle fourra dans la poche de son uniforme avant de courir rejoindre ses camarades pour le dernier cours du samedi.

Elle était assise au premier rang et Dolores se trouvait deux rangées derrière. Profitant de ce que la sœur leur tournait le dos pour écrire au tableau, Rose griffonna un message à l'intention de son amie : « IL

FAUT QUE JE TE PARLE. RENDEZ-VOUS 1 HEURE ET QUART, ENDROIT HABITUEL, R. », puis elle le chiffonna et le fit passer le long de l'allée. Un quart d'heure après, la réponse lui parvint : « O.K., D. »

Leurs rencontres avaient lieu dans la lingerie, au milieu des étagères où s'empilaient en rangs serrés draps, taies d'oreillers, dessus-de-lit, maillots et survêtements de gymnastique. Comme on était un samedi après-midi, elles ne risquaient guère d'être découvertes, car il était consacré aux travaux de couture, d'écriture, de nettoyage du dortoir et de cirage des chaussures, sous une surveillance réduite.

Rose et Dolores, petit bout de femme aux cheveux châtain clair et couverte de taches de rousseur, étaient serrées l'une contre l'autre dans une niche étroite, à côté de la fenêtre de la lingerie. Rose observait son amie, à qui elle avait donné à lire la lettre de John, et se délectait de ses expressions. Les secrets confiés ici, à l'abri des remparts de linge propre et frais qui créaient une isolation naturelle, étaient des vrais secrets, pensait-elle tandis que Dolores tournait la page. Rose regarda par la fenêtre. Il faisait encore beau et les élèves se promenaient dans la cour, par deux ou par petits groupes.

— J'ai fini, annonça Dolores en lui rendant la lettre. Eh bien, dis donc !

— C'est tout ce que tu trouves à dire ? demanda Rose qui voyait bien pourtant que Dolores était sacrément impressionnée.

— Qu'est-ce que tu voudrais que je dise ? C'est fantastique ! Mais quelle cachottière tu fais ! Quand je pense que pendant tout ce temps, tu ne m'as rien dit...

— J'avais peur, avoua Rose.

— Peur de quoi ?

— C'est la première lettre que je reçois. J'avais peur qu'il m'ait oubliée.

— Eh bien, te voilà rassurée, ce n'est visiblement pas le cas... Pour tout te dire, j'étais un peu vexée ces derniers temps. On aurait dit que tu me fuyais.

— Oh, Dolores, c'est faux ! Comment as-tu pu croire une chose pareille ?

— Peu importe, fit Dolores. Ce qui compte, c'est que tu m'en aies parlé à présent. Quelle chance tu as ! Et en plus, c'est un héros.

— Oui, excepté que je ne suis pas sûre de le revoir un jour...

— Tu as oublié ce qu'il dit dans sa lettre ? Il est prêt à déplacer des montagnes pour te rejoindre !

Rose fronça les sourcils, comme pour se souvenir, et Dolores lui reprit la lettre.

— Là, c'est écrit là, fit-elle en mettant le doigt dessus, « j'ai décidé que *rien au monde* ne m'empêcherait de venir te retrouver dès que possible ». Oh, Rose ! s'exclama-t-elle en jetant les bras autour du cou de son amie. Mon Dieu, c'est vraiment *fantastique*. Le grand amour ! Allez, raconte-moi tout, maintenant.

Elles s'installèrent sur l'appui de fenêtre, et Rose lui raconta son été avec John, omettant simplement le détail crucial de leur nuit d'amour. Elle le lui dirait sans doute, en temps voulu, mais la pureté étant la vertu sur laquelle on insistait au couvent, elle n'était pas sûre de la réaction de son amie si elle lui avouait qu'elle n'était plus vierge.

— Rose, je trouve qu'il a l'air absolument adorable, dit Dolores quand Rose eut fini. Tu as vraiment de la chance.

— Il y a des problèmes, tu sais, dit Rose.

Elle planta un ongle dans le mastic de la fenêtre.

— Ce n'est pas facile à expliquer, reprit-elle, mais John est... il est...

Elle hésitait, ne sachant pas comment parler du fossé social qui la séparait depuis quatre siècles des locataires de son père. Elle vit à l'expression de Dolores que celle-ci attendait des éclaircissements.

— Les parents... et tout ça, termina-t-elle, sachant bien que ce n'était guère convaincant.

— Allons, allons, ne dis pas de bêtises. Quand tu auras vingt et un ans, plus rien de tout cela ne comptera.

— Mais je n'ai que seize ans. C'est affreusement loin !

— Rose, fit Dolores patiemment, une main posée sur son épaule, regarde d'abord l'avenir immédiat. Ton diplôme avant tout. Ensuite, tu pourras penser au reste.

— Je suppose que tu as raison. Mais ce fichu diplôme ne m'intéresse plus du tout.

— Tu es ici, non ? Donc tu n'as pas vraiment le choix, il me semble. En tout cas pour l'instant.

— Mais je l'aime...

— Alors, cela durera bien jusqu'à ce que tu aies ton diplôme.

Au fond de son cœur, Rose savait que son amie avait raison. Elle tripota son béret qui avait retrouvé sa place habituelle, à sa ceinture.

— Il y a encore une chose, dit-elle d'un ton hésitant.

— Quoi donc ?

— Sœur Eulalie a lu la lettre et elle va tout dire à mes parents.

— On verra bien à ce moment-là.

— Merci, Dolores, tu es formidable.

— Je sais, rétorqua Dolores avec un sourire radieux.

Elles quittèrent la lingerie et sortirent marcher dans le verger. Maintenant que Rose avait commencé à parler de John, elle ne pouvait plus s'arrêter. Au bout de cinq minutes de monologue, Dolores l'interrompit.

— Mais, attends un peu, vous l'avez vraiment fait ? demanda-t-elle, les yeux écarquillés.

— Je n'ai pas dit ça !

— Oui, enfin... c'est tout comme.

— Dolores ! Je n'ai jamais...

— Bon, bon, peu importe, dit Dolores d'un ton apaisant, après tout, ça ne regarde que toi.

— En effet.

Rose était cependant assez soulagée que cela soit sorti au grand jour.

Elles venaient d'arriver devant un chemin creux, moussu et traître par temps humide, mais plutôt pittoresque ce jour-là, avec ses hautes graminées mûres et ses fleurs sauvages tardives ; l'air était exceptionnellement doux en cette fin septembre et, à part le vrombissement lointain de la circulation, tout était tellement tranquille qu'on aurait pu se croire un dimanche à la campagne.

— Il faut que tu viennes à Sundarbans, dit soudain Rose.

— Cela me ferait très plaisir, fit Dolores, ravie.

Chacune pensait que la maison de l'autre devait être un paradis. Dolores, qui était la fille d'un directeur de banque de Galway, et l'aînée d'une famille de sept enfants, trouvait on ne peut plus séduisante l'idée d'être la fille unique d'un couple appartenant à la petite noblesse ; Rose pour sa part, avait toujours rêvé d'avoir des frères et sœurs, un cinéma de quartier, un café au coin de la rue et une maison confortable où le vent n'agitait pas les rideaux, même fenêtres fermées.

Le sentier montait doucement et se terminait au pied d'un mur de granit éboulé ; une fois arrivées là, elles s'appuyèrent contre la pierre tiède, incrustée de lichens et de coquillages fossilisés, mais Rose n'y prêta pas attention ; le mur aurait pu être recouvert d'or, ce jour-là, elle n'aurait rien remarqué.

John venait d'arriver sur l'île du Prince Edward avec trois semaines de retard. Le père de Karen était venu le chercher en voiture à l'hôpital de Halifax. Sven Lindstrom était un homme corpulent, au visage rubicond, avec des sourcils et des cils blonds au-dessus d'un regard très clair, et pas un cheveu sur le crâne. John l'avait aimé au premier coup d'œil, mais se sentait embarrassé devant tant de générosité et de bonté. Mal à l'aise, il se tortilla sur le siège de la Lincoln, tandis que Sven Lindstrom lui couvrait les jambes avec un plaid. A part le corbillard du district, John n'avait jamais vu un véhicule d'une telle longueur et d'un tel luxe.

— Merci beaucoup, Monsieur, dit-il d'une voix éteinte.

— Hou là ! fit Sven Lindstrom avec un petit rire, nous ne sommes pas habitués à tant de cérémonie sur l'Ile. Ton « monsieur » me donne l'impression que je suis un éminent professeur — ce que je ne suis nullement ! Et, soit dit en passant, tu te rendras vite compte que personne ici n'appelle cet endroit autrement que « l'Ile ».

Pendant le voyage, Sven Lindstrom fournit à John un résumé des étapes les plus marquantes de l'histoire de la Nouvelle-Écosse. L'embarcadère de Caribou n'était pas très imposant et, à part eux, il n'y avait guère plus de vingt voitures qui attendaient le ferry.

Le détroit du Northumberland était plutôt calme, mais la traversée avait à peine commencé que John fut saisi d'une familière vague de nausée, et se sentit affreusement gêné.

Sven Lindstrom se montra compréhensif, presque amusé même.

— Ne t'en fais donc pas, tu n'es pas le seul à avoir le mal de mer ici, et beaucoup ont bien plus d'expérience que toi !

Il apporta à John un sac en plastique qu'il était allé prendre dans l'un des nombreux distributeurs mis à la disposition des passagers.

Arrivé sur la terre ferme à Wood Islands, John avait récupéré, mais Sven Lindstrom insista pour qu'ils passent d'abord chez lui, à Charlottetown, où il pourrait boire une tasse de thé et se reposer un peu avant de continuer jusqu'à Kelly's Cross.

— Allez, cela te fera du bien. On nous a assez dit que vous buviez du thé en permanence, sur la Verte Erin...

John ne put que le remercier une fois de plus. Comment arriverait-il à lui rendre un jour le centième de son hospitalité ?

Sven Lindstrom conduisait prudemment, mais même à cette allure, le trajet jusqu'à Charlottetown dura moins de quarante minutes. John gardait les yeux fixés sur le paysage, attentif aux impressions nouvelles. L'île était plus plate qu'il ne se l'était imaginée ; les pâturages en pente douce étaient parsemés de maisons de bois, peintes de couleurs vives, que surplombaient de hautes granges rouges. Comme ils étaient au Canada, John s'était plus ou moins attendu à trouver une forêt vaste et dense. Bien sûr, il y avait des arbres, mais ils formaient plutôt des bosquets ; certains étaient dénudés, mais beaucoup portaient encore leur robe d'automne orange et or, et quelques-uns flamboyaient d'une teinte pourpre que John n'avait jamais vue auparavant.

— Excusez-moi, Monsieur Lindstrom, demanda-t-il, mais comment s'appellent ces arbres rouges ?

— Ce sont des érables, mon garçon. L'arbre national du Canada.

Bien qu'il y ait très peu d'automobiles sur la route, ils durent fréquemment ralentir à cause des voitures à chevaux. John ne pouvait s'empêcher de tout comparer avec son coin d'Irlande. Ici, les routes étaient plus larges et plus droites, les chevaux mieux soignés, les champs plus vastes ; rien de semblable à la terre aride et accidentée qui lui était familière. A chaque virage, sur les routes de Monaghan, on débouchait sur une autre colline ; sur l'Ile, on pouvait voir à des kilomètres à la ronde.

Brusquement, à l'évocation de sa terre natale, le mal du pays l'envahit avec une telle intensité qu'il dut se retenir pour ne pas pleurer. Et Rose ? Y aurait-il une lettre d'elle à Kelly's Cross ? Il porta la main à sa joue ; la cicatrice était toujours rouge, brillante, et tendue comme la peau d'un tambour ; son oreille, qui n'avait pas subi de greffe, mais qu'on avait laissé guérir naturellement, lui semblait encore plus laide. Le chirurgien lui avait assuré que ces marques s'atténueraient avec le temps et deviendraient à peine visibles, mais à cet instant précis, il pensait qu'il avait l'air difforme et était presque heureux que Rose ne puisse pas le voir.

Il s'aperçut qu'ils traversaient un grand pont, au-dessus d'une étendue d'eau couverte d'oiseaux qu'il ne connaissait pas. Il y en avait des centaines, de grands oiseaux noirs ou gris foncé, qui glissaient à la surface à grands coups d'ailes paresseux ou plongeaient comme des flèches. La circulation était devenue plus dense et, à l'autre extrémité du pont, un groupe de bâtiments s'étendaient droit devant lui, à droite et à gauche de la ligne de côte. Ce devait être Charlottetown.

Lui qui croyait que Charlottetown ressemblerait à Dublin, s'était trompé une fois de plus. Dublin était construite en pierre, une agglomération importante, grouillante de monde et d'activités. A Charlottetown, à part quelques bâtiments de pierre, la majeure partie des constructions étaient en bois, comme les fermes sur la route. Il y avait bien des voitures dans les rues, mais elles avaient toute la place nécessaire pour circuler ; les gens discutaient sur les trottoirs, appuyés contre des charrettes à cheval ; même les magasins étaient beaucoup plus petits et moins attrayants qu'à Dublin. Il lut sur un panneau que l'artère qu'ils empruntaient s'appelait Grafton Street.

— Ça alors, nous avons aussi une Grafton Street à Dublin ! s'exclama-t-il.

— Eh bien, tu vois ! fit Sven Lindstrom en souriant. En un rien de temps, tu vas te sentir comme chez toi, ici !

Devant la façade de la maison des Lindstrom, en pierre rougeâtre, des colonnes blanches soutenaient un portique. Le drapeau canadien flottait en haut d'un mât, au milieu de la pelouse. Voyant que John tendait le cou en direction du drapeau, Sven Lindstrom lui expliqua qu'ils fêtaient Thanksgiving le lendemain.

— Vous aurez sûrement droit au repas de Thanksgiving à Kelly's Cross, ajouta-t-il, mais il faut absolument que ton frère et toi veniez déjeuner avec nous ce week-end.

— Oh, Monsieur Lindstrom, dit John... Vous en avez déjà fait beaucoup pour nous. Vous êtes trop gentil, je vous assure.

— Allons, allons, dit Sven en se garant sous un abri en ciment, à côté de la maison, où deux autres voitures plus petites se trouvaient déjà. C'est nous qui avons une dette à ton égard. Mrs. Lindstrom et moi-même ne pourrons jamais te remercier suffisamment. Si tu n'étais pas descendu au milieu des flammes, cette nuit-là, notre Karen...

Il se racla la gorge et coupa le moteur. Puis il

descendit de voiture, épargnant ainsi à John de répondre.

John suivit son hôte, qui contournait la maison pour rentrer par-derrière. Il se retrouva dans une grande cuisine carrée, avec des machines, des éviers, des placards tout le long des murs et, au centre, une grande table de bois. Si dehors, le temps était doux, dans la cuisine il faisait très chaud. Une femme d'âge mûr était en train de peler une montagne de pommes de terre, tandis qu'une énorme dinde rôtissait dans le four.

— Voici Mrs. Anderson, notre cuisinière, dit Mr. Lindstrom, avant de lui présenter John. Et voici notre héros, John Flynn.

John sentit sa joue blessée le piquer quand le rouge lui monta au visage. Mais la femme posa son couteau, s'essuya les mains sur son tablier, et lui donna une poignée de main enthousiaste.

— Par exemple ! fit-elle. Vous n'imaginez pas comme je suis heureuse de vous rencontrer, John. J'ai si souvent entendu parler de vous. Et nous vous sommes tous tellement reconnaissants...

Sven traversa la cuisine et ouvrit une porte donnant sur une autre pièce.

— On est là, Maman ! cria-t-il. Puis il se tourna vers la cuisinière. Vous nous ferez bien une tasse de thé, Mabel ? Nous le prendrons dans le petit salon, ajouta-t-il. Viens par ici, John.

John le suivit dans un couloir, tapissé de la moquette la plus épaisse qu'il ait jamais vue, puis dans une grande pièce parquetée, éclairée sur trois côtés par de grandes fenêtres.

— Assieds-toi, mon garçon, et fais comme chez toi, dit-il. Je crois que je vais m'offrir un cocktail.

John regarda autour de lui, guère à l'aise : la plupart des chaises avaient des pieds fuselés, et lui paraissaient trop fragiles pour supporter son poids. Il avisa un petit canapé à un seul accoudoir, et tandis que son hôte préparait sa boisson en puisant dans une rangée de bouteilles posées sur un plateau d'argent, il alla s'asseoir en prenant soin de rester bien au bord.

Pendant que Mr. Lindstrom lui tournait le dos, John observa le décor. Un coin de la pièce était occupé par un magnifique piano, dont la lumière du jour faisait miroiter le bois sombre et satiné ; des gravures étaient accrochées au mur, et des statuettes en porcelaine ou des objets d'argent étaient disposés ici et là, sur de petites tables. Entre deux des fenêtres trônait une vaste cheminée de pierre, avec de grosses bûches dans l'âtre. Cette pièce, pensa John saisi de respect, était plus grande à elle seule que toute la maison de gardien, là-bas, à Drumboola, et elle contenait probablement plus d'objets de valeur qu'il n'était possible d'en trouver dans tout Carrickmacross. Puis la pensée le traversa que c'était peut-être ainsi que vivait Rose. Après tout, il n'avait jamais visité les Grandes Maisons du comté. Subrepticement, il vérifia que la poche intérieure de sa veste de tweed abritait toujours la petite bourse où il gardait le bracelet d'améthystes.

Sven Lindstrom remuait sa boisson en se dirigeant vers un gros fauteuil à côté de la cheminée quand on entendit un bruit de pas précipités, et Karen pénétra comme une flèche dans la pièce.

— John, s'écria-t-elle. Tu es là !

Elle s'arrêta pile devant son père.

— Salut, papa, fit-elle en l'embrassant sur la joue, avant de se tourner à nouveau vers John. J'espère que tu es totalement rétabli. Comment va ton visage ? Oh ! mon Dieu, ça a l'air drôlement douloureux...

Elle portait un kilt écossais et un chemisier blanc sous un pull rose et John, qui portait un amour aveugle à Rose, dut pourtant admettre qu'elle était superbe.

Il se leva pour lui répondre.

— Mais non, tout va bien, ça ne fait plus mal du tout...

— Assieds-toi, je t'en prie ! Je suis tellement désolée de n'avoir pas encore eu l'occasion de te remercier pour ce que tu as fait l'autre nuit. Tu m'as sauvé la vie, tu sais.

— Mais non, objecta John, toujours inconfortablement assis sur le bord du canapé.

— Bien sûr que si ! fit Karen. Me voici devenue ton esclave jusqu'à la fin de mes jours ! C'est ce que disent les Indiens... Dorénavant, mon âme t'appartient.

John resta muet, les bras ballants, incapable de trouver quoi dire. Il n'avait jusqu'alors rencontré Karen qu'en présence de Derek, qui l'avait toujours monopolisée.

— Et toi, tu vas un peu mieux ? finit-il par demander dans l'espoir de détourner l'attention de sa propre santé.

— Oh, ça va bien, dit-elle. Je tousse un peu et j'ai encore un peu mal aux poumons, parfois, mais le docteur dit que c'est pratiquement fini.

Au grand soulagement de John, la mère de Karen et la cuisinière entrèrent ensemble dans la pièce, cette dernière avec un grand plateau à thé. John resta debout pendant que Mrs. Lindstrom, qu'il avait rencontrée à l'hôpital quelques jours après l'accident, lui serrait la main et le félicitait sur sa bonne mine.

Karen bondit vers Mrs. Anderson pour l'aider à porter le plateau.

— Mmm, fit-elle en voyant le cake appétissant qui s'y trouvait. Les friandises des grands jours... En ton honneur, John. Tout le monde n'a pas droit à un tel traitement.

Après les avoir servis, la cuisinière sortit. John but

lentement et mordit du bout des dents dans une tranche de gâteau. Il se sentait emprunté, guère à sa place dans cette pièce somptueuse, et sa joue l'élançait tandis qu'il répondait tant bien que mal aux aimables questions que lui posaient les parents de Karen.

Celle-ci était venue s'asseoir à côté de lui ; elle bavardait, riait et plaisantait, et se montrait même, lui sembla-t-il, plutôt aguicheuse. Il voulut lui demander si elle avait des nouvelles de Derek, mais n'osa pas le faire en présence de ses parents.

Lorsqu'enfin Mr. Lindstrom reposa sa tasse de thé et se leva de son fauteuil, il ne put réprimer un soupir de soulagement.

— Bon, nous ferions mieux de nous mettre en route pour Kelly's Cross avant la tombée de la nuit. Karen, la balade te tente ?

Mrs. Lindstrom les raccompagna jusqu'à la porte, avec de chaleureuses invitations à revenir avec Derek.

— Et en attendant, ajouta-t-elle, nous te verrons quand tu retourneras à Halifax, bien sûr.

John devait en effet revoir le chirurgien qui l'avait opéré.

Karen s'assit entre son père et John, sur la banquette avant de la Lincoln. La route pour Kelly's Cross menait vers l'ouest, et bientôt, le macadam sombre de la chaussée laissa la place à un type de revêtement que John n'avait jamais vu, de couleur rouge brique et d'aspect poudreux.

— C'est le fer contenu dans le grès qui donne cette couleur, expliqua Karen en se penchant pour regarder par-dessus le capot de la voiture. Il faudra que nous l'emmenions au cap Kildare, n'est-ce pas papa ?

— Qu'est-ce que c'est ? demanda John.

Bien qu'il y ait tout l'espace nécessaire, la cuisse de Karen frottait contre la sienne, éveillant en lui des sentiments troubles. Il n'arrivait pas à savoir si elle le faisait exprès ou non et, discrètement, il serra les genoux pour limiter les occasions de contact.

— C'est un endroit situé un peu plus haut sur la côte nord, du côté de Tignish, répondit Karen, où l'on voit les effets de l'érosion sur le grès. C'est une obsession sur l'île : l'érosion est au centre de toutes les conversations. Il y a des millions d'années que ça dure. Bientôt, il ne restera plus rien de nous.

La voiture soulevait en roulant un épais nuage de poussière sur la route rouge qui serpentait au milieu des terres soigneusement entretenues. Ils traversaient de petites forêts d'espèces à feuillage persistant, avec, ici et là, des arbres à feuilles caduques étincelant dans leur splendeur automnale. John, qui s'était entendu dire par les McGuigan dans leurs lettres ou par ceux qu'il avait connus à l'hôpital, que l'île du Prince Edward ressemblait beaucoup à l'Irlande, avait toujours du mal à en voir les similitudes. En quoi ces villages situés aux carrefours, ces granges hollandaises peintes en rouge et vert, ces maisons proprettes aux toits de bardeaux et ces églises d'une blancheur immaculée qui parsemaient le paysage pouvaient-ils ressembler aux constructions de pierre grise, disposées de manière anarchique, qu'il connaissait dans son pays ? Seul le vert tendre de l'herbe lui rappelait sa terre natale.

Une autre différence le frappait, sans qu'il parvienne toutefois à savoir ce que c'était. Tout à coup, il comprit : les haies. Ici, elles étaient totalement absentes du paysage alors qu'à Monaghan, toutes les routes ressemblaient à des tunnels de verdure à ciel ouvert.

Ils étaient silencieux depuis un long moment, ce qui, compte tenu de la nature de Karen, paraissait curieux, et John se demanda s'il ne devait pas dire quelque chose.

— Des érables ? demanda-t-il en désignant un groupe d'arbres particulièrement éclatants, qui se dressaient comme des langues de feu au sommet d'une colline.

— Oui, ne sont-ils pas merveilleux ? s'exclama la jeune fille. Et drôlement utiles, en plus. Tu aimes le sirop d'érable ?

— Oui, c'est délicieux. J'en ai goûté sur des crêpes à bord du bateau.

— J'adore ça. Miam ! fit-elle d'un air gourmand, et en lui adressant un sourire éclatant.

— Sais-tu comment va Derek ? s'enquit John, embarrassé par la manière dont elle le regardait. Je n'ai aucune nouvelle de lui.

Ce fut Mr. Lindstrom qui lui répondit.

— Les McGuigan n'ont pas le téléphone, mais nous avons appelé un voisin qui est allé se renseigner pour nous. Il va bien. S'il est à moitié aussi en forme que Karen, ajouta-t-il en donnant une tape affectueuse sur le genou de sa fille, alors tous les espoirs sont permis !

Sous l'œil des deux chiens des McGuigan et de trois de leurs innombrables chats, Derek fendait du bois dans la cour, à l'arrière de la ferme. L'un des chiens tourna la tête, dressa les oreilles, et bientôt suivi de son compagnon, se précipita en aboyant vers la grille d'entrée. Derek posa sa hache et écouta. La maison était située sur le flanc d'une colline et, on ne pouvait s'y tromper, c'était bien le bruit d'un moteur de voiture qui montait de la vallée.

Il attrapa aussitôt sa chemise — la plus belle qu'il ait, celle qu'il réservait d'habitude aux dimanches — et l'enfila ; ils avaient reçu un message téléphonique par l'intermédiaire d'un voisin disant que John arrivait aujourd'hui et il espérait bien que Karen serait du voyage.

Cela faisait presque quatre semaines qu'il ne l'avait pas vue. Pendant les vingt-quatre heures qui avaient suivi l'accident sur le paquebot, tous deux avaient été très malades, et placés sous oxygène. Puis, quand le navire avait jeté l'ancre à St John's, Karen et lui avaient été séparés et emmenés dans deux hôpitaux différents.

A la demande de Karen, ses parents étaient allés le voir. Ils s'étaient montrés gentils, mais l'entretien avait manqué de naturel. Bien que soulagés que Karen s'en soit sortie saine et sauve, Mr. et Mrs. Lindstrom semblaient se demander avec un certain effarement ce que leur fille pouvait bien faire dans la salle des machines. Même s'ils avaient assuré à Derek qu'ils ne le rendaient nullement responsable de la situation, lui-même se sentait coupable et honteux, et il était resté presque muet en leur présence.

Lorsqu'une représentante de la compagnie maritime était venue le voir pour s'occuper du règlement de sa note d'hôpital et des divers frais de son voyage entre St John's et Charlottetown, il lui avait demandé de téléphoner à l'hôpital où se trouvait Karen, mais elle était déjà sortie. Il s'était rétabli rapidement, mais quand les médecins avaient découvert qu'il ne lui restait qu'un poumon, ils avaient préféré le garder en observation quelques jours supplémentaires.

En entendant le bruit de moteur se rapprocher, Derek sentit son ventre se nouer. Qu'allait-il lui dire ? Que pensait-elle de lui à présent ? Et d'ailleurs, pensait-elle seulement à lui ? Tout le temps qu'il avait passé à reprendre des forces, le désir de la revoir avait occupé ses pensées. Il serait désespéré si elle ne voulait plus le voir ; mais il devait aussi admettre qu'elle ne lui avait donné aucune raison d'espérer.

Il boutonna sa chemise, cracha dans ses mains pour lisser ses cheveux, puis, se forçant à marcher de la façon la plus naturelle possible, il se dirigea vers l'avant de la maison.

Dan et Peggy McGuigan étaient déjà là, de part et d'autre de la grille, chacun appuyé contre l'un des montants. Derek les rejoignit juste au moment où la voiture apparaissait au loin, dans un nuage de poussière rouge.

— Ah, te voilà, Derek, fit Dan, en donnant à son jeune cousin une bourrade amicale. Ma parole, tu es apprêté comme pour une noce !

Les McGuigan avaient élevé trois fils, qui avaient tous choisi d'aller vivre à Boston et de se fondre dans le mode de vie américain ; ils avaient épousé chacun une Américaine et arboraient la plaque minéralogique du Massachusetts sur leur voiture. Dan et Peggy, restés seuls pour exploiter cent cinquante hectares de terre sans aucune aide, n'avaient pourtant pas vendu. Ni l'un ni l'autre n'avaient mis les pieds en Irlande, mais ils comptaient bien y aller « un jour » et restaient aussi fidèles au « vieux pays » que s'ils l'avaient quitté la veille. Peggy, en particulier, dont le nom de jeune fille était Coady, rêvait d'aller voir le cimetière de Monaghan où ses grands-parents étaient enterrés. C'était des gens simples, frugaux, dont la vie tournait essentiellement autour de la ferme et de l'église du village, et Derek, à qui sa mère manquait pourtant beaucoup, se sentait bien avec eux.

La voiture surgit au détour d'un virage et il eut un coup au cœur. Ils étaient trois sur la banquette avant, et la personne du milieu était bel et bien Karen. Maintenant que le moment était arrivé, il avait envie de s'enfuir en courant.

Quand ils furent tous descendus de voiture, Derek fut horrifié en voyant la joue de son frère, marquée de l'oreille jusqu'au nez par un grand croissant de peau rouge violacé, si tendu qu'il brillait dans la faible lumière du soleil. Il lui serra la main, sans pouvoir toutefois détacher son regard de sa cicatrice. En même temps, il observait Karen du coin de l'œil. Trop nerveux pour s'approcher d'elle devant les autres, il attendit que les présentations soient terminées pour se tourner vers elle.

— Comment vas-tu, Karen ?
— Bien, Derek, et toi ?

Tentant de deviner ses sentiments vis-à-vis de lui, il la dévisagea un instant, mais elle avait le sourire amical et ouvert qu'il lui connaissait habituellement. Il dut en rester là, car Peggy les invita à rejoindre les autres au petit salon. La pièce, dont les meubles encaustiqués luisaient, sentait un peu le renfermé. Au milieu, la table de bois sombre était couverte de petits gâteaux faits maison, de cakes aux fruits, de petits pots de beurre et de ramequins remplis de confiture de fraises. Peggy servit le café. Derek brûlait d'impatience. S'il n'arrivait pas à parler seul avec Karen maintenant, quand aurait-il une autre chance de le faire ? Il s'empressa d'offrir des gâteaux à la ronde et saisit ce prétexte pour proposer discrètement à Karen de venir voir une couvée de canetons qui venait d'éclore dans la grange.

A son soulagement, elle accepta.

— Avec plaisir ! fit-elle avant de s'excuser auprès de l'assemblée. Papa, je m'absente une minute ou deux. Derek veut me montrer des canetons qui viennent de naître.

— Ne sois pas trop longue, l'avertit son père. J'ai promis à ta mère que nous serions de retour pour le dîner. Si toutefois, il nous reste un peu d'appétit, ajouta-t-il avec un rire étouffé, tout en mordant dans une tranche de cake.

Derek entraîna Karen à l'extérieur, puis derrière la maison. La grange se trouvait à une cinquantaine de mètres, à l'autre bout d'une cour clôturée. Karen avançait sans hâte, apparemment inconsciente du désir qui bouillonnait en lui et le rendait à moitié fou. Il se désespérait de ne pas savoir comment tirer parti du moment. A part l'attirer contre lui, là, tout de suite, il ne voyait pas comment renouer l'intimité qu'ils avaient connue sur le bateau.

Les canetons, au nombre de quatorze, piaulaient et trottinaient en claudiquant derrière leur mère qui filait droit vers leur nid, dans la fraîche pénombre de la grange.

— Oh, ils sont si mignons ! s'écria Karen. Tu crois que tu pourrais en attraper un ? J'aimerais tellement en tenir un contre moi !

Derek, bravant le sifflement de la mère, parvint à lui en voler un et le déposa tout tremblant dans les mains de Karen.

Tandis qu'elle le portait à sa joue et caressait son duvet jaune, Derek se lança :

— Karen, commença-t-il.

S'il avait tenté de donner à sa voix un ton naturel, il se rendit tout de suite compte qu'elle sonnait bizarrement.

— Mmm ? fit la jeune fille, toujours absorbée par le caneton.

— Karen, je t'aime.

Elle ouvrit de grands yeux puis, au grand dam de Derek, fut gagnée par le fou rire.

— Oh, Derek, pouffa-t-elle. Puis, devant son expression, elle tenta d'amoindrir le camouflet. Voyons... ce n'est pas sérieux, tu me connais à peine.

— Mais c'est vrai, Karen. Je t'aime de tout mon cœur.

Il tenta de l'attirer contre lui, mais elle lui échappa, se servant du caneton comme prétexte.

— Derek ! Allons ! Fais au moins attention à cette

pauvre petite chose, dit-elle en reposant le caneton qui fila rejoindre sa mère.

Oubliant toute retenue, Derek l'attrapa à nouveau et tenta de forcer sa bouche.

— Mais enfin, qu'est-ce qui te prend ? Laisse-moi tranquille Derek !

Il était en train de tout gâcher, il le savait, mais il était incapable de se contenir.

— Karen, je t'en prie, Karen, rappelle-toi comme c'était bien sur le bateau... Je t'aime, Karen, je t'aime !

Il essaya encore de l'embrasser, mais, une fois de plus, elle le repoussa, tandis que les canetons, affolés, couraient entre leurs pieds.

Une sorte de folie poussait Derek à croire que s'il arrivait à l'embrasser, il ranimerait la passion qui, il en était sûr, était réciproque. Il lutta avec elle et la poussa contre un ballot d'épis d'orge qui, sous le choc, s'écroula. Tous deux basculèrent et se retrouvèrent sur le tas d'épis en vrac. Tandis qu'ils se débattaient dans un nuage de paille et de poussière, les efforts de Karen pour se dégager l'excitèrent davantage ; il aimait tellement la sentir ainsi sous lui, douce mais ferme. Pesant de tout son poids sur son corps, il caressa ses seins d'une main, tandis qu'il glissait l'autre entre ses jambes. Brusquement, il ressentit une vive douleur à l'épaule. Elle venait de le mordre !

Le choc le fit reculer et elle en profita pour se dégager.

— Espèce d'idiot, imbécile, idiot ! hurla-t-elle, à court d'expressions.

Elle ôta les brins de paille de ses cheveux, les yeux hagards et furieux, tout en cherchant désespérément une insulte.

— Tu... tu... tu n'arrives même pas à la *cheville* de ton frère ! cria-t-elle enfin.

Puis elle sortit de la grange en coup de vent, laissant Derek se relever lentement.

Il resta là, à regarder stupidement la porte par où elle était sortie. La douleur d'avoir perdu Karen était insupportable, mais l'humiliation était pire : non seulement elle l'avait rejeté, mais elle lui avait aussi clairement dit qu'elle préférait son frère.

Six semaines s'étaient écoulées depuis que Dolores avait lu la lettre de Rose et aujourd'hui, elle était occupée à soutenir la tête de son amie au-dessus d'une cuvette, dans la salle de bains du dortoir : Rose, secouée de haut-le-cœur, rendait tout son déjeuner.

— Là, c'est fini, disait-elle, habituée aux malaises de ses petits frères et sœurs, tu vas voir, ça va aller beaucoup mieux, maintenant...

Les spasmes s'atténuèrent et Rose parvint à redresser la tête.

— Je ne sais pas ce que j'ai, haleta-t-elle. Drôle de microbe... ça s'en va et ça revient si brusquement.

— C'est quand même la quatrième fois que tu es malade cette semaine. Tu ne veux pas retourner à l'infirmerie ? suggéra Dolores gentiment. Tu devrais peut-être voir le docteur.

Rose, qui se sentait déjà mieux, se moucha dans une feuille de papier toilette.

— Qu'est-ce que je peux bien avoir attrapé ? Tu crois que c'est la grippe — ou quelque chose que j'aurais mangé ?

— Peut-être.

Dolores avait dit cela d'un drôle de ton, mais son expression demeura indéchiffrable pendant qu'elle tendait à Rose un autre carré de papier.

— Tu devrais retourner voir l'infirmière, lui conseilla-t-elle à nouveau. Je suis sûre qu'elle arrivera à trouver de quoi te soulager.

— Certainement pas, renifla Rose. Des sels, oui ! C'est tout ce qu'elle est capable de proposer... des sels, répéta-t-elle d'un ton dégoûté. J'ai eu suffisamment de sels ces trois derniers jours pour le restant de ma vie !

— Mais il faut bien que tu fasses quelque chose !

— Ça va beaucoup mieux à présent, je t'assure.

Et Rose était sincère ; elle était même capable de sourire.

— Je te jure que d'ici quelques minutes, tout ira parfaitement bien. Merci d'être restée avec moi.

— Il n'y a pas de quoi, fit Dolores, à qui la surveillante du dortoir avait donné la permission de manquer la messe pour rester avec son amie. Si tu te sens mieux, suggéra-t-elle, nous pourrions peut-être aller manger. La messe est terminée depuis un bon moment, et ce fichu porridge va encore être froid.

— J'arrive, dit Rose.

Elle s'aspergea la figure d'eau glacée et s'essuya avec la manche de son uniforme.

— Et voilà, fit-elle, je suis prête.

Le temps, ce samedi-là, était froid, humide et venteux. C'était un après-midi de novembre, et il faisait déjà sombre quand, un peu plus tard, elles arrivèrent dans le vestiaire où elles entreprirent de cirer leurs bottes de ville. Rose les frottait distraitement.

— Quelle heure est-il ? demanda-t-elle.

Dolores consulta sa montre.

— Il est presque quatre heures et demie. Écoute, dit-elle, et les mots se précipitèrent sur ses lèvres à une telle allure que Rose lui lança un regard aigu. Ce n'est pas mon affaire, je sais. Mais je suis ton amie et je dois te le dire. Je crois que tu devrais aller voir un médecin.

Rose eut un pincement d'inquiétude.

— Mais pourquoi ? Tu crois que j'ai quelque chose de grave ?

— Je ne peux pas te dire ce que je crois. Je t'en prie, ne me demande rien de plus, mais fais-le.

Elles étaient assises sur l'un des bancs du vestiaire. Dolores se leva rapidement, rangea ses bottes dans son placard et s'éloigna sans autre explication.

Étonnée, Rose se leva et rangea à son tour ses chaussures, à moitié cirées. Elle retrouva son amie dans la classe des terminales, où Dolores fourrageait nerveusement dans sa boîte à couture.

— Dolores, supplia-t-elle, est-ce que nous pouvons parler ?

Dolores hésita une seconde.

— Bon, si tu veux, fit-elle.

Elle referma le couvercle capitonné de la corbeille, regarda les autres filles dans la salle et se leva.

— Viens avec moi dans le couloir.

Rose la suivit et, quand elle fut sûre que personne ne pouvait les entendre, lui posa les questions qui lui brûlaient la langue.

— S'il te plaît, Dolores, dis-moi à quoi tu penses. Pourquoi devrais-je voir un docteur ?

— Rose, déclara Dolores, en regardant au loin une immense gravure de St-Martin de Porres, t'est-il jamais venu à l'esprit que tu pourrais être enceinte ?

— Mais c'est impossible !

Rose était abasourdie. Il lui semblait que les mots n'avaient aucune signification.

— Et pourquoi pas ? fit Dolores, le regard toujours fixé sur l'auréole qui entourait la tête sombre du saint. A quand remontent tes dernières règles ?

Le cœur de Rose commença à battre la chamade.

— Tu sais bien que j'ai des règles irrégulières, je te l'ai déjà dit. Le Dr. Markey dit que...

— Les as-tu eues depuis la rentrée ?

— Non, mais...

— Ça ne te paraît pas un peu long, même pour toi ?

— Dolores, ne dis pas ça. Ce n'est pas possible !

Dolores la regarda enfin, et Rose vit que ses yeux étaient emplis d'une profonde pitié.

— Je ne dis pas que tu l'es, fit-elle doucement, je dis simplement que tu ferais mieux de vérifier.

— Mais puisque je te dis que je ne peux pas être enceinte !

La voix de Rose était devenue perçante, et elle jeta craintivement un coup d'œil par-dessus son épaule. Heureusement, personne n'était suffisamment proche pour l'avoir entendue.

— C'est impossible, répéta-t-elle en baissant la voix, alors qu'elle avait l'impression que le sol se dérobait sous ses jambes.

— Comme tu veux, fit Dolores, d'une voix neutre. Oublie tout ce que je t'ai dit.

Et elle se dirigea vers la porte de la classe.

Rose, prise de panique, l'attrapa par le bras.

— Ne t'en va pas, je t'en prie, ne t'en va pas... Que vais-je faire ? souffla-t-elle dans un murmure. Comment vais-je faire ? Je ne peux le dire à personne dans cette école...

— Et moi alors ? Tu m'oublies ? Je vais t'aider. Nous allons trouver une solution.

Rose vécut le reste de la journée comme un cauchemar. Entre deux vagues de panique ou de désespoir, elle parvint à réfléchir avec Dolores à la meilleure façon d'aller consulter un médecin en ville, sans que les sœurs l'apprennent. C'est Dolores qui avait eu l'idée. Le lendemain, qui était un dimanche, Rose n'avait qu'à se plaindre d'un terrible mal de dents. La visite chez le dentiste était à peu près la seule raison pour laquelle les filles avaient le droit de quitter l'enceinte du couvent sans être chaperonnées par une sœur et, si la rage de dents de Rose paraissait suffisamment grave, elle pourrait sortir le lundi.

— Mais, à part le Dr. Flanagan, nous ne connaissons aucun médecin à Dublin ! s'écria Rose.

Le Dr. Flanagan était le médecin scolaire qui venait au couvent depuis plusieurs années.

— Nous en trouverons un, répondit Dolores, le menton levé dans un geste plein de détermination. Je vais demander l'autorisation de t'accompagner. Je suis sûre qu'on me l'accordera.

Cette nuit-là, dans son lit, Rose resta éveillée. Elle était terrifiée. Elle avait l'impression de se débattre dans une forêt menaçante, dont les arbres et les branches se refermaient sur elle, l'étranglant et la privant d'air et de lumière. Et si Dolores avait raison ? La réalité était trop horrible à affronter. Un bébé. Toute sa vie gâchée. Elle posa les deux mains sur son ventre : il était aussi plat et ferme que d'habitude. Comment pourrait-il y avoir un bébé à l'intérieur ? Et comment l'annoncerait-elle à ses parents ?

La mère supérieure avait tenu parole et n'avait pas manqué de parler à Gus de la lettre de John. Rose s'était débrouillée pour séparer ses parents quand ils étaient arrivés. Elle avait entraîné sa mère du côté du verger sous prétexte de lui dire quelques mots en privé, après avoir informé Gus que la mère supérieure voulait le voir.

— Mais pour quelle raison ?

Le visage rond de Gus avait immédiatement reflété l'inquiétude. Il détestait l'imprévu. La plupart du temps, il s'agissait d'argent.

— Je ne sais pas, papa.

Rose avait haussé les épaules. Elle était sûre que Gus, qui détestait les problèmes, ne rapporterait pas à Daphné sa conversation avec la mère supérieure. Elle ne s'était pas trompée, et cet épisode-là, du moins, avait été surmonté. Mais comment allait-elle affronter celui-ci ?

Et puis, devait-elle avertir John ? Si elle était vraiment enceinte, comment pourrait-elle le lui écrire noir sur blanc ? Sa correspondance avec lui s'effectuait désormais clandestinement, par le biais d'une externe obligeante qu'excitait beaucoup l'idée de jouer un rôle dans une véritable histoire d'amour. La dernière lettre de John qu'elle lui avait transmise datait seulement de l'avant-veille.

Pourrait-elle jamais formuler une phrase comme celle-ci dans une lettre ? *Mon cher John, j'attends un bébé...*

Jamais elle ne s'était sentie aussi seule.

Son drap de dessus était à présent plus tortillé que les écheveaux de fil que sa mère utilisait pour ses broderies. Rose le rejeta, se leva, et, sur la pointe des pieds, se dirigea vers la salle de bains. Elle laissa l'eau froide couler dans le lavabo et s'en passa sur le visage. C'était étrange... elle n'avait plus de nausées et à part ce sentiment de peur qui la tenaillait, elle se sentait plutôt bien, et même pleine d'énergie. Elle s'aspergea les joues jusqu'à ce que ça la brûle, et cette sensation l'apaisa étrangement ; il y avait quand même une chance pour qu'il s'agisse d'une fausse alerte, tenta-t-elle de se rassurer. Elle sécha son visage avec la manche de sa chemise de nuit et, avant de retourner se coucher sans bruit, elle alla aux toilettes vérifier si ses règles n'étaient pas arrivées. Ce n'était pas le cas.

Elle passa le reste de la nuit dans une alternance de somnolence et de veille, et quand la cloche du matin retentit, sa sonnerie stridente interrompit si brusquement son sommeil que Rose se retrouva au bas du lit avant même d'être totalement réveillée. A sa grande joie, elle ne se sentait pas du tout nauséeuse. Qui sait si Dolores ne s'était pas alarmée pour rien ? C'était étrange comme tout paraissait plus simple à la lumière du jour.

Mais son optimisme l'abandonna pendant la messe et, lors de l'étude du matin, elle fut de nouveau en proie au désespoir.

Lorsque Rose et Dolores arrivèrent à Fitzwilliam Square, où habitait le dentiste du couvent, elles passèrent résolument devant sa porte. Dolores, qui avait de la famille à Dublin et qui y avait passé de nombreuses vacances, connaissait la ville mieux que Rose et elle l'entraîna bientôt vers Baggot Street, où elle pensait trouver une cabine téléphonique.

Elle avait raison ; malheureusement, il n'y avait pas d'annuaire. A bout, Rose éclata en sanglots.

— Arrête, Rose ! s'exclama Dolores. Ça ne sert à rien de pleurer. On va aller au Shelbourne, je suis sûre qu'ils ont un annuaire. Et sinon, on demandera.

Rose fit un effort pour se maîtriser. Elle connaissait le Shelbourne pour y être souvent allée prendre le thé avec Gus, quand ils venaient à Dublin pour le concours hippique annuel.

— Encore une chose, dit vivement Dolores, tandis qu'elles remontaient Merrion Row en se frayant un chemin à travers la foule. Il va falloir trouver un prétexte pour expliquer que tu n'es pas allée chez le dentiste, au cas où les sœurs voudraient vérifier ou que la réceptionniste appelle le couvent. En fait, s'il nous reste du temps, il vaudrait peut-être mieux qu'on se présente à son cabinet, et qu'on lui dise qu'on s'est trompées d'heures. D'accord ?

Rose hocha la tête. N'avaient-elles pas l'air suspectes, toutes les deux, avec leurs gabardines et leurs chapeaux d'écolières ? Elle s'imaginait même que les gens dans la rue avaient le regard fixé sur son ventre.

— Tu as bien compris, Rose ? insista Dolores.

— Oui, fit Rose, qui commençait à être légèrement agacée par les manières autoritaires de son amie.

Quand elles arrivèrent à l'hôtel, Dolores poussa les portes à tambour du hall d'entrée comme si elle venait là tous les jours. Il était encore tôt, et Rose ne retrouva pas l'animation des jours de concours hippique ; une poignée de touristes remplissaient leurs fiches d'admission et deux portiers, debout devant la réception, bavardaient tranquillement. Dolores alla vers eux.

— Excusez-moi, auriez-vous un annuaire que je puisse consulter, s'il vous plaît ?

Après qu'ils lui eurent montré les cabines, dans un coin du hall, Dolores fit signe à Rose de la suivre.

Elles entrèrent aussitôt dans l'une d'elles et ouvrirent l'annuaire. Elles avaient décidé de commencer par les O'Sullivan, Dolores étant convaincue que c'était un nom tellement répandu à Dublin que, statistiquement, il devait forcément y en avoir un ou deux qui seraient médecins.

Mais juste avant le premier O'Sullivan, il y avait une certaine Margaret Osulla, médecin, dont le cabinet se trouvait à Blackrock.

— Mais c'est à l'autre bout de la ville, objecta Rose. En plus, ce n'est pas un nom irlandais.

— Ne sois pas ridicule, dit Dolores. Margaret est un prénom bien de chez nous, non ? Elle a peut-être épousé un étranger. Et nous pouvons prendre le bus à Merrion Square. On y sera en un rien de temps.

— Qui nous dit qu'elle pourra nous recevoir.

— Il suffit de lui téléphoner, non ?

Dolores retourna à la réception pour demander le numéro. Pendant qu'elle était en conversation avec la secrétaire du médecin, Rose tendit l'oreille et comprit qu'il y avait une possibilité à deux heures et quart.

— C'est trop tard, essaya-t-elle de lui dire, mais Dolores l'ignora et donna son nom.

— O'Beirne Moffat, annonça-t-elle en détachant

les syllabes. Puis, après une pause : Non, c'est sa première visite. Il y eut un nouveau silence. Merci, dit-elle enfin avant de raccrocher.

— Écoute, reprit-elle à l'intention de Rose, qui veut la fin veut les moyens.

— Mais comment allons-nous faire pour rester dehors aussi longtemps ?

— On se débrouillera.

Le temps qu'elles aillent chez le dentiste et qu'elles s'excusent de s'être trompées d'heure puis qu'elles téléphonent au couvent et attrapent un bus pour Blackrock, il était largement plus de midi.

— Tu vois ? lui dit Dolores d'un ton triomphant tandis qu'elles roulaient le long de Booterstown Road. Je t'avais dit que nous n'aurions pas tellement de temps à tuer.

La journée était belle et froide, et Rose prit même un certain plaisir à ce premier trajet qu'elle faisait en haut d'un bus à deux étages. La route pour Blackrock longeait la mer ; la banlieue de Dublin s'étendait en pente douce sur les collines devant elles ; à leur gauche, roulant à la même allure que le bus, un train sifflait sur les rails au bord de l'eau, et sa locomotive envoyait dans le ciel clair, telle une série de grosses virgules, des bouffées de fumée noire.

— Tu n'aimerais pas être dans ce train ? demanda Rose avec un soupir. Je me demande où il va.

C'était le premier examen gynécologique que subissait Rose et malgré la gentillesse du médecin, qui n'était finalement pas étrangère, mais Irlandaise et assez jeune, elle trouva l'expérience horriblement gênante.

— Rhabillez-vous, Rose, dit-elle, quand elle eut fini. Quelqu'un vous accompagne-t-il ?

Les yeux emplis de larmes, Rose hocha la tête.

— Qui est-ce ? demanda-t-elle doucement.
— Mon... mon amie de l'école, murmura Rose.
— Demandez-lui de venir, je vous prie.

Elle lui serra la main en guise d'encouragement, puis la laissa remettre ses vêtements derrière un paravent qui séparait la table d'examen du reste du cabinet de consultation.

Rose appela Dolores et, après les présentations d'usage, toutes deux s'assirent en face du bureau du médecin qui leur annonça qu'à son avis, Rose était enceinte. La pièce se mit à tourner autour de Rose ; elle avait l'impression que la voix de la femme devant elle lui parvenait du fond d'un océan. Dolores lui prit la main et la maintint étroitement serrée dans la sienne pendant que le médecin continuait :

— Je ne pourrai en être absolument certaine que lorsque j'aurai les résultats du test en laboratoire, mais je pense qu'il n'y a aucun doute...

Je pense qu'il n'y a aucun doute. Rose avait du mal à saisir pleinement le sens de ces mots. C'était totalement absurde. Elle s'aperçut que la femme la regardait, comme si elle attendait la réponse à une question.

— Je vous demande pardon ? dit-elle, et elle sentit Dolores accentuer sa pression sur sa main.

— Que comptez-vous faire, mon petit ? répéta le médecin.

Rose était incapable de concentrer son attention sur autre chose que la phrase, *Je pense qu'il n'y a aucun doute.*

— Vous avez encore votre mère ?

Elle acquiesça. Cette expérience, le cabinet du médecin, les paroles douces qu'on lui prodiguait — tout lui paraissait tellement irréel. Elle entendit vaguement le docteur poursuivre :

— Plus tôt votre mère le saura, mieux ce sera,

mais comme je vous l'ai dit, il vaut mieux attendre les résultats du test.

Comme Rose fixait toujours le médecin d'un regard vide, celle-ci s'adressa à Dolores.

— Vous croyez que vous allez pouvoir l'aider ? Elle va avoir besoin d'une amie.

A côté d'elle, Rose sentit les vigoureux signes d'acquiescement de Dolores.

— Pourrez-vous m'appeler jeudi ? demanda le médecin, qui parlait toujours à Dolores.

Puis, prenant un bloc d'ordonnances, elle se mit à griffonner.

— Voici mon numéro personnel. Les résultats devraient me parvenir dans l'après-midi.

— Merci, docteur, fit Dolores en prenant l'ordonnance. Merci beaucoup. Elle hésita. Il reste encore un espoir, n'est-ce pas ?

— Je vous l'ai déjà dit, il nous faut attendre jeudi pour être absolument sûres... Mais, à votre place, je ne me ferais pas trop d'illusions.

Tandis qu'elles continuaient à parler d'elle comme si elle n'était pas là, Rose ne cessait de se répéter que c'était un rêve. Elle allait se réveiller. Elle allait se réveiller au milieu du dortoir, ou encore dans son lit de plumes à Sundarbans, bien à l'abri.

— Tenez-moi au courant, disait maintenant le médecin.

C'est du moins ce que Rose crut entendre. Comme elle était reconnaissante à Dolores d'être là pour soutenir cette étrange conversation...

Elle entendit la voix de Dolores remercier le médecin.

— Merci beaucoup, docteur, disait-elle.

Elle se dirigea vers la porte mais dut attendre un moment, car Dolores semblait avoir encore des choses à dire. Sa voix s'élevait et s'abaissait par vagues comme le transistor de la cuisine, à Sundarbans. Rose capta le son quand elle dit :

— Nous allons en parler et décider ce qui vaut le mieux.

Puis elle sentit qu'on lui prenait le bras et entendit à nouveau la voix de Dolores.

— Viens, Rose.

Même son nom lui paraissait étrange. Elle n'était plus qu'une poupée de chiffon et, indifférente à tout, se laissa entraîner.

7

Rose avait choisi le petit salon pour la confrontation avec ses parents.

Après leur visite chez le médecin, Dolores et elle avaient envisagé que Rose s'enfuie purement et simplement à Londres pour y avoir son bébé incognito, mais elles avaient abandonné l'idée tout aussi vite : c'était irréalisable. Même si Rose vendait ses améthystes, elles ne voyaient pas comment elles arriveraient à rassembler suffisamment d'argent pour lui permette de vivre pendant six mois.

La décision de rester avait été prise au cours d'un conciliabule dans la lingerie, par un samedi froid et orageux, début décembre.

— Je pourrais peut-être travailler ? avait suggéré Rose, sans trop d'enthousiasme.

— Et faire quoi ?

— Je ne sais pas, serveuse dans un café, par exemple.

— Allons, Rose, sois raisonnable. Sans expérience ? Avec un gros ventre et des jambes lourdes ? Et tu vivrais où ?

— D'autres le font bien.

— Je sais, Rose, mais ce sont les autres. As-tu seulement déjà fait la vaisselle, dans ta vie ?

Rose avait baissé la tête. Physiquement épuisée par le manque de sommeil — au point que les sœurs commençaient à s'alarmer de son inattention en classe —, son existence lui semblait s'être réduite une seule chose : son ventre, où un bébé poussait. Ne contrôlant plus ses émotions, Rose passait sans cesse d'un extrême à l'autre, d'une panique aveugle à un abattement profond, ce qui lui donnait l'impression de n'être plus qu'un morceau de chiffon gris. Seuls les rares moments où elle arrivait à trouver le sommeil lui procuraient un peu de soulagement.

— Écoute, lui avait enfin dit Dolores, croisant les bras avec fermeté, tu sais ce qu'il te reste à faire. Il faut rentrer chez toi et tout avouer. Après tout, ce ne sera peut-être pas si terrible...

Rose et elle savaient aussi bien l'une et l'autre que le fait de se trouver enceinte hors mariage était encore l'un des crimes les plus terribles qu'une fille puisse commettre dans l'Irlande rurale.

— C'est au-dessus de mes forces, avait murmuré Rose.

— Si tu penses que cela t'aiderait, je pourrais venir avec toi.

— A Sundarbans ?

Bien que stupéfaite et très touchée par la proposition de son amie, Rose avait néanmoins tenu à l'avertir que ce ne serait peut-être pas une partie de plaisir.

— Tu as rencontré ma mère, n'est-ce pas ?

— Oui. Mais si ça se trouve, tu seras peut-être agréablement surprise. Après tout, tu es son unique enfant.

— D'autre part, avait continué Rose, Sundarbans à Noël, ce n'est vraiment pas drôle, crois-moi.

— Écoute, Rose, je ne sais pas si tu imagines bien ce que représentent les vacances pour moi à la maison. Je me passerais volontiers de bagarres, des chamailleries et du bruit qui y règnent constamment. Non, je t'assure, ce serait pour moi l'occasion de me reposer enfin. En fait, tu me rendrais un grand service.

Rose qui n'en croyait pas un mot, lui en avait été d'autant plus reconnaissante. Elle avait même réussi à sourire.

— Dolores, tu es une amie formidable.
— Ne dis pas de bêtises. Tu en ferais autant pour moi.

Mais, à présent, le moment tant redouté était arrivé. Assises devant la baie vitrée du petit salon de Sundarbans, elles jouaient au rami, tout en guettant les bruits de pas du père et de la mère de Rose. Dehors, le vent chantait, faisant voler les feuilles mortes et les débris de l'hiver. Il faisait bon dans la pièce, et la lumière du feu dansait joyeusement sur la fourrure dorée de l'un des pékinois qui ronflait dans son panier.

— Tu n'as pas froid ? demanda Rose, en se levant à demi pour alimenter le feu.

En voyant sa maison à travers les yeux de Dolores, elle était encore plus consciente de son état de délabrement. Au moins, pensa-t-elle, ce n'est pas le bois à brûler qui manque.

— Mais non, tout va bien, répondit Dolores. Assieds-toi, Rose, et cesse de t'agiter. Ce sera bientôt terminé, et le pire sera derrière nous.

Rose ramassa à nouveau ses cartes, mais ses mains tremblaient. Elle avait suggéré d'attendre après Noël pour tout dire à ses parents, mais Dolores l'en avait dissuadée.

— Ils sauront bien qu'il se passe quelque chose de toute façon, Rose. Regarde comment tu es, tu broies du noir en permanence. Ils t'ont déjà demandé ce qui n'allait pas. Il vaut mieux que tu leur dises tout et que tu sois débarrassée.

Elles entendirent tout à coup des bruits de pas

distincts, l'un lourd et l'autre léger. Rose se mit à transpirer.

— Ah, vous voilà, jeunes filles, fit Gus, en poussant la porte. Mrs. McKenna nous annonce que le dîner est presque prêt. J'espère que vous aimez le foie, Dolores... On aura bien le temps pour la dinde et le reste dans les jours qui viennent.

— J'adore le foie, Monsieur.

— Parfait. Je boirais bien un verre... Et vous, ma chère ? demanda-t-il en se tournant vers sa femme. Désirez-vous quelque chose ?

La mère de Rose refusa d'un signe de tête. Elle se dirigea vers un petit canapé où elle prit sa tapisserie. Elle buvait très rarement, un sherry le jour de Noël, un peu de champagne pour les fêtes, mais c'était devenu une plaisanterie familiale : Gus offrait toujours un verre à son épouse quand il en prenait un. Il s'adressa à Rose et Dolores.

— Et vous, Mesdemoiselles ? Voulez-vous de la limonade ?

— Non merci, répondirent-elles en chœur, mais seule la voix de Dolores était audible.

— Comme vous voudrez, fit Gus qui leur tourna le dos et se servit une généreuse rasade de whisky. Ah... le premier de la journée ! lança-t-il en levant son verre à la lumière pour en admirer la couleur.

Puis il s'installa dans une bergère, à côté du feu.

Bien qu'elle évitât le regard de Dolores, Rose le sentait peser sur elle, l'incitant à parler. Elle crut alors entendre sa propre voix annoncer la nouvelle, comme une bombe qui ferait voler en éclats la paix du salon. Elle ferma les yeux. L'image avait été si forte que, lorsqu'elle les rouvrit, elle fut presque stupéfaite de constater que personne n'avait bougé.

Tous ses muscles se contractèrent.

— Papa, maman ?

— Mmm ? fit Gus, qui contemplait le feu.

Sa mère releva la tête de son ouvrage, et Rose referma aussitôt les yeux.

— J'ai quelque chose à vous dire.
— De quoi s'agit-il ?

C'était sa mère qui venait de parler, mais, à travers ses paupières serrées, Rose sentit que Gus avait abandonné le spectacle du feu pour se tourner vers elle.

— J'ai bien peur qu'il ne s'agisse d'une mauvaise nouvelle. D'une *très* mauvaise nouvelle...

— Quoi donc, Rose ? Allons, assez d'atermoiements, fit Daphné, d'une voix où perçait l'inquiétude.

Rose ouvrit les yeux et la regarda, courageusement. La pâleur de son visage, sa coiffure impeccable. Ce jour-là, sa mère portait du bleu.

— Je crois que je suis enceinte.

Voilà. C'était enfin sorti ; aussitôt elle se sentit envahie par une sensation, qu'à sa grande surprise elle reconnut comme du soulagement.

— Quoi ?

La question venait de Gus qui, à moitié levé de son siège, ne regardait pas Rose, mais sa femme.

Daphné O'Beirne Moffat semblait s'être changée en statue de sel, son aiguille à broder suspendue en l'air au-dessus du canevas, comme une lance minuscule.

— Je te demande pardon ? murmura-t-elle.
— Je suis enceinte, dit Rose, distinctement. Je vais avoir un bébé.
— Tu es enceinte, répéta Daphné.
— Oui, maman. Puis Rose tourna la tête vers Gus. Je suis désolée, papa.

Gus se déplaça pour aller s'asseoir à côté de sa femme.

— Es-tu... En es-tu sûre, mon petit ? demanda-t-il.

D'un regard, Rose appela Dolores à l'aide. Celle-ci rougit violemment.

— Oui, Monsieur, dit-elle d'une voix ferme. Nous en sommes absolument certaines. Nous avons vu un médecin.

— Puis-je vous demander de quoi tout ceci vous concerne ? demanda la mère de Rose d'un ton glacial.

— Cela me concerne au plus haut point, Madame. Je suis l'amie de Rose.

— Je souhaiterais parler à ma fille en privé, si vous n'y voyez pas d'inconvénient, Dolores.

Daphné planta son aiguille à broder dans la toile, enroula le fil autour et posa le canevas entre son mari et elle, sur le divan. Elle croisa les bras sur sa poitrine, et attendit.

Dolores se leva.

— Certainement, Madame, dit-elle, puis elle se dirigea vers la porte. Je monte dans notre chambre, Rose, ajouta-t-elle avant de partir.

— Eh bien, Mademoiselle, demanda la mère de Rose quand la porte se fut refermée, puis-je à présent savoir comment ceci est arrivé ?

Sa voix stridente déchira les oreilles de Rose comme une vrille d'acier, et elle n'osa pas interrompre son examen du tapis élimé.

— Daphné, je vous en prie, plaida Gus.

Rose lui envoya un regard reconnaissant. Il était rouge comme un coq, et triturait un pompon sur le bras du canapé.

— Je veux savoir comment c'est arrivé, insista la mère de Rose. Qui est le père ?

— Quelle importance cela a-t-il, à présent ? demanda Rose en relevant le menton.

— Ne me parle pas comme ça ! *Qui est le père ?*

Pour rien au monde, Rose ne trahirait John. Elle serra les lèvres avec obstination.

— Rose ! Tu vas me le dire immédiatement !

Le corps de sa mère paraissait ramassé comme celui d'un fauve prêt à bondir.

— Daphné..., fit Gus en se levant lourdement. Je suis certain que Rose nous le dira. Je suis sûr qu'elle va le faire. N'est-ce pas Rose ?

— Papa, ce n'est pas la peine d'insister.

Rose se détestait d'imposer ce terrible rôle à son père, de le placer ainsi entre elles deux. Mais elle ne pouvait trahir John. Brusquement, il lui sembla qu'elle sortait de la scène, que son corps flottait et qu'elle n'était plus qu'une simple spectatrice.

Elle était presque calme quand elle entendit la voix de sa mère se briser.

— Espèce de petite sotte... petite...

Rose vit les jolis traits de Daphné se crisper et son visage prendre une vilaine expression. Elle remarqua avec détachement que, même sous le coup de la plus grave provocation, sa mère ne pouvait se résoudre à jurer. Daphné, il est vrai, tenait la maîtrise de soi pour une vertu cardinale.

Rose observa les rides disgracieuses qui marquaient sa bouche tandis que celle-ci bredouillait :

— Que t'ai-je donc fait pour mériter cela ? Qu'avons-nous fait, l'un ou l'autre ? Ton père... moi, comment un tel déshonneur...

Sous les yeux horrifiés de Rose, Daphné se mit alors à pleurer ouvertement, sans même essayer de ravaler ses sanglots, de grosses larmes traçant leurs sillons sur ses joues poudrées. Gus tenta de lui tapoter l'épaule, mais elle écarta sauvagement sa main.

— Vous ne valez pas mieux qu'elle ! cria-t-elle, la voix déformée par ses pleurs. Tout est de votre faute. Si vous n'aviez pas été aussi... laxiste avec elle ! Et sa voix se transforma presque en hurlement tandis qu'elle se retournait contre Gus, les poings levés comme si elle voulait lui marteler la poitrine. Vous ne m'avez jamais écoutée ! Combien de fois vous ai-je pourtant dit...

Rose, qui n'avait jamais vu sa mère dans un tel état, ne put s'empêcher d'intervenir, criant elle aussi pour se faire entendre par-dessus ses hurlements.

— Maman, maman, je t'en prie, arrête, arrêtez tous les deux !

Le pékinois, effrayé par tout ce vacarme, sauta à bas de son panier et, tout en aboyant, sautilla à reculons sur le plancher en direction de la porte.

Daphné s'arrêta. La tête plongée dans ses mains, elle se mit à sangloter désespérément. Le pékinois continuait d'aboyer devant la porte. Rose courut lui ouvrir ; le détachement qu'elle avait éprouvé quelques instants plus tôt l'avait abandonnée, et l'émotion de sa mère lui paraissait plus terrifiante que sa colère.

— Maman, je t'en prie, plaida-t-elle depuis la porte. Je t'en prie. Papa n'a rien — mais rien du tout — à voir dans cette affaire. Je t'en prie, ne lui reproche rien. C'est entièrement de ma faute. C'est moi seule qui me suis mise dans cette situation.

— Ah oui ? gronda Daphné. Vraiment ?

Elle se tamponna les yeux du dos de la main, et Rose vit avec soulagement qu'elle commençait à se ressaisir. Elle se risqua à revenir dans la pièce, mais la voix de Daphné s'éleva à nouveau.

— Comment as-tu *pu* me... nous faire une chose pareille ? Après tout ce que... tout ce que nous avons... *Qui est le père* ? J'*exige* que tu nous dises de qui il s'agit.

Rose rassembla tout son courage.

— Maman, je te l'ai déjà dit, fit-elle doucement, pour désamorcer l'agitation de Daphné. Son nom n'est pas important. Sa gorge se serra. Je l'aime.

— Tu l'*aimes* !

Daphné avait presque craché le mot.

— Oui, dit Rose. Je l'aime. Je l'aime de tout mon cœur.

— *Alors dis-nous qui c'est !*

Daphné se dirigea vers une table, à côté de la porte, où elle avait laissé son sac à main. Elle l'ouvrit, y prit un mouchoir et se moucha. Puis elle revint vers le canapé.

— Oh, mais ne t'en fais pas..., dit-elle en se rasseyant. Je crois que je peux deviner. C'est arrivé cette fameuse nuit, n'est-ce pas ? La veille du jour où tu rentrais à l'école, en septembre ? Quand tu es restée dehors toute la nuit ?

Rose regarda son petit visage enflammé. Puis elle se tourna vers son père, qui était toujours debout.

— Papa, je crois que j'ai dit tout ce que j'avais à dire pour l'instant. Pardonne-moi, j'ai vraiment honte du tracas que je te cause... que je vous cause à tous les deux.

— Il va être obligé de t'épouser !

Les mots avaient jailli de la bouche de Daphné comme les balles d'une mitraillette. Puis elle replia les doigts et s'abîma dans la contemplation de ses ongles.

— Non, d'ailleurs, reprit-elle, je ne le permettrai pas. Je ne vois pas comment j'arriverais à supporter de vivre dans cette maison avec ce...

— Ce ne sera pas nécessaire, maman, dit Rose, parce que la question ne se pose pas.

— Dans ce cas, ne va pas t'imaginer une seconde que tu vas pouvoir rester ici.

— Non, effectivement, je ne le pense pas.

— Je vous en prie, intervint Gus, s'il vous plaît, donnons-nous un peu de temps pour nous calmer et discuter de tout cela raisonnablement.

— Raisonnablement... *raisonnablement* ? Mais si vous aviez été raisonnable avec elle ces dernières années, rien de tout cela ne serait arrivé !

— Les sœurs sont-elles au courant ? demanda Gus à Rose en ignorant sa femme.

— Non, elles ne savent rien.

— Bon, c'est déjà ça, dit Gus en plissant le front, et Rose, malgré sa souffrance, se sentit envahie par un élan de tendresse à son égard.

— Papa, répéta-t-elle, je ne peux pas te dire à quel point je suis désolée. Pourtant, crois-moi, je le suis vraiment.

Elle souhaitait de tout son cœur aller vers lui, lui jeter les bras autour du cou et le supplier de lui pardonner. Elle aurait tant voulu qu'il puisse tout arranger, mais il était trop tard, elle le savait bien. Personne ne pouvait plus rien arranger. Gus ferait de son mieux, mais ne s'opposerait pas à sa mère. Et la réaction de Daphné avait confirmé ses pires craintes.

A ce moment-là, toutes les discussions qu'elle avait eues avec Dolores sur ce qu'elle redoutait le plus, aboutissaient à la même conclusion, très claire dans l'esprit de Rose : elle allait devoir affronter seule les six prochains mois.

Daphné ne tolérerait jamais d'avoir un lien quelconque avec le fils d'un gardien du domaine ; Dolores, quant à elle, ferait tout ce qu'elle pourrait, mais même avec la meilleure volonté du monde, elle retournerait à l'école, serait absorbée par ses études, préparerait son diplôme. Il restait John. A quoi bon l'inquiéter ? Même en supposant qu'elle lui annonce la nouvelle, que pourrait-il bien faire depuis l'autre bout du monde ? Elle lui parlerait peut-être un jour du bébé, mais certainement pas maintenant.

Oui, pensa-t-elle, sa décision prise, elle allait affronter les six prochains mois seule.

Ce soir-là, personne ne mangea, et le reste des vacances se déroula dans la tension et la tristesse. Pour une raison qu'elle-même n'arrivait pas à comprendre, Rose avait refusé d'aller se confesser, malgré les ordres et les supplications de sa mère, et Daphné avait sombré dans un silence offensé, tellement impénétrable que le seul fait qu'elle demande le sel lors des repas était accueilli par tous avec un empressement exagéré.

Bien que Gus, Dolores et la grand-mère de Rose aient tout tenté pour égayer l'atmosphère, l'ombre du bébé de Rose avait plané sur leur petit groupe en permanence, même à la messe de minuit et autour de la table du déjeuner de Noël. Dolores était si mal à l'aise que Rose avait insisté pour qu'elle retourne dans sa famille dès que possible. Celle-ci avait d'abord courageusement protesté, mais après un dîner particulièrement silencieux et navrant, le jour de la Saint-Étienne, elle avait fini par accepter.

Le lendemain après-midi, les deux amies se disaient au revoir à l'arrêt du bus de Carrickmacross.

Rose avait pris le cabriolet, et au moment où elles descendaient la colline, juste avant d'aborder la grand-rue, elles étaient en larmes l'une et l'autre.

— Tu m'écriras ? demanda Dolores tandis que Rose mettait le poney au pas.

— Oui, promit Rose. Je te dirai où je suis dès que je le saurai moi-même, ajouta-t-elle, brusquement consciente de l'incertitude de son avenir. La seule chose dont je suis sûre, c'est qu'ils ne me permettront pas de rester là. Oh, Dolores, j'ai tellement peur.

Sa gorge se serra. Elle n'avait pas le droit de s'effondrer. Elle devait se montrer adulte — après tout, elle allait bientôt être mère... Elles étaient restées éveillées toute la nuit, à parler de ce qui allait se passer, de ce qu'elle allait ressentir, de la douleur de l'enfantement. Voudrait-elle le voir ? L'aimerait-elle ? Serait-ce un garçon ou une fille ?

— N'aie pas peur, dit Dolores. Oh, je voudrais que ce soit moi, Rose, je t'assure. Et vivre cette épreuve à ta place. Je me sens tellement inutile, tu ne peux imaginer. Si seulement je pouvais venir avec toi...

— Arrête tes bêtises. Tu n'oublieras pas de m'écrire, n'est-ce pas ? Je sais que tu penseras à moi.

— Je penserai à toi tout le temps. Je te le promets. Et n'oublie pas que cet été, Rose, tout sera terminé. Dis-moi — elle hésita — pourquoi ne viendrais-tu pas me rendre visite à Galway, à ce moment-là ?

— On verra, lui avait répondu Rose, qui savait très bien qu'elle n'irait pas à Galway. Mais en tout cas, promets-moi une chose : tu n'oublieras pas pour John, n'est-ce pas ?

Elles avaient mis au point un plan compliqué pour que Rose puisse rester en contact avec John. Elle lui écrirait en continuant d'inscrire l'adresse de l'école en haut des lettres qu'elle glisserait dans sa correspondance hebdomadaire avec son amie. L'externe qui avait aidé Rose le trimestre précédent leur servirait à nouveau de boîte aux lettres et, grâce à elle, Dolores ferait ensuite parvenir à l'île du Prince Edward le courrier destiné à John.

— Bien sûr que non, je n'oublierai pas, Rose, répondit Dolores. Tu sais très bien que tu peux compter sur moi. Mais es-tu bien sûre de ne pas vouloir le lui dire ?

Le visage de Rose se durcit.

— J'ai pris ma décision, et c'est non.

— Mais que vas-tu lui écrire dans tes lettres ?

— Je croyais t'avoir confié que je voulais devenir écrivain. Alors, fais-moi confiance !

Rose essaya de rire, mais elle hoqueta plus qu'elle ne rit. Puis elle entendit le moteur du bus tourner. Le conducteur avait fini de charger, il était prêt à partir.

— Oh, mon Dieu ! cria-t-elle en étreignant son amie désespérément. Que vais-je devenir sans toi ?

— Tu vas très bien t'en sortir, répondit Dolores, d'une voix étouffée.

— Mais je risque de ne jamais te revoir...

— Bien sûr que si, nous nous reverrons. Et n'oublie pas, je penserai à toi tout le temps. Au revoir Rose, dit Dolores en l'embrassant sur la joue.

— Au revoir, Dolores.

Rose n'essaya même pas de lui rendre son baiser. Les yeux gonflés de larmes, elle la regarda monter dans le bus et leva la main en signe d'adieu, mais elle pleurait si fort quand le vieux véhicule s'ébranla que le visage de son amie ne lui apparaissait déjà plus que comme un ovale indistinct.

L'avant-dernier jour de décembre, Rose et son père avaient pris le même bus pour Dublin. Daphné avait refusé de les accompagner en ville pour leur dire au revoir. En revanche, Nancy, la grand-mère de Rose, avait proposé de venir, mais la jeune fille l'avait suppliée de rester.

— Je t'en prie, Nanny, je ne pourrai pas le supporter. Monter dans ce bus et te voir là, à agiter la main, et penser que je te laisse derrière moi... Non, vraiment, je préfère que tu ne viennes pas. Je t'écrirai dès mon arrivée, je te le promets.

Nancy avait été bouleversée et attristée quand elle avait appris que Rose était enceinte mais, une fois le choc passé, elle s'était montrée infiniment plus compréhensive que Daphné, ce qui n'avait guère surpris Rose. Depuis le mariage de son fils, la place tenue par Nancy O'Beirne Moffat à Sundarbans était marginale, inscrite dans un rapport de dépendance. Jamais elle ne défiait ouvertement sa belle-fille. Après le départ de Dolores, Rose avait souvent cherché refuge dans la chambre de la vieille dame, mais Nancy n'avait pas grand-chose à lui offrir, si ce n'est un tendre réconfort.

Daphné était allée voir le curé de la paroisse et, par

son intermédiaire, avait trouvé une place pour Rose dans un foyer à Londres, un couvent situé près de King's Cross qui accueillait les jeunes filles et les femmes célibataires enceintes. Il y avait plusieurs établissements de ce type en Irlande, mais ils étaient, au goût de Daphné, trop près de Sundarbans.

— Ça va être horrible, Nanny, avait gémi Rose dans les bras de sa grand-mère quand on l'avait informée des dispositions prises. A Londres, en plus... jamais je ne me ferai à cette ville. Et puis, je n'y connais personne.

— Tu te feras des amies, ma chérie, ne t'en fais pas. Et je suis sûre que tu y retrouveras d'autres Irlandaises. Sois raisonnable, fais ce qu'on te dit, et ce sera terminé avant même que tu ne t'en aperçoives. Il ne s'agit que de six mois. Et quand ce sera fini, chérie, tu auras toute la vie devant toi.

Ni Daphné ni Gus n'avaient prononcé le nom de John Flynn, mais Rose, qui s'était tant confiée à sa grand-mère l'été précédent, avait désespérément envie de parler de lui à quelqu'un et choisit la veille de son départ pour Londres pour le faire. Venue souhaiter bonne nuit à Nancy dans sa chambre, elle l'avait trouvée allongée tout habillée sur son lit, les mains derrière la tête.

— Assieds-toi, Rose. Veux-tu une tasse de thé ? lui avait-elle proposé en indiquant le Thermos, sur sa table de chevet.

— Non merci, Nanny, je voulais juste te dire bonsoir.

— Alors viens t'asseoir à côté de moi. Tu as envie de parler ?

— Pas particulièrement, dit Rose qui, assise sur le lit, suivait du doigt le dessin du couvre-lit. J'ai l'impression qu'il n'y a plus rien à ajouter, reprit-elle au bout d'un instant. Tout a été dit.

— Tu pars demain.
— Oui. Oh, Nanny... j'ai tellement peur.
— Je sais, ma chérie, je sais.
— Il me manque tant..., avait soufflé Rose dans un murmure.
— J'en suis sûre, ma chérie. Mais les choses vont s'arranger, tu verras. Souviens-toi, il ne s'agit que de six mois. De toute façon, tu ne l'aurais pas vu avant, n'est-ce pas ?
— Non, c'est vrai.

Rose était alors descendue du lit pour aller à la fenêtre. Elle avait écarté le lourd rideau, mais il n'y avait rien à voir, hormis son propre reflet sur la vitre sombre.

— C'est différent, maintenant. Tout est si... si...

Mais Rose avait été incapable de finir sa phrase. Tout était si... quoi ?

— Il y a quelque chose que je veux te demander, Nanny, avait-elle repris. Je n'ai rien dit à John au sujet du bébé. Tu crois que je devrais ?

Elle avait eu du mal à prononcer son nom, pourtant si doux à son oreille.

— Cela dépend.
— De quoi ? avait demandé Rose en se tournant vers elle.
— De ce que *toi*, tu veux, ma chérie. C'est toi qui dois faire face à cette situation. Tout repose sur tes épaules. Je sais que tu aimerais bien qu'on te dise ce que tu dois faire, mais ça, c'est bon pour les enfants. Tu es une adulte à présent, et c'est douloureux de grandir. Mais il faut en passer par là.
— Je n'arrive pas à me décider.
— Tu y arriveras Rose... et je suis absolument sûre que tu feras le bon choix. Prends ton temps. J'ai toute confiance en toi, ma chérie.
— Maman ne me pardonnera jamais...

— Mais si, tu verras. C'est dur pour elle en ce moment... tu sais bien à quel point ses principes sont stricts. Elle a été bouleversée. Mais elle le surmontera. Elle t'aime... nous t'aimons tous, Rose. Le temps passera, et tu reviendras parmi nous.

Rose courut se blottir dans les bras de sa grand-mère.

— Oh, Nanny, c'est trop pour moi. C'est au-dessus de mes forces.

— Bien sûr que non, ma chérie. Tu y arriveras. Dieu a créé le dos à la mesure du fardeau.

— Mais je vous ai tous déshonorés...

— Ne sois pas ridicule. Une faute ne signe pas le déshonneur.

Rose l'avait embrassée.

— Tu m'écriras, Nanny ?

— T'écrire ? Moi ? Mais je suis célèbre pour ma correspondance !

— Merci. Oh, Nanny, je suis tellement désolée !

— Cesse de t'excuser tout le temps. Nous savons tous à quel point tu es désolée. Il s'agit juste d'une erreur humaine et compréhensible. Je t'en prie, Rose, prends bien garde à ce que je te dis, et ne va surtout pas gâcher ta vie entière.

— Nanny, avait dit Rose avec ferveur, si seulement tout le monde pouvait être aussi bon que toi !

— Tu dis encore des bêtises ! Personne n'est bon, personne n'est mauvais. Nous sommes tous un sacré mélange. Chacun fait de son mieux, c'est tout.

Rose tentait de se raccrocher aux paroles de sa grand-mère quand le train s'arrêta en grinçant à la gare d'Euston.

Le voyage s'était déroulé dans la tristesse et le silence ; dans le bus de Carrickmacross à Dublin, sur le paquebot jusqu'à Holyhead, et tout le long de l'interminable trajet en train jusqu'à Londres, Gus n'avait ouvert la bouche que pour lui proposer à manger ou lui demander si tout allait bien. Malgré son silence, Rose, qui savait combien ce voyage était douloureux pour Gus, lui était reconnaissante de son soutien tacite, et avait essayé de le lui montrer par de petits signes, en lui souriant ou en lui prenant le bras les rares fois où il s'était adressé à elle.

Elle regrettait déjà sa faiblesse de la veille au soir, devant sa grand-mère, et était plus déterminée que jamais à être forte et à affronter ce qui l'attendait avec toute la dignité dont elle serait capable. Si bien que, lorsqu'elle vit Gus porter tous ses bagages, elle insista pour l'aider.

Ils sortirent dans la faible lumière hivernale ; le soleil perçait à peine à travers le brouillard et Rose sentit aussitôt l'air âcre et enfumé de Londres lui piquer la gorge. Elle était si fatiguée que, même si elle redoutait la rencontre avec la supérieure qui dirigeait le couvent, elle avait hâte d'arriver.

Ils prirent un taxi qui les conduisit à travers une enfilade de rues bordées de modestes maisons de brique et de petites boutiques encore fermées. Dans la vitrine d'un magasin de spiritueux, Rose vit une pancarte pour une offre spéciale de Nouvel An, qui annonçait des rabais sur le whisky, le gin et le champagne, et elle se souvint brusquement que c'était le dernier jour de l'année. Onze jours seulement s'étaient écoulés depuis qu'elle était retournée à Sundarbans pour les vacances ; elle avait l'impression qu'il s'agissait d'un siècle.

Le couvent se trouvait dans une rue tranquille, à quelques centaines de mètres de King's Cross. Rose eut un mouvement de recul en voyant le haut mur de pierre derrière lequel elle allait vivre. Sur une plaque, on pouvait lire : BLANCHISSERIE DU BON PASTEUR.

Gus paya le taxi. Ils se dirigèrent vers une lourde porte, aux cuivres étincelants. Gus appuya sur la sonnette, mais Rose eut beau écouter, elle ne l'entendit pas retentir.

— Qu'en penses-tu ? Tu crois qu'elle fonctionne ? demanda-t-il. Je devrais peut-être insister ?

Mais Rose, à bout de nerfs, était incapable de parler. Elle ne désirait plus qu'une chose : prendre ses jambes à son cou et s'enfuir aussi loin que possible de ce sinistre endroit. A présent qu'elle était là, la peur lui donnait de l'énergie. Son cœur battait si fort qu'elle avait presque du mal à respirer. Gus réappuya sur la sonnette, mais ils n'entendirent toujours rien. Ils s'apprêtaient à tourner les talons quand ils perçurent enfin un bruit de pas. Un guichet, au milieu de la porte, se souleva, et la tête d'une religieuse apparut dans l'ouverture.

— Oui ?

— O'Beirne Moffat, dit Gus. Nous avons rendez-vous avec la mère supérieure.

— Ah, oui, dit la sœur.

Le guichet retomba et Rose entendit que la sœur débloquait les verrous. Puis la porte s'ouvrit en grand pour les laisser entrer dans une cour pavée.

— Bonjour, dit la sœur, nous vous attendions. Suivez-moi, je vous prie.

Sans leur tendre la main ni attendre de réponse, elle referma la porte derrière eux, la verrouilla et les précéda d'un pas rapide vers un bâtiment de trois étages.

Le cœur toujours battant, Rose pénétra dans un vestibule carrelé où tout rutilait : le sol, la peinture, le socle en laiton d'une statue de la Vierge dans une niche, et la jardinière en porcelaine débordant de chrysanthèmes couleur d'or posée devant.

— Veuillez attendre ici un instant, dit la sœur en leur montrant un banc contre le mur.

Elle les quitta dans un léger bruissement et Rose s'assit à côté de son père. Leur image à tous deux se reflétait dans le verre d'une gravure encadrée du pape Pie XII, sur le mur opposé.

— En tout cas, c'est joli et drôlement propre, dit Gus.

Quelque part au loin dans le couvent, on entendit l'écho d'un rire, une note claire et gaie.

— Tu vois ? reprit Gus en poussant Rose du coude. Je suis sûr que ça ne va pas être aussi terrible que tu l'imagines.

Avant que Rose n'ait eu le temps de répondre, une autre sœur apparut. Elle avait une silhouette imposante, grande et mince, avec d'immenses yeux bruns marqués de fines rides. Elle portait un dossier au creux de son bras. Rose et son père se levèrent quand elle s'approcha d'eux, la main tendue.

— Monsieur O'Beirne Moffat ?

— Oui, répondit Gus en serrant la main de la religieuse.

— Et voici Rose.

C'était plus une affirmation qu'une question. Rose lui serra la main à son tour et trouva son contact ferme et chaud.

— Je suis sœur Benvenuto, la mère supérieure. Bienvenue, Rose.

Et elle l'examina rapidement du coin de l'œil. Rose eut la désagréable sensation qu'elle cherchait à se faire une idée d'elle et que sa première impression serait définitive. La sœur lâcha sa main.

— Allons au parloir, dit-elle en les menant vers l'une des deux portes de communication. J'ai demandé du thé. Vous devez être fatigués après ce long voyage. Laissez vos bagages ici, vous les récupérerez plus tard.

Le moral de Rose remonta un peu en pénétrant

dans le parloir, une pièce lumineuse au sol recouvert de tapis : la Supérieure ne ressemblait en rien à la personne qu'elle avait imaginée à la tête d'une institution pour femmes déchues.

Un piano, de nombreux fauteuils, une longue table d'acajou et une bibliothèque victorienne sur laquelle étaient posés des cache-pots débordant de verdure composaient le mobilier de la pièce. Rose attendait que la sœur lui indique un siège et Gus, toujours mal à l'aise en présence de religieuses, hésitait aussi.

— Asseyez-vous où vous voulez, dit la sœur.

Rose se posa en équilibre sur le bord d'un fauteuil club. L'un des ressorts du coussin capitonné se faisait désagréablement sentir, mais elle n'osa pas changer de place.

— Très bien, dit sœur Benvenuto, avec un léger accent que Rose n'arrivait pas à situer mais qui lui parut venir de la campagne. Comment vous sentez-vous Rose ? Tout va bien ?

— Oui, ma sœur, murmura Rose.

— Vous arrive-t-il d'être malade le matin ?

— Pas ces derniers temps.

A la façon terre-à-terre dont la sœur évoquait sa grossesse en présence de son père, Rose sentit ses joues s'empourprer. Gus et elle n'avaient jamais ouvertement fait allusion au bébé.

Sœur Benvenuto remarqua sa gêne.

— Ne vous inquiétez pas, mon petit, vous n'êtes pas ici dans une colonie de vacances, bien sûr, mais ce n'est pas non plus un camp disciplinaire. Je considère que ce qui est fait est fait, et qu'il nous reste à agir pour le mieux. Et n'oubliez pas, ajouta-t-elle en souriant, une nouvelle vie vous attend ici. Une sorte de petit miracle... A propos, je suis une ancienne infirmière, reprit-elle.

Elle souriait à l'intention de Gus, et Rose pensa

avec reconnaissance qu'elle n'avait jamais vu un sourire aussi éclatant et lumineux.

On frappa à la porte et, sans attendre l'autorisation d'entrer, une fille apporta le thé. Bien avancée dans sa grossesse, elle avait des cheveux épais et ébouriffés, noirs comme jais ; ses yeux, sous des sourcils touffus, étaient presque aussi noirs et semblaient danser tandis qu'elle dévisageait Rose avec curiosité des pieds à la tête.

— Merci, dit sœur Benvenuto. Maintenant, Effie, ajouta-t-elle avec une pointe d'ironie tandis que la fille posait le plateau sur la table, ainsi que vous l'avez probablement deviné, voici la nouvelle, Rose O'Beirne Moffat. Puis elle se tourna vers Rose. Et voici Effie Brophy. Effie est irlandaise comme vous, et j'ai pensé que vous aimeriez la rencontrer dès votre arrivée. Effie était très impatiente de vous voir, apparemment !

— Enchantée, dit Rose avec raideur.

— Ça va ? demanda la jeune fille.

Son sourire, qui faisait pratiquement disparaître ses yeux, réduits à deux fentes plissées de gaieté, était irrésistible.

— Mon vrai nom, c'est Florence, continua-t-elle, mais je le déteste. Franchement, est-ce que j'ai une tête à m'appeler Florence ? Tout le monde m'appelle Effie.

Sa voix un peu rauque était en parfait accord avec son apparence physique, rude et joyeuse ; la personnalité de cette fille ne ressemblait à aucune de celles que Rose avait croisées auparavant.

— Je vois, fit-elle d'un ton incertain.

Effie ne se laissa pas rebuter par l'hésitation de Rose.

— Vous voulez que je lui fasse visiter, ma sœur ? Que je la mette au courant ?

— Laissez-lui d'abord le temps de prendre une tasse de thé, Effie, lui répondit la religieuse. Revenez dans dix minutes.

— Pas de problème ! A tout de suite, Rose.

Et, sans attendre de réponse, elle sortit en coup de vent.

— Effie est vraiment un personnage, ici, dit sœur Benvenuto après son départ. Elle va nous manquer après sont départ, ajouta-t-elle en ouvrant le dossier, dont elle répandit le contenu sur la table. A présent Rose, il va vous falloir répondre à quelques questions et signer certains papiers.

Sur le ton le plus naturel qui soit, elle énonça toute une liste de questions, la plupart d'ordre médical — Rose souffrait-elle d'allergies, combien de fois avait-elle vu un médecin...

Tandis que Gus signait les documents, Rose regarda autour d'elle. Les murs du parloir étaient décorés de photographies de religieuses et d'images de saints. Rose reconnut sainte Fleur et sainte Catherine de Sienne. Un tableau représentant le Christ en Bon Pasteur occupait la place d'honneur, au-dessus de la cheminée.

Effie fut vite de retour.

— Êtes-vous prête — est-elle prête, ma sœur ? demanda-t-elle à Rose et à la mère supérieure tout d'une traite.

— Oui, je pense qu'elle a fini, répondit la religieuse. Y a-t-il des questions que vous souhaiteriez me poser, Rose ?

— Non, ma sœur.

Rose hésita et regarda Gus. A l'idée de lui dire au revoir, elle se sentit envahie par une vague de détresse.

Sœur Benvenuto prit les choses en main. Elle remit le capuchon sur son stylo à plume et, après avoir refermé d'un coup sec le dossier de Rose, elle se leva et s'adressa à eux deux en même temps.

— Ne vous en faites pas, Monsieur O'Beirne Moffat, nous allons prendre soin d'elle et je crois, Rose, qu'après deux ou trois jours, vous allez découvrir que le temps passe très vite ici. Comme je vous l'ai déjà dit, ce ne sont pas des vacances, et nous croyons à la dignité du travail. Vous aiderez donc à la blanchisserie avec les autres, mais, vous verrez, les filles ne sont pas désagréables, et Effie veillera sur vous. N'est-ce pas Effie ?

— Vous pouvez compter sur moi, ma sœur. J'espère que tu as le dos solide, Rose.

— Allons, ne cherchez pas à lui faire peur, fit la sœur en souriant.

Rose se tourna vers Gus. Elle l'embrassa rapidement, avant d'enfouir son visage dans les revers de sa veste de tweed. Gus sentait le tabac, le cheval, toutes les odeurs de Sundarbans, et sa tristesse redoubla.

— Au revoir, papa, murmura-t-elle, puis elle se dirigea vers la porte.

Effie, qui l'avait précédée, la tenait ouverte.

— Allez, Rose, ne t'en fais pas..., souffla-t-elle en lui tapotant le bras. Tu vas voir, tu vas être très bien.

Rose regarda en arrière. Gus lui fit un timide signe de la main. Elle vit qu'il tremblait.

Aveuglée par les larmes, elle passa devant Effie en trébuchant sur le seuil.

John se réveilla transi de froid, et comprit très vite pourquoi : il avait rejeté sa couette dans son sommeil. Il la ramena sur ses épaules et se blottit dessous, roulé en boule pour avoir plus chaud.

Il dormait toujours les rideaux ouverts. S'habituant doucement à la lumière du jour, ses yeux firent le tour du mobilier et des objets de sa chambre. C'était la première fois qu'il avait une chambre à lui ; celle-ci, dont le jour neigeux réduisait les couleurs aux plus pâles nuances de bleu et de gris, était petite et meublée simplement, mais comparée à ce qu'il avait laissé derrière lui à Monaghan, elle paraissait presque luxueuse. Les lattes nues du plancher étaient en partie recouvertes d'un tapis crocheté à la main ; il avait une armoire de bois brut pour ses vêtements, une table de toilette et une commode ; il lui suffisait de lever les yeux au-dessus de la tête de son lit pour contempler le traditionnel « Home Sweet Home » brodé par Peggy McGuigan.

A l'intérieur comme à l'extérieur de la maison, l'immobilité et le silence étaient si parfaits qu'on aurait dit que la planète, et tout ce qu'elle portait, retenait son souffle. John se souvint alors que c'était la veille du Nouvel An et que ce soir, il y aurait un *ceili* chez un voisin. Cela lui ferait quelque chose de pittoresque à raconter à Rose dans sa prochaine lettre.

Il n'avait rien reçu d'elle depuis près de trois semaines, et sa dernière lettre tenait sur une seule page, écrite à la hâte. Il supposait que la suivante devait être bloquée à cause des retards de courrier en fin d'année. Elle ne lui avait même pas encore envoyé de carte de Noël. Mais, à vrai dire, il pouvait aisément s'en passer : Rose vivait en lui en permanence. Qu'il travaille, qu'il dorme, qu'il écoute la radio le soir dans la cuisine de la ferme, ou qu'il reste appuyé contre une barrière à contempler les vastes horizons de l'Ile, elle ne le quittait jamais.

Ses yeux s'accoutumant peu à peu à la pénombre de cette fin de nuit, il superposa mentalement le visage de sa bien-aimée sur la vitre de la fenêtre, ajustant l'image de sorte que les deux étoiles les plus brillantes du ciel prennent la place de ses yeux. Il recréa la sensation de sa peau fraîche ; puis, les paupières fermées, il embrassa ses lèvres chimériques.

— Oh Rose, murmura-t-il, avant de s'apercevoir, terriblement gêné, qu'il avait parlé à haute voix.

Il ferait mieux de se lever et de se mettre à la tâche. Il s'était rapidement adapté au rythme de la ferme et à la confortable vie de famille de cette maison. Si sa mère ne lui avait pas autant manqué, et si son désir constant de Rose n'avait pas été aussi vif, il aurait été le plus heureux des hommes. Le travail des champs était fatigant physiquement, il en avait parfois le dos rompu — comme lorsque Derek et lui avaient aidé leur cousin à empiler des meules de paille d'orge pour protéger les silos de pommes de terre — mais, en compensation, il atteignait chaque soir un état d'épuisement tel qu'il pouvait plonger dans un sommeil sans rêve jusqu'au matin.

Ils avaient terminé le travail dans les sillons de pommes de terre juste à temps, car dès la fin novembre, la neige s'était mise à tomber. John, émerveillé, s'était promené dans ce nouvel univers de tourbillons blancs, goûtant la neige du bout de la langue. Profitant des éclaircies, il sortait dans les champs étincelants, écoutait le crissement de ses pas et regardait, étonné, les trous profonds creusés par ses bottes. Dan McGuigan s'était amusé du plaisir de son jeune cousin mais l'avait averti que, passé la nouveauté, son ravissement risquait de s'émousser.

— Je dois avouer qu'on s'en est bien tirés jusqu'à présent ! Mais attends qu'on soit tous coincés dans la cuisine sans pouvoir approcher de l'étable, avec ces pauvres vaches qui meugleront pour qu'on les traie !

Deux semaines durant, il avait neigé presque tous les jours, puis, la quinzaine précédant Noël, le soleil s'était levé chaque matin dans un ciel clair, bleu et brillant, si lumineux que, dans le voisinage, chacun espérait que la neige fondrait, et qu'il y aurait enfin un « Noël vert » sur l'Ile. Mais, le jour de Noël, alors que les deux garçons aidaient Dan à distribuer des rations supplémentaires aux bêtes et à la volaille, la neige s'était remise à tomber. John avait été ravi mais Derek, furieux de ce surplus de travail le jour de Noël, avait refusé de partager la joie de son frère.

— Pourquoi faut-il leur donner davantage à manger aujourd'hui ? s'était-il plaint à Dan, tandis que John et lui enfournaient des brassées de pommes de terre dans le cylindre du broyeur.

Dan, personnage peu bavard, avait étudié la question en tournant la poignée de la machine.

— Eh bien, je ne sais pas trop..., avait-il dit enfin. Je suppose que c'est simplement la tradition qui veut ça. Il faut gaver les animaux pour qu'ils se tiennent tranquilles, et que nous autres, humains, puissions passer un bon Noël !

Et il s'était mis à rire, son vieux chapeau tout cabossé à l'arrière de sa tête.

Allongé bien au chaud dans son lit, John fronça les sourcils en pensant à Derek. Sa relation en dents de scie avec son frère était au plus bas.

Depuis le jour de son arrivée à la ferme, Derek s'était montré maussade et silencieux et, de temps en temps, quand ils travaillaient ensemble dans les champs ou dans les bâtiments de la ferme, John avait senti son regard peser sur lui. Chaque fois qu'il s'était retourné, il avait surpris sur le visage de Derek une expression qui n'était autre que de la haine. Il avait essayé de lui faire dire ce qui n'allait pas, mais son frère refusait en général de lui répondre, esquivant sa question ou le priant de se mêler de ses affaires.

John était certain que Karen était à l'origine de cette mauvaise humeur. Elle n'avait pas donné signe de vie depuis ce jour où, avec son père, ils l'avaient accompagné à Kelly's Cross. Lorsque Derek et elle étaient revenus de la grange, il n'avait pas eu de mal à deviner qu'ils s'étaient disputés.

John penchait donc pour la patience. Rose lui manquait tellement qu'il comprenait ce que Derek devait ressentir, et il savait aussi que chaque fois que Derek allait mal, il rejetait la faute sur les autres.

Il aurait pu avoir l'occasion de parler à Karen si, comme prévu, il était retourné à Halifax pour sa visite de contrôle avec le chirurgien, mais Mr. Lindstrom s'était fracturé le poignet une semaine avant le rendez-vous, et se trouvait momentanément dans l'impossibilité de conduire sur de longues distances. Peggy avait fait venir le médecin de Hunter River, qui avait décrété que la joue de John cicatrisait bien, et qu'il n'était pas indispensable d'aller consulter un de ces grands messieurs de la ville. Les Lindstrom avaient néanmoins insisté, et un nouveau rendez-vous avait été fixé pour après la fonte des neiges, quand les ferries recommenceraient à circuler.

Dans une ferme au loin, un coq chanta. John rejeta sa couette et, une fois debout, alluma sa bougie sur la table de chevet. Il s'habilla rapidement et, ses bottes dans une main, la bougie dans l'autre, il descendit tout doucement l'escalier afin de ne réveiller personne. Dès qu'il entra dans la grande cuisine, il fut accueilli par des grattements et des frottements frénétiques provenant d'une boîte couverte près du fourneau. Dan était célèbre dans la région pour son habileté à élever les petits animaux au biberon ; la truie d'un de ses voisins avait mis bas hors-saison, et ce rejeton était son dernier protégé.

Sans s'arrêter, John se dirigea vers la grande table qui occupait le centre de la pièce et, posant sa bougie sur la toile cirée, alluma la lampe à paraffine. Puis, en attendant que la flamme gagne la mèche, il plongea un doigt dans le pot de mélasse et le lécha avec gourmandise.

Depuis son arrivée sur l'Ile, John avait vu son goût pour les sucreries croître proportionnellement avec sa consommation de pâtisseries, celles que préparait Peggy. Occupé à sucer son doigt un peu collant, il se sentit presque coupable : ce n'était pas juste que sa mère s'escrime à Drumboola et doive se débrouiller avec trois fois rien, alors que Derek et lui vivaient si bien. *Comme des princes*, avait-il écrit un jour à Rose. Mais si, dans ses lettres à Rose, il décrivait par le menu sa nouvelle vie, lorsqu'il écrivait à sa mère, en revanche, il omettait instinctivement les détails soulignant l'agrément de cette maison où régnait l'abondance. Ça lui paraissait trop cruel.

Jusque-là, John n'avait pas réussi à lui envoyer d'argent. Les McGuigan, comme la plupart des fermiers alentour, étaient en grande partie autonomes et vivaient relativement bien du produit de leur terre. La seule pénurie dont ils souffraient en hiver était celles des légumes verts et des fruits ; les pommes étaient si rares qu'on les mangeait en entier — trognons, pépins et peau inclus ; une orange était si précieuse qu'elle était souvent offerte en cadeau pour Noël. Mais Dan et Peggy avaient leurs propres œufs et leurs volailles et, pour varier un peu, deux barils de marinade remplis à ras bord de porc et de harengs. Le bûcher était bourré jusqu'au toit, des montagnes de pommes de terre et de navets se disputaient l'espace dans la cave, et les étagères du grand placard à l'entrée de la cuisine regorgeaient de conserves, de jambons, de fruits au sirop ; elles abritaient aussi des céréales et de la farine en quantité suffisante pour nourrir deux familles entières jusqu'à la prochaine récolte. Mais, comme partout ailleurs dans la communauté agricole, l'argent était rare, et les garçons travaillaient en échange de leur nourriture, et non de gages.

John posa le verre sur la lampe et fit monter la

mèche. Les grattements dans la boîte étaient à présent ponctués de cris perçants, de plus en plus suppliants. Jouant les cœurs endurcis, il se dirigea vers le grand fourneau noir qui chauffait toute la cuisine et qu'on ne laissait jamais s'éteindre complètement en hiver.

Après avoir essuyé la grille et ouvert la porte, il prit deux poignées de copeaux dans une caisse et les enfourna dans le ventre du poêle, actionnant la tirette jusqu'à ce qu'ils se recroquevillent et donnent une belle flamme jaune orangée. Il y jeta ensuite du petit bois, puis, une par une, une brassée de bûches et attendit d'être sûr que le feu ait pris pour refermer la porte.

Dans sa boîte, le porcelet devenait de plus en plus insistant.

— D'accord, d'accord, concéda John en soulevant le couvercle afin de l'attraper.

La minuscule créature, chaude et lisse, se tortilla et fourra son groin dans ses mains, en quête de son petit déjeuner. John ouvrit le four pour prendre le biberon de lait niché au milieu des chaussettes de laine, des moufles et des bonnets, et lui enfonça la tétine dans la bouche. Le porcelet renifla, puis téta bruyamment, laissant échapper beaucoup de lait sur son ventre et sur le pull de John.

Le feu commençait à ronfler quand John remit la petite bête repue dans sa boîte, où elle s'endormit rapidement.

La cuisine occupait tout le rez-de-chaussée de la maison et avait deux fenêtres à chaque extrémité. Le ciel à l'est, au-dessus des ailes gracieuses que la neige avait formées contre la vitre, était encore sombre. Les McGuigan emportaient toujours la pendulette quand ils allaient se coucher, mais il estima qu'il devait être environ six heures du matin... et dix heures en Irlande. Rose était probablement debout depuis longtemps. Il se l'imagina à Sundarbans, tout emmitouflée sur Tartan, lancée au petit galop à travers les prés et les champs durcis par le froid, l'haleine du poney dessinant deux petits nuages devant lui dans l'air gelé.

John effleura sa cicatrice du bout du doigt ; elle avait beaucoup réduit et s'était effacée au point de ressembler à présent à un pâle cimeterre. Malgré sa confiance dans leur amour réciproque, il était parfois en proie au doute. Les lettres de Rose étaient merveilleuses, pleines d'amour et de désir ; mais il n'avait pu s'empêcher de remarquer que, longues ou courtes, elles paraissaient toujours écrites à la hâte. Il essayait de se rassurer en se disant qu'il fallait sans doute ne voir là que la marque de la personnalité énergique de Rose. Mais il se demandait aussi si elle était vraiment consciente de la profondeur et de la puissance de son amour pour elle... et si elle éprouvait la même intensité de sentiments à son égard.

Il enfonça les doigts dans sa cicatrice jusqu'à se faire mal ; il parviendrait à faire triompher son amour pour Rose. Quand bien même la vie ne lui réserverait rien d'autre, il n'y renoncerait jamais.

Il se leva, prit une grande cuillère de métal et, soulevant le couvercle de la casserole sur la plaque chauffante du fourneau, remua le porridge du petit déjeuner. Puis il remit le couvercle en place, et jeta une nouvelle bûche dans le feu.

Le réveille-matin de Karen lui vrilla les oreilles. Il lui fallut une seconde ou deux avant de sortir des brumes du sommeil pour arrêter la sonnerie. Peu à peu, elle prit conscience des bruits qui l'entouraient : le craquement sourd du radiateur en fonte dans sa chambre, le tintement étouffé d'un harnais de traîneau sur la neige, dehors.

Karen se souvint brusquement que c'était la veille

du Jour de l'An et qu'elle avait des millions de choses à faire.

Elle sauta à bas de son lit, enfila un pantalon et un grand pull-over, mais, juste avant de quitter la pièce, s'arrêta devant la penderie. Elle ouvrit la porte, incapable de résister à son envie de toucher La Robe. Suspendue à un cintre rembourré, la première robe du soir de Karen, spécialement importée de Boston par son père, puis rectifiée à ses mesures par une couturière de Charlottetown, tombait en longs plis souples. Elle ôta le papier de soie qui la protégeait et la décrocha du cintre puis, pour la centième fois depuis qu'elle l'avait reçue, posa la robe devant elle face au miroir.

Karen enleva précipitamment le pull et le pantalon qu'elle venait d'enfiler, se coula dans la robe soyeuse, remonta la fermeture Éclair et recula pour étudier une fois de plus son propre reflet. Coupé dans un satin aigue-marine, avec un décolleté en forme de cœur et des manches étroites, le modèle était faussement simple ; il avait un corsage ajusté, dont le tissu glissait comme une seconde peau de ses seins à sa taille, avant de s'épanouir en une longue jupe-corolle, Karen remonta ses cheveux emmêlés au sommet de sa tête et pirouetta ; elle adorait la douce caresse du satin sur ses cuisses nues. Elle imagina l'allure qu'elle aurait pour la soirée, quand elle serait maquillée et bien coiffée ; les regards des garçons sur elle, la manière dont elle bougerait, danserait, éblouissante au milieu de l'assemblée. Elle entendit en bas une porte se fermer. Comme promis, Mabel Anderson était arrivée plus tôt pour préparer le buffet.

Prenant garde de ne pas la froisser, Karen ôta la robe, la remit sur son cintre et renfila son pantalon et son pull. Elle dévala l'escalier, et poussa si fort la porte battante de la cuisine qu'elle alla claquer contre le mur.

— Bonjour Mabel !

La cuisinière porta une main à son cœur.

— Vous m'avez fait une de ces peurs ! Puis elle regarda Karen avec affection. Eh bien, dit-elle, qui est-ce qui est heureuse comme une reine, ce matin ?

— Moi, fit Karen joyeusement en prenant un paquet de cornflakes dans un placard. Elle s'en servit une quantité généreuse dans une assiette, l'arrosa de lait et couronna le tout de son assaisonnement favori, deux cuillerées à soupe de sirop d'érable.

— Les MacDonald ne se sont pas manifestés ? demanda Mrs. Anderson, en s'occupant du café.

Les jeunes MacDonald, trois garçons âgés de quinze à dix-neuf ans, étaient invités à la soirée.

— Non, fit Karen la bouche pleine, aucune nouvelle. Pourquoi ?

— Eh bien, dit Mrs. Anderson en hochant la tête d'un air préoccupé, je ne voudrais pas vous inquiéter, mais vous devriez vous attendre à un coup de téléphone. On m'a dit qu'ils avaient la grippe.

— Oh, non ! fit Karen, consternée. Ça nous fait *trois* garçons de moins. Où vais-je trouver *trois* garçons ? Merci bien Seigneur, vraiment merci ! gémit-elle en frappant du poing sur la table.

Puis elle fit volte-face, repassa en trombe à travers la porte battante et, escaladant les marches deux par deux, arriva devant la chambre de ses parents, dont elle poussa la porte sans ménagement.

— Maman, c'est le drame ! lança-t-elle depuis le seuil.

Inquiète, sa mère se souleva sur un coude.

— Que se passe-t-il, Karen ?

— C'est trop affreux. Mabel vient de m'annoncer que les trois MacDonald avaient la grippe !

— Bon, bon... Ce n'est pas si terrible que ça. Tu ne connais pas d'autres garçons que tu pourrais inviter ?

— Mais qui, grand Dieu ? J'ai invité tout ce que Charlottetown compte de présentable.

— Pourquoi ne demandes-tu pas aux Flynn ? intervint le père de Karen en se penchant pour jeter un coup d'œil sur sa pendule de chevet. Attends une minute, reprit-il d'un ton furieux, tu sais qu'il n'est que sept heures moins le quart ?

— Je sais, papa, pardon, mais c'est vraiment affreux.

Karen se rendit compte avec surprise que sa voix tremblait.

— D'accord..., soupira Sven Lindstrom en se redressant. Bon, alors que penses-tu de ma suggestion ? Tu avoueras qu'ils ne sont pas mal, non ? Ça en ferait déjà deux... et il ne t'en resterait plus qu'un à trouver.

— C'est une excellente idée, Karen, fit sa mère.

Karen se mit à réfléchir rapidement. Depuis cet horrible épisode de la grange, elle avait relégué le souvenir de Derek Flynn dans le coin de sa mémoire, là où elle rangeait tout ce à quoi elle préférait ne pas trop penser. Mais il lui fallait bien admettre que Derek et son frère étaient présentables.

Sa décision était prise. Et puis cela empêcherait sa mère de se poser trop de questions, surtout devant son père.

— D'accord ! Tu veux bien téléphoner, papa, et t'occuper de l'organisation ?

— T'ai-je jamais laissé tomber ?

— Tu es un amour.

Karen bondit vers lui et l'embrassa.

— Vivement que ce réveillon soit passé, lâcha sa mère en se recouchant. Et, pour l'amour de Dieu, Karen, attends une heure décente pour commencer à passer tes coups de fil !

Karen sortit de la chambre et retourna à la cuisine.

Il ne devrait pas y avoir de problème avec Derek, se rassura-t-elle en se versant une tasse de café bouillant. Mais pourvu qu'elle n'ait pas à regretter son invitation d'ici la fin de la nuit.

Bien sûr que non. Qu'est-ce qui lui passait par la tête ? Après tout, il y aurait plein de monde, et le frère de Derek serait avec lui toute la soirée.

Des empreintes de renard toutes fraîches marquaient la neige dans la cour. John, la pâtée à la main, courut au poulailler et s'aperçut que l'animal avait essayé de creuser un tunnel sous le grillage. Il s'empressa d'ouvrir la porte ; les poules s'égaillèrent en caquetant à son apparition, et soulagé, il vit qu'elles étaient toutes là. Il éparpilla la pâtée sur le sol en terre battue et, quand elles furent toutes en train de picorer, il ramassa les œufs.

Dan, assis à la table de la cuisine, n'avait pas encore fini son petit déjeuner quand John rentra déposer les œufs dans un saladier en grès sur le buffet.

— Renard en vue, annonça-t-il.

Derek, dont l'une des tâches matinales consistait à abreuver les vaches dans l'étable, n'était nulle part en vue.

Dan étala une cuillerée de confiture de mûres sur un muffin, et y mordit à belles dents.

— Maître Goupil et moi, on est de vieilles connaissances, dit-il en mâchant. Il y a longtemps qu'on se mesure tous les deux ! Hé, si j'étais incapable de protéger mes poules, pourquoi mériterais-je de les garder ?

John, élevé à Monaghan où tous les fermiers étaient convaincus que les renards étaient purement et simplement de la vermine à exterminer, commençait à s'habituer à la philosophie de son cousin, selon laquelle l'Ile abritait des richesses en quantité suffisante pour tout le monde.

— J'ai terminé ce que j'avais à faire, dit John. J'aimerais bien voir d'où vient ce renard. Avec la neige, ça doit être facile.

— Vas-y, mon garçon, fit Dan avant d'avaler une gorgée de café noir. Il doit être du côté de King's County, maintenant.

Chaussé d'une vieille paire de snow-boots qu'il revendiquait à présent comme siennes, John partit aussitôt en chasse. Il n'était pas loin de neuf heures, le jour venait de se lever, et le disque du soleil était bas dans le ciel d'un matin étincelant, rose et bleu. L'air vif lui piquait le fond de la gorge mais il se sentait bien.

Il s'arrêta sur la crête d'une petite colline ; ces champs immaculés dissimulaient une terre rouge, labourée de longs sillons rectilignes, mais tout relief avait à présent disparu sous cette couverture uniforme et lisse qui étincelait dans la lumière dure du soleil hivernal. Des buissons de baies sauvages et des bosquets de sapins, immobiles et droits comme des flèches noires, ponctuaient ce paysage. Mis à part l'écho lointain du cri rauque d'un corbeau, une paix absolue régnait à perte de vue. Une puissante joie de vivre l'envahit. L'espace d'un instant, John eut l'impression qu'il touchait le ciel.

Il souffla à travers la laine épaisse de ses moufles. De son point d'observation, il vit que le renard avait trotté en droite ligne vers le creux d'une petite vallée, et il s'apprêtait à suivre ses traces quand il entendit un cri derrière lui. Il tourna la tête ; le chapeau rouge et cabossé de Dan, reconnaissable entre mille, pointait au loin. Son cousin agitait les bras — il lui faisait signe de revenir à la ferme.

Lorsque John entra dans la cuisine, Peggy, qui maniait déjà la brosse à habits pour nettoyer leurs vestes de ville, était surexcitée. Les Lindstrom les avaient invités, Derek et lui, à un réveillon de Nouvel An dans leur maison de Charlottetown, et comme la soirée allait se prolonger tard, ils y passeraient la nuit.

L'eau pour le bain fumait dans la lessiveuse sur le fourneau et, sur la table, leurs chaussures du dimanche étaient alignées sur des journaux en attendant d'être cirées.

— Mais... et le *ceili*, ce soir ? demanda John.

Derek, de son côté, bouillonnait d'impatience. L'agitation qu'il manifestait suffit à lui ôter toute envie d'aller à une soirée chez Karen Lindstrom.

— Nous sommes vraiment invités tous les deux, Peggy ? reprit-il. Tu en es sûre ?

— Tu t'appelles bien John, non ? lui rétorqua Peggy. Le message disait : John et Derek sont invités à un réveillon, à huit heures, chez Karen Lindstrom, à Charlottetown. Et c'est accompagné d'indications, ajouta-t-elle en prenant un papier sur la table, au cas où vous auriez du mal à trouver la maison.

— Mais comment allons-nous y aller ? demanda Derek, les yeux brillant d'excitation. Qui va nous y emmener ?

— Je suppose que c'est là que j'interviens, fit Dan. Il va falloir graisser les patins du traîneau.

— Mais tu joues au *ceili*, protesta John.

— On a tout le temps. Le réveillon commence à huit heures.

— Il va te falloir des heures pour faire l'aller et retour jusqu'à Charlottetown...

— Pas si on prend la route de glace.

— La route de glace ? répéta Derek.

— La route publique. Ils l'ont ouverte. Je l'ai vue hier.

Dan expliqua qu'en hiver, les Travaux publics de l'Ile testaient l'épaisseur et la solidité de la couche de glace sur les principaux cours d'eau et définissaient un passage sûr pour la circulation en traîneau ; après quoi, on creusait des trous dans la glace, de chaque côté, et on y plantait de jeunes sapins qui servaient de repères.

— Au lieu de trois heures par la route, le voyage n'en prend plus que deux.

— Pourquoi n'arrêtes-tu pas de chercher des prétextes ? demanda Derek en faisant un pas vers John. Si tu ne veux pas y aller, moi j'y vais.

John leva les mains en signe de reddition.

— D'accord, d'accord. Je voulais juste m'assurer que ça n'ennuierait personne.

— Mais ça n'ennuie personne ! firent Dan et Peggy en chœur.

Toutes les tâches non indispensables furent mises de côté pour le restant de la journée. Peggy repassa les plus belles chemises des garçons, remplit d'eau chaude la baignoire en métal installée devant le fourneau, et l'abrita du reste de la cuisine en tendant des draps sur les dossiers d'une rangée de chaise. Derek prit son bain le premier. Quand ce fut le tour de John, il pataugea avec bonheur dans l'eau savonneuse, se laissant envahir par la douce chaleur. Si Rose me voyait, pensa-t-il... puis il fronça les sourcils, en s'apercevant que sa gêne à l'idée d'aller au réveillon de Karen Lindstrom venait en partie d'un sentiment de trahison vis-à-vis de Rose. Karen était une fille étrange, et il se souvenait qu'il l'avait trouvée provocante.

A cinq heures et demie, ils étaient prêts à partir, leurs chemises impeccablement amidonnées et leurs chaussures cirées emballées dans une valise, avec leurs affaires pour la nuit. Dan, emmitouflé dans son pardessus, les oreillettes de son chapeau de castor solidement attachées sous le menton, amena le traîneau devant la porte de la ferme.

— Enveloppez-vous dans cette peau de buffle ! dit-il. Ça va geler sec sur la glace !

Peggy, à l'abri sous l'auvent du porche, agitait vigoureusement le bras.

— Au revoir ! au revoir ! Amusez-vous bien, à demain !

Dan claqua la langue pour faire avancer la pouliche baie qu'il entraînait dans l'espoir d'en faire un trotteur, et aussitôt, glissant aisément sur la surface crissante de la neige, ils franchirent la grille et descendirent vers la vallée. Les frères étaient déjà montés en traîneau, mais jamais la nuit. John, ravi du voyage, se laissa emporter au rythme du cheval dont le harnais tintait de toutes ses clochettes et se pelotonna sous la couverture de fourrure. Il faisait déjà nuit, et les premières étoiles apparaissaient dans le ciel, si brillantes que les champs de neige alentour luisaient doucement, comme du satin. Les lampes à huile projetaient une lumière jaune aux fenêtres des fermes voisines. Sur la route enneigée, ils étaient seuls.

John aurait tant voulu être peintre ou écrivain, et pouvoir fixer à jamais cette scène et ces sensations. Tandis qu'ils filaient sur la route, il essaya de trouver les mots qui, dans sa prochaine lettre à Rose, pourraient rendre justice à autant de beauté.

A sa joie venait s'ajouter cette proximité inattendue avec Derek. La peau de buffle n'était pas très grande et pour qu'elle les couvre suffisamment tous les deux, ils devaient se blottir l'un contre l'autre, comme autrefois quand ils étaient petits, dans leur lit à Drumboola. John pouvait sentir l'excitation de Derek, et bien qu'il redoute encore un peu la perspective du réveillon chez Karen, il se réjouissait pour lui.

Ils rejoignirent la rivière gelée après Brookvale. Dès qu'ils furent sur la glace, l'allure se fit plus égale, plus rapide, et la pouliche commença à s'amuser. On lui avait donné une pleine fournée d'avoine avant le départ ; d'excellente humeur, elle trottait allégrement comme si elle tirait un sulky. Ils doublèrent un autre traîneau et en croisèrent plusieurs en sens inverse, dont les lampes paraissaient presque superflues par une nuit si claire. Satisfait et bien au chaud contre Derek, John s'allongea sur les coussins et s'abandonna au plaisir du voyage.

Ils arrivèrent chez les Lindstrom peu après huit heures. La maison, entièrement illuminée, brillait comme un phare dans la nuit. La neige avait été dégagée devant le perron et Dan dut garer le traîneau un peu plus bas.

— Vous voilà arrivés, dit-il. Amusez-vous bien ! Je reviens vous chercher demain midi.

Il s'était mis d'accord avec les Lindstrom, qui ramèneraient les garçons jusqu'à Kingston, situé à mi-chemin environ de Kelly's Cross.

— D'accord, fit John, et merci !

Au lieu de se diriger directement vers la porte, ils restèrent un peu à l'écart du rectangle de lumière projeté par la maison. John se sentait soudain très provincial. Il eut un moment d'appréhension, comme si une menace planait sur eux, et qu'il devait protéger Derek.

— Bon, on devrait peut-être y aller, dit-il enfin, mais sans faire le moindre geste.

— Attendons encore un peu, fit Derek. Si quelqu'un d'autre arrive, on pourra rentrer en même temps.

Ils remontèrent le col de leurs manteaux et restèrent là, dans l'ombre, chacun faisant croire à l'autre qu'il écoutait les battements assourdis de la musique à l'intérieur. Plusieurs minutes s'écoulèrent, sans que personne ne se montre ; enfin, une voiture s'engagea dans l'allée, avec un bruit de chaînes. Ce fut Derek qui réagit.

— Viens, dit-il, c'est le moment ou jamais.

A son grand soulagement, il vit que ce n'était pas Karen qui ouvrait, mais son père. Sven Lindstrom, qui accueillit les trois nouveaux arrivants sur le pas de la porte, reconnut les jumeaux qui montaient l'escalier juste derrière.

— Ah, bonjour, les garçons. Heureux que vous soyez arrivés ! Je suis ravi de vous voir... Comment va cette blessure de guerre, John ?

— Bien, merci, Monsieur, répondit John en effleurant de sa moufle la cicatrice sur sa joue. C'est presque fini.

— C'est ce que je vois. Vous savez où aller ? demanda-t-il aux trois autres.

— Bien sûr, Monsieur Lindstrom, dit la fille, une petite brune aux cheveux bouclés, mais ce n'était pas son hôte qu'elle regardait.

Affreusement gêné, John s'aperçut qu'elle fixait sa cicatrice.

Sven Lindstrom lui prit le bras.

— Je vais vous montrer où vous pouvez déposer vos affaires. Et je vais dire à Karen que vous êtes là. Elle vous attendait avec impatience.

Ils le suivirent en haut de l'escalier, jusque dans une grande chambre basse de plafond.

— Elle vous plaît ? demanda-t-il avec un grand geste de la main.

— C'est... c'est formidable, Monsieur, dit John.

Il était on ne peut plus sincère. Des lampes étaient allumées sur plusieurs petites tables disposées le long des murs, donnant à la pièce, en dépit de sa taille, un côté intime, chaleureux. Le mobilier, grand et lourd, portait l'éclat de multiples encaustiquages, et tous les tissus, les épais doubles rideaux, les baldaquins sur les deux lits, les coussins sur la petite chaise longue placée au milieu de la chambre étaient des chintz assortis dans des couleurs d'automne, vert et or et d'un brun velouté très doux.

— Oui, c'est vraiment superbe, merci beaucoup, renchérit Derek en hochant vigoureusement la tête.

Sven Lindstrom prit la valise des mains de John et la posa sur un coffre au pied d'un des lits.

— Que je vous regarde un peu, fit-il en se reculant. Ma parole, vous avez pris dix bons centimètres tous les deux, depuis que je vous ai vus !

John avait presque oublié à quel point le père de Karen était sympathique. Il se mit à rire.

— Oh non, je ne crois pas. Par contre, on a dû grossir... avec tout ce sirop d'érable.

— En tout cas, vous avez l'air en forme. Mais je ferais mieux de retourner à mon poste, continua-t-il avec enthousiasme. C'est moi le portier, ce soir. Si vous avez besoin de quelque chose, vous n'avez qu'à crier un bon coup.

Puis il quitta la pièce, refermant doucement la porte derrière lui.

Les deux garçons se regardèrent. Le visage de Derek brillait d'excitation.

— C'est la belle vie, hein ? dit-il, avant de se diriger vers l'un des lits, où il se laissa rebondir. On pourrait dormir à quatre, là-dedans...

— Ce ne sont que des lits doubles, objecta John.

— Eh bien, je m'en contenterai pour cette nuit..., fit Derek qui rebondit à nouveau. Puis, d'une voix si basse qu'elle se résumait à un murmure rauque et précipité : Oh, mon Dieu, John, je l'aime tant !

Son regard fiévreux frappa John, que la brutalité de cet aveu troublait. Il savait que son frère attendait qu'il dise quelque chose, mais l'inspiration lui manquait, et le silence grandit entre eux.

— Je... je sais, je sais bien que tu l'aimes, bégaya-t-il enfin.

Mais trop tard. Derek s'était levé et se dirigeait vers la salle de bains.

— Bon... je vais me laver les mains.

Quand il sortit quelques minutes plus tard, il était calme en apparence, mais tout son être était tendu.

John fit une toilette rapide et se donna un coup de peigne. Une fois prêts, ils descendirent ensemble l'escalier pour rejoindre la soirée qui, à en juger par l'intensité du bruit, devait battre son plein.

Postée en bas de l'escalier, une fille les vit arriver.

— Salut, fit-elle, puis elle cria par la porte ouverte en direction de la grande pièce où, d'après les souvenirs de John, se trouvait le salon : Karen ! De nouveaux invités !

Karen déboucha dans le vestibule en même temps qu'eux.

— Oh..., fit-elle en les voyant. Bonjour ! Et bienvenue à bord !

Juste derrière lui, John entendit Derek reprendre son souffle. Il dut admettre que Karen était vraiment splendide. Avec ses cheveux blonds relevés en chignon et attachés au sommet de sa tête par une barrette étincelante, elle paraissait plus que ses dix-sept ans ; elle portait une robe qui la moulait comme une seconde peau, bleu clair et brillante, et les deux lignes arrondies de son décolleté laissaient voir les globes crémeux de ses seins magnifiques.

— Salut, dit-elle, la main tendue vers John. Comment allez-vous, tous les deux ?

Bien qu'elle leur sourie à tous deux, John sentit nettement qu'elle ne s'adressait qu'à lui.

La présence de Derek lui faisait l'effet d'un fer rouge dans le dos, et il recula légèrement, pour lui permettre de participer à la conversation. Mais comme Derek continuait de regarder Karen, bouche bée, il dut répondre pour eux deux.

— Oh, ça va bien, très bien même, n'est-ce pas Derek ?

Il aurait tellement souhaité que Derek dise quelque chose, n'importe quoi, mais son jumeau avait l'air frappé par la foudre.

Karen s'approcha et toucha sa cicatrice.

— Ta blessure est superbe. Excuse-moi..., ajouta-t-elle en riant, ce n'est pas exactement ce que je voulais dire, mais tu m'as comprise... Tu n'auras sans doute pas besoin de retourner à Halifax, finalement.

Son geste léger, du bout de ses doigts gantés, l'avait effleuré comme une plume.

— Non, en effet, approuva John. Tu sais, ton père a été d'une gentillesse rare...

Oh ! Comme il aurait voulu que Karen ait eu ce geste envers son frère.

— Tu es magnifique, Karen..., lâcha enfin Derek, d'une voix abrupte et dure.

— Merci, Derek.

Elle regarda un point vague, situé quelque part sous sa pomme d'Adam, puis fit aussitôt volte-face.

— Venez avec moi, que je vous présente... Tout le monde meurt d'envie de vous connaître !

Elle les précéda, se balançant sur de très hauts talons qui imprimaient à ses hanches et à ses fesses un mouvement de roulis extrêmement séduisant. Tandis qu'ils lui emboîtaient le pas, John souhaita une fois de plus que Derek se calme, et parvienne à prendre les choses avec un peu plus de recul.

A peine entré dans le salon, il demeura abasourdi. Il y avait un bruit incroyable. On avait roulé les tapis et plus d'une douzaine de couples évoluaient sur une musique très forte qui sortait d'un tourne-disque. La pièce était si vivement éclairée que les lumières clignotantes du sapin de Noël placé dans un coin se distinguaient à peine. Le lustre du plafond brillait de mille éclats, un feu flambait dans la cheminée, et les lampes sur les nombreuses tables étaient toutes allumées.

Karen les entraîna directement vers le buffet, amoncellement de sandwiches, de canapés, de biscuits, de tartes et de gâteaux. Un petit groupe de garçons, en train de faire de solides razzias dans les plats, s'écartèrent pour lui laisser atteindre un bol à punch rempli d'un liquide framboise qu'elle servit avec une louche dans deux petits verres.

— Tenez, prenez donc un petit stimulant pour commencer. Ce sont les deux Irlandais qui vivent à Kelly's Cross, dit-elle à l'intention de la petite assemblée près du buffet, venue jauger les deux nouveaux venus. Voici John, et voilà Derek. Ils sont jumeaux. John m'a sauvé la vie, et c'est comme ça qu'il s'est fait cette cicatrice, en allant me chercher au milieu des flammes, quand je revenais d'Europe avec maman, cet automne.

— Ravi de vous rencontrer, John et Derek, fit l'un des garçons en tendant la main à chacun des jumeaux tour à tour.

Il était grand, athlétique, et portait un grand C brodé sur sa veste.

— Voici Dave, Sam, Jimmy, Patick et Ezrah, reprit-il en désignant ceux qui l'entouraient. Et moi, c'est Billy de Fresne.

Il y eut un chœur de « Salut », « Bonjour », puis chacun retourna au buffet. John entendit l'un d'eux murmurer :

— J'aurais bien voulu être son sauveteur !

— Bon, je vous laisse faire connaissance, les garçons, lança Karen, avant de retraverser la pièce de sa démarche chaloupée.

Tous les garçons la suivirent du regard.

— Bon sang ! fit celui qui venait de murmurer. Il

renouvela son exclamation dans un long soupir admiratif, allongeant exagérément les syllabes. Bon sang de bon sang ! Dis, papa, tu me l'achètes ?

— Neuve ou d'occasion ? marmonna l'un des autres, et Billy se retourna.

— Qui vient de parler ?

Tous baissèrent les yeux. Billy se versa un nouveau verre de punch.

— Va donc prendre une douche, Ezrah, dit-il froidement. On est tous amoureux de Karen, dit-il, d'un ton plus léger à l'intention de John et de Derek. Mais, malheureusement, ajouta-t-il en riant, elle n'est amoureuse d'aucun d'entre nous.

Dans l'intérêt de Derek, John tenta désespérément de trouver un autre sujet de conversation.

— Dis-moi, pourquoi portes-tu un C sur ta veste, si tu t'appelles Billy ?

— Oh, ce n'est rien, répondit le garçon, juste un truc de sport.

— Ouais, rien du tout, dit Ezrah, ça veut seulement dire « Cavalier hors pair ».

— Je vois, fit John en buvant une gorgée de son verre. Ce punch est délicieux.

— Attends un peu, dit l'un des garçons en gloussant. Bientôt, tu le trouveras encore meilleur...

Deux filles les rejoignirent. L'une était quelconque et forte, avec de grands yeux pâles ; l'autre était la petite brune qui était arrivée à la soirée en même temps qu'eux.

— Karen dit que tout le monde est arrivé et qu'on va faire un Paul Jones, dit-elle.

— C'est bien ma veine ! lâcha Ezrah. On parie que je me retrouve avec Mary-Lou Popplewell ?

— Épargne-nous tes méchancetés, Ezrah, dit la petite brune. Puis elle se tourna vers les jumeaux. Bonsoir, leur dit-elle. Sarah Richards, et voici mon amie, Amy.

— John Flynn. Mon frère, Derek.

Ils se serrèrent la main tous les quatre, puis Sarah entraîna tout le groupe à sa suite sur la piste de danse. John se sentait nerveux. Il n'avait aucune idée de ce qu'était un Paul Jones, et son inquiétude augmenta quand il vit que cela avait l'air assez compliqué. Les invités formaient deux cercles concentriques en se tenant par la main, les garçons à l'extérieur, regardant vers l'intérieur, et les filles à l'intérieur, face aux garçons. Il était entre Ezrah et son frère, en face de Sarah et d'Amy. Karen, qui dirigeait les opérations, entra dans le cercle de l'autre côté, dos aux jumeaux.

Le père de Karen lança la musique et, au grand soulagement de John, la danse s'avéra extrêmement facile. Les cercles tournèrent simplement en sens inverse l'un de l'autre, en marchant.

Puis, la musique s'arrêta brusquement, et les cercles aussi. John se retourna face à une fille à lunettes, en robe de taffetas jaune très amidonnée dont la jupe bouffante couronnait des jambes épaisses.

Quand les cercles se défirent et que chacun lâcha les mains de ses voisins et se dirigea vers son vis-à-vis, il comprit qu'il était censé inviter cette fille à danser.

— Salut, fit-il, embarrassé, alors que la musique repartait et que les couples commençaient à tourner. Je m'appelle John.

La fille, tête baissée, marmonna entre ses dents de manière inintelligible.

— Pardon ?

— Je sais, je sais que vous êtes John Flynn. dit-elle courageusement, en remontant ses lunettes. Je m'appelle Mary-Lou Popplewell.

— Enchanté. On danse ?

— Je ne sais pas danser.

— Eh bien, nous serons deux !

Ils étaient les derniers à se lancer. Si John avait menti en prétendant qu'il n'était pas bon danseur, les prouesses de Mary-Lou sur la piste se révélèrent bientôt conformes à ses dires. C'était un fox-trot, et elle lui tenait la main gauche comme si elle brandissait une arme, gardant la tête tellement baissée que John n'apercevait d'elle que sa nuque. Sous sa main droite, il sentit le taffetas devenir chaud et moite dans son dos, tandis qu'elle s'acharnait dans un combat perdu d'avance avec la musique.

Après plusieurs mesures, incapable d'accorder ses pas à ceux de son cavalier, elle avait l'air si désespéré que John, les dents serrées, décida d'ignorer à son tour le rythme, et de se plaquer sur la mystérieuse cadence de sa partenaire. Il réussit à la pousser dans un coin à l'écart, où ils ne gênaient pas les autres couples. En un sens, Mary-Lou lui rendait service. Comparées aux efforts qu'il déployait pour la suivre, ses inhibitions personnelles étaient dérisoires.

— Pardon, fit-elle pour la énième fois quand, malgré toute sa bonne volonté, John ne put faire autrement que de lui marcher une nouvelle fois sur le pied.

— Ne vous inquiétez pas. C'est autant de ma faute que de la vôtre.

Elle finit par le regarder, et il lui adressa un sourire d'encouragement. Son expression lui rappelait celle du porcelet qu'il avait tenu dans ses mains le matin même. Sans penser à ce qu'il faisait, il pencha la tête, attendri, et lui donna un léger baiser de consolation sur les lèvres.

Aussitôt, il regretta son geste. Mary-Lou s'arrêta net. Puis elle s'empourpra de la poitrine jusqu'à la racine de ses cheveux. Ses yeux se mirent à briller d'un éclat qui l'effraya et, l'espace d'un terrible instant, il crut qu'elle allait lui rendre son baiser. Il se raidit, mais elle se contenta de lui sourire — elle avait d'ailleurs un beau sourire — et reprit son déhanchement maladroit et lourdaud.

John avait aperçu Derek à plusieurs reprises. Ce dernier, bon danseur lui aussi, semblait fort bien se débrouiller avec une fille qui avait l'air beaucoup plus jeune que les autres, et dont le visage se plissait dans un effort de concentration intense.

— Ça va, John ? Je vois que tu as fait la connaissance de ma meilleure amie, lança Karen qui passait à côté d'eux, dans les bras de Billy. Eh, Mary-Lou... Fais bien attention à lui, ce n'est pas un garçon ordinaire !

— Je sais, souffla Mary-Lou en regardant son partenaire d'un œil humide, ses lunettes brillant sous les lumières vives.

— Alors, vous êtes la meilleure amie de Karen ?

Il n'était guère surpris. Déjà à Monaghan, il avait remarqué que les très jolies filles faisaient souvent équipe avec les plus laides.

— Oui, dit Mary-Lou. On se connaît depuis la maternelle. Pardon, ajouta-t-elle, alors que John, une fois de plus, écrasait le bout de son escarpin de taffetas jaune.

La musique s'arrêta et les couples se séparèrent.

— Merci, fit John poliment.

— Oh ! C'est *moi* qui vous remercie !

Elle semblait sur le point d'ajouter quelque chose, mais elle baissa la tête. John hésita, puis regarda autour de lui. De nouveaux cercles se formaient. A l'autre extrémité de la pièce, un peu à l'écart, Derek ne quittait pas des yeux Karen, en grande discussion avec son père, à côté du tourne-disque.

Mary-Lou n'avait toujours pas bougé.

— Merci encore, dit John avec gêne. Je crois que je ferais mieux d'aller voir comment va mon frère. Il ne connaît personne ici...

— Bien sûr, répondit Mary-Lou. On se retrouvera peut-être à l'occasion...

Les mots avaient semblé lui échapper.

— Certainement, je l'espère.

Avant que John ait pu rejoindre Derek, Karen tapa dans ses mains pour obtenir l'attention. John vit que son père avait disparu, et que c'était elle qui allait s'occuper de la musique.

— Tout le monde, s'il vous plaît, cria-t-elle. La prochaine danse inaugurera le quart d'heure américain !

Son annonce souleva le vacarme. Les filles pouffèrent et commencèrent à se taquiner mutuellement ; quelques garçons poussèrent des rugissements outrés. Afin de bien montrer qu'ils se moquaient d'être invités ou non, certains se dirigèrent vers le buffet et s'empiffrèrent joyeusement.

Pendant que Karen choisissait un disque, John alla rejoindre Derek, seul et adossé au mur.

— Ça va ? Tu t'amuses ?
— A ton avis ?
— Je t'ai vu danser avec cette petite, elle a l'air pas mal...
— Je regrette d'être venu.
— A ce réveillon ?
— Dans ce fichu pays.

John vit que Derek regardait à nouveau Karen.

— Elle va peut-être t'inviter à danser.
— Tu parles !
— Qu'en sais-tu ?

Et, même s'il se tournait rarement vers Dieu, il pria de tout son cœur pour que Karen Lindstrom invite enfin son frère à danser.

La musique commença. John reconnut la chanson dès que les violons langoureux emplirent la pièce : c'était la version triste de *My Funny Valentine* par

Frank Sinatra. L'espace d'un instant, il retint son souffle et pensa que sa prière était exaucée quand il vit Karen se diriger droit vers eux.

C'est alors que le pire se produisit. Karen lui sourit, lui adressa une révérence ironique et lui tendit les bras.

— M'accorderas-tu cette danse, John ?

Il était pris au piège. Sans oser regarder Derek, il avança en la prenant dans ses bras.

Comme pour aggraver davantage la situation, ils furent le seul couple sur la piste pendant ce qui lui parut une éternité. La souffrance de Derek le transperçait comme un poignard. Il sentait ses yeux vrillés dans son dos, au point de manquer de naturel. Il se tenait raide, évitait tout contact physique avec la jeune fille, un exploit difficile à réaliser quand on danse un slow. Karen s'aperçut de sa gêne.

— Tu t'amuses bien ?

— Oh, oui...

Il ne voulait pas être grossier mais, conscient du regard de Derek toujours fixé sur lui, il avait peur de paraître trop enthousiaste.

— On ne le dirait pas, en tout cas.

— C'est que... j'aimerais bien que les autres dansent aussi. J'ai un peu l'impression de m'exhiber.

Karen se pencha en arrière.

— Hé, vous autres ! cria-t-elle à un groupe de filles agglutinées autour du tourne-disque. Qu'est-ce que vous attendez ? Pour l'amour de Dieu, bougez-vous un peu et venez danser !

Ses paroles eurent l'effet voulu et quelques secondes plus tard, dix ou douze nouveaux couples s'étaient formés sur la piste. John vit avec soulagement que son frère était parmi les danseurs et se détendit un peu.

— Tu es magnifique, ce soir, dit-il à Karen en toute sincérité.

— Merci. Évidemment, dit-elle en riant, c'est un peu du gâchis, au milieu d'une telle assemblée.

— Oh, je ne dirais pas ça... Certains garçons seraient prêts à se faire tuer pour obtenir tes faveurs.

— Et toi ?

— Pardon ? demanda-t-il inquiet.

— Et toi ? répéta doucement Karen. Serais-tu prêt à te faire tuer, John ?

Elle se moquait de lui, c'était évident. Elle avait un regard malicieux, ou du moins, il aurait bien voulu s'en persuader. Toute autre perspective était trop épouvantable à envisager.

— Moi ? fit-il, espérant rester galant, mais drôle. Oh, je ne me ferais pas tuer, j'arriverais le premier ! Après Derek, bien sûr, ajouta-t-il prudemment. Dis Karen, tu crois que tu pourrais l'inviter à danser au prochain quart d'heure américain ?

Elle changea subtilement de point d'appui et se serra davantage contre lui.

— Mmm..., fit-elle, de manière si ambiguë qu'il lui fut impossible de savoir si c'était oui ou non, et il décida de ne rien ajouter pour l'instant.

La musique était douce et lente. Karen bougeait contre lui, ses seins lui caressaient la poitrine ; leur intimité physique devenait de plus en plus forte. John lança un regard coupable vers son frère, espérant qu'il ne voyait pas ce qui se passait. Par chance, il leur tournait le dos pour l'instant et dansait serré contre sa partenaire, joue contre joue, comme la plupart des autres couples. John devina alors que, par ses mouvements, Karen cherchait à lui faire comprendre qu'elle attendait qu'il fît de même, mais il se tenait aussi loin que possible. Cependant, plus il s'éloignait et plus elle se rapprochait, pressant son corps ferme contre le sien. Son parfum lui montait à la tête.

Il se mit bientôt à transpirer. Pourtant, il ne faisait

pas particulièrement chaud dans la pièce, et il eut beau rappeler à lui ses sentiments pour Rose et pour son frère, son corps, à son grand désarroi, répondait bel et bien à l'invitation ouverte de la jeune fille.

Elle sentit son trouble et sans aucun doute, pensa-t-il, son début d'érection. Les yeux à demi fermés, elle leva la tête vers lui.

— Et *maintenant,* vous vous amusez, Mr. Flynn ?

Il lui était impossible de ne pas saisir le sous-entendu.

— Karen, je t'en prie, dit-il. Derek...
— Derek quoi ?
— Je t'en prie, répéta-t-il inutilement, car son corps continuait de le trahir et semblait agir de sa propre initiative.
— Ne bouge pas.

Karen quitta ses bras et se dirigea vers le tourne-disque, où elle remit l'aiguille au début du morceau. Abandonné au milieu de la piste, John regarda désespérément autour de lui, certain que tous les yeux seraient tournés vers lui. Mais, soulagé, il vit que non seulement personne ne se souciait de lui, mais qu'aucun des danseurs ne semblait même remarquer que le morceau recommençait.

Karen revint et il fut obligé de la reprendre dans ses bras. Il avait l'impression de se noyer. Cette fois, il ne put résister quand elle se rapprocha et lui fit pencher la tête jusqu'à ce qu'ils dansent joue contre joue, eux aussi. Elle ferma les yeux, et ses cheveux lui effleurèrent doucement le visage.

Le sang de John coulait dans ses veines à toute allure, ses émotions alternaient entre l'excitation sexuelle et un sentiment voisin de l'horreur. Alors qu'ils tournaient lentement autour de la piste, il aperçut Mary-Lou Popplewell assise dans un coin. Elle mangeait un sandwich. Quand il croisa son regard, elle lui adressa un petit sourire timide et agita son sandwich en un vague salut. Derek n'était nulle part en vue.

Comme poussés par une impulsion incontrôlable, ses bras se resserrèrent alors autour de Karen.

Depuis le couloir, Derek suivait des yeux le couple que formaient John et Karen. Il ne voyait qu'une partie du salon, mais chaque fois qu'ils apparaissaient dans son champ de vision, oublieux de tout sauf d'eux-mêmes, leur trahison lui faisait l'effet d'un coup de poing dans l'estomac.

Quelqu'un lui toucha l'épaule et il sursauta violemment.

— Et bien, Derek..., fit Sven Lindstrom. Excuse-moi, je ne voulais pas te faire peur. Alors, tu t'amuses bien ?

— Mais... oui, Monsieur, beaucoup, merci, bredouilla-t-il en rougissant jusqu'à la racine des cheveux. Je... je voulais juste prendre un peu l'air.

— Bien sûr, bien sûr, répondit Mr. Lindstrom. Mais ne reste pas trop longtemps à l'écart... Regarde toutes ces jolies filles là-bas qui n'attendent qu'un signe de ta part pour danser avec toi.

Derek tenta de sourire et, pour lui échapper, retourna dans la pièce. Une bonne moitié des invités glissaient encore sur la piste, y compris, bien sûr, John et Karen. Il se força à les quitter des yeux et aperçut une tache jaune sur le mur d'en face. Poussé par le désir pervers de se mettre dans une situation encore plus misérable, comme pour ajouter des motifs plus valables à sa colère envers son frère et Karen, il traversa la pièce et invita Mary-Lou à danser.

La chair de son dos faisait des bourrelets de part et d'autre de son soutien-gorge, le tissu raide de sa robe était tout sauf agréable à toucher, et elle dansait comme un singe boiteux. Toutes les deux secondes, elle lui demandait pardon. Soucieux malgré tout de faire bonne figure, il lui assurait que cela n'avait pas d'importance ; mais, plus le temps passait et plus ses sautillements, sa progression saccadée, venaient alimenter sa rage intérieure.

Quand elle trébucha et faillit le faire tomber, toute patience l'abandonna.

— Écoute, fit-il abruptement. Tu ne voudrais pas un verre de punch ?

Alors qu'elle restait là, à hésiter, il s'aperçut que Karen regardait dans leur direction. Il pencha aussitôt la tête et embrassa Mary-Lou durement.

— Vous alors, les Irlandais ! souffla Mary-Lou quand il la relâcha. Vous savez que vous n'êtes vraiment pas comme les autres !

Derek n'avait aucune idée de ce qu'elle voulait dire, il ne s'en souciait guère d'ailleurs.

— Excuse-moi.

Il se débrouilla pour sortir de la pièce d'un pas normal mais, une fois dans l'escalier, il courut jusqu'à sa chambre, où il s'enferma dans la salle de bains. Là, il laissa libre cours à ses larmes.

John se raidit contre Karen.

— Que se passe-t-il ? demanda-t-elle en ouvrant à moitié les paupières.

— Rien du tout.

— Allons, il y a quelque chose. Je le sens...

— Mais non, ce n'est rien, marmonna-t-il avant de reposer sa joue contre la sienne.

Il était toujours aussi excité physiquement, mais tout au fond de lui, il eut soudain l'impression que son cœur se brisait.

8

La pièce n'arrêtait pas de tourner. Incapable de trouver le sommeil, John tentait de reconstituer le déroulement de la soirée.

Il n'avait jamais été ivre et détestait cette sensation de ne plus être maître de lui. L'alcool l'avait pris en traître... Il s'était resservi plusieurs fois de punch, avant de s'apercevoir que ce liquide framboise n'était pas aussi innocent qu'il en avait l'air. Il venait de finir un fox-trot avec Karen et s'était dirigé vers le buffet pour remplir son verre quand il avait ressenti un violent étourdissement ; il avait dû se retenir à la table pour conserver son équilibre. Près de lui, deux des garçons, Ezrah et un autre dont il n'arrivait pas à retrouver le prénom, avaient ricané : ce n'est que lorsque Ezrah avait levé son verre dans un salut ironique que John avait compris qu'ils avaient corsé la boisson.

Sa mémoire continuait à vaciller et la sensation de dérive persistait, même quand il fermait les yeux et enfonçait sa tête dans l'oreiller ; priant pour ne pas être malade, il regretta avec dégoût le geste de bravade qui l'avait poussé à reprendre du punch.

Dans l'autre lit, les ronflements de Derek cessèrent brusquement. L'espace de quelques terribles secondes, John, qui n'était pas assez ivre pour ne pas redouter une confrontation quasi certaine avec son frère au sujet de Karen, se figea. Il ne se détendit que lorsqu'il entendit Derek grogner, se tourner sur le côté et se remettre à ronfler.

Des images isolées de la soirée traversaient son esprit, comme une projection de diapositives. Il revoyait l'instant où les cheveux de Karen s'étaient écroulés en vagues souples sur la peau nue de ses épaules, blond sur blanc... Outre qu'il était horrifié à l'idée d'avoir pu être attiré par une autre fille que Rose, il s'en voulait affreusement d'avoir passé la plus grande partie de la soirée à danser avec celle qu'il avait toujours considérée comme appartenant à Derek. Des bribes de conversation lui revenaient en mémoire.

— Tu sais que je ne devrais pas danser avec toi tout le temps, comme ça...

— Tiens... Et pourquoi donc ?

— Et Derek ? N'y a-t-il pas quelque chose entre vous ?

— C'est du passé.

Malgré son état de confusion, John se souvenait encore du ton catégorique de Karen.

Il avait ensuite fait pire que trahir Derek : il avait trahi Rose.

— Mais ce n'est pas la seule chose qui te tracasse, on dirait, avait poursuivi Karen... Je veux parler de Derek.

Et sa langue de Judas avait répondu.

— Si, si... je t'assure.

Oh, il aimait Rose, il l'aimait de tout son cœur. Mais il avait le cerveau embrumé, la taille de Karen ondulait sous sa main, ses hanches décrivaient une courbe lisse et douce et, quand il avait prononcé ces paroles terribles, son corps avait frémi d'excitation.

Il se retourna, et la projection continua : Derek embrassant Mary-Lou, le père et la mère de Karen énonçant le compte à rebours avant minuit, Karen et lui s'embrassant pour se souhaiter « Bonne Année », Mrs. Anderson apportant une marmite de soupe chaude, Karen lui donnant la becquée, Derek embrassant une autre fille, une rousse, Karen consolant Mary-Lou, Mary-Lou en larmes, Derek étreignant la rousse.

Et un souvenir surtout : Karen l'entraînant dans la grande cuisine et lui reculant, reculant aussi loin que possible jusqu'à ce que son dos vienne heurter le mur, puis la sensation incroyable de ses seins dans ses mains.

Les images tournoyèrent avant de se mélanger et de s'estomper dans l'obscurité tandis qu'il sombrait dans le sommeil.

Il fit un rêve très évocateur. Il escaladait une montagne, mais celle-ci devenait de plus en plus haute et, malgré tous ses efforts, il ne pouvait en atteindre le sommet, lisse, arrondi et blanc, qui émettait des traits de lumière, comme le ciel de Drumboola après l'orage. Il désirait plus que tout se trouver au cœur de cette lumière. Il savait que s'il parvenait au sommet, il pourrait s'y baigner et sentait jusqu'au tréfonds de son être qu'il était né pour cela. Alors, les mains tendues, il grimpa, grimpa encore, jusqu'à ce qu'il attrape enfin cette lumière, qui se révéla chaude et douce, comme il l'avait imaginée.

Puis la lumière devint solide. Il n'était pas sur une montagne. Il était avec Rose et c'était elle qu'il tenait dans ses bras. Elle posa sa bouche sur la sienne. Avec ardeur, il ouvrit les lèvres et goûta le bout de sa langue. Le monde tournait mais Rose allait l'aider, Rose était sa seule réalité ; elle était la voie vers la lumière ; il roula sur elle et comprit, envahi par la joie, que Rose *était* la lumière. Il lui fit l'amour et pleura de bonheur, plus heureux qu'il ne l'avait été depuis longtemps.

Derek se réveilla. L'espace de quelques secondes, il resta à demi inconscient, puis il comprit ce qui l'avait tiré de son sommeil ; John était là, dans l'autre lit, et il faisait du bruit. Il allait lui crier de se taire quand il s'aperçut qu'il n'était pas seul. Les dernières brumes de sommeil s'évanouissant, il vit, tétanisé, que Karen était avec lui.

L'instinct de Derek lui commandait de hurler ; il ouvrit la bouche, mais aucun son n'en sortit.

Les draps avaient partiellement glissé du lit de John, découvrant les deux corps — Karen portait une chemise de nuit diaphane ; ses longues cuisses blanches enserraient les hanches de son frère, elle avait le cou arqué et la tête penchée en arrière.

Derek se sentit paralysé. La douleur et la stupeur se fondaient en une sorte de fascination horrifiée. Bien que Karen et lui se soient livrés à toute une gamme de jeux érotiques, il n'avait jamais vu personne faire réellement l'amour auparavant.

Il regarda son frère aller et venir dans le corps de Karen ; il les vit tous deux s'immobiliser puis, les yeux à demi fermés au cas où Karen l'observerait, il suivit la jeune fille du regard tandis qu'elle se glissait hors du lit et franchissait la porte à pas de loup. La lumière du couloir à l'extérieur éclaira brièvement le lit en désordre, puis s'éteignit.

Sa rage et sa douleur explosèrent. Derek jaillit hors de son lit et se précipita sur John.

John sentit la lumière refluer paisiblement au loin, le laissant dans une obscurité tranquille. Puis la douleur le transperça de part en part, une douleur aiguë, insupportable. Il voyait Derek debout au-dessus de lui. Derek avait mal. Il ressentait cette douleur. Il voulait l'aider, lui dire qu'il ferait disparaître sa peine, mais il était faible et étourdi, et la souffrance de Derek était un grand corbeau noir qui battait des ailes à l'intérieur de son propre corps.

C'est alors qu'il sentit les mains de Derek autour de son cou. Il ne pouvait plus respirer. Les mains serraient sa gorge de plus en plus fort. Avec une certitude horrifiée, il comprit qu'il essayait de l'étrangler.

Au prix d'un énorme effort, il parvint à se tourner sur le côté ; il arc-bouta les épaules et fit basculer son frère sur le grand lit, sans parvenir toutefois à desserrer l'étreinte de ses mains sur son cou. Sa langue enflait dans sa bouche.

Dans le même temps, les ailes immenses de la souffrance de Derek ne cessaient de battre sur leurs deux corps.

Rassemblant toute son énergie, il chercha à desserrer l'étau ; il tira, serra, griffa. Ils luttèrent ainsi en silence et, au bout de quelques instants, John, plus fort, l'emporta. Il cloua Derek sur le lit, les poignets immobilisés de chaque côté de la tête.

Pourtant, Derek ne renonçait pas. Toujours aussi farouche et silencieux, le corps arqué, il se débattait, envoyait des coups de pied. John ne bougeait pas. La douleur de son frère était si aiguë qu'elle surpassait tout ce que lui-même pouvait ressentir. Il attendit alors que Derek abandonne.

Brusquement, son agressivité tomba, et le combat cessa.

John parvint à gagner la salle de bains juste à temps pour vider le contenu de son estomac dans un violent torrent rouge.

Pour la énième fois cette nuit-là, Rose releva la tête de son oreiller. Elle tendit le bras au-dessus d'elle et tourna sa montre d'un côté puis de l'autre, dans l'espoir de capter la faible lumière qui lui parvenait depuis la veilleuse à l'autre bout du dortoir. Les chiffres dorés brillaient à peine, et elle avait du mal à voir les aiguilles. Finalement, elle se dit qu'il devait être soit quatre heures et demie, soit six heures vingt.

Elle avait décidé la veille que la seule façon de survivre pendant les six prochains mois était d'être positive. S'il fallait être blanchisseuse, elle serait la meilleure blanchisseuse que le couvent ait jamais eue. Si elle était malade, elle ne se plaindrait pas, et si elle se sentait seule, elle le garderait pour elle.

Mais dans le courant de la nuit, au plus fort de sa détresse, elle avait vu faiblir sa détermination de ne rien dire à John au sujet du bébé. Puis elle s'était mentalement houspillée, se répétant qu'elle n'avait rien à gagner d'un acte aussi égoïste.

Elle posa les mains sur son ventre. Était-ce un effet de son imagination, ou bien celui-ci s'arrondissait-il de jour en jour ?

— Oh, Seigneur, murmura-t-elle, aidez-moi, je vous en supplie !

Quand elle entendit le son de sa voix, elle retira aussitôt ses mains. Elle ne priait que pour la forme, sachant bien qu'elle ne pouvait compter que sur elle-même. Et, pour l'instant, elle ne voulait pas penser au bébé. Elle y penserait quand elle ne pourrait plus faire autrement.

Elle enfouit la tête dans son oreiller. Aussitôt, toutes les senteurs de Sundarbans lui revinrent. Les pensionnaires étaient censées venir avec leurs propres draps et taies, et son linge, lavé avec du savon en paillettes et séché au grand air, était encore imprégné des parfums familiers et si doux de son lit de plume, là-bas.

A part la lueur de la veilleuse, le dortoir était

plongé dans une profonde obscurité. Des cloisons de bois divisaient la grande salle en boxes, fermés chacun par une porte ; outre un lit, ils contenaient une armoire étroite, une chaise en bois et une table de chevet.

Rose, qui s'attendait à trouver au couvent une ambiance à mi-chemin entre le pensionnat et la prison, avait été réconfortée par l'atmosphère assez libre et détendue qui y régnait. Les filles devaient se conformer à certaines règles de discipline et travailler dur, mais à part cela, on les traitait comme des êtres humains. Par ailleurs — et c'était un aspect plus que positif —, comme on était en Angleterre, ni les sœurs ni le personnel ne semblaient penser qu'elle était damnée pour l'éternité du fait qu'elle était enceinte. C'était pour elle un grand soulagement de ne plus se demander sans arrêt qui allait s'en rendre compte, qui dirait quoi, qui ricanerait sous cape.

Le couvent abritait en tout vingt-quatre pensionnaires, des jeunes filles pour la plupart, dont les âges variaient. Sa nouvelle amie, Effie Brophy, qui avait dix-neuf ans, les lui avaient toutes présentées, y compris la plus jeune, une fille au teint sombre, avec un visage sensible aux traits tirés, qui paraissait à peine treize ans.

Cette nuit aurait-elle jamais une fin ? Il faisait trop chaud dans le dortoir et Rose rejeta ses draps, tandis que la redoutable litanie des pensées et des peurs s'égrenait dans son cerveau fatigué. Elle regarda encore sa montre, mais ne parvint toujours pas à discerner l'heure. Tout paraissait tellement plus facile à la lumière du jour. Dès le lendemain soir, elle écrirait à John. Ce qui n'allait pas être une mince aventure. C'était l'occasion ou jamais de tester son talent d'écrivain.

Au moins, elle avait déjà une amie. Effie Brophy

l'avait prise sous son aile, et lui avait expliqué les nuances de la vie au couvent, à qui plaire, de qui se méfier. Et même si elle trouvait Effie un peu envahissante parfois, Rose lui était néanmoins reconnaissante. A sa grande honte, elle se rendit compte que sa nouvelle amie, avec son visage de singe joyeux, était le genre de fille auquel elle aurait à peine adressé un signe de tête à l'école. Jusqu'à présent, elle avait toujours été très sélective dans ses amitiés, évitant systématiquement les victimes manifestes et celles sur les berceaux desquelles aucune fée ne s'était penchée. Comment avait-elle pu se montrer aussi snob ?

Peut-être que tout ceci était après tout une bonne chose, pensa-t-elle, peut-être même la meilleure chose qui pouvait lui arriver. Dieu avait sans doute voulu lui donner une leçon.

Quelle que soit la raison pour laquelle Effie avait été envoyée dans sa vie, elle était la bienvenue. Depuis qu'elle la connaissait, Rose réalisait à quel point elle avait besoin de sa gentillesse et de son exubérance, de son amitié simple et spontanée. Quand Effie plissait son visage pour rire, Rose ne pouvait s'empêcher de rire aussi. Nouer une amitié avec Effie c'était forcément une détente, elle n'aurait qu'à se laisser conduire ; Effie parlerait pour deux, elle prendrait toujours les choses en main.

Un bruit de pas dans le dortoir, suivi, quelques secondes après, de l'écoulement rapide de la chasse d'eau, résonna dans le silence. Dans combien de temps lui faudrait-il se précipiter à la salle de bains à son tour ? Effie, qui était enceinte de plus de six mois, l'avait prévenue que c'était l'une des contraintes inévitables de la grossesse.

La fille qui s'était levée revenait. Rose l'entendit s'éloigner jusqu'à l'autre bout du dortoir, hésiter, puis faire demi-tour et s'arrêter devant sa porte. Un long rai de lumière apparut. Quelqu'un ouvrait sa porte en silence, très doucement. Effrayée, Rose se souleva sur un coude. Elle voulut crier mais n'osa pas. Enfin, une silhouette se dessina. Soulagée, Rose reconnut le contour des cheveux rebelles d'Effie.

— C'est toi, Effie ? murmura-t-elle.
— Chut.

Fermant la porte avec précaution, elle avança à pas de loup et se pencha au-dessus du lit de Rose.

— Je suis juste allée aux toilettes et je me demandais comment ça allait pour toi, et si tu étais réveillée.
— Je n'ai pas fermé l'œil de la nuit.
— Serre-toi un peu.
— Quoi ?
— Pousse-toi ! J'arrive.
— C'est autorisé ?
— Bien sûr que non, siffla Effie. Allez, pour l'amour de Dieu, dépêche-toi !

Rose se colla contre le mur en contre-plaqué de son box pour faire de la place à Effie qui, il fallait le dire, occupait un volume important. Les ressorts du lit grincèrent quand elle s'allongea.

— Seigneur, ces fichus lits ! se plaignit-elle.

Mais elle lâcha bientôt un soupir de satisfaction en se blottissant sous les couvertures. Rose ne s'était jamais trouvée dans une promiscuité telle avec une fille et se sentit tout d'abord extrêmement mal à l'aise. Elle se força à se détendre.

— Comment as-tu trouvé le travail hier ? murmura Effie au bout d'une ou deux minutes.

Rose hésita, se rappelant sa résolution de rester positive.

— Ça ira quand je m'y serai habituée, souffla-t-elle sur le même ton, mais c'était un peu dur.

Après avoir défait ses bagages et pris son déjeuner, on l'avait assignée à la lingerie, une pièce étroite et toute en longueur, avec de hautes fenêtres à barreaux, rendues opaques par la vapeur.

— Sûr que c'est dur, approuva Effie, mais ne t'en fais pas, au bout d'un moment, tu trouveras même ça plaisant. On a toutes nos problèmes ici, mais on aime bien rigoler un peu. Les Anglaises, au début, elles n'ont pas l'air franchement drôles, mais tu t'y habitueras. Simplement, ne les laisse pas t'embêter. Et s'il y en a une qui t'ennuie, tu me le dis, d'accord ?

— D'accord, Effie, murmura Rose dans un sourire. Merci.

— Je suis vraiment heureuse que tu sois là, Rose, ajouta Effie. Les Anglaises, ça va, mais rien à faire, elles ne sont pas comme nous, tu ne trouves pas ? Elles ne savent pas s'amuser, par exemple. A se demander comment elles ont pu se fourrer dans un pétrin pareil !

Effie étouffa un rire, puis serra le bras de Rose pour accentuer ce qu'elle venait de dire. Rose fut obligée de sourire.

Le jour commençait à se lever, et personne dans le dortoir ne semblait réveillé. Seuls quelques grincements de lits rompaient le silence. Rose dut résister à la tentation de poser la tête sur l'épaule d'Effie. Elle commençait à s'assoupir, et se demanda si Effie allait rester encore longtemps.

— Ouch ! — la barbe ! souffla brusquement Effie avec fureur. Ce salaud m'a filé un coup de pied.

— Quoi ?

— Le bébé, il vient de m'envoyer un coup de pied.

— Vraiment ? fit Rose inquiète. Le mien ne fait pas ça...

— Évidemment, c'est trop tôt.

— Ah bon... à quel moment cela arrivera-t-il ?

— Bientôt. Au stade où j'en suis, c'est plusieurs fois par jour. Mais vers la fin, ils se calment.

— Comment sais-tu tout cela ?
— C'est la deuxième fois.
Rose recula autant que le lit étroit le lui permettait.
— *Quoi ?*
— Chut, on va nous entendre !
— Pardon.
Effie se déplaça pour profiter du moindre centimètre libéré par Rose.
— Tu es choquée ?
— Non, fit Rose, qui pourtant l'était.
— Ainsi va la vie, dit Effie, pour clore le sujet.
Mais Rose ne pouvait pas en rester là.
— Où est le bébé... je veux dire le premier ?
— Adopté.
— Ça a été dur ?
— Très.
Le raidissement soudain du corps d'Effie avertit Rose de ne pas insister. Elle était bouleversée. Effie dispensait-elle ses faveurs à droite à gauche, ou bien les deux bébés étaient-ils du même père ? Mais après tout, cela faisait-il vraiment une différence ? De toute façon, ce n'était pas à elle de lui jeter la pierre.

— Quelle heure crois-tu qu'il est, Effie ? murmura-t-elle.

— Oh, je suppose qu'on approche de sept heures. Il va falloir que j'y aille.

Rose eut la déconcertante impression qu'Effie considérait sa visite comme parfaitement anodine — comme si, passant par là, elle était venue prendre le thé.

— Très bien, dit Rose. Attention, ne te fais pas remarquer.

John resta dans la salle de bains près de vingt minutes. Son pyjama était trempé, son cou lui faisait mal et il avait des élancements dans la tête : l'attaque de Derek l'avait tout à fait réveillé et débarrassé des derniers vestiges de son ébriété.

Derek avait tenté de le tuer.

Son reflet, dans le miroir en face du siège rembourré sur lequel il était affalé, le narguait. *Faible ! Faible ! Faible !* lui criait son image. Vas-tu le laisser s'en tirer comme ça, alors qu'il a essayé de te tuer ?

Les mains légèrement tremblantes, John tâta son cou meurtri. Il n'arrivait pas à y croire. Derek serait-il vraiment allé jusqu'au bout ? *Mais bien sûr que oui. Faible ! Faible ! Faible !*

Mais non, c'était un cauchemar. Derek dormait, puisqu'il l'avait entendu ronfler.

A vrai dire, c'était la situation elle-même qui était devenue cauchemardesque, et totalement incontrôlable. Pourquoi diable avait-il fallu qu'ils viennent à ce réveillon ? Il aurait tant voulu que la pendule recule de vingt-quatre heures !

John se leva. Trêve de regrets enfantins... Il était un homme à présent, il devait affronter le monde. Il alla vers la porte et tendit l'oreille. Pas un bruit ne lui parvenait. Avec des mouvements lents et prudents, craignant une nouvelle attaque de Derek, il rentra dans la chambre.

Derek était assis au bord de son lit, les genoux sous le menton, le dos tourné à la pièce, enveloppé dans la fumée de la cigarette qu'il tenait dans sa main droite.

John alluma la lampe de chevet. Son lit était dans un désordre épouvantable, tous les oreillers par terre, les draps et les couvertures à moitié arrachés du lit durant leur lutte. Il se tourna vers Derek.

Mais Derek ne semblait pas remarquer sa présence. Portant la cigarette à ses lèvres, il en tira une profonde bouffée, et souffla la fumée devant lui, en un long nuage bleu. John se détendit un peu. Le combat était visiblement terminé, en tout cas pour le moment. Il essaya de deviner ce que Derek ressentait, mais ne rencontra que le vide.

— Derek ? demanda-t-il d'une voix enrouée.
— Fous-moi la paix !

Une boule dure de colère se forma au creux de son estomac.

— Je ne te ficherai pas la paix. Tu as tenté de m'étrangler.
— Pauvre chéri !
— Mais pourquoi, Derek ?

A peine avait-il posé cette question qu'il se rendit compte à quel point elle était stupide. La colère monta à nouveau en lui, il serra les poings, essaya de se maîtriser, tandis que lentement, délibérément, Derek se levait et allait jeter sa cigarette par la fenêtre. John, pourtant loin, frissonna dans le brusque courant d'air glacé. Sa colère s'évanouit aussi brusquement qu'elle était venue.

Une certitude lui traversa l'esprit : cette nuit venait de rompre définitivement les liens entre Derek et lui. Il fit pourtant une dernière tentative.

— Tu ne veux pas parler, Derek ? Ne pouvons-nous pas discuter un peu ?

Derek se mit au lit, remonta les couvertures et lui tourna le dos.

— Éteins la lumière, s'il te plaît. Je voudrais dormir.

John hésita une seconde, le regard fixé sur le dos de son frère, puis il ramassa ses draps, refit son lit de façon sommaire, éteignit la lumière et se coucha à son tour. Il resta longtemps éveillé dans l'obscurité, essayant d'ignorer les élancements douloureux de son corps meurtri.

A côté, dans l'autre lit, Derek était silencieux. Lui non plus ne devait pas dormir.

Au bout d'un moment, la fatigue eut raison de lui et il finit par s'endormir.

Des coups urgents frappés contre la porte le réveillèrent quelques heures plus tard.

— Oui, cria-t-il en se redressant avec peine.

Mrs. Lindstrom entra immédiatement. Bien que ses yeux soient encore brouillés par le sommeil, il vit qu'elle était inquiète.

— John ! Derek ! Levez-vous vite, Mr. McGuigan est là. Il est venu vous chercher.

— Quelle heure est-il, Madame Lindstrom ?

— Neuf heures et quart. Je suis navrée, dit-elle doucement, mais on a reçu de mauvaises nouvelles d'Irlande.

Dans l'autre lit, Derek, toujours à moitié endormi, se retourna en marmonnant, tandis que John s'asseyait, au prix d'un effort douloureux. La lumière lui blessait les yeux et sa cicatrice le démangeait.

— Votre cousin a reçu un message il y a quelques heures, John. Il a vos bagages, avec lui. Il semble que votre mère soit gravement malade et qu'on l'ait emmenée à l'hôpital. Il va falloir que vous retourniez en Irlande immédiatement.

— Mais, mais, comment...

— Ne te soucie pas du « comment », John. Il y a un vol ce matin pour le continent et Sven est au téléphone pour vous assurer une liaison avec Boston. De toute façon, il sera bien temps de régler ce genre de détail à votre retour. Pour l'instant, habille-toi vite. Elle regarda Derek. Réveille ton frère et dépêchez-vous. Il faut que vous soyez à l'aéroport dans moins de trois quarts d'heure. C'est le seul vol de la journée.

Quand elle fut sortie de la pièce, John s'approcha du lit de Derek et le secoua doucement.

— Réveille-toi. Derek ! Réveille-toi !

— Ou... quoi ? fit Derek en écartant sauvagement la main de John, les yeux encore fermés. Va te faire voir !

— Derek ! Derek ! Maman est malade. Elle est à l'hôpital. Nous devons rentrer immédiatement !

— Qu'est-ce que tu dis ? s'exclama aussitôt Derek en s'asseyant.

— C'est maman. Dan est là. Il a reçu un message. Maman est très malade.

— Qu'est-ce qu'elle a ?

— Tout ce que je sais, c'est que c'est grave.

Derek se leva et alla à la salle de bains. Quand il en ressortit, il resta debout au milieu de la pièce, la tête baissée comme un taureau sur le point de charger.

— J'ai quelque chose à te dire, John, déclara-t-il d'une voix chargée de haine. Et je suis sérieux. Ne m'adresse plus jamais la parole. *Jamais*, tu m'entends ? Plus jamais.

— Les prochaines vingt-quatre heures vont être cruciales.

Le jeune médecin avait la peau sombre ; c'était la première personne de couleur que John rencontrait.

Derek et lui se tenaient dans un couloir, devant la salle de réanimation de l'hôpital de Dublin, où leur mère était toujours inconsciente.

— Je suis navré de devoir vous préparer au pire, continua le médecin de sa voix douce et musicale, mais il faut aussi considérer les aspects positifs, et il y en a plusieurs en ce qui concerne votre mère. Elle n'est pas âgée, n'est-ce pas ? Je crois qu'elle n'a que cinquante ans, c'est exact ?

John s'aperçut tout à coup qu'il ignorait l'âge de sa mère.

— Je... je crois, en effet, bégaya-t-il...

— Elle aura cinquante ans le mois prochain, coupa Derek.

— Très bien, dit le médecin. D'autres éléments jouent en sa faveur : elle ne fume pas et n'a certainement pas d'excédent de poids. Il serait bon, d'ailleurs, qu'elle en prenne un peu. Je pense qu'elle a de bonnes chances de s'en sortir. Mais, sachez-le, les prochaines vingt-quatre heures vont être déterminantes.

— Voulez-vous une tasse de thé, les garçons ?

La proposition émanait d'une infirmière d'un certain âge, au visage rond et à l'allure maternelle.

— Oui, volontiers, dit Derek.

John était trop bouleversé pour répondre.

— Asseyez-vous donc là, dit-elle en leur désignant un banc de bois contre un mur. J'arrive dans une seconde.

Elle s'éloigna d'un air affairé, ses chaussures à semelle de crêpe crissant sur le carrelage.

— Je reviens, dit le médecin. Mettez-vous à votre aise, je vous en prie.

— Pouvons-nous la voir ? demanda John.

Il n'avait pas dormi depuis près de trente-six heures et avait la voix enrouée de fatigue et de tension. Ils avaient voyagé tout le jour et la nuit précédents. Ned Sherling les attendait à l'aéroport de Shannon, d'où il les avait conduits à Dublin.

Comment Derek faisait-il donc ? Car même dans cette situation dramatique où leur mère était entre la vie et la mort, il avait tenu parole : il ne lui avait pas adressé le moindre mot depuis qu'ils avaient quitté la chambre d'amis des Lindstrom, à Charlottetown.

Le médecin revint et leur donna la permission d'entrer dans la salle de réanimation.

— Je dois vous prévenir que vous risquez d'avoir un choc, dit-il doucement. Votre mère est sous oxygène et elle a plusieurs perfusions. Mais c'est le traitement de routine pour les patients qui ont eu une attaque. Essayez de ne pas vous laisser impressionner.

La salle n'était éclairée que par une veilleuse. L'infirmière les conduisit près d'une alcôve, souleva le rideau tendu sur toute la longueur et leur fit signe de s'avancer.

— Ne restez pas trop longtemps, murmura-t-elle.

John n'osa pas regarder le visage de sa mère ; il préféra étudier ses mains, chacune bien à plat de chaque côté de son corps. Il prit conscience d'un sifflement, étrange et sinistre. Levant les yeux, il comprit qu'il provenait d'une bouteille à oxygène, fixée à la tête du lit.

Il dut se forcer pour baisser son regard sur le visage de sa mère.

Sous le faible éclairage, les traits de Mary Flynn, ou tout du moins ce qu'il en voyait — sa bouche et son nez étant recouverts d'un masque transparent — étaient pâles, cireux, et méconnaissables. Son visage était décharné, ses joues et ses tempes creusées ; son corps soulevait à peine le drap. Elle ne donnait pas le moindre signe de vie. Cette effigie immobile, plate comme une hostie, n'était pas la personne que John avait connue, ne lui ressemblait même pas. Il était déchiré entre le désir de s'enfuir et l'envie encore plus forte de prendre ce corps frêle dans ses bras.

— Maman, criait-il du fond de son cœur, maman, je t'en prie. Réveille-toi, s'il te plaît... rien qu'une minute.

Derek se tenait debout à la tête du lit, le visage glacé. John vint à côté de lui et se pencha pour prendre la main de sa mère, mais, effrayé par son contact froid et mou, la laissa retomber.

— S'il te plaît, maman, supplia-t-il encore en silence, je t'en prie...

Derek le bouscula et sortit de l'alcôve. John attendit que le bruit de ses pas s'éloigne dans le couloir pour s'obliger à reprendre la main de sa mère. Elle ne pesait rien dans la sienne. Rassemblant toute la force qui se trouvait en lui, il tenta de lui insuffler ce qu'il pouvait de vie :

— Maman, je te promets que si tu guéris, je resterai là et je m'occuperai de toi. Je te le promets. Alors, il faut que tu te réveilles, maman, je t'en prie. Je t'en prie...

Tout doucement, comme si cette main était un petit oiseau, il la reposa à l'endroit exact où elle se trouvait avant. Naguère si efficace et alerte, elle avait à présent l'air inutile, et John dut lutter contre les larmes brûlantes qui lui picotaient les yeux. Il ne devait pas pleurer. Il n'était plus un enfant. Il se pencha et, fixant intensément le visage de Mary, il fit une dernière tentative.

— Maman, j'ai encore besoin de toi. Derek aussi, nous avons tous les deux besoin de toi. Il faut que tu te réveilles.

Il aurait voulu lui en dire plus. Lui dire qu'il l'aimait. Mais c'était trop difficile.

Il resta là, debout, encore une minute ou deux, puis sortit. L'infirmière, qui revenait prendre son poste, s'arrêta et attendit qu'il arrive à sa hauteur.

— Votre thé vous attend, fit-elle à voix basse. Puis elle lui passa un bras autour de la taille. Essayez de ne pas trop vous inquiéter, reprit-elle. Ça va mal, c'est vrai, mais j'ai déjà vu des personnes s'en sortir. Pour l'instant, c'est la phase la plus critique. Mais elle peut y survivre. Gardez confiance.

Dans le couloir, Derek était assis sur le banc à côté de Ned Sherling. D'aussi loin que John s'en souvienne, Ned semblait toujours avoir été là en cas d'urgence, ou simplement quand les Flynn avaient besoin d'être conduits quelque part dans sa vieille voiture. Derek et lui avaient chacun une tasse de thé.

— C'est pour toi, John, dit Ned, en lui tendant la tasse restante sur le plateau à côté de lui. Puis il baissa la voix. Comment va-t-elle ?

— Mal, dit John. Très mal, il me semble...

Sa voix tremblait et, pour cacher son émotion, il but une gorgée de thé bouillant.

— Ah, le Seigneur est grand, dit Ned, il ne faut pas l'oublier. On ne sait jamais. On ne sait jamais. Plaise à Dieu !

Sa voix sonnait avec une étrange véhémence, bien différente de la note de sympathie qu'on pouvait attendre d'un voisin, et John lui lança un regard perçant. Mais il était trop fatigué et bouleversé pour réfléchir à des questions complexes, et il finit son thé.

Le couloir carrelé, aux murs verdâtres mal éclairés par l'unique ampoule à l'autre bout, se trouvait au sous-sol ; dans ce lieu lugubre, même la conversation la plus basse semblait encore trop forte. L'infirmière sortit de la salle de réanimation.

— J'ai passé quelques coups de téléphone, annonça-t-elle. Je vous ai trouvé des lits au pavillon Saint-Ignace. Malheureusement, il n'y en a que deux. Mais si l'un d'entre vous accepte l'absence d'intimité, il peut utiliser le chariot de la salle d'opération.

Elle désigna un étroit lit à roulettes contre le mur du couloir.

— Le chariot m'ira très bien, dit John immédiatement.

Il voulait être seul et préférait en outre rester aussi près que possible de sa mère.

Après qu'on eut emmené Derek et Ned, l'infirmière fit rouler le chariot jusqu'à l'autre bout du couloir, et d'une main experte, en fit un lit acceptable.

— Allez, ne craignez rien, vous n'allez pas vous réveiller sur la table d'opération demain matin.

John la regarda, les yeux grands ouverts, trop ému pour comprendre ce qu'elle voulait dire. L'infirmière se montra aussitôt honteuse.

— Excusez-moi, je ne devrais pas plaisanter. Mon pauvre petit, vous êtes éreinté. Là, enlevez au moins vos chaussures.

Trop fatigué pour protester, il la laissa l'aider à ôter son manteau et sa veste. Il grimpa sur le chariot, qui était haut, dur et pas très stable.

Il n'eut même pas la force de dire une prière. Il s'endormit en quelques secondes.

— John, John, réveillez-vous, réveillez-vous !

Quelqu'un le tirait de l'obscurité. Il essaya de résister, mais la personne ne voulait pas s'en aller.

— Allons, mon petit, votre mère s'est réveillée. Venez vite.

Il ouvrit les yeux à grand-peine.

— Qui... ?

— Vous êtes à l'hôpital, John, souvenez-vous. Votre mère...

Alors il se rappela. Il sauta aussitôt à bas du chariot et enfila ses chaussures tant bien que mal. Il avait le cœur battant. Elle s'était réveillée... Elle n'était pas morte.

Son manteau et sa veste sur le bras, il suivit l'infirmière vers la salle de réanimation. A la porte, elle s'arrêta et le regarda.

— N'en attendez quand même pas trop, John. Rappelez-vous qu'elle a eu une attaque. Ceci peut être le premier pas vers la guérison, mais on n'en est jamais sûr. Et, à ce stade, il y a de fortes chances qu'elle ne vous reconnaisse pas.

— Vous avez prévenu Derek ?

En dépit de leurs nouveaux rapports, John ne pouvait s'empêcher de s'inquiéter automatiquement de son jumeau.

— Oui, il est en route.

John dut attendre qu'on ait fini de donner des soins à sa mère. Quand le médecin qui les avait reçus à leur arrivée sortit quelques instants après, il lui toucha légèrement l'épaule.

— Il ne faudra pas rester longtemps, dit-il, pas plus de quelques minutes.

Le cœur de John se serra. Il avait les mains moites et les frotta sur son pantalon avant de se glisser dans l'alcôve.

Mary avait les yeux fermés. Le médecin et l'infirmière avaient dû se tromper en lui demandant de venir. Il n'y avait aucune différence. Mais, alors que ses yeux s'accoutumaient à la demi-obscurité, il vit, ou crut voir, un léger frémissement de ses paupières. Il tomba à genoux.

— Maman, chuchota-t-il.

Il n'y eut pas de réponse. Il saisit sa main, toujours aussi légère.

— Maman, c'est John.

Cette fois, sa mère ouvrit les yeux. Elle ne tourna pas la tête vers lui, mais parut regarder tout droit devant elle, vers le plafond. L'oxygène gargouilla, et il comprit qu'elle tentait de dire quelque chose. Il se leva et se pencha tout près d'elle.

— Qu'est-ce que tu dis, maman ?

Il attendit ce qui lui sembla une éternité, puis elle se souleva légèrement et il l'entendit. Mais ce n'était pas sa voix ; c'était un son creux, étrange, déformé par le masque et l'oxygène.

— Maman, je n'ai pas compris, répète, s'il te plaît, demanda-t-il en essayant de garder son calme.

Il sentit à travers sa main qu'elle faisait un effort, mais ses mots, « Erg... Ergel », n'avaient aucun sens.

— Maman, maman, murmura-t-il fiévreusement, qu'est-ce que tu dis ? Essaie encore, je t'en prie. Essaie encore.

Elle avait refermé les yeux. Il attendit, sa main toujours dans la sienne, mais elle semblait avoir à nouveau glissé dans l'inconscience. Diverses images de son enfance lui revinrent en mémoire : sa mère écrasant des œufs à la coque dans des tasses pour Derek et lui ; la seule fois où il l'avait vue danser — avec un homme du voisinage, lors d'une fête de la moisson, ses cheveux flottant au vent.

Ou encore le jour où une voisine était venue les garder pour permettre à Mary de partir la journée entière à Dublin, chez une amie ; elle leur avait rapporté deux raquettes de ping-pong et deux balles, puis les avait aidés à construire une table de fortune, faite de deux planches de bois et de deux tonneaux qu'ils utilisaient pour récupérer l'eau de pluie. Ils avaient même échangé quelques balles ensemble ; c'était l'un des rares moments de sa vie où il se rappelait l'avoir vue jouer avec eux.

Il reposa doucement sa main sur le couvre-lit. Il avait pris une décision irrévocable. Si elle revenait à la vie, et même si elle devait rester infirme le restant de ses jours, c'était à lui de prendre soin d'elle dorénavant. Il lui caressa la main, imprimant à son geste autant de force qu'il le pouvait sans risquer de lui faire mal.

— Ne t'en fais pas, maman, je vais m'occuper de toi.

Il entendit du bruit derrière lui. Derek était là.

— Elle est restée réveillée quelques instants, mais je crois qu'elle s'est rendormie. Je devrais peut-être prévenir l'infirmière, qu'en penses-tu ?

Derek ne répondit pas. Il passa de l'autre côté du lit et resta debout à regarder sa mère, le visage verdâtre sous l'éclairage de la veilleuse.

John hésita, puis sortit chercher le médecin. En chemin, il comprit ce que Mary avait essayé de dire. Elle avait voulu prononcer « Derek ».

Plus tard dans la matinée, ils étaient tous deux assis de nouveau sur le banc dans le couloir, aussi loin que possible l'un de l'autre. Il y avait plus de deux heures qu'ils étaient là. Derek dormait, la tête sur les genoux, et John pensait que lui-même n'allait pas pouvoir rester éveillé beaucoup plus longtemps, malgré le bruit qui augmentait à mesure que l'activité reprenait dans l'hôpital. Il avait aussi très faim.

L'équipe de jour arriva, et il vit l'infirmière qui s'était montrée si gentille avec eux en grande conversation avec une nouvelle. Comme elle regarda une fois ou deux dans leur direction, il comprit qu'elle parlait d'eux.

La nouvelle infirmière vint les voir au bout de quelques instants.

— Bonjour, John. Elle jeta un coup d'œil vers Derek : Il est complètement K.O., on dirait.

John se leva péniblement et fit mine d'aller réveiller son frère, mais elle l'arrêta.

— Non, laissez-le dormir. Je vais vous faire porter un petit déjeuner, et vous envoyer l'assistante sociale pour que vous puissiez parler un peu avec elle, d'accord ?

John, trop timide pour demander ce qu'était une assistante sociale, fit simplement oui de la tête.

Quand l'infirmière revint, elle portait deux plateaux, chargés de porridge, de pain grillé et de thé. Elle secoua Derek, et tous deux mangèrent de bon appétit.

L'assistante sociale arriva avant que John ait terminé. S'asseyant entre eux, elle ouvrit un dossier.

— Bien, lequel d'entre vous est l'aîné ?

— C'est moi ! firent-ils en même temps.

La question avait toujours fait l'objet d'une controverse entre eux, que leur mère avait refusé de trancher, leur affirmant qu'ils étaient égaux en tous points.

— Nous sommes jumeaux, expliqua John.

— Je vois, fit la femme en hochant la tête. Bon, peu importe. Votre mère va rester avec nous un moment, je crois.

— Est-ce que... est-ce qu'elle va... ?

La question venait de Derek.

— Espérons simplement que tout ira pour le mieux, dit la femme. Ceci mis à part, continua-t-elle, est-ce que l'un d'entre vous travaille ?

— Non, Madame, dit John. Pas encore, en tout cas, mais je vais chercher un emploi dès que je rentrerai à la maison. Si maman va mieux, bien sûr.

L'assistante sociale lui lança un regard bienveillant.

— Avez-vous d'autres frères et sœurs ? Et si votre mère peut rentrer chez elle, qui s'occupera d'elle ?

— Moi, dit John nettement.

— Moi, j'ai du travail, fit brusquement Derek. Je travaille pour mon cousin, au Canada. Je vais retourner là-bas dès que possible. Si c'est l'argent qui vous inquiète, je lui en enverrai.

John le regarda d'un air incrédule. Comment pouvait-il abandonner ainsi leur mère ? Et était-ce hier ou avant-hier que Derek regrettait d'avoir seulement posé le pied au Canada ?

L'assistante sociale se tourna vers Derek, le stylo en l'air.

— Qu'est-ce que vous faites là-bas ?

— Je travaille dans une ferme.

— Votre revenu annuel ?

— A vrai dire, rien pour l'instant. Je travaille en échange de mon logement et de ma nourriture. Mais si la moisson est bonne l'année prochaine, on m'a promis que je serais payé.

— Je vois, répéta l'assistante sociale.

Elle réfléchit un moment, puis inscrivit quelque chose sur son dossier. Quand elle reprit la parole, sa voix était douce.

— Bien, jeunes gens, je vous suggère de rentrer chez vous dès que possible. Si vous restez ici à l'hôpital, vous ne servirez pas à grand-chose et, de toute façon, ce n'est pas très gai pour vous. Votre mère va revenir à elle très lentement. Les premiers jours, elle ne saura même pas si vous êtes là ou non. Vous avez un moyen de locomotion ?

— Un voisin est venu avec nous. Il a une voiture. Il va nous ramener, et nous sommes tout à fait capables de nous occuper de nous-mêmes, Madame, lui assura John. Tout ira bien pour nous.

— Tout ira bien pour lui, dit Derek. Moi, je retourne au Canada.

L'assistante sociale se tourna vers lui, surprise, mais ne dit rien. Elle ferma son dossier et s'en alla.

— Pourquoi fallait-il que tu sois aussi brusque ? explosa John dès qu'elle fut hors de portée de voix. Cette femme a été très gentille avec nous. Et je trouve que tu es bien pressé de vouloir repartir... Que se passera-t-il si maman a besoin de nous deux ?

Derek détourna la tête.

— Écoute, reprit John, quoi qu'il se soit passé au Canada — et quoi que tu aies sur le cœur — ne peut-on pas l'oublier au moins pour le moment ? Il y a plus urgent !

Sans s'en apercevoir, John avait élevé la voix et deux vieux messieurs assis sur un banc, un peu plus haut dans le couloir, interrompirent leur conversation pour les regarder. John baissa la voix.

— Pour l'amour de Dieu, Derek, c'est ridicule... Maman est là — peut-être mourante — et nous nous comportons comme deux imbéciles. *Tu* te comportes comme un imbécile.

Derek croisa les jambes et se mit à étudier ses ongles. John renonça.

— Je vais aux toilettes.

Quand il revint, Ned Sherling, lavé et rasé de près, était revenu de Saint-Ignace, ce qui lui épargna de faire une nouvelle tentative auprès de Derek.

Avant de partir, ils retournèrent voir leur mère. A la lumière du jour, John pensa qu'elle avait déjà meilleure mine. Si elle avait encore son masque à oxygène et des tuyaux un peu partout, elle avait repris des couleurs et sa poitrine se soulevait régulièrement au rythme de sa respiration. Son visage, cependant, paraissait déformé.

A cet instant, Mary ouvrit les yeux. D'un regard opaque, elle fixa un point situé droit devant elle. Sa paupière gauche ne s'ouvrait pas complètement.

— Bonjour maman, murmura-t-il.

Derrière lui, Derek prononça la même phrase.

— C'est très bien, Mary, s'exclama l'infirmière qui était avec eux. Regardez qui est venu vous voir, mon petit. John et Derek !

Le regard de Mary glissa sur eux puis repartit vers le haut. Il n'exprimait rien, si ce n'est peut-être la surprise. Sa poitrine se souleva à nouveau et ils entendirent le terrible gargouillis de l'oxygène quand elle essaya de dire quelque chose.

— Ergl...

— Il va lui falloir du temps, dit l'infirmière, ne vous laissez pas trop impressionner. C'est normal après une grave attaque. Elle ira beaucoup mieux d'ici une semaine environ, n'est-ce pas, mon petit ?

Elle se retourna vers Mary et lui remit délicatement quelques mèches de cheveux fins derrière l'oreille.

John n'en pouvait plus.

— Au revoir, maman, bredouilla-t-il. Ne t'en fais pas, nous allons bientôt revenir te voir.

Mary tourna vers lui ses yeux étonnés.

— Ergl...

— Derek est là, maman. Regarde, il est là, dit-il en poussant son frère par le bras.

Derek arracha violemment sa main, mais cela n'avait guère d'importance car Mary ne le reconnut pas.

— Ergl ? dit-elle encore d'un ton interrogatif alors qu'elle semblait pourtant le regarder.

L'infirmière prit le relais. Faisant comprendre par gestes aux deux frères qu'ils devaient sortir, elle prit la main de Mary.

— Les garçons vont s'en aller maintenant, Mary, mais ils vont très bientôt revenir vous voir, dans un jour ou deux. Il faut vous reposer maintenant, Mary. Vous avez besoin de dormir, dit-elle en lui caressant le front.

En sortant de la pièce, John s'essuya les yeux du revers de la main, mais au silence qui l'entourait, il comprit qu'il était l'objet de l'attention générale. Honteux de sa faiblesse, il partit d'un pas précipité, suivi de Derek.

Ned les attendait dehors.

— Comment va-t-elle ?

— Un peu mieux, dit Derek, le seul capable de répondre. Ils pensent que ça va aller à présent.

— Eh bien, Dieu soit loué ! dit Ned.

— Ce n'est pas vrai ! s'écria John avec passion. C'est faux ! Elle va rester infirme !

Derek s'éloigna.

John inspira profondément l'air vif et glacé, tandis qu'ils descendaient l'escalier de l'hôpital. La clarté du jour l'apaisa. Après la pénombre verdâtre et surchauffée dans laquelle il avait passé ces dernières heures terribles, le vent de janvier qui balayait Eccles Street lui piquait le fond de la gorge et lui mordait les oreilles, mais à chaque pas, il se sentait un peu mieux. Peut-être les infirmières avaient-elles raison, après tout. Peut-être leur mère allait-elle guérir.

— C'est dans cette rue qu'a vécu Léopold Bloom,

dit Ned quand, arrivés au bout de Eccles Street, ils tournèrent dans Dorset Street, où il avait garé sa voiture.

— Ah bon ? fit John, supposant que Léopold Bloom devait être un écrivain, car Ned Sherling était connu à Drumboola comme un lecteur assidu.

Sur le trottoir en face, il aperçut tout à coup une cabine téléphonique.
Rose.
Il pourrait appeler Rose à son école.
Puis il se souvint qu'elle devait être encore à Sundarbans pour les vacances de Noël. Il s'était tant inquiété pour sa mère, qu'il en avait presque oublié Rose.

Ce ne fut que le surlendemain qu'il alla à la Grande Maison. Derek et lui avaient filé droit au lit quand ils étaient arrivés chez eux. Sans un mot, Derek était entré dans la chambre de leur mère, dont il avait aussitôt claqué la porte derrière lui, laissant à John la chambre qu'ils partageaient autrefois, mais ce dernier était trop fatigué pour se soucier de ce que son frère faisait ou ne faisait pas.

Il se réveilla reposé. Une lumière grise filtrait par la fenêtre et la maison tout entière résonnait du martèlement d'une pluie drue. Il sauta au bas du lit, encore tout habillé, dans les vêtements qu'il portait en fait depuis près de quarante-huit heures. Il avait aussi très froid et, une fois de plus, une faim de loup.

A peine entré dans la cuisine, il se dirigea instinctivement vers la tablette de la cheminée où il consulta l'heure à la pendule. Les aiguilles marquaient trois heures dix et il fut tout d'abord sidéré — il ne pouvait pas avoir dormi aussi longtemps — puis, en la secouant, il se rendit compte qu'elle était arrêtée. C'était sa mère qui la remontait chaque soir, avant d'aller se coucher.

Il alluma la radio, au moment précis où un speaker annonçait la fin du journal de neuf heures. Il avait dormi plus de vingt heures. Son regard se porta vers la porte de la chambre de sa mère. Elle était toujours close.

Bien que propre et rangée, la cuisine avait comme un air négligé. Il ouvrit le fourneau et ratissa les cendres froides, puis sortit chercher quelques bûches dans le hangar. La cour lui parut vide. Il y manquait quelque chose... La chèvre. Où donc était-elle ? Se pouvait-il qu'on l'ait volée pendant l'absence de sa mère ? Ou était-ce l'un des voisins qui l'avait recueillie ?

Le temps de rapporter les bûches et le petit bois dans la cuisine, il était trempé, et claquait des dents. Il alluma le feu dans le fourneau et en attendant de pouvoir mettre la bouilloire à chauffer, il fouilla les placards et les tiroirs à la recherche de quelque nourriture. Sa récolte fut bien mince ; un demi-paquet de biscottes, un peu de beurre, un quignon de pain moisi et la moitié d'un trognon de chou. Il y avait bien un peu de thé et de sucre, mais pas de lait.

Sa conscience le tourmenta. Voilà pourquoi sa mère était aussi maigre et était tombée malade. Tandis que Derek et lui mangeaient tout leur soûl sur la grasse terre du Canada, elle mourait pratiquement de faim. Cette découverte renforça encore sa décision de rester et de prendre soin d'elle. Il était solide et tout à fait capable de travailler. Elle n'aurait plus jamais faim.

Il étala le beurre en couche mince sur autant de biscottes qu'il put et commença à les dévorer, debout à côté de la cuisinière, sans se soucier des miettes qui tombaient. Avant d'avaler les deux dernières, il hésita, pensa à Derek, mais son estomac, loin d'être rassasié, eut le dernier mot.

— Qu'il aille au diable, après tout. Ce n'est sûrement pas lui qui m'en aurait gardé !

Malgré la pluie qui tambourinait, il entendit tout à coup frapper à la porte du fond. C'était Ned Sherling, un bidon dans une main, un sac en papier dans l'autre. La pluie avait noirci les épaules de son imperméable et le court trajet de sa voiture à la porte avait suffi à plaquer ses cheveux clairsemés sur son crâne.

— Ned ! s'exclama John, entrez vite.

Ned s'essuya les pieds sur le paillasson intérieur, secouant l'eau autour de lui comme un épagneul.

— Je vous ai juste apporté deux ou trois petites choses, dit-il presque en s'excusant, avant de lui tendre le bidon et le sachet trempé. C'est dimanche, les magasins sont fermés, et je me suis dit que vous ne trouveriez pas grand-chose ici, n'est-ce pas, avec Mary...

— Vous êtes trop gentil, Ned. Je viens d'allumer le feu. Je vais faire chauffer une bouilloire dans quelques minutes.

Ned le laissa l'aider à ôter son imperméable. John balaya rapidement les miettes et lui sortit une chaise. Tout en faisant ce geste, il se rendit compte que c'était la première fois qu'il se comportait en hôte dans la maison de gardien. Il ferait aussi bien de s'y habituer. Il déballa les provisions sur la table — du pain, une demi-douzaine d'œufs et quatre tranches de lard. Le bidon contenait du lait que Ned venait de traire, encore couvert de mousse.

— Merci, Ned, dit encore John. Cela nous dépannera en attendant que nous nous soyons organisés. Vous prendrez bien le petit déjeuner avec moi ?

— Ah, non, fit Ned. Sûrement pas. J'ai déjà pris le mien après la traite.

— Acceptez au moins une tasse de thé alors, et une tranche de pain.

— Ce n'est pas de refus. Merci.

John le regarda avec curiosité. Il avait toujours considéré la présence de Ned comme allant de soi. D'aussi loin qu'il s'en souvienne, Ned avait toujours fait partie de leur vie, comme le banc à dossier dans le coin de la cuisine ou la pendule désaxée sur la tablette de la cheminée. Ned avait longtemps vécu avec une sœur plus âgée qui était morte plus de dix ans auparavant. Comment se débrouillait-il tout seul à présent, là-haut sur la colline ? Jusqu'à hier, avant de déceler cette note d'angoisse dans sa voix quand ils parlaient de Mary, John n'avait jamais pensé que cet homme gauche et introverti pouvait avoir des sentiments semblables aux siens.

— Je tiens à vous remercier, Ned, dit-il lentement. Aucun voisin n'en aurait fait autant que vous. Et je ne parle pas simplement du fait que vous nous avez conduits partout dans le pays, Derek et moi.

— Bah, ce n'est rien, rien du tout, dit Ned précipitamment. Pour l'amour de Dieu, n'en parlons plus.

Ned eut un léger répit car, la plaque de la cuisinière étant à peu près chaude, John s'affaira avec la poêle et la bouilloire. Il mit les tranches de lard à cuire et se tourna vers la table pour couper le pain.

— Il y a quelque chose que je voudrais vous demander, Ned, reprit-il. A ma grande honte, je dois reconnaître que je n'y avais jamais songé avant, ou en tout cas pas assez. Comment maman a-t-elle pu survivre pendant toutes ces années sans un sou ?

— Eh bien, elle vendait des œufs et des légumes à Carrick, répondit Ned, et il y avait aussi le lait de la chèvre. C'est une denrée précieuse pour les enfants malades.

— Ça, je sais, dit-il. Je suis allé en vendre pour elle bien des fois... Mais cela n'aurait pas suffi à nourrir un oiseau.

— Le chanoine lui donnait également toujours quelques shillings pour nettoyer la chapelle.

Stupéfait, John le regarda, le couteau à pain suspendu en l'air. Dire que toute sa vie, il avait cru que sa mère n'allait à la chapelle que pour prier. Il comprenait à présent pourquoi elle n'avait jamais voulu que lui ou Derek l'y accompagne. Cet homme en savait plus sur sa mère que lui-même.

— Il y a peut-être autre chose que vous pourriez me dire, Ned. Où est la chèvre ? Et les poules, au fait ?

Maintenant qu'il y pensait, le hangar aussi lui avait laissé une impression bizarre quand il était allé chercher du bois. Il venait de se souvenir que les perchoirs étaient vides.

Ned regarda ses bottes.

— Euh, voilà... elle ne voulait pas que vous le sachiez, marmonna-t-il, et je ne l'ai découvert que par hasard...

— Quoi ? Découvert quoi ?

— Eh bien, il lui a fallu rassembler de l'argent pour votre voyage en Amérique et pour la veillée.

— Je croyais que les McGuigan avaient envoyé l'argent des billets.

— Ils en ont envoyé la plus grande partie.

— Et comment s'est-elle procuré ce qui manquait ?

— Auprès de Francey Meagher, de Rockchapel, expliqua Ned en levant courageusement les yeux. Francey était d'accord pour attendre que vous soyez partis avant de prendre la chèvre et les poules.

— Ce n'est pas cette malheureuse chèvre et ces poules qui ont suffi pour tout payer ! Comment a-t-elle fait pour le reste ?

— C'est tout ce que je sais, dit Ned, mais il regardait à nouveau ses bottes, les joues empourprées.

343

John n'avait plus besoin de poser de questions.
— Je vous rembourserai, Ned.
Ned releva aussitôt la tête.
— Quoi ? Rembourser quoi ? Mais de quoi veux-tu parler ?
John se tourna vers la cuisinière. Le lard était cuit et la bouilloire chantait. Il cassa deux œufs dans la poêle qui l'éclaboussèrent en tombant. Avec un mouvement de recul, il écarta la poêle de la plaque chaude, et attendit que les projections se calment.
— Je vais trouver du travail, Ned, dit-il tranquillement. Et pas un petit boulot pour rire. Je vous rembourserai tout jusqu'au dernier sou.

Six heures plus tard, John scrutait le ciel sombre, sans voir la moindre perspective d'éclaircie. Une pluie diluvienne tombait mais il ne pouvait plus attendre. Le déjeuner du dimanche devait être terminé depuis longtemps, et il allait bientôt faire nuit.
Il s'était préparé avec soin, avait fait une grande toilette, lavé sa plus belle chemise, l'avait fait sécher devant le feu, l'avait repassée — sans d'ailleurs parvenir à un excellent résultat — et avait ciré ses plus belles chaussures. Il mit son manteau et attrapa une vieille casquette de son père, qu'il enfonça sur ses oreilles, puis prenant d'un geste automatique une goutte d'eau bénite dans la petite vasque à côté de la porte, il se signa avant de sortir et de se mettre en route vers Sundarbans.
Avant même d'avoir parcouru cent mètres, il était trempé. Il avait beau essayé de rester sous le couvert des arbres, les ornières et les nids-de-poule étaient parfois si larges qu'il lui était impossible de les franchir sans les contourner. Il sauta par-dessus l'un d'eux, mais manqua son coup et atterrit dans une gerbe d'éclaboussures. C'était bien la peine de s'être donné autant de mal pour cirer ses chaussures !

Il avait le ventre noué à l'idée de revoir Rose, mais pour l'instant, sa visite à Sundarbans avait un tout autre but, bien plus urgent d'ailleurs : il allait demander à Gus O'Beirne Moffat de lui donner du travail sur la propriété.

Écartant une branche lourde d'eau de pluie, il s'efforça de se détendre en se concentrant sur tout autre chose, par exemple ce qu'il ferait à ce moment précis s'il était à Kelly's Cross. Il s'imagina sur une luge ou un traîneau, glissant sur la neige, ou occupé à écraser des topinambours et des navets pour la volaille.

Ou encore en train de manger. Il revit les assiettes fumantes et appétissantes de Peggy McGuigan, ses ragoûts, ses succulentes tartes aux fruits, ses crèmes caramel... Il en avait l'eau à la bouche. Les victuailles que Ned Sherling leur avait apportées ce matin avaient été les bienvenues, mais par souci de justice envers son frère, John en avait laissé la moitié au chaud dans le four, et il avait de nouveau faim.

Derek ne lui avait toujours pas adressé la parole. Il avait pris ce qu'il y avait dans le four sans le moindre commentaire et s'était aussitôt retiré dans la chambre de leur mère. John avait envisagé de lui confier ses intentions, mais ne voulant pas risquer une bagarre ou une nouvelle rebuffade, il avait renoncé.

Il était presque arrivé au bout du chemin. L'eau glacée commençait à dégouliner à l'intérieur du col de son manteau. Devant l'escalier de la maison, son courage faillit l'abandonner. On aurait dit que les éléments déchaînés l'avertissaient de faire demi-tour ; entre l'endroit où il se tenait et la première marche, une vraie mare s'était creusée, à cause des torrents d'eau qui se déversaient des gouttières cassées, et dévalaient l'escalier en cascade.

Peut-être ferait-il mieux de revenir un autre jour...

D'un autre côté, on avait pu déjà l'apercevoir par une fenêtre. Et si Rose l'avait vu... Il était trop tard pour rebrousser chemin. Il avança dans l'eau, profonde d'au moins dix centimètres, et progressa péniblement jusqu'aux marches.

N'étant jamais entré dans la maison, il ignorait si la sonnette fonctionnait. Il décida d'essayer quand même. N'obtenant pas de réponse, il laissa passer un temps convenable avant d'utiliser le heurtoir, qu'il souleva puis laissa retomber. Toujours rien. Il frappa à nouveau, plus fort cette fois. Quelques instants plus tard, la porte bougea légèrement et il entendit un bruit de chaînes qu'on déverrouillait. Le cœur lui manqua. Il avait commis une terrible erreur en se présentant à la porte principale. Il y avait probablement des années qu'elle n'avait pas été ouverte. Mais comment aurait-il pu le savoir ?

La porte s'ouvrit dans un grincement délogeant une pluie de débris au passage, et il se trouva face à face avec la mère de Rose. John ne s'y était pas du tout préparé. Comment avait-il pu l'oublier ?

— Excusez-moi, commença-t-il, mais il n'eut pas le loisir de continuer, car Daphné lui avait claqué la porte au nez.

Un instant, John resta là, stupéfait, aveuglé par la pluie qui dégoulinait le long de son visage. Puis il se mit en colère. Grande dame ou pas, comment osait-elle ? Avant même de se rendre compte de ce qu'il faisait, il se remit à frapper à la porte, si fort qu'il faillit faire sortir le marteau de ses gonds. Il ne méritait pas ça. On n'avait pas le droit de traiter qui que ce soit de la sorte, pas même un mendiant.

Il continua à frapper, la colère grondant en lui de plus en plus, jusqu'à ce que la porte s'ouvre à nouveau. Cette fois, ce fut le Colonel qui apparut.

— Que diable... commença-t-il, violemment.

Mais ce fut au tour de John de se montrer abrupt. Sa rage et son humiliation longtemps contenues le submergèrent et il dut se retenir pour ne pas brandir un poing devant lui. Avant que le père de Rose n'ait pu en dire plus, il le devança.

— Je voulais juste vous parler, Colonel, mais votre femme m'a claqué la porte au nez.

Il avait beau se dire en même temps qu'il était en train de ruiner toute chance que les parents de Rose approuvent un jour sa relation avec leur fille, sa colère était trop forte pour qu'il en tienne compte.

— Elle a claqué la porte ! répéta-t-il, vibrant sous l'outrage.

— Dites-lui de s'en aller, fit la voix plaintive de Daphné, derrière Gus.

— Allez-vous me laisser vous parler, Monsieur, oui ou non ? insista John.

Gus hésita, le menton tremblant. L'espace d'une seconde, John eut presque pitié de lui, mais sa résolution se renforça. La pluie battante tambourinait sur sa tête ; il n'essayait même plus de s'en protéger. Il battit des paupières pour empêcher l'eau de couler dans ses yeux et redressa les épaules.

— Augustin ! ordonna Daphné d'une voix plus forte. Fermez cette porte !

John regarda fixement Gus, le forçant mentalement à ne pas écouter sa femme.

La bataille fut terminée et gagnée en un éclair. Gus ouvrit un peu plus la porte.

— Venez vous abriter de la pluie, John, marmonna-t-il. Vous êtes trempé.

John tapota ses chaussures, bonnes à essorer, et entra.

— Comment pouvez-vous laisser ce... cet *individu* s'introduire chez moi ! cria Daphné quand Gus referma la porte derrière lui.

Jamais John n'avait entendu une voix de femme devenir aussi stridente.

Il s'aperçut au même instant qu'il répandait de l'eau tout autour de lui sur le sol, et tenta en vain de limiter les dégâts en resserrant étroitement les bords de son manteau autour de lui.

Gus se tourna vers sa femme, les mains levées, dans un geste d'excuse et de prière.

— Daphné, tout ce qu'il veut, c'est me parler. Il fait un temps à ne pas même laisser un chien dehors...

— Faites-le sortir d'ici ! hurla-t-elle, le visage violacé.

Toute la colère de John s'évanouit d'un seul coup. Il l'avait passée sur le marteau de la porte, dans son acharnement à vouloir entrer. Il n'avait plus peur, ni de la mère de Rose, ni du Colonel, ni de personne, ni de rien. En voyant Daphné O'Beirne Moffat dans cet état, il douta fort qu'elle ou les gens de sa sorte parviennent encore un jour à l'intimider.

— Daphné, je vous en prie, bredouilla Gus. Tout ce que ce garçon veut...

— Je vous ai demandé de le faire sortir...

La voix de Daphné avait totalement changé de registre, elle était devenue basse et sinistre. Bizarrement, John ne se sentait pas du tout impliqué dans leur querelle et, ses vêtements dégouttant toujours, il attendit calmement.

Le Colonel fit une chose étrange. Il sortit sa montre de sa poche. Il ne la regarda pas, mais la tint devant sa poitrine, le cadran tourné vers l'extérieur, comme un talisman.

— Daphné, je vous rappelle que je suis chez moi ici, dit-il d'un ton bourru. Ce garçon est un de mes locataires, et je vais le recevoir.

Tout en parlant, il ouvrit le couvercle de sa montre, puis le referma. Pour la deuxième fois en peu de temps, John ressentit un élan de sympathie pour lui.

La mère de Rose, les traits tordus, ne répondit pas tout de suite.

— Très bien, dit-elle après quelques secondes. Je serai dans ma chambre. J'aimerais vous parler quand vous en aurez terminé.

Elle fit demi-tour, et ses talons martelèrent le carrelage tandis qu'elle se dirigeait vers l'escalier principal. John et Gus suivirent sa progression rigide le long des marches, jusqu'à ce qu'elle ait disparu de leur vue. Ni l'un ni l'autre ne bougèrent avant d'avoir entendu le bruit d'une porte qui se fermait.

Gus se tourna à demi vers John mais sans oser croiser son regard.

— Excusez-moi, dit-il. Nous sommes un peu nerveux, voyez-vous...

Il paraissait sur le point d'ajouter quelque chose, quand il découvrit la montre dans sa main. Il la remit aussitôt dans sa poche.

— Je vous en prie, Colonel, dit John. C'est moi qui suis désolé. J'ai perdu mon sang-froid, je n'avais pas le droit de vous parler comme je l'ai fait.

— Oui, bon... fit Gus. Vous avez quelque chose à me dire. Allons dans la salle des armes. Nous y serons tranquilles. C'est un peu mon bureau.

John lui emboîta le pas le long d'un petit couloir situé de l'autre côté de l'entrée. Gus prit une clef sur sa chaîne de montre pour ouvrir une simple porte marron, et entra dans une petite pièce lambrissée, meublée d'une table, d'un bureau-pupitre et d'un fauteuil assorti, ainsi que d'un petit divan qui avait connu des jours meilleurs. Les fusils — trois fusils de chasse et une carabine — étaient accrochés sur un râtelier, dans une vitrine posée contre un mur. Mais le regard de John fut aussitôt attiré par l'élément principal de la pièce. A côté de la vitrine, la tête d'un tigre le regardait de ses yeux de verre, ses rayures noires et jaunes éclairant la pénombre irlandaise de cette pièce triste et humide, comme une gigantesque luciole au crépuscule. Quand Gus se retourna pour inviter John à s'asseoir, il le vit regarder fixement le trophée et interpréta à tort son expression.

— Ah, oui... c'était il y a cent ans, voyez-vous. Toute une autre époque. Rien à avoir avec la famille actuelle.

— C'est magnifique, Monsieur, dit John.

Et il le pensait sincèrement ; il n'avait jamais vu un objet aussi beau, aussi exotique. Tant d'histoire et tant de gloire s'étaient côtoyées dans cette maison... Pour la première fois, John comprenait la tragédie qu'était le déclin de Sundarbans et des O'Beirne Moffat ; pour la première fois, il comprenait que l'indignité personnelle était quelque chose de relatif.

Mais Gus ne semblait guère conscient de tout cela ; il était simplement flatté.

— Oh oui, merci, merci. Asseyez-vous, John. Alors, de quoi vouliez-vous me parler de manière si urgente ? demanda-t-il en prenant place devant le petit bureau.

— J'aime autant rester debout, si vous n'y voyez pas d'inconvénient, Colonel, dit John. Je suis tellement trempé que je risquerais d'abîmer votre canapé. Ce que je voulais, Monsieur, c'est vous demander si vous n'auriez pas du travail à me donner. Un vrai travail. C'est qu'à présent, j'ai des responsabilités.

Gus sursauta visiblement. Il commença à se lever de sa chaise, mais John qui avait peur d'un refus, ajouta dans un débit précipité.

— C'est surtout ma mère, voyez-vous, Monsieur... enfin, vous savez probablement que ma mère est tombée gravement malade. Elle a eu une attaque. Pour l'instant, elle est à l'hôpital, à Dublin. Si elle guérit, elle va avoir besoin de quelqu'un pour s'occuper d'elle. Derek, mon frère, retourne au Canada et dit qu'il enverra de l'argent. En attendant, moi, je vais chercher du travail partout dans la région. Vous savez, Monsieur, je suis qualifié pour toutes sortes de travaux à la ferme, maintenant. Même si je ne suis resté au Canada que quelques mois, j'y ai beaucoup appris — les chevaux, le bétail, les cochons même. Et la terre. Je peux pratiquement tout faire...

Gus le fixait toujours avec une expression indéchiffrable.

John regarda à nouveau la superbe créature immobilisée dans un feulement éternel sur le mur, son regard de basilic symbolisant le gouffre entre les O'Beirne Moffat et lui-même. Il avait commis une terrible erreur en venant. Il ne trouverait pas d'aide ici.

— Je croyais, j'étais certain... dit Gus, lentement.

Le regard de John, vide d'espoir, revint vers lui. La nécessité, l'urgence et la colère l'avaient soutenu jusque-là, mais la pièce n'était pas chauffée et il commençait à grelotter. Il tenta d'empêcher ses dents de claquer.

— Oui, Monsieur ? demanda-t-il poliment.

— Vous êtes... vous étiez très ami avec... avec ma fille ?

C'était bien la dernière chose à laquelle John s'attendait... Comment se faisait-il que le père de Rose évoque leur relation ? Rose s'était-elle confiée à lui ? Il cessa de trembler.

— Oui, Monsieur, répondit-il avec circonspection. Je l'étais. Je le suis. Nous nous écrivons.

— Vraiment ? demanda Gus dont les yeux pâles s'étrécirent légèrement.

— Oui, Monsieur. Mais je n'ai rien reçu d'elle depuis plusieurs semaines. J'étais encore au Canada il y a deux jours, ajouta-t-il inutilement.

— Et vous êtes revenu parce que votre mère était malade ?

— Oui, Monsieur.

— Uniquement à cause de cela ?

John était intrigué par cette série de questions. Que voulait donc sous-entendre cet homme ? Pensait-il que tout ceci était une manœuvre pour revoir Rose ?

— Oui, Colonel, dit-il.

Gus se leva et ressortit sa montre de la poche de son gilet, mais une fois de plus, sans la regarder.

— Mary Flynn est une brave femme, dit-il. Et j'aimais beaucoup votre père. Je vais voir ce que je peux faire.

John ne pouvait en croire ses oreilles.

— Vous voulez dire que vous *allez* me donner du travail ?

— Même si je pouvais me permettre d'embaucher, ce qui n'est pas le cas, je ne crois pas qu'être employé sur cette propriété serait l'idéal pour vous, vous ne pensez pas, John ?

Une fois de plus, John fut troublé par les implications de cette phrase, mais il était tellement ravi de la réaction plutôt positive du Colonel qu'il ne s'y arrêta pas.

— Cela signifie que vous allez me trouver un travail ailleurs ? demanda-t-il avec ferveur.

— Laissez-moi faire, dit le Colonel d'un ton qui indiquait que l'entretien était terminé.

Ils sortirent de la pièce et le Colonel referma à clef derrière eux. Puis il entraîna John à sa suite dans le vestibule, mais cette fois, ils traversèrent la cuisine et arrivèrent à la porte de derrière.

— La grande porte ne sert plus que pour les enterrements, lui expliqua-t-il en le raccompagnant.

— Je ne pourrai jamais vous remercier assez, Monsieur, dit John.

Il franchit le seuil et remonta automatiquement le col dégoulinant d'eau de son manteau. Le tenant des deux mains, il se lança.

— Excusez-moi, Colonel, mais puis-je vous demander si Rose est là cet après-midi ?

L'effet produit par sa question fut celui d'une décharge électrique.

— Non, répondit sèchement le père de Rose, ses doigts volant aussitôt vers sa montre-gousset. Elle n'est pas là.

Pour la deuxième fois en une demi-heure, John se retrouva devant une porte qui se refermait sur lui.

Le cerveau en ébullition, il regarda le bois usé, gonflé par la pluie. Il commençait à comprendre. Gus et Daphné O'Beirne Moffat avaient découvert ce qu'il y avait entre Rose et lui — elle avait dû le dire à son père ou ils avaient trouvé ses lettres — et, c'était prévisible, ils étaient totalement opposés à leur relation.

Il réfléchit intensément à cette nouvelle donnée tandis qu'il prenait péniblement le chemin du retour, se souciant peu cette fois d'éviter les nids-de-poule inondés. Il allait falloir qu'il trouve un moyen de contacter Rose d'urgence. Il se pouvait qu'elle lui en ait parlé dans une lettre qui l'attendait peut-être déjà à Kelly's Cross.

Mais où était-elle à présent ? Qu'avait voulu dire son père ? Qu'elle n'était pas là pour l'instant ou qu'elle n'était pas là du tout ? Il devrait arriver à le découvrir assez facilement en interrogeant le voisinage.

Quoi qu'il en soit, l'un de ses problèmes — ils s'accumulaient de jour en jour —, paraissait au moins en voie de résolution. Il était certain que le Colonel O'Beirne Moffat était un homme de parole.

Quand il poussa la porte du fond de la maison de

gardien, Derek, qui était assis à la table de la cuisine, en train de prendre son petit déjeuner, se leva et emporta tout dans le salon où il s'enferma.

Deux jours s'écoulèrent avant que John ait recouvré suffisamment d'énergie pour se mettre à la recherche de Rose.

Il passa la plus grande partie de ce temps à nettoyer la maison, tâche qu'il accomplit seul. Comme il trouvait extrêmement pénible la guerre des nerfs unilatérale que menait Derek, il appréciait finalement son absence quasi permanente. Son frère avait pris l'habitude de se lever tard et, après s'être fait du thé, il quittait la maison pour le reste de la journée et rentrait à la nuit tombée, bien après que John se fut couché. Il n'avait aucune idée de l'endroit où Derek passait son temps mais supposait que c'était avec de vieux amis d'école. Avant de leur dire au revoir à l'aéroport de Charlottetown, Dan McGuigan leur avait remis à chacun un billet de cinquante dollars. John avait demandé à Ned Sherling de changer son billet dans une banque de Carrick, et d'en utiliser une partie pour acheter des vivres et quelques produits de base. Derek avait sans doute fait de même... En tout cas, il ne manquait jamais de cigarettes, et l'odeur du tabac froid imprégnait constamment la maison.

Après les pluies torrentielles du dimanche, le jour s'était levé sur un lundi gris et venteux, mais sec. Ce matin-là, John se réveilla à neuf heures et décida de se mettre aussitôt au travail. Il avait trouvé un bidon de noir à fourneau au fond d'un placard et avait ouvert la tirette de la cuisinière pour laisser le feu mourir pendant la nuit. Après le petit déjeuner il nettoya le poêle à fond, intérieur et extérieur, puis étala soigneusement du noir sur toutes les surfaces apparentes. L'odeur caustique le fit éternuer mais il ne s'arrêta pas pour autant ; enfin, il le polit jusqu'à ce qu'il ait l'air comme neuf.

Il venait de terminer quand Ned arriva, les bras chargés de victuailles. Il déposa le tout avec la monnaie, mais refusa de prendre une tasse de thé. Après son départ, John compta l'argent qui lui restait. Sa fortune se montait à huit livres seize shillings et cinq pence. Il les rangea dans la vieille boîte à thé sur la tablette de la cheminée, dans laquelle il avait toujours vu sa mère mettre l'argent. Il se sentait triste, mais aussi très adulte, comme si par ce geste, il assumait la direction de la maison.

Il alluma le fourneau et tout en se faisant cuire une poêlée de saucisses, essaya de calculer combien de temps cet argent lui durerait. En vivant frugalement, il pourrait tenir au moins trois semaines.

Il jeta un coup d'œil critique aux nombreuses saucisses qui grésillaient dans la poêle. Il ferait aussi bien de commencer dès à présent, se dit-il, et quand elles furent cuites, il n'en mit que la moitié sur une assiette, enveloppa les autres dans du papier paraffiné et les rangea dans le garde-manger accroché au mur, juste à côté de la porte.

Par habitude, il regarda le ciel. Il était gris clair, et strié de nuages trop hauts pour annoncer la pluie. Peut-être devrait-il aller à la poste pour téléphoner à l'hôpital. Il voulait aussi commencer son enquête pour savoir où était Rose. Mais ces deux perspectives étaient angoissantes, et après l'agitation des jours précédents, il sentit qu'il devait attendre un peu.

Il rentra et reprit son nettoyage, sans s'accorder le moindre répit jusqu'à ce que tout reluise dans la pièce. Quand il eut enfin terminé, la faim le tenailla à nouveau, mais compte tenu de son besoin d'économiser, il se contenta de deux sandwiches à la confiture de framboises et d'une tasse de thé, qu'il engloutit en toute hâte avant d'aller se coucher.

Le lendemain, il s'attaqua au petit salon, lessiva le sol, nettoya les fenêtres, suspendit le tapis sur une corde à linge dans la cour et le battit avec le balai. Il lava et fit briller tous les bibelots de porcelaine de Mary, passa le foyer au noir, fit reluire les chenets au Miror puis il alluma un nouveau feu avec du petit bois.

Au beau milieu de son effort, il s'arrêta net. Il se comportait comme un possédé. Le plus urgent n'était pas de nettoyer, mais de savoir comment allait sa mère — et où était Rose.

Il avala un sandwich à la saucisse froide et courut jusqu'à la poste. En y arrivant, il rencontra Francey Meagher qui attendait l'ouverture.

— Comment ça va, Francey ? demanda-t-il, sans savoir s'il devait faire allusion à la chèvre et aux poules.

Francey se chargea de résoudre le problème.

— Bien, John, bien, dit-il. Et ta mère ? On m'a dit qu'elle remontait la pente. Dis donc, ses poules, ce sont de sacrées pondeuses...

— Tant mieux, dit John. Maman ? Oui, je crois... enfin j'espère que ça va aller.

— Ah, quelle terrible affaire... Tu sais, si je peux servir à quoi que ce soit...

— Bien sûr, merci, Francey.

Le vieil homme se tenait appuyé contre le rebord de la fenêtre de la poste. Il déplaça sa bicyclette et invita John à prendre place à côté de lui. Ils restèrent là tranquillement et, au bout d'un petit moment, Francey sortit sa pipe qu'il porta à sa bouche mais sans l'allumer.

— Enfin, grâce à Dieu, on a une bien belle journée, dit-il.

C'est vrai qu'il faisait plutôt doux pour janvier. Il y avait peu de vent et un soleil intermittent répandait une faible lumière sur les haies dénudées et les champs en mottes, d'un vert éclatant après toute cette pluie.

Francey expectora et cracha, expédiant un jet de salive à deux mètres au moins. John attendit un peu, puis regardant à nouveau la route, comme s'il venait d'apercevoir quelque chose au loin, il tenta d'adopter un ton de voix aussi neutre que possible.

— Il ne se passe pas grand-chose par ici en ce moment. La situation n'est pas brillante à la Grande Maison, d'après ce que j'ai entendu...

— Ça, tu peux le dire, tu peux le dire..., fit Francey. Il va en falloir des monceaux d'argent pour remettre la propriété en état.

— Est-ce qu'il embauche un peu ?

— Tu parles, pas du tout ! Les poules auront des dents avant que les affaires tournent à nouveau. Ah, c'est pas comme autrefois...

Avant que Francey ne s'engage sur la voie des souvenirs rabâchés, John l'interrompit.

— Il ne me semble pas avoir aperçu la jeune Rose, pendant ces vacances.

— Non, dit Francey lentement. Elle n'est pas par là. A l'école en Angleterre, à ce qu'on dit.

John parvint à conserver une voix assurée. Il regarda la route une fois de plus.

— Ah... Je croyais qu'elle allait dans une école à Dublin...

— En tout cas, c'est ce que j'ai entendu, dit Francey. Elle était bien là pour Noël, avec une autre fille, mais ensuite elle est partie en Angleterre. C'est le Colonel qui l'y a emmenée... enfin, c'est ce qu'on dit.

— Ah bon ? fit John.

Son cœur se mit à cogner dans sa poitrine. Il mourait d'envie de demander à Francey s'il en savait un peu plus, si, par exemple, il connaissait l'endroit où Rose était en Angleterre, mais il sentit qu'il ne devait pas insister.

— Ah bon ? répéta-t-il, juste au moment où la postière ouvrait la porte à côté d'eux.

La poste faisait aussi bureau de tabac, marchand de journaux, papeterie et même épicerie pour quelques denrées de base. John prit sur ses fonds précieux pour acheter cinq feuilles de papier et cinq enveloppes, ainsi qu'un timbre. Après un instant d'hésitation, il rajouta une barre de chocolat à trois pence. Il n'en avait pas les moyens, mais il ne put résister à son emballage bleu et lisse. Puis, dans un élan d'insouciance, il demanda pour deux pence de biscuits.

— Comment va ta mère ? s'enquit la postière en faisant l'addition sur le sac en papier.

C'était une brave femme qui portait toujours ses cheveux plaqués sous un filet, qu'il neige ou qu'il vente.

— Je vais justement téléphoner à l'hôpital pour le savoir.

— Tu sais, je ne manque pas de prier pour elle à la messe.

— Merci, Mrs. Doody, répondit John. Combien coûte une communication avec Dublin ?

— Voyons ce que tu as là, fit la postière en comptant les pièces que John tenait dans sa paume. Tu as largement assez. Attends juste que je serve Francey et je vais faire ton appel. Tu as le numéro ?

John lui tendit le bout de papier froissé sur lequel l'assistance sociale l'avait inscrit.

Elle vendit à Francey deux onces de tabac à chiquer et une boîte d'allumettes, puis, quand ce dernier souleva sa casquette et sortit, elle s'assit devant son téléphone à fiches et composa le numéro.

— C'est le dispensaire du Sacré-Cœur, dit John, quand il l'entendit parler avec le standard de Dublin.

L'hôpital mit très longtemps à répondre et John envisagea le pire. Sa mère était déjà morte. Il aurait dû descendre téléphoner hier. Mais, finalement, la postière lui demanda de mettre un shilling et trois pence dans la boîte noire fixée au mur à côté du comptoir.

Les nouvelles étaient moyennement bonnes. Sa mère n'était plus sous oxygène et ils allaient commencer la physiothérapie dès le lendemain matin.

Gus vivait probablement un des meilleurs moments de son existence. Il était debout dans le petit salon, face à sa femme qui tremblait, et il avait une enveloppe à la main.

— Non, Daphné, dit-il fermement. Cette lettre est adressée à Rose, et elle la recevra.

Pour la deuxième fois en une semaine, Daphné, peu habituée à ce genre d'attitude, fut contrainte d'accepter sa défaite.

— Très bien, fit-elle avec raideur. Mais permettez-moi de vous dire que vous commettez une grossière erreur. Je croyais que nous étions d'accord. Moins Rose aura affaire avec ce garçon, mieux ce sera.

La lettre était arrivée par le courrier du matin. Sur du papier bleu bon marché, elle portait le tampon de la poste de Carrickmacross, et le nom et l'adresse de Rose étaient écrits soigneusement en larges capitales d'imprimerie. Gus la regarda à nouveau.

— Nous ne savons pas si cette lettre est de lui. Nous ne savons même pas si c'est lui le père... commença Gus, mais Daphné l'interrompit en reniflant.

— Ah non, vraiment ? fit-elle amèrement. A qui d'autre pensez-vous alors ?

— On ne condamne pas un homme sans procès, insista Gus.

— Je n'ai pas besoin de procès. Je le sais. Rose n'a pas eu à me le dire. Je suis quand même sa mère.

Gus plongea aussitôt la main dans sa poche gousset, mais s'arrêta au dernier moment.

— Et moi je suis son père, dit-il tranquillement. Je lui fais suivre cette lettre.

L'entretien de dimanche avec John Flynn était resté gravé dans sa mémoire. Ce garçon ne manquait pas de courage, il fallait l'admettre. Bien qu'il soit aussi consterné que sa femme par la situation fâcheuse de Rose et pensait comme elle qu'il ne fallait en aucun cas encourager sa relation avec John, il sentait instinctivement que le jeune homme était de bonne souche. Après tout, ni l'un ni l'autre n'avaient vraiment prévu de telles conséquences.

Daphné renonça et sortit de la pièce. Gus la suivit des yeux avec un soupir. Mais il sentit aussi un frisson de victoire le traverser. Le téléphone était posé sur une petite table près de la fenêtre. Il n'avait encore rien fait concernant sa promesse de trouver du travail au jeune homme. Pourquoi ne s'y attellerait-il pas tout de suite ?

Il passa trois coups de téléphone. Les deux premiers à des compagnons de chasse, des fermiers qui possédaient d'assez grosses exploitations à quelques kilomètres de là, de l'autre côté de la frontière, l'un à Armagh, l'autre à Tyrone. Devinant que la postière écoutait probablement sa conversation, il resta discret : il s'arrangea pour ne pas mentionner le nom de John et leur dit qu'il cherchait à placer le fils d'un ami. Les deux appels ne donnèrent aucun résultat : les temps étaient durs pour tous, et aucun des fermiers ne pouvait l'aider.

Le troisième appel, dicté par l'impulsion, fut pour un de ses vieux amis, George Cranshaw, propriétaire d'une gentilhommière qu'il avait récemment convertie en hôtel, sur une petite route entre Carrickmacross et Cootehill. Comme tous les propriétaires terriens, George avait compris que la simple exploitation agricole ne permettait plus de joindre les deux bouts.

Il avait sur ses trois cents hectares de terre un lac à truites, sur lequel hivernaient plusieurs espèces de canards, et avait décidé d'ajouter à cette attraction un élevage de faisans. Il possédait également quelques grouses et des bécassines, bien qu'en voie de disparition.

L'industrie du tourisme en Irlande était encore balbutiante, mais les Anglais commençaient à venir dans la région. Grâce à l'appui de l'Association du tourisme irlandais, George avait pu emprunter bien plus qu'il ne pouvait rembourser, et avait pu rénover sa demeure, dont il avait refait toute la plomberie. Willow House n'avait que six chambres d'hôte, mais il espérait attirer des chasseurs et des pêcheurs d'Angleterre ou du continent, lesquels avaient tendance, si le tableau était bon, à revenir tous les ans au même endroit. Tous les propriétaires de grandes maisons dans la région suivaient l'expérience avec intérêt.

— Bonjour George, dit Gus quand il décrocha.

— Ça alors, Gussie, quel bon vent t'amène ! dit Cranshaw. Comment ça va, mon vieux ?

— Bien, bien, dit Gus. Et ton affaire, ça marche ?

— Allons, allons, Gus, accorde-nous un peu de temps... On n'est qu'en janvier. Nous avons deux Américains à la recherche de leurs racines et un Italien qui tire sur les rouges-gorges.

— Bah ! fit Gus avec un rire étouffé. Peu importe... Son argent vaut bien celui d'un autre.

— J'aimerais pouvoir en dire autant de son tir... J'ai un peu peur pour mes chevaux. Que puis-je faire pour toi, Gus ?

— Eh bien, pour tout t'avouer, j'ai un service à te

demander. A toi de voir si ça te convient, évidemment, mais voilà, George... C'est le fils d'un ami, un bon garçon, qui cherche du travail. Un élément sérieux. J'aurais bien voulu l'aider si j'avais pu. En fait, il revient du Canada où il était ouvrier dans une ferme.

— Est-ce qu'il s'y connaît en gibier ?

— Ah, je n'ai pas pensé à lui demander, dit Gus. Mais je crois que oui, il devrait. Son père était mon garde-chasse... et je sais que le garçon pêche. Il connaît les chevaux aussi.

— Je suppose que j'aurais bien besoin d'un peu d'aide, dit George Cranshaw lentement. Tu crois qu'on peut lui faire confiance pour le maniement des armes à feu ?

— Absolument, dit Gus.

— Très bien, alors. Envoie-le-moi quand tu veux, demain ou après-demain, que je puisse discuter avec lui.

— Merci beaucoup, merci infiniment, Colonel, s'exclama John avec ferveur.

Cela se passait dans la cuisine de la maison de gardien, et il se sentit tellement heureux qu'il dut se retenir d'embrasser Gus.

Comme s'il avait deviné ce qui menaçait de se produire, celui-ci fit un pas en arrière.

— Il s'agit juste d'un essai, l'avertit-il, mais George paraît vraiment avoir besoin de quelqu'un et, bon, vous commenceriez par le bas de l'échelle, si l'on veut. Je me suis permis de lui dire que vous seriez prêt à faire tout ce qu'il fallait.

— Oh oui, n'importe quoi, dit John. Je ferai de mon mieux, Monsieur, et je vous promets que vous n'aurez pas à le regretter.

— Vous vous y connaissez en armes à feu ? demanda Gus.

— Le vieux douze-coups de mon père est toujours là. Je m'en suis déjà servi, mais pas souvent, admit John.

— Mais vous savez vous en servir, au moins ?

— Bien sûr, Colonel. Derek et moi l'avons déjà utilisé. Nous allions parfois tirer des lapins, et...

Il s'arrêta juste à temps. Il avait failli avouer que Derek et lui tiraient aussi, parfois, des faisans et autre gibier à plumes.

— Bon, bon, fit Gus. Très bien, je viendrai vous voir à l'œuvre. J'espère que ça va marcher.

Il s'apprêtait à sortir quand il s'arrêta sur le seuil en tripotant sa montre.

— Au fait, dit-il, j'ai fait suivre votre lettre à Rose. Allez, à bientôt.

Et il disparut.

John resta interdit. Il n'avait jamais écrit à Rose à la Grande Maison.

Peut-être que l'une de ses lettres était revenue par erreur de l'école de Dublin, pensa-t-il en se mettant à réfléchir activement à son entretien du lendemain.

9

Cette nuit-là, John ne parvint pas à dormir. Il avait pris le réveille-matin avec lui dans la chambre, mais terrifié à l'idée qu'il ne marche pas, il se leva une douzaine de fois au moins pour vérifier l'heure. Finalement, un peu avant six heures, il sortit de son lit et alla à la fenêtre ; avec la manche de son pyjama, il essuya la fine couche de glace qui s'était formée sur la vitre. Dehors, la haie sans feuilles luisait comme un fil d'argent sous le halo de la lune. Tremblant de froid, il alluma une bougie et s'habilla rapidement, enfilant ses plus beaux vêtements qu'il avait posés la veille sur le dossier d'une chaise.

Il emporta la bougie dans la cuisine et la posa sur le rebord de la fenêtre, à côté de la bicyclette. L'hôtel se trouvait à une dizaine de kilomètres, et il avait emprunté cette vieille Rudge en fonte à un ancien camarade d'école. Après s'être rapidement lavé à l'eau froide, il avala en toute hâte une tartine de pain beurré et but un bol de lait. Puis il griffonna un billet pour Derek qui était, comme d'habitude, rentré très tard dans la nuit.

Au départ, il n'en avait pas l'intention, mais il se rendit compte qu'il ne pouvait négliger certaines considérations pratiques : si, par exemple, l'hôpital cherchait à les joindre, Derek aurait besoin de savoir où il se trouvait. Tout en écrivant, il admit aussi qu'il y avait une autre raison à sa lettre, bien plus profonde : il s'accrochait à l'espoir qu'un jour, peut-être, les relations entre eux s'amélioreraient.

La lourde bicyclette pencha dangereusement quand il sortit de la cour, mais au bout de quelques minutes, il s'y habitua et pédala à un rythme régulier. Toute la campagne lui appartenait, monde méconnu de mares gelées, de maisons aux toits blancs et de haies scintillantes. Lorsqu'il aperçut l'hôtel, au loin, îlot de lumière jaune, les muscles de ses cuisses et de ses jambes étaient douloureux et son ventre gargouillait tant il avait faim. Il posa la Rudge contre la barrière, juste à l'entrée, et étudia son futur lieu de travail.

Willow House, avec ses murs de pierre grise veinée d'ivoire, était carrée et trapue, et si la demeure n'avait rien à voir avec Sundarbans, elle était néanmoins tout aussi impressionnante, et en bien meilleur état. Grâce à la lumière qui provenait des nombreuses fenêtres, John vit que le gravier devant la maison était ratissé et qu'aucune mauvaise herbe n'y poussait ; la peinture des portes et des volets brillait, et deux anciennes lampes de diligence en cuivre encadraient la porte d'entrée.

John fut brusquement saisi de panique. Tout en restant dans l'ombre de la maison et en essayant de faire le moins de bruit possible sur le gravier, il poussa sa bicyclette jusqu'à la cour arrière et la posa contre le mur, près de la porte. Puis, après une longue inspiration, il retira sa casquette et frappa un coup ferme à la porte.

— Oui ?

L'homme qui lui ouvrit était noueux et commençait à être chauve sur l'avant du crâne ; son visage fatigué, à moitié mangé par ses lunettes, était étroit et anguleux, avec des pommettes saillantes.

— Bonjour, Monsieur Cranshaw. Je suis John Flynn.

Le visage de l'homme s'éclaira aussitôt.

— Ah oui, fit-il. Flynn, oui. C'est gentil à vous d'être venu. Entrez, je vous prie.

La cuisine aux dalles branlantes, et où régnait un désordre incroyable, était la plus vaste qu'il ait jamais vue. Elle semblait occuper toute la longueur de la maison, et avait des fenêtres à chaque extrémité. A une trentaine de centimètres du sol le long d'un mur, courait une sorte de galerie avec une rambarde en bois aussi sombre que les chevrons du plafond. Une odeur âcre de fumée flottait dans la pièce. Le regard de John fut attiré par un énorme billot de boucher sur lequel une poêle à frire encore fumante était posée au milieu de plats, de passoires, de pots, de couteaux et autres ustensiles de cuisine.

George Cranshaw remarqua que John ne quittait pas des yeux la poêle.

— Eh oui, dit-il, on a un petit problème ce matin, j'en ai bien peur. Notre cuisinière nous a quittés. On manque un peu de personnel, comme vous pouvez le voir.

Il se passa la main dans les cheveux d'un air las.

— Dorothy, ma femme, continua-t-il, est sortie et...

John hocha la tête. Il se sentait à l'aise à présent. L'homme lui plaisait ; de toute évidence, c'était quelqu'un de bon, et bien que physiquement très éloigné de Dan McGuigan, il ne put s'empêcher de lui trouver une certaine ressemblance.

— C'est bien ennuyeux, s'entendit-il dire.

— Je suppose que vous ne savez pas cuisiner, préparer un petit déjeuner... ? demanda George en regardant John sans trop d'espoir.

— Ça dépend du petit déjeuner que vous voulez, répondit John.

Il savait cuire le bacon, les saucisses et les œufs, et Peggy McGuigan lui avait montré comment faire des pancakes.

— Oh, n'importe quoi ! s'exclama George Cranshaw. Dans ma situation, je serais malvenu de faire le difficile. Et ce matin, il n'y a que trois clients, ça ne devrait pas être trop compliqué. Pourriez-vous commencer tout de suite ? Ne vous inquiétez pas, faites du mieux que vous pourrez.

Et, ouvrant une porte sur le côté, il montra à John le garde-manger.

— Bon, eh bien, je vais aller les faire patienter, dit-il en se dirigeant vers la porte. Au fait, ravi de vous avoir rencontré, lança-t-il avec un sourire avant de quitter la pièce.

John, un peu fébrile, se débrouilla tant bien que mal, et parvint même à trouver des tomates et des rognons qu'il cuisina avec le bacon, les saucisses et les œufs.

— Splendide ! s'écria George Cranshaw quand il revint chercher les plats. Merci, merci beaucoup. Servez-vous, prenez ce que vous voulez.

Mais John était trop tendu pour manger. Il nettoya la cuisine puis s'effondra sur une chaise, dans l'attente de nouveaux ordres.

Sans le savoir, il était déjà engagé.

Avant d'avoir une conversation plus approfondie avec lui, George Cranshaw insista pour lui faire faire le tour de l'hôtel, et pour lui montrer les chambres, peintes chacune dans des tons différents, elles étaient gaies et spacieuses, et le couloir principal, au parterre dallé et aux murs couverts de tapisserie, doublait la capacité de rangement pour les cannes, les gaffes, les filets, les bottes et les vêtements de pêche. Puis George poussa une porte.

— Le salon, dit-il.

John se retint de justesse de ne pas lâcher un cri de surprise devant le spectacle qu'offrait cette pièce.

Le soleil qui entrait à flots par deux doubles fenêtres situées à chacune de ses extrémités éclairait une caverne d'Ali Baba. Les fauteuils et les canapés défoncés étaient recouverts de couvertures en patchwork de toutes les couleurs, de petits tapis à pompon et de pièces de tapisserie. La tablette de la magnifique cheminée en marbre croulait sous le poids d'oiseaux empaillés, de petits mammifères sous des cloches en verre, de bergères en porcelaine, sans oublier deux vases chinois, plusieurs trophées et des programmes de gymkhana. Entouré de canards en bois peints, un énorme éléphant en céramique posé sur un socle trônait dans l'âtre. D'innombrables plantes, grâce à la chaleur que diffusaient deux gros radiateurs, poussaient dans des jardinières un peu partout dans la pièce, mais également dans des seaux en cuivre, des théières ébréchées, et même dans une vieille soupière en porcelaine de Chine.

Les murs étaient presque complètement recouverts de tableaux, portraits, paysages et scènes de chasse, de diplômes encadrés, de médailles militaires, de sous-verres protégeant des collections de pièces de monnaie, de papillons, et le long d'un des murs, des coffrets en velours contenaient des douzaines d'œufs d'oiseaux de teintes et de tailles différentes. Sur les étagères se serraient les collections de photos de pêcheurs ou de chasseurs posant à côté de leurs trophées, d'enfants aux cheveux longs et à l'air sérieux, de chevaux, de chiens et même, pour l'une, d'un cochon primé.

— C'est un peu le fouillis, n'est-ce pas ? fit George Cranshaw en gloussant. Mais Dorothy n'est pas très ordonnée, je le crains, comme tous les membres de sa famille d'ailleurs. C'est sa maison, vous comprenez, mais les clients semblent apprécier cette pièce comme elle est, et dans le livre d'or de l'hôtel, ils nous demandent tous de ne pas y toucher. Autant vous dire que c'est la croix et la bannière pour y faire la poussière. Bon, si vous le voulez bien, nous pouvons peut-être aller dans mon bureau pour parler un peu.

Le bureau, lui, était minuscule, mais très fonctionnel, avec un classeur, une table et deux chaises, l'une étant de toute évidence celle de George. Il s'y installa et invita John à prendre place dans l'autre.

— Bien, commença-t-il vivement. Le Colonel m'a dit que vous aviez terriblement besoin de cet emploi.

— C'est exact, Monsieur, répondit John en regardant en face son interlocuteur.

— Aucune expérience ?

— J'ai travaillé dans une ferme, Monsieur.

— Quel âge avez-vous, au fait ?

— Dix-huit ans, Monsieur, mentit John.

— Avez-vous des diplômes, des certificats, ce genre de choses ?

— Eh bien, j'ai eu mon examen intermédiaire, Monsieur. Avec sept mentions.

George Cranshaw laissa échapper un sifflement d'admiration.

— Bravo. Sûr que vous n'allez pas prendre ma place dès que j'aurai le dos tourné ?

John ne sut que répondre, mais George Cranshaw continua :

— Apparemment, en plus d'être un as en calcul, vous savez faire la cuisine.

— Pas vraiment, Monsieur, s'exclama John. Cuire du bacon et des œufs, ce n'est pas cuisiner.

— Savez-vous faire un ragoût ?

— Oui, je crois.

— Un poulet rôti ?

— Oui, bien sûr.
— Donc, vous savez faire la cuisine.
— Mais...

John n'en revenait pas. Allait-il être recruté comme cuisinier ? George Cranshaw le rassura aussitôt.

— Ne vous inquiétez pas. C'est Dorothy qui se charge de ça. Seulement, si je vous engage, il est possible que vous vous retrouviez à donner un coup de main en cas de besoin. Accompagner un groupe de chasseurs, rabattre le gibier, aider à la cuisine, faire le ménage, la peinture, conduire un tracteur, et même vous occuper d'enfants. Vous me suivez ?

John hocha la tête. Ce n'était guère le genre d'entretien auquel il s'était attendu.

— Bien, continua George Cranshaw joyeusement. Je suppose que vous avez envie de savoir quels seront votre salaire et les conditions de travail.

— Oui, Monsieur.

— Je n'ai pas vraiment réfléchi aux horaires, mais cela vous ennuierait-il s'ils étaient flexibles ? Nous pourrions, par exemple, envisager quelque chose au jour le jour.

John réfléchit aux raisons qui l'avaient poussé à vouloir cet emploi, et décida de parler franchement.

— Eh bien, Monsieur, je dois m'occuper de ma mère. Elle est malade et...

— Je comprends. Je suis sûr qu'on trouvera un moyen de s'entendre.

— Merci, Monsieur.

— Je vous en prie, appelez-moi George. « Monsieur » me rappelle trop la marine, dit-il avec un semblant de frisson. A présent, parlons de votre salaire. Que diriez-vous de trois livres par semaine ?

La gorge de John se serra. Il savait qu'il n'était guère en position de discuter, mais trois livres lui paraissaient bien maigres pour subvenir à ses besoins et à ceux de sa mère. Avant qu'il ait pu s'arrêter, stupéfait de sa propre audace, il s'entendit répondre :

— J'avais pensé à cinq livres, Monsieur. Je suis désolé, mais je ne pourrais décemment pas travailler pour moins de cinq livres par semaine.

George Cranshaw fronça les sourcils tout en pianotant des doigts sur le bureau. Puis, il parut prendre une décision.

— Quatre ? dit-il.

John le regarda droit dans les yeux.

— Quatre livres dix, déclara-t-il fermement.

— Vous êtes difficile en affaires.

— Eh bien, Monsieur, c'est que j'ai l'intention de travailler beaucoup. Vous ne le regretterez pas. Je ne vous laisserai pas tomber.

— Quatre livres deux.

John savait qu'il ferait mieux d'accepter son offre, qui était plus qu'équitable. Mais pour sa mère, il devait encore tenter sa chance.

— Quatre livres cinq.

L'espace de quelques secondes, il crut qu'il était allé trop loin, mais George Cranshaw finit par hocher lentement la tête.

— Eh bien, j'espère que je ne le regretterai pas, dit-il en lui tendant la main. Bienvenue au club !

Tout en regardant son nouvel employeur écrire quelque chose sur un petit carnet, John eut du mal à cacher sa joie. Il avait un travail, et qui plus est, un travail qui lui plairait, avec un salaire plus que décent qui lui permettrait de mettre de l'argent de côté pour que sa mère revienne à la maison.

Il ne lui restait plus maintenant qu'à trouver Rose.

Rose regardait par la fenêtre de la salle de récréation, insensible aux cris et au vacarme derrière elle. Il avait commencé à neiger, les flocons tourbillonnaient autour des réverbères, heurtaient la vitre, mais elle ne les voyait pas. Depuis combien de temps était-elle assise, là ? Elle n'aurait su le dire. Le temps s'était arrêté pour elle, et elle craignait qu'il ne reparte jamais.

Sa seule réalité était cette lettre que son père avait glissée dans une enveloppe avec la sienne ; les mots qui y étaient inscrits ne cessaient de résonner dans sa tête. Elle les connaissait par cœur, et pourtant, elle éprouva le besoin de les relire à nouveau. Grossièrement écrits à l'encre bleue, ils allaient droit au but :

Pourquoi ne demandez-vous pas à John Flynn ce qu'il faisait dans le lit d'une fille le soir du Nouvel An ?

Rose sentit qu'elle allait s'évanouir. Elle se redressa à moitié mais le sol vacilla sous ses pieds, et elle dut se rasseoir.

— Rose ! Rose !

Quelqu'un l'appelait, quelqu'un tapotait son épaule, mais elle était incapable de répondre ; son corps entier semblait se briser d'une étrange façon. Elle fit celle qui l'ignorait, mais la personne insista.

— Rose ? Que se passe-t-il ?

Elle se concentra pour ne pas tomber et pria pour que l'intruse la laisse en paix. Elle ne pouvait penser qu'à ces mots, ces terribles mots : *Pourquoi ne demandez-vous pas à John Flynn... dans le lit... une fille...*

— Rose !

La voix se fit pressante, la main sur son épaule ne voulait pas la lâcher, elle lui faisait mal.

Rose crut qu'elle allait défaillir.

Elle se força à se retourner. C'était Effie. Son visage semblait flotter dans l'air. Effie la secouait, l'appelait. Rose éclata presque de rire tant les yeux d'Effie lui semblaient énormes, et ses cheveux ébouriffés.

— Laisse-moi tranquille, parvint-elle à murmurer, mais ses paroles sonnèrent bizarrement à ses oreilles.

Effie s'éloignait et hurlait.

— Ma sœur ! Ma sœur ! Venez vite, Rose O'Beirne ne se sent pas bien ! Vite ! Vite !

Puis il y eut une sœur à côté d'elle. Et cette sœur et Effie l'entraînèrent hors de la pièce, mais elle ne pouvait penser qu'à John, à John dans un lit avec une autre fille. Elle chancela et on dut la soutenir.

Elle sentit ensuite comme un vent frais sur son visage, puis quelque chose de doux et de mouillé dans ses yeux. C'était de la neige. Elle était dehors dans la cour et il neigeait, et la sœur lui disait de baisser la tête sur ses genoux. Comme elle trouvait qu'il était plus facile d'obéir, elle pencha la tête le plus en avant possible, mais elle eut alors l'impression que son ventre se pliait en deux ; c'était, elle en était sûre, à cause du bébé. Le bébé de John...

Elle se mit à crier, repoussa la sœur et rejeta la tête en arrière en hurlant de toutes ses forces. La sœur essaya de la calmer pendant qu'Effie était allée chercher du secours. Mais Rose ne s'arrêtait pas. Elle bouscula la sœur et partit en courant de l'autre côté de la cour. Elle s'égosillait, griffait le mur. Oh, elle pouvait bien se blesser les mains, se donner en spectacle ! La sœur la rejoignit, la tira par une manche et la gifla, mais Rose l'écarta à nouveau comme elle aurait écarté un moucheron. Toujours en hurlant, elle s'échappa jusqu'au fond de la cour. Elle avait de la neige plein la bouche, mais elle ne s'en souciait guère, et la neige se mélangeait à ses larmes.

D'autres sœurs et quelques filles accoururent ; sœur Benvenuto était là aussi. Elle sentit tout à coup qu'on lui bloquait les bras et qu'on lui plaquait la tête contre le crucifix de sœur Benvenuto. Elle ne pouvait plus respirer, elle ne pouvait plus hurler, mais elle continua à se débattre jusqu'à ce que ses forces l'abandonnent, jusqu'à ce qu'elle tombe à la renverse, entraînant la sœur dans sa chute.

Les mots détestables résonnaient encore en elle, si fort qu'elle ne comprenait pas ce que lui disait sœur Benvenuto. Elle était si épuisée qu'elle renonça bientôt et se laissa traîner à l'intérieur du couvent. Autour d'elle, les filles avaient l'air si choqué que Rose faillit se remettre à crier. Elle avait envie de leur envoyer des coups, mais sœur Benvenuto lui prit la main, et elle se tut, vidée de toute énergie.

Elle ne se rebella pas quand on l'aida à monter l'escalier et qu'on la coucha dans un des lits de l'infirmerie ; elle avait l'impression de n'être plus qu'une poupée de chiffon, et le lit lui parut frais et accueillant. Elle pleurait, mais ses larmes étaient douces et amères à la fois, et la douleur qu'elle ressentait dans la poitrine l'apaisait en quelque sorte. Elle s'entendit prononcer des paroles qui n'avaient aucun sens, des mots qui sortaient de sa bouche comme une litanie.

— Oh, je vous en prie, je vous en prie, je vous en prie...

Rose se raidit lorsque sœur Benvenuto lui planta l'aiguille dans la cuisse. Une lumière verte monta du lit et l'enveloppa, puis tout s'assombrit autour d'elle.

Quand elle se réveilla, il faisait jour. Elle se sentait groggy, hébétée et vaguement nauséeuse. Au bout d'une ou deux minutes, elle reconnut les fenêtres de l'infirmerie et vit ses vêtements, soigneusement pliés sur une chaise près du lit. A quelques pas, une sœur, un bréviaire à la main, était assise. Rose essaya de lui parler, mais sa bouche était sèche.

— Ma sœur ?

— Bonjour Rose, répondit la sœur en refermant son bréviaire. Bienvenue au monde des vivants. Voulez-vous boire un peu ?

Rose hocha la tête. La sœur lui apporta un verre d'eau mais quand elle tendit la main, elle vit qu'elle était bandée. Alors, elle se rappela. Elle se rappela que John Flynn avait couché avec une autre fille.

Lorsqu'elle se réveilla pour la seconde fois, c'est le visage d'Effie qu'elle vit en premier, penché au-dessus d'elle. Avec son minois tout chiffonné, jamais elle n'avait autant ressemblé à un singe.

— Salut, Rose, dit-elle. Comment vas-tu ? Tu te sens bien ?

Rose acquiesça. Elle était encore faible, mais elle avait les idées claires.

— Quelle heure est-il ?

— Presque midi.

Effie hésita.

— Tu veux parler de ce qui s'est passé ?

Rose secoua la tête. La douleur s'était réveillée, et elle se sentait encore rompue de fatigue.

— Est-ce que ça a un rapport avec ça ? demanda Effie en sortant un bout de papier froissé de sa poche. Pardonne-moi, continua-t-elle, mais tu l'as fait tomber hier soir dans la cour et je l'ai ramassé. Je n'aurais pas dû le lire, mais en fait, je suis très contente de l'avoir lu.

Les larmes montèrent aux yeux de Rose.

— Dis-moi, tu ne crois tout de même pas à ces idioties ?

Elle se pencha sur le lit et secoua la lettre devant Rose, le regard plongé dans le sien, comme si elle cherchait à lui transmettre un peu de son mépris.

— Ce n'est même pas signé, Rose ! C'est juste un mauvais plaisantin.

— Je sais qui l'a écrite, dit doucement Rose.
— Comment le sais-tu ?
— Ça ne te regarde pas, mais il n'y a qu'une seule personne au monde qui soit au courant pour John et pour moi et qui ait pu voir ce qui s'est passé à Charlottetown.
— Au contraire, ça me regarde ! C'est un garçon ou une fille ?
— Un garçon.
— Eh bien, demande-toi ce que ça a pu lui apporter de t'envoyer cette lettre ? Pourquoi aurait-il fait ça ?
— Je ne sais pas, Effie, je ne sais pas. Pourquoi ne me laisses-tu pas tranquille ? dit Rose en détournant le visage.
— Parce que je suis ton amie, voilà pourquoi. Aucun homme, Rose, tu m'entends, aucun homme ne vaut ce que tu as enduré la nuit dernière.
Elle agita de nouveau la lettre sous ses yeux.
— Et je suppose que tu l'aimes, ce John Flynn.
Rose hocha la tête d'un air misérable.
— Si tu l'aimes, alors, pourquoi crois-tu à ces âneries ?
— Je t'en prie, Effie, laisse-moi tranquille.
— Non, je ne te laisserai pas. Et je vais te dire quelque chose. Même si c'est vrai, même s'il a vraiment couché avec une autre fille, et alors ? Le sexe n'a rien à voir avec l'amour, ni les sentiments.
— Pour moi, si.
— Peut-être pour toi, parce que tu es une femme. Mais un homme, c'est différent. Tous les hommes sont pareils, Rose, ajouta Effie doucement. Tous des baiseurs quand il est question de sexe. Il n'y en a pas un qui vaut mieux que les autres. Et tu ne peux pas leur en vouloir. C'est dans leur nature.
— Oh, Effie, s'exclama Rose. Je suis vraiment

désolée. Tu as raison. Ils sont tous pareils, ce sont tous des baiseurs.

Ce mot, qu'elle n'avait jamais employé auparavant, sonna agréablement à ses oreilles.

— Vas-y ! Vas-y, Rose ! Dis-le encore ! Des baiseurs, rien que des baiseurs !

Plus Rose y réfléchissait, plus elle était en colère. Dire qu'elle était là, à seize ans et demi, enfermée dans un couvent, loin de chez elle, enceinte de l'enfant de John Flynn — un enfant qu'elle ne reverrait jamais après sa naissance —, et que ce dernier folâtrait à Charlottetown.

Elle ne laisserait pas ce jeune homme se moquer d'elle plus longtemps.

— Je me sens beaucoup mieux, Effie, déclara-t-elle avec assurance. Je crois que je vais descendre déjeuner.

— Tu es sûre ?

— Oui, tout à fait. Peux-tu me passer mes vêtements ?

Effie les lui tendit.

— Tu veux que je te rende ça ? demanda-t-elle.

Elle lui brandissait la lettre tout en étudiant la réaction de son amie.

Pour la première fois de sa vie, Rose se sentit courageuse, intraitable, adulte.

— Déchire-la, dit-elle. Je ne veux plus jamais la revoir.

Mais dans les semaines qui suivirent, elle se rendit compte que ce n'était pas aussi facile que cela.

En l'espace de quelques jours, elle reçut par le biais de Dolores deux lettres de John, postées en Irlande. Persuadée qu'il était retourné vivre dans la maison de gardien, elle les renvoya à cette adresse sans les ouvrir. Lorsqu'une troisième missive arriva, la curiosité faillit avoir raison d'elle. Pourquoi était-il revenu en Irlande si vite ? Tandis qu'elle tenait la lettre entre ses doigts, le doute s'installa en elle. Et si elle en faisait un peu trop ? Ne méritait-il pas qu'elle lui accorde la possibilité de se défendre ?

Mais alors, sa trahison lui revint à l'esprit, l'image de son corps contre celui d'une autre, et sa décision s'en trouva raffermie : elle ne le laisserait plus jamais la blesser. C'en était fini avec John Flynn, fini avec les hommes. Après la naissance du bébé et une fois qu'il serait adopté, elle reprendrait sa vie comme s'il n'avait jamais existé. Et elle ne ferait plus jamais confiance à un homme.

Comme pour les deux précédentes lettres, elle rangea celle-ci dans une enveloppe qu'elle lui retourna. Elle voulait qu'il comprenne qu'elle le rejetait, tout comme il l'avait rejetée.

A compter de ce jour, elle travailla jusqu'à ce que ses chevilles enflent et que son dos et ses mains lui fassent mal, espérant tomber de fatigue. Mais, la nuit venue, le sommeil lui échappait pendant des heures et des heures.

Dans l'obscurité du dortoir, le visage de John, son sourire de loup mettait son imagination au supplice ; elle était torturée par le souvenir de son corps lisse et ruisselant contre le sien lorsqu'ils s'étaient baignés dans le Lac du Cygne, par le goût de tourbe de sa peau. Elle essayait de conjurer ces images en invoquant celles où elle l'imaginait avec cette autre fille à Charlottetown. Lui avait-il caressé la poitrine comme il avait caressé la sienne ? Lui avait-il murmuré qu'il l'aimait ?

Elle s'efforçait aussi de haïr l'enfant qu'elle portait, son enfant, prenant en horreur la façon dont il l'envahissait, la rendait grosse et laide.

Au milieu du mois de février, sœur Benvenuto la fit appeler dans son bureau.

— J'ai reçu une lettre de votre père qui me demande comment vous allez, dit-elle. Que dois-je lui répondre, Rose ?

— Dites-lui que tout va bien, ma sœur.

— Je sais que vous êtes en bonne santé, mais je ne pense pas que vous alliez bien, si ? Par ailleurs, nous n'avons jamais éclairci ce qui s'était passé dans la cour de récréation cette fameuse nuit... Que vous est-il arrivé, Rose, ce soir-là ?

Rose s'agita sur sa chaise.

— Je préférerai ne pas en parler, ma sœur, dit-elle. J'ai bien peur que ce soit privé. Mais ça va bien aujourd'hui. C'était juste un moment difficile. C'est fini maintenant.

— Très bien, fit sœur Benvenuto en se levant et en tendant à Rose la lettre de Gus. Vous verrez qu'il y a enfin de bonnes nouvelles pour vous. Votre père vous le dira probablement de vive voix, mais il envisage de venir vous voir à Pâques, c'est-à-dire dans moins de six semaines.

— Merci, ma sœur. Est-ce que je peux partir maintenant ? demanda Rose en se levant à son tour.

Sœur Benvenuto la regarda attentivement.

— Vous avez changé, Rose.

Rose ne répondit pas et la sœur haussa les épaules.

— Allez, filez ! Mais je regrette que vous ne confiez pas à qui que ce soit ce qui vous ronge. Même un aveugle devinerait que quelque chose vous perturbe.

— Je suis enceinte, ma sœur, c'est ça qui ne va pas, répondit Rose, le menton levé.

— Prenez patience et ne perdez pas courage, déclara la sœur.

Beaucoup de courage, pensa Rose en baissant les yeux sur les boutonnières de sa blouse, à hauteur de sa poitrine, qui étaient si tendues qu'elles risquaient de craquer à tout moment.

— Merci, ma sœur, dit-elle le plus poliment possible avant de sortir du bureau.

Effie et Rose faisaient une pause. Elles étaient sorties de la lingerie où elles travaillaient et observaient un oiseau se battre avec une brindille de bois. On était à la fin du mois de mars, et le temps était clément. Au-dessus de leurs têtes, des moineaux s'affairaient dans les marronniers, dont les premières feuilles apparaissaient. En apparence, Rose semblait tout à fait remise de sa dépression nerveuse.

— Écoute, déclara tout à coup Effie tout en tirant sur sa cigarette. Tu es sûre que ça va aller quand je serai partie ?

Le terme d'Effie approchait et elle était énorme.

— Qu'est-ce que tu veux dire ? Évidemment que ça va aller. Je ne suis plus un bébé.

— Je sais, mais je me fais du souci pour toi. Depuis cette fameuse nuit...

— Arrête de t'inquiéter, Effie. Et si tu veux tout savoir, je suis contente d'avoir craqué ce soir-là. J'ai été vraiment idiote avec ce John Flynn. Je m'en rends bien compte à présent.

— J'espère que je ne t'ai pas monté la tête contre lui.

Effie était étrangement très sérieuse.

— Pas du tout. De toute façon, il n'y avait aucun avenir pour nous.

Effie souffla une longue bouffée de sa cigarette.

— Est-ce que tu m'écriras ? demanda-t-elle.

— Bien sûr !

Rose regarda son amie. Pour la première fois, elle la voyait comme quelqu'un de vulnérable. Elle avait tellement compté sur elle pour tout, lui confiant sans cesse ses problèmes mais ne lui donnant presque rien en échange.

— Bien sûr, Effie, que je t'écrirai. Où iras-tu ?
— Je ne sais pas encore, mais en tout cas, pas à Offaly.
— Mais n'est-ce pas là qu'habite ta famille ?
Effie roula des yeux.
— Si je retourne là-bas, je meurs !
— Tu ne veux pas parler d'eux ?
— J'ai envie de les tuer, tous, s'exclama-t-elle en détournant le regard. Et puis, de toute façon, ça ne t'intéresserait pas.
— Mais si. Voyons, Effie, je suis ton amie.
— Je n'ai jamais raconté à personne que... que je m'étais fait renvoyer du confessionnal parce que le curé ne voulait pas me croire.
Effie jeta sa cigarette par terre et l'écrasa.
— Je t'ai dit que mon premier enfant avait été adopté ?
Rose hocha la tête.
— Eh bien, c'est faux, avoua Effie en examinant ses ongles. Il... Il est dans une institution.
Elle avait prononcé ce mot si faiblement que Rose l'entendit à peine.
— Un orphelinat ? demanda-t-elle.
— Non. C'est un légume.
Rose parut choquée.
— C'est horrible, Effie, dit-elle au bout de quelques secondes. Tu dois te sentir très mal.
— Celui-là aussi va être un légume.
— Effie ! Comment peux-tu dire une chose pareille ?
— Parce que je le sais. Je t'ai prévenue, tu vas avoir du mal à me croire.
La voix d'Effie avait brusquement pris une tonalité sauvage.
— Mais pourquoi ? Je veux dire, comment peux-tu affirmer de manière aussi formelle que ce bébé ne naîtra pas normal ?

— Parce que mon salaud de père est le père !

Effie se tourna vers son amie et la regarda droit dans les yeux.

— Voilà, Rose ! Que penses-tu de ça ?

Son visage était blême et ses cheveux frisés retombèrent brusquement sur son front comme sous l'effet d'un coup de vent. Elle les repoussa dans un geste d'impatience.

— Je suppose qu'il ne se passe rien de tel au château de Sundarbans, n'est-ce pas ?

Rose était décomposée, livide, mais instinctivement, elle sut qu'elle devait se montrer franche.

— Effie, dit-elle, je suis choquée, c'est vrai, mais je suis surtout triste pour toi... Et je m'en veux aussi de t'avoir inondée de mes petits problèmes et de m'être montrée aussi égoïste. Comparée à toi, je n'ai pas de problèmes du tout.

Le corps gonflé d'Effie sembla sur le point d'exploser comme un ballon.

— Ça va, Rose. En fait, pour tout te dire, tu m'as beaucoup aidée. Mais je dois avouer que j'ai un peu peur maintenant de ce qui va se passer.

— Est-ce que sœur Benvenuto connaît la vérité ?

— Non.

— Et qui paie pour toi ici ? Ce couvent n'est pas vraiment bon marché.

— Ma famille est très riche.

Jamais Rose n'avait pensé que les parents d'Effie puissent être riches. Elle avait un frère aîné avec qui elle ne s'entendait pas.

— Et ton frère, est-ce qu'il sait ?

— Il savait.

Rose était presque en larmes.

— Mais pourquoi ne t'es-tu pas enfuie ?

— Pour aller où ? Qui m'aurait cru ? Je t'ai dit que j'ai essayé d'en parler au curé. Mon père fait partie du conseil régional, tu comprends, il occupe même un poste important.

— Quel âge avais-tu... la première fois, je veux dire ? Quand il...

— Il l'a toujours fait.

— Et ta mère n'était pas au courant ?

— Elle est morte quand j'avais cinq ans, répondit Effie, mais ça avait commencé avant.

— Oh, mon Dieu.

— Il n'y a rien d'autre à dire, Rose, déclara Effie en allumant une autre cigarette. Tu sais tout maintenant.

Rose sentit la colère bouillir en elle.

— Je t'aiderai, Effie, dit-elle farouchement. Tu ne peux pas retourner là-bas.

— Je n'en avais pas l'intention. J'ai décidé il y a quelques mois que plus jamais je n'aurais de contact avec eux. Seulement je n'ai pas un sou, et ce n'est certainement pas mon père qui m'en donnera.

— Il faut que tu me promettes quelque chose, Effie. Dès que tu auras eu ton bébé, promets-moi de venir me voir, à la minute même où tu sortiras de l'hôpital, tu as compris ? Je trouverai un moyen pour qu'on s'en sorte toutes les deux.

Elle ne savait pas encore comment elle allait s'y prendre, mais elle allait y réfléchir.

Elle prit Effie par le bras. Avec ce projet en tête, elle se sentait soudain déterminée et utile.

— Encore une chose, dit-elle, alors qu'elles retournaient vers la lingerie. Comment fais-tu pour être toujours d'aussi bonne humeur ?

— L'habitude, répondit Effie, un vague sourire aux lèvres. Quand on a ma tête et mon corps, il faut bien qu'on offre quelque chose aux autres, non ?

— Effie, arrête ! Pour moi, tu es très belle.

Effie ricana, et Rose retrouva dans ce rire moqueur son ancienne amie.

— Hé, Rose, n'exagère pas tout de même !

Effie fut conduite à l'hôpital le Vendredi Saint. Le travail n'avait pas commencé, mais elle avait deux semaines de retard et ses chevilles enflaient tant que le médecin craignait un empoisonnement du sang.

Le bébé n'était pas encore né quand le père de Rose arriva au couvent le mardi de Pâques pour emmener sa fille prendre le thé en ville.

Depuis le matin, Rose ne tenait pas en place tant elle était excitée. Elle s'était lavé les cheveux et les avait brossés longuement ; elle avait emprunté à l'une des filles une robe de maternité taillée dans un lourd coton bleu marine, avec un col marin et des petits rubans blancs, et une fois qu'elle l'eut enfilée, Rose se sentit bien plus féminine et jolie.

— Papa ! appela-t-elle joyeusement lorsqu'elle vit Gus dans le hall.

Elle se précipita aussitôt vers lui en courant quand quelque chose dans l'expression de son visage la fit hésiter. Si elle s'était habituée à son nouvel état, de toute évidence, son père ne l'était pas.

Mais alors, elle comprit que sa réticence n'était que le fruit de la timidité, et elle se jeta dans ses bras.

— Oh, papa ! s'exclama-t-elle, je suis tellement contente de te voir. Comment je suis ?

Sûre de sa réponse, elle virevolta devant lui.

— Tu es magnifique, Rose, dit-il d'une voix rauque.

Rose éclata de rire et prit son père dans ses bras.

— Papa, tu parles comme si j'avais un sac à pommes de terre sur la tête. Je suis énorme, tu peux le dire ! Tu es sûr de ne pas avoir honte de moi dehors ?

Gus tripota sa montre, signe, pensa Rose avec affection, de son embarras.

— Viens, dit-elle. Ne perdons pas de temps. Je voudrais te parler d'un grand projet que j'ai en tête.

Bien que Pâques soit tôt cette année-là, il faisait très doux ; on se serait cru à la fin du mois de mai. Rose prit le bras de son père et ils marchèrent le long des petites ruelles près du couvent jusqu'à un carrefour où Gus espérait trouver un taxi.

— Ta mère t'embrasse, dit-il.
— C'est gentil. A-t-elle hâte d'être grand-mère ? ajouta-t-elle, taquine.
— Rose !

Mais Gus ne put s'empêcher de sourire.

— Elle se fait beaucoup de souci pour toi.
— Je sais, papa. Ses lettres ne sont que prières et exhortations.
— Rose, je t'en prie.
— Ne t'inquiète pas, papa. Je ferai pénitence et je serai sage pendant le restant de ma vie. Mais il fait si beau aujourd'hui que j'ai l'intention de profiter de chaque minute de cette journée. Tiens, voilà un taxi.
— Où veux-tu aller ? demanda Gus tout en aidant sa fille à monter dans la voiture.
— Harrods !

Rose ne connaissait pas Londres, mais les autres filles au couvent parlaient toujours de Harrods comme d'une sorte de Mecque où elles rêvaient toutes d'aller un jour.

Gus demanda au chauffeur de passer devant le Mall et Buckingham Palace avant de les conduire au grand magasin de Knightsbridge.

— Autant en profiter tant que nous y sommes, hein, poupée ?

C'était sa première sortie depuis qu'elle était arrivée à Londres et, tandis qu'elle regardait par la vitre de la voiture les piétons et les boutiques, elle se rendit compte à quel point la liberté lui avait manqué. Mais, loin d'être abattue, elle ne s'était en fait jamais sentie aussi optimiste et résolue. D'avoir une mission dans la vie l'enchantait et l'emplissait d'un sentiment de bonheur qu'elle décida de préserver toujours. L'auto-analyse et l'introspection étaient des habitudes qu'elle avait prises au couvent ; le monotone travail manuel accompli chaque jour à la lingerie avait l'avantage de lui laisser l'esprit libre, et durant les longs après-midi passés dans la vapeur des machines à laver, son désir de devenir un jour écrivain s'était ravivé.

Chez Harrods, la splendeur du magasin accapara son attention un moment, mais très vite, elle entraîna son père.

— Et ce thé, alors ? dit-elle. Je suis affamée.

Ils prirent l'ascenseur. Le bébé lui donna des coups de pied quand il s'arrêta, mais Rose le remarqua à peine. Dans les semaines qui avaient suivi la réception de la lettre anonyme, elle s'était efforcée de considérer le bébé comme un simple désagrément, une sorte de purgatoire par lequel elle devait passer avant d'être libre à nouveau, dans moins de deux mois.

Dans le salon de thé, elle commanda un chocolat chaud, des toasts beurrés et des muffins. Un quatuor à cordes jouait une douce musique d'ambiance.

— Bien, fit Gus après le départ de la serveuse, quel est donc ce grand projet dont tu voulais m'entretenir ?

Rose s'avança dans son siège.

— Voilà, dit-elle. J'ai une proposition à te faire.

Elle avait répété ce qu'elle comptait lui dire et, aussi succinctement que possible, omettant les véritables raisons, elle exposa à son père les problèmes d'Effie.

— Tu te rappelles comme elle m'a aidée, papa ? Je t'ai souvent parlé d'elle dans mes lettres.

— Oui, oui, je me rappelle.

— C'est là que nous intervenons, tous les deux.

— Nous ?

— Oui, papa. Toi et moi. J'ai besoin que tu me prêtes de l'argent, dit-elle en levant la main, comme pour écarter une éventuelle protestation de la part de Gus. Avant que tu dises quoi que ce soit, Effie ne doit rien savoir de tout cela. Je ne lui en ai pas parlé. Mais voilà mon plan. Je vais lui suggérer de prendre un appartement à Dublin. Il va lui falloir beaucoup d'argent pour ça, tu comprends, et aussi, pour lui permettre de survivre en attendant de trouver du travail. Je suis persuadée qu'elle trouvera très vite : travailler ne lui fait pas peur.

Rose perdait peu à peu de son assurance. Elle s'affaissa légèrement sur son siège, lâcha un soupir et d'une voix bien plus posée, reprit :

— Dans la mesure où il s'agit d'un prêt, tu es tout à fait autorisé à me demander comment j'ai l'intention de te rembourser.

Elle marqua une nouvelle pause.

— Je veux que tu vendes Tartan. C'est mon poney, et tu m'as toujours dit que...

Rose fut interrompue par l'arrivée de la serveuse qui posa sur la table le chocolat chaud, le thé et les pâtisseries. Elle attendit qu'elle reparte pour continuer sur un ton plus pressant :

— J'y ai beaucoup réfléchi, papa. Tu pourrais récupérer une belle somme en vendant Tartan. Il y aura peut-être même assez pour les intérêts.

Elle tenta de deviner ce que pensait son père, mais Gus avait les yeux fixés sur sa tasse de thé.

— Combien veux-tu que je te prête ? demanda-t-il enfin.

Rose croisa les doigts sous la table.

— Cent livres, dit-elle, avant de retenir sa respiration.

— Je vois.

Rose souffla. Au moins, il n'avait ni explosé ni refusé. Elle avait tellement imaginé cette scène à l'avance qu'elle se sentait presque ivre de soulagement. Après tout, cela ne s'était pas si mal passé.

Ce qu'elle n'avait pas dit à Gus, c'est qu'elle avait l'intention, après la naissance de son bébé, de rejoindre Effie dans son appartement à Dublin. Évidemment, si celle-ci était d'accord.

Rose applaudit l'ensemble orchestral avec tant d'enthousiasme que le chef se tourna pour la saluer personnellement d'un mouvement de la tête, et elle en fut si enchantée qu'elle ne remarqua pas l'air accablé de Gus.

C'était le premier jour de congé de John depuis deux semaines et demie qu'il travaillait.

Pourtant, il ne se plaignait pas, loin de là ; bien qu'il ait beaucoup à faire, il appréciait la diversité de ses tâches, et il était même parvenu à mettre un peu d'argent de côté. Maintenant que Derek n'était plus là, il mesurait à quel point il aimait son indépendance.

Derek avait tenu parole, et au début du mois de février, il était reparti pour le Canada en laissant une lettre à John, — c'était la première fois qu'il s'adressait à lui depuis le Nouvel An —, où il expliquait qu'il s'arrêterait à Dublin afin de rendre visite à leur mère. Lorsqu'il trouva sa lettre, John alla aussitôt vérifier que l'argent qu'il avait caché dans la théière sur la cheminée était toujours là ; pas un penny ne manquait. Sur ce plan-là, au moins, Derek était un homme d'honneur. Les McGuigan avaient dû lui avancer l'argent du billet de retour.

Dans un jour, Mary serait là. John avait trouvé une fille du coin, Mona McConnell qui, en échange d'un petit salaire, avait accepté de venir s'occuper d'elle. Jusqu'à la fin de sa vie, la mère de John aurait besoin de soins quotidiens. Elle avait toute la moitié gauche du corps paralysée, sa vue s'était terriblement détériorée et bien qu'elle se fasse encore comprendre, l'attaque avait aussi affecté son élocution. Souvent, elle était si mal qu'elle ne se rappelait plus qui elle était, ni même où elle était.

Il ne lui restait plus qu'à démêler la situation avec Rose, se disait-il tout en bricolant dans la cuisine, pour que sa vie reprenne un cours plus ou moins normal.

Si l'attitude de Rose, qui continuait à lui renvoyer ses lettres, l'avait d'abord étonné, maintenant, elle le mettait au supplice. Comme les enveloppes qui lui étaient retournées portaient le cachet de Londres, il avait fini par conclure qu'elle s'y trouvait. S'il pouvait lui parler, il était sûr qu'ils parviendraient à s'expliquer, à comprendre ce qui s'était passé. Mais partir à sa recherche dans cette grande ville était impensable et d'autre part, il ne pouvait pas s'absenter quelques jours de son travail sans raison : Willow House, même s'il n'était pas toujours complet, accueillait des clients toute l'année.

En fin de compte, John avait fini par se dire que la seule solution était d'aller voir le Colonel et de lui demander des nouvelles de sa fille. Il allait même le faire aujourd'hui. Mona McConnell ne serait pas là avant cinq heures et demie ; il avait donc tout le temps nécessaire.

A neuf heures à peine, il était trop tôt pour se rendre à Sundarbans. En même temps, s'il partait tout de suite, il aurait peut-être la chance de trouver le Colonel du côté des écuries. Depuis le départ de Fergie McKenna, il devait certainement s'occuper des chevaux lui-même, et cela se faisait en général tôt le matin. C'est ce qu'il choisit de faire.

Il était sur le point de partir quand il se rappela la

petite bourse contenant le bracelet d'améthystes de Rose, et retourna la chercher dans sa chambre. Il l'avait sur lui, un peu comme un talisman, lorsqu'il était allé à Willow House la première fois, et il était suffisamment superstitieux pour croire qu'il lui avait porté chance.

Il faisait toujours aussi doux, et après s'être engagé dans l'allée, John, malgré son appréhension à l'idée de se retrouver une nouvelle fois en tête à tête avec le Colonel, ne put s'empêcher d'être ému par la beauté du paysage, le chant des oiseaux que portait une légère brise, les jonquilles et les narcisses qui poussaient en profusion sous les marronniers.

Lorsqu'il arriva au bout de l'allée, il s'arrêta net. Il avait du mal à croire ce qu'il voyait. Peut-être était-il trop inquiet — et trop mouillé — la dernière fois qu'il était venu pour le remarquer, mais la maison semblait s'être détériorée bien plus qu'il ne pensait. Le soleil du printemps faisait ressortir le bois nu à travers la peinture de la porte d'entrée et des fenêtres, et la terrasse était jonchée de débris — des pages détrempées de vieux journaux, des feuilles mortes, des cailloux et des brindilles entassés le long des murs et des contremarches de l'escalier. Du pissenlit et des orties poussaient çà et là sur le gravier. D'un côté de la terrasse, la balustrade s'était effondrée, et l'absence de symétrie évoquait une bouche à laquelle il aurait manqué des dents de devant.

— Pauvre Rose, murmura John, avant de sourire de l'absurdité de la situation : le locataire sans le sou de la maison de gardien prenant en pitié la fille unique du seigneur !

Il contourna la maison et se dirigea vers l'écurie où un autre choc l'attendait. Les box étaient fermés, ce qui, à cette heure, était étrange. Il s'approcha du premier, dans lequel il pensait trouver Clicker, le poney qui conduisait le cabriolet. De toute évidence, il n'avait pas dû être ouvert depuis longtemps ; le verrou était dur et il eut du mal à le tirer.

Le box était vide, comme celui de Thumper et de Tartan. Il n'y avait plus de chevaux. Que s'était-il passé ?

Il examina le box de Thumper dans l'espoir de déterminer depuis quand il n'était plus occupé, mais la stalle avait été soigneusement nettoyée. Seuls l'odeur de l'animal et quelques brins de paille dans le ratelier prouvaient qu'un cheval avait un jour vécu ici.

— Est-ce que je peux vous aider ?

C'était la voix d'une femme. John se retourna brusquement et baissa les yeux. La petite silhouette qui se tenait dans l'encadrement de la porte avait deux laisses à la main, au bout desquelles s'agitaient deux petits chiens.

— Je... je suis désolé, bégaya-t-il. J'étais à la recherche de Thumper.

— Eh bien, comme vous pouvez le voir, Thumper n'est plus là, répondit la femme d'un ton pince-sans-rire. Pas plus que Tartan et Clicker, d'ailleurs.

Elle s'exprimait posément et calmement, et ne semblait pas du tout offusquée de trouver un intrus dans l'écurie de son fils. John vit qu'elle était âgée. Brusquement, et bien que ne l'ayant jamais rencontrée, il sut qu'il s'agissait de la grand-mère de Rose.

Les bonnes manières qu'il avait récemment apprises à l'hôtel vinrent à sa rescousse.

— Je vous prie de m'excuser, Madame, dit-il en s'avançant vers elle, la main tendue. John Flynn. J'habite dans la maison de gardien.

Elle lui serra la main.

— C'est donc vous, John Flynn. J'aurais dû le deviner, ajouta-t-elle après lui avoir adressé un regard curieux.

John fut surpris par son ton. Rose lui avait pourtant assuré qu'elle n'avait jamais parlé de lui à qui que ce soit.

— Oui, Madame.

— Eh bien, John, dit-elle, comme vous pouvez le voir, les temps ont changé, et certainement pas en bien. Mon fils a vendu les chevaux, tous. Au début du mois de février. Il ne pouvait tout simplement plus les garder. Et puis, il n'y avait plus personne pour les monter. Les chevaux sont des ornements qui coûtent trop cher.

— Je comprends, fit John, abasourdi.

Comment avait-il pu ne pas entendre parler de la déchéance des O'Beirne Moffat dans Drumboola ? Dire que Rose adorait son poney. Pourquoi avait-elle accepté de s'en débarrasser ? Les finances à Sundarbans devaient être pires que ce que tout le monde pensait.

Tandis que les chiens reniflaient à ses pieds, la vieille femme continuait de l'observer ; on aurait dit qu'elle attendait qu'il dise quelque chose d'autre. Ses jambes, maigres comme des allumettes, se perdaient dans d'immenses bottes de pluie, comme si, pour l'instant, elle ne faisait pas confiance au ciel bleu.

— Vous êtes un ami de Rose, n'est-ce pas ?

La question le prit par surprise.

— Heu..., oui, Madame, répondit-il. Je montais avec elle. En fait, c'est Rose qui m'a appris à monter. J'avais l'habitude de prendre Thumper, c'est pour ça que je le cherchais.

Ses yeux bleus ne cillèrent point, et il sut qu'elle n'était pas dupe.

— Oui, je sais. Je sais que vous montiez avec Rose, je veux dire.

— Bon..., eh bien, je suppose que je ferais mieux de refermer les portes.

— Oui, cela me semble être une bonne idée.

Alors qu'il s'éloignait, les chiens se mirent à aboyer et elle ne dit ni ne fit rien pour les calmer.

John verrouilla le box de Clicker, puis il s'approcha de celui de Tartan, terriblement mal à l'aise. La vieille femme ne l'avait pas quitté des yeux.

— Excusez-moi, Madame, dit-il, quand il dut la contourner pour fermer la porte du troisième box. Et voilà, j'ai fini.

Il se tourna vers elle et vit qu'elle n'avait pas bougé de place. Devait-il attendre qu'elle lui donne un nouvel ordre ? Mais comme elle ne disait rien, il sentit que c'était à lui de le faire.

— Une belle journée, n'est-ce pas, dit-il.

— Oui, sans aucun doute, répondit Nancy O'Beirne Moffat, d'un ton extrêmement calme.

Alors, elle le surprit à nouveau par sa question :

— Avez-vous des nouvelles de Rose ?

John prit sa respiration.

— Non, Madame. Pour tout vous dire, c'est pour cette raison que je suis venu ce matin. J'espérais rencontrer le Colonel, ici.

— Eh bien, je n'ai pas l'impression qu'il soit dans l'une des stalles, n'est-ce pas ? fit-elle remarquer. Cela dit, je crois savoir qu'il s'est absenté pour quelques jours.

John grimaça. Cette femme lui plaisait. Bien sûr ! Pourquoi n'y avait-il pas pensé plus tôt. La grand-mère de Rose devait savoir où se trouvait la jeune fille.

— Peut-être pourriez-vous m'aider, Madame ?

— Si c'est possible, j'en serai ravie.

Soudain nerveux, il fourra ses mains dans ses poches. Et ce faisant, sa main droite rencontra le bracelet d'améthystes.

— J'aimerais rendre ceci à Rose, dit-il en le sortant.

— Qu'est-ce que c'est ?
— Son bracelet d'améthystes.

Pendant quelques terribles secondes, il fut pris de panique. Il venait de commettre une effroyable erreur. Nancy O'Beirne Moffat s'approcha et le dévisagea avec une telle force qu'il en frémit.

— Comment se fait-il que vous soyez en possession du bracelet de Rose ? demanda-t-elle.

Mais John était allé trop loin pour se laisser intimider à présent. Il releva le menton et déclara d'un ton ferme.

— Rose me l'a donné, Madame, l'été dernier. Elle tenait à ce que je le garde, mais je veux le lui rendre maintenant.

— Pourquoi ne pouvez-vous pas le lui rendre vous-même ?

— Je n'ai pas son adresse à Londres, Madame, répondit-il simplement.

— Je vois.

Elle sembla réfléchir, puis, à son grand soulagement, lui tendit la main.

— Donnez-le-moi, mon cher. Je le lui enverrai dans ma prochaine lettre.

— Est-ce que je peux me permettre de vous demander aussi son adresse ?

— A mon avis, John, si Rose voulait que vous ayez son adresse, elle vous l'aurait donnée.

— C'est qu'elle ne sait pas que je suis de retour en Irlande ! s'exclama-t-il, mais à nouveau, il vit que la vieille femme n'était pas dupe.

— Je le lui dirai, John. Et si Rose veut que vous l'ayez, elle vous l'enverra elle-même, répéta-t-elle. Eh bien, au revoir.

— Attendez ! S'il vous plaît !
— Oui ? Qu'y a-t-il ?
— Excusez-moi, Madame, mais pourriez-vous me

dire pourquoi Rose a changé d'école ? Je croyais qu'elle était heureuse à Dublin. Et elle a cessé de m'écrire à partir du jour où elle est allée à Londres. Je ne comprends pas.

Nancy O'Beirne Moffat fit un pas en avant.

— John, dit-elle doucement, Rose est une grande fille maintenant. Elle sait ce qu'elle fait. Je lui écrirai et lui dirai que je vous ai rencontré. Mais c'est tout ce que je peux vous promettre.

Et sur ces paroles, elle s'éloigna. Juste avant de disparaître derrière la voûte d'entrée de la cour, elle s'arrêta et se retourna une dernière fois.

— Une chose encore, dit-elle. Si ça peut vous rassurer, j'ajouterai dans ma lettre qu'à mon avis, elle devrait vous donner son adresse. D'accord ?

Puis, sans attendre sa réponse, elle tira sur les laisses de ses chiens et repartit.

— Allez, mes chéris...

Il y avait des nouvelles. L'une des filles au couvent l'annonça à Rose dès qu'elle entra dans le réfectoire : Effie avait eu son bébé.

Rose, encore toute à ses projets et la visite de son père, s'enquit aussitôt de l'enfant.

— Comment va le bébé ?

— Eh bien, il a quelque chose qui ne va pas, répondit la fille que Rose n'avait jamais aimée.

— Qui te l'a dit ? Et qu'est-ce qui ne va pas ?

La fille haussa les épaules.

— Hé, garde tes grands airs pour toi, tu veux bien !

Rose sortit du réfectoire et alla immédiatement au bureau de sœur Benvenuto. Elle frappa à la porte et entra sans attendre. Sœur Benvenuto était assise à sa table, devant un livre de comptes. Elle leva les yeux en voyant Rose.

— Tout va bien, Rose ? demanda-t-elle. Avez-vous passé un bon après-midi avec votre père ?

— Oui, merci beaucoup, ma sœur.

Rose alla droit au but.

— J'ai appris pour Effie, dit-elle. On dit, au réfectoire, que le bébé a un problème. C'est vrai ?

— J'en ai bien peur, Rose.

— Mais qu'est-ce qu'il a exactement ?

La sœur ôta ses lunettes et les posa soigneusement sur son livre de comptes.

— Comme vous le savez, Rose, nous respectons dans la mesure du possible la vie privée des filles ici. Je ne pense pas que je puisse répondre à votre question.

— Ma sœur, commença Rose en s'avançant avant de poser ses deux mains sur la table, je respecte aussi la vie privée d'Effie. Mais je suis au courant pour son premier enfant. C'est elle qui m'en a parlé.

Elle m'a tout raconté, signifiait l'expression de ses yeux. Mais elle se rappela à temps qu'Effie lui avait dit que sœur Benvenuto ne savait pas toute la vérité.

La sœur se leva et se posta à la fenêtre.

— Le bébé d'Effie n'a vécu que vingt minutes, dit-elle. Je suppose que je ne devrais pas le dire, mais c'est une bénédiction pour elle. C'était un petit garçon. Il souffrait d'hydrocéphalie et de beaucoup d'autres complications.

Rose porta ses mains à sa bouche. Pauvre Effie !

— Même s'il avait vécu, il aurait été réduit à une vie végétative.

— Que va-t-il se passer maintenant ?

— Rien, en ce qui concerne ce couvent. Nous n'avons plus rien à voir avec Effie... enfin, jusqu'à la prochaine fois, précisa-t-elle d'une toute petite voix.

— Il n'y aura pas de prochaine fois, ma sœur ! Je peux vous l'assurer !

— Pardon ?

— Je dis qu'il n'y aura pas de prochaine fois ! Et vous pouvez me croire. Enfin, je l'espère.

— Mais de quoi parlez-vous, Rose ?

— J'ai des projets pour Effie, ma sœur. Et pour moi aussi.

Et Rose les lui décrivit grossièrement.

— Nous sommes toutes les deux fortes et en bonne santé, conclut-elle. Nous nous en sortirons très bien, donc ce n'est pas la peine d'essayer de nous en dissuader.

— Et qu'est-ce que vos parents pensent de tout cela ?

— Ils ne savent pas encore, je veux dire pour l'appartement et pour moi, répondit honnêtement Rose. Mon père est d'accord, c'est ma mère qui risque de poser des problèmes.

Elle releva le menton dans un geste de défi.

— Mais ils ne peuvent pas m'obliger à retourner à l'école. L'âge légal pour quitter l'école en Irlande est quatorze ans, et j'aurai dix-sept ans dans deux mois.

— Je vois, fit la sœur. Tout ce que je peux faire, c'est vous souhaiter bonne chance, et bien sûr, prier pour vous deux. Avez-vous réfléchi à nouveau à votre bébé ? Qu'allez-vous faire de lui une fois qu'il sera né ?

— Ma sœur, répondit Rose d'un ton très définitif, il n'y aura pas de place pour cet enfant dans notre appartement.

Alors, pour la première fois, elle eut des doutes. Elle posa ses mains sur son ventre. Le bébé ne cessait pas de bouger. Non, ce n'était pas possible.

— De toute façon, c'est ce qu'il y aura de mieux pour lui, n'est-ce pas, ma sœur ? Je veux dire, se faire adopter. Après tout, il faut bien que je pense à son avenir ? Il se débrouillera bien mieux dans la vie s'il est avec deux parents qui l'aiment et qui le désirent vraiment.

Sœur Benvenuto hocha doucement la tête.

— C'est à vous seule de prendre cette décision, Rose, dit-elle. Et ce que vous venez de dire est effectivement sensé. Mais à l'heure actuelle, je ne suis plus sûre de rien.

Rose n'en revenait pas. Jamais elle ne s'était trouvée en présence d'un adulte — qui plus est un adulte jouissant d'une autorité — qui admette ne pas être sûr de lui. C'était le monde à l'envers !

— Je crains de ne pas vous comprendre, ma sœur.

Sœur Benvenuto se frotta les yeux, puis remit ses lunettes.

— Rose, je crois que j'ai suffisamment enfreint de règles ce soir. Si ça ne vous ennuie pas, je préférerais que vous retourniez auprès de vos camarades.

— Bien, ma sœur. Merci.

— Aimeriez-vous aller voir Effie ?

— Oh, oui, ma sœur. Mais, mon travail ?

— Ne vous inquiétez pas pour ça. Si vous voulez, je peux m'arranger pour que vous y alliez cet après-midi, déclara sœur Benvenuto en se penchant sur ses chiffres. A présent, ouste !

Le bébé de Rose pesait si lourd quand elle referma la porte du bureau qu'elle dut s'arrêter pour reprendre son souffle.

— Ça suffit là-dedans ! souffla-t-elle.

Elle se rendit compte alors que c'était la première fois qu'elle lui adressait directement la parole.

Ses bottes en caoutchouc furent fatales à Nancy O'Beirne Moffat.

Une fois qu'elle eut contourné la maison, elle lâcha les chiens pour qu'ils gambadent sur la pelouse et jusqu'au jardin d'agrément. Mais alors qu'elle descendait quelques marches, elle glissa sur des feuilles mortes, et tomba lourdement sur le gravier. A la douleur fulgurante qui la transperça, elle sut aussitôt que c'était grave. Pourtant, elle garda son calme. Peut-être que ce John Flynn passerait par là en rentrant chez lui ? Tout en se retenant de hurler, elle se concentra pour rester consciente et tendit l'oreille. L'un des pékinois, surpris que sa maîtresse ne les ait pas suivis, revint sur ses pas. Lorsqu'il la vit par terre, il vint lui lécher le visage, puis se coucha contre elle, la tête entre les pattes.

Nancy s'appliquait tant à contenir la douleur en un seul point de son corps — un procédé qu'elle avait appris en Extrême-Orient — qu'elle n'entendit pas John s'approcher. Ce ne fut que lorsque son chien se mit à aboyer qu'elle sut qu'on allait la secourir.

— Madame ! s'écria John en courant vers elle. Que s'est-il passé ? Oh, mon Dieu, laissez-moi vous aider.

Il se pencha pour la relever mais elle leva le bras ; le mouvement accrut tellement sa douleur qu'elle pensa ne plus pouvoir la supporter.

— Non, murmura-t-elle. Ne faites rien. Je me suis cassé la hanche. Et le bras aussi. Allez chercher du secours.

Elle avait à peine fini sa phrase qu'elle s'évanouit.

John se releva en regardant autour de lui. Il n'y avait personne. Il se rappela alors que le Colonel était absent. Mais Mrs. McKenna devait probablement se trouver dans la cuisine. Il courut comme un fou vers la maison.

— Mrs. McKenna ! appela-t-il en tambourinant contre la porte. Ouvrez ! Ouvrez vite !

— Que diable faites-vous ici ? s'écria la cuisinière, l'air indigné.

John haletait.

— Mrs. McKenna, il y a eu un terrible accident. Madame O'Beirne Moffat est tombée. Elle pense qu'elle s'est cassé la hanche.

— Mon Dieu ! s'écria la cuisinière en se signant. Et le Colonel qui n'est pas là.

— Je vous en prie, il faut aller chercher de l'aide. Elle ne peut pas bouger. Pouvez-vous appeler le médecin ? Je retourne auprès d'elle. Avez-vous du whisky, n'importe quoi que je pourrais lui donner ?

— Il y a du cognac sous l'évier.

Tandis que John trépignait d'impatience, elle alla chercher la bouteille. John la lui prit aussitôt des mains.

— Appelez le docteur tout de suite. Non, en fait, il vaut mieux appeler une ambulance. Faites le 999. Il faut la conduire à l'hôpital. Vite ! ajouta-t-il avant de repartir en courant.

Lorsqu'il arriva auprès d'elle, la grand-mère de Rose, qui avait repris connaissance, gémissait doucement.

— Tenez, Madame, dit-il doucement. Je vous ai apporté du cognac. Ça va vous faire du bien.

— Du cognac ? répéta-t-elle. Mais on s'améliore à Sundarbans. Non merci, mon garçon, je ne préfère pas.

John retira sa veste et la plia en deux pour en faire un oreiller ; lorsqu'il le glissa sous sa tête, la vieille femme ne put s'empêcher de crier.

— Finalement, je vais peut-être en prendre une petite gorgée, dit-elle.

John remplit le bouchon qu'il porta à ses lèvres. Peu de temps après, Mrs. McKenna arriva avec une couverture que John et elle posèrent délicatement sur le fragile corps de Nancy.

Ils entendirent tous les trois les sirènes de l'ambulance bien avant que le véhicule ne s'engage dans l'allée de Sundarbans. Les deux brancardiers furent des plus efficaces ; après un rapide examen, ils glissèrent une civière sous son corps et la portèrent à la voiture en prenant soin de la heurter le moins possible. Mais la douleur était telle que Nancy eut du mal à contenir ses gémissements.

— Qui l'accompagne ? demanda l'un des ambulanciers en refermant les portes du véhicule.

Mrs. McKenna blêmit et se signa à nouveau. John supposa que, comme beaucoup de personnes âgées, elle devait avoir peur de l'hôpital. Il réfléchit rapidement ; il lui restait encore quatre heures avant l'arrivée de Mona.

— Je viens, dit-il. Mrs. McKenna, faites votre possible pour joindre Madame O'Beirne Moffat. Savez-vous où elle est ?

— A Clones, répondit la cuisinière. C'est tout ce qu'elle m'a dit en partant. Qu'elle passait la journée à Clones. Elle a pris la voiture, ajouta-t-elle, comme si cette dernière précision expliquait tout.

— Eh bien, Clones n'est pas si grand que ça. Vous ne devriez pas avoir trop de mal à la trouver. Appelez la police, le presbytère, d'accord ?

Et il monta dans l'ambulance aux côtés de la vieille dame. Sa vie, ces jours-ci, semblait de plus en plus liée aux hôpitaux, pensa-t-il tandis que l'ambulance cahotait sur les nids-de-poules du chemin.

Mais peut-être que ce nouveau malheur le conduirait à Rose ?

La dernière fois qu'il vit Nancy O'Beirne Moffat, on la conduisait au service radiologie. Il n'avait plus rien à faire ici. Il sortit de l'hôpital et alla se poster sur le trottoir, le pouce levé. Il eut de la chance. La première voiture s'arrêta et le conducteur le déposa à un kilomètre à peine de chez lui.

Lorsqu'il arriva à la maison de gardien, il avait encore une heure devant lui. Il remplit le poêle et s'assit à la table de la cuisine pour réfléchir aux événements de la journée. Il savait, de manière intuitive, qu'il avait une alliée en la personne de Nancy O'Beirne Moffat. Elle tiendrait parole, il en était persuadé. Et Rose avait été très claire à propos des améthystes et de l'histoire qu'elle lui avait contée sur la reine Élisabeth, son amant et l'anneau : *Ce sera notre anneau. Ce sera tout ce que tu veux, tout ce qui pourra nous venir en aide...*

Il ne lui restait plus qu'à attendre que cette promesse se réalise.

Dès qu'elle s'assit près du lit, Rose vit à quel point Effie était fatiguée. Ses yeux étaient fermés et son visage blanc, privé de sa vivacité habituelle, paraissait bien marqué pour une jeune fille de dix-neuf ans. Rose était de tout cœur avec elle. Elle demeura assise en silence, près d'elle, pendant plusieurs minutes, sans chercher à déranger le repos de son amie.

Elle-même n'était pas au meilleur de sa forme. Bien qu'on lui ait expliqué en détail comment se rendre à l'hôpital, elle s'était sentie perdue dans ce métro qu'elle prenait pour la première fois, et redoutait de devoir le prendre à nouveau.

Effie était couchée sur le dos, aussi immobile qu'une statue, indifférente au bruit et aux bavardages des visiteurs qui allaient et venaient dans la grande salle. Rose remarqua la bosse que faisait le ventre d'Effie sous les couvertures, et fut surprise qu'il n'ait pas plus diminué. Elle s'était toujours imaginé qu'une fois l'enfant né, le ventre se dégonflait aussitôt, comme un ballon.

Effie remua un peu dans son sommeil en gémissant. Rose se pencha immédiatement vers elle.

— Effie, appela-t-elle doucement. C'est moi, Rose.

Effie ouvrit les yeux et la regarda sans comprendre.

— C'est moi, répéta Rose en lui prenant la main.

Effie remua les lèvres, mais Rose ne comprit pas ce qu'elle disait.

— Qu'est-ce que tu dis, Effie ? demanda-t-elle. Je ne comprends pas.

Cette fois, elle comprit parfaitement les paroles de son amie.

— Merde, Rose ! Merde ! La vie est trop moche !

— Oh, Effie ! s'exclama Rose en riant et pleurant tout à la fois. C'est tout ce que tu as à dire ? Je suis tellement désolée pour ton bébé...

— Bon débarras, répliqua Effie.

Mais ses yeux s'emplirent de larmes. Rose serra sa main plus fort.

— Tu l'as vu ? demanda-t-elle, une fois qu'elle eut retrouvé le contrôle d'elle-même.

Effie secoua la tête.

— Non. Ils l'ont emmené immédiatement. Ils m'ont envoyé un prêtre pour me dire qu'il était mort.

Rose était désespérée. La mort n'avait encore frappé aucun de ses proches excepté sa tante Lizzie — dont elle avait hérité les améthystes —, et qui n'existait pour elle que sur de vieilles photos jaunies.

— C'est peut-être mieux ainsi, Effie, dit-elle, tout en se rendant compte à quel point ses paroles étaient déplacées. Je suis sûre qu'ils savent ce qu'ils font.

— Je me fiche bien de savoir à quoi il ressemblait ou s'il allait très mal, Rose. Je suis sa mère. Ils l'ont emporté tout de suite. J'avais encore les pieds dans les étriers et je n'ai même pas pu le voir.

Son visage simiesque se chiffonna.

Rose l'écoutait, et chacun de ses mots vibrait étrangement en elle comme des coups de marteau ; pourtant, elle ne pouvait qu'imaginer ce que son amie avait enduré.

Effie se trouvait dans une grande salle d'une vingtaine de lits, avec un berceau au pied pour la plupart.

Certaines femmes portaient leur bébé contre elle ou les montraient fièrement à leur mari ou à leur famille. Celles qui occupaient les lits voisins de celui d'Effie avaient détourné la tête, gênées par ses larmes et ses cris. En d'autres circonstances, Rose aussi aurait été gênée mais, alors qu'elle observait les manifestations de joie et de ravissement autour d'elle, elle pensa qu'Effie avait le droit de crier et gémir autant qu'elle le désirait. Oui, elle avait raison. La vie était vraiment trop moche. Pourquoi Effie devait-elle souffrir ainsi toute son existence ? Tandis qu'elle lui caressait la main, sa détermination se renforçait. Effie avait le droit de s'en sortir, et elle ferait tout pour lui en donner la chance.

Elle attendit que son amie se calme et lui tendit un mouchoir.

— Ma pauvre Effie, dit-elle. Écoute, ce n'est peut-être ni le moment ni le lieu pour t'en parler, mais c'est bientôt la fin des visites, et comme je risque de ne pas te voir pendant quelque temps, il vaut mieux que je t'en parle tout de suite. J'ai eu une idée.

Et Rose lui exposa brièvement son plan.

Lorsqu'elle eut fini, le visage d'Effie s'était radouci.

— Tu es sûre de vouloir ça ? Je veux dire, qu'on vive toutes les deux ensemble ? demanda-t-elle.

— Je le veux plus que tout au monde, affirma Rose. Cela ne changera pas le passé pour toi, cela ne te rendra pas ton bébé, tes bébés, mais peut-être que cela te permettra de rattraper le temps perdu. De toute façon, on ne perd rien à essayer.

— Tu parles sérieusement, Rose ? Tu ne me fais pas marcher ?

Effie avait retrouvé le sourire.

— Oh, Rose ! Merci.

Rose lui sourit à son tour.

— Merci, mais de quoi ? De rien ! La seule chose maintenant, c'est trouver de l'argent le plus vite possible. Est-ce que tu as quelques économies ?

— Il m'a envoyé un chèque, mais pour rien au monde je ne l'utiliserais ! s'exclama Effie, en crachant presque. J'ai mon salaire de la lingerie.

En échange du travail qu'elles accomplissaient, les filles recevaient une petite somme d'argent qu'elles pouvaient dépenser ou mettre de côté, en fonction de leurs besoins.

— Combien as-tu ?

— Environ vingt-six livres.

— Moi, je dois avoir vingt-deux livres, dit Rose. Je les ai d'ailleurs sur moi. Je n'ai pas besoin de tout, alors voilà déjà dix-huit livres. Avec ça et tes propres économies, tu peux aller à Dublin, trouver un appartement et survivre pendant plusieurs semaines. A ce moment-là, mon père m'aura donné les cent livres, que je t'enverrai immédiatement.

— Méfie-toi que je ne file pas à Las Vegas ! plaisanta Effie. Sérieusement, Rose, comment pourrai-je te rembourser ?

— Ne sois pas stupide, Effie. Ça n'a aucune importance pour l'instant. Et puis n'allons-nous pas trouver du travail toutes les deux et devenir riches ? Dublin ne sait pas encore ce qui l'attend !

Une infirmière entra à ce moment-là dans la salle et agita une petite clochette d'argent.

— Les visites sont terminées, il faut que je file, déclara Rose. Écoute-moi bien. Sœur Benvenuto m'a dit que les Sœurs de la Charité ont un foyer à Mountjoy Square. Je t'écrirai là, d'accord ?

Elle sortit une feuille de papier de sa blouse.

— De toute façon, tu n'auras qu'à y rester les premiers jours, en attendant d'être tout à fait rétablie.

— Mountjoy Square, répéta Effie.

— Oui. Et dès que tu te sens d'attaque, cherche un appartement. J'avoue que je ne sais pas très bien comment on s'y prend. Peut-être en regardant les petites annonces dans les journaux.

— Laisse-moi faire, répliqua Effie. Je sais me débrouiller.

Rose vit qu'elle était la dernière à partir. Elle se leva tant bien que mal — son dos la faisait terriblement souffrir — et se pencha vers son amie pour la serrer une dernière fois dans ses bras.

— Essaie de te reposer, dit-elle.

— Je ne l'ai même pas vu, Rose, murmura Effie. Je voulais l'appeler Sylvester. C'était juste comme ça, pour moi, avant qu'ils ne l'emportent.

Rose se savait pas si elle devait rire ou pleurer.

— Sylvester ?

— C'est le nom d'une sœur que j'aimais bien à l'école.

— Quand nous parlerons de lui, c'est le nom qu'on lui donnera, promit Rose. D'accord ?

Elle embrassa Effie et s'empressa de partir avant d'éclater en sanglots. Quand elle arriva à la porte de la salle et qu'elle se retourna pour faire signe à son amie, elle était trop loin pour voir l'expression de son visage. Mais Effie levait la main et lui faisait signe elle aussi.

Mona McConnell tint parole. Elle arriva à deux heures pile. Agée d'une trentaine d'années, elle était petite et maigre, avec des épaules rondes et étroites. Bien qu'elle soit sur son trente et un, l'impression qu'elle donnait était d'une tristesse incroyable. Elle avait les yeux tombants, les commissures des lèvres aussi, comme une personne qui n'attend rien de la vie.

— Laissez-moi prendre votre manteau, dit John tandis qu'elle entrait dans la cuisine.

— Merci, John, répondit-elle, d'une voix aussi discrète que son apparence.

— Voulez-vous que je vous fasse visiter la maison ? Non qu'il y ait grand-chose à voir, j'en ai bien peur...

— Merci, répéta-t-elle. Je veux bien.

Lorsqu'ils revinrent dans la cuisine, Mona prépara le thé qu'ils burent en silence, assis de part et d'autre du poêle, comme un vieux couple. Sa vie avait pris une tournure bien étrange, se disait John ; il était là, moins d'un an après avoir quitté l'école, non seulement à travailler mais à faire travailler quelqu'un pour lui. Mona buvait à petites gorgées, l'auriculaire courbé. Son attitude pleine de retenue lui facilitait les choses. Quoi qu'il en soit, même s'il était plus jeune qu'elle, le travail qu'il attendait d'elle n'était pas inhabituel. On trouvait des gouvernantes pour presque rien dans ce coin du monde.

— Qu'avez-vous besoin de savoir au sujet de ma mère ? finit-il par lui demander au bout d'un moment, bien qu'il n'ait nulle envie de briser le silence.

— A quelle heure doit-elle arriver ?

John, qui s'était attendu à des questions sur sa maladie, ou encore sur les diverses tâches à accomplir, fut décontenancé.

— Dans moins d'une heure, je crois, répondit-il. Mais ne voulez-vous rien savoir d'autre ? Ce qu'elle doit manger, je ne sais pas...

— On se débrouillera, j'en suis sûre.

Elle lui adressa un sourire rassurant, puis baissa les yeux. Mona avait un effet des plus soporifiques sur lui et il craignit de s'endormir sous peu s'il ne faisait ou ne disait pas quelque chose.

— Comment va votre père, Mona ? demanda-t-il donc, par pure politesse.

Quatre ans auparavant, Packy McConnell, le père

de Mona, avait perdu une jambe dans un accident de batteuse alors qu'il aidait à la moisson.

— Ça va, répondit Mona. Il s'en sort même mieux que prévu.

— Je vois, fit John.

Apparemment, Mona n'avait plus rien à dire ou à demander. John en profita pour l'examiner. Elle n'avait pas eu une vie facile, ça se voyait. John avait pensé presque immédiatement à elle quand il avait commencé à faire savoir qu'il cherchait quelqu'un pour s'occuper de sa mère.

— Mona McConnell est la fille qu'il te faut, avait-il entendu maintes et maintes fois, et toutes les personnes qui la lui avaient recommandée avaient eu une petite anecdote à raconter sur elle ou sur sa famille, de sorte que lorsqu'il l'avait rencontrée, il avait eu l'impression de tout savoir sur elle.

Sa mère était morte en couches, et elle avait été élevée par sa tante, Teresa McConnell, venue s'installer dans le cottage de Packy. Teresa était une femme excessivement pieuse et méticuleuse ; connue pour être très imbue d'elle-même, elle était persuadée que les McConnell valaient mieux que les autres. En conséquence, lorsque Mona était petite, elle n'avait pas le droit de jouer avec les autres enfants et devait rentrer directement chez elle après l'école. Puis, quand elle fut en âge de sortir, sa tante lui interdit d'aller au bal du village. De toute façon, Teresa chassait à grands cris tous les garçons qui osaient s'approcher de sa nièce. Elle avait d'autres aspirations pour elle : Mona serait, disait-elle à qui voulait l'entendre, une grande dame.

Mais Teresa était tombée malade, et après l'accident de Packy, Mona, qui devait avoir un peu plus de vingt ans, s'était retrouvée obligée de s'occuper de ses deux parents. Teresa était morte six mois auparavant, mais Packy ne pouvant plus travailler, il n'y avait pas beaucoup d'argent à la maison. L'offre de John tombait à point nommé, et Mona avait accepté ses conditions avec un certain fatalisme.

Le silence qui se prolongeait entre eux ne semblait les gêner ni l'un ni l'autre. Lorsque la voiture de Ned Sherling franchit la grille, ils en étaient à leur troisième tasse de thé. John se rendit brusquement compte qu'il redoutait ce moment. Il avait inconsciemment refusé jusqu'alors de réfléchir aux implications qu'entraînait le fait d'avoir à sa charge sa mère malade et complètement dépendante. A présent, il devait faire face à la réalité.

Mona le rejoignit à la porte tandis que Ned amenait la voiture le plus près possible de la maison. Avant que Ned n'ait coupé le moteur, John ouvrit la portière pour serrer sa mère dans ses bras. Mais une odeur âcre le repoussa : Mary s'était mouillée.

Immédiatement, il eut honte de sa réaction. Mary était assise sur le siège avant, soutenue par des coussins. On lui avait rasé les cheveux à l'arrière, et elle avait l'air aussi fragile et vulnérable qu'un nouveau-né. John posa sa main sur son épaule.

— Bonjour, maman, dit-il en s'efforçant de prendre un ton joyeux.

Au son de sa voix, elle tourna légèrement la tête ; ses yeux étaient dénués de toute expression. John faillit éclater en sanglots lorsqu'il vit le filet de bave qui avait coulé du côté paralysé de sa bouche.

— Bienvenue à la maison.

Mary continuait de le regarder fixement, mais de toute évidence, elle ne le reconnaissait pas. Ned était descendu de la voiture et se tenait derrière lui.

— Elle ira mieux quand elle sera à l'intérieur, dit-il. C'est un peu dur pour elle, le voyage et tout ça, je veux dire. Tu sais, elle est tellement contente d'être de retour. Elle n'a pas cessé de bavarder pendant tout le trajet, ajouta-t-il.

John se pencha et prit sa mère dans ses bras. Elle n'avait jamais été bien lourde, mais depuis sa maladie, elle avait perdu tant de poids qu'il n'eut aucun mal à la soulever. Alors qu'il franchissait le seuil de la maison, il s'arrêta à la hauteur de Mona. Comment lui présenter la femme dont elle allait devoir s'occuper ? Tout à coup, il fut saisi de panique. Et si Mona décidait brusquement que c'était trop pour elle ?

Mais Mona ne se départit pas un instant de sa gravité et de son sérieux. Elle prit la main paralysée de Mary et la tint délicatement dans la sienne.

— Bonjour, Madame Flynn, dit-elle. Vous ne me connaissez pas encore. Je m'appelle Mona. Nous allons devenir de grandes amies.

Mona aida ensuite John à installer Mary sur son lit, puis ensemble, ils la couvrirent avec un plaid.

— Je crois qu'elle devrait être bien, là, fit John gauchement.

Il savait pourtant que sa mère avait besoin d'être lavée et changée. Il allait devoir s'y habituer, mais pour l'instant, il ne parvenait pas à y faire face. Pouvait-il dès maintenant demander à Mona de s'en charger ?

A nouveau, ce fut elle qui vint à sa rescousse.

— Il reste du thé, dit-elle. Vous devriez en offrir une tasse à Ned. Il a eu une longue journée. Pendant ce temps, je vais m'occuper d'elle.

Ned, comme d'habitude, refusa de rester prendre le thé.

— J'ai un paquet de la part de l'assistante sociale de l'hôpital, dit-il.

John déchira le papier kraft. L'hôpital lui renvoyait ce que Mary n'avait pas utilisé durant son séjour là-bas : un pot de vaseline presque plein, une boîte de talc entamée, et trois choses qui lui firent mesurer l'étendue de ce qui l'attendait : une alaise en caoutchouc et deux petits draps de coton déchirés, qu'il devait sans doute glisser sous sa mère chaque fois qu'elle mouillerait son lit. Ned l'observait en silence.

— Voici ses médicaments et l'ordonnance, dit-il doucement. L'assistante sociale m'a dit aussi qu'il était préférable que le docteur voie Mary le plus tôt possible et..., et elle a ajouté qu'elle nous enterrerait tous.

John comprit, à l'expression de Ned, qu'il savait que son message contenait à la fois de bonnes et de mauvaises nouvelles. Cela ne l'empêcha pas pour autant de continuer.

— Son cœur va bien... Bon, je ferais mieux d'y aller, dit-il enfin. J'espère que tout se passera bien.

Et sans attendre de réponse, il s'en alla. John resta sur le pas de la porte tandis qu'il montait dans sa voiture. Avant de démarrer, Ned baissa la vitre de sa portière.

— Je passerai demain, lança-t-il. Juste pour voir si vous avez besoin de quelque chose.

Puis il s'éloigna dans un nuage de fumée bleue.

John rentra et examina à nouveau le contenu du paquet. Soudain, le découragement s'empara de lui. Mais Mary dormit paisiblement pendant deux heures environ, durant lesquelles Mona lava ses vêtements et tria les affaires qu'elle avait rapportées de l'hôpital. Elle était si adroite et si discrète qu'en l'observant, John avait l'impression d'être un éléphant. Il ne trouvait rien d'utile à faire et craignait qu'en restant à la regarder, elle ne pense qu'il la surveille, ou la soumette à un test quelconque.

— Ça ne vous ennuie pas si je vais faire un tour et je vous laisse seule, Mona ? demanda-t-il.

— Non, bien sûr. Allez-y, John. Nous nous débrouillerons très bien, ne vous inquiétez pas.

Qu'elle ait employé la première personne du pluriel rassura John d'une certaine façon. La présence de Mona McConnell dans la maison de gardien était vraiment une aubaine.

Daphné O'Beirne Moffat, dont la mise était un peu désordonnée, discutait avec le médecin qui avait admis sa belle-mère à l'hôpital.

D'abord sous le choc, son inquiétude s'était vite transformée en exaspération, quand elle avait compris que la vie de Nancy n'était pas en danger.

— Je refuse de jouer les infirmières, avait-elle décidé, au volant de la vieille voiture de Gus, sur le trajet de l'hôpital.

Daphné en voulait à son mari. C'était typique de Gus : partir pour Londres et la laisser seule face à un problème grave. Et en plus, il devait être avec Rose. S'il avait été là, lui aurait su quoi faire. Tout ça était encore de la faute de Rose.

— Pardon ? dit-elle au médecin en se rendant brusquement compte qu'il s'était tu et attendait une réponse de sa part.

— Je vous demandais quand rentrait votre mari, répéta patiemment le médecin. Nous avons besoin de sa signature pour opérer.

— Eh bien, il est censé rentrer jeudi, au plus tôt, répliqua Daphné. Il est à Londres pour affaires, et il voyage par bateau, ajouta-t-elle.

Cette précision n'était guère pour améliorer son humeur : toutes ses amies et leur maris prenaient l'avion pour se rendre à Londres, mais bien sûr, Gus ne pouvait se le permettre.

— Pouvez-vous signer à sa place ? demanda le médecin en se passant la main d'un air las sur le front.

— Passez-moi votre fichu formulaire.

Elle griffonna en vitesse son nom avant de suivre le médecin dans la salle où se trouvait sa belle-mère.

— Nous lui avons donné un sédatif pour calmer la douleur, précisa-t-il.

Daphné éprouva un bref sentiment de honte. C'était une chose de faire œuvre de charité au sein de la communauté, de visiter les malades, de donner un coup de main à la Mission, et même de lisser du papier d'argent pour les collectes. Mais c'en était une autre, pensa-t-elle, indignée, quand l'obligation de charité vous occupait vingt-quatre heures sur vingt-quatre, qui plus est sous votre propre toit. C'était quelque chose qu'elle avait redouté en épousant Gus, mais comme Nancy avait toujours été en bonne santé, se suffisant à elle-même, ses craintes avaient fini par disparaître. Eh bien, Gus allait avoir sa part du fardeau à supporter.

Nancy était réveillée quand elle arriva, mais à son regard vide, Daphné comprit qu'elle était encore sous l'effet du calmant. Elle avait le bras droit dans une attelle et les couvertures de son lit reposaient sur une sorte de cage pour éviter qu'elles ne pèsent sur ses hanches.

— Je vous laisse, déclara le médecin en serrant la main de Daphné.

Elle prit une chaise et s'assit près de la tête du lit. Nancy essaya de parler, mais elle était incapable de formuler quoi que ce soit de cohérent, et Daphné comprit qu'il était inutile de chercher à avoir une conversation avec elle.

— Ne vous agitez pas, Nancy, dit-elle en plaquant un sourire sur ses lèvres.

Curieusement, le fait de sourire atténua un peu sa colère et son indignation. Nancy lui sourit en retour. Elle essaya encore de dire quelque chose et Daphné se pencha vers elle ; cette fois-ci, bien que les mots lui parviennent faiblement, elle en comprit le sens.

— Je suis désolée.

— Ne vous faites pas de souci, Nancy. Nous nous débrouillerons, répondit-elle en s'efforçant de donner le maximum de sincérité à sa voix.

Puis Nancy ferma les yeux. Allaient-ils pouvoir engager une infirmière à Sundarbans ? se demandait Daphné en fulminant. C'était peu probable. Et il n'y avait plus grand-chose à vendre. Elle était tellement plongée dans ses pensées qu'elle n'entendit pas l'infirmière approcher.

— Excusez-moi, Madame, dit-elle. Mais j'ai pensé que vous aimeriez rapporter les vêtements de votre belle-mère chez vous. Il y a aussi ses bagues et d'autres petites choses. Tout est dans le coffre, je vais vous les chercher.

Tandis qu'elle attendait le retour de l'infirmière, Daphné jeta un coup d'œil à la salle d'hôpital. Relativement grande, elle comportait une douzaine de lits, tous occupés par des personnes âgées. Elle était propre et nette, avec des parquets cirés et des murs blancs, mais il y régnait une forte odeur d'eau de Javel qui masquait à peine une autre odeur, plus piquante et âcre. Daphné revint à Nancy. Dans l'état où elle était, elle n'était guère différente des autres vieilles femmes dans les lits voisins. La colère et l'indignation de Daphné firent alors place au découragement. Allait-elle, elle aussi, finir ses jours comme l'une des ces petites vieilles pathétiques, aux cheveux blancs et aux yeux chassieux ?

L'infirmière revint au bout d'un moment avec une grosse enveloppe de papier kraft.

— Voilà, tout est dedans, dit-elle gaiement.

Elle renversa le contenu de l'enveloppe sur la table de nuit de Nancy et, tout en cochant une liste qu'elle tenait à la main, replaça chaque objet un par un dans l'enveloppe.

— Une montre en or, oui. Trois bagues, oui. Un rosaire, oui. Une médaille pieuse et une chaîne en argent avec une croix, oui. Un bracelet, oui. Un mouchoir, oui. Trois shillings et onze pence en pièces. Et voilà, il ne manque rien. Elle n'avait pas de sac à main, continua-t-elle, et l'argent, le bracelet et le rosaire se trouvaient dans ses poches. Maintenant, dit-elle en tendant une feuille de papier à Daphné, si vous voulez bien signer le reçu.

Pour la seconde fois de la journée, Daphné apposa sa signature au bas d'un formulaire. Puis elle prit l'enveloppe et se leva.

— Je ne suis pas d'une grande utilité ici, dit-elle. Il vaut peut-être mieux que je rentre chez moi et que j'essaie de contacter mon mari. Il n'est pas encore au courant de l'accident.

Dès qu'elle arriva à Sundarbans, elle appela le club de Gus à Londres, mais il n'y était pas.

Alors qu'elle reposait le combiné, elle se dit qu'elle méritait bien un sherry. Mais, toujours méticuleuse, elle décida de ranger d'abord les affaires de sa belle-mère. Elle accrocha son imperméable et plaça ses bottes en caoutchouc derrière la porte de la cuisine, avec les autres chaussures de pluie. Elle mit ensuite le chemisier et la jupe déchirés dans le panier à linge — elle était trop fatiguée et bien trop énervée pour s'en occuper dans l'immédiat, mais elle se promit de les rapiécer dès le lendemain matin —, puis elle porta le gilet et les effets personnels de Nancy dans sa chambre.

Le coffret à bijoux de sa belle-mère ne contenait que très peu de pièces, mais toutes splendides. Nancy avait assurément beaucoup de goût, se dit Daphné en replaçant soigneusement les bagues dans leurs boîtes avant de s'emparer du bracelet. Dans la lumière du soleil couchant, les pierres étincelaient. Stupéfaite, Daphné le regarda de plus près. C'était le bracelet d'améthystes de Rose. Pourquoi sa belle-mère l'avait-elle sur elle ?

Tout en fronçant les sourcils, elle referma le coffret et alla dans la chambre de Rose. L'écrin en velours rouge était sur la coiffeuse. Daphné déposa le bracelet à l'intérieur puis elle emporta l'écrin avec elle dans sa chambre. Dès demain, et quoi qu'en dise Rose, elle déposerait les améthystes dans le coffre de la banque, là où elles auraient toujours dû être.

10

Deux semaines avant que Mary Flynn ne rentre de l'hôpital, Karen et le jeune prêtre méthodiste qui venait d'arriver à Charlottetown étaient assis face à face dans la salle de séjour des Lindstrom. Le prêtre était venu à la demande des parents de Karen pour « avoir une petite conversation » avec la jeune fille, mais cela se déroulait plutôt mal.

— Karen, plaida-t-il en se penchant en avant de sorte que le soleil qui filtrait à travers la fenêtre se refléta sur la monture en corne de ses lunettes, avez-vous réfléchi à ce que votre père et votre mère vont devoir endurer ?

Il avait les dents d'en haut qui avançaient et son double menton s'agitait, tant il se voulait persuasif.

— Ils ne veulent que votre bien, naturellement, continua-t-il, mais ils doivent penser aussi à leur position. Je sais que ce n'est pas ce que vous avez envie d'entendre, Karen, mais Charlottetown est une communauté très conservatrice, et avoir chez eux une fille non mariée avec un bébé ne sera pas, je peux vous l'assurer, très bon pour les affaires.

— Évidemment, ils ne pensent qu'à ça, rétorqua Karen. Les affaires, toujours les affaires !

— Ce n'est pas vrai, Karen, vous le savez bien. Mais votre père et votre mère fréquentent l'église et...

— Et qu'aurait fait Jésus dans cette situation ? s'écria-t-elle brusquement en foudroyant le jeune prêtre du regard. Dites-le-moi donc ! Se serait-Il soucié de savoir qui est le père ? Je pense plutôt qu'Il aurait été heureux d'apprendre la naissance d'une nouvelle vie, mon Père ! N'est-ce pas le genre de choses qu'on nous apprend au catéchisme ? Et puis, ajouta-t-elle avec malice, je suis sûre que des millions et des millions de catholiques ne croient pas que les parents de Jésus étaient mariés.

Sur ces paroles, elle se renfonça dans le canapé d'un air triomphant.

Le prêtre suçota ses dents. Il décida de changer de tactique et d'adopter un ton enjôleur pour essayer une fois de plus de découvrir ce que les parents de Karen tentaient en vain d'arracher à leur fille depuis quinze jours.

— S'il vous plaît, Karen ? Quel est le problème ? Peut-être pourriez-vous nous expliquer pourquoi vous refusez de révéler l'identité du père. Après tout, ce jeune homme a des responsabilités dans cette histoire.

— C'est impossible, répondit Karen doucement, je ne le dirai à personne. C'est comme ça, mon Père.

Il avait l'air si malheureux qu'elle eut presque pitié de lui.

— De toute façon, cela ne changerait pas grand-chose, n'est-ce pas, mon Père ? fit-elle, plus gentiment. Car, de toute façon, le bébé sera là. Et même si je révélais l'identité du père, il est peu probable que nous nous mariions.

— Cela s'est déjà vu, vous savez, fit remarquer le prêtre tristement avant de retirer ses lunettes pour les essuyer sur sa manche.

— Oui, et à quelle époque ? persifla Karen. Je vous rappelle que je n'ai que dix-sept ans ! On ne marie plus les enfants de force depuis belle lurette !

Le prêtre changea une nouvelle fois de tactique.

— Si vous refusez de révéler son identité, pouvez-vous au moins nous dire quelle genre de personne c'est ?

— Eh bien, quoique je ne sois pas amoureuse de lui, je peux vous dire que c'est le genre d'homme que n'importe quelle jeune fille serait fière d'épouser. Mais je n'en dirai pas plus.

Le prêtre, déconfit, ne savait manifestement plus quoi faire. Confortablement assise dans le canapé, Karen attendit.

— J'aurai dix-huit ans dans quelques semaines, vous savez, dit-elle posément, même si c'était en totale contradiction avec ce qu'elle venait de dire précédemment. Je sais ce que je fais. Je ne suis plus vraiment un bébé.

— Évidemment, fit le prêtre d'une voix éteinte. Karen, je vous en prie...

— Oui ? répondit-elle tout en regardant le plafond.

— Karen, cette conversation ne mène nulle part.

— Je suis ravie de vous l'entendre dire. J'avais pourtant bien prévenu papa et maman que ce serait peine perdue que d'impliquer l'Église dans cette histoire.

Elle se leva.

— Écoutez, mon Père, continua-t-elle d'un ton aimable, je vous assure que vous perdez votre temps.

Vaincu, et acceptant la défaite, le prêtre se leva à son tour.

— Avez-vous au moins réfléchi à ce que vous allez faire une fois que le bébé sera né ?

— C'est beaucoup trop tôt. Il me reste encore plusieurs mois pour...

Elle s'arrêta brusquement, se rendant compte avec inquiétude qu'elle avait failli se couper.

— Je le donnerai probablement pour qu'il soit

adopté, dit-elle abruptement, mais, comme je vous l'ai dit, je ne déciderai rien avant sa naissance.

— Vos parents avaient de grands projets pour vous, Karen.

— Et alors ? Qu'est-ce que ça change ? J'ai bien l'intention de passer mon diplôme cet été et d'aller à l'université à l'automne. Mais si je dois attendre le second semestre, eh bien, j'attendrai. Où est le problème ?

— Je suppose donc qu'il n'y a rien à ajouter ?

— Non, j'en ai bien peur, mon Père.

— Alors, au revoir, Karen et que Dieu vous bénisse.

— Que Dieu vous bénisse aussi, mon Père.

Ce soir-là, dans son lit, Karen ne se sentait plus aussi sûre d'elle. Jamais auparavant, on ne s'était autant intéressé à elle, et à plusieurs reprises, au cours des deux dernières semaines, elle avait tiré une certaine satisfaction sournoise du pouvoir qu'elle exerçait sur ses parents, sur le médecin de famille et sur certains proches mis dans la confidence.

Ce soir-là, alors qu'elle se tournait et se retournait dans son lit, elle dut admettre que l'attrait de la nouveauté se dissipait très vite. Pour la première fois de sa vie, elle était en désaccord avec ses parents, et l'atmosphère dans la maison était chaque jour plus tendue. Elle savait pourtant qu'elle restait leur fille adorée, mais le libéralisme bienveillant qui, à ses yeux, les caractérisait, avait disparu pour faire place à un conservatisme pur et dur. Bien que ni l'un ni l'autre n'ait élevé le ton, ils étaient tout aussi scandalisés par sa grossesse que n'importe quel parent de l'époque victorienne. Et alors que les jours et les semaines passaient sans qu'ils manifestent le moindre signe d'indulgence, elle avait commencé à céder secrètement à la panique.

Karen était avant tout quelqu'un d'honnête ; elle ne pouvait s'empêcher de se dire que si elle avait un peu plus songé à ses parents, elle ne serait peut-être pas enceinte maintenant. Elle s'était montrée bien légère en perdant sa virginité au début de l'été précédent, presque sur un coup de tête. Billy de Fresne et elle — Billy était l'un des rares garçons qu'elle estimait à Charlottetown — flirtaient à l'arrière de sa voiture après une soirée quand ils avaient un peu perdu le contrôle de la situation. C'était la première fois pour Billy aussi, et cela n'avait duré que quelques minutes. Et la deuxième fois, avec John Flynn, Karen n'avait pas plus songé qu'elle pouvait se retrouver enceinte...

Elle jeta un coup d'œil au cadran lumineux de son réveil. Il était plus de deux heures du matin et son imagination allait bon train. Et si, à force de défier ses parents, ceux-ci, en bons Victoriens, la reniaient ? C'était peu probable, mais sait-on jamais ? Où irait-elle ? Comment s'en sortirait-elle ? Toute sa vie, elle avait été choyée et dorlotée, avait obtenu presque tout ce qu'elle voulait, facilement et sans protestations. Voilà sans doute pourquoi Karen commençait à s'inquiéter de la tournure fâcheuse que prenaient leurs relations.

Elle repensa aux paroles du prêtre. *Avez-vous au moins réfléchi à ce que vous allez faire une fois que le bébé sera né*, et à sa réponse : *Je le donnerai probablement pour qu'il soit adopté*... Facile à dire. Mais était-ce la chose à faire ? Elle ne l'aurait jamais admis devant personne, mais elle craignait de le regretter toute sa vie. En même temps, elle ne connaissait personne à Charlottetown qui ait élevé un enfant illégitime. Que dirait-elle aux gens ? Elle rougit en pensant aux regards que les autres lui lanceraient. En dépit de ce qu'elle se plaisait à croire, Karen se rendait finalement compte qu'elle avait hérité une grande part du conservatisme de ses parents.

Elle pouvait bien sûr décider de garder l'enfant, et quitter l'Ile. Mais quelle que soit la destination choisie, son imagination inquiète ne pouvait que lui faire entrevoir une existence sordide, dans l'angoisse et la solitude. Et elle écarta aussitôt cette idée.

Une autre remarque du prêtre lui revint à l'esprit : *Quel préjudice cela vous porterait-il ?*

Elle devait admettre qu'elle était déjà dans une situation si embarrassante que révéler le nom de John Flynn à ses parents ne changerait pas grand-chose pour elle.

Mais qu'adviendrait-il de John ? Sans parler de la honte qu'éprouveraient ces braves gens, les McGuigan, et sa propre mère qui, d'après ce qu'elle savait, était très malade. Karen sentait qu'elle devait assumer entièrement la responsabilité de ce gâchis. Après avoir dansé avec lui le soir du réveillon, elle s'était immédiatement rendu compte qu'elle avait beaucoup plus d'expérience en matière sexuelle que lui. Oh ! John n'était pas resté indifférent, certes — malgré son anxiété, elle ne put s'empêcher de sourire à ce souvenir —, mais comme il était à peine conscient, se rappelait-il seulement qu'elle s'était glissée dans son lit ? A dire vrai, elle avait été surprise de constater, en s'allongeant contre lui, qu'il avait déjà une érection.

Elle ne manquerait pas de régler un jour son compte à ce salaud d'Ezrah qui s'était amusé à corser les boissons. Mais, en son for intérieur, elle savait qu'elle ne pouvait pas tout mettre sur le compte de l'alcool. C'était de sa faute, un point c'est tout.

Une inquiétude supplémentaire la tenaillait depuis quelque temps. Elle avait fait l'amour avec John dans le plus grand silence — parfois, elle se demandait même s'il s'était réveillé —, mais alors qu'elle descendait de son lit et se glissait sur la pointe des pieds vers la porte, elle avait eu la nette impression qu'on l'observait. Elle s'était retournée brièvement pour jeter un coup d'œil à Derek qui, autant qu'elle pouvait en juger dans l'obscurité, semblait dormir.

Elle ne l'avait revu qu'une fois depuis son retour sur l'Ile. Elle traînait avec Mary-Lou chez Woolworths — c'était la veille du jour où elle avait découvert qu'elle était enceinte — quand il était entré dans le magasin en compagnie de Dan McGuigan, et ils avaient tous les quatre échangé quelques plaisanteries. Derek, très formel, était resté sur ses gardes ; après tout, c'était son droit. Elle n'avait pas été très correcte avec lui.

Mais savait-il, oui ou non ?

Karen se mit à réfléchir à son avenir proche. Si elle restait à Charlottetown, tôt ou tard, elle ne pourrait plus dissimuler sa grossesse. Et elle avait toutes les chances de tomber sur Derek à un moment ou à un autre. S'il l'avait vue dans le lit de son frère, il ne manquerait pas de faire le rapprochement et pourrait lui rendre la vie très difficile.

Elle essaya de se mettre à sa place. Délaissé, plein de ressentiment et jaloux, Derek résisterait-il à la tentation de se venger ?

Après avoir énuméré toutes les possibilités, elle conclut que dans la mesure où elle était pratiquement sûre que John ne s'était rendu compte de rien, elle pouvait toujours nier, dire que Derek mentait.

Mais que se passerait-il si John croyait son frère ? Elle sut presque instinctivement que le frère jumeau de Derek insisterait pour faire ce qu'il y avait à faire : il reconnaîtrait l'enfant et voudrait l'épouser. Mais, devant rester au chevet de sa mère malade, il lui demanderait alors de le rejoindre en Irlande. Ses parents, trop heureux de se débarrasser d'elle et d'offrir un cadre familial « normal » au bébé, accepteraient immédiatement.

A nouveau, Karen frémit. Sur le bateau, Derek l'avait régalée d'anecdotes sur Drumboola et sur la vie fruste que les gens menaient là-bas. Elle n'avait certainement pas l'intention de passer le restant de son existence à jouer à Cendrillon.

La conclusion était inéluctable. Derek Flynn tenait son avenir entre ses mains et il lui faudrait aller l'affronter. S'il ne savait rien, elle pourrait manœuvrer en toute sécurité. S'il savait, elle n'aurait plus qu'à lui demander ce qu'il proposait.

Il se trouvait avec Karen au milieu d'un champ de neige où il l'avait traînée en luge, sans prêter attention à ses cris. Il était le maître de la situation et Karen, enfin soumise, se pliait à ses désirs, se dévêtait lentement, se laissait caresser... Puis, très vite, il faisait glisser son pantalon de ski et Karen gémissait quand il se baissait sur elle...

Ce fantasme était venu à l'esprit de Derek le soir où il avait aperçu Karen et son épouvantable amie chez Woolworths. Mais, à sa grande frustration, chaque fois qu'il atteignait ce moment crucial, une autre image, toujours la même, s'imposait à lui, celle de deux corps s'agitant dans le lit à côté du sien, le soir du Nouvel An à Charlottetown...

Finalement, il s'endormait, mais jamais sans s'être juré que plus jamais il ne serait la victime d'un coup monté. S'il devait avoir une aventure avec une autre fille, ce serait lui qui mènerait la danse.

Les semaines suivantes, il s'était acharné au travail et bien que ses fantasmes nocturnes continuent de le harceler, il faisait tout pour se sortir Karen de la tête. Mais il n'était pas dupe : lorsqu'il l'avait vue chez Woolworths, son cœur avait chaviré de désir.

Dan McGuigan n'avait pas eu besoin de beaucoup de temps pour constater à quel point l'arrivée de

Derek à la ferme était une bénédiction, et un soir, au souper, il n'avait pas hésité à complimenter le jeune homme, et de façon si élogieuse que Derek s'était laissé aller à rêver qu'un jour, peut-être, la ferme lui appartiendrait. Les enfants de Dan, qui vivaient désormais comme des citadins, ne reviendraient sans doute pas, et il savait que Dan ne vendrait jamais.

Alors qu'il s'apprêtait à désherber entre les rangées de betteraves fourragères nouvellement plantées, il se délecta d'un sentiment de bien-être qui irradiait tout son corps. C'était la première vraie journée de printemps. Derek était habituellement peu sensible au spectacle de la nature, mais il aurait fallu être aveugle ou sourd pour ne pas s'apercevoir qu'en une nuit, le vent de la mer, qui avait soufflé pendant des mois et des mois, s'était calmé, et que tous les oiseaux de l'Ile semblaient avoir décidé de se rassembler dans un rayon de quelques kilomètres autour de la ferme.

La chaleur du soleil sur son dos nu était pour Derek une sensation nouvelle. Après son ablation du poumon, six ans auparavant, il avait eu tellement honte de son épaule tombante et de sa longue cicatrice, qu'il n'avait jamais osé se montrer torse nu ; mais depuis son arrivée sur l'Ile, il était transformé. En sept mois, la cuisine de Peggy et son travail quotidien au grand air avaient permis à Derek de s'épanouir physiquement, mais moralement aussi : il avait désormais confiance en lui. Amusé, il se demandait parfois ce que le Dr. Markey penserait de lui aujourd'hui.

En fait, à plus d'un égard, il n'avait jamais été aussi heureux, et s'il n'y avait eu la culpabilité d'avoir abandonné sa mère, et le souvenir de la trahison de Karen et de son frère, il n'aurait rien demandé d'autre à la vie. L'humiliation qu'il avait ressentie cette nuit-là et ses conséquences brûlaient en lui d'une flamme éternelle. Parviendrait-il jamais à leur pardonner ? Parfois, il en doutait. Souvent, il s'était demandé comment faire payer à John le sale coup qu'il lui avait joué, et la lettre anonyme qu'il avait envoyée à sa petite amie prétentieuse et snob lui avait donné finalement bien peu de satisfaction. Il ignorait comment elle avait réagi, peut-être même ne l'avait-elle jamais reçue.

Restait Karen. Oh, comme il aurait aimé se venger d'elle ! Seulement, il devait attendre de trouver le meilleur moyen. Ce n'était guère facile.

Accompagné par les chiens de la ferme et par plusieurs mouettes qui le suivaient le long des sillons de terre rouge dans l'espoir d'y dénicher quelque chose à manger, Derek fredonnait doucement en se baissant entre les rangées de betteraves. Il était grand temps qu'il aille chez le coiffeur ; dès qu'il se penchait, une mèche de cheveux lui tombait sur les yeux. Il l'écarta pour la énième fois et finalement, exaspéré, défit sa chemise qu'il avait nouée à sa taille et en fit un bandeau qu'il serra autour de sa tête. Il allait pouvoir travailler en paix.

Il estima le temps qu'il lui faudrait avant d'arriver au bout du sillon, et, chantant à présent à pleine gorge, il s'attela à sa tâche.

Il était tellement absorbé qu'il n'entendit pas la voiture entrer dans la cour de la ferme. Quand les chiens derrière lui se mirent à aboyer, il pensa que c'était parce que les mouettes s'étaient trop approchées, et sans prendre la peine de se retourner, il leur hurla de se taire.

Karen avait pris son temps pour soigner sa mise, hésitant entre plusieurs tenues avant de fixer son choix sur une robe à godets en fin lainage jaune pâle, qui effleurait son corps plutôt qu'elle ne le moulait. Tournoyant sur elle-même devant le miroir de sa chambre, elle fut satisfaite de l'impression d'ensemble qu'elle donnait. Sage et simple ; par ailleurs, la couleur de la robe rehaussait la blondeur de ses cheveux et la clarté de son teint, de sorte qu'elle avait l'air fraîche, pure, même innocente.

Elle était si contente d'elle qu'elle éclata presque de rire. Elle se sentait assurément bien mieux maintenant qu'elle avait décidé de *faire* quelque chose, au lieu de rester chez elle à se morfondre.

Après avoir envisagé puis éliminé plusieurs versions de ce qu'elle allait dire à Derek, elle décida finalement d'improviser le moment venu. Elle verrait bien quelle serait sa réaction quand elle se tiendrait devant lui.

Bien trop vite à son gré, elle arriva à Kelly's Cross, une dizaine de propriétés et de fermes dispersées à travers une plaine onduleuse autour d'un carrefour et d'une église. La ferme des McGuigan ne se trouvait plus qu'à quelques centaines de mètres, et elle l'aperçut bientôt, émergeant d'un pli de terrain au milieu des basses collines.

La voiture était garée dans la cour, mais la maison semblait vide.

— Il y a quelqu'un ? appela-t-elle.

Au bout de quelques minutes, elle entendit un chien aboyer.

Alors qu'elle s'approchait de la clôture, une silhouette courbée en deux, au loin, avec une espèce de coiffe sur la tête, attira son attention. Deux chiens arrivèrent en courant, agitant leurs queues et gambadant autour d'elle. Karen passa la clôture et, tandis qu'elle essayait de ne pas trop enfoncer ses pieds dans l'argile rouge, regretta de s'être montrée aussi coquette en voulant assortir ses chaussures à sa robe.

L'un des chiens partit devant et se coucha aux pieds de l'homme, haletant joyeusement dans sa direction comme pour lui montrer que quelqu'un arrivait. L'homme se retourna pour regarder, en se protégeant les yeux du soleil.

C'était bien Derek Flynn, mais ce n'était pas le Derek qu'elle se rappelait. Le torse nu et musclé, le jeune homme qu'elle apercevait avec son pantalon déchiré retenu à la taille par une ceinture de cuir et cet étrange foulard sur la tête, avait tout du *Simbad le marin* de son enfance.

— Bonjour Derek, cria-t-elle.

Il ôta sa main de son front et elle comprit qu'ébloui par le soleil, il ne l'avait pas reconnue.

— C'est moi, Karen, dit-elle.

— Karen ?

Elle était encore trop loin pour savoir s'il était ou non content de la voir.

— Eh oui, fit-elle en s'avançant. Surpris de me voir ?

Il retira son foulard — elle s'aperçut alors qu'il s'agissait de sa chemise — et se pencha pour attraper le collier du chien, bien que ce dernier ne manifeste nullement l'envie de bouger.

— Tu es bien loin de chez toi, dis donc. Qu'est-ce que je peux faire pour toi ?

Avait-elle mal entendu ou avait-il volontairement souligné le « je » de sa question ?

— Y a-t-il un endroit où nous pourrions parler ? demanda-t-elle.

— Que penses-tu d'ici ?

— Eh bien, ça me fait un peu bizarre d'être là, au milieu de ce champ.

— Tu n'as pas envie qu'on te voie en train de me parler, c'est ça ?

Il lui adressa un regard dur et perçant, et elle se rendit compte, horrifiée, qu'elle lui trouvait une certaine sensualité insolente, pire, que son corps ne lui était pas indifférent. Comme il baissait les yeux, elle résista à la tentation de croiser les bras sur sa poitrine pour se protéger. En même temps, elle sentait que ses tétons se dressaient sous sa robe. Elle cherchait désespérément quelque chose à dire quand, alors qu'elle commençait à ne plus supporter son silence scrutateur, il se détourna lentement et délibérément d'elle.

— Je voudrais finir ce sillon d'abord.

Et, comme si elle n'était pas là, il se baissa pour continuer à désherber l'allée.

Karen était sûre qu'il travaillait plus lentement qu'à son arrivée, mais elle se força à ne voir là aucune insulte à son endroit. En revanche, elle trouvait bien plus difficile de maîtriser la rapidité de son pouls. Lorsqu'il l'avait regardée tout à l'heure, elle n'avait pu s'empêcher d'admirer ses épaules et ses pectoraux. Elle était littéralement fascinée par la façon dont ses fesses bougeaient quand il marchait, et dut même réprimer l'envie de passer le doigt le long de sa cicatrice qui, sous le soleil du matin, brillait comme un filament d'argent.

Le comportement de Derek ne manquait pas de l'étonner. Après ce qu'elle lui avait fait et la façon dont elle l'avait traité, elle pensait qu'il serait glacial, troublé, en colère, qu'il hurlerait même. Elle avait tout envisagé, sauf cette froide assurance.

C'était elle, en fait, qui était troublée. Qu'est-ce qui n'allait pas chez elle ? Souffrait-elle de quelque défaut fatal, qui finirait par la conduire à sa propre perte, comme les héros grecs de ses livres d'histoire ? Oui, elle avait bien un défaut, c'était même un vice, pensa-t-elle avec une ironie désabusée. Et ce vice s'appelait le sexe.

Pourtant, elle avait toujours cru que la grossesse mettait une sourdine à ce genre de pulsion. Apparemment non, se dit-elle en s'efforçant désespérément de regarder ailleurs.

Derek désherba consciencieusement le bout de la rangée avant de se tourner vers elle.

— Eh bien, allons-y.

Et sans vérifier si elle le suivait, il ramassa sa chemise et descendit d'un pas allègre la colline en direction de la maison ; il marchait si vite que Karen dût courir derrière lui, trébuchant à plusieurs reprises dans la terre argileuse. Et pourtant, elle ne parvenait toujours pas à être en colère contre lui. Que lui arrivait-il ?

Le premier à avoir exprimé l'idée que la vengeance est un plat qui se mange froid avait absolument raison, pensait Derek en avançant à grandes enjambées. Il jubilait. De toute évidence, elle était venue pour lui parler de John. Eh bien, ce qu'il avait à lui dire à son sujet lui ferait regretter d'avoir parcouru tout ce chemin. A son tour de mener la danse.

Déjà, il trouvait qu'il s'était très bien débrouillé en la faisant attendre ; cela lui avait en outre permis de rassembler ses esprits. Et puis, elle s'était peut-être crue très habile, mais il avait bien vu que ses yeux brillaient de désir. Après tout, il n'avait rien à perdre, et il se sentait sûr de lui, sûr de pouvoir manœuvrer habilement Mademoiselle Karen Lindstrom.

— Où allons-nous ? demanda-t-elle derrière lui.

— Dans la grange, à moins que ce ne soit pas assez bien pour toi ? Mais ne t'inquiète pas, personne ne pourra nous voir.

Il se retourna et, satisfait, remarqua qu'elle avait les joues empourprées. Ses cheveux retombaient autour de son visage et dans cette robe jaune, avec ses seins qui pointaient sous le tissu, elle évoquait un bouton d'or qui n'attendait que d'être cueilli. Il avait d'ailleurs toutes les peines du monde à ne pas s'arrêter pour la déshabiller comme il l'avait si souvent fait l'automne précédent, et dans ses fantasmes, plus récemment.

— J'imagine que tu n'as pas envie que Dan et Peggy entendent ce que tu as à me dire, fit-il, du ton le plus formel et glacial qu'il put.

Il ouvrit la porte de la grange et enjamba le seuil de bois. Il faisait froid et noir à l'intérieur, et avec les réserves de fourrage largement entamées après le long hiver, le bâtiment paraissait bien plus vaste qu'il ne l'était en réalité. Il ne prit pas la peine d'allumer — souhaitant la mettre dans la situation la plus désagréable possible. Ses pas résonnèrent sur la dalle de béton tandis qu'il se dirigeait vers le mur du fond, là où était entassé le foin. Il s'assit sur l'une des meules avant de remettre sa chemise.

Il était tellement content de la voir hésiter, là, au milieu de la grange, ses cheveux et sa robe clairs vacillant comme un papillon dans l'obscurité. Elle finit par le rejoindre et s'installa sur la meule de foin voisine de la sienne.

— Je... je suis venue, parce que...

Sa voix faiblit. Derek attendit, bien décidé à ne rien faire pour l'aider.

— Comment va ta mère ? demanda-t-elle tout à coup, sur un autre ton.

— Elle va mieux, répondit Derek. Je n'ai pas eu de nouvelles récemment, mais pas de nouvelles, bonnes nouvelles, n'est-ce pas ? Je suis passé la voir à l'hôpital avant de reprendre l'avion. Elle devrait rentrer à la maison à Pâques. Mais elle restera invalide toute sa vie, ajouta-t-il brusquement, comme pour se punir de l'avoir abandonnée.

Puis, il se tut et attendit à nouveau. Karen Lindstrom n'était tout de même pas venue le voir pour lui parler de sa mère.

— Et toi, ça va ? demanda Karen, l'air de rien.

Derek était prêt à parier qu'elle allait ensuite lui demander des nouvelles de John.

— Oui, répondit-il. Je travaille beaucoup.

Elle dit alors quelque chose auquel il ne s'était pas du tout attendu, et sur un ton qui lui rappelait bien plus la Karen rencontrée sur le bateau.

— Tu as l'air en pleine forme. Je suis sûre même que tu as pris quelques centimètres depuis...

Devinant qu'elle allait dire « depuis Noël », il la devança.

— Tu veux dire, depuis Noël ? A moins que tu ne penses plutôt au Jour de l'An ?

— Oui, depuis ce temps-là, à peu près. Écoute, Derek, fit-elle, impulsivement, je suis désolée de ce qui s'est passé. Vraiment.

— Mais de quoi parles-tu ? demanda-t-il doucement.

— Derek, je t'en prie, ne me fais pas ramper devant toi comme ça.

— Je ne comprends rien, Karen. Je suis là, assis, à côté de toi, attendant tout simplement que tu me dises ce que tu tiens tant à me dire. Ce n'est pas moi qui t'ai demandé de venir.

Il n'allait pas la laisser se tirer d'affaire aussi facilement.

— Si tu me disais plutôt pourquoi tu es désolée, nous saurions peut-être si nous sommes sur la même longueur d'onde. Allez, vas-y, Karen, je t'écoute.

Il y eut un long et étrange silence durant lequel ils s'observèrent tous les deux. Dans un coin de la grange, Derek entendit gratter mais il n'y prêta pas attention. C'était plutôt le parfum enivrant de la peau de Karen qui, à son grand mécontentement, éveillait pour l'instant tous ses sens.

— Eh bien, dit-il en faisant mine de se lever, si tu n'as rien d'autre à...

— Je suis désolée d'avoir été aussi cruelle avec toi le soir de la fête, dit-elle d'une toute petite voix.

Derek sentait que s'il ne faisait rien, il allait se retrouver prisonnier d'une toile qu'elle tissait autour de lui.

— Oh, c'est tout ?

Malgré tout le sarcasme qu'il voulait mettre dans sa remarque, elle lui sembla tout droit sortie de la bouche d'un adolescent.

— Et aussi, cette fois-là, tu sais, quand nous étions dans la grange et que...

— Oh, fit encore Derek. N'y pense plus.

De la savoir si près de lui après tant de mois de frustration le rendait fou. Il inspira profondément et fit un dernier effort pour reprendre le dessus.

— Cruelle avec moi le soir de la fête ? Pourquoi penses-tu que tu as été cruelle ?

— Eh bien, euh..., avec... avec John, tout ça, quoi...

Tout ça... pensa-t-il. *Tu veux dire plutôt en couchant avec lui !*

— Mais tu avais absolument le droit de danser avec qui tu voulais. C'était ta fête, après tout.

Ils se turent à nouveau et dans le silence pesant, il l'observa se débattre intérieurement. Il ne mit pas longtemps à comprendre ce qu'elle cherchait à savoir : bien qu'elle ne pût en être absolument certaine, il ne faisait pas l'ombre d'un doute qu'elle le soupçonnait d'avoir été témoin de ses ébats avec John. C'était d'ailleurs là tout le but de sa visite.

Mais pourquoi était-ce soudain si important pour elle ? Karen était une fille qui, de toute évidence, passait d'un garçon à un autre sans se poser de questions... Alors, pourquoi ? Il entendit à nouveau des petits grattements derrière lui et, pour briser l'emprise qu'elle exerçait sur lui, il se retourna et vérifia ce que c'était. *Était-il possible au bout du compte qu'elle tienne à lui ?*

Lorsqu'il la regarda à nouveau, il vit qu'elle lissait de la main le devant de sa robe, à la hauteur du ventre. Qu'elle agisse par pure nervosité ou de manière délibérée, ce geste eut pour effet de le troubler davantage.

A grand-peine, il se cala sur la meule de foin et attendit le geste suivant de Karen.

Tout le corps de Karen vibrait dans le silence. Dans un sens, elle était ravie du changement d'atmosphère entre eux. Elle se sentait maintenant bien plus sûre d'elle.

Mais l'avait-il vue, oui ou non, avec John ? Sur ce point, elle n'avait pas avancé. En même temps, elle ne voulait ni que se prolonge cet étrange et pesant silence, ni tout gâcher en interprétant de travers son attitude. Se fiant à son instinct, elle courut le risque d'abandonner sa meule de foin et vint s'asseoir à côté de lui.

— Est-ce que tu acceptes mes excuses, Derek ? demanda-t-elle doucement. Sommes-nous toujours amis ?

— Je n'ai jamais dit que nous n'étions plus amis.

Il avait parlé d'une voix rauque, et Karen, glissant un rapide coup d'œil sur sa braguette, sut qu'il était aussi troublé qu'elle.

— Eh bien, tant mieux, Derek, j'en suis heureuse... très heureuse.

Elle vit sa main aller se poser délicatement sur son avant-bras ; un frisson la parcourut aussitôt. Elle n'aurait pas dû, non, il ne fallait pas aller plus loin... Mais seul un tracteur aurait pu en cet instant l'arracher à cette meule de foin.

Derek la regardait, une étrange expression sur le visage. Elle aurait été incapable de dire s'il allait ou non l'embrasser, pourtant elle savait que la tension entre eux, comme la lave d'un volcan, allait inévitablement trouver un moyen de s'écouler.

Pendant plusieurs minutes d'une exquise attente, ils se tinrent cois et s'observèrent. Karen, qui avait gardé sa main sur son bras, sentait presque chacun de ses poils se dresser sous ses doigts.

— Derek ? murmura-t-elle.

L'éruption eut alors lieu. Comme en octobre dernier, il la poussa violemment contre la meule de foin, mais cette fois, elle ouvrit les bras et s'accrocha à ce corps qui se pressait contre le sien. Elle voulait le sentir peser de tout son poids sur elle. Le foin lui picotait la nuque, et l'odeur de l'herbe séchée se mêlait à celle de sa sueur et de sa peau tout imprégnée des senteurs du dehors.

Elle enroula ses doigts dans ses cheveux lorsqu'il plongea sa main dans le décolleté de sa robe, découvrant un sein puis l'autre et se mettant à les lécher doucement. Oh, il pouvait bien déchirer sa robe, elle s'en moquait tant elle était transportée par des ondes voluptueuses inconnues.

Quand il mordilla le bout de ses seins, elle cria de douleur et de surprise, mais Derek ne s'arrêta pas pour autant. Il s'écarta légèrement et, devinant qu'il voulait lui ôter sa robe, elle se tendit pour lui faciliter la tâche. A son tour, elle lui retira son pantalon, mais ses mains étaient maladroites et elle dut s'y reprendre à deux fois. Quand enfin, elle libéra son sexe, il repoussa sa main et la pénétra sans plus attendre.

Pour la première fois de sa vie, Karen eut un orgasme ; elle avait l'impression qu'un feu d'artifice enflammait son corps tout entier. Elle pleura de surprise puis, comme la sensation se prolongeait, gémit et sanglota, sur un ton si haut qu'elle ne reconnaissait pas sa voix. Derek jouit aussi, criant et riant en même temps, et ce mélange était à la fois terrifiant et merveilleux. Elle s'agrippa à lui jusqu'à ce que les vagues de plaisir qui les submergeaient s'atténuent peu à peu, pour les laisser pantelants et comblés.

La scène entière n'avait duré que deux minutes.

Alors Karen vit que Derek pleurait pour de bon.

Elle caressa ses cheveux, épais et bouclés, mais ne jugea pas nécessaire de parler pour le réconforter. Dire qu'elle pensait improviser cette scène le moment venu ! Or ce qui venait de se passer entre eux dépassait de loin ses espérances.

La porte de la grange fermait mal et le soleil filtrait à travers l'entrebâillement, envoyant un rai de lumière dans la poutre au-dessus d'eux. Prisonnières de cet étroit rayon, des milliers de minuscules particules voletaient dans l'air. Karen était l'une d'elles, libre et légère, et n'allant dans aucune direction en particulier. Elle avait chaud et se sentait en paix avec elle-même et comme si tous ses problèmes avaient rejoint la taille de l'une de ces poussières microscopiques.

Les idées claires, sûr de lui, Derek se sentait épuisé mais merveilleusement calme et heureux. Jamais il n'aurait pensé que faire l'amour avec une femme, une vraie femme, pouvait procurer un tel bonheur. Alors que le soleil montait dans le ciel, le rayon de lumière qui filtrait par la porte jouait à présent sur leurs deux corps. Il se pencha sur Karen et découvrit qu'un fin duvet, aussi délicat que de l'or filé, entourait l'aréole de ses seins.

— Karen ! murmura-t-il.
— Mmm ?
— Est-ce que c'est autant une surprise pour toi que moi ?
— Oui.

Elle ouvrit des yeux paresseux et le regarda d'un air malicieux.

— Cela ne faisait certainement pas partie de mes plans au départ.
— Et quels étaient tes plans ?
— Tu ne m'en voudras pas si je te le dis ?
— Non, je te le promets.
— Eh bien, pour tout te dire, je voulais savoir si tu m'avais vue au lit avec John.

Il sentit une pointe d'inquiétude dans sa voix mais il se sentait trop bien pour tirer avantage de la situation.

— Oui, je t'ai vue, dit-il simplement.
— Je... je suis désolée, Derek. J'étais ivre.
— Ce n'est pas pour ça que tu es venue, n'est-ce pas, pour me dire que tu étais désolée ?
— Non, c'est vrai, admit-elle. Je ne sais pas vraiment pourquoi je tenais tant à le savoir. J'avais peut-être peur que tu me fasses chanter.
— Chanter ?

Derek éclata de rire. Puis il sentit que Karen se raidissait. Elle lui cachait quelque chose.

— Qu'y a-t-il, Karen ?
— Je suis enceinte.

Instinctivement, il s'écarta d'elle, comme si elle avait la peste.

— Quoi ?
— Je suis enceinte, répéta-t-elle. De John.

Tout le bonheur de Derek s'envola aussitôt. Elle l'avait trompé, elle l'avait trompé une nouvelle fois. Elle avait peut-être même tout planifié depuis le début afin de lui faire porter la responsabilité de cet enfant. Mais ce qui le choquait le plus, c'était le dégoût physique qu'elle lui inspirait. Comment avait-elle pu le laisser la pénétrer quand son ventre était déjà plein ?

— Tu n'es qu'une garce ! hurla-t-il en se relevant d'un bond et en remettant son pantalon.

Karen ne bougea pas, elle ne fit pas plus mine de remettre de l'ordre à sa tenue.

— Couvre-toi ! Couvre-toi, sale putain ! Comment as-tu pu *oser* faire une chose pareille !

Tandis que la rage montait en lui, il se mit à arpenter la grange, donnant au passage un coup de pied dans un pot à lait vide qui alla rouler dans un bruit de ferraille dans un coin.

— Je suppose que tu es fière de toi, non ? Venir jusqu'ici et me ridiculiser !

Il hurlait tant qu'il postillonnait.

— C'est ça, tu dois penser que je ne suis qu'un peigne-cul, qu'un pauvre type que tu peux mener par le bout du nez, mais je vais te faire voir ! Oh, oui, je vais te faire voir, et...

Toute sa vie, rien n'était jamais allé comme il le voulait, rien. Il aimait Karen, il en était sûr, et elle le faisait marcher, lui donnait un avant-goût de ce que pourrait être la vie avec elle, et puis...

Un mélange de colère et d'apitoiement sur lui-même monta en lui jusqu'à ce qu'il ne puisse plus le contenir, et il éclata en sanglots. Il se fichait bien qu'elle le voie. Il s'appuya contre l'une des poutres de la grange et pleura comme un enfant.

Karen enfila sa robe, la lissa et attendit. L'éclat de Derek la laissait si indifférente qu'elle se demanda à nouveau s'il n'y avait pas quelque chose qui clochait chez elle. Ça lui arrivait tout le temps ; jamais, elle n'avait l'attitude appropriée à la situation, riant aux enterrements, et pleurant quand tout le monde était gai autour d'elle. A présent, plus Derek était en colère, plus elle était calme.

Lorsque ses larmes cessèrent, elle se leva.

— Derek ?

— Tire-toi, putain !

Il eut un mouvement violent de la main, mais Karen y vit plus un signe de douleur que de haine et elle s'approcha de lui.

— Je t'ai dit de te tirer de là ! hurla-t-il à nouveau.

— Pas avant que nous parlions, dit-elle avec fermeté, comme une mère à son fils.

— Il n'y a rien à dire ! Tu n'es qu'une garce.

Il l'écarta pour aller s'asseoir sur une meule de foin, les mains à plat sur les genoux.

— Pourquoi as-tu fait ça, Karen ? Pourquoi ne me laisses-tu pas tranquille ?

— Je te l'ai dit tout à l'heure, Derek, je ne pensais pas que ça se passerait comme ça entre nous.

— Comment puis-je te croire, maintenant ?

— Je ne peux effectivement pas t'obliger à me croire, mais si tu réfléchis bien, Derek, tu dois tout de même admettre que ce n'est pas le moment pour moi de compliquer la situation. Qu'est-ce que j'ai à gagner à faire l'amour avec toi ?

Il serra les poings.

— Un père pour le bâtard de John Flynn !

L'instinct lui dit de ne pas le presser, d'attendre. Elle laissa donc le silence s'installer entre eux, puis, d'une toute petite voix, déclara :

— Je ne veux pas d'un père pour cet enfant. J'ai l'intention de le donner pour qu'il soit adopté.

— Est-ce que John est au courant ?

— Non, et je ne tiens pas à ce qu'il le soit.

— Alors pourquoi as-tu éprouvé le besoin de me le dire ?

— Parce que tu l'aurais su tôt ou tard, dit-elle en allant s'asseoir à côté de lui.

Ils restèrent ainsi, côte à côte, en silence, le regard droit devant eux.

— Qu'est-ce que je suis censé dire, Karen ? demanda Derek au bout d'un moment.

— Ce que tu ressens.

Il détourna la tête et porta son regard vers la porte de la grange.

— Eh bien, j'ai l'impression d'être un idiot. J'ai l'impression que John et toi, vous rirez de moi jusqu'à la fin de ma vie. J'aurais préféré que tu ne me dises rien, Karen. J'aurais été heureux, au moins un jour. J'aimerais refaire l'amour avec toi. Tout ce que je désire dans la vie, c'est toi. Et je t'aime.

Il avait prononcé ces dernières paroles si doucement qu'elle faillit ne pas les entendre.

— Je suis contente que tu ne sois plus en colère, dit-elle, et si tu veux, nous pourrons refaire l'amour. Pas maintenant, bien sûr, s'empressa-t-elle d'ajouter au cas où il l'aurait mal comprise. Mais je pense que tu es un amant extraordinaire. Jamais je n'avais connu ça.

Elle lui jeta un bref coup d'œil. Son visage était baigné de larmes.

— Tu le penses vraiment ? demanda-t-il timidement. J'ai pratiquement tout appris avec toi sur le bateau, tu sais.

— Je te l'ai dit, tu peux me croire. Je suis sincère, et je ne le serai peut-être jamais autant.

Karen n'avait nullement cherché à le flatter. Le souvenir du plaisir qu'il lui avait donné était encore très présent. Elle pensait vraiment ce qu'elle lui avait dit.

Une sorte de routine avait fini par s'installer dans la maison de gardien : tandis que Mona McConnell tenait la maison, John travaillait, et parce que Mary était souvent d'humeur grincheuse et qu'il fallait s'occuper d'elle la nuit, Ned Sherling passait tous les soirs, généralement de huit heures à minuit, pour permettre à John de dormir. Pourtant John, qui vivait au jour le jour, était épuisé : il y avait toujours quelque chose à faire et le cadre de sa vie ressemblait à un tunnel — à un bout, sa mère et la maison de gardien, à l'autre, l'hôtel —, et souvent, malgré les délicieux petits plats que lui préparait Mona, il avait du mal à avaler quoi que ce soit.

Au moins possédait-il à présent un moyen de locomotion décent : George Cranshaw avait offert de payer la moitié du prix d'une bonne bicyclette d'occasion, et il avait pu enfin se débarrasser de la lourde Rudge.

Alors qu'il pédalait pour aller au travail ce matin-là, John, d'habitude si conscient du changement des saisons, remarqua à peine que l'été avait envahi la campagne. Les moutons avaient de nouveau pris possession des prés et les haies d'aubépine étaient en fleur. Le cri d'une oie au bord d'une mare le fit tourner la tête. Oh, comme il avait envie de descendre de sa bicyclette, de passer la journée au Lac du Cygne avec sa canne à pêche, ou tout simplement de marcher au grand air.

Mais il serra les dents et continua de pédaler. Willow House était complet et la journée s'annonçait chargée.

La veille, Ned Sherling avait pour la première fois passé la nuit chez eux. John s'était réveillé au petit matin et l'avait trouvé assis à la table de la cuisine, un livre ouvert devant lui.

— Ned ! Est-ce que vous êtes resté ici toute la nuit ? s'était écrié John. Mais pourquoi ne m'avez-vous pas réveillé ?

Ned s'était alors levé avant de s'étirer.

— Je peux dormir toute la journée si je veux, avait-il dit, tandis que toi, tu dois aller travailler. En fait, la vie va ainsi, John. Tu me rends service, je rends service à mon prochain et ainsi de suite, avait-il continué, devançant les remerciements de John. Et puis..., comme je te l'ai déjà dit, c'est un plaisir pour moi d'aider Mary McCarthy.

McCarthy était le nom de jeune fille de Mary.

Mais tandis qu'il avançait sur la route, ce n'était pas Ned qui l'inquiétait, mais une conversation qu'il avait eue avec Mona. Lorsqu'elle était arrivée le matin, il s'était aussitôt aperçu que quelque chose n'allait pas.

— Ça va, Mona ? lui avait-il demandé alors qu'elle retirait le manteau qu'elle portait été comme hiver.

Mona avait hésité puis, s'était lancée :

— J'ai rencontré Ned sur la route, et nous avons parlé un peu tous les deux... sur la façon dont ça se passait ici.

John avait frémi.

— De quoi avez-vous parlé exactement ?

— Je préfère que ce soit Ned qui vous l'explique, John. Ce n'est pas à moi de vous le dire, je crois.

Il s'était bien gardé d'insister, mais les paroles de Mona venaient confirmer ses pires craintes : elle en avait assez et il ne pouvait pas lui en vouloir. C'était une tâche cruelle et ingrate.

John n'avait guère le cœur à l'ouvrage, ce matin-là, à l'hôtel. Vers onze heures du matin, il aidait Dorothy Cranshaw à préparer les légumes pour le dîner quand, pour la troisième fois en l'espace de quelques minutes, il fit tomber son couteau par terre.

— Que se passe-t-il ce matin, John ? demanda Mrs. Cranshaw. Vous avez la tête ailleurs. Vous êtes sûr que ça va ?

— Excusez-moi, Madame.

— Allez, ça peut attendre, fit Dorothy en montrant d'un geste de la main les carottes, les oignons et les poireaux au milieu de la table. Asseyons-nous un moment. C'est l'heure de la pause-café, de toute façon, et nous méritons à mon avis un petit verre de sherry aujourd'hui. Et ne me dites pas que vous ne buvez pas, John, je le sais. Laissez-moi vous dire tout de même que ça ne vous fera pas de mal.

John accepta son offre et s'assit à la table. C'était la première fois qu'il buvait du sherry ; il trouva cela doux et très parfumé sur sa langue.

— Bien, maintenant, vous allez tout raconter à tante Dorothy.

John n'avait personne à qui confier ses problèmes. Il regarda le visage couvert de taches de rousseur de Mrs. Cranshaw. C'était une femme à la poitrine généreuse et aux yeux vifs, de taille moyenne, et qui toute l'année portait de larges robes paysannes et des sandales. John l'aimait beaucoup et il ne lui fallut pas longtemps pour s'épancher ; il lui parla de sa peur, des tâches harassantes qu'il devait accomplir à la maison, de son inquiétude et de sa fatigue, cette immense fatigue qui pesait davantage chaque jour.

— Mais le pire, à présent, dit-il enfin, c'est que je crois que Mona McConnel en a assez.

— Mon pauvre garçon, fit Dorothy. Une chose est claire, de toute façon. Vous allez prendre un jour ou deux de repos. George a trop abusé de vous. Moi, j'appelle ça un travail d'esclave.

— Mais j'aime ce que je fais.

— Je sais, je sais, mon garçon, dit-elle en lui tapotant la main, dans d'autres circonstances, vous seriez logé et nourri, ce qui vous épargnerait la moitié de vos problèmes. Vous faites quoi, une vingtaine de kilomètres aller et retour par jour sur cette bicyclette ?

Dorothy se leva et lissa son tablier.

— Me feriez-vous confiance si je vous proposais de trouver une solution ?

John la regarda avec étonnement. Le sherry l'avait réchauffé et détendu.

— Mais laquelle ?

— Je ne sais pas encore, admit-elle, mais à mon avis, on doit pouvoir en trouver une. Vous ne pouvez pas continuer comme ça. Je sais que Mona et votre voisin travaillent comme des forçats, mais apparemment ce n'est pas suffisant. Vous êtes au bout du rouleau, John, n'importe qui s'en rendrait compte. Vous ne pouvez pas savoir comme je m'en veux de ne pas m'en être aperçue plus tôt. Maintenant, dit-elle, la voix brusquement vive, croyez-vous pouvoir finir ça tout seul ?

Elle indiqua d'un mouvement de la tête la pile de légumes sur la table.

John acquiesça et elle retira son tablier.

— Mona est-elle avec votre mère en ce moment ? demanda-t-elle. Je viens d'avoir une idée. Laissez faire tante Dorothy.

Et sur ces paroles, elle quitta la pièce. Une minute plus tard, John entendit sa voiture démarrer.

Il prit une carotte et commença à l'éplucher. Les questions se bousculaient dans sa tête. Pour quelle raison les gens cherchaient-ils toujours à lui venir en aide — les Lindstrom, Ned Sherling et maintenant Mrs. Cranshaw, qui ne le connaissait pourtant que depuis deux mois ? Le monde était finalement plein de gens charmants. Mais à peine avait-il formulé cette pensée que le désir de revoir Rose lui transperça le cœur ; ses yeux s'embuèrent, et à nouveau, il fit tomber son couteau de cuisine.

Mrs. Cranshaw revint une heure plus tard. John fixait un joint à un robinet de l'évier quand il l'entendit se garer dans la cour.

— Vous avez fini ? Parfait, dit-elle en entrant. Apportez-moi un verre de limonade, voulez-vous ?

John la servit et quand il posa le verre devant elle, elle l'obligea à s'asseoir également.

— Bien. Premièrement, commença-t-elle, le visage soudain très sérieux, je pense que votre mère devrait être à l'hôpital. Elle a besoin de bien plus de soins que ne peut lui en donner un amateur, qui plus est, à mi-temps.

John ouvrit la bouche pour protester, mais Dorothy le devança en lui prenant le bras.

— J'ai dit « elle devrait », John. Je l'ai bien regardée. Elle ne s'en sortira pas. Je sais que ça peut paraître brutal, je suis désolée, mon garçon, vraiment désolée.

John baissa la tête. Dorothy ne faisait qu'exprimer ce qu'il savait déjà, pourtant, il avait décidé qu'après une vie de dur labeur, sa mère ne finirait pas ses jours à Saint-Nathy, l'hôpital psychiatrique du comté, où les malades mentaux, les vieux et les indésirables pourrissaient au fond de leur lit jusqu'à leur mort. Dorothy se pencha en avant.

— Je sais ce que vous ressentez, John, dit-elle doucement, et je vous admire pour ça, mais vous devez penser à votre vie aussi. Votre mère peut rester dans cet état pendant des années et des années.

— Je sais, mais...

Dorothy changea tout à coup de sujet.

— Que pensez-vous de Mona ?

John releva la tête, surpris.

— Elle est... Eh bien, elle travaille beaucoup, elle est patiente avec maman... Vous voulez savoir si je l'aime bien ?

— Pourquoi pas, bien que ce ne soit pas là ce qui compte. C'est une fille bizarre, non ?

John ne comprenait pas où Dorothy voulait en venir. Il attendit qu'elle reprenne la parole, mais Dorothy finit sa limonade d'abord.

— Mona et moi avons eu une longue conversation, dit-elle enfin avec prudence. Nous avons parlé de vous, de votre mère, de ce Mr. Sherling, de tout quoi. Apparemment, Mr. Sherling se fait du souci à votre sujet, nous nous faisons tous du souci, John.

A nouveau, John attendit qu'elle continue. Il avait le sentiment que quelque chose de très important allait se produire. C'était comme s'il se trouvait en équilibre sur le fil d'un rasoir ; au moindre mouvement, il risquait de se couper.

Mais Dorothy aborda la question sous un autre angle.

— J'ai cru comprendre que le père de Mona est légèrement handicapé et ne peut pas vivre seul, même si son cas n'est pas aussi désespéré que celui de votre mère.

— Oui, c'est tout à fait exact.

— Voilà. J'ai une proposition à vous faire. L'idée, en fait, ne vient pas de moi. C'est Ned Sherling qui l'a eue, ce matin, en parlant avec Mona.

Elle regarda fixement John d'un air qu'il était incapable de déchiffrer.

— Mona passe son temps en aller et retour entre chez elle et chez vous, elle aussi est épuisée.

Dorothy n'avait pas besoin de le lui rappeler. John ne le savait que trop bien.

Les paroles suivantes de Mrs. Cranshaw lui parurent si bizarres qu'il ne les comprit pas tout de suite.

— Que penseriez-vous de combiner vos deux maisons ? dit-elle. Vous pourriez vivre tous ensemble ? Apparemment, Ned Sherling serait toujours prêt à vous aider, et le père de Mona pourrait aussi se rendre utile, malgré son handicap. C'est là où j'interviens. Je crois que j'ai ce qu'il vous faut. Mona pensait que vous pourriez vous installer avec votre mère chez elle, mais c'est trop petit. Donc, tout en parlant avec Mona, je me suis dit que vous pourriez habiter dans le pavillon de pêche, là, sur la propriété. Vous savez, il se trouve en bordure du lac.

John la dévisagea.

— Cela fait des années qu'il n'a pas servi, continua-t-elle. Bien sûr, il faudra le retaper, y mettre des meubles. Mais ce serait parfait. Il y a quatre chambres.

Avant qu'il puisse dire quoi que ce soit, elle lui prit le bras.

— Ne me répondez pas tout de suite, John, réfléchissez d'abord. Mais je suis sûre que vous finirez pas penser que c'est la meilleure solution. Ni Mona ni vous n'aurez à parcourir des kilomètres pour aller travailler, et son père, m'a-t-elle dit, est très doué de ses mains. Il s'y connaît en menuiserie, en bricolage... Je suis persuadée que George pourra lui trouver des choses à faire ici. Vous voyez, John : c'est la solution idéale pour tout le monde.

Elle frappa dans ses mains avec satisfaction.

— Et vous nous rendriez même service. Ce pavillon s'écroulera un jour si personne ne s'en occupe, et nous n'avons ni le temps ni les moyens de nous en charger.

— Mais ne voulez-vous pas le garder pour y installer des chambres supplémentaires ? demanda John.

— Nous y avons vaguement songé, mais ce n'est certainement pas pour tout de suite. Dans des années, peut-être. Écoutez, je sais que c'est tout à fait inhabituel, pour ne pas dire sans précédent — elle sourit, et son visage criblé de taches de rousseur s'illumina aussitôt —, mais je continue de penser que ça peut marcher. Vous ne pouvez pas continuer comme ça. A ce rythme-là, vous serez un vieillard à vingt ans.

— Mais comment pourrai-je vous dédommager ? demanda John.

— Oh, c'est facile. Tout ce que vous avez à faire,

c'est vous tuer à la tâche au service des Cranshaw jusqu'à la fin de votre vie !

Et, dans un bruyant éclat de rire, elle se leva.

— J'ai toujours pensé que je ferais une parfaite Scarlett O'Hara avec des esclaves suant sang et eau sur ma plantation ! dit-elle en allant laver son verre à l'évier.

Mais quand elle se retourna pour le regarder, elle avait de nouveau une expression grave sur le visage.

— Ne réfléchissez pas trop longtemps, John. Que pensez-vous de demain pour nous donner votre réponse ?

— Entre, Derek !

Sven Lindstrom, le visage habituellement rougeaud, avait l'air solennel. S'arrangeant pour ne pas croiser le regard de Derek, il le conduisit au salon et s'assit près de la cheminée. Bien qu'il fasse encore jour, les rideaux étaient tirés et la lumière allumée.

Toute la journée, Derek s'était préparé à cette rencontre. En essayant de l'aider, Karen n'était parvenue qu'à le rendre encore plus nerveux. Il avait l'impression que ses jambes allaient se dérober sous lui et ne fut pas mécontent de pouvoir s'asseoir. En attendant que Sven Lindstrom prenne la parole, son attention fut attirée par des détails incongrus, comme le reflet de la lumière sur la tonsure du père de Karen, ou le fait qu'il ait de tout petits pieds pour sa corpulence.

Il s'était habillé avec un soin tout particulier ce matin, étrennant un nouveau blazer et un nouveau pantalon, qu'il portait avec une chemise blanche et une cravate bleu marine, un cadeau de Karen.

— De toute évidence, cela semble aussi difficile pour toi que pour moi, commença Sven Lindstrom. Tu sais sans doute que nous avons — avions, en fait — de grands projets pour Karen. Elle est notre seule enfant.

— Oui, Monsieur, répondit Derek, en s'éclaircissant la gorge.

— Je ne sais pas quoi te dire, continua Sven Lindstrom. Ma femme et moi-même sommes terriblement déçus et bouleversés. Nous avons élevé Karen — du moins, nous le pensions — dans l'espoir qu'elle deviendrait une jeune femme responsable.

— Karen est responsable, elle est merveilleuse ! s'écria Derek.

— Nous le pensions, nous le pensons toujours, reconnut-il, mais maintenant la question est : qu'allons-nous faire ?

Il regarda attentivement Derek avant de poursuivre :

— Karen nous a dit que tu étais prêt à prendre l'entière responsabilité du bébé.

C'était bien là le point épineux. Au cours des trois dernières semaines, Karen et lui avaient eu des discussions orageuses. Elle refusait catégoriquement de révéler l'identité du père de l'enfant qu'elle portait, et Derek ne savait plus où il en était de ses sentiments. Après l'épisode capital de la grange, ils s'étaient retrouvés le plus souvent possible. Karen était retournée à l'école ; elle avait de si bonnes notes qu'elle était sûre d'obtenir son diplôme de fin d'année sans trop de difficultés. Et donc, tous les soirs, elle allait retrouver Derek à Kelly's Cross. Là, ils parcouraient la campagne et faisaient l'amour, dans sa voiture, dans les bois ou dans les dunes de sable.

Si Derek oubliait parfois l'existence du bébé, il s'emportait souvent contre lui et Karen. Mais elle parvenait toujours à le calmer. Il était physiquement et sensuellement si attiré par elle qu'entre ses mains, il devenait son jouet. C'était lui qui avait eu l'idée de revendiquer la paternité de l'enfant, mais sans toutefois le reconnaître. Karen lui avait répondu que s'il n'était pas prêt à aller jusqu'au bout, cela ne l'intéressait pas. Derek hésitait à sauver l'honneur de son frère. De toute façon, il l'avait prévenue que cela se retournerait un jour ou l'autre contre eux, et qu'il en voulait tellement à John de l'avoir trahi qu'il ne serait jamais convaincant s'il avait à faire un mensonge aussi criant.

Il se pencha en avant pour répondre, mais sa voix ne suivit pas.

— Oui, Monsieur, dit-il d'une voix enrouée. Je suis prêt à prendre l'entière responsabilité du bébé.

— Je vois, fit Sven Lindstrom lentement en regardant Derek bien en face.

Derek se fit violence pour ne pas baisser les yeux. L'espace d'un instant, leurs deux volontés s'affrontèrent, puis ils capitulèrent ensemble.

— Qu'est-ce que tu as l'intention de faire ? demanda Sven.

— Je ferai ce que vous souhaitez, répondit Derek.

Il y eut une nouvelle pause. Tous deux demeuraient tendus.

— Vous êtes bien trop jeunes pour vous marier, déclara Sven.

— Je sais, Monsieur. Karen et moi en avons parlé, bien sûr, et si elle l'avait voulu, c'est-à-dire avec votre permission, évidemment, et celle de Mrs. Lindstrom... Mais Karen refuse, du moins, pour l'instant. Elle préfère que nous attendions que le bébé soit né pour en reparler.

Sven Lindstrom haussa les épaules, dans un geste d'impuissance.

— Oui, bien sûr, après la naissance, répéta-t-il.

— Je sais à quel point vous êtes déçu, Monsieur, reprit Derek. Mais si ça peut vous consoler, Mrs. Lindstrom et vous-même, sachez que j'aime Karen de tout mon cœur. Ce qui est arrivé, personne ne peut rien y faire, mais je veux prendre soin de votre fille pendant le restant de ma vie. Jamais je n'ai pensé quelque chose aussi fort. Et si vous craignez que Karen fasse une mésalliance — c'est vrai que je suis sans le sou et certainement pas un parti très intéressant —, je veux vous dire que j'ai des projets. Je ne resterai pas ouvrier agricole toute ma vie. Cela dit, je suis un très bon ouvrier agricole. Mon cousin, à Kelly's Cross, ne cesse de dire que sans moi, il ne s'en serait pas sorti. Je ne sais pas ce qui se passera dans les prochaines années, avec la terre, je veux dire, mais je sais que mon cousin ne me laissera pas tomber. Je suis fier de ce que je fais en ce moment, Monsieur, et je suis convaincu qu'il y aura des jours meilleurs. Pour moi. Et si vous êtes d'accord — et bien sûr, si elle est d'accord —, pour Karen. Et pour le bébé, évidemment.

C'était le plus long discours que Derek ait jamais prononcé, et lorsqu'il s'arrêta enfin, l'effort et l'embarras empourpraient son visage. Pourtant, il garda le menton haut, et les yeux fixés sur le père de Karen. Ce dernier le récompensa d'un léger sourire.

— Eh bien, mon garçon, pour un discours, c'était un sacré discours, fit-il. Combien de temps t'a-t-il fallu pour le préparer ?

Derek comprit qu'il n'y avait aucune ironie dans sa question.

— Je pense tout ce que j'ai dit.

— Je le vois bien, répondit Sven Lindstrom. Mais la question est toujours en suspens : quels arrangements allons-nous prendre ? Je ne tiens pas particulièrement à ce que le nom de ma fille soit traîné dans la boue, même si Karen me semble prête à affronter tous les commérages. Tu sais qu'elle est décidée à passer son baccalauréat ?

— Oui, Monsieur. Et je la pousse à le faire.

— Cela me ravit de t'entendre parler ainsi, fit Sven avec une certaine ironie, mais comment comptes-tu empêcher que les gens se moquent d'elle — et de nous — et que cette histoire ne tourne au scandale ?

— Je ne sais pas, Monsieur, admit Derek, mais je suis sûr que Karen n'est pas la première jeune fille de Charlottetown à qui cela arrive.

— Non, c'est vrai, mais elle est la première Lindstrom. Et c'est tout ce qui compte pour ma femme et moi-même. Nous sommes à la tête d'une entreprise, tu comprends.

C'était là un problème auquel Derek avait déjà réfléchi.

— Permettez-moi de vous faire remarquer que si vous perdez un client à cause de l'arrivée d'un bébé, c'est un client que vous auriez de toute façon perdu.

La bouche de Sven Lindstrom se contracta.

— Tu crois ? fit-il. Eh bien, je dois dire que tu as pensé à tout.

— Karen et moi avons envisagé la question sous tous les angles avant de décider que je vienne vous parler...

— Je vois ça !

— En Irlande, nous appelons ça « la merveille d'un jour ». Oh, je ne dis pas que nous prenons la chose à la légère, Monsieur, s'empressa-t-il d'ajouter, mais si on y réfléchit bien, ce n'est pas la fin du monde. J'aime Karen, je l'aime beaucoup, et..., je crois qu'elle m'aime aussi.

— Karen est très — Sven chercha le mot juste —, très *remuante*.

Derek hésita. Le père de Karen venait de mettre le doigt sur le point le plus sensible. Saurait-il toujours s'y prendre avec Karen ? Il n'avait aucun moyen de le savoir.

— Je pense... je suis sûr même, que je la connais

bien, Monsieur, dit-il avec ferveur. Je ne peux pas dire mieux, sauf que je l'aime de tout mon cœur.

Il y eut de nouveau un long silence, puis le père de Karen se leva et Derek, tout en faisant de même, eut la nette impression qu'il avait gagné son estime.

— Je crois que nous avons dit tout ce qu'il y avait à dire pour le moment, déclara le père de Karen. Allons donc prendre un café à la cuisine. A mon avis, Karen et sa mère nous y attendent.

Il lui adressa un sourire et s'avança pour lui serrer la main.

— Je ne peux pas te dire que je suis heureux, mon garçon, car je ne le suis pas. Mais je veux que tu saches que si je suis en colère contre toi — quel père ne le serait pas ? —, au moins, j'admire ton courage. Est-ce que les McGuigan sont au courant ?

— Pas encore, Monsieur.

— Une dernière chose. Cesse de m'appeler monsieur, fit Sven en passant la main sur ses yeux fatigués. Ça me donne l'impression d'être très vieux, un sentiment que je n'avais jamais eu jusqu'à aujourd'hui. Par ailleurs, si nous devons nous voir souvent, ce qui me semble plus que probable, autant que tu te mettes à m'appeler Sven tout de suite.

Le dernier soir qu'il passa à la maison de gardien, John décida d'aller jusqu'à Sundarbans. Les rhododendrons le long de l'allée venaient juste d'éclore, mais les marronniers formaient déjà une voûte resplendissante de fleurs blanches. Ces derniers jours, le temps avait été humide, il avait même bruiné et aucune amélioration n'était en vue. Sous les feuilles des arbres qui penchaient lourdement au-dessus de sa tête, on n'entendait que les craquements des branches, le grattement d'un animal dans les fourrés et les tapes qu'il se donnait pour chasser les moucherons qui l'attaquaient par centaines. Pourtant, il restait sur le qui-vive, craignant de rencontrer un habitant de la maison.

Appuyé contre un poteau de la grille, il la regarda une dernière fois, imposante et grise contre le ciel bas. Les volets semblaient s'être refermés sur l'intérieur, sur la misère qu'ils dissimulaient, et tel un dinosaure qui aurait renoncé à survivre, la demeure était tapie au milieu des mauvaises herbes, comme si elle attendait tout simplement d'être dévorée et engloutie. Le processus semblait même avoir commencé : des plaques d'une mousse verdâtre, devenue visqueuse sous la bruine, recouvraient des pans entiers de murs, la terrasse et les marches du perron, comme une sorte de lèpre.

Le spectacle de cette détérioration était profondément déprimant et John, qui ne savait pas vraiment pourquoi il avait tenu à venir là, le regrettait maintenant.

Sundarbans avait toujours fait partie de sa vie. C'était un nom, une maison, une propriété auxquels lui et les siens étaient associés. Il aurait préféré garder le souvenir de la demeure qu'il avait connue dans son enfance : imposante, pleine de vie, avec ses rendez-vous de chasse sur la grande pelouse, ses réceptions, ses chevaux et ses chiens, ses allées bordées d'arbres qu'empruntaient continuellement cabriolets et voitures.

Il songea un moment à marcher jusqu'au lac, où il avait rencontré Rose. Mais à quoi bon s'attendrir ? Rose lui avait renvoyé toutes ses lettres, sans même les ouvrir. Elle ne voulait plus rien savoir de lui.

Alors qu'il jetait un dernier coup d'œil à la triste façade, une idée germa dans son esprit. Elle lui parut tellement folle qu'il éclata presque de rire.

Comment Rose réagirait-elle si, un jour, il restaurait Sundarbans et le transformait en hôtel ? Diriger un hôtel n'était pas si difficile que ça. En observant de près le fonctionnement de Willow House, il en avait conclu que beaucoup de bon sens, beaucoup de travail et un brin d'imagination étaient largement suffisants.

C'était une idée absurde. Pourtant, il ne pouvait s'empêcher de se dire que tous les projets avaient pour point de départ une idée toute simple, et pour moteur, un individu déterminé à la mettre en pratique.

Pendant la demi-heure qui suivit, John fit prudemment le tour de la bâtisse. Il compta les fenêtres, les cheminées, les portes, mesura la superficie, visita les écuries et les imagina de nouveau pleines de chevaux et de poneys. Il vit la laiterie transformée en salle de billard confortablement meublée à l'anglaise, comme dans les magazines qu'il avait feuilletés à Willow House. Faute de moyens, le Colonel avait abandonné le chauffage au gaz de houille. Mais l'été précédent, Rose avait montré l'installation à John. Bien qu'enfouie sous les plantes grimpantes, elle lui avait assuré qu'elle était en bon état...

John était si excité par son projet que toute trace de nostalgie avait disparu, et il se dépêcha de rentrer, tant il était impatient de jeter ses premières impressions sur papier. Il n'avait jamais été spécialement bon en dessin, mais il avait l'œil pour tout ce qui était proportions et lignes, et il voulait tout noter avant d'oublier le moindre détail.

Mona lui sourit en le voyant arriver.

— Ça ne devrait plus être long, maintenant, n'est-ce pas, dit-elle, comme s'ils attendaient l'autobus.

— Merci, Mona, merci pour tout ce que vous avez fait. Je vous verrai demain.

Tout était prêt pour le déménagement. Les Cranshaw s'étaient arrangés pour qu'un voisin leur prête un cheval et une charrette, et bien sûr, Ned avait promis d'être à la maison de gardien au plus tard à sept heures.

Après le départ de Mona, John sortit une grande feuille de papier d'emballage et traça en toute hâte plusieurs croquis de la Grande Maison, en s'efforçant de ne rien oublier. Dans la marge, il représenta les écuries et les différentes cours, et au dos de la feuille, il dessina de mémoire le plan général de la propriété, avec le lac, la forêt, la maison et les dépendances.

Il n'avait pas tout à fait terminé quand un bruit sourd lui parvint de la chambre de sa mère. Il lâcha aussitôt son crayon et monta voir ce qui se passait.

— Maman ! s'écria-t-il, la gorge serrée par la peur.

Mary était par terre, petit tas fragile au milieu de la pièce. Elle lui tournait le dos et ne bougeait plus.

— Maman ? répéta-t-il en se précipitant vers elle.

Elle tourna vers lui son regard vide et, désespéré, il comprit qu'une fois de plus elle ne le reconnaissait pas. Très doucement, il fit bouger ses membres un à un, pour vérifier qu'elle ne s'était rien cassé. Mary se laissa faire sans résister, sans l'aider ni émettre le moindre son. On aurait dit une poupée inerte.

— Viens, murmura-t-il, je vais te recoucher.

Ses jambes et ses bras se balancèrent dans le vide tandis qu'il la soulevait et la réinstallait dans son lit. Avant de la couvrir, il vérifia qu'elle n'était pas mouillée, mais Mona l'avait apparemment changée avant de partir.

— Qu'allons-nous faire de toi, maman ? souffla-t-il, en ajustant la couverture sur le lit. Oh, si tu pouvais revenir, juste un jour.

Mais Mary continuait de le regarder avec des yeux comme des billes de verre.

Quand il retourna dans la cuisine, son enthousiasme l'avait quitté. La feuille de papier brun qui était restée sur la table semblait se moquer de lui. Il la ramassa et en fit une boule qu'il jeta dans le fourneau.

Mais juste avant qu'elle ne prenne feu, il la rattrapa brusquement, au risque de se brûler la main. Honteux de son enfantillage, il alla dans sa chambre et la rangea, encore toute froissée, dans un coin de sa valise.

Demain, il partait pour le pavillon de pêche.

Rose n'arrivait pas à y croire quand, au milieu de la nuit, la douleur la réveilla. Elle était à six semaines du terme, et le docteur lui avait assuré que tout allait bien et qu'elle n'avait aucun souci à se faire. Il devait avoir raison, car la douleur s'atténua rapidement. Elle avait dû manger quelque chose d'avarié... C'est alors qu'une nouvelle contraction la saisit au bas de la colonne vertébrale ; elle se tordit de douleur, lâchant un cri de peur et de surprise.

La fille qui dormait dans le box voisin l'entendit.

— Rose ? murmura-t-elle. Ça va ?

— Non, gémit Rose, je crois que tu ferais mieux d'appeler quelqu'un.

Elle se sentait trahie, presque bafouée. C'était trop tôt, elle n'était pas prête. Et puis, on lui avait toujours dit que le travail commençait lentement ; que la nature avait bien fait les choses, prévoyant de longs intervalles où la douleur cessait, du moins au début. Mais dans son cas, elle avait tout le temps mal, au point qu'elle ne parvenait presque plus à respirer. C'était pire que tout ce qu'elle avait imaginé. La douleur irradiait tout son corps, lui laissant à peine la force de crier.

Elle entendit sa voisine se précipiter hors du dortoir ; quelques instants plus tard, plusieurs personnes entouraient son lit. Comme dans un rêve, elle sentit qu'on la soulevait, que quelqu'un jetait une couverture sur ses épaules puis qu'on lui faisait descendre l'escalier aux marches de pierre. Mais elle n'était d'aucune aide à ceux qui étaient venus à son secours, tant la douleur était forte ; on aurait dit qu'une bête monstrueuse cherchait à briser sa colonne vertébrale.

Quand elle retrouva un peu ses esprits, elle était dans la camionnette des sœurs, allongée sur le côté.

Quelques minutes plus tard, éblouie par une lumière blanche et vive, elle aperçut des uniformes blancs qui se penchaient sur elle et eut la sensation d'être poussée sur un lit à roulettes. Mais elle se moquait bien de savoir ce qui se passait. Seule importait cette longue et violente agonie qui la faisait se plier en deux.

Cette fois, quand on la coucha sur le dos, une odeur étrange, pénétrante, lui picota les narines. Des gens lui parlaient fort, puis elle sentit qu'on lui retirait ses vêtements.

Les gens hurlaient à présent, lui disant de faire des choses qu'elle ne voulait pas faire. Ils lui prenaient les pieds et les coinçaient dans des sortes d'étriers. Elle essaya en vain de les retirer ; terrifiée, elle comprit qu'ils étaient attachés. Elle se tordit de nouveau sous la douleur, mais ils lui avaient aussi attaché les mains. Elle ne pouvait plus bouger. Ils posèrent un drap sur ses jambes, comme une petite tente. Elle ne voyait plus à présent que le plafond, blanc et très haut. Chaque vague de douleur la laissait exsangue et pourtant, ils n'arrêtaient pas de lui dire de pousser. Elle poussait, la tête sur sa poitrine, le cou tendu le plus loin possible.

Brusquement, ils se mirent à crier des mots incompréhensibles, mais elle sentit une note d'urgence. Il se passait quelque chose. Puis, elle eut l'impression qu'elle se déchirait et, sans qu'on lui dise quoi que ce soit, elle poussa le plus fort possible, donnant tout ce qu'elle avait. Aux cris qu'ils poussèrent alors, elle devina qu'ils la félicitaient, oui, ils étaient contents d'elle. Pourtant, tout ce qui lui importait, c'était que la douleur avait presque disparu. Leurs paroles lui parvinrent alors distinctement.

— Très bien, Rose. Encore une fois. Allez, encore une fois.

Rassemblant tout ce qui lui restait de force, elle poussa à nouveau, et cette fois quelque chose d'humide et de glissant sortit d'elle, emportant la douleur. Elle ne sentait plus rien. C'était fini. Elle reposa sa tête sur le lit et pleura.

Quelqu'un s'approcha d'elle, une infirmière dans un uniforme vert.

— C'est une petite fille ! annonça-t-elle avec un sourire radieux.

Rose essaya de lui dire quelque chose, mais rien ne lui venait à l'esprit. Elle continuait de sangloter tant elle était soulagée de ne plus souffrir.

— C'est fini maintenant. On va vous faire un petit point de suture, et ce sera tout.

Ils détachèrent les courroies et quelques minutes plus tard, à moitié endormie, elle sentit qu'ils l'installaient enfin dans un vrai lit. Elle dormait presque quand le rideau s'écarta et que sœur Benvenuto apparut.

— Eh bien, Rose, dit-elle, quelle peur vous nous avez faite. Comment vous sentez-vous ?

— Fatiguée, ma sœur, murmura Rose. Très fatiguée. Je suis désolée de vous avoir causé tout ce tracas.

— Ça n'a rien d'extraordinaire, fit remarquer la sœur. C'est une fille, alors ?

Rose acquiesça. Le sexe de l'enfant ne la préoccupait guère. Elle ne voulait pas manquer de politesse, mais elle avait bien du mal à garder les yeux ouverts.

La sœur sortit une petite montre en argent de dessous le pli de son habit.

— Il est cinq heures du matin, dit-elle. On peut dire que vous avez choisi votre moment, jeune fille.

Elle écarta une mèche qui retombait sur son front.

— Je reviendrai demain, dit-elle, mais Rose dormait déjà.

Lorsqu'elle se réveilla, quittant à contrecœur l'univers douillet du sommeil, elle vit qu'on l'avait changée de lit.

— Petit déjeuner ! s'écria une voix joyeuse, à côté d'elle. Allez, allez, on se réveille !

Rose se redressa tant bien que mal et accepta le plateau que lui tendait l'infirmière. Elle était dans un dortoir d'une vingtaine de lits, identique à celui où se trouvait Effie, à l'hôpital. Quand était-ce déjà ? Hier ? Le jour d'avant ? Elle avait du mal à se concentrer.

Luttant toujours contre le sommeil, elle baissa les yeux sur son plateau et se rendit compte qu'elle était affamée. Elle reposa sa tête contre l'oreiller et, les paupières fermées, mangea un toast, puis but une gorgée de thé.

Elle allait de nouveau s'endormir quand elle entendit une voix à côté d'elle.

— Salut, Rose !

Rose ouvrit aussitôt les yeux.

— Effie ! s'exclama-t-elle. Je croyais que tu étais partie.

— Je dois effectivement sortir aujourd'hui, mais j'ai téléphoné au couvent et sœur Benvenuto m'a dit que tu étais ici. Mon Dieu, Rose, tu es en avance sur la date prévue. Comment as-tu fait ? Ça ne m'étonne pas de toi. Vous autres, de la haute, vous ne faites jamais rien comme tout le monde !

Elle eut un large sourire et Rose fut ravie de voir que son amie avait retrouvé sa forme.

— Comment vas-tu ? demanda Effie en se laissant tomber sur le lit.

— Bien. Je suis juste un peu fatiguée.

— Tu as vu le bébé ? Je crois que c'est une fille, dit-elle légèrement sur ses gardes.

— Non, répondit Rose. Je ne l'ai pas vue.

— Elle est parfaite, Rose. Sœur Benvenuto dit que, même si elle est en couveuse parce qu'elle est toute petite, elle va bien.

— Petite ? Personne ne m'a dit que j'aurais un prématuré !

— Ils ne le disent jamais, Rose, fit doucement remarquer Effie. Mais elle va bien, c'est le principal.

Rose s'en voulut aussitôt. Comment osait-elle se plaindre après ce qu'avait vécu Effie. Puis, sans réfléchir, elle demanda :

— Tu ne veux pas la voir avec moi ?

A nouveau, elle s'en voulut pour son manque de tact.

— Je suis désolée, Effie, dit-elle humblement.

— Mais pourquoi ? fit Effie, sincèrement étonnée. J'adorerais la voir.

Rose se leva doucement de son lit et enfila la robe de chambre de l'hôpital.

— Berk ! Je dois être horrible là-dedans !

— Même avec un sac à pommes de terre sur le dos, tu serais splendide, rétorqua Effie.

Alors qu'elles sortaient du dortoir, Rose constata qu'elle avait du mal à marcher.

— Quand recommence-t-on à se sentir normal, Effie ? J'ai l'impression d'être passée dans une essoreuse.

— Moi aussi. Mais tu verras, dans deux semaines, tu seras sur pied. C'est incroyable comme on récupère vite.

Effie connaissait le chemin de la nursery et Rose la

suivait docilement quand, tout à coup, elle s'arrêta. Effie se retourna.

— Que se passe-t-il ?
— J'ai peur, murmura Rose.
— Peur de quoi ?
— J'ai... j'ai peur de la voir, dit Rose en bafouillant, comme toujours quand elle était nerveuse. C'est une erreur, je crois, de la voir. Je pourrais m'attacher, tu comprends.
— Ce n'est pas la vraie raison, dit Effie.

Il y avait une note de mépris dans sa voix et Rose la regarda fixement.

— Non, dit-elle enfin. C'est juste, ce n'est pas la vraie raison. J'ai peur, c'est tout.

En arrivant devant la baie vitrée de la nursery, elles virent trois couveuses, toutes occupées. Mais même à cette distance et à travers la paroi, Rose identifia aussitôt sa fille. Couchée sur le ventre, les bras tendus comme si elle nageait, elle avait les jambes repliées sous elle. Son visage tout chiffonné était tourné vers elle et Rose retrouva en miniature les traits de John, l'arc de ses sourcils, ses yeux bridés, légèrement écartés.

— C'est elle ! s'écria-t-elle en portant les mains à sa bouche. Oh, Effie, c'est elle !

Effie se pencha contre la paroi.

— C'est le plus joli bébé que j'aie jamais vu, dit-elle. Vraiment.

Rose se tourna vers son amie. Ses yeux étaient emplis de larmes. Elle l'entoura de ses bras et se mit à pleurer avec elle.

L'une des infirmières, à l'intérieur de la nursery, les vit et passa la tête par la porte.

— Ça va, Mesdames ? demanda-t-elle.

Rose aperçut leurs deux reflets dans la vitre, deux fontaines se soutenant l'une l'autre ; elle gloussa entre ses larmes.

— Oui, oui, ça va, dit-elle. On regardait juste mon bébé.

— C'est lequel, ma puce ? Et ne me dites pas que c'est le plus beau ! Vous autres, les mères, vous dites toutes ça !

L'infirmière, une femme d'un certain âge, avait, comme beaucoup de filles que Rose avait rencontrées au couvent, un fort accent cockney.

— La petite fille dans la couveuse, répondit Rose en montrant son bébé du doigt.

Aussitôt, le visage de l'infirmière se ferma.

— Je vois, fit-elle. Oui, elle est très belle. Elle va bien.

Et sur ces paroles, elle rentra dans la nursery et referma la porte derrière elle.

Rose regarda Effie.

— Qu'est-ce que j'ai dit ?

— Elle sait que ton bébé va être adopté, répondit Effie.

Rose s'appuya contre la paroi à côté d'Effie, et elles restèrent là, toutes les deux, pendant de longues minutes, à contempler le bébé. A un moment, la petite fille frémit puis s'étira ; ses mains s'ouvrirent, telles deux petites fleurs, puis se refermèrent. Elle grimaça, comme si elle faisait un mauvais rêve et l'espace d'une seconde, Rose aperçut un bout de sa langue. Son cou était tout plissé et sur sa peau, Rose remarqua une marque rouge.

— Qu'est-ce qu'elle a sur le cou ? murmura-t-elle à Effie.

— Ce n'est rien. Un angiome. Beaucoup de bébés en ont à la naissance, ils disparaissent ensuite.

C'est à ce moment-là et de manière tout à fait soudaine, que Rose tomba amoureuse de sa fille. Elle ressentit un élan pour elle, une pulsion née dans une partie inconnue de son cœur. C'était une attirance d'une pureté et d'une perfection extraordinaires, totalement indépendante de sa volonté. Au même instant, un sentiment de perte l'envahit. Ce ne serait pas elle mais une autre qui s'inquiéterait pour sa fille, vérifiant que la petite tache disparaissait bien...

Il n'y avait rien d'autre à dire, et elle s'éloigna de la vitre. Effie et elle retournèrent en silence au dortoir ; là, Rose s'assit au bord de son lit tandis qu'Effie prenait place sur une chaise à côté tout en tripotant nerveusement les franges de la couverture. On parlait et on s'activait dans la chambrée. Plusieurs femmes, des trousses de toilette à la main, faisaient la queue pour la salle de bains. L'une mettait des bigoudis dans les cheveux de sa voisine, une autre se plaignait à qui voulait l'entendre qu'elle n'arrivait pas à dormir. Elles semblaient toutes si normales et en si bonne santé que Rose ne supporta plus d'être mise à l'écart plus longtemps. Elle avait l'impression de venir d'une autre planète, et ce sentiment l'étouffait.

— Tu n'es pas obligée de l'abandonner tout de suite, déclara brusquement Effie, tout en continuant à tripoter les franges de la couverture.

— Qu'est-ce que tu veux dire ? Comment veux-tu que je fasse ? Il faut que je l'abandonne. Mes parents...

— Il existe de nouvelles lois. Tu n'es pas obligée de l'abandonner tout de suite, répéta Effie avec obstination.

Rose ne répondit pas tout de suite. C'était de la folie, elle ne pouvait pas. Mais devant ses yeux, flottait l'image de son bébé : sa petite touffe de cheveux noirs, ses toutes petites mains, sa tache de vin. Ce bébé était le sien. Elle pourrait lui donner un nom, elle pourrait vivre avec elle, pour toujours...

— Je ne connais rien aux bébés, dit-elle.

— Moi si ! s'écria Effie. J'ai souvent fait du babysitting, précisa-t-elle, comme pour parer aux éventuelles questions de son amie.

Les images se bousculaient dans la tête de Rose. Effie et elle dans un appartement avec le bébé. C'était une idée bizarre, mais en même temps pleine de gaieté. Le bébé, son bébé, aurait ainsi deux mères... Elles travailleraient toutes les deux, à des horaires différents ; elle pourrait être serveuse dans un restaurant, par exemple. Effie avait besoin d'un bébé. Comme elle s'était montrée égoïste en pensant abandonner son enfant quand Effie en désirait tellement un.

Et puis, elle ne pouvait s'ôter de l'esprit l'image de cette petite fille si belle avec ses yeux en amande.

Mais que dirait sa mère ? Si elle gardait l'enfant, elle ne pourrait plus jamais retourner à Sundarbarns.

— Tu crois qu'on en serait capables ? demanda-t-elle à Effie.

— Mais bien sûr ! répondit Effie. Est-ce que tu as signé quelque chose ?

Rose fronça les sourcils.

— Je ne me souviens pas. En tout cas, si j'ai signé quelque chose, ce n'était rien de définitif.

— Parfait, parfait. Nous formons une famille, Rose, toutes les trois. *La Famille du Dr March*, c'est nous !

La Famille du Dr March était le seul roman qu'Effie avait jamais fini. Rose avait toujours trouvé cela surprenant, mais maintenant qu'elle connaissait le passé d'Effie et des siens, elle comprenait pourquoi cette histoire de pauvreté et de profonde camaraderie l'avait autant attirée. Elle se leva d'un bond.

— Retournons la voir, dit-elle. Il va falloir qu'on pense à un prénom, ajouta-t-elle tandis qu'elle emboîtait le pas à Effie.

— Et il faudra la faire baptiser, aussi, précisa

Effie. Est-ce qu'on le fera ici, je veux dire à Londres, ou attendrons-nous d'être à Dublin ?

— J'aimerais bien que sœur Benvenuto soit présente. Elle a été tellement bonne pour moi.

— Oui, tu as raison. On fera comme ça.

Elles se comportaient déjà comme des parents.

Lorsqu'elles arrivèrent à la nursery, Effie tapota doucement contre la paroi vitrée. L'infirmière qui était sortie leur parler la première fois revint à la porte.

— Oui, je peux vous aider ?

— Nous aimerions bien entrer voir le bébé, si c'est possible, dit Effie.

— Nous avons décidé de le garder, ajouta Rose.

DEUXIÈME PARTIE

11

— Rose ! Rose O'Beirne Moffat !

Avec la rentrée des classes, le rayon papeterie de Eason's, sur O'Connell Street, était si bondé que dans un premier temps, Rose ne vit pas qui l'appelait. Des cahiers, des chemises et des dossiers plein les bras, elle parcourut la foule du regard sans reconnaître personne. Puis, elle sentit que quelqu'un la tirait par la manche de son manteau.

— Rose !

Elle se retourna. Une femme rondelette, les cheveux frisés, âgée comme elle d'une trentaine d'années, se tenait devant elle, un large sourire au visage, et pas le moins du monde gênée par l'expression d'étonnement de Rose.

— Tu ne me reconnais pas ? cria-t-elle. Ai-je autant changé que ça ? En tout cas, toi, tu es toujours la même.

Ce fut plus sa voix qui mit Rose sur la piste.

— Dolores ! s'exclama-t-elle.

— Oui ! Bravo ! Pendant des années, je me suis demandé ce que tu étais devenue, et maintenant que je te vois, j'en conclus qu'il ne t'est arrivé que des bonnes choses. Tu es splendide. J'ai failli ne pas te reconnaître avec cette coiffure, mais une taille et une allure pareilles, ça ne trompe pas. Tu ne serais pas mannequin par hasard ? C'est incroyable, tu n'as absolument pas changé.

Rose se retint à temps de lui retourner le compliment car son ancienne camarade d'école, elle, était méconnaissable : elle avait dû si souvent se faire faire des permanentes et des teintures que ses cheveux ressemblaient à de la paille, ses pieds enflés semblaient comprimés dans ses chaussures, les boutons de sa robe noire paraissaient sur le point de céder, et quand elle parlait, les perles de son collier tressautaient sur son cou empâté. Rose tenta du mieux qu'elle put de dissimuler sa surprise.

— Je suis désolée, je ne t'ai pas reconnue tout de suite, mais j'avais la tête ailleurs, expliqua-t-elle en baissant les yeux d'un air las sur les fournitures scolaires qu'elle tenait contre elle. Je déteste la rentrée.

— Moi aussi, dit Dolores, qui était encore plus chargée qu'elle. C'est fou, tu ne trouves pas, que ce soit nous qui soyons obligées de nous coltiner tout ça ? De nos jours, les enfants sont tellement paresseux ! Mais qu'y pouvons-nous ? Il faut bien qu'ils aient leur matériel. Dis-moi, tu as le temps de prendre un café ?

— Bien sûr, répondit Rose, d'une voix qui lui parut bien trop enthousiaste. Il faut d'abord que je paie tout ça.

Tandis qu'elles faisaient la queue à la caisse, Rose chercha désespérément quelque chose à dire. Dolores et elle avaient été si proches autrefois. Comme le temps avait passé depuis leur dernière rencontre lors de ce fameux Noël à Sundarbans. Au début, elles étaient restées en contact et s'étaient écrit, mais peu à peu l'écart entre la vie de Rose au couvent et les préoccupations de lycéenne de Dolores était devenu trop important. La dernière lettre de Rose datait de quelques semaines avant la naissance de sa fille.

— Je suis désolée, je ne t'ai jamais répondu, dit-elle. Mais...

— Oh, tais-toi ! C'était il y a des lustres ! Et puis, je suis autant fautive que toi... J'aurais dû insister.

— C'est simplement que... enfin, tu comprends. Avec le bébé qui allait naître...

— N'y pense plus, je t'ai dit. Après tout, nous nous sommes retrouvées, non ?

Et Dolores continua de bavarder, de la hausse des prix des livres scolaires, de l'accroissement des détournements d'avion, de Dublin qui se détériorait ces derniers temps, de sorte que Rose n'avait qu'à acquiescer à chacune de ses remarques.

— Où habites-tu maintenant, Dolores ? lui demanda-t-elle une fois qu'elle eut payé ses achats.

— Monkstown.

— C'est un très joli quartier. Tu es près de la mer ?

— Elle est juste de l'autre côté de la route, répondit Dolores. Nous sommes à Longford Terrace. Tu connais ?

Oui, Rose connaissait. Cette partie de la ville, avec ses larges avenues bordées de magnifiques maisons, comptaient parmi les plus belles, et les plus riches. Apparemment, Dolores s'en était bien sortie.

— Que dirais-tu d'aller prendre ce café chez Bewley's, proposa Rose, sans grand enthousiasme.

Un terrible vent soufflait ce jour-là, et l'idée de s'exposer à ses bourrasques sur O'Connell Bridge ne la tentait guère.

— Oh, laisse tomber Bewley's, allons plutôt là, fit Dolores en indiquant un petit salon de thé sur le trottoir en face. Pour une tasse de café, ce sera amplement suffisant.

Et sans attendre la réponse de Rose, elle traversa d'un air déterminé.

Il n'y avait pas foule et elles trouvèrent une table sans problème.

— Ouf ! lâcha Dolores en fourrant tant bien que mal ses paquets sous la table. Je déteste faire les courses.

Elle attira l'attention d'une serveuse et de nouveau, sans prendre la peine de demander son avis à Rose, commanda deux cafés.

— Avec une assiette de petits fours, ajouta-t-elle. Il faut fêter ça ! C'est vrai, quoi. Ce n'est pas tous les jours qu'on retrouve sa meilleure amie d'école. Ça fait combien d'années ? Seize, dix-sept ?

— Bientôt dix-sept ans, répondit Rose.

Elle s'en voulait terriblement de réagir comme elle le faisait, cherchant déjà un moyen de se sauver sans se montrer trop mal élevée. Qu'est-ce qu'elle avait ? Dolores avait été si bonne avec elle.

— Tant que ça ? fit Dolores. Ça ne nous rajeunit pas, comme on dit.

Puis, elle croisa les bras sous son opulente poitrine.

— Bon, à toi de commencer. Je veux tout savoir. Qu'as-tu fait de ta vie, Rose O'Beirne Moffat.

— Eh bien, pour commencer, j'ai laissé tomber le Moffat, répondit Rose, qui avait décidé de se montrer plus amicale. J'en avais assez d'expliquer mes origines. A présent, je ne suis que Rose O'Beirne.

— Dommage, dit Dolores. J'aimais bien l'idée d'avoir une amie avec un nom à particule. Mais bon, raconte-moi ce que tu fais. En tout cas, laisse-moi te dire que quel que soit ton métier, il te va à ravir. Tu es sûre de ne pas être mannequin ?

— Non, répondit Rose en souriant. Je suis hôtesse de l'air, en fait. Depuis un bon bout de temps. Et toi, Dolores ?

— Hôtesse de l'air ! Je me doutais bien qu'il s'agissait de quelque chose de prestigieux et d'exotique. En ce qui me concerne, je ne fais pas grand-chose. Je suis mariée, j'ai des gosses, bref tout ce qu'il y a de plus classique.

— Combien as-tu d'enfants ?
— Sept.
— Sept ! s'exclama Rose en s'efforçant de donner une note d'admiration à sa voix. Mais tu as dû te marier juste après le lycée.
— Non, pas du tout. Je suis allée à l'université, j'ai même obtenu mon diplôme, en radiologie si tu veux tout savoir, mais Murphy était avec moi en cours, et voilà.
— Et que fait, euh... Murphy.
— Il est dentiste, répondit fièrement Dolores. J'ai travaillé les deux premières années pour l'aider à finir ses études, et puis Denis est né. Tu imagines le reste.
— Tu as des garçons ou des filles ?
— Un garçon et six filles, répondit Dolores en riant. Mais tu connais les hommes. Murphy veut plus qu'un héritier.
— Vous envisagez d'avoir d'autres enfants ?
— Murphy en veut douze.
— Mais toi, Dolores, que veux-tu ? ne put s'empêcher de demander Rose. Aimerais-tu avoir douze enfants ? Tu me parais un peu... un peu fatiguée.
— Tu trouves ? fit Dolores en fronçant les sourcils. Peut-être, quoi qu'ils s'élèvent tout seuls après un certain âge. Denis a bientôt treize ans et Mags, c'est l'aînée des filles, est formidable avec les petits. J'arrive même à quitter la maison pour aller jouer au golf.
— Au golf ?
— Oui, c'est très relaxant, quoique pas toujours facile ! Murphy est membre du Elm Park. Des cracks.

Une serveuse apporta les cafés et les petits fours. Dolores se servit aussitôt et mordit si goulûment dans sa pâtisserie qu'un peu de crème dégoulina sur son chemisier.

— Zut ! fit-elle en s'essuyant. Oh, ce n'est pas grave. C'est un vieux corsage. Il a fait son temps. Bon, dit-elle, après une seconde bouchée, assez parlé de moi. Comment va ta famille ?

— Tout le monde va bien, répondit Rose.

Sans vraiment comprendre pourquoi, elle s'aperçut qu'elle hésitait à nouveau à entrer dans les détails.

— Mes parents vont bien, dit-elle finalement. Je crois que tu avais rencontré ma grand-mère, quand tu étais venue à la maison.

— Oui.

— Elle nous a quittés peu de temps après. Elle s'était cassé la hanche et l'épaule en tombant, et alors qu'elle semblait se remettre, elle a succombé à une pneumonie. Je ne sais pas vraiment ce qui s'est passé. Mais toi, dis-moi, que fais-tu de tes journées ?

— Tu finis d'abord. Tu travailles donc pour Aer Lingus ? Au fait, tu ne voulais pas devenir écrivain ?

— J'ai bien peur qu'aucun éditeur ne veuille de mes écrits, répondit Rose en riant, mais ça ne m'empêche pas de continuer. Peut-être que je finirai par montrer tout ça à un magazine, qui sait. Cela dit, je n'ai pas beaucoup de temps pour moi. J'adore mon métier, et comme les horaires sont plutôt souples, surtout en hiver, ça me permet d'être souvent à la maison avec Darina.

— Darina ?

— Ma fille, répondit doucement Rose.

— Celle... ? demanda Dolores en tenant son chou à la crème en l'air.

— Oui. Elle est née à Londres. Tout s'est passé comme prévu. Je crois que je t'ai écrit que j'avais l'intention de l'abandonner ? Mais quand je l'ai vue, je n'ai pas pu m'y résoudre.

— Je comprends ce que tu veux dire. Ils sont tellement beaux quand ils sont tout petits, fit Dolores en se léchant les doigts. Ça a dû être la révolution au château, dis-moi.

— Oui, mais Darina était, et est toujours, ce qui compte le plus pour moi dans la vie, quoi qu'en pensent mes parents. Papa est venu la voir dès la naissance. Il l'adore. Il vient nous rendre visite très souvent. Ce qui est amusant, c'est que tu viens de me demander si j'écrivais toujours. Eh bien, Darina rêve elle aussi de devenir écrivain.

— Non ? Elle parle sérieusement ?

— Il est trop tôt pour le dire, bien sûr. A son âge, je disais la même chose, et regarde ce que je suis devenue ! Cela dit, je crois qu'elle a du talent. Bien sûr, je suis mal placée pour être objective, mais son prof la pousse à écrire.

— Incroyable. Ce doit être une question de gènes. Et ta mère ? Elle s'entend bien avec Darina ?

— Nous sommes un peu en froid, ma mère et moi, répondit sèchement Rose.

— Mais quand elle a vu le bébé, elle a dû...

— Elle n'a jamais vu Darina.

Dolores sursauta.

— Tu veux dire que tu ne lui as jamais amené ta fille ? Mais, et le baptême ?

— Il s'est passé à Londres. On se parle au téléphone, mais nous ne nous sommes pas revues depuis la naissance.

Dolorès émit un léger sifflement.

— Pas même pour l'enterrement de ta grand-mère ?

— C'est vrai que j'aurais pu passer outre à notre mésentente, et j'ai d'ailleurs toujours regretté de ne pas y avoir assisté, mais Darina était tout bébé à l'époque et j'étais en plein déménagement à ce moment-là.

— Et est-ce que Darina connaît... Bon sang, je ne me rappelle plus le nom de cette magnifique maison.

— Sundarbans.

— Voilà, Sundarbans. Darina ne connaît donc pas la demeure de ses ancêtres ?

— Non. Pas encore du moins. Pourtant, elle insiste pour que je l'y emmène. Tu connais les adolescentes. Elle doit imaginer que c'est un château, je ne sais, répondit Rose en écartant sa pâtisserie du bout de sa fourchette. Mais ma mère ne m'a jamais pardonné, elle ne le fera jamais. C'est trop tard. Oh, depuis deux ou trois ans, elle envoie des cadeaux à Noël. Je pourrais retourner là-bas, c'est vrai, je le ferai sans doute un jour. Papa dit que les migraines de maman n'ont fait qu'empirer ces dernières années. Si j'étais une bonne fille, j'irais la voir. Mais je n'ai pas l'intention de désavouer Darina en allant à Sundarbans et en faisant le tour de Carrickmacross comme si elle n'existait pas.

— Oh, Rose, je suis sûre que ta mère finira par vouloir connaître son unique petite-fille !

Retrouvant dans cette exclamation l'ancienne Dolores qu'elle avait connue, Rose répondit :

— Oui, peut-être. Mais tu ne connais pas ma mère comme je la connais, Dolores. Elle mourrait sur le coup si je débarquais un jour dans sa précieuse petite paroisse avec une enfant illégitime, adolescente de surcroît ! Je ne tiens absolument pas à mettre Darina dans cette situation. Elle a déjà suffisamment de problèmes comme ça. Ce n'est pas facile pour elle de ne pas avoir de père. Enfin, il faudra bien qu'on arrive à une solution un jour ou l'autre. Je ne peux pas la cacher ainsi indéfiniment. Et elle adore papa. Peut-être qu'à Noël..., conclut-elle avant de boire une gorgée de café.

— Pourquoi ne profiterais-tu pas de l'absence de

ta mère pour aller à Sundarbans ? Elle n'a pas besoin d'être au courant de ta visite, suggéra Dolores, avec son sens pratique habituel.

— Tu plaisantes ! La brebis galeuse qui revient en ville ? Elle serait au courant en moins d'une heure !

— Tu ne t'es donc jamais mariée ?

— Non, répondit Rose. L'occasion ne s'est jamais présentée. Premièrement, parce que j'étais trop occupée. Trouver de quoi vivre m'a pris tout mon temps et toute mon énergie. Quand nous sommes arrivées à Dublin, j'ai dû accepter toutes sortes de jobs, serveuse, secrétaire... J'ai même fait des ménages dans des bureaux à une époque. Je travaillais la nuit, et je pouvais donc rester avec Darina dans la journée.

— Je dois dire que j'ai un peu de mal à imaginer Rose O'Beirne Moffat avec un fichu sur la tête.

— Eh bien, ce sont des choses qui arrivent, fit doucement Rose. Ça a même duré huit mois, probablement la pire période de ma vie, bien pire que mon passage au couvent. Ensuite, j'ai travaillé dans un restaurant ; là, au moins, il y avait les pourboires. Et puis j'ai vu cette petite annonce pour Aer Lingus, je me suis présentée et grâce à Dieu, j'ai été embauchée. C'est peut-être l'une des seules fois où mon nom m'a servi à quelque chose ! Heureusement, ils ne m'ont pas demandé quelle était ma situation familiale. Je crois qu'à mon travail, personne ne sait que j'ai une fille. Mais je n'aurais jamais pu me débrouiller sans Effie, précisa-t-elle, Effie est une amie avec qui je vis depuis la naissance de Darina. Son patron l'autorise à travailler à la maison. On s'arrange. Bien sûr, maintenant que Darina est grande, c'est plus facile. Alors, entre les voyages et la maison, il ne me reste pas beaucoup de temps pour mener une vie sociale. Je ne dis pas qu'il n'y a pas eu d'hommes dans ma vie, mais je n'ai jamais rencontré d'homme prêt à prendre femme et enfant en même temps.

— Mais c'est ridicule. Tu es magnifique.

— Oh, cela peut encore arriver, mais pour être tout à fait honnête, je dois t'avouer que je ne m'en porte pas plus mal. On s'entend très bien toutes les trois. Et puis, Darina est très heureuse. Tout le monde n'a pas la chance d'avoir deux mères pour soi tout seul !

Après s'être choisi un autre petit four, Dolores demanda :

— Et qu'est-il advenu de... Tom ? C'est bien Tom qu'il s'appelait.

— Non, John. John Flynn, corrigea Rose.

— Tu l'as revu ? Est-ce que Darina...

— Non, je ne l'ai jamais revu, et je n'en ai pas l'intention. Je suppose que Darina voudra le rencontrer un jour ou l'autre, mais je m'en soucierai le temps voulu.

— Tu as parlé de lui à ta fille ?

Rose marqua une pause avant de répondre.

— Quand elle est née, je me suis juré de lui dire toute la vérité. Donc, je réponds à ses questions. Elle sait, par exemple, qu'il a émigré au Canada. C'est drôle, continua Rose en baissant les yeux, j'ai appris il y a quelques jours à peine qu'il était de retour au pays. Et aujourd'hui, je tombe sur toi. Après tout ce temps.

Elle releva les yeux et continua :

— Oui, c'est bien étrange, tout ça. Tu n'entends pas parler de quelqu'un pendant des années et brusquement, autour de toi, on ne parle que de lui. Et en plus, c'est papa qui a mentionné son nom l'autre jour. Apparemment, John est rentré du Canada il y a des années. Il travaille dans l'hôtellerie et, tu ne me croiras pas, il a fondé une espèce de société avec d'autres personnes, et il tente de persuader papa de transformer Sundarbans en hôtel.

— Quel effet ça te fait ?

— Je ne sais pas, répondit honnêtement Rose. La maison est en ruine et papa a perdu tout espoir de trouver suffisamment d'argent pour la retaper. Finalement, en faire un hôtel est peut-être la solution. Mais à l'idée de nous en séparer ou de la vendre pour quelques livres à des Américains qui vont installer une piscine dans le jardin d'agrément, j'en suis malade.

— Et que ce soit John Flynn qui soit à la tête du projet ?

— Pour tout dire, Dolores, c'est ce qui m'excite le plus dans cette histoire. Ça servira de leçon à ma chère mère. Je rêve de voir sa tête quand elle devra humblement présenter ses excuses au locataire de la maison de gardien, sachant que sans lui, elle serait à la rue, déclara Rose en finissant son café d'un trait. Non pas que papa, maman ou moi ayons jamais mentionné le nom du père de Darina. Quand papa m'a parlé de ce projet d'hôtel à Sundarbans, je crois bien que c'était la première fois que je l'entendais prononcer le nom de John Flynn.

— Ce que je te demandais, c'est quelle serait ta réaction si tu te retrouvais devant lui ?

— Je t'ai répondu, Dolores, je ne sais pas. Il fut une époque où je le haïssais vraiment, mais c'était il y a si longtemps. Aujourd'hui, ça n'a plus grande importance.

Rose n'était pas tout à fait honnête. A maintes reprises, par le passé, elle avait prié pour le revoir. Il lui arrivait même encore de rêver de lui et de leur promenade sur le lac.

Dolores tripota ses perles.

— Que t'a-t-il donc fait pour que tu le haïsses à ce point ?

Rose regretta de lui en avoir autant dit.

— Rien, répondit-elle brusquement d'un ton qui signifiait qu'il était inutile de poursuivre. De toute façon, John Flynn est probablement marié aujourd'hui, avec sept enfants tout comme toi.

— Tu n'as pas demandé à ton père ? Je veux dire, s'il était marié ?

— Et pourquoi l'aurais-je fait ? répliqua Rose. Je te l'ai dit, nous n'avons jamais parlé de lui et je ne vais certainement pas commencer maintenant. Non, ma vie est à Dublin à présent et Drumboola se trouve sur une autre planète pour moi. Mon métier me fait rencontrer des tas de gens, et je crois n'être jamais tombée sur quelqu'un du comté de Monaghan, et encore moins de Drumboola. Par ailleurs, ça ne m'intéresse pas de savoir si John Flynn est marié ou pas. Ce ne sera plus jamais la même chose entre nous. J'ai beaucoup changé, lui aussi sans doute. Nous n'avons certainement plus rien en commun.

Plus elle parlait, plus Rose sentait à quel point elle était peu convaincante. Cette rencontre inopinée avec Dolores avait remué en elle beaucoup de choses non résolues, qu'elle pensait avoir enfouies suffisamment loin pour qu'elles ne la troublent plus. Il fallait qu'elle parte vite, très vite, avant de creuser plus avant et d'en découvrir d'autres.

Elle jeta un coup d'œil à sa montre.

— Mon Dieu, il est déjà si tard ! J'ai dit à Effie et à Darina que je serais de retour avant six heures, s'exclama-t-elle tout en se demandant comment elle allait pouvoir quitter Dolores sans fixer avec elle un autre rendez-vous. Une intimité perdue ne se retrouve jamais et elle n'avait aucune intention d'essayer.

C'est alors que Dolores lui donna envie de rentrer sous terre.

— Ça va, Rose, dit-elle doucement. Ne te donne pas autant de mal. Je ne vais pas resurgir dans ta vie comme ça, fourrer mon nez partout et te poser mille questions. On ne rattrapera jamais le temps perdu. C'est comme avec le père de ta fille. Nous sommes différentes, à présent, à des lieues l'une de l'autre. Tu penses certainement que je suis devenue une petite bourgeoise et mes problèmes te paraîtraient futiles, ridicules même. Non, ne t'inquiète surtout pas, insista-t-elle en voyant que Rose s'apprêtait à protester. Ça m'a fait très plaisir de te revoir après toutes ces années.

Elle rit doucement et tendit la main vers Rose.

— Je t'en prie, ne fais pas cette tête. Je suis sincère, c'est très bien comme ça. J'étais ravie d'être ton amie quand nous étions plus jeunes et de faire tout ce que j'ai fait pour toi. Les belles jeunes filles de bonne famille ont cet effet sur les autres. Accepte-le et profites-en, c'est comme une grâce. Je ferais de même si je te ressemblais, accepter je veux dire. Et je suis très contente de savoir que tu es heureuse, vraiment.

— Mais, et toi, Dolores, es-tu heureuse ?

— Je... je crois, oui, répondit lentement Dolores. Murphy ne cesse de me dire que j'ai de la chance.

— Bien sûr que tu as de la chance. Une belle maison, sept enfants en bonne santé.

— Je ne renoncerai pour rien au monde à aucun d'entre eux, Rose. Je tiens à mes enfants comme à la prunelle de mes yeux, mais je serais prête à faire un pacte avec le diable si j'étais sûre d'obtenir en échange ton visage et ton corps.

— Oh, Dolores, ne parle pas comme ça.

— Je suis sérieuse, ma chère, rétorqua Dolores en commençant à rassembler ses affaires. Tu avais l'habitude de me demander mon avis pour tout. Eh bien, si je peux me permettre, je vais t'en donner un dernier. Profite de ta beauté. Oh, je sais que tu n'en as pas conscience, comme la plupart des très belles femmes. Mais profites-en avant qu'il ne soit trop tard.

Elle regarda Rose droit dans les yeux avant de poursuivre :

— Ta vie, aujourd'hui, gravite autour de celle de Darina, mais n'oublie pas qu'un jour elle ne sera plus là. Parce qu'elle partira, Rose, un jour ou l'autre, et peut-être dans pas très longtemps. Regarde ta mère. Elle n'a pas vu sa propre fille depuis seize ans. Je voudrais ajouter autre chose, fit-elle en détournant légèrement la tête. Je sais que ça ne me regarde pas, mais tant pis. Je n'y résiste pas. En vieillissant, Rose, j'ai appris à lire entre les lignes, à déceler ce que les gens pensent cacher. Quelque chose dans leur voix, dans leur regard... Eh bien, à mon humble avis, Rose O'Beirne, et malgré tout ce que tu m'as dit, je pense que tu aimes encore ce John Flynn.

Elle se leva et conclut :

— Voilà, fin du sermon. Et pardonne-moi.

Elles réglèrent la note et sortirent du salon de thé.

— Je vais prendre un taxi. Au revoir, Rose. Je suis très heureuse de t'avoir revue, très heureuse. Bonne chance.

Et sans un regard, elle traversa la rue et se perdit dans la foule.

Rose, déjà fatiguée par cet après-midi de courses, ne trouva pas de place assise dans l'autobus et quand, une demi-heure plus tard, elle ouvrit la porte de chez elle, elle était d'une humeur exécrable. La vue de la gabardine de sa fille sur le sol de l'entrée n'arrangea rien.

— Darina ! appela-t-elle.

— Oui, répondit la jeune fille, depuis sa chambre, à l'étage.

— Descends immédiatement et ramasse-moi ça ! cria Rose d'un ton plus sec qu'elle ne l'aurait souhaité.

Cette rencontre avec Dolores l'avait troublée bien plus qu'elle ne voulait l'admettre.

La porte d'une chambre à l'étage s'ouvrit.

— Ramasser quoi ?

— Ta gabardine. Et tout de suite !

— Très bien, répondit Darina en descendant l'escalier à grand bruit. Qu'est-ce que tu as ? Tu t'es levée du pied gauche ce matin ?

— Ne commence pas, je t'en prie, lâcha Rose.

Mais à la vue du visage rayonnant de sa fille, elle se radoucit aussitôt.

— Pardonne-moi, ma chérie. Je ne voulais pas être désagréable. Je suis simplement très fatiguée.

— C'est pour moi ? fit Darina en voyant le sac de chez Eason's.

— Oui. En échange, me ferais-tu une tasse de thé ?

Rose posa les fournitures scolaires de sa fille sur une chaise et alla dans le salon où elle s'affala sur le canapé.

Quelques minutes plus tard, Darina la rejoignait avec une tasse de thé.

— Oh, merci, ma chérie. Comment s'est passée ta journée à l'école.

— Comme d'habitude, c'est-à-dire ennuyeuse, répondit la jeune fille. Je t'ai déjà dit un millier de fois que le système d'éducation irlandais ne me convient pas. Il n'y a pas un seul sujet que j'aime ou qui m'intéresse. Apprendre Shakespeare ou Milton par cœur, sans essayer de comprendre, la belle affaire ! J'en sais plus sur la vie, sur ce qui compte vraiment que n'importe lequel de mes professeurs.

Rose soupira.

— Tu ne vas pas recommencer. Qu'il te convienne ou pas, Darina, il n'y a pas le choix. Et crois-moi, ce n'est pas ta toute nouvelle passion pour la philosophie ou la méditation Zen qui te nourrira plus tard. Tu ne peux pas y couper. Allez, tu es bientôt au bout de tes peines. Et n'oublie pas que tu réduis tes chances de trouver du travail si tu n'obtiens pas ton diplôme de fin d'études.

Sentant qu'elle commençait à rabâcher les mêmes arguments, Rose tenta de plaisanter.

— Et dis-toi bien que si tu ne joues pas le jeu jusqu'au bout, tu risques de terminer hôtesse de l'air comme moi.

— Et alors ? C'est un métier comme un autre. Tu le fais bien.

— Je t'en prie, Darina. Tu sais aussi bien que moi que ce n'est pas du tout ce que tu as envie de faire. Bavarder avec les passagers ? Tu trouverais ça terriblement ennuyeux ! Et tes projets d'aller à l'université ? Voyons, il existe forcément un domaine où tu pourras exprimer pleinement tes grandes théories sur la vie.

— Ne sois pas sarcastique, maman, ça ne te va pas.

Darina regarda sa mère en souriant et lui caressa la joue.

— Je t'ai dit que je deviendrais quelqu'un, quelqu'un de spécial. Attends encore un peu.

— Eh bien, préviens-moi quand tu seras prête, répondit Rose en regardant sa fille de biais.

De temps en temps, il lui arrivait de penser que Darina était effectivement différente des autres adolescentes de son âge. Mais là, devant son expression pleine de détermination et ses yeux qui brillaient, elle se dit soudain que toutes les mères devaient penser la même chose.

— Tu ne seras rien du tout si tu ne montes pas faire tes devoirs, déclara-t-elle.

— Oh, les devoirs, toujours les devoirs. Les parents et les profs n'ont vraiment que ce mot à la bouche.

Toute la soirée, Rose fut hantée par sa rencontre avec Dolores. Vers neuf heures, elle se leva de table où, avec Effie, elle avait passé en revue la liste des invités pour le mariage de son amie qui devait avoir lieu dans trois semaines.

— Pardonne-moi, Effie, dit-elle, je n'arrive pas à me concentrer. Tu ne veux pas qu'on se fasse du thé... Mieux, que dirais-tu d'un verre ?

— D'accord pour le verre, répondit Effie en se levant à son tour. Je prendrai un Gin tonic.

Comme tous ceux qui travaillaient pour une compagnie aérienne, Rose avait un bar toujours rempli. Elle prépara un Gin tonic pour Effie et se servit un Campari soda. A force de vivre ensemble, Rose et Effie avaient fini par avoir les mêmes goûts en musique, et bientôt, la voix de velours de Nat King Cole s'éleva doucement. Darina était dans sa chambre, en train de faire ses devoirs — du moins, Rose l'espérait.

Rose posa les verres près du canapé placé dans le bow-window. Lumineux et aéré, l'appartement occupait tout le dernier étage d'une grande maison sur Drumcondra Road. Il n'était loin ni de l'aéroport ni du libre-service dans lequel Effie travaillait comme comptable.

Les trois chambres, éclairées par des lucarnes, occupaient l'ancien grenier de la maison, ce qui laissait une vaste pièce commune à l'étage inférieur, dont Rose était tombée amoureuse dès qu'elle y était entrée. Il y régnait une atmosphère reposante, due à un camaïeu de couleur pêche et crème.

— Tu vas me manquer, tu sais, dit-elle à Effie tandis que les deux amies buvaient à petites gorgées leur verre, installées sur le canapé.

Elle retira ses chaussures et remua le bout de ses pieds, se délectant de la suavité de la musique et de l'ambiance paisible.

— On a fait un bon bout de chemin ensemble.

— Oui, mais n'oublie pas que tu ne perds pas une amie, et que tu gagnes un tiers de la salle de bains.

Le seul tremblement qui secouait le cours tranquille de leurs vies à trois était qu'à tour de rôle, elles s'accusaient de monopoliser l'unique salle de bains de l'appartement.

— Et puis, en ce qui concerne notre amitié, je ne pars pas, ajouta Effie. Ce n'est pas parce que je vais me marier que je vais changer.

— C'est ce que tout le monde dit !

Rose donna une tape affectueuse sur le bras de son amie, puis se renfonça dans le canapé pour mieux profiter de son verre et de Nat King Cole. A la fin de la première face, elle se leva pour retourner le disque. Plus le départ d'Effie approchait, plus elles se remémoraient les hauts et les bas, surtout, de leur seize années de vie commune. C'était inévitable.

— Tu te souviens de notre premier appartement ? demanda Rose en posant délicatement le saphir sur le disque.

Ce premier appartement, le seul qu'elles avaient pu trouver à cause du bébé, était un deux-pièces sinistre et humide qu'elles avaient quitté au bout de six mois.

— Le propriétaire a vraiment eu ce qu'il méritait.

— Oui, quand j'y pense ! Quel culot il avait ! Tu te rappelles quand une partie du plafond est tombée sur Darina ?

— Mon Dieu ! C'est vrai !

Rose éclata de rire tout en revenant s'asseoir. Darina avait tout juste cinq mois, et avec cette mésaventure, Rose avait eu la sensation de toucher le fond du désespoir ; cette nuit-là — elle cherchait du travail à l'époque, ne supportant pas de vivre aux crochets d'Effie dont le salaire était loin d'être mirobolant —, alors qu'elle sortait Darina de son lit, toute la frustration, toutes les angoisses qu'elle avait tenté d'enfouir en elle au cours des mois passés avaient brusquement resurgi. Sa crise de larmes avait été si violente qu'Effie avait dû appeler le médecin.

— Et les cageots ? Tu t'en souviens ? demanda-t-elle.

— Tu dois admettre que sans eux, c'était plutôt nu, rétorqua Effie.

Dans le second appartement, en fait de meubles, il n'y avait que le strict nécessaire, et un samedi matin, Effie avait pris le landau de Darina et, au marché aux fruits et légumes de Dublin, elle l'avait rempli de cageots. Ensuite, avec Rose, elles avaient passé la nuit à les assembler et à les « tapisser » de papiers journaux et de bouts de tissu.

— Cela faisait un ravissant sofa, lança Rose en buvant à petites gorgées son Campari, mais je dois avouer que je préfère celui-ci. Et je suis ravie que la vie ait fini par nous sourire un peu à toutes les deux. Mais tu vas tout de même me manquer, Effie.

— Toi aussi.

Le visage d'Effie se chiffonnait toujours quand elle souriait mais, avec l'âge, elle avait perdu son air échevelé. Elle avait aussi pris du poids, ce qui adoucissait ses traits. Lors du stage de formation qu'elle avait suivi à Aer Lingus, Rose avait appris quelques rudiments de maquillage, et sur son conseil, Effie s'était fait couper les cheveux très courts, révélant de jolies oreilles délicates. Tout en la regardant à présent, Rose pensa tendrement que jamais Effie ne gagnerait un concours de beauté, bien sûr, mais elle était persuadée d'une chose, c'est qu'une fois qu'on l'avait rencontrée, on ne l'oubliait plus.

— Tu es heureuse, Effie ? demanda-t-elle.

— Hum, hum. Pourquoi ne le serais-je pas ? J'ai plus de trente-cinq ans, et à l'âge où tu perds tout espoir de trouver l'âme sœur, l'homme le plus merveilleux du monde frappe à ta porte.

Effie avait rencontré Willie Brehony, un fonctionnaire de Cork, un jour où elle faisait des courses au supermarché. Il était parvenu à s'immiscer lentement dans sa vie, mais après ce qu'elle avait vécu dans son enfance, Effie s'était juré de ne plus jamais avoir affaire à un homme. Elle avait donc maintenu Willie à distance pendant près de deux ans, jusqu'au jour où il avait finalement réussi à ébranler ses résolutions. Agé d'une quarantaine d'années, petit et rondelet, il avait une passion pour tous les jeux gaéliques. Le flûteau était son autre hobby, et il en transportait toujours un dans la poche intérieure de sa veste.

Effie se leva et se dirigea vers le tourne-disque pour remettre le dernier morceau.

— Je persiste à penser que ce mariage sera disproportionné, dit-elle. Moi qui aurais tant aimé une cérémonie toute simple... La famille de Willie est tellement conservatrice, que vont-ils penser ?

Depuis le début, Effie avait décidé de n'inviter aucun membre de sa famille. Cela faisait des années qu'elle avait perdu tout contact avec eux.

— Écoute, Effie, commença Rose d'un ton patient, si tu te sens capable de les supporter, invite-les, invite tout le comté, même.

— Je dois devenir sentimentale avec l'âge, fit-elle en prenant son verre. Je ne vois pas d'autre explication.

— A mon avis, tu devrais plutôt arrêter de lire la rubrique des mariages mondains ! déclara Rose. Au fait, devine sur qui je suis tombée aujourd'hui ?

Et Rose lui raconta sa rencontre avec Dolores, et comment elle avait réveillé d'anciens souvenirs.

— Tu ne trouves pas ça incroyable ? Après tout ce temps, son nom revient deux fois dans la conversation le même mois. Oh, je sais, ça m'arrive de te parler de lui, mais ce n'est pas pareil. Te parler, c'est comme si je parlais à moi-même.

— Tu ne vas pas remettre ça avec John Flynn ! grogna Effie d'un ton moqueur. Combien de fois en seize ans avons-nous décidé d'en finir une bonne fois pour toutes avec lui ? Pour, l'instant d'après, décider qu'il est indispensable, finalement, de trouver une solution. Rose, je te l'ai dit et répété : à partir du moment où un enfant naît d'un homme et d'une femme, cet homme et cette femme sont liés à jamais. Quand vas-tu cesser de te morfondre, Rose O'Beirne, et faire quelque chose ?

— Très impressionnant, oui, très impressionnant. On peut dire que vous avez fait du bon travail.

Le directeur de la banque, un homme filiforme qui venait de prendre la tête de la succursale de Carrickmacross, ferma l'épais dossier qui se trouvait devant lui. Son bureau, tout lambrissé de bois, était un peu petit pour contenir les cinq hommes qui s'y étaient réunis. John regarda le directeur droit dans les yeux.

— Bien entendu, il n'y a pas de garantie. Il n'y en avait pas non plus quand George, ici présent, a transformé Willow House en hôtel. Mais étant donné le succès qu'il a rencontré, nous pensons que nous pouvons tenter l'expérience avec Sundarbans.

— La dernière fois que je me suis promené dans la région, le comté de Monaghan ne m'est pas apparu comme un bon investissement pour un projet de tourisme, fit remarquer le directeur de la banque.

— Tout dépend de la façon dont vous regardez, intervint George Cranshaw. Notre intention n'est pas de rivaliser avec les stations balnéaires, et, de toute évidence, nous ne pouvons garantir un temps ensoleillé douze mois sur douze. Mais à mon avis, les prochaines années vont connaître une explosion des loisirs, et les hommes d'affaires riches vont se lasser des vacances sur les plages et leur préférer quelque chose de plus actif. C'est déjà le cas à Willow House. Nous avons commencé avec six chambres et aujourd'hui, même avec les huit chambres supplémentaires, nous ne parvenons pas à satisfaire la demande.

— Tout ce que nous avons entrepris a été payant, déclara à son tour John. La jetée, les barques, les ball-traps. Dans notre dernière brochure, nous mentionnons le golf qui ne sera terminé que dans un an. Eh bien, nous avons déjà reçu des réservations. Nous sommes persuadés qu'il y a là un marché.

— Mais que comptez-vous faire de Sundarbans ? Ne craignez-vous pas qu'il rivalise avec Willow House ?

— Willow House restera toujours petit et pittoresque, un lieu plus intime, si vous voulez, déclara le troisième membre de la société, un comptable d'Enniskillen. Je suis sûr, et mes collègues aussi, que cette région offre toutes sortes de possibilités pour un hôtel de luxe, dans le genre des Gleneagles en Écosse, mais évidemment à une autre échelle...

— Sans vouloir vous contredire, interrompit le directeur de la banque, je ne connais pas les Gleneagles, mais hier, sachant que vous veniez, je suis allé jusqu'à Sundarbans. L'endroit est dans un état lamentable.

John sentit qu'il devait prendre la parole.

— Nous n'avons pas l'intention de remettre tout Sundarbans à neuf, mais uniquement une aile réservée aux chambres, les pièces communes, le parc et les écuries. Nous vous avons apporté un avant-projet. L'un des points clés de notre projet est de faire en sorte que la population locale ait envie de venir profiter des nouvelles installations. Ainsi, nous avons déposé une demande pour un pub au sein même du futur hôtel ; nous avons également l'intention de relancer la chasse et peut-être même de monter un club d'équitation, avec un manège.

— Qu'en pense le Colonel ?

— Nous ne serions pas venus vous voir si nous ne lui en avions pas déjà parlé, déclara George Cranshaw. Pour tout vous dire, Gussie, qui est un vieil ami, est au bout du rouleau. Il n'a plus vraiment le choix. Même s'il vendait toute la propriété, il sait très bien qu'il n'en obtiendrait pas assez pour rembourser ses dettes et garder de quoi mener, sa femme et lui, une vie décente. S'il s'y connaissait en hôtellerie, je peux vous assurer qu'il aurait déjà transformé Sundarbans lui-même. Nous lui avons proposé de rester, et de prendre des parts dans l'entreprise par la suite.

Le directeur de la banque rassembla tous les dossiers devant lui et se leva.

— Je vais étudier tout cela, dit-il.

John, la voix vibrante de conviction, fit une dernière déclaration :

— Je..., nous sommes absolument convaincus que ce projet va réussir. Si vous investissez, je peux vous assurer que vous ne le regretterez pas.

— J'avoue que vous savez présenter vos arguments, Monsieur Flynn, et c'est à votre honneur, répondit le directeur avant de les reconduire.

Sur le chemin du retour, John garda le silence. Ce rendez-vous avec le directeur de la banque l'avait épuisé. Même persuadé du succès de l'entreprise, il savait que les moments de découragement ne manqueraient pas, et bien qu'à l'origine de tout le projet, une petite partie de lui-même espérait qu'il ne verrait jamais le jour.

L'idée était qu'il quitte Willow House et s'installe

à Sundarbans, où il prendrait la direction de l'hôtel. John se voyait mal vivre sous le même toit que les parents de Rose, même si depuis plusieurs années, ils n'occupaient plus que trois pièces. Pire, il se demandait s'il aurait le courage de transformer la maison où Rose avait vécu, abattant des murs, changeant la décoration de sa chambre à coucher...

Son amour non partagé pour Rose avait fini par se tapir dans un recoin de son cœur ; certaines nuits, très rarement, une violente vague de nostalgie pouvait resurgir. Mais, à mesure que le projet de Sundarbans avançait, il sentait l'épais sédiment de son désir remonter à la surface.

Hormis ses affaires, sa vie était devenue bien calme. Sa mère était morte deux ans à peine après que le petit groupe mal assorti se fut installé dans le pavillon de pêche. John avait failli déménager à l'époque, rompre une bonne fois pour toutes. Il avait même envisagé de retourner au Canada. Mais un sentiment de loyauté envers les Cranshaw, qui avaient été si bons pour lui, et envers Mona et son père aussi, l'en avait empêché ; et puis, à sa grande surprise, il avait découvert que ce qui le retenait ici vraiment, c'était Drumboola, et Sundarbans.

Mona avait patiemment attendu qu'il prenne sa décision. Et peu à peu, sans qu'ils éprouvent le besoin d'en parler, ils s'étaient installés tous les trois dans une nouvelle routine. John subvenait aux frais, Mona tenait la maison, et Packy McConnell faisait de petits travaux manuels, de sorte que la maison avait fini par être coquette et confortable.

Mais John était trop occupé pour prendre le temps de remarquer toutes les améliorations de l'ancien pavillon de pêche. Face au succès que connaissait de jour en jour Willow House, les Cranshaw avaient dû engager du personnel supplémentaire, et cinq ans après avoir sollicité du travail auprès de George, John s'était vu promu directeur, une position qu'il occupait en fait depuis un certain temps.

Tout en conduisant le long de la route sinueuse qui menait au pavillon de pêche, John se rappela qu'on était lundi ; il ne travaillait jamais ce soir-là, et, quand le temps le permettait, avec le père de Mona, ils en profitaient pour aller pêcher la truite.

Mona était assise à la table de la cuisine. Elle détachait les talons de billets de tombola et les jetait dans une boîte à ses pieds.

— Où est Packy ? demanda John.

— Vous ne l'entendez pas ? répondit Mona en levant les yeux vers le plafond.

Les murs du pavillon étaient si épais que John dut tendre l'oreille. Au bout d'un moment, il entendit effectivement un air folklorique et reconnut les intonations mélodieuses du violon de Packy.

— Il s'est entraîné toute la journée pour le mariage, expliqua Mona. Savez-vous si vous pourrez vous libérer ?

Le samedi suivant, un parent de Mona et de Packy se mariait et John, que la famille McConnell traitait désormais comme un membre honoraire, avait été invité.

— Je ne sais pas encore, Mona. Mais je ferai mon possible.

— Eh bien, j'espère que ce sera oui, dit-elle en ramassant la boîte avant de la secouer pour bien mélanger les tickets. Il y a deux lettres pour vous sur la commode, ajouta-t-elle.

John prit les deux enveloppes. La première contenait une facture et la seconde portait l'écriture de Derek. Il mit la facture de côté et ouvrit la lettre de son frère.

— Ah, zut, fit-il après l'avoir parcourue.

— De mauvaises nouvelles ? demanda Mona.

— Non, ce n'est rien, Mona. Derek doit se rendre en Allemagne pour son travail et il se demande si ce ne serait pas une bonne idée d'emmener Bruno et de passer ensuite quelques jours ici.

— Ce serait très agréable, John. Nous avons de quoi les loger.

— Je sais, mais je n'aurai pas beaucoup de temps à leur consacrer. A vrai dire, ça ne pouvait pas tomber plus mal. Je serai totalement accaparé par cette histoire de Sundarbans.

— Ne vous inquiétez pas pour ça, déclara Mona. Vous nous oubliez, papa et moi. Nous les soignerons bien. Bruno doit être bien grand maintenant.

— Apparemment, il a hâte de venir et espère bien que j'aurai le temps de faire des choses avec lui. Derek veut que je loue une voiture pour le retrouver à Dublin.

— Ce n'est pas un problème, de trouver une voiture.

— Excusez-moi, Mona. Vous avez raison. Bien sûr qu'ils seront les bienvenus.

Pourtant, sa première réaction avait été la plus honnête. A l'idée de revoir Derek, John se sentait mal à l'aise.

Les deux frères ne s'étaient jamais vraiment tout à fait réconciliés, mais aux obsèques de leur mère, leur animosité réciproque avait semblé s'estomper et ils entretenaient à présent des relations courtoises, quoique distantes. Et bien que John n'ait pas assisté au mariage de Derek et de Karen, sous prétexte qu'il était trop occupé à l'hôtel, il leur avait envoyé un cadeau et leur écrivait de manière sporadique.

Bruno et ses parents étaient venus en Irlande à deux reprises, la première fois quand Bruno avait cinq ans, la seconde, alors qu'il s'apprêtait à fêter ses quatorze ans et qu'il était aussi grand que son père et son oncle. John avait été frappé par le calme et le charme du jeune garçon. Lorsqu'il était là, la tension entre les deux frères ou entre Karen et eux s'atténuait immédiatement.

Mona jeta le dernier talon dans la boîte et se leva.
— Quand arrivent-ils ?
— A la fin du mois d'octobre, répondit John en regardant par la fenêtre. La nuit est en train de tomber. Si on veut aller faire un tour sur le lac, on ferait mieux de ne pas traîner.

Il se dirigea vers l'escalier.
— Packy ! Packy ! appela-t-il.

A l'étage, la musique cessa et le bruit d'une porte qu'on ouvrait se fit entendre.
— Une minute ! hurla le père de Mona. Je prends mon chapeau et j'arrive !

John ôta ses chaussures, enfila une paire de bottes et, pour gagner du temps, se contenta de jeter une parka en coton huilé par-dessus son veston. Il se tenait dans l'embrasure de la porte quand Packy, s'aidant de la rambarde de l'escalier, descendit les marches à cloche-pied.
— Bien le bonsoir, Johnny ! lança-t-il en attrapant sa canne.

Ils ne dirent plus un mot avant d'avoir amené la barque presque au milieu du lac. John trouvait la compagnie de Packy très reposante. Le vieil homme était un excellent pêcheur à la mouche et attrapait généralement trois poissons quand John n'en prenait qu'un. On racontait qu'une truite d'au moins six kilos vivait dans le lac. Packy avait d'ailleurs failli l'attraper une fois, mais son matériel était trop léger et après quelques minutes de combat, l'extrémité de la canne s'était rompue et la truite avait filé. Depuis, Packy emportait toujours une canne pouvant tirer une bête de dix kilos.

— Je sens que nous allons être chanceux, ce soir, Johnny, dit-il en lançant sa mouche en direction de Poulachailin, un trou profond où, disait la légende, une jeune fille s'était noyée par amour. Elle est là, je la sens qui rôde autour de nous.

John sourit et lança à son tour. Pas un bruit ne venait troubler le silence alentour. Il était neuf heures et les arbres qui bordaient le lac commençaient à se fondre dans la nuit. Le vent était pratiquement tombé mais, de temps en temps, des vaguelettes se formaient à la surface de l'eau.

Peu à peu, son rendez-vous avec le directeur de la banque lui revint à l'esprit. Cela faisait des années qu'il réfléchissait à ce projet d'hôtel, depuis, en fait, qu'il avait contemplé Sundarbans, cette dernière nuit, avant qu'il ne quitte la maison de gardien. Il avait décidé d'attendre que le Colonel se trouve dans une situation financière suffisamment grave pour aller lui faire part de sa proposition. Mais même alors, John avait encore attendu le moment propice, c'est-à-dire que Willow House fasse des bénéfices et que George Cranshaw se mette à la recherche d'un nouveau défi à relever. Et un soir, en rentrant de Dublin avec George après un rendez-vous avec l'architecte qui s'occupait du golf, il avait rassemblé tout son courage et parlé de son projet. George, dans un premier temps, avait paru amusé, puis sceptique, mais le ton convaincant de John avait fini par l'intriguer. Des mois de méticuleuse préparation avaient suivi, jusqu'à ce jour, où ils avaient vu le banquier.

Les poissons n'avaient rien à craindre avec lui, ce soir, pensa-t-il en jetant un coup d'œil du côté de Packy.

— Alors, vous la sentez toujours ? demanda-t-il en souriant.
— Qui ça ?

— Eh bien, la truite qui rôde autour de nous ?

— Moque-toi, Johnny, moque-toi. Tu verras bien. Elle est là, je le sais...

Mais la truite ne vint pas au rendez-vous et quand la lune s'éleva au-dessus de la cime des arbres, ils rentrèrent.

Effie alla se coucher de bonne heure. A peine avait-elle quitté la pièce que Rose, répondant à un coup de tête, décrocha le téléphone et composa le numéro de Sundarbans. Mon Dieu, je vous en prie, supplia-t-elle tandis que la sonnerie retentissait à l'autre bout du fil, faites que ce ne soit pas maman qui décroche...

Ses prières furent exaucées.

— Bonsoir papa, dit-elle d'une voix chantante. J'avais juste envie de t'entendre.

— Rose ! Ma chérie. Comment vas-tu ?

— Bien. Et à la maison, tout va bien ?

— Oui, si l'on veut. Nous sommes envahis par des géomètres et des tas de types avec des appareils bizarres. Ça devient de plus en plus difficile de trouver un endroit tranquille pour lire.

— Alors, tu as accepté ?

— Je n'avais guère le choix, ma chérie. Ta mère est légèrement contrariée, bien sûr, mais elle sait très bien que c'était ça ou l'hospice.

— Papa !

— Je plaisante. Enfin, au moins connaissons-nous les acheteurs. C'est déjà suffisamment triste comme ça.

Le cœur de Rose se mit à battre plus vite.

— Et comment va George Cranshaw ?

— Bien, bien. Mais tu sais, je ne vois pas beaucoup George, c'est plutôt.. les autres qui sont là.

Rose, devinant que son père s'était retenu au dernier moment de prononcer le nom de John Flynn, ne chercha pas à en savoir davantage.

— Est-elle en si mauvais état ? La maison, je veux dire.

— J'aimerais tellement que tu viennes et que tu la voies de tes propres yeux, Rose... Avant qu'il soit trop tard. Et puis, il y a peut-être des choses auxquelles tu tiens et qu'ils risquent de jeter à la décharge.

— Qu'en pense maman ? Tu sais très bien que je ne viendrai pas sans Darina.

— C'est quelque chose que vous devez décider toutes les deux, répondit le Colonel, et Rose entendit presque le léger tintement de la chaîne de montre de son père.

— Ne te tracasse pas, papa. Ça viendra un jour. Peut-être même cette année, qui sait ?

— Je l'espère tellement, Rose. N'oublie pas, ma chérie, que quoi qu'il advienne de Sundarbans, il y aura toujours une place pour vous deux ici. Ce n'est sans doute pas le moment de t'en parler, mais sais-tu qu'en fin de compte, j'aurai des intérêts dans l'affaire, financièrement, je veux dire ?

— Tu m'en as déjà parlé.

— Eh bien, cela te reviendra, et quand l'affaire sera conclue, je modifierai mon testament pour...

— Papa, arrête ! s'exclama Rose, que l'idée de se retrouver un jour sans son père terrifiait. Je ne veux pas discuter de ça avec toi.

— Ne sois pas sotte, Rose. Nous devons penser à ce genre de choses. En tout cas, je voulais que tu saches que si un jour il t'arrivait un malheur, tout reviendrait à Darina.

— Papa !

— J'ai fini, ma chérie. Comment va Darina ?

— Elle est resplendissante.

Et Rose raconta à Gus les prouesses de sa fille, à

l'école, à la danse et à son cours de théâtre. Une fois qu'elle eut fini, il lui demanda si elle désirait parler à sa mère.

— Non, papa, la prochaine fois. Nous avons parlé longuement, et avec le temps que Darina passe au téléphone, la facture va être assez salée comme ça.

— Très bien, ma chérie. Bonsoir, alors.

— Bonsoir, papa. A bientôt.

Avant d'aller se coucher, Rose se fit couler un bain. Les paroles de Dolores résonnaient encore à ses oreilles. *Les belles filles de bonne famille comme toi ont cet effet sur les autres....* Elle se déshabilla lentement et se posa devant le miroir, pour essayer de se voir avec les yeux de Dolores.

La petite phrase l'avait troublée bien davantage qu'elle n'aurait cru. Et si elle avait raison ? Peut-être n'avait-elle fait que flotter dans la vie, acceptant tout des autres et ne leur donnant rien ? Non, ce n'était pas possible ; seule la jalousie l'avait fait parler ainsi. Mais aussitôt elle eut honte : Dolores était quelqu'un de merveilleux, une véritable amie sur qui elle pouvait compter. Ce n'était pas de sa faute, après tout, si elles n'avaient plus rien en commun.

Mais était-ce bien vrai ? Rose pensa à Effie. Avait-elle pris la place laissée par Dolores ? Qu'avait-elle fait, elle, Rose O'Beirne, pour ces deux femmes loyales et dévouées ? *Eh bien, tu as permis à Effie d'échapper à son passé !* murmura une petite voix en elle. Oui, pensa Rose, c'est exact, mais à qui cela a-t-il vraiment profité ? Qui gardait Darina pendant qu'elle travaillait ? Qui avait joué le rôle du père auprès d'elle ? Qui l'avait aidée à recréer, chaque fois qu'elles emménageaient quelque part, un foyer chaleureux ?

Était-il possible qu'inconsciemment, elle ait tout fait pour en arriver là, simplement parce qu'elle ne voulait pas voir la vérité en face, sur sa propre famille, sur elle, sur John Flynn ?

Le miroir lui renvoyait l'image d'une femme à la chair laiteuse. Était-ce vraiment un choix de sa part ou estimait-elle, à l'inverse de ses collègues prêtes à souffrir le martyre du bronzage pour s'embellir, que sa beauté naturelle se suffisait à elle-même ?

Qu'elle l'ait voulu ou non, Dolores s'était dangereusement approchée de la vérité. En effet, Rose avait rarement provoqué les choses dans sa vie, tout simplement parce qu'elle n'en avait jamais éprouvé le besoin. Bien qu'elle ait des amis, des amants, elle sortait rarement, préférant une soirée calme en compagnie d'Effie et de Darina. Et les amis et les amants s'en étaient peu à peu allés sans bruit, sans heurt, aussi facilement qu'ils étaient entrés dans sa vie.

Elle pinça un pli de chair à la hauteur de sa taille. Était-ce son imagination ou sa peau était-elle moins élastique qu'autrefois ? Après tout, Darina allait avoir dix-sept ans l'année prochaine...

Ces derniers temps, Rose s'était fait du souci pour la jeune fille ; bien que Darina continue de passer des heures au téléphone avec ses innombrables amies, elle avait remarqué qu'elle se repliait sur elle-même ; s'enfermant de plus en plus souvent dans sa chambre, et clamant qu'elle préférait la compagnie de ses livres à celle des gens.

— Très bien, déclara Rose à voix haute en s'observant d'un air sévère dans le miroir. Tu as trente-deux ans et regarde-toi. Il est grand temps de te ressaisir.

C'en était fini de ce laisser-aller, décida-t-elle, en s'enveloppant dans son peignoir après une douche rapide. Dorénavant, elle agirait. Elle attacha ses cheveux, longs et soyeux. Première chose, elle allait les couper. Elle avait l'air ridicule. Une femme adulte coiffée comme une gamine de seize ans !

Fébrilement, Rose se mit à faire des plans. Il fallait qu'elle change, qu'elle bouge. Dès demain, elle s'inscrirait à un cours de mécanique, de peinture, de japonais, n'importe quoi mais quelque chose. Et puis, elle sortirait, rencontrerait des gens, ferait des efforts. C'était cet hiver ou jamais qu'elle cesserait enfin de se comporter en petite fille gâtée. Si ses efforts, par le passé, s'étaient tous soldés par des échecs, faute de conviction, cette fois-ci, ce serait différent.

Jamais elle ne remercierait assez Dolores. Grâce à cette rencontre, elle avait compris à quel point elle avançait dans la vie sans but, sans rien donner, sans rien faire : à sa mort, il ne resterait rien de son passage sur la terre.

A l'exception de Darina.

Rose éteignit la lumière de la salle de bains et traversa le couloir. La porte de la chambre de Darina était un gigantesque collage à la gloire des Beatles. Mais à la place d'honneur, juste au milieu, trônait une photo de George Harrisson aux côtés du Maharishi.

— Je peux entrer, Darina ?

— Je suis couchée, maman, répondit la jeune fille qui parut étonnamment éveillée au goût de Rose.

— Je voulais juste te dire bonne nuit, ma chérie, insista Rose. Je ne t'embêterai pas longtemps, c'est promis.

Il y eut un bruit d'objets que l'on range en vitesse, puis la porte s'ouvrit.

— Que se passe-t-il, maman ? Je commençais à m'endormir.

Darina avait détaché ses cheveux et ne portait qu'un tee-shirt à manches courtes, mais même dans la lumière artificielle du couloir, Rose remarqua qu'elle avait gardé son hâle doré de l'été. Le lit de Darina n'était pas défait, mais Rose préféra s'abstenir de tout commentaire.

— Excuse-moi, ma chérie, je voulais juste te souhaiter une bonne nuit.

— Eh bien, bonne nuit, maman.

Elles s'embrassèrent, mais la jeune fille se dégagea rapidement de l'étreinte maternelle et rentra dans sa chambre.

Juste avant qu'elle ne ferme la porte — était-ce une illusion d'optique ? —, Rose crut, l'espace d'un instant, voir dans sa fille la réincarnation de John Flynn.

Troublée, elle gagna sa chambre et se glissa aussitôt dans son lit. Que lui arrivait-il ? Était-ce un avant-goût de la crise de la quarantaine ? Pendant des années, elle avait cru contrôler sa vie, pourquoi alors le seul fait de tomber par hasard sur un témoin de son passé la bouleversait-il autant ? Elle n'avait pas revu John Flynn depuis presque dix-sept ans. Pourquoi soudain sa présence s'imposait-elle aussi brutalement ?

Et aussi physiquement ?

Rose ne s'était jamais considérée comme quelqu'un de particulièrement sensuel. Avec le temps — du moins, depuis qu'elle pensait s'être débarrassée de son obsession pour John Flynn —, elle avait fini par se dire que les sentiments qu'elle avait éprouvés cet été-là n'étaient que le fruit de leur jeunesse et de leur inexpérience : une « première fois » qui ne pourrait jamais être égalée en intensité.

Certes, elle avait souvent pensé à lui, à sa force et à sa douceur, à son sourire et à son regard profond. Mais elle était parvenue à se convaincre que son imagination avait fait le reste. Or voilà qu'elle éprouvait brusquement le désir de le revoir.

— C'est ridicule ! s'écria-t-elle à voix haute.

Comme elle l'avait affirmé à Dolores, John était probablement marié, installé ; peut-être même était-il devenu gros et gras. Un homme d'affaires détestable, qui offrait de racheter Sundarbans.

Mais alors, elle se rappela cette promenade sur le lac, le lendemain de leur rencontre, et le duvet de ses avant-bras, que le soleil faisait briller. Et pour la première fois depuis longtemps, depuis très longtemps, une vague de désir monta en elle.

Elle se tourna et se retourna dans son lit, se répétant qu'après une bonne nuit de sommeil, tout ça serait oublié. Oui. Elle en était persuadée. Elle se concentra sur son programme du lendemain — elle partait pour Amsterdam dans la matinée — et sur son rendez-vous, à la fin de la semaine, avec un homme d'affaires irlandais ; outre qu'il était agréable et séduisant, il devait être, Rose en était sûre, très riche.

Pourtant, elle savait déjà que cette liaison, comme toutes les autres, ne mènerait à rien, ses aventures s'étaient toutes déroulées selon le même schéma. Ils se voyaient à plusieurs reprises, s'appréciaient, mais dès que ce nouvel amant lui faisait comprendre qu'il aimerait bien rendre leur relation plus officielle, Rose fuyait.

Refusant d'admettre qu'il y avait un terrible manque affectif dans sa vie, Rose se mit à analyser ses aventures. Si elle avait aimé faire l'amour avec ces hommes, elle devait reconnaître qu'elle y restait toujours un peu indifférente, se contentant de donner du plaisir à l'homme qui se trouvait dans son lit, au lieu de vivre pleinement le sien.

John Flynn, John Flynn, ce nom ne cessait de tourner dans sa tête.

L'excitation qu'elle ressentait était si forte et si inhabituelle qu'elle en était presque effrayée, tâchant de se convaincre que c'était son imagination, des rêveries idiotes convenant plus à une jeune fille de l'âge de Darina qu'à elle-même. Elle avait lu avec dédain des articles sur ces crises qui survenaient brusquement vers la quarantaine, où des hommes et des femmes qui jusque-là avaient mené une vie tout à fait normale succombaient du jour au lendemain à la passion et à l'amour fou. Comment pouvait-elle être tombée dans un tel cliché ? Voyons, elle ne savait rien de ce que vivait aujourd'hui John Flynn. D'ailleurs, elle le haïrait certainement. Après tout, n'était-il pas en train de détruire sa famille, sa maison ?

Vers deux heures du matin, Rose rejeta ses couvertures et descendit à la cuisine où elle se prépara un chocolat chaud.

John se redressa si brusquement qu'il se heurta la tête au montant du lit. Une sensation de danger imminent l'avait réveillé et il eut du mal à reprendre son souffle. Tout était si calme dans la chambre qu'il entendait presque son cœur battre. Il alluma sa lampe de chevet et vérifia l'heure. Deux heures. Il avait dû faire un cauchemar. Mais étrangement, il n'en avait aucun souvenir.

Il se rallongea pour reprendre son calme. Au bout de quelques minutes, le sentiment d'être en danger fit place à une inexplicable sensation physique d'être surveillé. C'était comme si l'air autour de lui avait cessé de bouger, dégageant un espace en prévision d'une arrivée extraordinaire. Toutes les fibres de son corps étaient en éveil.

John, qui menait une vie très réglée, se sentit brusquement inquiet. Est-ce que ce phénomène psychique était en rapport avec Derek ? Il fixa son attention sur le cercle lumineux que sa lampe de chevet projetait sur le plafond et s'efforça de canaliser ses pensées. Quelle sorte de rêve ou de sentiment s'était ainsi imposé à sa conscience ?

Bien qu'il ait renoncé depuis longtemps à prier, il essaya, à titre d'exercice mental, de se rappeler les litanies que sa mère lui avait apprises quand il était encore enfant :

Siège de la sagesse...
Priez pour nous
Cause de notre joie...
Priez pour nous
Vaisseau Spirituel...
Rose mystique...
Tour de David...
Tour d'ivoire
Maison toute d'or
Arche de l'alliance
Porte du paradis,
Étoile du matin...

Il s'arrêta, non pas parce qu'il ne se souvenait pas de la suite, mais parce qu'il venait de comprendre ce qui l'avait réveillé. *Rose Mystique, Tour d'ivoire...*

Rose. Il devait rêver d'elle. C'était elle qui flottait près de lui, si près qu'il sentait presque la caresse de ses cheveux sur son visage. C'était une sensation qu'il n'avait pas ressentie depuis des années.

Il lui était certes arrivé de penser à elle, de la retrouver dans ses songes, la nuit, mais à mesure que les années passaient, il avait perdu courage. Son dernier espoir s'était éteint en même temps que la grand-mère de Rose. Le cœur confiant, il avait assisté aux funérailles de Nancy O'Beirne Moffat mais, au fur et à mesure que la cérémonie avançait, John s'était fait une raison : Rose ne viendrait pas.

Pourquoi était-elle alors présente, ce soir, dans sa chambre, aussi sûrement que si elle était physiquement allongée à côté de lui ?

La maisonnée était réveillée depuis longtemps quand Rose, les yeux gonflés, entra dans la cuisine. Effie cirait ses chaussures et Darina, debout contre l'évier, engloutissait ses cornflakes.

— Darina, je t'ai déjà demandé de t'asseoir quand tu manges, déclara machinalement Rose.

— Pas le temps, répondit gaiement la jeune fille. Je peux avoir mon argent de poche ?

Rose se sentait aussi fatiguée que si elle avait couru le marathon toute la nuit.

— Donne-moi mon porte-monnaie. La bouilloire est encore chaude ? demanda-t-elle à Effie, qui se passait maintenant de la brillantine dans les cheveux.

— Oui. L'eau vient de bouillir.

Dans l'espoir qu'une surdose de caféine l'aiderait à se réveiller, Rose versa deux bonnes cuillères de café instantané dans une tasse et ajouta de l'eau. Darina se tenait devant elle et attendait, le porte-monnaie de sa mère dans les mains. Rose lâcha un soupir.

— Combien veux-tu cette fois-ci ?

— Comme d'habitude.

Tandis qu'elle comptait l'argent, Rose vit que Darina tenait un sac en plastique sous son bras.

— Qu'y a-t-il dans ce sac ?

— Rien, répondit Darina d'un air évasif.

— Laisse-moi voir.

— Mais voyons, maman, ce ne sont que des livres !

— Quelles sortes de livres ?

— Des livres que j'ai empruntés et que je dois rendre.

Inflexible, Rose tendit la main et Darina lui remit son sac à contrecœur. Il contenait divers pamphlets illustrés du genre de ceux que Hare Krishna et d'autres sectes distribuaient dans les rues de Dublin.

Rose fut interloquée. Elle savait que Darina était curieuse de tout, mais jusqu'à présent, du moins à sa connaissance, la jeune fille n'avait jamais témoigné d'intérêt pour la religion, y compris la sienne — c'était toujours des cris, le dimanche matin, pour la faire lever afin qu'elle l'accompagne à l'église.

— Que fais-tu avec ça ? demanda-t-elle.

— Rien. Je les lis, c'est tout, répondit Darina, sur la défensive. Il n'y a aucun mal à les lire, non ?

— Bien sûr, mais ces...

— Qu'est-ce qui ne te plaît pas dans ces textes ? Les as-tu lus au moins ?

A peine Rose avait-elle répondu par la négative que Darina les lui reprenait d'un geste brusque.

— Comment oses-tu critiquer, alors ?

— J'espère que tu sais ce que tu fais, Darina. Ça m'ennuierait si...

— Si quoi ?

— Si tu le laissais influencer. Tu es encore très jeune.

— Ne crains rien, maman. Je sais ce que je fais, n'oublie pas. N'est-ce pas ce que tu as toujours souhaité pour moi. Que je juge par moi-même ?

— Bonne journée à toutes les deux ! lança Effie en passant devant elles avant de sortir.

Darina profita du départ d'Effie pour changer de sujet.

— Au fait, maman, puisque nous en sommes à parler de moi et de mes influences, quand te décideras-tu à m'emmener à Sundarbans ? Tu ne peux pas remettre ça à plus tard indéfiniment. Grand-mère sera morte avant que je la rencontre.

Rose ne se sentait pas la force de discuter.

— Nous verrons. J'en parlais justement à grand-père la nuit dernière. Je lui ai téléphoné.

— C'est vrai ! s'exclama Darina. Quand y allons-nous ?

Cette visite à Sundarbans devenait maintenant inévitable, et Rose capitula.

— A quel moment tombent tes prochaines vacances ?

— Aux alentours de Halloween, je crois.

— Eh bien, nous verrons à ce moment-là, répéta Rose.

Darina s'apprêtait à tirer parti de la situation mais jugea finalement plus prudent de s'en abstenir.

— Parfait, dit-elle. Il faut que j'y aille.

Mais avant de quitter la pièce, elle regarda sa mère d'un air dubitatif.

— Tu n'as pas l'air en forme, ce matin, dit-elle.

— Merci, c'est très gentil de ta part de me le rappeler, répondit Rose avec un sourire forcé.

En regardant sa fille partir, Rose se dit qu'il fallait plus qu'un uniforme d'école terne et peu seyant pour dissimuler la grâce et la beauté de Darina. Et pour la seconde fois en vingt-quatre heures, elle sentit le passage du temps.

Comme elle avait une heure devant elle avant de partir travailler, elle s'assit à la table de la cuisine pour boire son café. Apparemment, elle ne pouvait plus repousser la visite à Sundarbans avec Darina. Mais en même temps, et en dépit de son état de fatigue, elle ne pouvait pas ignorer les petits picotements d'excitation qui l'envahissaient à la perspective d'aller là-bas. Elle allait revoir John Flynn.

Tout à coup, elle sut comment elle s'y prendrait.

Le bracelet d'améthystes. Elle était tout à fait en droit de lui demander de le lui rendre.

Peu de temps après que sa grand-mère eut été admise à l'hôpital, Daphné lui avait écrit pour l'informer que les bijoux de la tante Lizzie se trouvaient dorénavant dans le coffre de la banque où ils auraient dû être depuis toujours. A l'époque, Rose avait remercié le ciel que sa mère n'ait pas remarqué le bracelet manquant, et s'était empressée de lui renvoyer une lettre où elle lui témoignait toute sa reconnaissance.

Elle commençait à avoir les idées plus claires. Rassurée, elle se leva et se prépara une autre tasse de café, moins fort cette fois, qu'elle but, à petites gorgées, tout en regardant par la fenêtre la circulation sur Drumcondra Road.

A bien des égards, cette visite à Sundarbans serait capitale. Darina avait raison — il était temps qu'elle découvre la demeure de ses ancêtres, et ce, avant qu'elle ne soit transformée en un hôtel de mauvais goût.

Pour marquer l'occasion, Rose décida de lui donner les améthystes, tout comme Gus les lui avait offertes le jour de ses seize ans. Et dans la mesure où elle ne pouvait pas lui offrir une parure incomplète, elle avait là une excuse toute trouvée pour revoir John Flynn.

Plus elle y réfléchissait, plus elle se disait qu'elle n'aurait pas pu choisir un meilleur moment, juste après le mariage d'Effie, quand elles éprouveraient toutes deux comme un vide dans leur vie.

12

Dans le minuscule aéroport de Charlottetown, les voyageurs à destination de Boston se préparaient à partir. Karen, Derek et Bruno attendaient, mal à l'aise, devant la porte d'embarquement.

— Merci de nous avoir accompagnés, murmura Derek, que la course entre le parking et le hall de l'aéroport avait essoufflé.

— N'est-ce pas ce qu'est censée faire une épouse ? fit Karen tout en regardant délibérément dans la direction opposée à celle de son mari.

— Je t'en prie, Karen, ne commence pas. Pas ici, s'il te plaît.

— Allez, dépêche-toi, papa. Nous sommes les derniers.

Bruno tira son père par le bras. Le visage de Karen s'adoucit aussitôt quand elle se tourna vers son fils pour l'étreindre contre elle.

— Amuse-toi, mon chéri. Tu m'appelles dès que tu arrives chez oncle John. C'est promis ? Juste pour que je sache que tu es bien arrivé.

— Oui, maman. Ne t'inquiète pas. Il faut qu'on y aille, maintenant.

— Au revoir, Karen. Je te téléphonerai.

— Comme tu veux, répondit-elle d'un ton glacial,

à des lieues de celui qu'elle avait adopté pour s'adresser à son fils.

— Papa ! Viens ! appela encore une fois Bruno, visiblement gêné par la scène entre ses parents.

— J'arrive ! Au revoir, Karen.

— Au revoir, maman !

Tandis que Derek passait la porte d'embarquement, Bruno serra une dernière fois sa mère dans ses bras puis courut rejoindre son père. Karen les suivit du regard jusqu'à ce qu'elle les perde de vue. Alors, elle ouvrit son porte-monnaie, en sortit quelques pièces et se dirigea d'un air décidé vers la cabine téléphonique.

Le vol jusqu'à Boston fut agréablement court, mais lorsque le 707 de Aer Lingus, qui assurait la correspondance entre Shannon et Dublin, amorça sa descente sur la capitale irlandaise le lendemain matin, Derek était à bout. Les sièges étaient trop étroits pour un homme de sa corpulence et depuis le départ, il n'avait pas réussi à fermer l'œil.

De l'autre côté de l'allée, Bruno dormait paisiblement. Ses deux voisins ayant débarqué à Shannon, il en avait profité pour relever les accoudoirs et s'allonger sur les trois sièges.

— Bruno ! Bruno ! appela Derek. Réveille-toi, on arrive.

L'hôtesse de l'air, qui vérifiait que les passagers avaient bien attaché leur ceinture, s'arrêta devant le siège de Bruno et lui tapota légèrement l'épaule. Le jeune garçon ouvrit de grands yeux bleus étonnés, se redressa et remit sa ceinture en place. Alors seulement il se tourna vers son père et lui sourit.

— Bonjour, papa. Tu as bien dormi ?

— Non, répondit brusquement Derek. J'espère qu'un jour les compagnies aériennes auront plus à l'esprit le confort de leurs passagers que leur taux de rentabilité.

— Je vois que tu t'es levé du pied gauche..., si on peut dire. Mais ne t'inquiète pas, le grand air du pays te remettra vite d'aplomb.

Derek regarda par le hublot tandis que l'avion approchait de la piste d'atterrissage ; le temps était dégagé et clair, mais au nombre des minuscules lacs qui scintillaient au milieu des champs, il en conclut qu'il avait dû pleuvoir pendant plusieurs jours. Il se sentait légèrement oppressé, comme à chacun de ses retours en Irlande : même s'il ne se considérait pas comme un sentimental, il avait remarqué qu'il y avait toujours quelque chose qui venait ébranler cette carapace d'homme d'affaires qu'il avait lentement forgée puis consolidée au cours des dernières années.

Cet étrange sentiment d'impatience qui l'envahissait dès qu'il approchait de sa terre natale ne cessait de l'intriguer, parce qu'au bout du compte, l'Irlande le décevait toujours. Accoutumé au caractère ouvert des Canadiens et des Américains, il ressentait très vite comme une frustration le comportement distant, voire méfiant, de ses compatriotes.

Il se tourna vers son fils. Bruno, lui, adorait l'Irlande et cette branche de sa famille, n'émettait jamais la moindre critique à leur égard, ne s'ennuyait jamais en leur compagnie et acceptait leur style de vie simple, comme s'il avait toujours vécu parmi eux.

Avec le temps, Derek avait fini par aimer le jeune garçon au point de le considérer comme son propre enfant. Au début, il avait passé des heures à scruter son visage, cherchant à déceler la marque de John. Grâce à Dieu, si son frère et lui n'étaient pas tout à fait identiques, ils se ressemblaient tant que Bruno pouvait aisément passer pour son fils. Et aujourd'hui, à l'exception de ces moments de crise où Karen et lui s'affrontaient et s'injuriaient, sa naissance ne semblait plus poser de problèmes. Bruno, quant à lui, ne s'était jamais douté de quoi que ce soit. Il aimait son père, son oncle, sa mère, il aimait ses grands-parents et tous ses cousins canadiens et irlandais ; ses camarades de classe l'appréciaient, et sans être un élève particulièrement brillant, il faisait de bonnes études.

Derek n'aurait pu rêver avoir meilleur fils, pourtant quelque chose dans son caractère le tracassait, et ce souci était venu remplacer la crainte qu'il ne découvre un jour l'identité de son vrai père. Tout semblait sourire à Bruno trop facilement : les gens étaient sous le charme et cherchaient à se lier d'amitié avec lui, à lui faciliter la vie. Et Derek ne pouvait s'empêcher de se demander ce qui arriverait si jamais un jour il rencontrait un obstacle. Sven Lindstrom caressait l'espoir que son petit-fils reprenne l'affaire familiale, mais il était clair dans l'esprit de Derek que Bruno n'en aurait jamais la carrure.

Il avait tenté d'en parler avec Karen, mais toute discussion devenait de plus en plus impossible entre eux. Et quand il s'agissait de son fils, Karen ne voulait rien entendre : pour elle, Bruno était tout simplement parfait.

L'avion finit par se poser et quelques minutes après, ils se retrouvèrent dans la lumière aveuglante du soleil. Les formalités furent rapides. Une voiture de location les attendait et ils prirent immédiatement la route de Monaghan, en direction du nord.

— Où est la radio ? demanda Bruno en regardant d'un air étonné le tableau de bord d'où aucun bouton ne dépassait.

— Tu es en Irlande, mon fils. Toutes les voitures ne sont pas équipées d'un poste de radio comme chez nous. Ce sont des objets de luxe ici.

— Incroyable ! Eh bien, j'en conclus que nous allons devoir parler.

Derek sourit.

— De quoi veux-tu parler ?
— Oh, de rien. Si j'ai une idée, tu seras le premier à en être informé. Oh, regarde, le pauvre !

Bruno porta la main à sa bouche à la vue d'une bande de corbeaux qui dépeçaient un renard. L'animal était étendu sur le côté, le corps ensanglanté et les entrailles à l'air.

— Tu crois qu'il a été tué par une voiture ?
— Probablement. C'est la loi de la nature. On n'y peut rien.
— La nature n'a rien à voir quand il s'agit d'une voiture.
— Bruno, il y a peut-être des milliers d'autres renards. Ne te tracasse pas pour lui. Il n'a plus besoin de lutter pour survivre.

Bruno s'enferma dans un silence maussade. Son amour des bêtes était légendaire. Le fond du jardin de leur maison de Charlottetown ressemblait à une ménagerie, avec ses cages faites de bric et de broc qui abritaient toutes sortes d'animaux blessés.

La voiture atteignit le sommet de la colline au sud du village de Slane et la vallée de la Boyne s'étendit devant eux. Une brume perlée montait de la rivière au loin, atténuant les couleurs de la fin octobre ; le pont qui l'enjambait, long et élégant, était désert, et Slane Castle, bâti sur la crête de la colline à quelques kilomètres de là, semblait flotter au-dessus de la forêt tel un palais merveilleux. Le paysage entier aurait pu être peint par un aquarelliste.

— Oh, papa, comme c'est beau !
— Oui, c'est magnifique. Tu vois, c'est le genre de spectacle qui me manque.
— Mais l'Ile est belle aussi.
— Certes, mais je suppose que l'endroit où tu nais reste toujours le plus beau. Regarde comme ce château est splendide. Ta mère adorerait, tu ne crois pas ?

— Oui, répondit Bruno, d'un ton curieusement terne tout à coup.

Derek se tourna vers lui.

— Que se passe-t-il, Bruno ?
— Rien.
— Allez, je te connais. Qu'est-ce qui ne va pas ?
— Mais rien, papa. Laisse-moi tranquille.
— Je sais qu'il y a quelque chose. Dis-moi.
— Je t'ai demandé de me laisser tranquille !

Derek fut surpris par la véhémence inhabituelle de son fils, et ils ne se reparlèrent plus avant de s'engager dans la rue principale d'Ardee.

Tout en espérant se tromper, Derek avait sa petite idée sur ce qui tracassait le jeune garçon.

— Tu as faim ? lui demanda-t-il.
— Oh oui !

Bruno sembla retrouver son entrain. Derek n'avait pas pris trop de risque en lui posant cette question : Bruno avait toujours faim.

— Très bien. Nous allons essayer de trouver un café.

Il y avait un *fish and chips* non loin de là. Derek commanda deux portions de frites et deux cafés, et, tandis qu'ils commençaient à manger, il tenta de nouveau de savoir ce qui pouvait bien tourmenter son fils.

— Il y a quelque chose que j'aimerais bien te demander, Bruno, dit-il.
— Oui ? fit le jeune garçon, légèrement distrait.
— Est-ce que tu te fais du souci pour ta mère et moi ?
— Pardon ?

Bruno redressa aussitôt la tête et regarda son père, les yeux écarquillés.

— Tu as très bien entendu ce que je viens de dire. Te fais-tu du souci pour ta mère et moi ?

— Dans quel sens ?

De toute évidence, Bruno cherchait à gagner du temps. Il enfourna une énorme bouchée de poisson et Derek comprit qu'il avait là la réponse à sa question. Il devait faire très attention à ce qu'il allait dire.

— Tu sais que nous t'aimons énormément tous les deux.

Bruno garda les yeux baissés sur son assiette et Derek chercha quelque chose à dire qui ne sonnerait pas comme une platitude.

— Écoute, tu n'as aucune raison de t'inquiéter. Nous traversons seulement un moment difficile.

Comme s'il avait été fasciné par les mouvements du cuisinier, Bruno se tourna délibéremment vers lui et le regarda verser de nouvelles pommes de terre dans l'huile.

— Bruno ! s'écria Derek. Regarde-moi !

— Je ne veux pas parler de ça. Ça ne me regarde pas.

— Si, ça te concerne, et je te répète qu'il ne faut pas prendre ça au tragique. Nous finirons par venir à bout de nos difficultés, je te le promets...

Ses paroles n'étaient guère convaincantes, il le savait bien, mais il ne pouvait pas en rester là.

— Vois-tu, les adultes ont parfois des problèmes très compliqués...

— Papa ! s'écria Bruno avec une note de désespoir dans la voix. Je t'ai dit que je ne voulais pas en parler. Je t'en prie.

Vaincu, Derek se tut et finit son repas.

— Allons-y. Nous avons encore de la route à faire.

Après quelques kilomètres, Derek, qui se sentait gagné par une terrible envie de dormir, prit un virage si brusquement qu'il faillit percuter un tracteur arrivant en sens inverse.

— Aouh ! s'exclama-t-il en donnant un coup de volant sur la gauche. On l'a échappé belle !

Bruno le regarda.

— J'ai plusieurs amis dont les parents sont en plein dedans, dit-il. Et comme Derek ne semblait pas comprendre, il ajouta : Le divorce, je veux dire.

Enfin il s'ouvrait et acceptait de parler. Derek réfléchit à la meilleure réponse à lui donner. Il connaissait très bien les couples dont parlait Bruno, car tout se savait dans une petite ville comme Charlottetown.

— Je sais, Bruno, dit-il en ralentissant afin que sa voix paraisse calme malgré le bruit du moteur, mais ce n'est pas une mode que tout le monde doit suivre simplement parce que ça se fait. Sache que ta mère et moi n'avons jamais envisagé cette solution.

Bruno regardait maintenant droit devant lui :

— Oui, mais vous ne donnez pas l'impression d'être très..., eh bien, très proches. Vous vous disputez souvent.

Derek fut brusquement saisi de panique. Qu'est-ce que Bruno avait exactement entendu de leurs disputes ? Mais il ne pouvait pas approfondir cette question tout de suite.

— Dis-moi, depuis quand te fais-tu du souci ?
— Oh, depuis un an ou deux.
— Je ne sais pas vraiment quoi te dire pour te rassurer, Bruno. Tous les gens mariés ont des problèmes. Ce n'est pas toujours facile de vivre à deux. Tu vas bientôt avoir seize ans et je pense que tu es assez grand pour le comprendre. Et tu sais également que ta mère et moi n'avons pas démarré notre vie de la façon la plus conventionnelle qui soit.

Karen et Derek avaient décidé de dire le plus tôt possible à leur fils qu'il était âgé de six mois quand ils s'étaient mariés, l'année des dix-neuf ans de Karen. Leur intention était de le protéger contre toute remarque malveillante dont il pourrait être l'objet par la suite, et, apparemment, leur décision s'était avérée excellente.

— C'est juste que... Peut-être que vous vous êtes mariés trop jeunes, et pour de mauvaises raisons ? Comme moi, par exemple !

— Oh, Bruno ! Tu étais la meilleure raison qui soit pour se marier ! s'exclama aussitôt Derek, terrifié que Bruno ait pu penser une telle chose. Et nous nous adorions, ta mère et moi.

Trop tard, il se rendit compte qu'en utilisant l'imparfait, il venait de commettre une erreur fatale. Il roulait si lentement qu'il distinguait, dans les haies de mûriers, les fruits attaqués par les vers. Devinant qu'il ne pouvait plus rattraper la situation, il tâcha de se montrer le plus convaincant et le plus rassurant possible.

— Je ne vais pas te raconter de mensonges, ce serait inutile, tout comme il serait vain de prétendre que ta mère et moi, nous nous entendons très bien. C'est faux. Mais je veux que tu saches que nous n'avons nullement l'intention de nous séparer. Tu m'écoutes ? dit-il en donnant le maximum de force à ses paroles. Je n'y ai jamais songé, et bien que je ne sois pas autorisé à parler en son nom, je suis sûr que cette idée n'a jamais effleuré ta mère. Est-ce que tu me crois ?

Bruno serrait les poings en silence. Derek sentait bien qu'il était en plein désarroi, mais il décida pourtant, de continuer.

— Tous les adultes, au début, ont de grandes idées sur la vie, et le but, c'est d'essayer de s'y tenir et de ne pas les laisser s'effilocher au fil des années. Tu comprends ? J'ai l'impression que ta mère et moi, nous n'avons pas fait assez attention à nos rêves de jeunesse, et en cela nous sommes coupables. Mais ça ne signifie pas que nous ne pourrons plus jamais les retrouver. Pour ça, il faut que nous fassions des efforts.

— Bien sûr, papa. On est bientôt arrivés ?

Bruno le regardait de biais, le visage partiellement dissimulé par le col de son blouson. De toute évidence, le sujet était clos en ce qui le concernait, pourtant, il ne pouvait se résoudre à se taire tout de suite.

— Tu te sens mieux, maintenant ? demanda-t-il.

— Je ne me sentais pas mal.

— N'oublie jamais que je serai toujours là si tu as besoin de parler. Compris ?

— D'accord !

Au grand soulagement de Derek, Bruno lui adressa un large sourire et dit d'un air moqueur :

— La prochaine fois que tu seras en pleine réunion d'affaires, avec les Japonais, par exemple, je ferai irruption en invoquant mon droit de te parler.

Derek éclata de rire et appuya sur l'accélérateur.

— D'accord, d'accord, je me tais !

Alors qu'il négociait les derniers virages de la route cahoteuse, Derek commençait à accuser la fatigue. De plus, il se sentait terriblement à l'étroit dans cette voiture, bien plus petite que la sienne. Il fallait coûte que coûte qu'il maigrisse. Entre les repas d'affaires et un travail sédentaire, il avait d'abord pris un léger embonpoint ; mais du jour où il avait cessé de fumer, il s'était vraiment mis à grossir.

A quoi ressemblait John aujourd'hui ? Il devait probablement être aussi mince et en forme qu'autrefois. C'était tout de même étrange, pensait-il avec une pointe de ressentiment : loin de l'Irlande, l'existence de son jumeau ne l'affectait en rien, mais dès qu'il se trouvait à quelques kilomètres de lui, le sentiment d'insécurité qu'il éprouvait autrefois refaisait immédiatement surface.

Il jeta un coup d'œil à Bruno. Le jeune garçon avait les yeux fermés. Que deviendrait-il si un jour Bruno apprenait la vérité sur son père et se mette à lui préférer John ?

— On arrive bientôt, dit-il.

Bruno ouvrit aussitôt les yeux et se redressa.

— Où retrouvons-nous oncle John ?

— Chez lui. Il est très occupé en ce moment. J'ai cru comprendre qu'il était sur une grosse affaire, mais il m'a écrit qu'il nous rejoindrait pour le déjeuner.

— J'espère qu'il pourra m'emmener pêcher.

— Je ne suis pas sûr que le temps s'y prête, Bruno, mais nous lui en parlerons, ne t'inquiète pas, répondit Derek.

S'il ne s'intéressait plus que de très loin à la pêche, l'idée que Bruno se retrouve en tête à tête avec John, et, de plus, apprécie cette intimité, excitait sa jalousie.

— Tu es prête, Darina ? Pour l'amour de Dieu, qu'est-ce que tu fabriques en haut ?

— Rien !

La réponse de la jeune fille suffit à mettre Rose en colère. Elle n'avait pas fermé l'œil de la nuit et était prête depuis des heures.

— Qu'est-ce que tu veux dire par « rien » ? hurla-t-elle. Es-tu prête, oui ou non ? Nous n'y arriverons jamais à ce train-là.

Elle pianota du bout des doigts sur la paillasse de la cuisine. Elle adorait Darina, mais parfois elle avait du mal à garder son sang-froid, car sa fille ignorait la ponctualité. Rose, elle, était incapable d'être en retard, même quand elle le voulait.

Mais ce matin, elle était doublement sur les nerfs ; d'abord à l'idée de revoir sa mère, mais surtout à cause d'une éventuelle rencontre avec John Flynn. Elle courait de sérieux risques en se rendant à Sundarbans. Peut-être aurait-il mieux valu qu'elle ne cherche pas à savoir, qu'elle continue à vivre avec ses souvenirs. Mais maintenant que le moment approchait, elle était à la fois impatiente — et étrangement fataliste. Ce qui arriverait, arriverait.

— Bonjour !

Willie Brehony entra dans la cuisine, un large sourire aux lèvres, et sa veste de pyjama ouverte sur ce qu'il appelait sa « brioche » mais qu'Effie dénommait de manière plus ironique et correcte sa « panse à bière ».

— Bonjour, Willie.

— Je pensais que vous seriez déjà partie à cette heure-là, dit-il en remplissant la bouilloire électrique.

— Moi aussi, Willie, mais apparemment, Darina avait d'autres projets.

— Ah, bien sûr, mais ne soyez pas dure avec elle. Vous vous rendez compte, elle se rend à la demeure seigneuriale pour la première fois. Évidemment qu'elle prend son temps. C'est un peu comme Dorothy qui s'apprête à aller au pays d'Oz.

Rose éclata de rire.

— Oh, Willie, qu'allons-nous devenir sans Effie et vous ?

— Qui a dit que nous partions ? Je sais reconnaître quand je suis bien.

— Sérieusement, Willie, quittez-vous la maison cet après-midi ?

Willie soupira et s'appuya contre le rebord de l'évier.

— A quoi servent les samedis, Rose, si ce n'est à traîner sur des chantiers embourbés ? Si je pouvais, je lui tordrais le coup à ce promoteur ! Quand je pense qu'il nous a juré que la maison serait prête pour le mariage. Et regardez-nous. Nous sommes vos locataires !

— Oh, ça suffit avec cette tirade, Willie Brehony ! Vous avez été locataire toute votre vie, alors une semaine de plus ou de moins, où est la différence ?

— Eh bien, eh bien, c'est que je finis par m'y habituer, à vivre ici. J'ai une famille déjà toute faite. De bons petits plats, mes femmes qui m'attendent, qui s'occupent de tout.

— Voulez-vous vous taire et fermer votre veste de pyjama. Vous êtes la honte de l'espèce masculine.

— Oui, n'est-ce pas ? fit Willie, le visage béat.

Entendant la bouilloire siffler, il se retourna et posa deux tasses sur la paillasse.

— Un peu de thé ?

— Non, merci, répondit Rose. J'ai déjà pris mon petit déjeuner. Est-ce qu'Effie est réveillée ?

— Oui, oui, depuis un moment même.

— Bon, je vais voir ce qui retient Darina. J'en profiterai pour dire au revoir à Effie en passant.

Tandis qu'elle s'engageait dans l'escalier, Rose se rendit compte qu'elle avait parlé sérieusement lorsqu'elle avait dit à Willie qu'il lui manquerait. C'était tellement bon d'avoir un homme facile à contenter à la maison. Effie avait vraiment de la chance. Elle sentit son estomac se contracter. Que lui réserveraient les prochains jours ? Elle s'en voulait de se laisser emporter par son imagination. *Il est marié !* Même si elle ne cessait de se le répéter, elle n'arrivait pas vraiment à y croire.

— Si tu n'es pas prête dans cinq minutes, Darina, cria-t-elle, je te fais sortir de ta chambre par la force.

En guise de réponse, elle eut droit au bruit de portes de placard et de tiroirs qu'on ouvre et qu'on referme précipitamment. Rose lâcha un soupir et frappa à la porte d'Effie.

— Je peux entrer, Effie ?

— Bien sûr, Rose.

Effie était assise dans son lit, confortablement adossée contre des oreillers.

— Je ne comprends toujours pas comment vous

faites pour tenir à deux dans une si petite chambre, fit-elle une nouvelle fois remarquer.

— On se serre comme des sardines, plaisanta Effie.

— Je suis venue te dire au revoir. Darina n'est toujours pas prête.

— Donne-lui une chance, Rose.

— Je sais, je sais. La première fois qu'elle va franchir le seuil de la demeure ancestrale. Willie vient de me faire le sermon. Et moi ? Comment penses-tu que je me sens ?

— Darina n'est pas très bien placée pour comprendre ce que signifie exactement ce voyage pour toi, Rose.

— Tu as raison. Oh, j'aimerais tellement que tout soit terminé, Effie, et même déjà être de retour ici. Au moins, je saurais comment ça s'est passé.

— Eh ! Rose ! Calme-toi. Tu es sur des charbons ardents depuis des semaines à cause de ce voyage. Dis-toi que ce n'est qu'une question de soixante-douze heures, et qu'après tu en seras débarrassée.

— Et après, je serai morte. Maman ne manquera pas de me transpercer avec l'une de ses aiguilles à tricoter.

— Je tiens à préciser qu'elle a été très polie quand elle a appelé l'autre jour. Elle m'a même dit qu'elle avait hâte de vous voir, Darina et toi.

— Oui, oui. Sauf que ce n'est pas ce qu'elle m'a dit ; car elle a fini par m'avouer que sa grande crainte, c'était que je fasse le tour de la ville avec Darina.

— Essaie de la comprendre, Rose. La pauvre femme est âgée et malade.

— Pas si âgée que ça ! Elle n'a que soixante ans.

— Bon, alors malade. Allez, donne-lui un peu de lest, joue son jeu. Quel mal y a-t-il à le faire pour quelques jours seulement ? En tout cas, tu ne peux pas cacher que ce voyage te procure aussi un certain plaisir. N'est-ce pas les Français qui disent que les préliminaires sont ce qu'il y a de plus excitant en amour ?

— Effie, ce n'est plus vraiment de mon âge d'être excitée à l'idée de revoir quelqu'un que je n'ai pas vu depuis dix-sept ans. Je vais juste le rencontrer, c'est tout. Lui reprendre mes améthystes et...

— Mon œil ! rétorqua Effie. Rose O'Beirne Moffat, depuis combien de temps je te connais ? Et c'est moi, Effie, que tu essaies de tromper ? Tu es toujours amoureuse de John Flynn.

— Mais suppose qu'il ait changé au point que je ne le reconnaisse pas ?

— Il a probablement changé, ça s'est sûr, mais pas à ce point-là. Et si ce n'est plus le même homme, eh bien, tu n'éprouveras plus rien pour lui. Allez, Rose, cesse de te faire du souci. Profites-en, c'est tout.

— Et s'il est marié ?

Effie leva les yeux au ciel.

— Tu me fatigues, Rose. Tu aurais très bien pu t'arranger pour le savoir, mais tu n'en as pas eu le courage. Et je sais très bien que tu n'y crois pas, sinon, tu ne serais pas dans cet état. On dirait que tu as de nouveau seize ans. Alors, ça suffit Rose. Tu vas aller à Sundarbans, tu vas rencontrer John et tu vas passer deux jours merveilleux. Et fais en sorte que Darina passe elle aussi deux jours merveilleux.

— C'est très dangereux.

— Mais la vie est dangereuse, ma chérie ! Et quand elle ne l'est pas, elle n'a aucun intérêt. Tiens, voilà mon Willie qui m'apporte du thé, déclara Effie en faisant de la place sur son lit pour le plateau. Embrasse Rose, Willie, et mets-la à la porte. Car si elle ne part pas tout de suite, elle va nous rendre fous !

— D'accord, d'accord, je m'en vais.

Rose s'approcha de Willie, mais au moment où elle lui tendait la joue, la porte de la chambre s'ouvrit brusquement.

— Hou !

Rose hurla à la vue d'une tête hideuse, toute rouge et noire, et surmontée d'une touffe de cheveux verts hirsutes.

— Je t'ai bien eue, hein ! s'exclama Darina en retirant son masque de Halloween.

— Darina, ne recommence plus jamais. J'ai failli avoir une attaque.

— Eh bien, eh bien, un rien te fait sursauter ce matin, fit la jeune fille, légèrement embêtée toutefois. Excuse-moi, maman, c'était juste une blague.

— Allez-vous partir enfin, toutes les deux, et nous laisser seuls, mon mari et moi ? intervint Effie.

— Au revoir, au revoir. Allez, viens, maman. Je suis prête.

Darina posa le masque et entraîna sa mère hors de la chambre.

Avant de quitter la maison, Rose, qui ne s'était pas débarrassée de toutes ses superstitions d'enfant, passa discrètement la main sur un petit âne en peluche qu'elle avait surnommé Roger.

Cinq heures plus tard, Rose avait l'impression que sa tête allait exploser. Il fallait qu'elle sorte prendre l'air, ne serait-ce qu'un instant. Elle regarda à la dérobée le groupe silencieux qu'ils formaient tous les quatre autour de la table de la cuisine, et se demanda pour la dixième fois ce qui lui avait bien pris de vouloir retourner à Sundarbans et d'imposer pareil supplice à sa fille. Si quelqu'un avait enregistré la conversation qu'ils avaient eue dans la matinée, Daphné, Gus, Darina et elle-même, personne n'aurait pu deviner la tension sous-jacente. Mais sous le bavardage poli et les sourires forcés, il était clair que Daphné ne fléchirait jamais. Elle avait beau parler de « bonté chrétienne », de « pardon » et de « charité », Rose savait désormais de manière certaine qu'elle les considérerait à jamais, elle et sa fille, comme des parias.

Cette révélation lui fit l'effet d'un coup de poing. Au fil des années, Rose avait fini par penser qu'elle était devenue insensible aux reproches de sa mère, mais aujourd'hui, dans la cuisine de Sundarbans, elle découvrait qu'elle s'était leurrée.

— Avez-vous des nouvelles de Mrs. McKenna ? demanda-t-elle du ton le plus jovial qu'elle put.

La vieille gouvernante s'était retirée depuis presque onze ans, mais l'atmosphère était si tendue que Rose ne trouvait aucun autre sujet de conversation.

— J'ai entendu dire qu'elle vivait avec l'un de ses fils, répondit Daphné. Ton père a toujours eu un faible pour Fergie, mais pour moi, il n'a jamais cessé de chercher à profiter de la nature généreuse de Gus.

C'en était trop. Rose plia sa serviette et la posa à côté de son assiette. Elle n'avait pratiquement pas touché à son contenu.

— J'ai un peu mal à la tête, dit-elle. Si ça ne vous ennuie pas, je vais aller faire un petit tour.

— Je peux t'accompagner, maman ? demanda aussitôt Darina.

— C'était délicieux, maman, assura Rose.

En cela, au moins, elle était sincère. De toute évidence, Daphné s'était donné beaucoup de mal pour préparer ce déjeuner.

— C'est juste que je n'ai pas très faim, aujourd'hui, ajouta-t-elle.

— Merci, Rose, répondit Daphné, en manifestant sa gratitude d'un signe de la tête. Je fais des efforts, tu sais.

— Eh bien, je te le redis, c'était délicieux. Il faudrait que tu me donnes cette recette.

Daphné sourit du bout des lèvres, mais pour Rose, ce sourire ne traduisait que le reproche dont elle l'accablait. *Toi ? Mais tu ne mérites rien, pas même une recette de cuisine.*

Sans élever le ton, sans même prononcer une parole, sa mère parvenait à l'anéantir. Rose avait envie de crier, de renverser la table, de jeter les restes de son déjeuner à la tête de Daphné, mais ne trouvant même pas le courage de se lever de table, elle resta assise, immobile, le regard rivé à son assiette. Gus gardait les yeux baissés, lui aussi, et elle comprit qu'aucun espoir n'était à attendre de son côté.

Ce fut Darina, finalement, qui vint à sa rescousse. Elle repoussa sa chaise si brusquement que les pieds raclèrent les dalles de la cuisine.

— Tu viens, maman, dit-elle. Et, se tournant vers Daphné, elle ajouta poliment : J'ai hâte de voir l'écurie et tout le reste, grand-mère. Maman m'en a tellement parlé.

— Je comprends, fit Daphné. Mais essaie d'imaginer la propriété telle qu'elle était, mon enfant, sans t'arrêter à ce qu'elle est devenue.

Daphné jeta un coup d'œil à son mari.

— Viens, Darina, dit Rose, en repoussant sa chaise à son tour. Cette promenade nous fera au moins digérer ce succulent déjeuner. Merci encore, maman. Nous vous retrouverons peut-être au petit salon pour le café.

— Mais certainement, Rose, bien que nous ne l'appelions plus ainsi. Dans la mesure où c'est la seule pièce de réception de la maison, nous avons préféré la nommer tout simplement le salon.

— Je vois.

Rose fut tentée de rire. Depuis leur arrivée, sa mère

n'avait cessé d'envoyer des piques à Gus ; le déclin de Sundarbans semblait lui procurer une espèce de plaisir pervers qui lui permettait d'humilier son mari en présence de sa fille. A plus d'une reprise, Rose avait failli prendre la défense de son père, mais elle s'en était toujours gardé ; cela n'aurait fait qu'aggraver la situation.

— Le salon, très bien, maman, dit-elle aussi légèrement que possible, et si Daphné décela quoi que ce soit dans le ton de sa fille, elle n'en laissa rien paraître.

Enfin, elles sortirent au grand air.

— Mon Dieu ! explosa-t-elle. Je suis désolée de t'avoir obligée à assister à tout cela, Darina. Mais ne t'inquiète pas, nous partirons dès demain.

Darina regarda sa mère d'un air interrogateur.

— Que veux-tu dire par là, maman ? Moi, je la trouve très gentille. Après tout, elle ne me connaît pas. C'est vrai, c'est la première fois qu'elle me voit. C'est normal que ça se passe comme ça. Elle est juste un peu...

— Garce, interrompit Rose.

Mais à peine avait-elle prononcé ce mot qu'elle le regretta aussitôt. Elle n'avait pas le droit d'imposer à Darina le poids de sa relation ratée avec sa mère.

— Excuse-moi, dit-elle en se frottant la nuque. Je ne voulais pas dire ça. C'est idiot de ma part. Maman n'a pas eu la vie toujours facile. Elle avait fondé de grands espoirs quand elle était plus jeune, et je suppose que, d'une certaine manière, nous l'avons tous déçue.

— Comment ça ?

— Oh, c'est une longue histoire. Ne gâchons pas le peu de temps que nous restons ici.

Elles étaient sorties par la porte du fond et contournaient la maison.

— C'est probablement de ma faute, continua Rose tout en marchant. On ne s'est jamais vraiment bien entendues, ta grand-mère et moi. Un peu comme le jour et la nuit.

Lorsqu'elles arrivèrent sur la terrasse, l'escalier de pierre paraissait si usé et si traître qu'elle prit instinctivement la main de Darina.

— Mon Dieu, je ne pensais pas que ce serait dans un tel état.

— C'est vrai que c'est un peu en ruine, concéda la jeune fille. Mais c'est tellement romantique !

Elle s'empara de son appareil photo — un cadeau de Willie pour son dernier anniversaire —, s'accroupit et prit quelques vues de la façade de la maison.

— En fait, pendant toutes ces années où tu me parlais de Sundarbans, tu le sous-estimais. C'est bien plus grand que je ne l'imaginais. Et bien plus ancien.

Rose essaya de voir la vieille demeure croulante à travers les yeux de sa fille, de voir au-delà de la décrépitude des murs et de se rappeler le temps où, assise sur le rebord de la fenêtre de sa chambre, elle rêvait aux années à venir.

— C'est vrai que c'est romantique, dit-elle, mais tellement triste aussi ! Ce n'était pas du tout comme ça quand j'étais jeune, même si la maison commençait déjà à se délabrer. C'est au siècle dernier que tu aurais dû la voir. Mais je me souviens que lorsque j'étais toute petite, la maison était pleine de monde. On donnait de grands dîners, on organisait des réceptions, des parties de chasse. A chaque Saint-Stéphane, les chevaux et la meute étaient rassemblés là, au milieu de cette jungle d'herbes qui était autrefois une pelouse magnifique. Mes souvenirs sont probablement faussés par mon imagination, mais je me rappelle tout de même que ce jour-là, tout résonnait d'un bruit magique. Les chiens aboyaient et gémissaient, les chevaux hennissaient, trépignaient, et des centaines de personnes riaient et s'interpellaient en attendant le signal du départ.

Elle descendit avec précaution l'escalier et se dirigea vers la pelouse en friche.

— J'ai toujours pensé que papa — ton grand-père — était le plus bel homme de tous. Si tu l'avais vu, Darina, quand il était jeune, monté sur son cheval de chasse, une bête énorme et aussi forte qu'un ours. Une gouvernante s'occupait de moi à cette époque, et avant que les chasseurs ne partent, elle m'asseyait quelques minutes sur la monture. Je n'oublierai jamais la douceur de la selle, l'odeur des bêtes, et la sensation des bras de mon père me serrant contre lui.

Rose avait les larmes aux yeux et, gênée à l'idée que sa fille puisse s'apercevoir de son émotion, elle remonta le col de son manteau et fit quelques pas.

— Je demanderai à grand-père qu'il te conduise dans la salle des armes, dit-elle. Il y a une magnifique tête de tigre qui trône au-dessus de la cheminée.

— C'est merveilleux, toutes ces histoires, murmura Darina en rattrapant sa mère. Tu devrais les écrire.

— C'est déjà fait, avoua Rose.

— Je pourrai les lire un jour ?

— Si j'arrive à mettre la main dessus. J'ai tout un tas de vieilleries au grenier. Même si je savais que ça ne valait rien, je n'ai pas pu les jeter. Je voulais être écrivain quand j'étais jeune.

— Il n'est pas trop tard, maman. Tu pourrais être tout ce que tu veux, déclara Darina. Quel âge avais-tu quand on te hissait sur le cheval ?

— Trois ans, peut-être quatre, mais pas plus parce que ma gouvernante nous a quittés juste avant mes cinq ans.

— Est-ce que c'est à cette époque que vous avez commencé à devenir pauvres ?

— Oui, je suppose. Mais je ne m'en suis pas vraiment rendu compte. Les enfants ne sentent pas ce genre de choses. Et puis, ça s'est fait petit à petit. Je sais que ma gouvernante m'a manqué, mais quand j'ai eu sept ans, comme tu le sais, j'ai été envoyée dans ce pensionnat à Dublin, et à partir de ce moment-là, plus rien n'a jamais été pareil.

— Je suis bien contente que tu ne m'aies pas envoyée en pension, fit remarquer Darina. Je suis sûre que j'aurais détesté ça.

— Oh, ce n'était pas si affreux. Je m'y suis vite habituée. Et puis, c'était tellement nouveau pour moi d'être au milieu de toutes ces petites filles.

Darina repoussa ses longs cheveux blonds et regarda autour d'elle.

— Où se trouve le jardin d'agrément ? demanda-t-elle.

— Tu vois ce pilier, là ?

Rose lui montra une colonne de pierre grise dont l'extrémité, fracassée, dépassait à peine des hautes herbes.

— Ce pilier, crois-moi ou pas, faisait partie d'un cadran solaire. C'est avec ça que j'ai appris à lire l'heure. Ton arrière-grand-mère ou papa me hissaient sur leurs épaules pour que je puisse lire et m'apprenaient les chiffres romains. Il y avait une inscription dessus, mais je n'arrive pas à m'en souvenir. Cela avait un rapport avec les heures heureuses de la vie...

— Où est le cadran ?

— Probablement chez un antiquaire de Dublin ou de Londres, répondit tristement Rose, tandis que Darina s'approchait de la colonne.

Dans sa voiture de location, le matin même en tournant dans l'allée principale, elle était restée comme foudroyée. Gus l'avait pourtant prévenue, mais quand ses yeux s'étaient posés sur la maison, elle s'était alors rendu compte à quel point ses souvenirs avaient été embellis par le temps et l'éloignement. Quoi qu'il en soit, rien n'aurait pu la préparer au choc que lui fit le spectacle de Sundarbans.

A première vue, la maison ne semblait même pas habitable. Une partie du toit s'était affaissée, et des bâches en plastique qui claquaient au vent le recouvraient. La plupart des fenêtres à l'étage étaient bouchées, la terrasse et la balustrade tombaient en ruine, et les algues non traitées, devenues noires avec le temps, recouvraient plus de la moitié de la façade, tels les doigts monstrueux de quelque esprit malin qui étouffait inexorablement la maison. Et pour ajouter à l'impression de malédiction, Rose découvrit que sur la plaque de cuivre qui ornait la porte d'entrée, la couche de vert-de-gris était maintenant infestée de champignons visqueux.

Gus avait remarqué son trouble.

— Oh, ce n'est pas si désastreux que ça, ma chérie, lui avait-il dit tristement. Ces gens qui s'intéressent à Sundarbans ont fait faire un état de lieux, évidemment, et bien que nous soyons envahis par la pourriture, sèche ou humide, les armatures des poutres sont encore solides, les fondations et les murs sont toujours sains.

Tout en se dirigeant avec Darina vers l'écurie, Rose se demandait comment la maison avait pu se délabrer à ce point. Après tout, Gus possédait des hectares de terre et de forêts. Que s'était-il passé ? Comment avait-il pu tout laisser tomber à l'abandon ?

Lorsqu'elles arrivèrent dans la cour, elle s'aperçut que le portillon était fermé avec du vieux fil de fer barbelé.

— Zut ! s'exclama-t-elle. Ce n'était jamais fermé de mon temps.

— Eh ! Mais tu parles comme si tu étais une vieille femme !

— Je me sens très vieille aujourd'hui.

— Je t'emmène à Carrickmacross ce soir. On va faire la noce, toutes les deux.

— Certainement pas !

Rose écarta le fil barbelé couvert de rouille, puis essuya ses mains sur sa jupe, ne se souciant guère de la salir.

— Ça, ma chérie, c'est bien la dernière chose à faire. Sauf si tu as envie qu'on nous renvoie toutes les deux par le prochain autocar.

Darina leva les yeux au ciel.

— Je plaisantais. Je suis sûre que cette hostilité n'existe que dans ton imagination. Les choses ont changé depuis ta jeunesse.

— Pas tant que ça.

Rose finit par ouvrir le portillon, et ensemble, elles pénétrèrent dans la cour.

— Oh, mon Dieu !

Elle était dans un état épouvantable. La maçonnerie était si abîmée que tout menaçait de s'écrouler, les portes en bois des box avaient pourri sur place et de hautes herbes avaient pris possession des lieux. Darina serra le bras de sa mère.

— Pauvre maman, dit-elle. Mais ne t'inquiète pas. Je peux imaginer à quoi ça ressemblait, comme a dit grand-mère. Quel était le box de Tartan ?

Rose l'entraîna là où elle avait passé tant d'heures avec son poney. La porte était cadenassée, mais il lui suffit de tirer une fois sur la chaîne pour que la fermeture cède. Elles entrèrent toutes les deux dans la stalle sombre et froide. Même après tout ce temps, le ciment était encore imprégné de l'odeur des chevaux.

— Je le sens, murmura Darina. Oh, maman, cet endroit est merveilleux. Je sens ta présence.

Malgré toute la tristesse qui la submergeait, Rose parvint à éclater de rire. Elle prit sa fille dans ses bras.

— Darina, ma chérie, tu es si romantique. J'espère que tu ne changeras jamais. Mais tu as raison. J'ai été très heureuse ici, pendant un temps.

— Je te parie que tu as laissé un peu de ton bonheur derrière toi et que c'est ça que nous devinons dans l'air.

Rose estima qu'il n'y avait rien à ajouter. Jamais, elle ne s'était sentie aussi proche de sa fille.

— Viens, dit-elle doucement. Je veux te montrer d'autres endroits qui ont beaucoup compté pour moi.

Elles refermèrent la porte du box et eurent du mal à remettre le cadenas en place. Avant de repartir, Rose indiqua à Darina l'emplacement des autres boxes et du garage où ils garaient les cabriolets.

— On peut jeter un coup d'œil à l'intérieur ? demanda la jeune fille. Je n'ai jamais vu de cabriolets de ma vie.

— Non, c'est impossible, répondit vivement Rose. La porte est fermée à clé et je n'ai pas envie de me salir à nouveau.

Mais ce n'était pas là la vraie raison de son refus. Le souvenir de Derek Flynn et de son étrange comportement quand il était venu lui apporter le message de John lui était brusquement revenu en mémoire. Elle n'y avait pas repensé depuis des années.

Voyant que Darina était surprise par sa soudaine véhémence, elle changea de ton.

— Il n'y a plus de cabriolets depuis longtemps, ma chérie. Ils ont été vendus avec tout le reste, expliqua-t-elle en passant devant sa fille avant de se diriger vers le portillon.

— Où allons-nous maintenant, maman ?

— Si tu veux tout voir avant la tombée de la nuit, nous ferions mieux de nous dépêcher. Viens, je vais te montrer le lac. C'est mon endroit préféré.

Elles traversèrent de nouveau la « pelouse » et partirent en direction du bois.

— Quand j'étais petite, je m'asseyais souvent sur le rebord de la fenêtre de ma chambre pour observer les cerfs qui sortaient du couvert des arbres, fit remarquer Rose alors qu'elles approchaient de la lisière.

Ici, au moins, rien n'avait changé, et le vent, qui sifflait et claquait dans le feuillage au-dessus de leurs têtes, n'était plus qu'une brise, parvenu à leur hauteur. La chevelure de Darina scintillait, blanche ou or, tandis que, marchant du pas gracieux des jeunes filles qui ont pratiqué la danse classique depuis l'enfance, elle avançait dans les ronds de lumière que créait le soleil en se faufilant entre les branches. Dans ce cadre et vêtue différemment, elle aurait pu passer pour une jeune déesse celtique, pensait Rose, toute débordante d'amour et de fierté. *Le fruit de John Flynn et d'elle-même*. A cette pensée, son estomac se noua.

Elles sortirent du sous-bois et atteignirent les rives du lac.

— Mon Dieu ! s'exclama Darina. Mais il est immense ! Bien plus important que je ne l'imaginais. Est-ce que tout ça nous appartient ? demanda-t-elle en balayant du bras l'étendue d'eau qui s'étirait devant elles.

Rose éclata de rire.

— Je ne pense pas. Je sais que tout ce qui longe la propriété est à nous, mais quelle proportion d'eau possédons-nous, je serais incapable de te le dire. Ce qui est sûr, c'est que nous sommes propriétaires du droit de pêche.

Comme aimantés, les yeux de Rose se posèrent sur le promontoire où elle avait rencontré John, la première fois. Un frisson la parcourut quand, brusquement, elle crut le voir là, debout, exactement à l'endroit où il se tenait ce jour-là. Le temps, la saison, les couleurs, même le lac étaient différents — aujourd'hui, la surface de l'eau était agitée, et par endroits de l'écume s'était formée —, mais le sentiment de *déjà vu* était bien présent.

— Est-ce que tu crois aux fantômes, maman ?

La soudaineté de la question, formulée si peu de temps après l'étrange expérience qu'elle venait de vivre, ébranla Rose. Pourtant, elle ne voyait à présent que la roche nue du promontoire contre lequel se brisaient les vaguelettes.

— Pourquoi ? demanda-t-elle, cherchant à gagner du temps.

Darina haussa les épaules.

— Ce n'est pas le problème. Dis-moi seulement si tu y crois.

— Eh bien... je ne sais pas, à vrai dire. Et toi ?

— Moi, je crois que tout est possible. Tout.

Rose, qui se remettait de son choc, regarda sa fille droit dans les yeux.

— Dis-moi, Darina, tu n'es pas en train de t'engager dans une voie mystérieuse sans me tenir au courant ?

— De quoi parles-tu ?

— Tu le sais très bien. L'occultisme, le spiritisme, ce genre de choses.

— Bien sûr que non.

Rose se rappela les livres que sa fille lisait.

— Et cette histoire d'Hare Krishna ?

— Oh, ça ? C'est du passé. Je n'ai fait que les lire. Allez, maman, cesse de te tracasser. Krishna ne m'intéresse absolument pas.

— Eh bien, je me fais du souci pour toi, Darina. Tu es devenue si secrète.

Lentement, elles se remirent à marcher. Les galets roulaient sous leurs pas.

— Ce n'est pas juste, maman. J'ai seize ans. J'ai bien le droit d'avoir quelques secrets tout de même.

— Oui, mais avant, tu me parlais de ce qui t'intéressait, de ce qui te préoccupait. A présent, je ne sais même pas ce que tu lis. Qu'est-ce qui t'intéresse, Darina ?

— Oh, des tas de choses.

A ce moment-là, Rose comprit que Darina n'était plus une enfant. Elle ne s'était même pas aperçue qu'elle avait grandi. Peut-être l'inviterait-elle un jour à partager ses secrets, ses rêves ? Il lui faudrait se montrer patiente. Elle n'osait pas poursuivre une conversation qui l'obligerait à faire des comparaisons avec sa propre adolescence, et c'était pratiquement à l'âge qu'avait Darina aujourd'hui qu'elle avait découvert qu'elle était enceinte. Toutefois, elle ne put s'empêcher de faire une dernière remarque. Elle ramassa un caillou et fit mine de l'examiner.

— Tu m'en parlerais, n'est-ce pas ? dit-elle.

— Te parler de quoi ?

De toute évidence, Darina se méfiait.

— Eh bien, s'il se passait quelque chose de très important dans ta vie.

— Bien sûr, maman.

Elles se séparèrent peu de temps après. Darina voulait voir le hangar à bateaux.

— Ça ne t'ennuie pas si je te laisse y aller toute seule ? demanda Rose. C'est tout près d'ici, juste derrière le massif de rhododendrons qui surplombe le lac.

— Qu'est-ce que tu vas faire ?

Bonne question, pensa Rose qui, bien que troublée par sa conversation avec Darina, était encore sous le choc d'avoir cru voir John sur le promontoire.

— Je ne sais pas. Je vais peut-être rentrer, errer dans la maison, voir dans quel état elle est vraiment, à moins que j'aille faire un tour dans la campagne pour revoir mes anciens lieux de prédilection.

— Tu m'avais promis de m'emmener.

— Je tiendrai ma promesse. Nous avons toute la journée de demain pour aller nous promener. Et n'oublie pas que nous devons aller à Carrickmacross après-demain pour cette surprise dont je t'ai parlé.

Rose n'avait pas encore dit à Darina qu'elle voulait lui donner les améthystes.

— Très bien. Je te retrouve à la maison dans une heure ou deux, alors.

Elles se sourirent et Rose retourna sur ses pas.

Comme elle approchait de la maison, elle décida soudain de faire ce qu'elle avait toujours su qu'elle ferait : aller voir John.

A cette idée, elle sentit monter en elle une vague d'excitation incontrôlable et, lorsqu'elle se dirigea vers sa voiture, elle avait de nouveau seize ans et se sentait aussi nerveuse que le jour de leur premier rendez-vous. *Pour l'amour de Dieu, calme-toi !* s'admonesta-t-elle. *Ce n'est pas de ton âge de te comporter ainsi ! Qu'est-ce que Darina dirait si elle te voyait ? Et Effie ?*

Les clés de la voiture étaient sur le tableau de bord. Rose s'installa au volant et s'engagea dans l'allée. Elle avait l'intention de se rendre directement à Willow House et d'y prendre un café. Les directeurs d'hôtel traînant toujours dans les parages, elle finirait bien par le voir. Elle jeta un coup d'œil à sa montre au moment où elle franchissait les grilles de la propriété ; il était quatre heures et demie. Le dîner à Sundarbans était à sept heures. Elle avait tout le temps devant elle.

Rassurée, elle appuya sur l'accélérateur.

— Vous êtes sûr de bien avoir tout compris ?
George Cranshaw regarda sa montre.

— Vous feriez mieux d'y aller, dit-il. Votre avion part dans moins de trois heures.

— D'accord, répondit John. Mais je continue de penser que ce n'est pas à moi d'y aller. Après tout, c'est vous qui avez pris contact avec...

— Tss-tss, fit George. Vous allez très bien vous en sortir. Nous avons tous confiance en vous.

— J'espère ne pas vous décevoir.

— Allez, ouste !

— Oui, mon commandant !

John lui fit le salut militaire et monta dans sa voiture.

— N'oubliez pas Derek ! dit-il avant de refermer la portière.

Ce voyage de trois jours à Dublin avait été décidé à la dernière minute, mais il était crucial pour le projet de Sundarbans. Même s'il avait eu le temps de déjeuner avec son frère et son neveu, il se sentait coupable de les abandonner si tôt après leur arrivée, même si George avait promis de s'occuper d'eux et de les inviter à dîner le soir même, à l'hôtel.

— Ne vous inquiétez pas. Tout est arrangé, répondit George gaiement. J'expliquerai à votre frère que Mr. Pickford ne pouvait se libérer que ce week-end.

— C'est déjà fait, et Derek a très bien compris ; ce genre de choses lui arrive aussi dans les affaires. Au fait, ne le laissez pas vous persuader que sa présence nous serait indispensable. Depuis qu'il a découvert qu'il avait le sens des affaires, Derek ne supporte pas que quoi que ce soit lui passe sous le nez, et pendant le déjeuner, j'ai bien eu l'impression que notre projet l'intéressait.

— Je sais que vous n'y tenez pas. Cela dit, que ce soit son argent ou celui d'un autre, pour moi, ça ne fait pas de différence.

— S'il participe au projet, je me retire, lâcha John avec véhémence.

Voyant que George était surpris par son ton, il ajouta plus calmement :

— C'est qu'en affaires, nous ne voyons pas exactement les choses du même œil, Derek et moi. Ce serait un désastre.

Sans juger nécessaire de l'expliquer à George, la vérité était un peu différente ; au cours des dernières années, le fait d'habiter loin l'un de l'autre avait permis d'établir un certain équilibre dans leurs relations, et il n'avait aucun désir de le bouleverser.

— Ne vous inquiétez pas, dit George. Allez, il est temps que vous partiez, et profitez-en pour prendre un peu de bon temps à Dublin. Vous n'êtes pas obligé de passer tout le week-end avec lui, vous savez. Sortez, allez au spectacle, au pub, détendez-vous un peu. Vous le méritez bien.

— Méfiez-vous, je risque de ne pas revenir.

— Oh, vous reviendrez, j'en suis sûr ! affirma George. Bonne chance, John. Et soyez gentil avec ce monsieur. On a besoin de son argent !

Sur ces mots, John fit tourner son moteur et disparut très vite entre les deux colonnes qui encadraient l'entrée de Willow House.

Alors qu'il prenait de la vitesse, la brise qui s'engouffrait par la vitre ouverte de sa portière le gêna pour conduire. Le bouton de la manette étant perdu depuis longtemps, il dut ralentir et se concentrer sur la petite tige restante ; et ce faisant, il ne vit pas, dans son rétroviseur, la Ford Escort qui venait de franchir le portail de l'hôtel.

Rose coupa le moteur. Il fallait qu'elle garde son calme si elle ne voulait pas se faire remarquer. A travers le pare-brise, elle examina la façade soignée de Willow House. C'était méconnaissable ! Enfant, elle était souvent venue rendre visite aux Cranshaw, et dans son souvenir, ils habitaient une gentilhommière rustique et bien insignifiante comparée à la splendeur de Sundarbans.

Maintenant, la situation était inversée. Willow House s'était métamorphosé en un véritable petit palais. La vigne vierge, rouge écarlate à cette époque de l'année, recouvrait les murs ; de lourds rideaux et des cantonnières encadraient chaque fenêtre ; toutes les huisseries en bois étaient fraîchement repeintes, et les cuivres de la porte d'entrée reluisaient. Le parking, où elle s'était garée, se trouvait entre deux pelouses superbement entretenues ; deux parterres de roses venaient en briser la symétrie. Même le nouveau bâtiment était arrangé avec goût : construit dans le style de la maison principale, il y était relié par une serre « victorienne » aux lignes courbes. Seule la pierre, qui n'avait pas encore vieilli, trahissait son âge.

Bravo, George, se dit Rose.

Elle avait toujours apprécié George et Dorothy Cranshaw. Dorothy était la seule adulte que Rose connaissait qui marchait pieds nus ou en sandales été comme hiver, et qui laissaient les enfants tremper leurs doigts dans les pots de confiture-maison, sans se soucier de savoir où ils iraient poser leurs mains ensuite.

Elle respira à fond. Il était temps d'y aller, mais avant de descendre de la voiture, elle se rappela qu'elle n'avait même pas un peigne sur elle. Elle jeta un coup d'œil dans le rétroviseur. Grâce à Dieu, sa nouvelle coupe, assez courte, lui permettait d'affronter toutes sortes d'intempéries sans avoir l'air trop décoiffée. Après tout, pensa-t-elle en se passant la main dans les cheveux, il faudra bien que cela fasse l'affaire.

Elle pénétra dans l'hôtel comme l'aurait fait un chat, se tenant sur ses gardes, prête à bondir au moindre bruit. Et si John était la première personne qu'elle rencontrait ?

Mais le hall était désert. Elle s'avança jusqu'à la réception et donna un petit coup sur la clochette, dont le léger tintement résonna comme un gros carillon à ses oreilles.

Une porte s'ouvrit et une jeune fille surgit.

— Bonjour, dit-elle agréablement. Je peux vous aider ?

— Est-ce que c'est possible... de ne prendre qu'un café ?

— Mais bien sûr, répondit la jeune fille. Désirez-vous autre chose ?

— Non, merci. Juste un café.

Rose avait l'impression que sa voix, soudain haut perchée, sonnait faux, mais la jeune femme ne sembla rien remarquer d'anormal.

— Voulez-vous le prendre au bar ou au salon ? A moins que vous ne préfériez la serre ? Il fait si beau aujourd'hui.

— Non, le salon, ce sera très bien, répondit Rose.

— Vous connaissez le chemin ?

— Oui. Je suis venue à Willow House il y a très longtemps, et si je me souviens bien, le salon se trouve derrière cette porte, c'est ça ?

— C'est exact. Installez-vous. Je reviens dans un instant.

Rose entra dans le salon où Mrs. Cranshaw l'avait si souvent laissée jouer dans son enfance. A son grand étonnement et à son grand plaisir, la pièce n'avait absolument pas changé. Elle était peut-être légèrement plus petite que dans son souvenir, mais elle avait encore tout d'un bazar oriental, comme ceux qu'on voyait sur les cartes postales que lui envoyaient régulièrement ses collègues. Il y avait aussi plus de verdure qu'autrefois ; des plantes pendaient, rampaient et jaillissaient de tous les endroits qui n'étaient pas déjà occupés par quelque autre trésor, mais autrement, rien n'avait bougé.

Ne tenant pas en place, elle alla d'un coin de la pièce à l'autre, ramassant une photo de famille puis la reposant sans vraiment la regarder. Elle se tenait devant l'un des coffrets à papillons quand la porte derrière elle s'ouvrit.

— Bonjour ! lança une voix masculine.

Rose se tourna brusquement. Ce n'était pas John.

George Cranshaw entra, un plateau dans les mains. Pendant quelques instants, il chercha un nom à mettre sur son visage, et soudain, son regard s'illumina.

— Rose ! Je ne vous avais pas reconnue ! Mais... vous êtes devenue une vraie femme !

Rose éclata de rire.

— Heureusement, George ! Je veux dire, heureusement que je suis devenue adulte, bien que parfois, j'aie l'impression d'être restée une petite fille.

Il posa le plateau sur une petite table en cuivre et mit ses mains sur ses hanches.

— Laissez-moi vous regarder. Eh bien, s'exclama-t-il, vous êtes splendide. La vie semble vous avoir gâtée. Toujours sans attaches, libre comme l'air, je suppose ? Ça vous réussit à merveille, Rose.

— Merci, fit Rose, sans pouvoir contenir un petit rire nerveux. Pour vous, aussi, ça a l'air d'aller. Et Dorothy ?

— Elle se porte à merveille, comme d'habitude. Attendez, je vais aller la chercher. Elle sera ravie de savoir que vous êtes là. On ne vous voit plus, par ici. Ça fait combien de temps, dites-moi ? Oh, j'aurai un mot à dire à ce sujet à ce vieux Gussie. Je l'ai vu il y a deux jours à peine. Je suppose qu'il vous a parlé du projet pour Sundarbans ?

— Papa ne pense à rien d'autre en ce moment.

— C'est peut-être pour ça qu'il a oublié de me dire que vous veniez. Combien de temps restez-vous ? Je suis sûr que Dorothy voudra organiser quelque chose.

— Oh, je ne fais que passer. Je repars lundi, j'en ai peur.

— Eh bien, peut-être aurons-nous le plaisir de nous retrouver tous ensemble. Attendez, je vais aller chercher Dorothy.

Il sortit avec précipitation et Rose se versa une tasse de café. Sa main tremblait. Ce n'était pas si étrange, après tout, que Gus n'ait pas mentionné sa visite, ni celle de Darina, d'ailleurs. En tout cas, voilà une chose qu'elle n'avait pas envisagée : un dîner avec les Cranshaw.

— Rose ! Comme je suis heureuse de vous voir !

La voix chaleureuse de Dorothy Cranshaw l'interrompit dans ses rêveries.

— Bonjour, Dorothy, dit-elle.

Et brusquement, les années s'effacèrent. Elle avait de nouveau dix ans et venait voir Dorothy pour prendre le thé avec elle et goûter sa délicieuse confiture.

Dorothy l'embrassa sur les deux joues.

— Vous êtes magnifique, Rose. Oui, absolument magnifique ! j'ai toujours su que vous deviendriez une belle fille !

— Je vous en prie, Dorothy, fit Rose en éclatant de rire. Vous me faites tourner la tête. Vous aussi, vous êtes superbe. Vous n'avez pas du tout changé.

— Tss, tss. Je suis vieille et toute ridée, mais je m'en fiche ! C'est l'un des secrets de la vieillesse, n'est-ce pas, George ?

Elle prit la main de son mari et la serra très fort dans la sienne.

— Une paire de vieux coussins, voilà ce que nous sommes devenus, George et moi, continua-t-elle. On se soutient l'un l'autre, on se dit qu'on s'améliore en vieillissant, comme le bon vin, ce genre de bêtises... Mais asseyez-vous, Rose, et racontez-moi tout.

Dorothy se laissa tomber dans l'un des fauteuils, sa jupe fleurie ondulant autour de ses jambes. Elle avait enfoui ses cheveux sous un foulard, à la manière des paysannes russes, et Rose pensa, avec un pincement au cœur, qu'elle évoquait encore ces femmes que l'on voit sur les illustrations de *National Geographic*.

— J'ai deux ou trois petites choses à régler, déclara George. Je vais vous laisser papoter entre filles. Tu veux que je t'apporte une tasse de thé, Dorothy ?

— Non, merci, mon chéri. J'y retourne dans un instant. Si je m'absente trop longtemps, je vais retrouver ma cuisine en bazar. Rose et moi allons juste bavarder un petit moment. On prendra plus notre temps la prochaine fois. Parce que vous allez revenir dîner ou déjeuner, n'est-ce pas Rose, avant de repartir ?

— A plus tard, Rose, lança George. Je suis désolé, mais bien que ça ait l'air d'être le grand calme, cette heure de la journée n'est que l'accalmie avant la tempête.

— Je comprends, George. Excusez-moi, je n'avais pas du tout l'intention de vous déranger.

— Ne dites pas de bêtises. Nous aurions été très vexés si vous n'étiez pas passée. N'est-ce pas, Dorothy ?

George leur adressa à toutes deux un grand sourire et sortit de la pièce.

— Mais bien sûr, déclara Dorothy en s'installant confortablement. A présent, je veux tout savoir ! Vous êtes hôtesse de l'air, ça je le sais. Nous voyons votre père de temps en temps, mais presque jamais Daphné. Elle n'est pas en très bonne santé, je crois ?

— Je... je ne sais pas vraiment, pour tout vous dire. Elle est un peu fatiguée.

— Pauvre Daphné. Je m'en veux de ne pas aller la

voir plus souvent, mais je suis tellement occupée ici... Est-ce que vous aimez les transformations ?

— C'est merveilleux, Dorothy. Les affaires marchent bien, alors ?

— Oui, nous sommes en plein essor. Il faut que je vous fasse visiter. Quel dommage que John soit absent... Nous avons un jeune directeur du tonnerre, vous savez. Il travaille avec nous depuis plusieurs années, en fait depuis qu'il est tout jeune. Il a grandi avec l'hôtel, pour ainsi dire.

Dorothy croisa les jambes.

— Mais j'y pense ! Vous l'avez probablement connu quand vous étiez petite. John Flynn ? Il vivait avec sa mère dans la maison de gardien de Sundarbans.

Absent ? John était absent ?

— Oui, répondit Rose, d'une voix éteinte. Son nom me dit en effet quelque chose. Il est absent en ce moment ?

— Oui. Il est allé à Dublin — il est descendu au Shelbourne, rien que ça — pour essayer de soutirer de l'argent à un homme d'affaires de l'Ile de Man et à un banquier pour ce projet dans lequel nous sommes tous engagés. George m'a dit que vous repartiez lundi. Oh, vraiment, quel dommage.

Elle plissa les yeux d'un air malicieux.

— J'aurais tellement aimé que vous le rencontriez, dit-elle. C'est un très beau parti.

— Maintenant que vous m'en parlez, commença Rose du ton le plus neutre possible, je me souviens de lui. Il doit avoir le même âge que moi, je crois. Mais dites-moi, les beaux partis sont plutôt rares par ici. Comment se fait-il alors qu'il ne soit pas marié ?

— C'est quelque chose que je n'ai jamais pu m'expliquer. John est devenu très bel homme : grand, avec ce petit quelque chose de celtique en plus. Vous êtes sûre de ne pas pouvoir rester un jour de plus ? insista Dorothy en gloussant.

Rose sourit.

— Malheureusement, Dar...

Elle s'apprêtait à lui dire que Darina devait être de retour à l'école mardi matin quand elle s'interrompit.

— Oui ? fit Dorothy.

Rose se sentait gênée, transportée de joie, triomphante, apeurée, excitée, tout à la fois.

— Dorothy, j'aimerais vous dire quelque chose, commença-t-elle.

— Je vous écoute, ma chérie.

— Eh bien, c'est un petit peu délicat... Ce doit être le secret le mieux gardé du pays depuis dix-sept ans...

— Je peux peut-être deviner ?

Dorothy abandonna son ton taquin pour la douceur, et son visage prit une expression grave.

— Deviner ? répéta Rose, perplexe.

— Est-ce que cela aurait par hasard un rapport avec votre départ pour Londres quand vous aviez seize ans ?

— Comment le savez-vous ?

— Rose, le monde tourne, même pour de vieilles badernes comme George et moi. Nous avons deviné, c'est tout.

— Papa et maman savent-ils que vous êtes au courant ?

— Je ne crois pas. En fait, je suis sûre que non.

— Et y a-t-il quelqu'un d'autre dans la région qui le soit ?

— Vous n'êtes jamais revenue, Rose, et à l'époque, les gens ont parlé entre eux. C'est inévitable. Mais je pense que personne ne sait vraiment ce qui s'est passé. Cependant, je ferais attention, à votre place, je veux dire si cela compte encore pour vous que les gens ne sachent rien. Une jeune femme comme vous venant d'une maison comme Sundarbans sera toujours le centre d'attention dans ce genre de région. Les commérages pourraient reprendre du jour au lendemain.

Rose se rendit compte brusquement que Dorothy ignorait qu'elle avait gardé Darina.

— Je vous suis très reconnaissante, Dorothy.

— De quoi ?

— Oh, je ne sais pas. De ne pas m'avoir jugée, de ne pas en avoir parlé à papa... dit-elle enfin. Mais il y a autre chose que vous devez savoir, continua-t-elle après une pause.

Elle n'arrivait pas à le dire, même après toutes ces années, même à cette femme tolérante et bonne, comme si le fait de se retrouver chez elle réveillait d'anciennes craintes.

Elle fixa Dorothy du regard.

— Je n'ai pas abandonné mon bébé. Ma fille.

Dorothy ouvrit de grands yeux, mais Rose n'y vit rien qui l'empêchait de poursuivre sa confession.

— Je l'ai gardée. Elle s'appelle Darina, elle a seize ans, et c'est la plus adorable des filles. Elle se trouve à Sundarbans en ce moment. Je l'ai amenée à la maison ce matin, pour la première fois.

— Eh bien, que je sois damnée ! s'exclama Dorothy. Pardonnez-moi, ce n'est pas vraiment l'expression appropriée. Mais, là, je dois dire, que vous m'étonnez. Je ne m'en doutais absolument pas.

Elle décroisa ses jambes.

— Ça alors ! Votre père est vraiment très cachottier. Mais dites-moi, toutes les fois où il allait vous voir à Dublin, c'était pour la voir aussi ?

— Oui. Ils s'adorent tous les deux.

— Et votre mère ? Oh, ne me répondez pas, ça ne me regarde pas.

Elle se leva et s'approcha de Rose pour la serrer dans ses bras.

— Mes félicitations, dit-elle. Il n'est pas trop tard pour vous les présenter. Je suis ravie pour vous, Rose, et je suis fière de vous, aussi. Cela n'a pas dû être facile tous les jours.

Elle s'écarta légèrement et posa les mains sur les épaules de Rose.

— Ça ne vous ennuie pas si je le dis à George ?

— Pas du tout, Dorothy. J'en ai assez de cacher Darina. C'est une personne à part entière. Mais il faudra que je fasse encore attention. Je ne suis pas sûre que maman m'ait pardonnée, si elle me pardonne jamais.

— Laissez-lui le temps, Rose. Je lui parlerai.

Voyant l'air consterné que prenait Rose, elle s'empressa d'ajouter :

— Vous avez peut-être trente-deux ans, Rose, mais votre visage est aussi transparent que celui d'un bébé. Ne vous inquiétez pas, je ne ferai pas d'impair. Faites confiance à toutes ces années que j'ai passées dans le milieu hôtelier. Car je peux vous assurer que travailler dans une cuisine vous apprend deux ou trois petites choses sur le tact et la diplomatie. En parlant de cuisine, il faut que j'y retourne. Mais vous allez revenir nous voir avant votre départ, n'est-ce pas ? Pour dîner... avec Darina ?

Rose imagina l'espace d'une seconde la tête de sa mère, invitée à un dîner auquel assistait sa petite-fille.

— Merci beaucoup pour l'invitation, Dorothy, mais peut-être une autre fois. C'est encore très compliqué pour l'instant, vous comprenez.

— Oui, je comprends très bien. Mais la prochaine, c'est sûr ?

— Absolument.

Elles s'embrassèrent, se serrèrent dans les bras l'une de l'autre et Rose regagna sa voiture.

Sur le chemin du retour, elle ne se montra guère

prudente au volant. Il était six heures passées et le soleil couchant l'éblouissait à chaque échappée entre les arbres qui bordaient la route sinueuse. Mais elle ne s'en souciait nullement. Quel bonheur d'avoir pu se confier à Dorothy, de lui avoir parlé de Darina ! Et à présent, elle savait où se trouvait John. Dorothy lui avait donné le moyen de le joindre ; il suffisait qu'elle décroche un téléphone.

En franchissant la grille de la propriété, elle jeta un coup d'œil à la maison de gardien, aussi pittoresque qu'autrefois, mais abandonnée. Un épais tapis de mousse recouvrait son toit d'ardoise. Les paroles de Dorothy lui revinrent brusquement en mémoire : *John est devenu si bel homme, grand, avec ce petit quelque chose de celtique en plus.*

Tout comme Darina.

Il fallait qu'elle soit très, très prudente.

Le soleil avait une teinte jaune orangée en rejoignant la ligne des arbres bordant l'extrémité du lac. Derek avait garé sa voiture près de la maison de gardien et Bruno et lui avaient continué à pied. John lui avait expliqué en quoi consistait son projet de restructuration de la Grande Maison, et Derek était curieux de voir l'état actuel des lieux. Cependant, comme il n'avait guère envie de tomber sur le Colonel, et encore moins sur sa femme, il avait décidé d'emmener Bruno à travers bois vers le lac, par le sentier que John et lui prenaient souvent quand ils étaient enfants.

Le vent était tombé, et le silence régnait sous la voûte des arbres. Même sans presser l'allure, Derek fut bientôt essoufflé. Il était grand temps qu'il se soucie de son poids, pensa-t-il sombrement. Il commencerait un régime — le troisième de l'année —, dès son retour à Charlottetown.

— Tu es sûr de ne pas vouloir m'accompagner à Hambourg ? demanda-t-il à Bruno qui marchait d'un pas allègre devant lui tout en écartant à l'aide d'un bâton les feuillages qui obstruaient leur passage.

Du temps de son enfance, déjà, ce chemin n'avait jamais pu accueillir deux personnes de front.

— Non, papa, répondit le jeune garçon. Je préfère rester ici. Je crois finalement que je ne suis pas un homme de la ville.

Derek sourit en l'entendant se décrire de la sorte. Lui-même ne se réjouissait guère de ce voyage. Il espérait conclure un marché pour un stock de vêtements de sports d'hiver, mais l'idée de négocier avec un fournisseur étranger ne l'enthousiasmait guère. Il ne connaissait que quelques mots d'allemand, et bien que ses interlocuteurs, en Allemagne, parlent un anglais excellent, il savait que toute l'opération allait être épuisante.

D'un autre côté, Derek ne faisait jamais confiance à ses subordonnés quand il s'agissait de contrats importants. Après son mariage, il avait appris les ficelles de la gestion d'entreprise dans le magasin de son beau-père et, à la surprise de tous, y compris de lui-même, il avait fait preuve d'un sens des affaires très aigu ; par ailleurs, au cours des années où il avait aidé Sven Lindstrom à développer son magasin de Charlottetown en une petite chaîne réputée dans toutes les Provinces Maritimes, ses talents de courtier, insoupçonnés jusqu'alors, s'étaient révélés remarquables.

Il se baissait pour éviter le retour d'une branche d'arbre après le passage de Bruno, quand il fut pris d'une crampe à l'estomac si violente qu'il se plia en deux de douleur. Bruno, qui avait continué d'avancer, se retourna, le visage consterné.

— Ça va, papa ?

— Oui, oui, haleta Derek en se redressant. Donne-moi juste cinq minutes, d'accord ? Ça va déjà mieux.

— Tu sais, nous sommes tous inquiets. Tu devrais faire un peu d'exercice. Ce n'est pas si difficile que ça. Je t'aiderai si tu veux.

— Ce n'est peut-être pas difficile pour toi, peut-être, mais pour moi qui passe mes journées assis à un bureau, c'est une autre affaire. Et n'oublie pas que je n'ai qu'un seul poumon. Qu'est-ce que tu crois ? Que je vais m'inscrire à une équipe de base-ball ?

— Tu pourrais au moins aller au bureau à pied.

— En hiver ?

— Eh bien, oui, pourquoi pas ? Des tas de gens le font.

— Occupe-toi de ce qui te regarde, tu veux bien.

Mais devant l'air découragé de son fils, il adopta un ton plus modéré.

— D'accord, d'accord. Je vais essayer de prendre de bonnes résolutions pour cet hiver.

Ils se remirent en marche et bientôt arrivèrent sur les rives du lac, là où les hautes herbes rencontraient les arbres.

— Oh ! Papa ! Regarde ce ciel ! N'est-ce pas magnifique ?

— Oui, mais regarde plutôt la maison.

Derek lâcha un long sifflement.

— J'ai bien l'impression que rien ne pourrait la remettre sur pied. Je vais aller voir ça de plus près.

— Oh, on ne peut pas rester un peu ici ? C'est si beau, et si paisible.

— Écoute, voilà ce que je te propose. Je vais jeter un coup d'œil à la maison, et toi, tu continues à te promener. Retrouvons-nous dans une vingtaine de minutes.

— D'accord, merci, papa.

Bruno continua le long du lac, s'arrêtant ici ou là, pour ramasser un galet, arracher une touffe d'herbe. Il était à la recherche de coquillages, de créatures aquatiques nichées dans le moindre interstice. Il était si absorbé par sa tâche qu'il ne vit pas qu'on l'observait, et ce ne fut que lorsqu'il se trouva à quelques mètres de l'intrus qu'un sixième sens le fit se redresser.

Un rocher s'avançait sur l'eau et dessus se tenait une jeune fille élancée, le dos contre le ciel enflammé. Son visage, tourné vers lui, était dans l'ombre, mais ses longs cheveux bouclés, éclairés par-derrière, jetaient comme des étincelles de feu.

Une sensation étrange s'empara de Bruno : partie du creux de son estomac, elle remonta le long de son corps jusqu'à ce qu'il ait l'impression d'être rempli d'air. Puis il fut pris de frissons dans la nuque. Il s'avança vers la jeune fille et lui tendit la main.

— Bonjour, dit-il.

— Darina
Rose poussa le portillon de l'écurie.
— Darina ! Tu es là ?

La nuit était tombée depuis plus d'une heure, et Daphné, qui ne supportait pas que l'on soit en retard pour le dîner, commençait à perdre patience.

Rose referma le portillon. Mais où était-elle ? A vrai dire, elle pouvait être n'importe où.

— Elle a une montre, bon sang, et elle sait bien qu'on dîne à sept heures ! ne put-elle s'empêcher de s'exclamer à voix haute tant elle était en colère.

D'un pas vif, elle partit en direction du lac, là où elle avait vu la jeune fille pour la dernière fois.

— Oh, ça ne se passera pas comme ça ! maugréa-t-elle en avançant à travers les hautes herbes.

Au même moment, elle crut voir un mouvement à la lisière du bois.

— Darina ! appela-t-elle.

A son grand soulagement, la jeune fille lui répondit.

— Oui ?

Rose attendit qu'elle arrive à sa hauteur.

— Où étais-tu passée ? Ta grand-mère est furieuse. Le dîner est fichu, et tout ça à cause de toi.

— Oh, pardon, maman, répondit Darina, essoufflée. Je suis vraiment désolée, mais c'était tellement extraordinaire que je n'ai pas fait attention à l'heure. Ma montre s'est arrêtée, ajouta-t-elle en tendant son poignet.

Mais Rose était trop en colère pour se donner la peine de vérifier qu'elle disait bien la vérité.

— Qu'est-ce qui t'intéressait donc tant que ça ? Et qu'as-tu fait pendant tout ce temps ?

— Rien, maman.

Quelque chose dans sa voix attira l'attention de Rose.

— Allons, murmura-t-elle.

Il faisait trop sombre pour qu'elle puisse discerner l'expression du visage de sa fille, mais elle sentait qu'elle lui cachait quelque chose. Non, elle en était sûre.

Elles rentrèrent dans la maison par la cuisine. A peine Rose eut-elle refermé la porte derrière elle, qu'elle se tourna vers Darina.

— Maintenant, plus de mensonges. Que faisais-tu ?

— Mais rien, maman, franchement.

Cependant les yeux de Darina brillaient d'un étrange éclat, et tout son corps vibrait d'une façon presque perceptible. Elle était si belle que Rose en fut troublée.

— Je... Je ne te crois pas, dit-elle d'une petite voix.

— Oh, maman, j'aime tellement Sundarbans, s'écria Darina. C'est l'endroit le plus merveilleux, le plus merveilleux que j'ai jamais vu au monde.

13

Le dimanche à Sundarbans fut un calvaire pour Rose.

La journée avait très mal commencé. Au dernier moment, comme Daphné ne pouvait se résoudre à l'idée de se montrer à l'église en compagnie de Rose, et de Darina surtout, au lieu de se rendre à Rock Chapel, comme d'habitude, ils avaient roulé pendant des kilomètres jusqu'à un petit village dans le comté de Cavan.

Rose en voulut terriblement à sa mère. Sa première réaction avait été de l'envoyer au diable mais, par amour pour Darina, elle s'était tue, essayant de se comporter comme si de rien n'était. Grâce à Dieu, Darina, qui depuis la veille semblait perdue sur un nuage, n'avait pas semblé s'apercevoir de quoi que ce soit. Durant l'office, Rose l'avait observée : la jeune fille bouillonnait d'une secrète excitation que Rose n'avait pas mis longtemps à interpréter comme les premiers émois de l'amour.

— Heureuse ? lui demanda-t-elle.

Ils avaient fini de déjeuner et elles se trouvaient toutes les deux seules au salon. Après le repas, Daphné s'était plainte d'une légère migraine et s'était retirée dans sa chambre. Gus, quant à lui, était dans la salle des armes, absorbé dans son livre de comptes.

— Si je suis heureuse ? répliqua Darina en se levant avant de s'étirer comme un chat. Oh, oui ! Je suis tellement contente d'être ici. Je peux même sentir toute l'histoire de Sundarbans jusque dans les pores de ma peau.

— N'en rajoute pas, tout de même, fit Rose en souriant, bien qu'en son for intérieur, elle soit ravie. Qu'aimerais-tu faire cet après-midi ? Il fait un temps splendide. Nous devrions sortir faire un tour.

— Je crois que j'aimerais mieux aller me promener toute seule, retourner du côté du lac et des bois. C'est tellement beau.

Devinant que sa fille cherchait à l'écarter, Rose la regarda attentivement. L'expression de bonheur qu'elle vit sur son visage semblait pourtant tout à fait innocente. Qu'avait-elle donc derrière la tête ? Était-il possible qu'elle ait rencontré quelqu'un ?

— Pourquoi tiens-tu donc tant à être seule d'un seul coup ? demanda-t-elle, l'air de rien.

— Oh, ce n'est pas du tout ça ! C'est juste que... je réfléchis mieux quand je suis seule. Et j'ai des tas de choses en tête, précisa-t-elle, comme si cela suffisait à tout expliquer.

Rose connaissait suffisamment bien sa fille pour savoir qu'elle perdrait son temps à chercher à en savoir davantage.

— Très bien, dit-elle, mais je suis déçue. J'espérais tellement pouvoir me promener avec toi aujourd'hui.

Mais c'était peine perdue, car, immédiatement, Darina bondit sur ses pieds.

— Oh ! merci ! Merci de me comprendre, s'exclama-t-elle en serrant sa mère dans ses bras. A tout à l'heure.

Et avant même que Rose n'ait le temps de reprendre son souffle, elle était déjà partie.

Rose lâcha un soupir et parcourut du regard la

pièce vide. Que faire à présent qu'elle se retrouvait seule ?

Quoi qu'il en soit, il fallait qu'elle sorte. Tout valait mieux que rester sous le même toit que sa mère. Elle songea à retourner à Willow House, mais y renonça très vite. Dorothy et George risqueraient de se douter de quelque chose. Et de toute façon, Dorothy lui avait assuré que John ne serait pas de retour avant mardi.

Peut-être son père l'accompagnerait-il ? Elle se rendit à la salle des armes où elle le trouva assoupi dans sa chaise, la tête penchée sur la poitrine.

Elle referma doucement la porte et, dépitée, prit sa voiture pour parcourir la campagne.

Darina revint à la maison bien avant l'heure du dîner. Bien que, tout au cours du repas, elle se tînt à la perfection, il émanait d'elle cette même impression d'évanescence qui avait frappé Rose, la veille. C'était tout à fait étrange. Pour autant que Rose ait pu le vérifier auprès de Gus, il n'y avait pas de garçon de l'âge de Darina dans le voisinage. A moins qu'un citadin ne se soit glissé dans la propriété ? Elle décida que si Darina lui demandait la permission de ressortir ce soir, elle la lui refuserait.

Mais la question ne se posa pas. Après le dîner, Darina suivit le reste de la famille dans le salon où ils passèrent une soirée calme et paisible. Gus avait récemment acheté un poste de télévision devant lequel ils s'installèrent tous les quatre jusqu'à l'heure du coucher.

Le lendemain matin, Rose se réveilla avec un sentiment d'appréhension. Vite obligée de reconnaître qu'il devait être lié à l'éventualité d'une rencontre avec John, elle sauta à bas de son lit avant qu'il ne la terrasse tout à fait. Ses réactions d'adolescente de ces derniers jours devaient cesser au plus vite. Pourtant, tandis qu'elle prenait son bain, s'habillait puis déjeunaît avec Darina, l'ombre de John flottait au-dessus d'elle.

Quand le moment vint de dire au revoir à ses parents, elle ne put réprimer un soupir de soulagement. La fin du week-end s'était pourtant passée sans trop de heurts, et au bout du compte, elle ne regrettait pas d'être venue — surtout pour Darina —, mais elle avait hâte de rentrer chez elle et de reprendre une vie normale.

— Comment te sens-tu, ce matin ? demanda-t-elle à sa fille, alors qu'elles prenaient la route de Carrickmacross.

— En pleine forme !

Darina dégagea ses cheveux du col de sa veste et les secoua.

— J'ai passé un week-end extraordinaire, maman. Merci de m'avoir amenée.

Rose faillit lui demander ce qui lui avait particulièrement plu, mais jugea plus prudent de s'abstenir. Si quoi que ce soit d'inhabituel s'était passé, Darina, espérait-elle, lui en parlerait en temps voulu.

— On est bientôt arrivées, dit-elle. Excitée ?

— Oui. Mais je ne vois pas du tout ce que cela pourrait être. Une surprise dans une banque... Serais-tu millionnaire, par hasard, et sur le point de partager ta fortune avec ta fille ?

— Pas exactement, répondit Rose en éclatant de rire. Fais preuve de patience. Mais à mon avis, ça te plaira.

Gus lui avait remis le reçu de l'un de ses coffres, ainsi qu'une lettre l'autorisant à y avoir accès.

— Je vais te donner un indice, dit-elle, malicieuse. C'est pourpre, et aujourd'hui, tu n'en auras que la moitié. Enfin, les deux tiers, plutôt.

— Pourpre ! Les deux tiers ! répéta Darina. Ça ne peut être que de l'argent, alors ! s'exclama-t-elle d'un ton enjoué. Cinquante livres en billets, voilà quelque chose de pourpre.

Arrivées à la banque, Rose laissa à Darina le plaisir d'ouvrir l'écrin et, avec une grande émotion, l'observa tandis qu'elle en sortait le collier d'améthystes.

— Oh, maman ! C'est magnifique ! Ce sont des vraies ? demanda-t-elle en portant les pierres à la lumière.

— Bien sûr qu'elles sont vraies. Je te raconterai leur histoire plus tard. Je les ai reçues pour mon seizième anniversaire, et après ta naissance, je me suis juré de te les donner au même âge. J'espère qu'à ton tour, tu les donneras à ta propre fille. Il a un bracelet assorti qui n'est pas là, mais je sais où il se trouve. J'irai le récupérer. Tu l'auras plus tard.

— Mais il est là, maman, fit Darina.

Rose sentit son estomac se nouer.

— Ce n'est pas possible, dit-elle bêtement, refusant d'admettre l'évidence des pierres chatoyantes.

— Alors ce n'est pas de celui-là qu'il s'agit ?

Ahurie, Rose prit le bracelet. Comment avait-il été replacé dans l'écrin ? John ne serait jamais allé voir sa mère, donc, la seule explication possible était qu'il avait dû le remettre à Gus. Mais pourquoi son père ne lui en avait-il rien dit ?

— C'est bien lui, dit-elle.

Brusquement, la journée perdit de son éclat.

— Comment ai-je pu oublier ? Ce doit être l'âge, dit-elle avec un sourire forcé. Est-ce que ça te plaît ?

Pour rien au monde, elle n'aurait voulu gâcher cet instant à sa fille.

— Je n'ai jamais rien vu de plus beau.

Et délicatement, Darina replaça les bijoux sur leur coussin de velours.

Comme une automate, Rose continua de sourire. Elle referma le petit coffre et le remit au banquier.

Sur le chemin du retour, Darina ne cessait d'admirer les améthystes.

La vue du bracelet rappela à Rose que c'était la seule pièce qu'elle ait jamais portée. Une colère sourde monta en elle. Ses parents auraient dû la prévenir que John l'avait rapporté. Qui sait, alors, ce qui se serait passé ?

Dès qu'elle serait à Dublin, elle appellerait Gus pour lui demander quand exactement on lui avait remis le bracelet, et surtout, pourquoi il n'avait pas jugé utile de lui en parler. A peine arrivées chez elles, Rose attendit impatiemment le moment où elle serait enfin seule pour téléphoner à Sundarbans. Et quand Darina lui demanda si elle pouvait aller chez une amie pour lui montrer le collier, elle y consentit immédiatement, à la grande stupéfaction de la jeune fille.

Elle attendit que la porte se referme pour se précipiter sur le téléphone et composer le numéro de Sundarbans.

Gus fut manifestement surpris qu'elle appelle si vite après son départ.

— Il s'est passé quelque chose, ma chérie ?

— Non, papa, répondit Rose en s'efforçant de contenir sa colère. J'ai juste une question à te poser.

— Je t'écoute.

— Eh bien, c'est au sujet des améthystes.

— Elles étaient bien dans le coffre, j'espère. Ta mère...

Une note d'inquiétude perça dans sa voix.

— Oui, oui, papa, elles étaient là. Justement, c'est ça que je ne m'explique pas. Elles étaient toutes là.

Elle marqua une pause pour qu'il sente bien l'importance de ce qu'elle venait de dire. Puis, après quelques secondes, voyant que son père ne réagissait pas, elle demanda :

— Tu m'as bien entendu, papa. Elles étaient *toutes* là !

— Je suis désolé, Rose, mais je ne comprends pas où tu veux en venir.

Gus semblait si perplexe que Rose fut désemparée.

— Tu ne sais vraiment pas ?
— Non. De quoi s'agit-il ?

Oh, mon Dieu, pensa Rose, il n'était au courant de rien. Mais, après tout, c'était Daphné, et non lui, qui avait remis les bijoux à la banque.

— Excuse-moi, papa, dit-elle. Je crois qu'il y a un malentendu. Est-ce que maman est là ?
— Oui. Je vais aller la chercher.

L'attente parut interminable à Rose.

— Bonjour, maman, dit-elle enfin quand Daphné fut au bout du fil. J'ai une question à te poser. Tu sais qu'aujourd'hui, je donnais les améthystes de tante Lizzie à Darina ? Eh bien, je pensais que le bracelet n'était pas dans le coffre, à vrai dire, j'en étais sûre, et... il y était. Je veux dire, il se trouvait bien avec le collier.

Elle sentait qu'elle commençait à bafouiller et à perdre son sang-froid.

— Et alors ? fit Daphné, d'un ton glacial.
— Eh bien, j'aimerais savoir comment le bracelet a réintégré sa place aux côtés du collier. C'est toi qui as porté les bijoux au coffre, n'est-ce pas ?
— Je n'apprécie guère le ton que tu emploies pour me parler, Rose.
— Excuse-moi, maman, répondit Rose en serrant les dents. Je ne voulais pas te faire subir un interrogatoire. Mais c'est un mystère que j'aimerais éclaircir. J'étais tellement persuadée que le bracelet ne serait pas, euh...
— Si tu veux tout savoir, ma fille, c'est moi qui l'ai trouvé, répliqua brusquement Daphné. Si tu étais un peu moins désordonnée, Rose...
— Mais où ? Où l'as-tu trouvé ?

— Il est revenu de l'hôpital avec les affaires de ta grand-mère. Elle a dû le ramasser là où tu l'avais laissé traîner, ou perdu.

Nancy ? Nancy avait le bracelet ?

— Je vois, murmura Rose. Je... je suis désolée d'avoir fait toute une histoire pour ça. C'est juste que...

— Comme je te le disais il y a un instant, avant que tu m'interrompes si grossièrement...

Et Rose dut subir un interminable sermon sur ses nombreux défauts. Pendant tout ce temps, cependant, elle ne cessa de réfléchir. John avait dû se rappeler qu'elle était proche de sa grand-mère — elle lui avait si souvent parlé d'elle —, et comme elle-même ne répondait pas à ses lettres, il avait renvoyé le bracelet à Nancy.

Après quelques instants, elle s'aperçut que Daphné s'était tue. Elle devait en avoir fini avec ses remontrances.

— Excuse-moi, maman, dit-elle, et merci encore de t'en être occupée.

Elles se dirent au revoir et Daphné raccrocha.

A peine Rose avait-elle reposé le combiné, qu'elle se laissa tomber dans le fauteuil. Le regard fixé sur les motifs géométriques de la tapisserie, elle médita sur les implications des révélations de sa mère. John n'avait pas oublié la promesse qu'ils s'étaient faite.

Et comment y avait-elle répondu ? En ignorant tout simplement ses lettres.

Redoutant tout à coup que le téléphone sonne et retarde son coup de fil au Shelbourne, elle chercha fébrilement dans l'annuaire le numéro de l'hôtel. Ses doigts tremblaient lorsqu'elle le composa sur le cadran.

La voix chantonnante du réceptionniste lui répondit après une sonnerie.

— Le Shelbourne, bonjour. Puis-je vous aider ?

— Je... Je voudrais parler à Mr. John Flynn, s'il vous plaît.

— Est-ce un client de l'hôtel, Madame ?

— Oui, je crois.

— Un moment, je vous prie.

Rose n'entendit plus rien pendant quelques secondes, puis le réceptionniste revint au bout du fil.

— Chambre 204. Je l'appelle pour vous, Madame.

Rose entendit la sonnerie retentir plusieurs fois. Il n'y avait personne. Bien sûr, c'était stupide de sa part de chercher à le joindre un lundi à une heure de l'après-midi. Elle aurait pu s'en douter.

— Cette personne est sortie, Madame, j'en ai bien peur. Voulez-vous que je la fasse appeler ?

— Oui, s'il vous plaît.

Et de nouveau, le silence se fit sur la ligne. Pendant les cinq minutes qui suivirent, Rose imagina le groom du Shelbourne traverser le hall, le salon, puis se rendre au bar tout en appelant le nom de John. Et s'il le trouvait ? L'estomac noué, elle se demanda quelle serait sa réaction en entendant son nom. Gêné, peut-être, ou curieux ? A moins qu'il ne soit en compagnie d'une femme et n'apprécie guère d'être dérangé.

Elle n'avait pas eu le temps de préparer ce qu'elle allait lui dire, mais elle avait l'intention de lui préciser que c'était Dorothy Cranshaw qui lui avait suggéré de l'appeler.

— Le groom vient de me dire que Mr. Flynn n'était pas là, Madame, déclara le réceptionniste. Voulez-vous laisser un message.

— Non, je vous remercie. Je rappellerai plus tard.

— Très bien, Madame.

Elle téléphona trois fois au cours de l'après-midi. Par chance, Effie et Willie étaient sortis. La journée étant fériée, ils avaient dû en profiter pour se rendre sur le chantier de leur future maison, où l'ameublement et la décoration restaient à faire. A six heures, Rose arpentait l'appartement vide, tel un animal en cage. Elle rappela le Shelbourne mais John n'était toujours pas rentré.

Darina entra en coup de vent alors qu'elle replaçait le combiné.

— Tu as fini, maman ? demanda-t-elle. J'attends un coup de fil très important.

— C'est mon téléphone, Darina ! lâcha Rose. C'est moi qui paie la facture, enfin, la moitié. Si je te laisse la permission de t'en servir, dis-toi bien que c'est un privilège et non un droit. Je passerai autant de coups de fil que je veux.

— Mais qu'est-ce que tu as ? Tout ce que j'ai dit...

— J'ai très bien entendu ce que tu viens de dire, mais ça ne change absolument rien à ce que, moi, je viens de dire.

Elles se foudroyèrent du regard et Rose se rendit compte qu'elle était allée trop loin.

— Pardonne-moi, dit-elle. Je suis fatiguée, c'est tout.

— Oh, ce n'est rien. Est-ce que tu comptes encore te servir du téléphone ?

— Non, je te le laisse. Mais quel est ce coup de fil si important que tu attends ?

— Un copain, c'est tout.

Rose leva les mains au ciel.

— Je vais aller me faire un sandwich. Tu en veux un ?

— Non, merci. Je n'ai pas faim.

Rose était assise dans la cuisine, en train de manger son sandwich, quand le téléphone sonna. Il n'eut pas le temps de sonner bien longtemps, car Darina s'était précipitée pour décrocher. Bien qu'elle ne pût capter ses paroles, au ton de sa voix, elle comprit que sa fille était très excitée, tout en essayant de le dissimuler.

Oh, ce doit être un garçon, pensa-t-elle avec un soupir, espérant toutefois que la phase dans laquelle entrait Darina serait de courte durée. Rose reconnaissait qu'en tant que mère, elle n'avait jusqu'alors pas trop eu à se plaindre ; en effet, si Darina avait essentiellement des filles pour amies, quand elle sortait, c'était généralement en bande, avec autant de filles que de garçons. Et puis, contrairement à elle au même âge, Darina n'avait jamais considéré les garçons comme des créatures mystérieuses et excitantes venues d'une autre planète. Bien sûr, elle avait eu quelques flirts, mais rien de très sérieux. C'est pourquoi, à sa voix et ses manières cachottières, Rose comprit que cette fois, les choses étaient toutes différentes.

Brusquement, une idée la traversa. Était-il possible que ce coup de fil ait un rapport avec ce qui s'était passé ce week-end ?

Elle lâcha un nouveau soupir. Que ce soit ou non le cas, elle ne le saurait pas avant que Darina soit disposée à lui en parler. Elle entendit la jeune fille raccrocher, puis de longues minutes s'écoulèrent avant qu'elle n'apparaisse dans l'encadrement de la porte de la cuisine.

— Coucou !

Même si elle baissait un peu la tête, ses longs cheveux ne dissimulaient qu'à moitié ses joues empourprées.

Rose ne bougea pas de sa place pendant qu'elle mettait de l'eau à chauffer. Elle se doutait de ce qui allait suivre, et ses soupçons se vérifièrent quand, tout en sortant une tasse à thé du placard, Darina lui demanda, l'air de rien :

— Ça ne t'ennuie pas si je sors ce soir ?

Rose mordit délibérément dans son sandwich afin de se donner le temps de réfléchir, et obliger par là même Darina à se tourner vers elle.

— Tu m'as entendue, maman ? Ça ne t'ennuie pas si je sors ce soir ? répéta-t-elle.

— Tu as fait tes devoirs ?

— Bien sûr. De toute façon, on n'avait pas grand-chose.

— Alors, je n'y vois pas d'inconvénient.

Elle se tut, et le silence remplit de nouveau la pièce. Puis, du même ton dégagé qu'avait pris Darina, elle demanda :

— Avec qui as-tu rendez-vous, au fait ?

— Oh, toujours les mêmes, tu sais.

Mais l'éclat qui brillait dans ses yeux racontait une tout autre histoire, et Rose sut, avec une certitude absolue, que la personne qu'elle allait retrouver ne faisait pas partie de ses amis habituels et, surtout, qu'elle comptait beaucoup plus pour elle. *Oh, Darina, sois prudente !* lui soufflait son cœur, mais à voix haute, elle se contenta de lui rappeler d'être de retour avec le dernier bus de vingt-trois heures trente.

— Oui, maman, ne t'inquiète pas.

Puis elle fit quelque chose d'encore plus révélateur. Elle se pencha vers sa mère et l'embrassa tendrement.

— Oh, maman, je t'aime tellement.

Rose était au bord des larmes.

— Je t'aime aussi, ma chérie, murmura-t-elle.

Elle l'entendit monter quatre à quatre l'escalier, puis claquer la porte de sa chambre avant d'ouvrir à grand fracas les tiroirs de sa commode, et fouiller ensuite, à l'intérieur de son placard, dans son imposante collection de bottes et de chaussures. *En voilà un que tu ne feras pas attendre, ma petite fille chérie*, pensa Rose. Elle se leva lentement et alla se poster à la fenêtre de la cuisine. Darina était amoureuse, cela ne faisait plus l'ombre d'un doute. Elle avait vu dans ses yeux le reflet de l'amour qu'au même âge, elle avait éprouvé pour John Flynn.

John. Il n'était qu'à quelques kilomètres d'elle. Allait-elle se ridiculiser à nouveau en l'appelant ? Il allait certainement finir par rentrer à son hôtel. Brusquement, il lui vint à l'esprit qu'elle était libre ce soir. Pourquoi n'irait-elle tout simplement pas au Sherlbourne ? Elle pourrait l'attendre dans le hall ? L'espace de quelques secondes, elle hésita, puis renonça à ce projet qui relevait plus du comportement d'une névrosée que de celui d'une mère de famille dont la fille allait avoir besoin non seulement d'attention, mais de tout l'amour qu'elle pourrait lui donner.

C'est alors qu'une autre éventualité s'imposa à elle. Et si John la rejetait ? Comment supporterait-elle le coup de cette humiliation ? Et quelles en seraient les conséquences sur Darina, à qui il faudrait révéler, tôt ou tard, l'identité de son père.

Rose se détourna de la fenêtre.

— Après tout, tu as toujours su choisir le meilleur moment pour faire les choses, se dit-elle à voix haute.

Elle alla se servir un Gin tonic au salon, puis s'enfonça dans le canapé, en tenant son verre à la lumière de la fenêtre derrière elle. Les bulles prirent aussitôt une teinte bleuâtre.

— Oh, et puis, la barbe ! s'écria-t-elle.

Bruno se trouvait déjà dans le hall du Skylon Hotel quand Darina arriva. Il se tenait légèrement à la gauche de la porte d'entrée, le col de son anorak de ski remonté jusqu'au menton. Son visage s'illumina quand il la vit.

— Salut ! lança-t-il. Tu veux boire quelque chose ?

— Non, merci, répondit Darina en souriant. A vrai dire, je préférerais partir d'ici. C'est un petit peu trop près de chez moi.

Ils se serrèrent la main, presque timidement.

— Où veux-tu aller ? demanda-t-il. Au cinéma ?

— Oh, non. Nous n'avons pas beaucoup de temps, et j'ai tellement de choses à te raconter. Tu n'as pas envie de marcher un peu ?

— Mais tu risques d'avoir froid, Darina, dit-il avec son adorable accent canadien.

Il détacha les trois syllabes de son prénom, comme s'il en caressait la sonorité. Darina secoua la tête.

— Je suis parée pour affronter le pire, répondit-elle, en lui montrant ses grosses bottes et sa jupe de laine sous son duffle-coat.

Alors qu'ils s'éloignaient de l'hôtel et longeaient Drumcondra Road en direction de Griffith Avenue, Darina jeta un coup d'œil vers les fenêtres de l'appartement en espérant que sa mère ne se tenait pas derrière l'une d'elles.

— C'est là que j'habite, dit-elle à Bruno en lui montrant la maison à trois étages.

— Très impressionnant. Vous possédez tout ?

— Non, juste le dernier étage et le grenier. Ma mère n'est pas riche, tu sais. Nous sommes locataires.

— Ta mère est au courant pour moi ?

— Non. Et puis — elle haussa les épaules —, il n'y a rien à dire. Je suis allée faire un tour, c'est tout.

Quand elle se sentit suffisamment loin de chez elle, elle lui prit la main. L'automne avait été tardif cette année, et des feuilles rouge orangé s'entassaient sur les trottoirs. Au fond des jardinets soignés, les maisons scintillaient de lumières jaunes, floues et éthérées à travers la brume.

— Je faisais du patins à roulettes ici quand j'étais petite, déclara Darina. J'adore cette période de l'année, quand les feuilles craquent sous les pas, ou se prennent dans les roues de ma bicyclette.

— Tu devrais voir l'automne, chez nous, sur l'Ile.

— Peut-être le verrai-je, un jour ?

— Si ça ne dépend que de moi, tu peux en être sûre.

Darina éclata de rire. L'ingénuité et le sérieux de Bruno l'enchantaient. Pour la centième fois au moins en trois jours, elle se dit qu'il avait décidément un effet des plus extraordinaires sur elle ; chaque fois qu'elle le regardait, ou même, qu'elle pensait à lui, une vague de chaleur l'envahissait. Ses nombreuses lectures — elle venait de se lancer dans les œuvres de Jung et du médium Edgar Cayce — lui avaient donné le goût de l'auto-analyse et, alors qu'elle marchait à côté de lui, elle n'eut pas besoin de réfléchir longtemps pour savoir qu'elle était amoureuse.

Elle lui jeta un coup d'œil.

— Où en étions-nous... dans l'histoire de nos vies, je veux dire ? lui demanda-t-elle en levant le bras de sorte qu'il glisse sa main en dessous.

Au cours de leurs deux uniques rendez-vous à Sundarbans, après quelques instants d'hésitation, ils n'avaient cessé de parler. Jamais Darina ne s'était confiée aussi librement à quelqu'un.

— Je ne me rappelle plus vraiment, avoua Bruno. Nous avions tellement de choses à raconter.

— Et ce n'est pas fini, crois-moi.

Pourtant, ils continuèrent de marcher en silence, à travers Marino et Fairview, jusqu'au front de mer, à Clontarf ; en chemin, Darina s'aperçut qu'ils respiraient à l'unisson, au rythme de leurs pas. Alors qu'ils approchaient de Clontarf Road, Darina reconnut le vrombissement d'un bus, derrière eux.

— Est-ce que tu es déjà allé à Dollymount Strand ?

— Où ça ? demanda Bruno, mais elle ne prit pas la peine de lui expliquer.

— Viens, suis-moi ! lança-t-elle en se mettant à courir en agitant un bras. L'arrêt de bus est juste là !

Le chauffeur la vit juste à temps et s'arrêta pour les attendre ; puis le bus repartit lentement à travers le brouillard.

Ils descendirent au bout de trois arrêts, traversèrent la route et grimpèrent sur l'ancien pont de bois qui traversait l'estuaire et reliait la route à la grève, presque de la taille d'une île. Là, au grand air, le brouillard semblait encore plus dense, s'élevant directement de la surface de l'eau, pâle nuage gris qui tournoyait autour d'eux et les prenait à la gorge. Le bruit des voitures était assourdi et lointain, et les lumières du port et de la ville n'étaient plus que de petites lueurs, à peine visibles.

— C'est féerique, dit Bruno. Il y a de la brume aussi chez nous, mais jamais comme ça.

— J'ai toujours aimé le brouillard, « le brouillard jaune qui frotte aux vitres son échine ».

T.S. Eliot avait été de tout temps le poète préféré de Darina.

— Quand j'étais petite, j'étais terrifiée à l'idée de traverser ce pont, continua-t-elle, même en plein jour. Maman devait me porter. Tu ne peux pas voir maintenant, parce qu'il fait trop sombre, mais les planches ne sont pas bien jointes et on aperçoit la mer au travers. Elle pouvait me dire n'importe quoi, j'avais toujours peur de glisser et de tomber dans la mer. Tu as des allumettes ou un briquet ? demanda-t-elle alors, brusquement.

— Non, répondit Bruno, je ne fume pas.

— Ce n'est pas pour ça, fit Darina. Mais nous pourrions allumer un petit feu. Je l'ai déjà fait..., enfin, de jour, ajouta-t-elle.

— Tu es sûre qu'on a le droit ?

— Tout le monde le fait, répliqua-t-elle avec assurance, même si elle n'était pas tout à fait certaine qu'allumer des feux de camp, dans les dunes, soit vraiment autorisé. Tiens, nous allons demander à cet homme là-bas.

A quelques mètres d'eux, un homme promenait ses

chiens. Il fouilla dans ses poches tandis que les bêtes tiraient sur leurs laisses pour repartir.

— Tenez, dit-il, gardez la boîte. Il n'y en a plus que deux ou trois. Quel froid de canard, lança-t-il avant de les saluer d'un geste de la main.

Darina conduisit Bruno jusqu'à la plage, tout au bord de l'eau. L'homme aux allumettes avait raison : il faisait particulièrement froid et humide ce soir.

Mais rien ne pouvait arrêter Darina.

— Oh, j'aimerais tellement que tu voies ça. Par nuit claire, on voit presque toute la ville d'ici. Et la plage est immense, immense.

— Tu viens souvent ici ?

— Oui, très souvent.

— Avec d'autres garçons ?

— Parfois, répondit Darina. Et parfois, je viens seule. C'est tellement grand que quel que soit le nombre de personnes qui se promènent, et même en plein été, tu finis toujours par trouver un endroit pour t'isoler, dans les dunes.

Elle se tourna et montra, derrière elle, un point au loin.

— Cette plage et Phoenix Park sont mes deux lieux préférés. Tu es déjà allé à Phoenix Park ?

— Non. Apparemment, j'ai beaucoup de choses à découvrir. Dublin est si grande comparée à Charlottetown.

— J'adorerais visiter Charlottetown.

— Un jour, tu viendras, assura Bruno.

— Comment peux-tu en être aussi sûr ? Peut-être ne nous reverrons-nous plus jamais après ton départ d'Irlande ?

— Tu plaisantes !

La ferveur avec laquelle il avait répliqué enchanta Darina, mais en même temps, elle eut peur et demeura silencieuse.

— Tu es adorable, Darina, murmura Bruno tendrement. Tu n'as pas froid ?

Il remonta la capuche de son duffle-coat sur sa tête et la lui tint serrée contre les oreilles.

— Allons jusqu'aux dunes pour allumer ce feu.

L'espace de quelques secondes, ils restèrent, là, immobiles, et elle crut qu'il allait l'embrasser. Mais, à sa grande déception, il s'écarta.

— Qu'allons-nous prendre ? demanda-t-il.

— Oh, il y a des tas de choses là-haut. Des morceaux de bois, des cartons... Les gens ne se foulent pas dès qu'il s'agit de nettoyer derrière eux.

Dans le brouillard, les dunes s'étaient transformées en un monde mystérieux et insolite, où les crêtes représentaient les frontières, et où l'air était chargé de l'odeur du sable humide et de celle des matières en putréfaction.

— Même quand il fait beau, on a du mal à croire qu'ici, on est près d'une grande ville, expliqua Darina, qui, instinctivement, avait baissé la voix. Viens, ajouta-t-elle, on a du pain sur la planche. Ramasse tout ce qui peut te sembler bon à brûler. Mais il faut que ce soit bien sec.

— Hé, protesta Bruno. Tu parles à quelqu'un qui vit sur une île. Je sais comment on allume un feu !

Au bout de dix minutes, ils se retrouvèrent avec un amoncellement de papiers, brindilles, carton, végétation morte, et même un cageot d'oranges.

— Attendons d'avoir très froid, mais vraiment très froid, suggéra Darina. Ce serait dommage de tout gaspiller maintenant.

— Très bien, fit Bruno.

Il creusa un trou dans le sable et s'y affala. Darina l'imita et s'allongea à son tour, se servant de la capuche de son manteau comme d'un oreiller, à cause des hautes herbes qui lui picotaient la peau comme des aiguilles.

Ils restèrent couchés, là, côte à côte, en silence. Darina attendait qu'il se penche sur elle et l'embrasse. Elle aurait bien pris les devants, mais obéissant à un sentiment obscur qui lui disait que c'était à lui de commencer, du moins la première fois, elle n'osa pas. Pourtant, elle sentait qu'il en brûlait d'envie et, tandis qu'elle attendait, la tension physique qui s'installait entre eux lui parut insurmontable.

— Est-ce que tu t'intéresses à tout ce qui est psychique ? demanda-t-elle tout à coup.

— De quoi veux-tu parler ?

— Eh bien, les phénomènes paranormaux par exemple.

— Pas vraiment, non, répondit Bruno.

— Tes camarades de classe au Canada ne consultent jamais les planches de Ouija ?

— Les quoi ?

— C'est un morceau de bois ou de carton assez épais sur lequel tu mets une plaque de verre. Tout le monde s'assoit autour et pose les mains dessus. Ensuite, chacun se concentre et pose des questions — qui ne doivent avoir pour réponse que « oui » ou « non » — sur l'amour, l'amitié. Et la plaque de verre répond en se mettant à bouger toute seule. Ça fait fureur à l'école en ce moment, mais bien sûr, les sœurs nous l'ont interdit.

Elle se redressa en prenant appui sur un coude, et le regarda droit dans les yeux.

— Je ne te mens pas, Bruno, la plaque de verre bouge vraiment. Elle répond au pouvoir de nos pensées qui se rejoignent les unes aux autres — elle hésita, redoutant sa réaction, puis continua : C'est l'inconscient universel, tu comprends. Il y a des gens qui pensent que nos esprits, nos âmes font partie d'un esprit plus grand.

Elle scruta son regard dans l'obscurité, mais il

faisait si sombre qu'elle ne put discerner l'expression de son visage. Craignant qu'elle ne l'ait rebuté avec son discours, elle se rallongea dans le sable.

— Enfin, je ne fais que commencer à lire des textes là-dessus, dit-elle simplement.

Bruno se tourna vers elle, posa un bras en travers de son corps et l'attira contre lui.

— Parle-m'en encore.
— Ça t'intéresse ?
— Bien sûr.
— Eh bien, comme je viens de te l'expliquer, je suis encore novice en la matière, mais il y a des tas de choses que j'ai lues qui me sont apparues comme évidentes. Je veux dire, même quand j'étais plus jeune, je n'ai jamais pu accepter l'enseignement catholique que l'on nous dispense à l'école, l'histoire de la Sainte Trinité, le fait que tu vives, puis que tu meures et que tu ailles ensuite au paradis ou en enfer. Mais quand j'ai commencé à m'intéresser aux expériences psychiques et aux religions orientales, tout ça a pris un sens pour moi. Le christianisme, et même le catholicisme, entrent dans cette conception plus large.

— Et tout ça a un rapport avec... Comment dis-tu déjà ? La planche de Ouija ?

— Non, ça n'a rien à voir. La planche Ouija n'est qu'un jeu. La seule raison pour laquelle je t'en ai parlé c'est que, quand la plaque de verre bouge, tu as la preuve évidente qu'il y a plus que la vie que tu sens, que tu vois ou entends. En tout cas, certainement plus qu'on nous l'a dit. J'ai lu récemment des livres sur le karma, la réincarnation, l'astrologie. Tu en as déjà entendu parler ?

— Je ne voudrais pas paraître stupide, fit Bruno, mais tu veux dire les horoscopes ? Je suis Balance.

— Oui, c'est un peu ça, si on veut, répondit Darina très sérieusement. Moi, je suis Bélier. Mais c'est bien plus profond. Je ne comprends pas tout, du moins pour l'instant.

Puis, elle se tut. Le bras de Bruno pesait de plus en plus lourd sur elle.

— Tu es si belle, Darina, murmura Bruno et, soudain il se pencha sur elle et posa ses lèvres sur les siennes.

Ce fut un baiser doux et tendre, sollicitant plutôt qu'exigeant, et si merveilleusement différent de ceux qu'elle avait échangés avec d'autres garçons.

Darina se tourna et glissa ses bras autour de Bruno ; son dos lui parut large et fort sous le rembourrage de son anorak. On n'entendait pas un bruit ; même le ressac de la mer était atténué par le brouillard. Tandis qu'il l'embrassait, Darina s'était sentie pendant quelques secondes en état d'apesanteur ; elle aurait pu le jurer. Elle chercha quelque chose d'intelligent à dire, mais tout ce à quoi elle pensait lui paraissait vide et stupide.

Bruno s'écarta, et ils restèrent, là, face à face, deux êtres humains seuls sur la planète. Darina sentait des picotements dans tout son corps, comme si son cœur battait partout.

— Tu sens ? murmura-t-elle.

— Oui, répondit Bruno, sur le même ton, et tandis qu'ils se regardaient à nouveau dans la densité de la nuit, cette sensation partagée s'intensifia jusqu'à devenir angoissante et exquise tout à la fois. Darina, qui ne pouvait plus le supporter, se redressa brusquement.

— Allumons ce feu, dit-elle.

Elle gratta une allumette et l'approcha de l'amas de débris qui s'embrasèrent. En l'absence de vent, le feu brûlait régulièrement ; des étincelles jaillissaient, tel un feu d'artifice miniature, les faisant sursauter de surprise.

Darina contempla l'air absorbé de Bruno. La lueur des flammes qui dansaient sur son visage rehaussait ses pommettes saillantes et la blondeur de ses cheveux, et se reflétait dans ses yeux. On aurait dit un faune ou quelque créature mythologique. Brusquement, elle se laissa emporter par la magie de l'instant.

— Il faut du combustible, esclave ! s'écria-t-elle. Encore plus de combustible si nous ne voulons pas que le feu meure !

Ils ramassèrent tout ce qu'ils purent dénicher dans le noir, et alimentèrent le feu pendant une demi-heure, ne parlant plus que de temps en temps et à voix basse.

— Tu ne trouves pas que la façon dont on s'est rencontrés est étrange ? demanda-t-elle en se rasseyant. Je veux dire, je ne suis restée sur ce promontoire que quelques secondes. Je m'apprêtais à aller jusqu'au hangar à bateaux, et si je ne m'étais pas arrêtée...

— Oui, répondit Bruno, mais les gens se rencontrent tout le temps comme ça. Dans des magasins, des trains... C'est le hasard qui fait qu'ils se trouvent tous les deux au même moment au même endroit. Mes parents, par exemple, se sont rencontrés sur un bateau.

Darina n'était pas prête à accepter la logique avec laquelle Bruno expliquait les choses.

— Oui, sans doute, dit-elle, mais tu dois bien admettre que la façon dont, nous, nous nous sommes rencontrés est...

Elle voulait dire « romantique », mais jugea l'expression trop présomptueuse.

— Cela semblait tellement inévitable, finit-elle par dire en jetant un dernier morceau de bois dans le feu. Un jour, j'écrirai quelque chose là-dessus.

Elle lui avait déjà confié qu'elle voulait devenir écrivain.

— J'espère que tu n'écriras que des bonnes choses sur moi.

Darina éclata de rire.

— Alors, tu ferais mieux de continuer à être gentil.

Ils contemplèrent à nouveau le feu, et, tandis que les flammes mouraient peu à peu sur un matelas de braises et de cendres, le ton de Darina se fit plus sérieux.

— C'est facile de te parler, confia-t-elle. C'est comme si je te connaissais depuis toujours. Je n'ai pas besoin de réfléchir à ce que je vais te dire, et je ne me soucie pas de ce que tu vas en penser. Je *sais* ce que tu vas penser parce que je le pense moi-même.

— Oui, je comprends parfaitement.

— Les autres garçons te poussent toujours, pour voir jusqu'où tu peux aller.

— Tu veux dire pour coucher ?

— Je suppose. Mais il n'y pas que ça. Avec toi, par exemple, je n'ai pas l'impression d'être forcée, et donc, j'ai envie de tout te donner. Tu comprends ?

— Tout ? demanda-t-il, moqueur.

Darina sourit.

— Je n'ai pas peur de toi. Et puis, de toute façon, nous avons la vie devant nous, et toutes les autres vies à venir.

Elle lui donna un petit coup de poing dans les côtes.

— Et si tu y crois, tu crois à tout !

Elle se sentait merveilleusement bien, légère et aérienne, et tellement en sécurité. Elle fit mine de vouloir le taper à nouveau, mais il lui attrapa les mains et l'obligea à s'allonger sur le sable. Alors, il l'embrassa, un long baiser passionné, bien plus ardent que la première fois.

Darina écarta la tête et le regarda.

— N'allons pas trop vite, murmura-t-elle.

Bruno l'embrassa encore, mais doucement. Puis il s'étendit à ses côtés et elle reposa sa tête dans le creux de son épaule tandis qu'il refermait ses bras sur elle. Comme elle était bien, là, près de lui. La sensation de chaleur qui l'envahissait devait être semblable à celle d'un nouveau-né blotti contre sa mère. Elle leva les yeux. Son visage était à peine éclairé par le feu presque éteint. Il traça le contour de l'un de ses sourcils du bout des doigts puis arracha une touffe d'herbes.

— C'est du gourbet, dit-il en lui effleurant le menton avec quelques brins. Tu le savais ?

— Non, mais maintenant, je le sais.

— Il y a des dunes, aussi, sur l'Île, des dunes magnifiques. Elles se déplacent avec le vent et vont jusqu'aux routes. C'est très spectaculaire. Et s'il n'y avait pas de gourbet, elles se disperseraient.

Plus rien n'existait pour Darina que l'instant présent et son visage au-dessus du sien. Jamais, elle ne s'était sentie aussi sereine et en paix avec le monde.

Le vrombissement assourdi d'une voiture, qui se rapprochait de plus en plus, vint s'immiscer dans leur univers. Bruno la lâcha doucement, se releva et jeta un coup d'œil, par-dessus les dunes, du côté de la plage.

— C'est une voiture de police, dit-il, étonné.

— Quelle heure est-il ?

— Dix heures moins dix.

— Oh, vite, il faut partir. J'ai promis à maman d'être de retour avant onze heures et demie. Elle va s'inquiéter si elle ne me voit pas arriver.

Ils regardèrent la voiture de police s'éloigner.

— Nous n'avons rien fait de mal, déclara Darina. Nous n'avons donc aucune raison d'avoir peur. Rien ne nous interdit de venir ici. C'est un lieu public, mais il vaudrait peut-être mieux éteindre complètement le feu, pour plus de sécurité.

Bruno jeta du sable sur les braises, puis ils s'époussetèrent et regagnèrent la plage. Les feux arrière de la voiture de police brillaient au loin.

— Tu crois qu'ils cherchaient quelque chose en particulier ? demanda Bruno.

— Des gens comme nous, probablement, répondit Darina, en souriant.

Ils retraversèrent le pont et débouchèrent sur la route principale.

— Au fait, j'ai oublié de te demander, fit Darina. Qu'est-ce que ton oncle t'a dit quand tu es arrivé au Shelbourne ?

La veille, ils avaient décidé que Bruno annoncerait à Mona que son oncle John l'avait invité à le rejoindre à Dublin pour y passer la soirée en sa compagnie.

— Il n'était pas là. Je lui ai laissé un message. Quelle sera sa réaction, je n'en sais rien.

— Tu n'as pas peur ? Qu'est-ce que tu lui as exactement dit dans ton message ?

— Que j'étais en ville, par hasard — c'est le genre de prétexte qu'emploie toujours mon père —, et que j'espérais que ça ne l'ennuyait pas que je reste à son hôtel pour la nuit.

— Tu crois que ton père sera fâché quand il le saura ?

— Je ne sais pas, répondit Bruno avec un haussement d'épaules. De toute façon, il n'y a pas à s'inquiéter. Papa est à Hambourg, persuadé qu'en ce moment même, je suis sous la douce surveillance de Mona.

— Comment est-elle ? Et comment se fait-il qu'elle vive avec ton oncle John et qu'il ne l'ait pas épousée ?

— Ils ne vivent pas ensemble, enfin, pas comme tu penses. Je veux dire qu'ils ont chacun leur chambre. Je ne connais pas toute l'histoire, mais ça remonte à l'époque où la mère de Papa et d'oncle John était malade et que Mona était venue s'occuper d'elle. Après sa mort, elle est restée.

— Elle est gentille ?

— Adorable. C'est le genre de femme qui pense toujours du bien de tout le monde. Pour être franc, je m'en veux un peu de lui avoir menti. Enfin, ce n'est pas réellement un mensonge...

Un instant, Darina réfléchit à la question. Elle avait déjà remarqué à quel point il pouvait prendre les choses au pied de la lettre.

— Mais non, fit-elle. Tu ne l'as pas vraiment trompée, puisque tu vas effectivement dormir au Shelbourne.

— Eh bien, je l'espère.

Main dans la main, ils marchaient lentement le long du chemin qui bordait l'estuaire.

— Oh, Bruno, je n'ai pas envie de rentrer. Dieu seul sait quand nous nous reverrons.

— Je vais faire mon possible pour revenir à Noël, déclara-t-il, et il parut si sûr de lui que Darina le crut.

— Ce serait merveilleux ! Mais comment comptes-tu persuader tes parents de te laisser revenir ?

— Ils n'auront qu'à venir avec moi ! dit-il, comme si cela coulait de source. Ils disent toujours qu'ils aimeraient bien le faire un jour. Alors, si je me débrouille bien, « ce jour » pourrait bien être cette année. Noël n'est que dans deux mois, Darina. Six ou sept semaines, pas plus.

— Mais c'est terriblement long !

A l'idée de leur séparation imminente, toute la joie qu'elle avait ressentie au cours de la soirée s'envola en fumée.

— Quelle heure est-il ? demanda-t-elle.

— Onze heures moins vingt.

— Ça veut dire qu'il ne nous reste que vingt minutes..., fit-elle, en proie à une immense tristesse.

Voyant une cabine téléphonique de l'autre côté de la rue, elle prit tout à coup une décision.

— Je vais demander la permission de minuit ! lança-t-elle.

Rose et Effie se trouvaient dans le salon quand le téléphone sonna. Effie alla répondre.

— C'est Darina, dit-elle, quand elle revint.

— Est-ce qu'elle t'a dit ce qu'elle voulait ?

Rose ne put s'empêcher d'être irritée contre sa fille. Elle s'extirpa finalement du canapé et alla dans l'entrée.

— Darina ?

— Allô, maman ?

A peine eut-elle entendu le ton de sa voix, faussement enjoué, que Rose se méfia.

— Voilà, reprit Darina, je me demandais si je ne pouvais pas rentrer un peu plus tard que prévu ?

Bien que, instinctivement, Rose eût envie de lui répondre « non », elle s'en abstint et demanda, l'air de rien :

— Ah bon ? Et qu'y a-t-il de si spécial pour que tu veuilles rester plus tard ?

— Je te raconterai quand je rentrerai, enfin... si tu es encore réveillée. Mais en deux mots, j'ai rencontré un garçon, un garçon tout à fait bien, et il m'a promis de me ramener en taxi. Si tu veux, je te le présenterai.

— Ce ne sera pas nécessaire. Mais qui est-ce, et où es-tu en ce moment ?

— Il s'appelle Bruno, et nous sommes à Clontarf. Maman, je te raconterai tout, je te le promets. Nous sommes juste allés nous promener, le long de la mer.

Devant le silence persistant de sa mère, Darina prit un ton suppliant.

— *S'il te plaît*, maman. Je n'ai pas cours demain.

C'était la première fois que Darina se montrait aussi franche ; si elle lui refusait cette permission qui, de toute évidence, comptait beaucoup pour elle, Rose redoutait qu'elle ne passe outre.

— Très bien, dit-elle lentement, mais je te fais confiance, Darina. Tu me promets de rentrer en taxi ? As-tu assez d'argent, au fait ?

— Oui, oui, j'ai même plus qu'il n'en faut. Merci, maman !

Rose s'apprêtait à lui fixer une heure précise, mais la jeune fille avait déjà raccroché.

Elle retourna au salon où Effie l'attendait.

— Tous va bien ? demanda-t-elle.

— Oh, Effie, je l'espère, je l'espère vraiment.

John jeta un coup d'œil au réveil, sur la table de nuit, du côté de la fille : était-ce une heure décente pour partir ?

La fille vint se blottir contre lui. Quelques gouttes de sueur perlaient à la surface de son corps magnifique. Elle respirait lentement et régulièrement, et John, honteux, espéra qu'elle s'était endormie. Il n'osait pas bouger son bras, de peur de la réveiller.

Est-ce que cela changerait un jour ? se demanda-t-il. Plusieurs fois, il avait essayé de vivre une liaison durable avec une fille pour laquelle il éprouvait un vague désir ; mais aucune expérience n'avait duré longtemps ; dès que la fille se mettait à faire des allusions, à organiser des dîners avec d'autres couples d'amis, à prendre des rendez-vous longtemps à l'avance, John se sentait pris au piège et fuyait pour retrouver sa liberté.

En attendant que la fille contre lui dorme d'un sommeil profond, il passa en revue les événements de la journée. Dès le début, Rodney Pickford et lui s'étaient entendus comme larrons en foire. L'homme, bien qu'intraitable en affaires, s'était révélé être un compagnon fin et agréable dès qu'il n'était plus question de travail. Après avoir écouté John, il avait accepté de s'associer au projet de Sundarbans, proposant même d'apporter au consortium déjà constitué une somme d'argent considérable en plus de son appui auprès d'une banque de commerce qui, George et John l'espéraient, ferait une offre égale à celle de la banque de Carrickmacross. Ils avaient rencontré trois des responsables de la banque aux premières heures de la journée, et, grâce à la présence influente de Pickford, l'entretien s'était déroulé à merveille.

Pour être franc, John devait admettre qu'un peu grisé par le succès de sa journée, l'alcool et la bonne chère aidant, il était largement responsable de ce qui lui arrivait maintenant. Pour fêter leur accord, Pickford et lui avaient fait un excellent repas, fort bien arrosé, à l'hôtel Hiberian. John, dont les connaissances en vins se limitaient pour l'essentiel à la cave de Willow House, avait remarqué que les choix de Pickford avaient reçu l'entière approbation du sommelier.

Les deux filles se trouvaient au bar, où ils étaient allés prendre un verre après le dîner. A sa grande surprise, John avait découvert que Pickford, très en forme pour un homme d'une cinquantaine d'années, n'était pas aussi collet monté que la plupart des hommes d'affaires qu'il connaissait. Bien que marié et père de trois enfants, à la vue des deux filles qui riaient à la table voisine, il n'avait pas hésité. Il avait commandé deux cognacs et, de manière assez hardie, leur avait demandé si John et lui pouvaient se joindre à elles.

Il avait aussitôt occupé le devant de la scène, racontant des histoires drôles et parfois un peu grivoises sur les mœurs de la haute société de l'Ile de Man et des îles anglo-normandes. Il laissa même entendre — sans entrer dans les détails — qu'il connaissait intimement certains membres de la famille royale.

Les deux filles, qui travaillaient dans une agence de pub, étaient aussi soignées que deux jeunes pouliches, et elles furent rapidement sous le charme de Pickford qui ne tarissait pas de compliments. Au bout d'un moment, John, légèrement grisé par l'alcool, se laissa doucement aller à l'inévitable. Vers onze heures, ils se séparèrent. Pickford regagna son hôtel à pied avec l'une des filles tandis que John montait dans la voiture de l'autre qui l'emmena chez elle, à Ranelagh, au sud du centre ville.

Il jeta un coup d'œil à la fille qui gémissait doucement dans son sommeil. John retint son souffle tout en essayant de dégager son bras le plus délicatement possible. Et c'est en s'écartant d'elle qu'il se rappela la première fois qu'il avait fait l'amour. Rose, aussi, s'était endormie dans le creux de son épaule. Et il se fit brusquement horreur. Comment pouvait-il, après cette expérience d'amour partagé avec Rose O'Beirne Moffat, être tombé aussi bas ? Toutes les menaces de l'Église catholique, contre le péché de la chair, et même les timides insinuations de sa pauvre mère s'avéraient finalement justes.

Oui, la chair était assurément faible, et celle de John Flynn en particulier.

Il se sentait sali, l'odeur de son corps après l'amour l'écœurait. La fille aussi le dégoûtait. Il fallait qu'il élimine toute trace de cette nuit lamentable.

Il finit de se dégager, se leva doucement, et en prenant garde de ne faire aucun mouvement brusque, il enfila ses vêtements à la hâte.

Lorsqu'il fut prêt à partir, il lui jeta un dernier coup d'œil. Endormie, elle paraissait bien plus jeune que les vingt-trois ans qu'elle avait annoncés, et très vulnérable. Il se sentit très lâche. Il devait au moins lui laisser un petit mot. Il finit par trouver un carnet fixé à la porte du réfrigérateur, dans la kitchenette, en arracha une feuille sur laquelle il écrivit :

Je dois partir. Je commence tôt demain. C'était un plaisir de te rencontrer. N'hésite pas à me contacter si tu passes par chez moi.

Il hésita. La moindre des politesses exigeait qu'il ajoute son numéro de téléphone. Il inscrivit celui de Willow House, se gardant bien de donner le sien.

Plus honteux que jamais, il se dirigea sur la pointe des pieds jusqu'à la porte et sortit sans bruit. Une fois dehors, il inspira à pleins poumons l'air frais de la nuit. Comme, en début de soirée, il pensait rentrer à pied au Shelbourne, situé à une centaine de mètres seulement du Hiberian, il n'avait pas pris de manteau et commençait à grelotter. Il se consola en se disant que le froid le purifierait.

Il se mit en route d'un pas vif, vers ce qui lui semblait être la bonne direction. Ranelagh était un quartier résidentiel et les rues qu'il traversait étaient désertes. Ses chances de croiser un taxi à cette heure de la nuit étaient minimes. Et ses craintes se confirmèrent lorsqu'il déboucha enfin sur une grande avenue : il devait sans doute être la seule personne dehors dans cette partie de la ville. Il continua de marcher, ne croisant que quelques chats égarés et une voiture qui allait dans la direction opposée à la sienne. Le brouillard absorbait la lumière des lampadaires et, quand en franchissant un pont au-dessus d'un canal, il s'arrêta un instant pour contempler l'eau plate, il eut l'impression d'être un acteur dans un film surréaliste en noir et blanc. Il se sentait plus calme et ne grelottait plus. Il pensa à la fille. Pourvu qu'elle lui pardonne son indélicatesse. Elle était gentille, après tout. Mais il n'y avait aucun avenir possible entre lui et une femme comme elle.

Avait-il d'ailleurs un avenir avec quiconque ? Il avait trente-trois ans et n'avait personne en vue. Est-ce qu'il finirait ses jours comme Ned Sherling ?

Pauvre Ned. Il se sentait coupable quand il pensait à lui. Il avait été tellement occupé ces derniers temps qu'il n'avait pas eu un seul moment pour aller le voir. Ned vieillissait, et sa vue avait tant baissé qu'il n'arrivait plus à lire ses chers livres. Mais il ne se plaignait jamais, et quand John lui rendait visite, il ne manquait jamais de lui apporter quelques livres de la bibliothèque, qu'il lui lisait à voix haute pendant une heure ou deux.

John était à peu près sûr que Ned Sherling avait été amoureux de Mary. Aurait-il le même destin ? Devrait-il, jusqu'à la fin de ses jours, pleurer son premier amour perdu ? Il n'allait tout de même pas tomber dans le genre larmoyant. Il jeta un coup d'œil à sa montre. Deux heures moins vingt.

— Allez, John Flynn, se dit-il. Dépêche-toi, tu as du travail demain.

Lorsqu'il prit ses clés à la réception de l'hôtel, deux messages l'attendaient. L'un était de Pickford, qui lui proposait de le retrouver à 8 h 30 pour le petit déjeuner, et l'autre, noté à 18 heures, était de son neveu. John fut aussitôt pris de panique. Bruno se trouvait apparemment à Dublin et voulait savoir s'il pouvait passer la nuit à l'hôtel, avec lui.

Mais où était-il à présent ? Et il s'en voulut encore plus : tandis qu'il perdait son temps avec une fille qui ne signifiait rien pour lui, son neveu errait dans la ville en pleine nuit, au hasard des rues mal famées.

— Y a-t-il d'autres messages ? demanda-t-il.
— Non, Monsieur. Il n'y avait que ces deux-là.

Que faire ? Et d'abord, que faisait Bruno à Dublin ?

Il se demanda s'il devait contacter Derek à Hambourg mais y renonça très vite. C'était ridicule, car même s'il arrivait à trouver le nom de hôtel où il était descendu, Derek ne pourrait rien faire de là-bas.

Fallait-il prévenir la police ? Bruno avait seize ans, ce n'était plus exactement un bébé.

Cette dernière pensée le calma. A l'âge de Bruno, il avait déjà quitté l'école et s'apprêtait à émigrer au Canada. Cependant, il n'ignorait pas que son neveu était un garçon assez naïf, prêt à faire confiance et à suivre n'importe qui.

— Il y a un problème, Monsieur ?

Interrompu dans ses pensées par la question du portier, John se rendit compte que cela faisait plusieurs minutes qu'il se tenait, là, immobile devant la réception.

— Non, répondit-il, mais si mon neveu, Bruno Flynn, cherche de nouveau à me contacter, faites en sorte que j'aie bien le message. Et quelle que soit l'heure de son appel.

— Certainement, Monsieur.

— Est-ce que vous pourriez me montez un café également ?

John regagna sa chambre et attendit. Il n'avait rien d'autre à faire.

Lorsque Rose entendit le bruit des clés de Darina dans la serrure de la porte de l'immeuble, elle respira profondément et lentement plusieurs fois de suite pour se détendre. C'était tout ce qu'elle avait retenu des cours de yoga qu'elle avait suivis quelques années auparavant. A mesure que les heures passaient, elle avait de plus en plus cédé à la panique. Mais il était hors de question que sa fille s'en aperçoive.

Elle l'entendit s'engager dans l'escalier qui menait à l'appartement. Au même moment, le moteur d'une voiture vrombit dans la rue. Au moins, ce garçon, qui soit-il, avait tenu sa parole et l'avait ramenée en taxi.

La porte de l'appartement s'ouvrit doucement.

— Je suis là, Darina, appela-t-elle.

La jeune fille marqua un temps, puis apparut dans l'encadrement de la porte. Elle avait les joues empourprées et les yeux rouges, comme si elle avait pleuré. Son visage, pourtant, reflétait une douceur que Rose ne lui connaissait pas. Elle s'apprêtait à lui faire remarquer avec vivacité qu'elle avait largement dépassé l'heure — il était trois heures du matin — quand Darina leva la main.

— Je t'en prie, maman, ne dis rien. Je sais qu'il est très tard. Mais nous n'avons rien fait de mal, je te le promets. Le Coffee Dock était fermé et nous sommes allés manger un sandwich au Manhattan. Et le temps a passé sans qu'on s'en aperçoive.

Sa voix était plate et sans entrain.

— Viens ici, et parle-moi de lui, déclara Rose en tapotant le canapé à côté d'elle. Qui est-ce ?

Mais Darina ne bougea pas.

— Je te raconterai tout demain, maman. Je n'ai pas envie d'en parler maintenant.

— Est-ce que tout va bien ? On dirait que tu as pleuré.

— Oui, mais je ne suis pas triste. Enfin, si..., mais je suis triste et très heureuse à la fois. Tu comprends ce que je veux dire.

Elle baissa les yeux et examina ses ongles.

— Nous n'allons pas nous revoir avant Noël.

— Pourquoi Noël ?

— Parce qu'il ne reviendra pas avant. Il quitte Dublin demain matin.

— Où habite-t-il ?

— Eh bien, il passe ses vacances dans le comté de Monaghan et c'est là qu'il va demain. Sinon, il habite au Canada.

Le Canada. Rose eut comme un pressentiment.

— De quel coin du Canada est-il exactement ? parvint-elle à demander.

— L'Ile du Prince Edward. Tu connais ?

— Oui, bien sûr.

Oh, mon Dieu...

Darina parut surprise.

— Eh bien, ça alors ! J'étais persuadée que c'était un trou perdu. Je n'en avais jamais entendu parler avant. Moi qui pensais devoir t'expliquer où ça se trouve.

Rose, dans un suprême effort, tenta d'affermir sa voix :

— Comment s'appelle ce garçon ?

— Bruno. Bruno Flynn.

14

John s'assit au bord du lit et regarda Bruno, paisiblement endormi sur le tapis. Il s'était enveloppé dans la courtepointe du lit de John et sa tête blonde reposait sur l'un des oreillers. Il avait l'air si vulnérable et si jeune que John hésitait à le réveiller.

Pourtant, il ne pouvait pas faire autrement. Il se pencha sur lui et lui tapota doucement l'épaule.

— Bruno. Bruno ! Réveille-toi. Il est l'heure.

Le jeune garçon s'étira paresseusement et ouvrit des yeux bleus étonnés. Reconnaissant John, il sourit.

— Bruno, il faut que nous parlions, toi et moi. Est-ce que tu te rends compte de la chance que nous avons eue la nuit dernière ?

— Mmm ? fit Bruno, la voix encore tout ensommeillée.

— Je disais : est-ce que tu te rends compte de notre chance ? Le Shelbourne n'est pas exactement un asile de nuit. Ici, on n'accepte pas les clients qui débarquent à trois heures du matin pour dormir par terre. Si le portier n'avait pas été aussi compréhensif...

Il se tut tandis que Bruno continuait de le regarder, les yeux encore lourds de sommeil.

Le portier s'était d'abord montré méfiant quand, à trois heures du matin, ce beau garçon avait demandé qu'on le laisse monter dans la chambre d'un homme plus âgé. Et son attitude n'avait guère aidé à amadouer le veilleur de nuit. Pendant que John essayait de le convaincre qu'il s'agissait bien de son neveu, Bruno était resté à l'écart, comme s'il n'avait rien à voir avec tout cela.

Toutes les chambres étaient occupées, et John avait fini par obtenir gain de cause quand il lui avait expliqué que lui-même travaillait dans l'hôtellerie, pour George Cranshaw. Par chance, le portier connaissait George de réputation et avait de la famille dans le Cavan.

— Pardon, oncle John ! fit Bruno, tout à fait réveillé à présent.

Il rejeta le couvre-lit et s'assit par terre. Ses vêtements étaient éparpillés un peu partout dans la pièce.

— Cela ne se reproduira plus, je te le promets.

— Je l'espère bien ! Bon, tu m'as dit la nuit dernière, ou plutôt ce matin très tôt, que tu m'expliquerais tout à ton réveil. Alors, j'aimerais savoir ce que tu faisais à Dublin ? Et d'abord, ton père est-il au courant ?

— Je ne pense pas que papa m'aurait refusé de venir à Dublin, oncle John. En tout cas, vous n'avez aucun souci à vous faire. Je suis juste venu voir quelqu'un, c'est tout.

— Comme ça ? Sans en parler à personne.

— J'ai prévenu Mona, fit remarquer Bruno. Elle ne semblait pas penser que cela pouvait poser un problème.

— Qu'est-ce que tu lui as dit ?

— Que tu m'avais invité...

— Évidemment, présenté comme ça... Mais c'était un mensonge, Bruno.

— Oui, bien sûr. Enfin..., pas vraiment. Je savais que tu m'aurais invité si je te l'avais demandé.

Devant son sourire plein d'innocence, John fut désemparé. Il lui était très difficile de trouver le comportement adéquat face à ce trait de caractère de Bruno, cette transparence apparemment si directe et si honnête. Pourtant, il savait, qu'avec ses manières douces, Bruno parvenait toujours à ses fins, s'arrangeant pour manipuler les gens et se sortir de situations délicates sans que quiconque ne se rende compte de ce qui était en jeu. Ce n'était pas la première fois qu'il avait remarqué ce talent chez son neveu.

— Bien, fit-il, d'homme à homme. Qui est ce quelqu'un ? Ce ne peut être qu'une fille, ajouta-t-il avant que Bruno ne proteste. Je n'arrive pas à imaginer que tu te sois donné tout ce mal pour traîner une bonne partie de la nuit avec un simple copain.

— C'est effectivement une fille, oncle John, mais une fille très spéciale.

— Comment s'appelle-t-elle ?

— Darina.

— C'est un très joli nom. Elle habite Dublin ?

— Oui.

John soupira. Il se sentait tellement dépassé par les événements qu'un sentiment d'impuissance l'envahit. Qui plus est, étant donné son aventure de la veille, et l'expérience traumatisante qu'il avait vécue pratiquement à l'âge de Bruno, il se sentait mal placé pour lui jeter la pierre ou même lui prodiguer quelques conseils.

— Tu veux déjeuner ? lui proposa-t-il, dans l'espoir que ce moment de répit lui permettrait de réfléchir à ce qu'il allait dire ou faire.

— Oh, oui, je suis affamé. Tu crois qu'on peut demander à être servis dans la chambre ?

— Bien sûr, mais j'ai peur de devoir te laisser en tête à tête avec toi-même. J'ai rendez-vous avec quelqu'un à huit heures trente.

Il décrocha le téléphone.

— Que veux-tu ?

Bruno commanda un petit déjeuner irlandais, avec du porridge, du bacon, des saucisses, des œufs et des tomates.

— Au moins, ça ne t'a pas coupé l'appétit, ne put s'empêcher de faire remarquer John quand il eut fini de passer la commande.

En ce qui le concernait, à l'idée même d'avaler quoi que ce soit, il avait la nausée. Après quatre heures de sommeil à peine, il s'était réveillé la bouche pâteuse et légèrement patraque.

En comparaison, Bruno donnait l'impression de revenir d'une descente à ski par beau temps. Son visage, ses épaules et ses bras avaient cette teinte dorée typique des personnes qui vivent au grand air au bord de la mer. Derek avait bien de la chance d'avoir un fils pareil.

Mais avait-il vraiment de la chance ? L'indifférence de Bruno l'étonnait. Il laissa un peu d'argent sur la coiffeuse et se rendit dans la salle de bains pour prendre une douche.

Lorsqu'il en ressortit, Bruno, qui ne s'était toujours pas habillé, était attablé devant son petit déjeuner, confortablement installé près de la fenêtre, l'air aussi à l'aise que s'il s'était trouvé dans la cuisine du pavillon de pêche.

— C'est délicieux, oncle John, dit-il entre deux bouchées. Merci encore.

— Mais tu es le bienvenu, répondit John. Tu crois que je peux te laisser ? demanda-t-il en commençant à enfiler ses vêtements. Mon rendez-vous ne devrait pas durer très longtemps.

— Oh, ne te tracasse pas pour moi ! Je finis ça et ensuite je file. Je pourrai prendre une douche avant de partir ?

— Où comptes-tu aller ?
— Eh bien, à la maison, chez toi, je veux dire.
— Et comment comptes-tu t'y rendre ?
— En autocar, je suppose. Sinon, je pourrai toujours faire du stop. C'est comme ça d'ailleurs que je suis venu hier, précisa-t-il tout en mordant dans une épaisse tranche de pain.
— Si ça ne t'ennuie pas de m'attendre, je peux te ramener vers cinq heures de l'après-midi.
— Oh, ne te dérange pas pour moi, oncle John. Et si personne ne me prend en stop, tu me verras sur la route.

A nouveau, il lui adressa un large sourire.
— Dis-moi, ton amie, cette Darina, fit John, l'air de rien, tout en nouant sa cravate devant le miroir, quand as-tu l'intention de la revoir ?
— A Noël, probablement.
— Elle va venir te voir ?
— Non, mais tout compte fait, ce ne serait pas une mauvaise idée. Sa mère est hôtesse de l'air, et je crois qu'elle peut voyager gratuitement, ou alors à des tarifs très préférentiels. Mais je pensais plutôt venir. Il n'y a pas grand-chose à faire à Charlottetown au moment de Noël. C'est même un peu mort. Je veux dire, Darina est habituée à la ville.
— Mais Charlottetown est une ville, fit remarquer John, sur la défensive.

Il semblait que Bruno l'ait une fois de plus pris à contre-pied afin de parvenir à nouveau à ses fins.
— Et depuis quand as-tu décidé de venir ici pour Noël ? C'est la première fois que j'en entends parler.
— Nous n'en avons parlé qu'hier soir.
— Nous ? Tu veux dire cette fille et toi ?
— Oui. Ça ne t'ennuie pas, n'est-ce pas ? Je veux dire, si on vient. Ça fait si longtemps que papa et maman en parlent.

John devait admettre que sur ce point, il avait raison. Pendant des années, il avait lancé des invitations tout en sachant que Derek ne pourrait accepter, Noël et janvier étant les périodes où il travaillait le plus.

— Non, bien sûr, cela ne m'embête pas du tout.

Ayant fini de s'habiller, il prit un petit carnet sur la table de nuit et y griffonna deux ou trois numéros de téléphone.

— Si tu veux me joindre dans la journée, je serai à l'un de ces numéros, et si tu ne me trouves pas, les gens qui te répondront sauront où je suis. Mais tu ne m'appelles qu'en cas d'urgence, c'est bien entendu ? Tu as de l'argent pour l'autocar ?

— Oui, plus qu'il n'en faut.

— Et si tu as l'intention de faire du stop, sois prudent.

— Je le suis toujours.

— Très bien. Il faut que j'y aille. Écoute — John hésita —, ne parlons pas de ce qui s'est passé cette nuit à ton père, d'accord ? Je dirai à Mona de le garder pour elle aussi.

— Mais je suis sûr que papa comprendrait.

Bruno avait l'air sincèrement surpris.

— Écoute, je n'ai pas le temps de t'expliquer, mais faisons comme je t'ai dit. Cela n'a rien à voir avec le fait de t'éviter des problèmes, c'est juste pour épargner ton père.

— Entendu, oncle John. Comme tu veux.

Bruno se leva et s'étira.

— Au fait, dit-il en voyant que John s'apprêtait à partir, je peux passer un coup de fil avant de partir ?

Tandis qu'il se dirigeait vers le hall de l'hôtel, l'image de Bruno s'imposa à son esprit fatigué, aussi éclatante de beauté qu'un Michel-Ange. En d'autres circonstances, il aurait pu, lui aussi, avoir un fils comme lui.

Arrivé dans le hall, il s'efforça de se concentrer sur le rendez-vous qui l'attendait avec Rodney Pickford et sur les détails compliqués de leur affaire.

Rose, le visage blême et les yeux cernés, était assise à la table de la cuisine devant une tasse de café froid quand elle entendit un bruit de pas dans l'escalier. Pensant qu'il s'agissait de Darina, elle plaqua aussitôt un sourire forcé sur ses lèvres. Mais ce fut Effie qui entra, prête à partir au travail.

— Bonjour, murmura-t-elle.

— Ça va ? demanda Effie. Tu n'as pas vraiment l'air dans ton assiette, dis-moi ?

Rose se prit la tête entre les mains.

— Non, pas vraiment, dit-elle d'une voix terne. En fait, ça ne va pas du tout. Effie, la pire chose qui pouvait arriver est arrivée.

— Qu'est-ce que tu racontes ?

Effie jeta son sac sur la table et vint s'asseoir à côté de son amie.

— Rose, que s'est-il passé ? Est-ce que Darina va bien ?

— Oui, elle va bien. Du moins, elle allait bien à trois heures du matin. Elle est encore au lit.

— C'est quoi, alors ? demanda Effie en prenant Rose par les épaules. Pour l'amour de Dieu, Rose, vas-tu me dire ce qui s'est passé ?

Ne parvenant pas à regarder son amie en face, Rose murmura, les yeux baissés :

— Nos enfants paient pour le péché de leurs pères.

— Quoi ? Qu'est-ce que tu dis ?

— J'ai dit : nos enfants paient pour le péché de leurs pères, répéta Rose en regardant cette fois Effie droit dans les yeux.

Il y avait tant de colère et de peur en elle qu'elle avait à moitié hurlé, pour choquer Effie, pour se venger peut-être. Quoi qu'il en soit, elle obtint l'effet voulu, car Effie se redressa brusquement.

— Qu'est-ce que cela est censé signifier ? Tu parles par énigmes, Rose, à présent ?

— Tu as étudié la Bible aussi bien que moi, non ?

— Je ne vois pas le rapport. De quoi parles-tu ?

— Eh bien, si tu veux savoir, Darina, ma fille, est tombée amoureuse du fils du frère jumeau de John Flynn.

— Attends une minute, s'il te plaît. C'est un peu compliqué pour moi si tôt le matin. Si j'ai bien compris, tu es en train de me dire qu'elle est tombée amoureuse...

— Du fils de son oncle ! hurla Rose. Tu es sourde ? De son cousin germain ! Le neveu de John Flynn. Tu as compris maintenant.

Effie resta figée sur place.

— Pourquoi éprouves-tu le besoin de hurler comme ça ?

— Tu ne hurlerais peut-être pas, toi, s'il s'agissait de ta fille ?

Rose refoula les larmes de colère qui lui montaient aux yeux tandis que les deux amies se foudroyaient du regard. Puis, elle abaissa la tête et inspira profondément.

— Pardon, Effie, je suis vraiment désolée, dit-elle. Je ne sais plus ce que je dis.

— Je vais faire du café, nous en avons bien besoin l'une et l'autre. Comment l'as-tu découvert ?

— Par Darina. Oh ! Effie, elle n'a aucune idée de qui il est. Tout ce qu'elle sait, c'est qu'elle est amoureuse d'un garçon qui s'appelle Bruno Flynn et qui vit à Charlottetown.

— Bien, reprenons tout depuis le début, dit-elle en s'asseyant. Darina est amoureuse de ce garçon, dis-tu, mais n'a aucune idée de qui il est en réalité.

Rose secoua sa tête d'un air misérable. Son visage était baigné de larmes.

— Bon, considérons les choses point par point. Qu'est-ce qui peut arriver de pire ?

Rose releva la tête, horrifiée.

— Tu le sais très bien, Effie. Darina et ce garçon sont cousins au premier degré.

— Eh bien, ce n'est pas si terrible, insista Effie. Tu peux obtenir une dispense pour te marier avec ton cousin au premier degré.

— Qui parle de mariage ? Ils ont tous les deux seize ans. *Seize ans*, Effie...

— Dis-moi, Rose, c'est l'hôpital qui se moque de la charité, déclara Effie sèchement. Tu dramatises parce que...

— Je ne dramatise pas !

Rose s'était de nouveau mise à hurler.

— Écoute, tu ferais mieux de boire ce café avant qu'il ne refroidisse.

— Va au diable avec ton café ! Je n'en veux pas ! Tu n'as pas l'air de prendre ça au sérieux.

— Bien sûr que je prends ça au sérieux, rétorqua Effie. De quoi as-tu peur, Rose ? Tu dis qu'ils ont seize ans, tous les deux. Les jeunes de seize ans tombent amoureux toutes les semaines. C'est une passade, c'est tout.

Rose revit le regard brillant de Darina, le changement qui s'était opéré en elle.

— Non, dit-elle. Darina a déjà eu des passades, comme tu dis, et crois-moi, cela n'a rien à voir. Et — elle leva les mains pour empêcher Effie de lui couper la parole —, je sais que ça ne me regarde pas, mais je ne supporte pas de rester à l'écart et de la laisser aller au-devant de problèmes.

— Qui dit qu'elle va au-devant de problèmes ? Tu as une imagination trop fertile, Rose.

— Peut-être, admit Rose. C'est juste un pressentiment. Par ailleurs, ça ne sert à rien de lui parler. Tu sais comme elle est têtue, depuis qu'elle est toute petite ; une fois qu'elle s'est mis une idée en tête, rien ne peut la faire changer d'avis.

— Oui, reconnut Effie, je sais ; mais je sais aussi que c'est une jeune fille sensée, qui ne fera rien d'imprudent. Fais-lui confiance, Rose.

Rose prit sa tasse et but une gorgée de café. Effie, comme d'habitude, avait vu juste. A cause de sa propre inconduite, elle était incapable de faire confiance à Darina. D'un autre côté, de peur de tuer toute spontanéité en elle, elle n'avait, au bout du compte, fait que l'encourager dans cette voie. Et maintenant, cela se retournait contre elle. Elle regarda Effie tristement.

— Tu as raison. Je ne lui fais pas confiance. Tu as toujours eu raison, Effie...

— Arrête-moi si je me trompe, mais, bien que cette affaire concerne Darina et Bruno — et je comprends tout à fait tes inquiétudes de mère — je me demande quand même si le vrai problème ne serait pas plutôt ce que tu vis en ce moment par rapport à John Flynn.

Rose ouvrit de grands yeux surpris.

— Qu'est-ce que tu veux dire ?

— Rose, tu n'es pas Darina et Darina n'est pas toi. Vous êtes deux êtres humains différents. Un, fit-elle en comptant sur ses doigts, elle n'est pas obligée de faire les mêmes bêtises que toi au même âge. Deux, il est possible que ce qui t'ennuie, c'est de ne pas avoir le contrôle de la situation. Pour la première fois, Darina gère sa vie ; elle est sur le point de voler de ses propres ailes, et peut-être n'es-tu pas tout à fait prête à la laisser partir. Mais, plus important encore...

Elle marqua une pause et tripota la salière sur la table.

— Continue, je t'écoute, murmura Rose en restant sur ses gardes.

Cela ne ressemblait pas à Effie d'hésiter.

— Tu en as trop dit ou pas assez, Effie. Quel est le numéro trois ?

— Eh bien..., commença Effie, est-ce que tu t'es déjà demandé si... Attention, je ne voudrais pas que tu prennes ça mal... Mais ne serais-tu pas un peu jalouse de Darina ?

— Quoi ?

— Réfléchis-y, c'est tout, Rose. C'est naturel, après tout, ça arrive tout le temps entre une mère et sa fille, entre deux sœurs, en fait, dès qu'il y a deux personnes en concurrence. Dans ce cas, ce serait tout à fait normal que tu sois furieuse. Attention, je ne dis pas que tu l'es, mais si tu y réfléchissais, peut-être que cela t'aiderait à voir les choses sous un autre angle. Tu es furieuse parce que Darina a peut-être la chance de réaliser le rêve que tu as caressé pendant des années. Tu m'as dit que la nuit dernière tu n'étais pas allée au Shelbourne pour préserver Darina, rappela Effie en haussant les épaules avant de poser les deux mains sur la table. Quelle noblesse d'esprit ! Mais au moment même où tu es portée par le sens du sacrifice et du devoir, qu'est-ce qu'elle fait, elle ? Elle rentre à trois heures du matin, sur un petit nuage, et t'annonce qu'elle n'a pas besoin de toi, merci beaucoup, qu'elle gère sa vie très bien toute seule. Et qui plus est — et c'est là où, pour toi, cela devient insupportable — elle n'est pas tombée amoureuse de n'importe quel garçon, mais d'un autre John Flynn. *Ton* John Flynn. Ou du moins, le garçon qui pouvait s'en rapprocher le plus. Et elle a bien plus de chances que toi de faire de cet amour quelque chose de concret.

Rose était trop abasourdie pour répondre quoi que ce soit dans l'immédiat. Sa première réaction, alors qu'Effie progressait dans sa démonstration, avait été de rejeter d'emblée cette hypothèse, de lui dire que l'idée qu'elle pût être jalouse de sa propre fille était absolument ridicule. Mais, tout au fond d'elle, une petite voix l'en avait empêché et lui avait conseillé d'écouter Effie jusqu'au bout avant de réfuter ses arguments. Car pourquoi la théorie d'Effie la rendait mal à l'aise, si ce n'était parce qu'elle était juste ?

— Je n'ai jamais été jalouse de qui que ce soit, murmura-t-elle.

— Oh, non ? Serais-tu la réincarnation de Saint François d'Assise, Rose ? A moins que tu ne sois Mère Teresa. Car à l'exception de ces deux personnes, il n'existe pas d'être humain qui ne soit pas jaloux de temps en temps. C'est dans la nature de l'homme.

— Mais jalouse de ma propre fille ? C'est horrible.

— Non, c'est humain.

— J'aime Darina plus que tout au monde.

— Mais personne n'a dit le contraire.

Rose attendit qu'Effie continue, mais son amie garda le silence, l'obligeant ainsi à réfléchir, à se laisser imprégner par cette pensée. Elle aimait tendrement sa fille, cela ne faisait pas l'ombre d'un doute, mais, si elle était honnête avec elle-même, elle devait admettre qu'elle enviait Darina pour ce qu'elle était en train de vivre.

Voyant qu'Effie l'observait se débattre avec ses contradictions, elle cacha son visage entre ses mains. Mais Effie ne lâcha pas prise pour autant.

— Rose, tu n'es pas la seule responsable, dit-elle gentiment, mais une fois que tu l'auras admis, tout le reste te paraîtra plus facile. Bien sûr que tu as raison de t'inquiéter pour Darina. N'oublie pas cependant que ce n'est plus une petite fille et qu'elle va obligatoirement commettre des erreurs dans sa vie d'adulte.

Tout ce que tu peux faire dorénavant, c'est l'aider à faire des choix. Mais *in fine*, c'est elle qui choisira.

— C'est de la grande psychologie, déclara Rose.

A peine avait-elle parlé qu'elle se rendit compte du ton sarcastique qu'elle avait employé. Elle s'en excusa aussitôt, et demanda à Effie :

— Et toi, as-tu déjà été jalouse ?

— Ma chère, fit Effie, est-ce que tu t'es regardée dans un miroir ? Et est-ce que tu m'as déjà regardée à côté de toi ? Le monde est rempli de femmes belles, qui réussissent, qui ont des enfants normaux et des parents qui les aiment. Bien sûr que j'ai déjà été jalouse !

— Mais... Je ne savais... pour moi, je veux dire ; je ne m'en suis jamais aperçue...

Rose se rappela sa rencontre avec Dolores O'Brien. C'était la deuxième fois en l'espace de deux mois qu'elle entendait les mêmes propos.

— Ce n'est pas parce que tu sens cette jalousie que tu vas pouvoir t'en débarrasser comme ça, rétorqua Effie. Une fois que tu as accepté sa présence, une fois que tu l'as regardée bien en face, ce n'est pas si horrible que ça. C'est juste quelque chose qui est là, un peu comme l'acné... !

La comparaison était tellement absurde que Rose éclata de rire.

— Ce n'est pas vrai ? fit Effie, ses yeux se perdant dans son visage tout chiffonné.

Elles finirent leur café en silence. Rose, un peu calmée bien qu'encore sous le choc, réfléchissait à la meilleure attitude à adopter. Elle pouvait interdire à Darina de revoir ce garçon, ce qui était absurde ; elle pouvait choisir de ne rien faire, ce qui était pire — ou alors elle pouvait lui dire la vérité.

— Tu crois que je devrais dire la vérité à Darina ? demanda-t-elle à Effie.

— Je crois plutôt que tu ne devrais rien faire tant que tu es dans cet état. Quand le revoit-elle ?

— Elle a parlé de Noël.

— Mais Rose ! Ce n'est pas avant plusieurs mois ! s'écria Effie. Pourquoi ne me l'as-tu pas dit dès le début ? Les choses auront bien changé, d'ici là. Elle l'aura même peut-être oublié !

— Ça m'étonnerait.

— Écoute, déclara Effie en se levant, il faut que je parte maintenant. Mais pour l'amour de Dieu...

Effie se pencha et prit Rose par les épaules.

— Vas-tu enfin prendre une décision une bonne fois pour toutes au sujet de ce John Flynn ? Retrouve-le ou renonce à lui, mais laisse-nous vivre en paix !

— J'essaierai, je te le promets.

— Parfait. Si cette histoire avec Darina nous permet d'en arriver là, eh bien, finalement, cela nous aura été à tous profitable. Regarde le bon côté des choses, Rose.

Elle lui adressa un large sourire et ramassa son sac. Puis, avant de quitter la pièce, elle se tourna, le visage de nouveau sérieux.

— Je ne voulais pas minimiser ce que tu es en train de vivre, Rose. Je sais que ce n'est pas facile, mais ce n'est peut-être pas plus mal que tout se précipite. Il était temps, d'ailleurs. Pense à toutes ces années que tu as passées sans savoir quels étaient tes vrais sentiments.

Dès qu'Effie fut sortie, Rose se leva. Elle avait mal à la tête et ses jambes étaient lourdes. Pourquoi ne retournerait-elle pas se coucher ? La situation lui paraîtrait peut-être moins compliquée après quelques heures de sommeil. Elle s'apprêtait à monter l'escalier quand le téléphone sonna.

— Allô ?

— Bonjour, Madame. Est-ce que je pourrais parler à Darina, s'il vous plaît ?

A la façon dont la personne au bout du fil venait de prononcer le nom de sa fille, Rose sut immédiatement de qui il s'agissait.

— Qui est à l'appareil ? demanda-t-elle néanmoins, en essayant de rester calme.

— Bruno Flynn, répondit le jeune homme, avec une légère inflexion de la voix typique des Américains.

— Je vois, fit Rose.

Elle prit une profonde inspiration. Mais cela ne lui fut d'aucun profit. Tous les conseils d'Effie, toutes ses bonnes résolutions s'envolèrent en fumée tandis qu'elle perdait tout contrôle d'elle-même. Même si elle savait que c'était complètement irrationnel, elle se mit à détester ce garçon, à le détester de toutes ses forces.

— Darina est occupée, répondit-elle. Et je vous prierai de ne plus téléphoner.

Alors qu'elle raccrochait brusquement, elle entendit du bruit au-dessus d'elle et releva les yeux. Darina, le visage livide, se tenait en haut de l'escalier.

— Darina... Je..., commença-t-elle, mais la jeune fille l'ignora.

Elle descendit les marches quatre à quatre, se jeta sur l'annuaire et chercha un numéro. Dans sa hâte à le trouver, elle déchirait les pages.

— Darina ! Je t'en prie ! s'écria Rose. Pardonne-moi.

— Va-t'en ! Laisse-moi tranquille !

Le regard que la jeune fille lui lança était tellement chargé de haine que Rose eut l'impression que son sang se figeait.

— Tu ne comprends pas, dit-elle.

— Je comprends très bien. Je t'ai demandé de me laisser tranquille !

Rose ne pouvait qu'obtempérer. Trop choquée, même pour pleurer, le corps secoué de tremblements, elle monta dans sa chambre. Elle laissa la porte ouverte et tendit l'oreille pour entendre ce que disait Darina. C'était arrivé tellement vite. Qu'est-ce qui lui avait pris ? Comment pourrait-elle jamais se faire pardonner ?

Elle entendit Darina composer nerveusement un numéro sur le cadran et, peu de temps après, demander à parler à Bruno Flynn. Elle dit ensuite autre chose qu'elle ne put saisir.

Oh, je vous en prie ! Faites qu'il ne soit pas là, pria Rose. *Non, faites plutôt qu'il soit là, faites, je vous en prie, que tout se passe bien, et qu'elle me pardonne.*

Il y eut un long silence, puis Darina parla à nouveau, tout doucement, avant de raccrocher. Rose était glacée, incapable de bouger. Elle entendit Darina monter, claquer la porte de sa chambre, puis, bizarrement, déplacer des meubles.

Lentement, difficilement, elle s'efforça de traverser le palier.

— Darina ? appela-t-elle en frappant à sa porte. Darina ? Ma chérie, est-ce que je peux entrer ?

N'obtenant aucune réponse, elle commença à tourner la poignée de la porte, mais, comme elle s'y attendait, elle était fermée.

— Je t'en prie, Darina, supplia-t-elle.

Elle laissa sa tête reposer contre la porte et ferma les yeux. Toute sa fatigue avait disparu, et elle se sentait en fait aussi éveillée et sur le qui-vive qu'un chat prêt à bondir.

— Darina, est-ce que nous pouvons parler ? Me laisseras-tu m'expliquer ?

Elle tendit l'oreille. Que pouvait bien faire sa fille ? Darina n'arpentait pas sa chambre comme une bête en cage, au contraire ; elle donnait l'impression de se déplacer méthodiquement, ouvrant et refermant des tiroirs, allant et venant suivant un but précis.

Elle faisait ses valises.

— Darina ! hurla Rose qui, cédant brusquement à la panique, se mit à tambouriner de toutes ses forces contre la porte. Darina ! Arrête immédiatement. Je veux te parler ! Sors de ta chambre tout de suite !

Mais la jeune fille ne répondit pas et l'écho implacable de ses pas sur le plancher de sa chambre reprit.

— Oh, mon Dieu...

Rose se rejeta contre le mur du palier et enfouit son visage entre ses mains avant de se laisser glisser par terre.

La porte de la chambre d'Effie et Willie s'ouvrit et ce dernier apparut, le visage consterné.

— Que se passe-t-il, Rose ? Je ne voudrais pas me mêler de ce qui ne me regarde pas, mais est-ce que je peux vous être utile en quoi que ce soit ?

Rose leva les yeux vers lui.

— Oh, Willie ! C'est fini, fini. Je ne sais vraiment pas comment nous en sommes arrivées là.

— Mais que fait-elle enfermée ? demanda-t-il en indiquant la porte de la chambre de Darina.

— Je crois qu'elle fait ses valises. Elle veut partir, elle me fuit.

— Calmez-vous, Rose. Si Darina vous fuyait, elle aurait choisi un autre moment pour le faire. En pleine nuit, peut-être, mais certainement pas maintenant, où on peut l'en empêcher. Que s'est-il passé entre vous ?

Rose se rendit brusquement compte que plus un bruit ne provenait de la chambre de sa fille. A un craquement du plancher, près de la porte, elle comprit que Darina cherchait à épier ce qui se disait entre Willie et elle. Se relevant, elle lui fit signe de la suivre dans la cuisine.

Là, elle lui raconta toute l'histoire, depuis le début.

Comme Willie connaissait déjà sa vie, elle ne passa rien sous silence. Elle conclut sur la scène qui avait précédé la crise, quand Darina l'avait surprise au téléphone avec Bruno Flynn.

— Willie, qu'est-ce que je vais faire ?
— Où pensez-vous qu'elle va aller ?
— Chez une amie, je suppose. Ce n'est pas ce qui manque.
— A mon avis, Rose, la meilleure attitude à adopter, c'est de ne pas la retenir. Elle est désespérée, en ce moment. Mettez-vous à sa place. Vous avez le droit de lui interdire de sortir, certes, mais si vous le faites, elle vous détestera encore plus. En revanche, si vous la laissez partir, elle se calmera. Et alors, vous pourrez parler. Si vous pensez que cela peut aider, nous pourrons essayer d'aller la voir, Effie et moi, dans un jour ou deux.
— Non, merci, Willie, c'est très gentil de votre part, mais c'est mon affaire.

Rose réprima les larmes qui lui montaient aux yeux.

— Je me suis mise toute seule dans ce pétrin, Willie, et il faut que je m'en sorte toute seule. Mais merci beaucoup de m'avoir proposé votre aide, et de m'avoir écoutée. Je suppose que vous avez raison. La meilleure chose à faire est de la laisser partir.
— J'en suis sûr, Rose, répondit Willie. Tant que vous savez qu'elle est saine et sauve. Cela dit, vous êtes tout à fait en droit de lui demander chez qui elle compte aller.
— C'est bien de vous avoir là. Comment se fait-il donc que tout le monde comprenne mieux ma fille que moi ? demanda-t-elle tristement.
— Que dites-vous là, Rose ? Vous êtes une mère merveilleuse. Merveilleuse. Nous nous le disions encore ce matin, Effie et moi. C'est tout simplement

parce que nous ne sommes pas émotionnellement impliqués de la même manière. Darina ne peut pas nous faire de mal comme elle vous fait du mal, et vice versa.

Rose adorait cette façon de parler qu'avait Willie, et bien qu'encore sous le choc, elle parvint presque à lui sourire. Elle s'apprêtait à lui répondre quand le bruit des pas de Darina dans l'escalier l'interrompit. De toute évidence, elle traînait quelque chose avec elle, quelque chose de lourd. Un sac, très certainement. Rose se dirigea aussitôt vers la porte de la cuisine.

— Doucement, Rose, murmura Willie, qui s'était approché d'elle.

Rose sortit de la pièce et bloqua l'accès de la porte d'entrée à sa fille.

— Tu sors, Darina ? demanda-t-elle, du ton le plus calme qu'elle put.

La jeune fille baissa la tête de sorte que Rose ne vit plus que le sommet de son crâne.

— Je m'en vais, répondit-elle.

S'attendant à une réaction d'opposition de la part de sa mère, elle serra son sac à dos contre elle.

— J'aimerais savoir où tu vas. J'ai le droit de savoir au moins ça, ajouta-t-elle.

Surprise, Darina releva la tête.

— Je vais chez... chez Sharon, murmura-t-elle, mais à la façon dont elle détourna le regard, Rose sut qu'elle mentait. Pourtant, elle ne releva pas et, faisant appel à ses dernières ressources, elle demanda :

— Combien de temps comptes-tu rester chez elle ? Et as-tu pris ton uniforme d'école ?

— Non... euh, oui ! Il est dans mon sac à dos, corrigea-t-elle aussitôt.

Elle jeta un coup d'œil prudent à sa mère, étonnée par autant de compréhension.

Rose soutint son regard. Elle avait le cœur brisé.
— Tu as de l'argent ?
— Un peu.
— Attends, je vais te donner quelque chose.
— Ça va, murmura Darina, mais elle attendit tout de même pendant que Rose retournait à la cuisine prendre son porte-monnaie.

Rose lui donna tout ce qu'elle avait sur elle, sans aucun commentaire.

— Pourquoi fais-tu ça ? demanda Darina en tenant les billets en l'air, comme s'il s'agissait de quelque chose de suspect.

— Tu en auras besoin, dit-elle simplement.

Si sa fille ne partait pas de suite, elle allait s'effondrer. Elle n'en pouvait plus.

— Appelle-moi, Darina.

Elle ne put en dire plus. Elle se retourna et, sans un regard derrière elle, monta l'escalier aussi dignement que possible. Elle sentait que Darina ne la quittait pas des yeux, mais, stoïquement, elle parvint à résister à la tentation de se retourner.

Une fois dans sa chambre, elle attendit sans bouger jusqu'au moment où la porte d'entrée claqua dans un bruit sec. Alors, elle se précipita à la lucarne d'où elle pouvait voir sans être vue le portail de la maison. Au bout de quelques secondes, elle aperçut Darina qui s'approchait de la grille. Elle avait noué ses cheveux en une longue queue de cheval qui retombait sur son sac à dos. Sous sa veste, elle portait une mini-jupe et des collants noirs qui lui faisaient les jambes longues et fines. Comme elle avait l'air jeune, si jeune.

Rose s'enfonça le poing dans la bouche en la voyant peiner avec le loquet de la porte, puis elle s'écarta légèrement de la fenêtre quand la jeune fille se retourna et leva les yeux vers la lucarne derrière laquelle elle se tenait. Darina attendit un instant avant de soulever le loquet et de marcher en direction de l'arrêt d'autobus, à une vingtaine de mètres de là. Rose regarda sa silhouette disparaître derrière l'abribus ; puis elle regarda l'abribus jusqu'à l'arrivée du bus ; elle regarda ensuite le conducteur descendre d'un bond de son siège pour prendre le sac de Darina, et Darina monter, sa longue queue de cheval dessinant un point d'exclamation dans son dos.

Elle regarda le bus repartir et se fondre dans le flot des voitures.

Alors, elle se jeta sur son lit, s'enroula sur elle-même comme une chenille et laissa ses larmes couler.

Dorothy Cranshaw s'approcha de la réception de l'hôtel.

— Est-ce que je peux vous aider ? demanda-t-elle tout en observant d'un œil professionnel la jeune fille qui se tenait devant elle.

Elle n'était pas tout à fait le genre de cliente qu'elle recevait habituellement. Jeune, élancée, avec de longs cheveux blonds, elle portait un sac à dos. Allemande ?

— Je cherche un garçon qui s'appelle Bruno Flynn, dit-elle. Je crois que son oncle travaille ici.

Dorothy la regarda plus attentivement. Il y avait quelque chose de familier dans son visage et dans ses grands yeux légèrement bridés.

— Je ne crois pas que Bruno soit ici, répondit Dorothy. Quant à John Flynn, son oncle, il doit être sur la route. Il a quitté Dublin en fin d'après-midi. Nous ne l'attendons pas avant une heure ou deux.

Elle décrocha le téléphone de la réception.

— Je vais appeler chez lui, où Bruno habite en ce moment. Qui dois-je annoncer ?

— Darina O'Beirne.

Dorothy faillit lâcher le combiné. Elle regarda de nouveau la jeune fille tout en composant le numéro sur le cadran.

— Je connais votre mère, dit-elle du ton le plus détaché possible. Je croyais que vous étiez de retour à Dublin.

— Nous sommes effectivement retournées à Dublin, mais je suis revenue en stop.

Elle semblait penser que c'était là une explication suffisante, et Dorothy ne chercha pas à en savoir plus. La familiarité de ses traits l'obsédait. Elle connaissait le visage de cette fille presque aussi bien que le sien ou celui de George, et ce n'était pas dû au fait qu'elle soit la fille de Rose, car en fait, elle ne lui ressemblait pas énormément.

— Bonjour, Mona, dit-elle quand on décrocha à l'autre bout du fil. Comment allez-vous ?

Dorothy écouta la réponse de Mona sans y prêter vraiment attention, puis demanda si Bruno était dans les parages.

— Je vois, fit-elle, lorsque Mona lui répondit qu'il n'était pas à la maison. Pouvez-vous lui laisser un message ? Il y a une jeune fille ici qui le cherche. Darina. Oui, c'est ça.

Au moment même où elle lui donnait son nom, elle s'aperçut qu'elle omettait délibérément son nom de famille.

— Oui, elle sera à l'hôtel.

Elle jeta un coup d'œil à Darina, et voyant qu'elle hochait la tête, elle ajouta :

— Pendant un petit moment, oui. Merci beaucoup, Mona. Bruno a téléphoné il y a une heure environ, dit-elle à l'intention de Darina en raccrochant. Il a fait du stop lui aussi depuis Dublin. Il se trouve actuellement à la hauteur de Monaghan. Il ne devrait donc pas tarder.

Tout en parlant, Dorothy continua d'examiner la jeune fille. Mais à qui donc lui faisait-elle penser ?

— Si vous voulez, je peux vous expliquer où

habite son oncle. Cela dit, vous pouvez bien entendu l'attendre ici.

— Merci beaucoup, répondit Darina. Je préfère attendre ici.

— Désirez-vous boire quelque chose ?

— Volontiers.

De toute évidence, Rose avait tenu à inculquer à sa fille les bonnes manières, et elle avait réussi à la perfection.

— Par ici, fit Dorothy en l'invitant à la suivre au salon.

Elle adorait l'expression d'étonnement que ne manquaient pas d'avoir les gens quand ils découvraient pour la première fois cette pièce, et Darina ne fit pas exception à la règle.

— C'est un peu original comme décoration, mais le salon a toujours été dans cet état-là. Les clients l'appellent « la caverne d'Ali-Baba ».

— C'est fantastique ! s'exclama Darina. Absolument fantastique !

— Merci, fit Dorothy. Eh bien, installez-vous et faites comme chez vous. Au fait, thé ou café ?

— Thé, s'il vous plaît.

Ce ne fut que lorsque Dorothy s'engagea dans le couloir qui menait à la cuisine qu'elle trouva enfin à qui cette fille ressemblait. Ce fut un tel choc qu'elle s'arrêta net et éprouva le besoin de se retenir au mur pour ne pas perdre l'équilibre.

John !

Cette magnifique jeune fille était le portrait craché de John Flynn. Comment ne l'avait-elle pas deviné plus tôt ? John était son père ! Priant pour que personne n'ait observé son comportement stupide, elle jeta un coup d'œil autour d'elle et repartit vers la cuisine ; grâce à Dieu, il était encore tôt et elle trouva la pièce vide.

Tout en préparant le thé, elle se mit à réfléchir à toute allure. Qui d'autre, à part elle, connaissait la vérité ? Certainement pas Darina, en tout cas, ni John. Pour une raison personnelle, Rose avait préféré taire ce secret pendant toutes ces années. Mais en même temps, elle était venue à l'hôtel hier, sans prévenir. Était-ce pour voir John ? Estimait-elle qu'il était temps de tout lui dire ?

Et elle, qu'allait-elle faire de cette vérité ? Il était inconcevable que George, par exemple, en voyant John aux côtés de Darina, ne remarque pas qu'ils étaient parents. Et John, s'en rendrait-il compte lui-même ?

Quant à Darina, si elle était la recherche de Bruno, c'est qu'elle ne devait évidemment pas savoir qu'ils étaient cousins germains. Quelle histoire, quelle effroyable histoire ! Et dire qu'il fallait que tout ça arrive ici même, à Willow House.

Tout en préparant le plateau pour le thé, Dorothy décida de parler franchement avec Rose. Si les événements devaient se précipiter, il fallait qu'elle soit au courant. Elle allait lui téléphoner à Dublin pour lui dire qu'elle avait deviné la vérité, que Darina était ici à la recherche de Bruno et que John devait arriver dans quelques minutes.

Ce serait alors à elle de prendre les décisions.

— Voilà, ma chère, dit-elle en retournant dans le salon.

Darina examinait une petite bergère en porcelaine.

— Vous avez les plus beaux objets que j'aie jamais vus, dit-elle, avant de reposer avec précaution le bibelot sur la cheminée. Je comprends pourquoi vos clients ont surnommé cette pièce la caverne d'Ali-Baba.

— Oui, mais c'est la croix et la bannière pour faire le ménage, répondit Dorothy. A présent, je vous laisse. Si vous avez besoin de quoi que ce soit, vous n'aurez qu'à sonner la réception.

— Merci beaucoup. Vous êtes très aimable.

— Je vous en prie. Faites comme chez vous. A tout à l'heure.

Une fois hors du salon, Dorothy lâcha un profond soupir. Elle se dirigea vers le téléphone du hall et composa le numéro de Sundarbans. *Mon Dieu, faites que ce soit le Colonel et non Daphné qui réponde*, pria-t-elle en attendant que l'on décroche à l'autre bout du fil.

— Oh, bonjour, Gussie, s'écria-t-elle.

Elle était si soulagée qu'elle ne put s'empêcher de sourire.

— Oui, c'est Dorothy. Écoutez, j'aurais besoin de contacter Rose à Dublin. Vous pourriez me donner son numéro ? Merci, Gus. Oui, je note. Merci mille fois. Tout va bien à la maison ?

Elle se tut quelques instants.

— Non, ce n'est rien, ne vous tracassez pas. A bientôt, Gussie.

Quand elle eut raccroché, elle contempla longuement le numéro qu'elle venait d'écrire sur le calepin. Comment allait-elle s'y prendre ? Finalement, elle décida que la meilleure façon était d'aller droit au but.

— Allô ?

— Rose, ici Dorothy Cranshaw.

— Bonjour, Dorothy.

Rose paraissait surprise, et parlait d'une voix rauque, comme si elle avait attrapé froid.

— Tout va bien ? demanda Dorothy. Vous n'êtes pas malade ?

— Non, pas du tout, Dorothy. Je suis juste un peu fatiguée.

— Il s'est passé quelque chose, Rose. Je ne sais pas vraiment comment vous l'annoncer. Elle marqua une pause, puis se lança : Darina est ici.

— Quoi ?

— Elle est arrivée il y a une demi-heure environ. Et elle est à la recherche de Bruno Flynn.

Rose resta silencieuse. Dorothy attendit quelques secondes, puis, redressant les épaules, elle reprit :

— Pardonnez-moi, Rose. Vous allez certainement penser que je mêle de ce qui ne me regarde pas, mais voyez-vous, John, John Flynn est censé arriver d'un instant à l'autre.

Elle tendit l'oreille mais Rose continua d'observer le silence. Seuls les parasites des appels longue distance lui parvenaient.

— J'ai donc pensé qu'il valait mieux vous prévenir, poursuivit Dorothy au bout d'un moment. Que devons-nous faire, à votre avis ?

— Je... je suis désolée.

— Rose, ma chérie, ne soyez pas désolée. Et désolée pour quoi, d'ailleurs ? Je suis avec vous. C'est juste que je ne sais pas quoi faire. Elle est assise en ce moment dans le salon, et...

— Qui d'autre est au courant ?

— Personne. Vous pouvez me faire confiance, Rose, je n'en parlerai à personne. Mais...

Dorothy prit une profonde inspiration. Il fallait qu'elle le dise :

— Rose, dès que John la verra, il comprendra. Elle également. Et George aussi probablement. Darina est le portrait craché de John.

A nouveau, de longues minutes de silence s'écoulèrent. Quand Rose prit enfin la parole, sa voix était très faible.

— Dorothy, je ne sais pas quoi faire. Je suis si fatiguée. Tout est arrivé trop vite, je crois. Hier à peine...

— Je sais, mon petit, je sais, fit Dorothy d'un ton rassurant. C'est une situation très embrouillée. Mais vous avez gardé ce secret en vous pendant trop longtemps. Il faut absolument que vous vous en libériez, vous vous sentirez mieux après. Est-ce que vos parents sont au courant ?

— Ils n'ont jamais rien dit, mais je sais qu'ils savent.

— Avez-vous une idée de ce que je dois faire avec Darina ? demanda gentiment Dorothy. Je ne veux pas vous bousculer, mais le temps presse. Ils seront tous ici dans un moment. Heureusement, Derek ne rentre pas avant un jour ou deux. C'est déjà une bonne chose.

— J'arrive !

Dorothy fut ravie de cette décision si soudaine.

— Je pense que c'est effectivement le mieux, dit-elle. Nous vous attendons, George et moi. N'oubliez pas, Rose, que vous pouvez compter sur nous, ajouta Dorothy, en songeant à ce qui attendait la jeune Darina, et au choc qu'éprouverait John, cet homme inestimable qu'elle aimait tant.

— Je suis tellement navrée que vous soyez mêlée à tout cela, Dorothy.

— Cessez de vous excuser, Rose. Dans combien de temps pensez-vous pouvoir être là ?

— Il est sans doute trop tard pour louer une voiture, mais je vais trouver un moyen pour arriver le plus vite possible.

— Quel dommage que John soit déjà parti, fit remarquer Dorothy qui ne put s'empêcher de faire un peu d'humour. Il aurait pu passer vous prendre.

Mais Rose était trop bouleversée pour réagir.

— J'arrive dès que je peux, répéta-t-elle.

— Maintenant écoutez-moi, Rose. Vous n'êtes pas la première mère qui se retrouve dans cette situation, et Darina n'est pas la première fille non plus. Ce n'est pas la fin du monde.

— C'est juste la fin de mon monde.

— Non, Rose, non. Cela ne sert à rien de vous torturer l'esprit ainsi. Qui vous dit que ce ne sera pas le début d'une vie nouvelle et bien plus satisfaisante ? Et vous avez raison d'être fière de votre fille. C'est quelqu'un de bien.

— Dorothy, jamais je ne pourrai vous remercier pour tout ce que vous faites.

— Taisez-vous ! Allez plutôt vous donner un coup de peigne et vous remaquiller un peu. Je vous attends. Pendant ce temps, je vais trouver le moyen d'occuper Darina afin qu'elle ne croise pas John avant que vous ayez mis au point un plan.

Tout à coup, une pensée lui traversa l'esprit.

— Ça vous va si elle sort se promener avec Bruno, au cas où il arriverait le premier ?

— Vous ne pourrez pas l'en empêcher, Dorothy. Darina est très têtue.

— Nous verrons bien ce qui va se passer. De toute façon, pour l'instant, ce serait le moindre mal. Allez, Rose, cessez de vous tracasser et dépêchez-vous d'arriver. D'accord ?

Rose regarda Willie, assis à côté d'elle. Seul son profil était éclairé par les voyants lumineux du tableau de bord. Cher Willie. Il s'était aussitôt proposé pour la conduire à Monaghan et n'avait rien voulu entendre de ses protestations. Effie finissait plus tard que lui, et ils avaient attendu ensemble son retour avant de partir. Elle avait voulu les accompagner, mais ce n'était guère raisonnable ; le libre service pour lequel elle travaillait était en pleine vérification des comptes, et elle devait se lever très tôt le lendemain matin.

Ils venaient d'entrer dans Cootehill. Encore dix à quinze minutes et ils seraient à Willow House. A cette pensée, Rose sentit son estomac se nouer. Que se passait-il en ce moment là-bas ? John était-il en train de l'attendre, confortablement installé dans l'un des fauteuils du salon de Dorothy ?

Et Bruno et Darina ? Que faisaient-ils ? Et qu'allait-il se passer au cours des heures à venir ?

— Nerveuse ? demanda Willie.

— Oui. Croyez-vous que nous devrions téléphoner pour leur annoncer que nous sommes sur le point d'arriver ?

— A quoi cela servirait-il ? Ils nous attendent, de toute façon.

— Eh bien, Dorothy nous attend, et George aussi probablement. Mais les autres ?

Sa voix tremblait. Willie lui posa une main sur le genou.

— Calmez-vous, Rose. Ce sont des êtres humains, comme nous. Personne ne va vous tirer dessus.

— Dans un sens, je préférerais.

— Allez-vous cesser à la fin ? Je suis sûr que tout va très bien se passer, et l'année prochaine, à la même époque, vous rirez ensemble de toute cette histoire.

— Willie, comment vous remercier ?

— Ce n'est pas à vous de me remercier, c'est plutôt à moi, Rose, répondit-il de nouveau sérieux.

Il s'arrêta à un carrefour, tout en haut de la ville.

— Et maintenant ? demanda-t-il.

— A droite, indiqua Rose. Que voulez-vous dire par « c'est plutôt à moi » ?

— Vous m'avez donné Effie, répondit-il simplement.

— Mais je n'y suis pour rien, Willie.

— Oh, si, pour beaucoup, même. Si vous n'aviez pas été aussi bonne avec Effie pendant toutes ces années, elle serait probablement retournée à Offaly et je ne l'aurais jamais rencontrée. Elle serait même peut-être morte à l'heure actuelle, ajouta-t-il, presque pour lui-même, en plissant les yeux pour mieux voir à travers le pare-brise.

Ils finirent le reste du trajet en silence, mais plus ils approchaient de Willow House, plus Rose se sentait gagnée par l'angoisse et par l'excitation, à tel point qu'elle en eut la nausée.

— Arrêtez-vous, Willie, s'il vous plaît, haleta-t-elle. Je ne me sens pas bien.

Willie se gara précipitamment au bord de la route et Rose sortit aussitôt de la voiture pour vomir. Elle laissa couler des larmes de soulagement et s'appuya contre le capot, laissant l'air frais lui rafraîchir le visage. Willie la rejoignit et la prit par les épaules.

— Ça va, Rose ? Pauvre petite. Vous vous sentez mieux ?

Rose hocha doucement la tête.

— Merci. Excusez-moi, Willie, murmura-t-elle.

— Si vous dites encore une fois « merci » ou « excusez-moi », Rose O'Beirne, je vous bâillonne, déclara Willie. A présent, voulez-vous que nous nous arrêtions quelque part avant d'arriver là-bas ?

— Non, ce n'est pas la peine. Ça va beaucoup mieux.

Et elle retourna s'asseoir dans la voiture. Certes, elle était encore faible, mais au moins, elle avait les idées claires et la violence de ses émotions s'était apaisée. Elle tamponna la sueur qui perlait à son front et se parfuma le cou. Brusquement, elle se rappela qu'elle transportait toujours une fiole d'eau de menthe dans son sac, si utile lors des vols longue distance. Elle en but une petite gorgée et regarda Willie en souriant.

— Maintenant, je suis prête à tout affronter.

— Voilà qui est mieux, Rose. Et n'oubliez pas, je suis là.

Elle posa sa tête contre l'appui-tête et s'efforça de

se mettre en condition : ce qui devait arriver arrivait, elle devait l'accepter. Le conseil qu'Effie lui avait donné avant leur départ lui revint en mémoire : « Sois toujours en accord avec toi-même, Rose. Contente-toi d'être toi. Si tu appliques cette règle, tout se passera bien. »

Il s'était passé quelque chose. Depuis son retour de Dublin, Dorothy se comportait bizarrement. Et en y réfléchissant bien, George aussi. John observa son visage, penché sur la pile de documents qu'il avait rapportés de son rendez-vous avec Pickford. Malgré son air sérieux et attentif, quelque chose dans son attitude trahissait une certaine nervosité.

— Tout va bien, George ? demanda-t-il doucement.

George eut l'air d'un écolier pris la main dans le sac.

— Bien sûr. Pourquoi ça n'irait pas, John ?
— Oh, rien.

Ils étaient assis dans le petit bureau, derrière la réception. George se leva tout à coup et s'étira longuement. Oui, il y avait décidément quelque chose qui n'allait pas. Habituellement, on pouvait lire à livre ouvert sur son visage, mais ce soir, il ne cessait de s'agiter en évitant systématiquement de croiser le regard de John.

— Vous êtes bien sûr que tout va bien ? insista-t-il.

George se tourna vers lui, l'air misérable. Puis il referma son stylo et déclara :

— Nous ferions mieux d'aller parler à Dorothy. Elle est dans la cuisine, je crois.

— Pourquoi avons-nous besoin de lui parler ? demanda John, inquiet cette fois.

Alors qu'ils s'engageaient dans le couloir, ils croisèrent deux Gallois qui désiraient être réveillés très tôt le lendemain matin et qui parlèrent longuement de l'équipement de chasse qu'il leur faudrait ; puis, ce fut un couple de Français à qui ils assurèrent qu'il n'y avait aucun risque à traverser en voiture la frontière, au nord.

Lorsqu'ils arrivèrent enfin dans la cuisine, Dorothy préparait les petits déjeuners du lendemain. Elle avait construit une pyramide d'oranges au centre de la table, et la consolidait avec des prunes.

— Bonsoir, dit-elle en levant les yeux quand elle les vit entrer. Vous voulez une tasse de thé ?

Elle essuya ses mains à son tablier puis s'approcha de la bouilloire qui sifflait sur le vieux fourneau qui jouxtait une cuisinière moderne des plus sophistiquées.

— Non merci, répondit George. Euh... Dorothy, je t'ai amené John pour que tu lui parles.

John les regarda à tour de rôle, de plus en plus perplexe.

— Que se passe-t-il donc ? Je sais qu'il y a quelque chose.

— Asseyez-vous, John, dit Dorothy. Je pense qu'une tasse de thé vous fera du bien.

— Je ne veux pas m'asseoir et je ne veux pas de thé ! Je vous en prie, Dorothy, dites-moi maintenant ce qui se passe.

Mais lorsqu'elle prit place à la table et que George s'assit également, il ne put faire autrement que les imiter.

— C'est Bruno, c'est ça ? demanda-t-il avec appréhension.

— Bruno va très bien, John, déclara Dorothy, mais, vous avez effectivement raison. Il s'est passé quelque chose. Je ne voulais pas vous en parler parce que ça ne me regarde pas. Mais une personne est en ce moment en chemin pour venir vous voir. D'ailleurs, elle ne devrait pas tarder.

— Qui est-ce ? Est-ce que cela a un rapport avec Bruno ?

Son regard alla de nouveau de l'un à l'autre. Comme George gardait obstinément les yeux baissés sur ses mains, il se tourna vers Dorothy.

— Je vous en prie, Dorothy. Dites-moi de qui il s'agit !

— C'est Rose, répondit doucement Dorothy. Rose O'Beirne Moffat. Elle est en chemin pour venir ici.

John eut l'impression qu'on lui assenait un violent coup de poing dans la poitrine quand il entendit ce nom. Il regarda le visage doux et inquiet de Dorothy d'un air hébété.

— Rose ? Elle vient ici ? Ce soir ?

Dorothy hocha la tête.

— Oui, elle sera ici d'un instant à l'autre.

C'en était trop pour lui. A l'appréhension qu'il lut dans leurs yeux, il comprit qu'il ne s'agissait pas d'une simple visite de politesse. Comment avaient-ils deviné, à propos de Rose et lui ? Ça s'était passé il y a si longtemps.

Rose. Rose venait. Elle venait le voir. Après toutes ces années, ils allaient enfin se revoir.

Mais presque aussitôt, sa joie retomba. Pourquoi Dorothy et George avaient-ils l'air si inquiet ? John, qui d'habitude se laissait rarement emporter par son imagination, ne put s'empêcher d'entrevoir le pire. Il était arrivé quelque chose à Rose. Elle allait mourir. Elle était atteinte d'une maladie mortelle et voulait faire amende honorable. C'est pour ça qu'elle tenait à le voir.

— Vous a-t-elle dit pourquoi elle venait ? demanda-t-il enfin. Je veux dire, pourquoi *maintenant* ?

— Je crois qu'il vaut mieux qu'elle vous l'explique elle-même. Cela ne concerne que vous, répondit Dorothy.

Le silence s'installa de nouveau dans la cuisine, un silence lourd que le sifflement du fourneau et le bruit de l'eau qui tombait goutte à goutte d'un vieux robinet de cuivre venaient interrompre de temps en temps. John s'aperçut que Dorothy le regardait avec prudence, comme si elle s'attendait à quelque action surprenante ou inhabituelle de sa part.

— Depuis quand savez-vous ?
— Savoir quoi ?
— Pour Rose et moi...
— Oh, depuis pas très longtemps, dit-elle. En fait, depuis hier seulement. Jusqu'alors, ça ne m'était jamais venu à l'idée. Il faut que je vous dise, John, Rose est passée ici hier. Elle marqua une pause, parut hésiter, puis continua : Elle était venue rendre visite à Gus et à Daphné.

— M'a-t-elle demandé ?
— Non. Mais maintenant que j'y réfléchis, j'ai bien l'impression qu'elle vous cherchait.
— Elle est encore à Sundarbans ?
— Non, elle est rentrée à Dublin. Écoutez, John, je ne veux pas en dire plus. Je ne peux pas, mais je peux vous offrir quelque chose à boire ? Voulez-vous un sherry ? Je crois que George et moi en avons grandement besoin.

Elle se dirigea vers le petit placard mais n'eut guère le temps de servir le premier verre. Au moment où elle débouchait la bouteille, la fenêtre de la cuisine fut illuminée par les phares d'une voiture.

Ils tendirent tous les trois l'oreille. Après tout, cela pouvait être n'importe qui — un client de l'hôtel qui revenait du pub, un ami.

Mais quand ils entendirent le tintement de la clochette à la réception, ils surent instinctivement que ce n'était pas n'importe qui.

Rose stoppa immédiatement les vibrations de la clochette. Elle avait résonné trop fort, trop gaiement.

Dans l'encadrement de la porte, derrière elle, Willie tentait tant bien que mal de dissimuler sa silhouette replète dans l'obscurité ; il avait insisté pour entrer avec elle, au cas où elle aurait eu besoin de lui. Bien sûr, Rose aurait préféré qu'il la laisse seule maintenant, mais, craignant de le blesser, elle n'avait pas osé le lui demander.

Alors, brusquement, après qu'elle eut fait tinter la clochette, ni Darina, ni Bruno, ni Willie, n'existèrent plus pour elle. Le temps cessa d'avoir une signification quelconque tandis qu'elle attendait ce qui aurait pu être dix secondes ou dix heures ; mentalement, elle se tenait en équilibre sur un fil.

Puis, elle entendit le bruit d'une porte qu'on ouvre.

Le bruit de pas qui approchent.

Lentement. Le bruit des pas d'un homme.

Elle tourna la tête, et, tout à coup, il était là. Plus vieux, plus fort, mais là.

Il s'arrêta net en l'apercevant, et toutes les pensées qui traversèrent l'esprit de Rose à ce moment-là se fondirent en une seule, aussi claire et éclatante qu'un diamant.

John Flynn était devant elle.

John eut l'impression de recevoir un coup.

Elle était merveilleuse.

Rose O'Beirne Moffat était là, à quelques pas de lui, et elle était merveilleuse.

Il était incapable de bouger. Il ne voulait même pas la toucher ou la prendre dans ses bras. Il ne voulait que la regarder. Elle avait les cheveux plus courts et portait des vêtements élégants, plus adultes, mais autrement, elle était exactement comme il se l'était imaginée pendant toutes ces années.

Alors, il s'aperçut de la présence d'une autre personne, un petit homme rond qui se tenait près de la porte. Était-ce l'ami de Rose ? Son mari ? Cette pensée le tira de sa contemplation et il s'approcha d'elle, la main tendue.

— Bonjour.
— Bonjour, répondit-elle.

Elle ne prit pas sa main, mais continua à le dévisager comme si elle avait du mal à croire ce qu'elle voyait. Il se rendit compte qu'elle fixait sa cicatrice ; bien qu'elle se soit considérablement atténuée avec le temps, elle était encore visible, et instinctivement il porta sa main à son visage. Elle sursauta devant la soudaineté de son geste.

— Qu'est-il arrivé à ton visage ? Est-ce que... ?
— Oui. Sur le bateau. Je crois que je te l'avais écris.

Il ramena sa main le long de son corps.

La lueur de la petite lampe de bureau derrière elle donnait à son visage une pâleur surnaturelle. Son imagination ne l'avait peut-être pas trompé. Elle est malade, pensa-t-il, désespéré. Il se tenait si près d'elle que la suavité de son parfum, auquel se mêlait une autre odeur, familière, musquée, celle de sa peau, l'étourdissait presque.

— Ça fait longtemps, dit-il bêtement.
— Oui.

Un léger toussotement s'éleva derrière elle, et l'homme qui se trouvait près de la porte s'avança de quelques pas.

— Je retourne à la voiture, Rose. Si vous avez besoin de moi...

Rose se retourna vivement.

— Oh, Willie, pardonnez-moi. Laissez-moi vous présenter John Flynn, dit-elle, puis se tournant vers John, elle ajouta : Mon ami, Willie Brehony. C'est lui qui m'a amenée ici. Je n'ai pas de voiture.

— Comment allez-vous, Monsieur Brehony ?

demanda John, soulagé de retrouver un ton un peu plus professionnel. Je vous en prie, ne vous sentez pas obligé de partir. Puis-je vous offrir à boire ?

Tout en parlant, John l'examinait. Elle l'avait présenté comme son ami, mais il ne détectait aucun signe de propriété chez lui ; au contraire, il semblait gêné, comme s'il n'avait pas le droit d'être là.

— Qu'est-ce qui vous ferait plaisir ? continua-t-il, en s'efforçant désespérément de ne pas regarder Rose.

— Non, non, ne vous dérangez pas, s'écria Willie. Je vous assure, je préfère être dehors, respirer l'air frais, sentir...

— Eh bien, comme vous voulez, fit John.

— S'il vous plaît, Willie, acceptez au moins un verre, insista Rose. Vous avez eu une longue journée. Je suis sûre que cela vous fera du bien.

— Oui, oui, prenez quelque chose à boire, renchérit John.

Il se rendit compte qu'à mesure que Rose et lui insistaient, le pauvre Willie Brehony reculait vers la porte. La situation commençait à devenir absurde. On aurait dit qu'ils cherchaient l'un et l'autre à le prendre au piège afin de retarder au maximum le moment où ils se retrouveraient en tête à tête.

— Non, merci, vraiment.

Willie était arrivé à la porte.

— Ne vous faites pas de souci pour moi.

Il parvint à ouvrir et à leur échapper, les laissant seuls dans le hall faiblement éclairé. A peine était-il parti que la tension se resserra entre eux, tandis qu'ils regardaient fixement la porte vitrée par laquelle Willie était sorti. Finalement, John, à bout, s'adressa au reflet de Rose, aussi pâle qu'un linceul sur la vitre sombre.

— Tu voulais me voir ? demanda-t-il d'une voix rauque.

— Oui, murmura Rose. Est-ce que nous pouvons trouver un coin tranquille pour parler ?

— Suis-moi, fit-il, en l'entraînant au salon.

Dans la lumière rougeoyante du feu de cheminée, la pièce n'avait plus rien d'un bazar oriental, mais évoquait plutôt la chambre d'un magicien : la centaine d'objets qui s'y trouvaient brillaient et scintillaient de mille couleurs sous la lumière des lampes, et les miroirs ne reflétaient plus la lumière, mais les silhouettes.

Mais John ne remarqua rien de tout cela. Il invita Rose à s'asseoir sur le canapé et prit place sur le fauteuil en face d'elle. Alors qu'elle s'installait tout au bord, les différentes sources de lumière de la pièce rehaussèrent son teint de manière si éclatante qu'il en eut presque le souffle coupé. Il pria pour ne pas avoir à prendre la parole tout de suite, sachant que tout ce qu'il pourrait dire serait incohérent.

Mais elle semblait aussi muette que lui. Le silence se prolongea dangereusement, si chargé d'émotions qu'il en était presque palpable. Craignant que son corps ne le trahisse, John croisa les bras, et attendit.

Rose prit exemple sur lui et croisa les bras également ; puis, elle baissa les yeux et d'une toute petite voix, se lança :

— J'ai quelque chose de très délicat à t'annoncer, John.

Elle lui jeta un bref coup d'œil, juste un petit mouvement des yeux, mais pour John, son regard eut l'effet d'un coup de fouet.

— Je... je ne sais pas comment te le dire, continua-t-elle en baissant de nouveau la tête.

John, qui se refusait à admettre qu'elle allait mourir, demanda doucement :

— Est-ce que cela a un rapport avec le fait que tu aies cessé de m'écrire ?

— Dans un sens, oui, mais c'est plus compliqué que ça.

— Pourquoi ne m'as-tu jamais répondu, Rose ? Pourquoi ? Qu'est-ce que je t'ai fait ? Si au moins tu me l'avais dit ! J'aurais pu l'accepter...

A présent qu'il avait commencé, il ne pouvait plus s'arrêter. Son désir et ses craintes le firent s'emporter.

— Pourquoi, Rose ? Je t'aimais, et tu m'avais laissé croire que tu m'aimais toi aussi. Que s'est-il passé ? Ne t'es-tu jamais dit que je méritais une explication ?

Elle le regarda d'un air confus, ce qui ne fit qu'accroître sa colère.

— Quand je pense à toutes ces lettres que tu m'as renvoyées. Qu'est-ce que tu crois que j'ai ressenti ? Si au moins j'avais su pourquoi.

— John, laisse-moi t'expliquer. Je ne savais plus quoi faire...

— Je croyais qu'on s'aimait ! s'écria-t-il d'un ton si passionné que sa voix en tremblait. Je t'ai écrit, je t'ai écrit, et puis... plus rien ! Comment as-tu pu faire une chose pareille, Rose ? Je suis même allé jusqu'à m'humilier devant ta grand-mère en lui rendant les améthystes et en la suppliant de te les renvoyer pour te prévenir. Tu te souviens, Rose ? Élisabeth et Essex ? Toutes ces nobles promesses ! Quelle blague !

— Je ne l'ai appris que très récemment, John. Il faut que tu me crois. Ma grand-mère est morte, maintenant, et je ne saurai jamais pourquoi elle ne m'a pas prévenue.

— Et pourquoi devrais-je te croire ? Quel idiot j'ai été ! Je t'ai crue, Rose, j'avais confiance en toi !

Incapable de contrôler les émotions qui bouillonnaient en lui — la colère, la terreur, l'amour, la haine et l'amertume —, il bondit sur ses pieds. Rose se leva presque, prête à se sauver, quand la colère de John retomba brusquement, aussi vite qu'elle était venue.

— Pardonne-moi, Rose, dit-il en se rasseyant. Je suis désolé. Je n'ai aucun droit de...

— Oh, tu as tous les droits, John, tous les droits, murmura Rose dans un sanglot. Si seulement tu savais quels sont tes droits...

— De quoi parles-tu ?

Elle attrapa les coussins qui se trouvaient sur le canapé et les serra contre elle, comme si elle craignait un assaut de sa part.

— Tu as tous les droits, John, parce que... tu as une fille.

Ses paroles n'eurent aucun sens pour lui. Que venait-elle de dire ? Il la dévisagea.

— Qu'est-ce que tu viens de dire ?

— Tu... nous... avons une fille.

15

— Seuls mes parents sont au courant, et Effie aussi, mon amie, à Dublin. C'est son mari, Willie, qui attend dehors. Il sait aussi, bien sûr. Et George et Dorothy, maintenant, ajouta-t-elle. Ils l'ont deviné dès qu'ils ont vu Darina.

— Bref, tout le monde, sauf moi.

John avait l'impression de n'être rattaché à la réalité que par un fil ténu.

— Comment as-tu pu faire ça, Rose ?

— Je t'ai dit... enfin, je pensais te l'avoir expliqué, mais tu m'as interrompue. J'ai reçu cette lettre anonyme qui disait que tu avais couché avec une autre fille. Une fille de Charlottetown.

— Quoi ?

— Une fille de Charlottetown, répéta Rose. J'étais désespérée, John. J'étais dans ce couvent, à Londres...

— Je ne savais pas que tu étais dans un couvent. Tu ne me l'as jamais dit. Quand as-tu reçu cette lettre ? Et qui est cette fille avec qui je suis censé avoir couché ? Comment as-tu pu croire une chose pareille ?

Cette accumulation d'injustices le fit trembler des pieds à la tête. Debout devant la cheminée, il dut se retenir à la tablette pour ne pas perdre l'équilibre.

— Tu ne m'as même pas laissé une chance de me défendre.

— Est-ce que tu as couché ou non avec une autre fille ?

— Tu étais la seule que j'aimais, Rose.

— Tu ne réponds pas à ma question.

— Je te donne ma parole d'honneur que je n'ai jamais couché avec qui que ce soit à Charlottetown.

— Mais la lettre était de Derek ! s'écria Rose.

— Je pensais qu'il s'agissait d'une lettre anonyme ! rétorqua John, mais à peine avait-il parlé que l'énormité de ce qu'elle venait de dire lui fit l'effet d'une gifle.

— Derek ? murmura-t-il. Comment sais-tu que c'est lui ?

— Elle était postée d'Irlande et il se trouvait en Irlande quand elle a été envoyée. Par ailleurs, il était le seul à être au courant de ce que tu faisais à Charlottetown. J'ai tout de suite su que c'était lui.

— Des tas de gens de la région savaient que j'étais à Charlottetown.

Rose releva le menton, un geste qu'il se rappelait bien.

— Oui, mais ils n'étaient pas sur place. Je sais que cette lettre était de Derek, John, répéta Rose. J'en étais sûre à l'époque et je le suis toujours.

La colère recommença à gronder en John et il serra les poings.

— Je découvrirai la vérité en ce qui concerne Derek plus tard, dit-il, mais ça n'excuse pas le fait que tu m'aies caché l'existence de ma fille.

— Je pensais à l'époque que c'était la meilleure chose à faire. Je t'en prie, John, il faut que tu me croies. C'était il y a si longtemps. Je suis tellement désolée.

— Pourquoi sors-tu de l'ombre aujourd'hui. Se passerait-il quelque chose de particulier ?

Elle leva les yeux vers lui et la profondeur de son désarroi adoucit un peu son mépris.

— Alors ? insista-t-il ? Pourquoi aujourd'hui, Rose ? Et est-ce que je vais enfin faire sa connaissance ?

— Elle est allée se promener, je crois, murmura Rose.

Tandis qu'elle continuait de le regarder, quelque chose qu'elle avait dit un peu plus tôt se mit à le tenailler.

— Dis-moi, Rose, pourquoi ? répéta-t-il encore.

Rose baissa la tête et enfouit son visage entre ses mains.

Il l'observa quelques instants et bien qu'il tentât de ne pas dévier de ses résolutions, il les sentit fléchir. Rose avait l'air si vulnérable. Il avait envie de tout lui pardonner, d'oublier les seize années qui s'étaient écoulées, de s'asseoir à ses côtés et de la prendre dans ses bras.

Tout à coup, il se rappela. Elle avait appelé sa fille par son prénom. Darina.

— Oh, mon Dieu !

Il s'effondra sur la première chaise qui se trouvait près de lui.

Le tic-tac de la pendule en similor résonnait dans le silence. Une bûche se brisa dans l'âtre. John se leva machinalement pour la remettre en place, mais à peine s'était-il emparé des pincettes qu'il les reposa.

— Elle est allée rejoindre Bruno ?

C'était plus une affirmation qu'une question, et Rose hocha la tête.

— Qu'allons-nous faire ?

— Je ne sais pas, répondit-elle. Effie, l'amie dont je t'ai parlé, m'a dit et répété que ce n'était pas si terrible que ça. Qu'ils étaient jeunes et qu'ils oublieraient.

— Nous n'avons pas oublié.

Sa voix lui parut fatiguée et lointaine.

— Enfin, je parle pour moi. En ce qui te concerne, je ne sais pas, bien sûr.

Il n'en avait que faire, à présent, d'être ridicule.

— Effie dit aussi que le fait d'être cousins germains ne pose pas de problème. Aux yeux de l'Église, je veux dire. Même s'il ne s'agit pas de ça pour l'instant, elle affirme que s'ils veulent se marier, ils peuvent obtenir une dispense.

— Tiens donc ? Et qui est cette Effie ? Est-elle aussi spécialiste en droit canon en plus d'être psychologue ?

— Je comprends que tu sois en colère, John, mais je te prierais de laisser Effie de côté. Elle a été merveilleuse avec moi, et elle aime Darina comme une vraie mère.

— Peut-être que Darina s'en serait mieux sortie avec un père au lieu de deux mères.

— Je t'en prie, John !

— Tu n'es pas d'accord ? Je n'arrive pas à croire que tu aies pu faire une chose pareille. Ne pas me prévenir. Et elle, alors, n'a-t-elle pas des droits ? Est-ce qu'elle sait au moins qu'elle a un père ? Mais peut-être lui as-tu dit qu'elle avait été abandonnée par un monstre sans cœur qui les a laissées, elle et sa mère, se débrouiller toutes seules.

— Je pensais qu'il valait mieux agir ainsi. J'avais peur, murmura Rose en enfouissant de nouveau son visage entre ses mains.

— Je t'ai posé une question, Rose. Qu'est-ce que ma fille sait de moi ?

— Elle sait seulement que tu es de Monaghan et que tu as émigré au Canada.

Rose se mit à pleurer ; voyant son corps secoué de violents tremblements, John fut pris de remords.

— Rose, pardon !

Il bondit de sa chaise et s'apprêtait à se jeter à ses pieds quand quelque chose, une blessure trop profonde pour cicatriser si vite, l'en empêcha.

— C'est idiot ce que je viens de dire, murmura-t-il. Je ne suis pas aussi sarcastique habituellement, ou si amer.

— Mais tu as tout à fait raison de l'être. C'est moi qui suis à blâmer, j'aurais dû te faire confiance. J'aurais dû te demander ce que signifiait cette lettre, j'aurais dû te dire que j'étais enceinte...

— Mais tu n'avais que seize ans. Tu n'as rien à te reprocher, Rose. Et puis, comment aurais-tu pu prendre des décisions de cette ampleur toute seule ?

— Oui, mais si je t'avais fait plus confiance... Oh, John, je t'aimais tant. Tu n'imagines pas à quel point j'étais désespérée.

— Et tu ne peux pas savoir le nombre de nuits passées à essayer de comprendre pourquoi tu ne voulais brusquement plus me voir. J'ai même fait des neuvaines, Rose, des neuvaines !

Ils parlaient si vite, butant sur les mots, se coupant la parole à tour de rôle, qu'ils se turent presque simultanément et se dévisagèrent l'un l'autre.

— John, murmura Rose, est-ce que tu me pardonnes ?

— Te pardonner ?

Mais avant qu'il n'ait le temps de poursuivre, on frappa discrètement à la porte du salon et Dorothy apparut.

— Excusez-moi de vous déranger, mais ils sont là, dans la cuisine. Ils boivent un chocolat chaud en ce moment. J'ai pensé qu'il valait mieux demander ce que vous vouliez que je fasse.

Elle marqua une pause.

— Vous lui avez dit, Rose ?

Rose hocha la tête.

— Où les avez-vous trouvés ?

— George est parti à leur recherche en voiture et les a croisés sur la route. Ils allaient au pavillon de pêche.

John sentit son cœur battre la chamade. Sa fille. Sa fille se trouvait à quelques pas de lui et il allait la rencontrer. Et si elle le détestait ? Dorothy attendait près de la porte.

— Que préférez-vous ? redemanda-t-elle.

John se tourna vers Rose.

— J'aimerais la voir seule, je veux dire, avec toi, Rose, mais sans Bruno.

— Voulez-vous que je vous l'envoie ?

— S'il vous plaît, Dorothy, répondit Rose. Au fait, qu'est-ce qu'elle a dit quand elle a su que j'étais ici ? Nous nous sommes séparées plutôt en froid ce matin.

— Elle semblait surprise, c'est tout. Bon..., je vais la chercher.

Mais avant de partir, Dorothy jeta un coup d'œil à John.

— Vous sentez-vous prêt, John ? Je peux les retenir encore dans la cuisine un petit moment...

— Je dois vous avouer que je ne sais plus vraiment où j'en suis, Dorothy. Je suis navré que vous soyez mêlés à tout ça, George et vous. Ce n'est vraiment pas juste.

— S'il y a encore une personne qui me présente ses excuses, je la mets dehors ! Et cela vous concerne aussi, Monsieur John Flynn !

Et sur ces paroles, Dorothy sortit et referma doucement la porte.

Une fois seuls, John et Rose évitèrent du mieux qu'ils purent de se regarder. John était incapable de se rappeler quand il s'était senti aussi nerveux. A quoi ressemblait-elle ? Que lui dirait-il ? Et elle, que dirait-elle ?

C'était tellement irréel. Une fille. Il se le répéta encore une fois, rien que pour lui-même. *Une fille.*

Il entendit un bruit de pas dans le hall, puis la porte s'ouvrit et elle était là.

La pièce s'estompa, même Rose s'estompa, et il ne vit plus que le visage de sa fille. Il avait l'impression de soulever le voile du passé. En elle, il se voyait et il voyait Rose ; mais surtout, il voyait Darina. Elle était absolument splendide.

Elle lui jeta à peine un coup d'œil, hésita à entrer et regarda sa mère d'un air interrogateur. Puis, relevant le menton exactement comme Rose, elle demanda :

— J'espère que tu n'es pas venue me chercher, maman ?

— Non, Darina, à moins que tu ne le veuilles.

Le ton qu'employa Rose la fit froncer les sourcils.

— Il est arrivé un accident ? demanda-t-elle. C'est Effie ?

— Effie va bien. Tu n'as pas rencontré Willie en chemin ? C'est lui qui m'a conduite ici.

— Willie est ici ? fit-elle, étonnée. Non, je... enfin, nous sommes rentrés par la cuisine.

Elle avait gardé la main sur la poignée de la porte, comme si elle attendait qu'il se passe quelque chose.

John avait l'impression d'être cloué au sol. Il était incapable de bouger, de proférer le moindre son tant il était fasciné par ce visage, ces sandales rouges, l'éclat de la lumière sur ces cheveux. Il sentit, plutôt qu'il ne vit, Rose se lever et traverser la pièce.

— Darina, dit-elle, entre un instant. J'ai quelque chose à te dire.

Darina hésita à nouveau, puis elle se tourna vers lui. Pour la première fois, elle le regarda franchement. Elle le dévisageait. Avait-elle deviné ?

Elle se laissa entraîner vers le canapé où se tenait Rose quelques secondes auparavant. Rose s'assit à ses côtés et lui prit les mains, mais la jeune fille ne faisait plus attention à sa mère. Ses yeux n'avaient pas quitté John, et il était sûr maintenant d'y voir poindre un début inquiet de reconnaissance.

— Darina, commença Rose d'une voix tremblante, il y a quelque chose que j'aurais dû te dire il y a très longtemps. Je ne l'ai pas fait, parce que je pensais que tu n'étais pas prête. J'espère que tu me pardonneras.

Darina continuait de regarder John.

Rose prit une profonde inspiration, puis, tout doucement, dit :

— Darina, cet homme est ton père. Il s'appelle John.

John vit qu'elle avait failli ajouter autre chose, mais qu'elle s'était retenue au dernier moment ; intuitivement, il comprit qu'elle avait délibérément omis son nom de famille. Alors qu'il observait le jeu des émotions sur le visage de sa fille, il fut reconnaissant à Rose de lui avoir épargné une partie de la vérité.

Après quelques minutes d'un lourd silence durant lesquelles ils restèrent tous trois immobiles, Darina retira doucement ses mains et les posa sur ses genoux.

— Je vois, dit-elle simplement.

Rose fit un geste vers elle, mais Darina s'écarta aussitôt et se tourna vers John.

— Enchantée, dit-elle.

Elle avait parlé sur un ton si neutre que John fut incapable de déchiffrer son état d'esprit. Il s'approcha d'elle, mais à peine avait-il fait un pas dans sa direction qu'elle se raidit.

— Le choc est aussi grand pour moi que pour toi, Darina, dit-il, d'une voix rauque. J'ignorais tout de ton existence jusqu'à il y a dix minutes.

— Je vois, répéta Darina. Maman, est-ce que je peux partir, maintenant, demanda-t-elle poliment. Bruno m'attend dans la cuisine.

Rose la regarda, désespérée.

— Ne veux-tu pas rester encore un peu, poser des questions, je ne sais pas...

— Non, merci, répondit la jeune fille toujours aussi poliment. Plus tard, peut-être. Je peux partir ?

Rose acquiesça d'un mouvement de la tête. Darina se leva et sortit de la pièce sans se retourner une seule fois.

John avait la tête qui tournait ; il avait le sentiment de s'en être très mal sorti, mais tout était arrivé si vite. Devait-il la rejoindre, insister pour lui parler ? Il regarda Rose.

— C'était affreux, dit-il. Oh, Rose, elle est si belle ! Mais je ne savais pas quoi dire, je suis si ému. Qu'est-ce que j'aurais dû faire, à ton avis ? Tu ne crois pas qu'on aurait dû tout lui dire ?

— Peut-être, mais quand j'ai vu à quel point elle était bouleversée rien qu'en la voyant, j'ai estimé que le reste pouvait peut-être attendre. Laissons-lui un peu de temps. Je suis sûre que dans peu de temps, elle aura des milliers de questions à poser. Et puis — Rose se prit la tête entre les mains —, si elle n'a pas déjà deviné, Bruno se chargera de lui dire.

Rose releva la tête.

— John ? reprit-elle. Je t'en supplie, tu dois me croire quand je te dis combien je regrette ce qui vient d'arriver... Dire que je suis venue ici samedi, dans l'intention de te voir. Je n'arrive pas à croire que c'était il y a deux jours à peine, ajouta-t-elle d'une voix lointaine. J'étais venue pour moi, rien que pour moi. Ma visite n'avait rien à voir avec Darina. Bien sûr, si les choses s'étaient passées comme je l'espérais, je t'aurais parlé d'elle. Je veux dire que de toute façon, je l'aurais fait.

John se redressa aussitôt.

— Si les choses s'étaient passées comme tu l'espérais ? Que veux-tu dire exactement, Rose ?

— Je veux dire entre nous, John. Je voulais savoir où nous en étions, l'un par rapport à l'autre. Je sais que je prends des risques en ce moment, mais je n'ai rien à perdre. Il s'est passé quelque chose de très étrange. Au cours des derniers mois, ton nom semblait revenir sans cesse. Mon père parlait de toi et de ton projet pour Sundarbans, et puis j'ai rencontré par hasard une ancienne amie d'école qui m'a demandé de tes nouvelles, et...

Sa voix se brisa. Elle marqua une pause pour reprendre le contrôle d'elle-même.

— De toute façon, reprit-elle plus fermement, avec ce qui vient de se passer, tout ça n'a plus grande importance. Maintenant que Darina est au courant, il va falloir réfléchir à ce que nous allons devoir faire, même si...

— Même si quoi, Rose ?

John sentait que tout dans sa vie allait dépendre de la réponse de Rose.

— Même si nous nous rendons compte qu'il n'y a plus rien entre nous.

Elle leva les yeux vers lui. Ils étaient immenses.

— C'était il y a tellement longtemps, John. Nous étions des enfants. Pour autant que je sache, tu es peut-être...

— En ce qui me concerne, nous sommes toujours des enfants, Rose. Je suppose qu'il y a des milliers de choses que je devrais dire ou faire pour me protéger. Il y a une demi-heure à peine, je ne savais même pas que tu étais ici, et encore moins que j'avais une fille. Admets que cela fait beaucoup. Mais tu as sans doute raison. Nous... Moi, non plus, je n'ai pas grand-chose à perdre à être honnête. Je vais te dire quelque chose, Rose, la seule dont je sois sûr : je n'ai jamais aimé quiconque comme je t'ai aimée. Je veux dire que je n'ai jamais été amoureux comme, enfin, depuis que... Oh, je n'y arrive pas...

— Tu n'as jamais...
— Non. Et toi ? Est-ce que tu éprouves toujours les mêmes sentiments ?

Rose hocha la tête.

— Pourquoi penses-tu que je sois venue ?

Il contempla son beau visage baigné de larmes. Il aurait probablement dû la prendre dans ses bras, l'embrasser, la serrer contre lui, lui faire l'amour, mais ce qui était en train de se jouer à présent était trop crucial pour se laisser aller à des élans aussi communs.

— Qu'allons-nous faire, maintenant ? murmura-t-il.

— Je ne sais pas, mais nous devons procéder étape par étape.

La tension entre eux retomba brusquement, et de manière tout à fait incongrue, John éclata de rire.

— Peut-être devrions-nous consulter ton amie Effie ?

Il riait si fort et de si bon cœur que Rose ne put s'empêcher de l'imiter.

— Je pourrais lui téléphoner, dit-elle en se couvrant la bouche de la main.

— Oh, Rose !

Et en deux pas, il fut près d'elle, l'attirant contre lui et la serrant dans ses bras. Elle se remit à pleurer, et ses larmes se mêlèrent aux siennes. Il n'avait pas pleuré depuis des années, mais il n'avait pas honte. Ils pleurèrent ensemble, de joie, de tristesse, de rage pour tout ce temps perdu.

Dans la cuisine, Dorothy tentait de persuader Darina et Bruno de rester encore un peu.

— Attendez encore quelques minutes, insistait-elle. Votre mère sera là dans un instant, Darina, j'en suis sûre. De toute façon, il fait nuit et trop froid pour sortir. George vous conduira où vous voulez, n'est-ce pas, George ?

Elle se tourna vers son mari qui hocha la tête, puis revint à la jeune fille.

— Mais avant, nous allons vous trouver un endroit pour dormir. Vous ne pouvez tout de même pas parcourir la campagne sans que Rose sache où vous êtes. Et puis, peut-être voudra-t-elle vous ramener à Dublin ?

— Merci beaucoup, Madame Cranshaw, répondit Darina, mais c'est entre elle et moi. Et de toute façon, elle sait que je suis avec Bruno.

Dorothy la regarda droit dans les yeux, et essaya de lire en elle, au-delà de l'expression déterminée qu'elle affichait. Darina était très pâle. L'une de ses paupières était agitée de tremblements, mais hormis ces détails, elle semblait aussi posée et aussi sûre d'elle qu'auparavant. Pourtant, Dorothy ne manqua pas de noter un petit changement. Si elle avait jusqu'ici donné l'impression d'être prête à endurer tout ce que les adultes présents à Willow House lui avaient réservé, il était clair, maintenant, que malgré son grand calme, elle n'aspirait plus qu'à une chose : fuir.

— Je m'occuperai d'elle, Madame Cranshaw. Je vous le promets, intervint Bruno.

Dorothy avait déjà remarqué qu'il ne quittait jamais Darina des yeux plus de quelques secondes. Elle lâcha un soupir ; ils étaient si beaux tous les deux, et manifestement si amoureux l'un de l'autre, qu'ils auraient pu illustrer la couverture de quelque œuvre romantique.

— Qu'en penses-tu, George ? demanda Dorothy. Crois-tu que je devrais aller chercher Rose et John ? Après tout, c'est votre oncle, dit-elle à Bruno. Il est responsable de vous pour l'instant. Il a peut-être son mot à dire dans cette affaire.

Du coin de l'œil, elle vit Darina se raidir sur sa chaise. Pauvre enfant, pensa-t-elle, ce doit être un calvaire pour elle.

— Je m'en charge, déclara George en se levant.

— Surtout n'ayez aucune crainte, dit vivement Dorothy quand les pas de George se furent éloignés dans le couloir. Personne ne vous forcera à faire quoi que ce soit contre votre gré ; mais vous êtes encore mineurs l'un et l'autre, ne l'oubliez pas. Je ne voudrais pas qu'on me reproche par la suite de vous avoir laissé partir sans le consentement de vos parents. Vous me comprenez ?

Ni l'un ni l'autre ne répondirent. Bruno regardait Darina qui, elle, avait les yeux fixés sur la nappe de la table, sur laquelle elle traçait des traits avec sa cuillère. Dorothy cherchait désespérément quelque chose d'autre à dire ou à faire. Elle ne pouvait tout de même pas leur offrir un verre de sherry, c'était hors de question. Cependant, elle se voyait mal rester assise en face d'eux, à attendre l'arrivée de Rose et de John.

— Votre père rentre demain, n'est-ce pas ? demanda-t-elle à Bruno ?

Le jeune garçon quitta Darina du regard suffisamment longtemps pour hocher la tête.

— Oui, dit-il. Je crois que son avion arrive à deux heures. Il devrait être ici en fin d'après-midi.

Le silence retomba et les enserra de nouveau dans ses griffes. Il n'y avait toujours aucun signe des autres, et Dorothy se sentit incapable de supporter cette tension une seconde de plus.

— Il faut que je passe un coup de fil, dit-elle brusquement en se levant. Je reviens tout de suite.

Le téléphone se trouvait juste à côté, dans l'arrière-cuisine. Alors qu'elle composait le numéro d'un ami à Londres, elle sentit un courant d'air dans son dos. Elle se retourna.

La porte de la cuisine était ouverte et elle était seule.

La fine couche de givre qui recouvrait la campagne scintillait sous le clair de lune tandis qu'ils couraient sans prêter attention aux parterres de fleurs et au potager derrière la maison, franchissaient le portillon et débouchaient sur un champ qui montait vers les bois. Au bout de quelques minutes, Darina, bien que menant la course au départ, s'arrêta pour reprendre son souffle tandis que Bruno continuait d'avancer, aussi légèrement et facilement que si le terrain accidenté et broussailleux sur lequel ils se trouvaient n'était pour lui rien de plus qu'une piste de stade.

— Attends-moi ! appela Darina. Je n'en peux plus.

Il ralentit et la prit par la main.

— Que s'est-il passé là-bas ? Pourquoi avons-nous dû fuir comme ça ?

A la lueur de la lune, son visage paraissait de cire et elle le caressa brièvement.

— Je t'expliquerai plus tard, quand nous aurons trouvé un endroit où personne ne pourra venir nous chercher, répondit-elle dans un souffle.

Ses sandales n'étaient guère appropriées pour courir, et à mi-chemin, dans le champ, elle s'arrêta à nouveau et les jeta, sans se soucier du contact désagréable de la terre glacée contre ses plantes de pieds.

Ses collants étaient déchirées et elle haletait quand ils arrivèrent à la lisière du bois. Bruno lui suggéra de s'arrêter un moment, mais elle insista pour continuer.

— Marchons encore, dit-elle. Je ne connais pas cet endroit, mais je suis sûre que nous allons trouver un coin tranquille.

Ils ralentirent le pas à travers le treillis d'ombre et de lumière que formaient les arbres dénudés. Légèrement sur le côté, Darina aperçut un bosquet d'arbustes ; elle entraîna Bruno dans cette direction, se frayant un passage jusqu'au centre, brisant les branches basses, écartant les feuilles. Finalement, ils parvinrent à dégager un espace suffisamment grand pour eux deux. Alors, sans un mot, ils s'allongèrent l'un contre l'autre tandis que les feuilles et les branches se refermaient dans un doux bruissement sur eux.

— Là, nous serons en sécurité pendant un moment, souffla Darina. Bon sang, ce que j'ai mal aux pieds, ajouta-t-elle en les massant.

— Vas-tu me dire à présent à quoi tout cela rime ?
— Tu ne me croiras probablement pas.
— Bien sûr que si.
— C'est au sujet de ton oncle.
— Oncle John ? fit Bruno, étonné. Que lui est-il arrivé ?

Bruno se redressa, soudain inquiet, mais Darina l'attira contre elle.

— Je te le dirai dans une minute. Ne parlons plus pour l'instant.

Elle lui offrit son visage pour qu'il l'embrasse, et lorsqu'il posa ses lèvres sur les siennes, elle répondit à son baiser avec passion, s'agrippant sauvagement à lui avec ses bras et ses jambes.

Bruno devint à son tour de plus en plus passionné, mais brusquement, il la repoussa et s'écarta d'elle.

— Je croyais que tu voulais qu'on attende, Darina.
— Ça ne veut pas dire qu'on ne peut pas s'embrasser.
— Oui, mais si tu m'embrasses comme ça, je ne suis pas sûr de pouvoir attendre.
— Prends-moi dans tes bras.

Il l'attira contre lui et la serra aussi fort qu'il put, mais ce n'était pas assez pour elle.

— Plus fort, plus fort, le supplia-t-elle. Je t'en prie, Bruno, si tu m'aimes, serre-moi plus fort.

— Je t'aime, Darina, je t'aime.

Il la serra si fort alors qu'elle sentit ses bras trembler, les muscles de ses cuisses et de ses mollets se durcir. Au bout d'un moment, il la relâcha.

— Je t'en prie, Darina, dis-moi, maintenant, ce qui se passe.

— Est-ce que tu m'aimeras encore, demanda-t-elle d'un ton pressant, si je te dis quelque chose, quelque chose de si horrible que tu ne me croiras probablement pas.

— Rien de ce que tu pourras me dire ne peut être horrible.

— Mais c'est quelque chose que tu n'aurais jamais pu imaginer, jamais ! Même dans tes rêves les plus fous !

— Parle, Darina, je n'en peux plus.

— Très bien. Tu l'auras voulu.

Elle se redressa, le repoussa, l'obligea à s'écarter d'elle et recula le plus loin possible de lui, contre les feuillages des arbustes.

— Toi et moi, commença-t-elle — et la gravité des révélations qu'elle s'apprêtait à faire imprima un tremblement à sa voix —, sommes cousins germains.

— Cousins germains ? répéta Bruno.

— Oui. Ton oncle John est mon père. Je ne l'ai appris que ce soir.

Il la dévisagea longuement. De la buée s'échappait de sa bouche.

— Tu en es sûre ? demanda-t-il, enfin.

— Oui.

— Je ne sais pas quoi en penser.

— Moi non plus.

Ils se regardèrent à nouveau, longuement.

— Tu crois que je peux toujours te prendre dans mes bras ? demanda Bruno.

— J'aimerais tellement, oh, si tu savais !

Voyant qu'elle luttait pour ne pas pleurer, il vint vers elle et la serra contre lui. Darina enfouit la tête dans le creux de son épaule. Le bruit d'une branche qui se brise la fit brusquement sursauter.

— N'aie pas peur, murmura-t-il en lui caressant les cheveux. Je suis là.

Elle se blottit à nouveau contre lui et ils se turent, leurs souffles se mêlant l'un à l'autre, comme dans le sommeil.

— Finalement, déclara Darina au bout d'un moment, maintenant que j'y repense, ça ne m'étonne pas.

— Qu'est-ce que tu veux dire ?

Darina se redressa.

— Si je te le dis, tu m'écouteras ?

— Bien sûr.

— Je veux dire, *vraiment* m'écouter. Car c'est un peu, disons... inhabituel.

— Ce que nous vivons aussi, tu ne crois pas ! fit Bruno avec un sourire forcé.

Il s'assit à son tour et secoua les feuilles qui étaient tombées sur son anorak.

— Très bien, fit Darina.

Elle le regarda droit dans les yeux, posa les mains sur ses épaules, puis se lança :

— Il y a une chose que j'ai immédiatement ressentie quand je t'ai vu pour la première fois, c'est que nous étions destinés à nous rencontrer et à nous aimer. L'as-tu ressentie, toi aussi ?

— Eh bien..., j'ai eu la chair de poule, mais...

— C'est exactement ça !

Darina saisit les pans de son anorak à pleines mains.

— Tu sais quoi ? demanda-t-elle en baissant brusquement la voix et en appuyant sur chaque mot. Je crois que tu es mon « âme sœur », mon « double ». Tu comprends ce que je veux dire ?

— Pas vraiment, je l'avoue.

— C'est vrai que ce n'est pas facile à saisir la première fois. Je n'ai pas encore très bien compris d'où vient cette idée à l'origine, mais j'ai des tas de livres à la maison ; je trouverai bientôt la réponse. Tu as déjà entendu parler d'Edgar Cayce ?

— Avec toi, j'ai l'impression que je passe mon temps à te demander « qui est-ce ? » ou « qu'est-ce que c'est ? », répondit Bruno.

Dans d'autres circonstances, le ton mélancolique de Bruno aurait fait éclater de rire Darina, mais elle était bien trop passionnée par l'exposition de sa théorie pour se moquer de lui, et se contenta de lui caresser gentiment la joue.

— Je suis persuadée que tu connais des tas de choses dans des tas de domaines que je ne connais pas, dit-elle. Bref, Edgar Cayce est un médium célèbre. J'ai trois livres de lui à la maison. Ce n'est pas grave si tu ne le connais pas ; en revanche, tu as certainement entendu parler de Robert Browning et Elizabeth Barret. Ce sont deux poètes.

— Je crois, oui, mais je dois te dire tout de suite que la poésie, ce n'est pas vraiment mon fort, admit Bruno. A part Walt Whitman...

— Robert Browning et Elizabeth Barret étaient deux poètes anglais du siècle dernier qui tombèrent amoureux l'un de l'autre, et ils sont devenus célèbres en tant qu'amants et en tant que poètes. Leur relation est censée être celle qui illustre le mieux l'idée d'âme sœur, de double.

— Je vois, fit Bruno d'un air de doute.

Darina lâcha son anorak et croisa les bras.

— C'est un concept qui existe depuis des milliers d'années, expliqua-t-elle avec précaution, et pour l'accepter, il faut d'abord accepter l'idée de la réincarnation.

Elle risqua un regard vers lui. Pour autant qu'elle pût en juger, il ne semblait pas rejeter ce qu'elle disait. Encouragée, elle continua sur sa lancée :

— Donc, si tu acceptes cette idée — ce qui est mon cas —, l'histoire du double n'est plus si difficile que ça à admettre, et elle te paraît même évidente. On suppose qu'il y a très, très longtemps, vivaient deux personnes totalement unies par l'esprit ; malheureusement, au cours d'une de leurs vies ensemble, il s'est passé quelque chose qui les a séparées, et elles se sont perdues. Elles se cherchent donc pendant toutes leurs autres vies, et comme ça pendant des siècles.

Elle marqua une pause avant de prendre sa respiration.

— Je crois que c'est ce qui nous arrive. Tu es mon âme sœur, Bruno, mon double. Nous nous sommes enfin trouvés.

Bruno resta silencieux, et pour la première fois, Darina fut gênée.

— Je suis désolée si tout ça paraît bizarre.
— Est-ce que ça a un rapport avec l'astrologie ?

Elle lui prit doucement la main.

— Oui et non. L'astrologie est très ancienne, et c'est une religion aussi, mais ce dont je te parle, c'est quelque chose qui est, disons, à côté. Beaucoup de religions orientales croient à la réincarnation et au phénomène du double. A présent que nous savons que nous sommes cousins germains, ne trouves-tu pas que cela a encore plus de sens ? N'as-tu pas l'impression que nous nous sommes reconnus ? C'était notre destin, ou notre fatalité, comme tu veux.

— Je ne sais pas, répondit Bruno. Tu ne crois pas que ça pourrait être génétique ? Je veux dire par là que si nous sommes cousins germains...

— Oui, oui, mais nous savons tous les deux qu'il y a plus que les gènes dans ce que nous ressentons l'un pour l'autre, s'exclama Darina, les yeux brillants. Je le sens, là, en moi. Je sens que je te connais, que je te connaissais avant, presque aussi bien que moi. Et je peux tout te dire, tout.

Il déposa un léger baiser sur ses lèvres.

— Je crois en toi, Darina, dit-il doucement.

Ils se rassirent et restèrent ainsi, l'un contre l'autre, autant pour se tenir chaud que pour n'importe quelle autre raison.

— Et oncle John ? demanda Bruno au bout d'un moment. C'est un homme extraordinaire. Ce serait un père formidable.

— Je préfère ne pas parler de ça pour l'instant, répondit Darina.

Dans le lointain, ils entendirent vaguement qu'on criait leurs noms, puis, quelques minutes plus tard, le bruit de voitures qui démarraient et s'éloignaient.

— Quelle heure est-il ?

Rose était sur des charbons ardents.

Dorothy regarda sa montre.

— Trois heures. Rose, vous devriez vraiment essayer de dormir un peu. Je vais vous préparer un lit. A vous aussi, John, un peu de repos ne vous ferait pas de mal.

John, qui était affaissé sur la table de la cuisine, releva la tête.

— C'est plutôt vous, Dorothy, qui devriez aller vous coucher. Il ne vous reste plus que trois heures avant de vous remettre au travail.

— Ne vous inquiétez pas pour moi, répondit Dorothy. Je suis forte comme un Turc. Et puis, n'oubliez pas qu'il y a George. Je crois qu'il n'a jamais sauté une nuit de sommeil. Heureusement qu'il n'était pas sur le *Titanic* ! plaisanta-t-elle. J'espère que votre ami sera bien là où je l'ai installé, ajouta-t-elle en se tournant vers Rose.

— Willie est merveilleux, fit Rose. J'ai l'impression qu'il apprécie beaucoup George. Je ne sais pas ce que j'aurais fait sans lui.

Trop fatiguée pour continuer à parler, elle laissa sa voix mourir doucement tout en jouant avec un fond de thé dans sa tasse. John se leva tout à coup et se dirigea vers la fenêtre.

— Vous savez bien comment ils sont ces jeunes, continua Dorothy. Je parie qu'ils sont profondément endormis en ce moment, bien au chaud dans une grange. Vous verrez ! Quand ils vont revenir au petit matin, les yeux brillants et avec de la paille dans les cheveux, ils ne comprendront pas pourquoi nous nous sommes autant inquiétés.

Rose retint sa langue. Elle appréciait tout le mal que se donnait Dorothy pour les rassurer, et elle espérait de tout son cœur qu'elle dise vrai. Pourtant, tout au fond d'elle-même, elle savait qu'il en allait autrement. C'était sa seconde nuit blanche, et à sa fatigue venaient se mêler les événements des dernières quarante-huit heures. Elle était si lasse et si désemparée qu'elle n'arrivait plus à faire la part entre la réalité et l'imagination. Elle se sentait vaguement responsable de ce qui se passait, mais tout se bousculait tellement dans sa tête qu'elle était incapable d'approfondir la question. Quand Darina rentrerait, saine et sauve, alors seulement pourrait-elle envisager l'avenir à tête reposée.

En attendant, avec le peu d'énergie qui lui restait elle s'efforçait de rester éveillée, essayant de se mettre à la place de sa fille. *Si j'avais de nouveau seize ans et me trouvais en compagnie du garçon que j'aime, si j'avais été aussi choquée que Darina ce soir, comment aurais-je réagi ? Où serais-je partie me cacher ?*

Elle tenta de raisonner logiquement. A part les

environs immédiats de Sundarbans, Darina ne connaissait pas la région. Or, si elle avait effectivement eu l'intention de s'y rendre, elle aurait dû demander son chemin, ce qui, vu les circonstances, paraissait peu probable.

Non, elle devait se trouver tout près d'ici, Rose en était sûre.

Mais pendant plus de deux heures, John, Dorothy, George, Willie et elle avaient fouillé les environs, ils étaient allés dans toutes les dépendances de l'hôtel, au pavillon de pêche ; ils avaient même poussé jusqu'aux granges et aux abris des voisins ; ils avaient battu la campagne alentour, les bois et les bordures du lac ; ils avaient pensé à vérifier du côté du futur terrain de golf sur lequel s'élevait déjà la charpente d'un abri pour les golfeurs.

Darina et Bruno avaient tout simplement disparu sans laisser de trace.

Rose alla rejoindre John à la fenêtre. Leurs deux silhouettes se reflétèrent dans la vitre noire.

— Tu es sûr qu'il est encore trop tôt pour prévenir la police ? demanda-t-elle.

— Si nous ne les avons toujours pas retrouvés au petit matin, alors il sera temps de le faire.

— Quelqu'un veut du thé ? proposa Dorothy.

— Pour être franc, Dorothy, à cette heure de la nuit, je préférerais quelque chose de plus fort, répondit John en se frottant les yeux. Mais pas de sherry, s'il vous plaît.

Dorothy ouvrit la porte du placard et en sortit une bouteille de whisky.

Ils s'installèrent tous les trois autour de la table. Rose, qui n'avait pas l'habitude de boire de whisky, éprouva comme une sensation de brûlure dans la gorge. Elle hésitait à demander à Dorothy un verre d'eau quand, à travers la fenêtre du mur du fond, elle aperçut distinctement une paire d'yeux qui les observait.

— Mon Dieu ! Dorothy ! s'exclama-t-elle. Il y a quelqu'un dehors.

Elle se leva d'un bond et courut jusqu'à la porte, qu'elle ouvrit brusquement.

Le chat qui se trouvait sur le rebord de la fenêtre sauta aussitôt à terre et passa à toute allure entre ses jambes, filant, rapide comme l'éclair, vers la chaleur du fourneau. La déception de Rose fut si intense qu'elle faillit perdre le contrôle d'elle-même.

— Pardonnez-moi, dit-elle. Je croyais...
— Fermez la porte, Rose, lui conseilla Dorothy.

Mais Rose resta sur le seuil de la maison, fouillant du regard l'étendue de terrain devant elle. Elle voulait tellement voir quelque chose, n'importe quoi, qui donnerait un sens à leur attente et briserait leur sentiment d'impuissance.

Dorothy s'approcha doucement d'elle et l'attira à l'intérieur.

— Rose, dit-elle, en fermant la porte à sa place, pourquoi n'allez-vous pas vous étendre quelque temps ? Nous n'avons pas besoin de rester debout tous les trois ainsi. En ce qui me concerne, ça ne sert plus à rien que j'aille me coucher, il est trop tard, de toute façon. Et puis, j'ai comme un second souffle à cette heure de la nuit. Allez, Rose, allez vous reposer. Je vais vous préparer une bouillotte, et je vous promets de vous appeler à la minute même, la seconde même où on a des nouvelles.

Rose avait les jambes lourdes, et le whisky lui tournait la tête. Malgré son anxiété, la pensée de s'allonger dans des draps frais la tentait. Sentant qu'elle hésitait, Dorothy appela John à sa rescousse.

— N'est-ce pas, John ? Ne croyez-vous pas que Rose ferait mieux d'aller dormir un peu ? Vous aussi, d'ailleurs, ajouta-t-elle, mais je sais que ce serait peine perdue que d'essayer de vous persuader.

— Oui, Rose, Dorothy a raison. On va rester à attendre ici tous les deux. Ne t'inquiète pas, je te promets qu'on viendra te chercher dès qu'il y aura du nouveau. Et je retournerai fouiller la région au lever du jour. Allez, dit-il en se levant. Sois raisonnable. N'oublie pas que tu auras besoin de toutes tes forces dans les jours prochains.

Rose céda. John la rejoignit et elle attendit à ses côtés que Dorothy remplisse une bouillotte d'eau chaude. Comme elle leur tournait le dos, Rose en profita pour glisser ses bras autour de John et le serrer fort contre elle.

Il se pencha et déposa un bref baiser sur ses lèvres. Malgré sa fatigue et l'inquiétude qui la minait, son corps ne put s'empêcher de réagir. Pourtant, elle trouva la force de le repousser. Dorothy pouvait se retourner d'un moment à l'autre. Mais avant de s'écarter de lui, elle lui toucha une dernière fois la main.

— Et voilà ! fit Dorothy en lui tendant la bouillotte avant de l'entraîner hors de la cuisine. Vous savez où est votre chambre ? C'est la deuxième à gauche, quand vous arrivez sur le palier. Essayez de dormir, Rose.

Une fois dans sa chambre, Rose retira ses chaussures, ses bas et sa robe, puis se glissa avec délices entre les draps. La bouillotte lui tenait chaud. Elle se sentait trop lasse pour démêler ses pensées et ses émotions, mais alors qu'elle sombrait peu à peu dans le sommeil, les visages de Darina et de John se fondirent l'un dans l'autre pour n'être plus que celui d'une seule et même magnifique personne.

John, qui se sentait nettement mieux après une

douche et deux tasses de café très serré, se tenait en bordure du champ, derrière la maison.

A huit heures du matin, la journée qui s'annonçait était de celles qui le mettaient généralement de bonne humeur : à l'est, le soleil s'apprêtait à passer par-dessus un horizon strié d'or, et derrière lui, la fumée qui s'échappait des cheminées de l'hôtel montait droit dans un ciel d'un bleu limpide. Mais aujourd'hui, la beauté de la nature le laissait indifférent. Il tenta de se concentrer, de repérer un indice qui leur aurait échappé la veille.

Il salua un couple de Belges en bottes de marche, qui partait faire une balade dans les bois, au-dessus de la colline. Avec Willie, ils avaient déjà fouillé ces mêmes bois, très tôt ce matin, quand le jour n'était pas encore levé, et il se demanda s'il ne devrait pas y retourner. Il attendit que les Belges s'éloignent et prit le même chemin. Au bout de quelques minutes, sans vraiment pouvoir l'expliquer, il était sûr d'être dans la bonne direction ; si Darina et Bruno avaient décidé de se cacher dans le coin, ce ne pouvait être que là, au milieu des arbres.

Bien que vêtu chaudement avec sa veste en peau de mouton, son chapeau et ses gants, le froid matinal lui gelait les joues et le nez, et ses yeux pleuraient continuellement. Pour se protéger encore mieux, il se força à marcher tête baissée.

Ce fut une chance, car autrement, il n'aurait peut-être pas aperçu, à quelques mètres de lui, un objet à la forme bizarre, à moitié enseveli dans la terre. Il s'en approcha et le ramassa ; c'était l'une des sandales de Darina. Son cœur ne fit qu'un bond. Oui, il était sur la bonne piste. Il chercha du regard l'autre sandale et la trouva, un peu plus loin, dans un petit creux, cachée par des chardons.

A une cinquantaine de mètres de là, à gauche du

sentier, il remarqua un bosquet d'arbustes. S'ils se trouvaient dans ce bois, ils étaient là.

Il s'avança doucement. La terre était jonchée de branches cassées, et elles lui parurent trop nombreuses pour être le fait du passage d'un animal. Comme il s'en voulait de ne pas les avoir remarquées la nuit dernière !

La question était à présent de savoir si Darina et Bruno se trouvaient encore là.

Tout à coup, John s'immobilisa. Qu'allait-il découvrir derrière le rideau de ces feuilles ? Il avait fait particulièrement froid cette nuit.

Il s'approcha du fourré, écarta les branches et se retrouva face à deux paires d'yeux, aussi étonnés que ceux d'une jeune biche.

Une seconde plus tard, Darina et Bruno se tenaient debout devant lui. John contint sa colère, et parvint à les saluer d'un bonjour cordial.

— Je suis content de vous voir, ajouta-t-il. Vous nous avez fait une de ces peurs ! Je crois que ceci t'appartient, dit-il en tendant à Darina ses chaussures. Tu en auras besoin pour rentrer.

La jeune fille les prit sans un mot et ils sortirent tous les trois du dessous du fourré.

— Je ne veux pas retourner là-bas, déclara Darina, maussade.

— Tu n'as pas faim ? Vous devez être affamés, répondit John en prenant soin de ne pas se montrer trop agressif.

— C'est vrai que... j'ai une faim de loup, avoua Bruno.

— Alors quel mal y a-t-il à rentrer à l'hôtel, où vous pourrez prendre un bon petit déjeuner ? Personne ne vous fera passer en cour martiale, je vous le promets. De plus, j'ai l'impression que tu as besoin de te réchauffer, ajouta-t-il en remarquant que Darina claquait des dents.

Elle jeta un rapide coup d'œil à Bruno, échangeant avec lui quelque message secret, puis, à son grand soulagement, elle acquiesça d'un hochement de tête.

— D'accord. Allons-y.

John attendit qu'ils soient sortis du sous-bois pour reprendre la parole.

— Ta mère sera soulagée d'apprendre que tu es saine et sauve, Darina, dit-il. Elle a eu très peur. A ta place, je ne serais pas trop dure avec elle.

— Que voulez-vous dire ?

— Je ne crois pas qu'elle puisse supporter une scène en ce moment.

— C'est la meilleure ! C'est elle qui...

Darina se tut et baissa les yeux.

— C'est elle qui quoi ?

— Rien.

— Écoute, je comprends très bien que tu ne sois pas enchantée par ce qui t'arrive, mais...

— Je ne vous permets pas !

John lâcha un soupir et ravala sa remarque. Le soleil, énorme boule orange au-dessus de l'horizon, lui faisait plisser les yeux.

Ils étaient à mi-chemin dans le champ, et commençaient à distinguer la maison quand il se tourna vers Bruno.

— Toi et moi, on ferait mieux d'avoir une petite conversation avant le retour de ton père, cet après-midi.

— Oui, oncle John, répondit le jeune garçon. Je suis désolé de vous avoir causé tant de tracas, ajouta-t-il humblement. Nous le sommes tous les deux, n'est-ce pas Darina ?

— Oui, peut-être.

— Non, elle l'est vraiment, oncle John, insista Bruno. C'est juste le choc.

— Nous avons tous eu un choc.

La peur, qui ne l'avait pas quitté depuis le début des recherches, s'estompait peu à peu, et il se sentait vidé. Soudain, il remarqua que Darina avait accéléré l'allure et marchait devant eux. Craignant qu'elle ne se sauve à nouveau, il pressa le pas pour la rattraper.

Mais en la voyant déraper sur l'herbe gelée, dans ses sandales ridicules, et sa veste clinquante, il s'attendrit : elle avait l'air si jeune !

La poche de sa veste s'accrocha au loquet lorsqu'elle franchit le portillon, et elle se retourna pour le dégager. Sa queue de cheval s'était défaite, et ses cheveux retombaient en cascade sur son visage et ses épaules. Dans la lumière du soleil, ils étincelaient. En regardant sa fille, John sentit son cœur déborder d'amour pour elle, un amour si pur et si soudain, qu'il en chancela presque.

Une poignée de pièces de monnaie dans la main, Derek attendait devant le vieux téléphone noir que l'opératrice le mette en communication avec Willow House. Oh, vive la technologie ! Voilà l'exemple type de ce qui ne se produisait pas au Canada. Deux ou trois jours passés à supporter les fantaisies des télécommunications irlandaises lui ôtaient chaque fois l'envie de revenir s'installer ici.

L'opératrice finit par lui annoncer qu'il pouvait introduire ses pièces, mais au moment même où il appuyait sur le bouton, une communication par haut-parleurs résonna dans l'aéroport. Il attendit la fin du message en tambourinant des doigts impatiemment.

— Allô ? dit-il, une fois le silence revenu. Dorothy ? Ici Derek. Il n'y a personne au pavillon de pêche. Je peux vous laisser un message ?

— Oui, bien sûr, Derek, je vous en prie, répondit Dorothy, à l'autre bout du fil. Vous êtes à l'aéroport ?

— Oui. J'appelle juste pour dire que j'arriverai

plus tôt que prévu à Dublin et que je devrais être à la maison d'ici deux heures.

— Très bien. Je transmettrai.

C'était une belle journée, froide et ensoleillée, et malgré sa fatigue, il se sentait de bonne humeur tandis qu'il roulait dans la campagne en prenant soin d'éviter les côtés de la route encore recouverts de givre.

Tout en conduisant, il réfléchit au projet de rachat de Sundarbans. Devait-il s'y associer ? Non que John semble particulièrement y tenir, mais, il en était sûr, il s'agissait d'une difficulté mineure qu'il n'aurait aucun mal à surmonter. L'argent finissait toujours par avoir le dernier mot.

Quoi qu'il en soit, c'était une très belle demeure, et une fois retapée, il pariait que ce serait exactement le genre d'endroit qui attirerait non seulement les Européens mais aussi leurs riches cousins américains. Surtout si on y ajoutait l'attrait de la présence du maître et de la maîtresse des lieux. Derek faisait toutefois quelques réserves quant à l'emplacement même de Sundarbans : combien de visiteurs espéraient-ils allécher dans un endroit aussi perdu que Drumboola ?

Il faudrait qu'il parle de tout cela à John, et ce dès ce soir. Quel dommage qu'il doive repartir si vite.

Lorsqu'il s'engagea dans le petit chemin sinueux qui menait au pavillon de pêche, il se sentait en pleine forme. John avait décidément beaucoup de chance, pensa-t-il en se garant. Il bénéficiait de tout le confort d'un foyer sans en subir les inconvénients. Mona était une femme charmante. Karen, d'ailleurs, aurait bien deux ou trois petites choses à apprendre d'elle.

La pensée de sa femme lui fit aussitôt perdre sa bonne humeur. Peut-être devrait-il l'appeler ? Il poussa la porte d'entrée, qui n'était jamais fermée, et appela.

— Oh ! Oh ! Il n'y a personne ?

Mona sortit de la cuisine.

— Derek ! Bienvenue à la maison ! lança-t-elle.

— Bonjour, Mona. Ça ne vous ennuie pas si je passe un coup de fil ?

— Bien sûr que non. Allez-y, je vous en prie.

En attendant que l'opératrice le mette en communication avec le Canada, il se promit d'être gentil. Récemment, Karen l'avait harcelé pour qu'ils consultent un conseiller conjugal ; Derek avait refusé, mais durant son séjour à Hambourg, surtout lorsqu'il s'était retrouvé seul dans sa chambre d'hôtel, il avait reconsidéré la question et était parvenu à la conclusion qu'il pouvait peut-être au moins lui accorder ça. Il allait lui en parler tout de suite.

— Allô ?

Il entendit sa voix, légère et particulièrement enjouée, puis brusquement, plus rien, tandis que l'opératrice lui demandait si elle acceptait le PCV. Qu'elle semble être de bonne humeur le rassura. Cela leur permettrait, au moins, d'avoir une conversation normale et civilisée. Mais quand il entendit de nouveau sa voix au bout du fil, elle avait perdu toute gaieté.

— Bonjour, Derek.

— Bonjour, répondit-il, bien déterminé à être agréable. Comment vas-tu Karen ?

— Bien.

Malgré les parasites qui perturbaient la ligne, il devina qu'elle se tenait sur ses gardes.

— C'est une question tout à fait normale, tu sais, Karen, entre un mari et sa femme, fit-il remarquer, sans pouvoir s'en empêcher.

— Entre un mari normal et sa femme.

— Écoute, reprit Derek, je ne t'appelais que pour savoir comment tu allais, comment ça se passait, là-bas. Qu'as-tu fait de beau depuis notre départ ?

— Oh, rien de particulier. Comme d'habitude, tu sais...

Quelque chose dans la façon dont elle prononça cette phrase lui fit dresser l'oreille. Ce qu'elle lui demanda ensuite lui parut encore plus suspect.

— Comment va Bruno ?

— Bruno va bien, répondit-il lentement, tout en réfléchissant à la rapidité avec laquelle elle avait changé de sujet. Je viens de rentrer, je ne l'ai pas encore vu. Alors — il marqua une pause —, qu'est-ce que tu as fait, au juste ? Tu es sortie un peu ?

— Bien sûr. Tu n'espérais tout de même pas que j'allais rester assise près de la fenêtre, mon ouvrage sur les genoux, à attendre le retour du seigneur et maître, non ?

Il était certes habitué à de telles piques de sa part, pourtant, il lui semblait que Karen était exagérément sur la défensive.

— Et où es-tu allée ? insista-t-il.

— Depuis quand dois-je te rendre compte de tous mes faits et gestes ? Tu ne t'intéresses pas autant à moi quand tu es à la maison...

— Karen ! Qu'est-ce que tu es en train de fabriquer, bon sang ?

— Que veux-tu dire par là ?

— Tu as très bien compris. Je te connais, tu ne serais pas aussi évasive si tu ne me cachais pas quelque chose.

— Pas plus que toi, Derek. Est-ce que je sais, moi, ce que tu fais pendant tes voyages d'affaires ?

Alors, la vérité s'imposa brusquement à lui : Karen avait une aventure.

— Derek ? Derek ? appela-t-elle, tout à coup inquiète.

Lentement, délibérément, il raccrocha le combiné. Un bruit, derrière lui, le fit se retourner. Bruno se tenait au pied de l'escalier.

— Papa ! Tu es de retour, dit-il, un sourire incertain aux lèvres.

Se rappelant la délicate conversation qu'il avait eue avec Bruno au sujet de Karen et de lui-même, il fit un effort surhumain pour retrouver son calme.

— Qu'est-ce que tu attends pour venir m'embrasser ? dit-il. Je t'ai rapporté des cadeaux.

— Oh, merci, papa !

Bien qu'encore sous le coup de ce qu'il venait de découvrir, Derek trouva l'enthousiasme de son fils légèrement exagéré.

— Eh bien, tu ne veux pas savoir ce que c'est ?

— Bien sûr que si !

Derek sortit de son sac un couteau suisse et une paire de gants de ski, et les lui tendit.

— Super ! s'exclama le jeune garçon. Merci beaucoup, papa. Je les adore, vraiment !

Il en faisait tellement trop que Derek était maintenant persuadé qu'il n'en pensait pas un mot. Il s'était passé quelque chose. D'abord Karen, et maintenant Bruno. Son cœur se mit à battre plus vite que d'habitude.

— Tout s'est bien passé pendant mon absence ? demanda-t-il d'une voix qu'il espérait aussi désinvolte que possible.

Bruno évita de lui répondre.

— Pardon ?

— J'ai compris, dit-il. Éclaircissons ça tout de suite. Qu'est-il arrivé ?

Bruno haussa les épaules.

— Rien de bien grave. Je sais que ça peut paraître bizarre de passer toute la nuit dehors mais il ne s'est rien passé, rien du tout.

Passer toute la nuit dehors ?

Ne sachant absolument pas de quoi il retournait, Derek décida de procéder à l'instinct.

— Ce n'est pas ce qu'on m'a dit.
— A qui as-tu parlé ?

La prudence qu'il sentit dans l'intonation de sa voix confirma ses doutes.

— Je n'ai rien fait de mal, ajouta Bruno.
— Qu'est-ce que tu aurais pu faire ?
— Rien, tu peux me croire. Nous n'avons rien fait. Mais Darina a appris... eh bien... quelque chose de très étonnant, qui l'a bouleversée, et je suis resté avec elle. C'est tout, papa, je te le jure. Je ne pouvais pas la laisser toute seule dans l'état où elle était.

Derek se força à rester calme.

— Où étiez-vous ? Et au fait, qui est cette Darina ?

Voyant que Bruno hésitait à répondre, il perdit patience.

— Suis-moi dans le salon, dit-il abruptement.

Là, il n'usa plus de détours.

— Maintenant tu vas me dire où tu as passé la nuit et ce que tu faisais avec cette Darina. Qui est-ce, d'abord ?

— Très bien, papa, répondit calmement le garçon. Je vais tout te raconter, mais rappelle-toi que maman et toi m'avez toujours poussé à dire la vérité.

— C'est vrai.

Derek s'assit au bord du fauteuil, devant la cheminée.

— Et que si je disais la vérité, je n'aurais rien à craindre.

— C'est vrai également, et j'espère que nous n'avons pas commis d'erreur.

Burno ne releva pas le sarcasme.

— J'aime Darina, dit-il simplement, mais le problème c'est que nous sommes cousins germains.

Derek le regarda, surpris. Il envisagea rapidement toutes les possibilités : pour autant qu'il sache, les cousines de Bruno se trouvaient toutes de l'autre côté de l'Atlantique, soit à l'école, en ce qui concernait les grandes, soit dans leur parc, certaines n'étant encore que des bébés. Aucune ne pouvait l'avoir suivi jusqu'ici sans qu'il en ait eu vent...

— Tu m'as entendu, papa ?

Bruno fixait le visage de son père de ses grands yeux inquiets.

— Darina est ma...

— J'ai très bien entendu la première fois ! Qui sont ses parents ?

— C'est justement là le problème. Elle vit à Dublin avec sa mère et elle n'a appris qu'hier seulement l'identité de son père et, vois-tu, ça a été un choc aussi pour lui parce qu'il n'était au courant de rien.

— Pour l'amour du ciel, Bruno, vas-tu répondre à ma question ? Qui sont les parents de cette fille ?

— Sa mère est une certaine Rose O'Beirne — je l'ai rencontrée ce matin, papa, elle est charmante —, et tu me croiras si tu veux, mais... Bruno marqua une pause tant ce qu'il allait dire était stupéfiant. Oncle John est son père.

Derek ouvrit des yeux horrifiés. Son cœur se mit à battre à tout rompre, au point de lui faire mal, mais même sans cette douleur, il aurait été incapable de proférer un son. Les souvenirs venaient un à un fouetter sa mémoire, aussi violemment que son cœur dans sa poitrine : la scène qu'il avait épiée dans la chambre, chez les parents de Karen à Charlottetown, presque dix-sept ans auparavant, les insultes voilées et celles qui l'étaient moins entre Karen et lui au cours des années qui avaient suivi...

Tout culminait en une seule et effroyable pensée. Cette Darina..., cette fille n'était pas une cousine germaine. Elle était la demi-sœur de Bruno.

— Ça va, papa ? s'enquit le jeune garçon.

— Va me chercher quelque chose à boire, s'il te plaît.

— Bien sûr ! Que veux-tu ?

— Demande à Mona si elle n'a pas un peu de cognac.

— D'accord. Tu sais, déclara Bruno avant de quitter la pièce, ce n'est pas si terrible que ça.

Derek agrippa les accoudoirs du fauteuil. Il ne se sentait pas bien ; en plus de sa douleur au cœur, il commençait à avoir la nausée. Il pencha la tête en arrière et s'efforça de respirer lentement. *C'est impossible, ça ne peut pas arriver...*

Bruno revint au bout de quelques minutes.

— Tu te sens mieux ? demanda-t-il. Mona m'a dit que ce n'était pas du vrai cognac. Ça fera l'affaire, tu crois ? C'est à Packy, il aime bien en boire un peu à Noël.

Derek s'obligea à regarder son fils. Il tenait une vieille bouteille de cherry-brandy à moitié vide.

— C'est parfait, dit-il. Ça ne t'ennuie pas de me servir ?

Il faillit avoir un haut-le-cœur à la première gorgée de cet alcool sirupeux, mais à la seconde, il se sentait déjà mieux. Tandis qu'il finissait son verre, Bruno l'observait, visiblement inquiet.

— Tu es sûr que ça va mieux ?

— Oui, oui. Ça m'a fait un choc, c'est tout.

— Essaie de voir les choses de notre point de vue, déclara Bruno en venant s'asseoir en face de lui. Ne le prends pas mal, mais à mon avis, c'est un peu bête d'en faire tout un drame. L'important, c'est que j'aime Darina et qu'elle m'aime. C'est vrai que ça ne va pas être facile, on est cousins, elle vit ici, mais écoute bien. Un large sourire illumina son visage. Sa mère est hôtesse de l'air et bénéficie de billets à prix réduit. Ce qui veut dire que Darina peut venir au Canada quand elle veut. Qu'est-ce que tu dis de ça ?

Puis son sourire disparut aussi rapidement qu'il était venu, cédant la place à une expression de gravité.

— De toute façon, dit-il, pour moi, il n'y a que Darina qui compte, et c'est pareil pour elle. Je suis désolé, papa, mais c'est comme ça.

Il hésita, puis décida de continuer sur sa lancée :

— D'une certaine façon, nous avons tous les deux l'impression que cela ne pouvait être qu'ainsi. C'est notre destin, si tu veux. Enfin, Darina en est certaine, et quand elle me l'a expliqué, j'ai compris ce qu'elle voulait dire.

— Qu'est-ce qu'elle t'a expliqué exactement ?

Derek avait l'impression que s'il parvenait à se cramponner à son verre, il finirait par se réveiller de ce rêve surréaliste.

Bruno, lui, semblait n'avoir aucun sens de l'irréalité.

— As-tu déjà entendu parler de la notion d'âme sœur, de double ! demanda-t-il en se penchant en avant.

— De double ! Qu'est-ce que tu racontes ? Il y a les jumeaux, et John est mon jumeau...

— Non, non, ce n'est pas ça. Ça n'a rien à voir avec le corps. Ce n'est pas facile à saisir au début, mais l'idée c'est que certaines personnes sont deux êtres à la fois, expliqua-t-il. Darina a lu plein de livres là-dessus, elle s'y connaît bien mieux que moi.

Il marqua une pause, afin de montrer à quel point ce qu'il allait dire était important, et déclara :

— Quoi qu'il en soit, la première fois que je l'ai vue, j'ai vraiment ressenti quelque chose. J'en avais même la chair de poule.

Derek le dévisagea, atterré. Tout était de sa faute. Il avait vécu avec ce garçon pendant seize ans — avait fini par l'aimer —, mais il avait été tellement occupé à gagner de l'argent et à développer ses affaires, qu'il n'avait absolument pas prêté attention à ce qui pouvait se passer dans sa tête. Et à présent, à cause de sa négligence, il ne savait comment aborder cette invraisemblable histoire.

— Où as-tu rencontré cette fille ? demanda-t-il finalement.

— Au bord du lac, tu sais, le jour où tu m'as emmené à Sundarbans. Elle était en visite avec sa mère.

Derek porta le verre de cherry-brandy à ses lèvres et le but d'un trait avant de se resservir.

— J'ai bien peur de ne pas comprendre, dit-il.

— Moi non plus, avoua Bruno, enfin, pas complètement, mais Darina dit qu'on s'est reconnus.

— Ça ne me semble pas trop difficile à comprendre, ça..., je veux dire, si vous êtes cousins germains. Est-ce qu'elle te ressemble ?

— Je ne sais pas, je ne l'ai jamais regardée, c'est-à-dire avec cette idée-là en tête. Mais je suppose que oui, un peu, ajouta-t-il, avec un air de doute. Elle est grande, blonde, aussi... Tu crois que c'est ça ? Que même avant de savoir que nous étions cousins, on s'était reconnus physiquement ? De manière inconsciente ?

— Ça me paraît logique.

— Oui, mais..., commença Bruno, c'est plus que ça. On a tous les deux eu l'impression qu'on se connaissait avant.

— Avant quoi ?

Bruno rougit.

— Eh bien, avant... Dans une autre vie, murmura-t-il, embarrassé.

C'en était trop pour Derek. Abasourdi, il reposa son verre.

— Dans une autre vie ! répéta-t-il. Tu veux parler de réincarnation et de toutes ces inepties ?

— Ce ne sont pas des inepties ! s'écria Bruno, sur la défensive. Darina dit que...

— Je me fiche de savoir ce que dit Darina ! Maintenant, tu vas m'écouter, Bruno. Quoi qu'elle dise ou quoi que tu penses, et quoi que vous croyiez ressentir tous les deux, tu vas m'écouter. Tout ça est allé un peu trop loin. Dis-moi, — Derek sentait qu'il commençait à reprendre pied —, où tout ceci s'est-il passé ? A Sundarbans ?

Bruno le regarda, une expression d'enfant blessé dans les yeux.

— Tu m'as dit que tu m'écouterais, murmura-t-il.

— Je t'ai écouté. Je t'ai très bien écouté, même. Tout ça, ce ne sont que des absurdités ! Une vie antérieure, la reconnaissance de l'autre ! Dis-moi plutôt ce que vous avez fait la nuit dernière ?

— Rien.

— Vas-tu m'obliger à téléphoner à John ?

— Téléphone-lui, si tu veux. Il n'était pas avec nous, il ne pourra rien te dire de ce qui s'est passé, s'il s'est passé quelque chose...

Derek n'était guère habitué à pareil défi de la part de son fils, et il faillit perdre contenance. Mais il était trop en colère maintenant. Il frappa du poing sur l'accoudoir du fauteuil.

— Ne me parle pas sur ce ton, tu as compris ? Que s'est-il passé la nuit dernière ?

— Je te l'ai dit, papa, rien !

Voyant que Bruno commençait à fléchir, il insista.

— Où étiez-vous ?

— Dans les bois.

— Quels bois ?

— En haut de la colline, derrière l'hôtel.

— Tu as passé toute la nuit dans les bois avec une fille, en plein mois de novembre, et tu veux me faire croire qu'il ne s'est rien passé ?

Bruno était devenu très pâle.

— Je n'attends pas que tu me croies, papa, dit-il doucement. Je t'ai dit la vérité.

Derek regarda le garçon. Brusquement, et sans pouvoir l'expliquer, il sut qu'il avait perdu une bataille.

— Je crois qu'il est inutile de poursuivre cette conversation aujourd'hui, maugréa-t-il.

— Ou n'importe quel autre jour, fit Bruno, parce que je t'ai dit la vérité. Il n'y a rien d'autre à ajouter.

— Oh, si, il y a même beaucoup de choses à ajouter. As-tu pensé à l'avenir ? Crois-tu que nous allons te laisser gâcher ta vie ?

— Pourquoi gâcherais-je ma vie ? Tout ce que je t'ai dit est la vérité. J'aime Darina et elle m'aime. Est-ce gâcher ma vie ?

— Et si elle tombe enceinte ?

Bruno ouvrit la bouche, interdit. Quand il se ressaisit, il parla très lentement et posément.

— J'ignore pourquoi tu poses cette question, dit-il, mais laisse-moi te rassurer. Il n'y a aucun danger de ce côté-là.

— Comment peux-tu être aussi sûr de toi ?

Derek perdait de plus en plus de terrain, mais il s'en fichait. Pour qui se prenait ce gamin de seize ans pour afficher autant de calme dans un moment aussi grave ? Après tout ce qu'il avait fait pour lui ! Que Bruno ne puisse être en mesure d'apprécier le rendait fou, et même si un reste de raison lui soufflait de n'en rien faire, il continua à fulminer contre lui.

— Tu n'as que seize ans ! hurla-t-il. Depuis quand les gosses de seize ans dirigent-ils le monde et sa moralité ?

— Ça n'a jamais été le cas, papa. Tu dramatises. Mais si tu veux savoir tout, nous n'avons pas fait l'amour, Darina et moi, bien que ça ne te regarde pas.

— Bien sûr que si ! ça me regarde ! N'oublie pas que je suis responsable de toi jusqu'à ta majorité !

— Je ne l'oublie pas.

Bruno se tourna vers la fenêtre et se plongea dans la contemplation de la nature. De toute évidence, son geste signifiait qu'en ce qui le concernait, le sujet était clos.

Dans un ultime effort pour percer les défenses de son fils, Derek rassembla ses dernières réserves.

— C'est tout aussi bien que nous partions demain matin à la première heure, dit-il avec autorité. Nous reparlerons de tout cela à la maison.

— J'y compte bien, répliqua Bruno, sans bouger.

Il avait parlé d'une voix neutre, mais si distante que Derek en frémit.

— Est-ce que je peux partir, maintenant ?
— Où vas-tu ?
— Me promener.
— La nuit va bientôt tomber.
— Et alors ?

Bruno se tourna enfin vers lui et le regarda, avec un air de fausse douceur.

— Si tu veux, je peux prendre une lampe électrique.

— Sois de retour pour le dîner, murmura Derek avant de se servir un troisième verre.

Il passa l'heure suivante dans un état second. Prenant avec lui la bouteille, il se rendit dans la chambre qu'il partageait avec Bruno, et s'allongea dans l'espoir que son cœur cesserait de battre de manière aussi frénétique et irrégulière. Il devait être méthodique, considérer les problèmes un par un. Mais se rappelant la détermination qu'il avait lue dans les yeux de Bruno, il comprit que ça ne le mènerait nulle part ; la situation exigeait qu'on agisse très vite.

Bruno avait apparemment découvert quelque chose d'exceptionnel chez cette fille — ou avait été influencé par elle au point de croire que leur amour était hors du commun.

Cependant, fallait-il en faire un drame ? Après tout, ils n'avaient que seize ans, et ce qu'ils éprouvaient l'un pour l'autre n'était certainement qu'une passade.

Mais si ce n'était pas le cas ? Ils n'avaient pas fait l'amour — c'était, au moins, quelque chose de positif. Mais, en admettant qu'ils soient normaux, en bonne santé et plein d'énergie, combien de temps résisteraient-ils encore ?

Derek se sentait désarmé devant cette situation. Il aurait aimé agir, mais comment ? Une séparation, oui, voilà la solution. S'ils parvenaient à les maintenir éloignés l'un de l'autre le plus longtemps possible, peut-être alors cette fièvre qui brûlait entre eux s'éteindrait et la raison finirait par triompher...

Tout en s'abandonnant à un demi-sommeil, il se demanda s'il devait rappeler Karen, mais très vite, il jugea préférable de s'en abstenir, se sentant incapable, pour l'heure, d'affronter sa réaction, facile à prévoir devant le danger qui menaçait son fils chéri. Et puis, ils auraient tout le temps d'en parler à son retour.

Ensuite, ils pourraient aborder un autre sujet, celui de l'aventure de Karen, pensa-t-il avec amertume.

Au bout du compte, ce voyage, qui s'annonçait plaisant, se terminait en cauchemar.

Il finit par s'assoupir, son verre vide à la main. Il dormit d'un sommeil agité, émaillé de rêves brefs et effrayants, qui s'évanouissaient dès qu'il tentait de les comprendre pour lui laisser seulement la peur qu'ils avaient engendrée.

Finalement, il se réveilla en sursaut, il s'assit sur son lit et jeta un coup d'œil à sa montre. Il entendit le téléphone sonner, quelqu'un répondre. Puis, les douces odeurs de la cuisine montèrent jusqu'à lui, et il se rappela qu'il n'avait rien mangé depuis le matin.

Il prit rapidement une douche avant de descendre à la cuisine. Mona était aux fourneaux.

— Oh, bonsoir, Derek, dit-elle en le voyant entrer. Le dîner est presque prêt, j'allais vous appeler. Est-ce que Bruno descend ?

— Il est sorti se promener tout à l'heure. Il n'est pas rentré ?

— Non, pas encore, répondit Mona, tout en remuant le contenu d'une casserole.

Derek ne se sentait pas d'attaque pour une conversation avec qui que ce soit.

— Je vais aller regarder les informations, dit-il à Mona.

Mais une fois dans le salon, il n'alluma pas la télévision. Il s'effondra dans le canapé. Où diable était passé Bruno ? Cette fille l'avait véritablement ensorcelé.

Il s'obligea à se détendre dans l'atmosphère reposante de la pièce. Le goût de Mona en matière de décoration était tout aussi discret qu'elle. Les murs étaient si épais, qu'une fois la porte fermée, aucun autre bruit de la maison ne lui parvenait. Pourtant, de violents élancements venaient régulièrement lui trouer le crâne. Il payait son abus de cherry-brandy et la tension due à la scène qu'il venait d'avoir avec son fils. Il reposa la tête contre le dossier du canapé et s'absorba dans la contemplation du feu qui crépitait doucement dans la cheminée.

Il ferma les yeux et se demanda quelle aurait été sa réaction à la place de John ? Qu'aurait-il ressenti en apprenant du jour au lendemain qu'il était le père d'une fille de seize ans ?

Et comment aurait-il réagi s'il avait appris qu'il avait également un fils ?

La pièce était si calme qu'il sursauta lorsque la porte s'ouvrit brusquement et que John, faisant entrer la fraîcheur de la nuit avec lui, s'avança vers le canapé.

— Tu as vu Bruno ? demanda-t-il.

John secoua la tête en évitant délibérément de croiser son regard. Il était manifestement en colère et avait du mal à se contenir.

Derek se redressa aussitôt, en état d'alerte.

— Que se passe-t-il ? Tu as quelque chose à me dire ?

Il sentit, à l'intonation de sa voix, qu'il s'était montré inutilement agressif, et tenta de rétablir la situation.

— Assieds-toi, John. Désolé que le gamin t'ait fait une telle frayeur la nuit dernière.

— Ce n'est pas de ça que je veux te parler... enfin, d'une certaine manière si, mais il y a autre chose qui me semble bien plus important.

— De quoi s'agit-il ?

Il vit que John serrait les poings.

— D'une lettre. Je voudrais te parler d'une lettre anonyme.

Derek s'attendait tellement à ce que John revendique la paternité de Bruno, qu'il relâcha la garde, soulagé.

— De quelle lettre parles-tu ? demanda-t-il, en sachant très bien à quelle lettre faisait référence son frère.

Jamais il n'aurait imaginé que ce mauvais coup, commis il y a si longtemps, le rattraperait ; toutefois, comparé aux récents événements, il ne pouvait être qu'insignifiant. Et pour montrer à John à quel point c'était de l'histoire ancienne, il fit mine d'enlever d'une chiquenaude une poussière sur son pantalon.

Mais, apparemment, John ne le prenait pas à la légère. Le visage rouge de colère, il s'approcha de Derek.

— Tu sais très bien de quelle lettre je veux parler ! Ne joue pas au plus malin avec moi, Derek.

— D'accord, d'accord, je suis désolé ! Mais nous n'étions que des gosses à l'époque. Je te prie d'accepter mes excuses. C'est vrai, je n'aurais pas dû l'envoyer, mais c'était il y a si longtemps, John...

— C'est tout ce que tu as à dire, salaud ? hurla John en se balançant d'un pied sur l'autre.

Il leva le poing, prêt à frapper.

— Hé ! Calme-toi, fit Derek. Je t'ai fait des excuses.

— Espèce d'ordure !

Le coup atteignit Derek en pleine joue, décuplant les élancements dont il souffrait déjà. Il se leva d'un bond, porta une main à sa joue en brandissant l'autre, mais John s'était écarté, étonné par son geste, comme si le coup était parti sans qu'il s'en rende compte.

— Tu me le paieras ! s'écria Derek en s'élançant vers lui. Comment oses-tu me frapper ! Je... je...

Mais son cœur le trahit à nouveau et il dut s'asseoir sur une chaise.

— Tu me le paieras, John, répéta-t-il d'une voix haletante.

— Tiens donc ?

John avait retrouvé de son venin.

— Seize ans, presque dix-sept ans, Derek. Dix-sept ans de ma vie que tu as gâchés avec cette lettre. J'aurais pu... j'aurais pu...

— Tu aurais pu quoi ?

Derek avait terriblement mal à la joue, mais il parvint à mettre dans sa voix tout le mépris et la haine qu'il ressentait.

— Hein ? Tu aurais pu quoi, John ? Avoir une aventure avec la jeune fille du château ? Peu probable, mon cher. Ça m'étonnerait que ma lettre ou la lettre de n'importe qui ait fait une différence.

— Tais-toi, Derek, sinon je te frappe à nouveau, et cette fois, je te tue.

John fit un pas en avant. L'espace d'une seconde, Derek fut pris de panique.

— Arrête, maintenant ! hurla-t-il. Qu'est-ce que maman penserait si elle nous voyait en ce moment ?

En mentionnant leur mère, Derek obtint ce qu'il désirait : John baissa les poings. Il se retourna et regarda le feu.

— Tu m'as fait mal, John, murmura Derek, une fois sûr de n'avoir plus rien à craindre. Je parie que je vais avoir un œil au beurre noir.

— Tu le méritais, salaud.

— Je ne te félicite pas pour ton langage.

— Écoute, Derek, plus tôt tu partiras d'ici, mieux ça vaudra.

— Pour une fois, nous sommes d'accord, mon cher frère. Mais à condition que mon fils et ta fille acceptent de redescendre sur terre suffisamment longtemps pour que j'emmène Bruno avec moi et que je le mette dans l'avion. Cela dit, ajouta-t-il prudemment, si tu voulais bien cesser de faire tout ce cinéma, je crois que nous avons là un sujet dont nous devrions parler, toi et moi.

John se raidit, mais il finit par se retourner et par venir s'asseoir en face de son frère.

— Je suis prêt à discuter avec toi de ma fille, dit-il lentement, mais avant, il y a quelque chose que j'aimerais comprendre. Qu'est-ce que je t'ai fait, Derek ? Du plus loin que je m'souvienne, tu m'as toujours rabaissé, tu m'as toujours joué de mauvais tours, tu m'as toujours haï. Pourquoi, Derek, pourquoi ?

— Je ne te hais pas, répondit Derek sur la défensive.

— Je ne te crois pas. Je sais que tu me hais, que tu m'en veux et que tu es jaloux de moi. Et depuis qu'on est tout petits...

— Je ne te hais pas. C'est ridicule.

— Très bien, tu ne me hais pas. Mais si l'on met de côté les petites mesquineries d'enfants, et tout le reste, pourquoi alors as-tu essayé — avec succès, malheureusement — de détruire ce que j'avais de plus précieux dans la vie en envoyant cette lettre à Rose ? Allons, Derek, sois honnête.

Il parlait doucement et articulait soigneusement chacun de ses mots ; bien que son visage soit dans l'ombre, Derek devinait que ses yeux lançaient des éclairs de colère, et à nouveau, son estomac se noua. Il ne pouvait pas perdre Bruno maintenant. Pas après toutes ces années...

Faisant appel à toutes ses forces, il releva la tête et regarda son frère avec un air de défi.

John soutint son regard puis, lentement, mit les mains derrière le dos.

— Je te promets que je ne te frapperai pas, du moins, pas ce soir. Mais, je t'en prie, Derek, dis-moi ce qui te ronge depuis tant d'années.

Derek continua de le fixer.

— Quand j'ai envoyé cette lettre, finit-il par dire, je ne savais pas que je détruisais, comme tu dis, ce qu'il y avait de plus précieux pour toi.

— Bien sûr que si, tu le savais. Et c'est pour ça que tu l'as envoyée.

— Je ne savais pas que Rose O'Beirne Moffat était enceinte. Comment l'aurais-je su, d'ailleurs ?

— Tu ne réponds pas à ma question, Derek. Mais, au fait, ni Rose ni moi n'étions vraiment certains que c'était toi, l'auteur de cette lettre. Or cela ne fait plus l'ombre d'un doute.

A mesure que le piège se resserrait sur lui, la colère que Derek ressentait faisait place à la peur. Il s'efforça de la maîtriser.

— Bravo, dit-il, sarcastique.

Pendant quelques secondes, ils se toisèrent l'un l'autre, puis John reprit la parole, d'un ton presque anodin.

— Apparemment, tu disais dans cette lettre que j'avais couché avec une fille de Charlottetown. Allons, Derek, comment crois-tu que Rose a réagi en apprenant cela, comment crois-tu que n'importe quelle fille réagirait, qu'elle soit enceinte ou pas ?

Derek faillit lui rétorquer qu'il ne s'était contenté que d'écrire la vérité, noir sur blanc, mais ses craintes à propos de Bruno lui avaient rendu les idées claires, et il se tut au dernier moment.

— Tout ce que je peux te dire, c'est que je suis navré d'avoir écrit cette lettre. Je ne sais pas ce qui m'a pris. Et je ne te déteste pas. Tu es ridicule de penser ça.

— Eh bien, si tu ne me détestes pas, est-ce que tu m'aimes, alors ?

— Je... je...

La question le prit tellement de court que sa migraine redoubla.

— Tu m'apprécies, alors ? Allons, Derek, allons !

La voix de John lui cinglait la figure, tel un coup de fouet.

— A moins que tu me tolères ? Qu'est-ce que c'est, Derek ? L'amour, la tolérance ? Si ce n'est pas la haine, il faut que ce soit quelque chose, Derek ! Tu dois bien ressentir un sentiment à mon égard !

— Arrête, John. Toutes ces questions sont stupides. Je ne répondrai à aucune d'elles.

— Très bien, fit John, en retrouvant son ton habituel. Posons le problème différemment. Toi et moi étions, enfin, sommes des jumeaux. Même sans être tout à fait identiques, nous sommes censés nous aimer plus que deux frères. Que s'est-il passé entre nous, Derek ? Quand nous étions petits, je t'aimais, ça j'en suis sûr.

— Je ne sais pas, je ne sais tout simplement pas pourquoi, John !

Les mots étaient sortis de sa bouche sans qu'il s'en rende compte. Et aussitôt, il sut qu'il avait perdu tous ses moyens de défense.

— Eh bien, dit John en se rasseyant, voilà, au moins, une phrase honnête. C'est peut-être même la chose la plus honnête que tu m'aies dite depuis des années.

— Je ne voulais pas...

— Ne me prends pas pour un con, Derek !

John, qui jusqu'alors avait gardé ses mains derrière le dos, les posa sur ses genoux. Il avança la tête, comme un taureau ou un bélier.

— Ne me prends pas pour un con !

Derek resta immobile sur le canapé, sa tête et son cœur tambourinaient douloureusement. John maintint la posture de la bête prête à attaquer pendant de longues minutes, puis, progressivement, l'abandonna.

— Je n'en ai pas fini avec toi, Derek, dit-il, mais pour l'instant, nous n'avons pas le temps. Nous reparlerons de tout ça un autre jour.

La promesse — ou la menace — était implicite.

Il se leva et s'approcha de la cheminée.

— En attendant, dit-il, nous ferions mieux de parler de Bruno et de Darina. Elle et sa mère passent la nuit à Sundarbans. J'ai rendez-vous là-bas dans une heure, et je crois qu'il va falloir décider clairement tous les trois de la marche à suivre pour régler cette situation au plus vite.

16

— Bon sang, John ! Tu pourrais quand même t'acheter une voiture neuve !

Les freins de la vieille Hillman grincèrent bruyamment sur la route cahoteuse qui menait à Sundarbans. Pour atténuer les secousses, Derek avait écarté les jambes devant lui et se tenait au tableau de bord des deux mains. C'étaient les premiers mots qu'il adressait à son frère, depuis qu'ils avaient quitté le pavillon de pêche, une heure auparavant.

— Cette voiture est très bien, répondit John en gardant un œil sur les ornières et les trous du chemin.

Son impatience de retrouver Rose rivalisait en lui avec la colère qu'il ressentait toujours à l'égard de son frère, et le fait qu'il se sente mal le mettait en joie. D'un autre côté, pour le bien de tous ceux qui étaient impliqués dans ce dilemme, il savait qu'il devait rester maître de lui. Et puis Derek avait raison, il était grand temps qu'il change de voiture.

— Je m'en occuperai un de ces jours, je te le promets, concéda-t-il.

Après s'être un peu calmés, Derek et lui avaient examiné la situation aussi posément que possible, et s'étaient mis d'accord sur un point : ils devaient présenter un front uni à Bruno et à Darina. Mais plus ils approchaient de Sundarbans, plus John doutait de son droit à intervenir, ou plus précisément, doutait que Darina accepte qu'il intervienne.

Quoi qu'il en soit, ils s'attendaient à une épreuve de force. Bruno n'étant pas rentré comme prévu pour le dîner, ils en avaient conclu qu'il avait dû se rendre à la Grande Maison dans l'espoir de revoir Darina une dernière fois.

— Nous y sommes presque, déclara John, en s'engageant dans l'allée. Allons-y doucement, d'accord ? Et surtout, ne perds pas ton sang-froid.

— Moi ? Perdre mon sang-froid ? répéta Derek, ahuri par sa remarque.

Mais il était trop tard pour engager une nouvelle discussion : la maison se dressait devant eux.

— Au fait ? Le Colonel et sa femme ? demanda-t-il. Que vont-ils penser de tout ça ? Ils vont trouver bizarre que nous arrivions...

— Qu'ils le veuillent ou non, ils sont impliqués dans cette affaire. Après tout, Darina est leur petite-fille.

— Oui, fit Derek, sombrement.

John se gara et les deux frères gravirent les marches traîtresses du perron.

— Le ravalement de cette façade est à mon avis la première chose à laquelle tes amis et toi devrez vous attaquer, fit observer Derek, tandis qu'ils attendaient à la porte d'entrée.

Pour l'heure, la rénovation de Sundarbans était bien le cadet des soucis de John. Tant de choses s'étaient passées !

Rose vint leur ouvrir, pâle mais calme, et si belle qu'il eut du mal à ne pas la prendre dans ses bras.

— Rose, voici Derek, dit-il. Tu te souviens de lui ?

— Oui, bien sûr, répondit-elle, en évitant cependant de le regarder franchement. Comment allez-vous ?

Lorsqu'ils se tinrent tous les trois au milieu du hall, deux souvenirs remontèrent presque simultanément à la mémoire de John : il se revit, les chaussures trempées, désespéré, tel un mendiant, suppliant ici même d'être reçu par les O'Beirne Moffat ; et tout de suite après, l'image de la gueule du tigre, dans le bureau de Gus. Contrairement aux autres trésors de la maison, ce trophée n'avait pas encore été vendu.

— Bruno est là ? demanda-t-il, mais quand Rose secoua la tête négativement, surprise par sa question, il échangea un coup d'œil inquiet avec Derek. C'est étrange, dit-il. Il est sorti se promener un peu avant l'heure du dîner, et comme on ne l'a pas revu, on a pensé qu'il était ici. Peut-être que Darina sait où il se trouve.

— Elle est dans sa chambre. Je vais aller lui demander.

John hésita.

— Rose, tu es sûre que notre présence... Je veux dire... Pour ton père et ta mère...

— Ils sont dans la cuisine. Suivez-moi.

Rose les conduisit dans le petit salon, dernier vestige de la splendeur d'antan de Sundarbans. Elle attendit qu'ils s'installent confortablement devant la cheminée pour les laisser seuls.

— Pas mal, hein ? fit Derek après son départ, en parcourant la pièce d'un air admiratif.

John se retourna vers lui. Il avait oublié que c'était la première fois que son frère pénétrait dans la Grande Maison.

— Ils n'occupent plus que ce salon, la cuisine et deux ou trois chambres, dit-il et, pour couper court à toute autre tentative de conversation, il approcha ses mains du feu.

Derek observa son frère à la dérobée. Voir côte à

côte Rose O'Beirne Moffat et le vrai père de Bruno lui avait fait comprendre à quel point il était en danger : une parole mal avisée, et il risquait de perdre son fils. C'était une éventualité qu'il avait sans doute refusé d'envisager. Séparé de John par des milliers de kilomètres, il avait fini par devenir assez satisfait de lui, et maintenant que planait la menace de perdre Bruno, il mesurait l'étendue de son attachement pour le jeune garçon.

Aimer Bruno lui semblait avoir été le seul acte désintéressé de sa vie. Mais l'était-il vraiment ? Bruno ne méritait-il pas de savoir qui était son vrai père ?

Ce genre d'examen de conscience douloureux lui était inhabituel, et son cœur malade y répondit en reprenant son terrible rythme endiablé.

John s'éclaircit la gorge, tournant légèrement la tête, et Derek, qui continuait de l'observer, aperçut des cernes sous ses yeux. La tension était visible chez lui aussi.

Il tenta de se mettre à sa place. Rose O'Beirne Moffat était belle, et il ne fallait guère être perspicace pour deviner à quel point son frère était troublé par sa présence. Mais pour Derek, c'était une femme trop froide, distante ; et puis, il existait une différence de classe sociale qui, selon lui, ne s'effaçait jamais. Il se rappela le baiser qu'il lui avait volé dans l'écurie. Comment avait-il pu se montrer aussi grossier ?

La réponse était très simple : il avait voulu ce que John avait obtenu sans effort.

Un étranger les rencontrant pour la première fois, aurait sans doute du mal à croire qu'ils soient jumeaux. Ce n'était plus seulement affaire de personnalités, leur différence physique était à présent considérable. John avait gardé sa minceur d'adolescent et bien qu'il prétende n'être pas en forme, il en donnait assurément l'impression.

Derek baissa les yeux avec dégoût sur son ventre, sur ses doigts boudinés. Comment avait-il pu se laisser aller ainsi ?

L'arrivée de Rose l'empêcha de s'apitoyer sur lui-même.

— Elle n'est pas dans sa chambre, annonça-t-elle, les joues empourprées. Mon père l'a rencontrée il y a deux heures. Elle lui a dit qu'elle allait se promener.

Derek et John se regardèrent.

— Bruno ! s'écrièrent-ils en même temps.

— Oh mon Dieu ! Qu'allons-nous faire avec ces deux-là ?

— C'est comme essayer d'attraper deux lapins dans un champ, déclara John, d'un ton lugubre. Mais n'oublie pas que Bruno repart demain. Cela nous permettra de souffler un peu.

Derek fut brusquement frappé par la force du lien qui unissait John et Rose. En ce qui les concernait, il aurait très bien pu ne pas être là. Sentant qu'il devait affirmer sa présence, il déclara :

— Ne devrions-nous pas partir tout de suite à leur recherche ?

— Qu'en penses-tu, John ? demanda Rose, tout en continuant à ignorer Derek.

— Hé, attendez un peu ! C'est tout de même *moi* le père de Bruno ! protesta Derek, avec véhémence. J'ai peut-être mon mot à dire...

— Tais-toi, Derek ! Tu n'es pas seul dans cette histoire. Nous sommes tous concernés.

Il s'approcha de Rose et la prit par les épaules.

— Ne cédons pas à la panique, et réfléchissons calmement.

— Oh, John, fit Rose en croisant les bras devant elle. Il fait si froid, dehors.

Il se pencha vers elle.

— Où qu'ils soient, Rose, dis-toi qu'ils sont en

sécurité. Ils ont bien survécu la nuit dernière, non ? Ils sont jeunes et en bonne santé. Au fait, connaissent-ils toute la vérité ?

— J'ai dit l'essentiel à Darina. Mais pas *tout*, répondit Rose en foudroyant Derek du regard.

— Et comment a-t-elle réagi ? demanda John.

— Elle est un peu désorientée.

— Écoutez, si vous avez envie de parler toute la nuit, ne vous gênez pas, mais à mon avis, il y a des choses plus urgentes à faire, déclara Derek, bien décidé à ne plus se laisser intimider par Rose, quoi qu'il lui ait fait par le passé. Nous devrions déjà être partis au lieu de bavarder.

— Je t'ai dit de te taire, Derek ! lâcha John.

— Non, je ne me tairai pas ! rétorqua-t-il, avec force pour qu'ils fassent attention à lui, mais surtout pour revendiquer son droit à la parole. C'est de mon fils qu'il s'agit ! Je tiens à vous rappeler d'ailleurs qu'il n'a jamais posé de problèmes à qui que ce soit avant de rencontrer cette fille. Elle lui a mis des idées totalement extravagantes en tête ! Savez-vous seulement qu'elle l'a persuadé qu'ils étaient prédestinés à se rencontrer ?

— Qu'est-ce que tu racontes ?

— Bruno et Darina pensent tous les deux qu'ils s'aimaient déjà dans une autre vie, qu'ils se sont réincarnés ou je ne sais quoi. L'expression qu'il employait était quelque chose comme âme sœur, double.

— Darina lit beaucoup, murmura Rose, d'un ton presque d'excuse, et je sais qu'en ce moment elle réfléchit énormément. Elle a une vie intérieure très intense.

— Intense ou pas, permettez-moi de vous faire remarquer que grâce à votre fille, Bruno croit sérieusement que tout ce qui se passe entre eux était inévitable.

Derek brodait légèrement, mais au moins, cela lui permettait-il d'exister à leurs yeux, et d'établir sans l'ombre d'un doute le degré d'intimité qui existait entre Bruno et lui.

— Et tout ça s'est passé en quelques jours ? demanda Rose en le regardant enfin dans les yeux.

— J'ai l'impression, oui. J'étais à l'étranger...

— Ce n'est pas la fin du monde. Tous les jeunes passent par des phases semblables, déclara John en prenant la main de Rose.

— En ce qui me concerne, je préférerais que mon fils ne subisse pas pareille influence.

Pour ponctuer son affirmation, il se dirigea vers la fenêtre et tira les rideaux. La lune se montrait bienveillante envers le paysage désolé qui, sous sa mince couche de gelée, scintillait jusqu'à la ligne des arbres, au loin. Mais Derek regardait sans voir. La vie de Bruno était tout ce qui comptait pour lui désormais. Les battements sourds de son cœur, sa migraine persistante n'avaient plus réellement d'importance.

Il entendit qu'on s'approchait du salon, et se retourna au moment même où les parents de Rose entraient dans la pièce. Il ne les avait pas vus depuis des années, et n'était guère préparé à les trouver si changés. Dans son esprit, ils étaient toujours le châtelain et la châtelaine du manoir, qui distribuaient des étrennes à Noël et qui, parfois, portaient leurs privilèges et leur autorité comme un manteau d'hermine. Il calcula rapidement leur âge et s'aperçut avec surprise qu'ils devaient avoir une soixantaine d'années.

Dire qu'il avait été intimidé, qu'il avait même eu peur de ce couple vieillissant. Mrs. O'Beirne Moffat était un petit bout de femme, aux cheveux clairsemés et aux grands yeux humides. En l'observant plus soigneusement, il vit que le Colonel, du moins, gardait encore une certaine allure ; bien qu'il s'aidât d'une canne pour marcher, il se tenait droit, mais il avait tellement maigri que sa peau plissait par-dessus le col empesé de sa chemise.

— Je crois que tout le monde se connaît, dit Rose, mal à l'aise, tout en surveillant sa mère du coin de l'œil.

Mrs. O'Beirne Moffat ne se départit pas de l'expression de pure indifférence qu'elle affichait ; le Colonel fut le seul à répondre.

— Oui. Comment allez-vous, John ? Et vous, Derek ?

Une fois les salutations faites, il sembla chercher une montre ou quelque objet au fond de la poche de son gilet. Puis, il changea d'avis et se tourna vers sa femme.

— Asseyez-vous, ma chère. Est-ce qu'il fait suffisamment chaud pour vous, ici ?

Daphné s'avança lentement, prit place dans le fauteuil près de la cheminée, et sans un mot, s'empara de son ouvrage. Le Colonel toussota légèrement.

— J'ai cru comprendre que ces deux jeunes vauriens s'étaient de nouveau enfuis, dit-il.

— L'histoire se répète.

Ces mots, qui répondaient à ceux du Colonel tel le tir d'une mitraillette, étaient étonnamment vigoureux de la part d'une femme à l'allure si frêle.

— Ça suffit, maman, s'écria Rose. Ce n'est pas le moment.

— Je ne faisais qu'exprimer mon opinion. Je suis encore chez moi, non ? Et j'ai encore le droit de donner mon opinion, n'est-ce pas ?

— Je vous en prie, Daphné, murmura Gus en tendant les mains vers sa femme.

— Je suis désolé, Madame, que vous éprouviez encore du ressentiment à mon égard, intervint John. Mais il s'est passé certaines choses que Rose vous apprendra un jour, et qui vous feront peut-être penser différemment.

Derek n'en pouvait plus. Il fallait détourner la conversation.

— Si ça ne vous ennuie pas, dit-il, je crois que je vais aller chercher mon fils.

— J'ai bien peur qu'il soit trop tard.

De toute évidence, Daphné n'avait pas l'intention de garder le silence.

— Arrête, maman ! hurla Rose en se couvrant les oreilles. Si tu es décidée à ne pas nous aider, je te prierai de te taire.

— Trop tard pour quoi, Madame O'Beirne Moffat ? demanda Derek, sur le point d'exploser tant cette tension lui était insupportable.

— Juste trop tard, répéta Daphné en soutenant son regard. Et vous savez précisément de quoi je veux parler, jeune homme. Votre frère et vous-même n'avez fait qu'apporter le malheur dans cette maison.

Un terrible silence s'ensuivit, tandis que Gus, Rose, John et Derek mesuraient la hardiesse de ses propos.

— S'il vous plaît, Daphné, fit le Colonel, rouge de honte. Je suis désolé, murmura-t-il à l'adresse des jumeaux. Elle ne pensait pas ce qu'elle disait, n'est-ce pas, ma chérie. Vous êtes excédée, c'est tout.

— Absolument pas. Je parlais très sérieusement. Cet homme — elle montra John d'un doigt accusateur —, cet homme a d'abord brisé notre famille, et il s'apprête à recommencer, cette fois avec l'aide de son frère.

— Ça suffit, Daphné !

Le Colonel frappa le tapis de sa canne.

— Je vous interdis de dire quoi que ce soit d'autre, ajouta-t-il en tremblant légèrement.

Gêné par cet éclat en public, Derek jeta un coup d'œil à son frère, mais John fixait le Colonel d'un regard admiratif.

— Je ne fais que dire la vérité, poursuivit Daphné, à voix basse. Il n'y a jamais eu le moindre scandale dans ma famille, Gus.

— J'ai dit, ça suffit, Daphné.

Il s'approcha d'elle et, presque tendrement, posa une couverture sur ses genoux.

— Je crois que je vais sortir regarder du côté des écuries. Prendre l'air me fera du bien, de toute façon.

Il se redressa et se tourna vers John et Derek.

— Je suis sûr que nous nous faisons du souci pour pas grand-chose. Ils ne vont pas tarder à rentrer. A tous les coups, ils n'ont pas fait attention à l'heure.

— Tu viens, papa ? demanda Rose en se dirigeant vers la porte.

— Ne sors pas sans ton manteau ! lança Daphné à sa fille.

Elle s'était adressée à elle d'une voix si différente qu'on aurait dit que l'échange de paroles précédent n'avait pas eu lieu.

— Bonsoir, Madame O'Beirne Moffat, dit John, en retrouvant ses manières d'hôtelier. Je suis désolé de vous avoir dérangée. Tu viens, Derek ?

— Oui, oui, j'arrive, répondit ce dernier, lentement.

Il n'avait pas quitté la vieille femme du regard.

Si la situation n'avait pas été aussi angoissante, cela aurait pu être drôle. Cette femme était vraiment cinglée.

En sortant de la pièce avec John, il jeta un coup d'œil dans le miroir. Le Colonel tapotait doucement l'épaule de sa femme.

Gus avait vu juste. Darina et Bruno étaient blottis l'un contre l'autre dans un coin de l'écurie.

Il ne restait plus qu'une seule voiture, le vieux cabriolet qu'avait conduit Clicker des années auparavant. Retourné dans un coin, il était dans un tel état de décrépitude que même les rétameurs de la région n'en avaient pas voulu. Un brancard manquait, et l'autre pointait en l'air tel le doigt d'un prêcheur à travers le halo vacillant de la torche électrique de Darina.

Les deux jeunes amoureux parlaient à voix basse. Du moins, Darina parlait et Bruno écoutait, tandis qu'elle lui exposait à nouveau les grandes lignes de sa théorie.

— Une fois que tu te mets à y réfléchir, disait-elle, ça devient tout de suite clair. Chaque esprit est un individu, créé il y a des milliers d'années. Et le but est la perfection, le paradis, si tu veux. Mais il faut passer par plusieurs vies, des tests en fait, avant d'atteindre à la perfection. A chacune de tes naissances, tu as un nombre de tâches à effectuer, en fonction de la vie que tu mènes à ce moment-là. Tu comprends ?

— Je crois, répondit Bruno en fronçant les sourcils. Finalement, toutes les religions ont la même idée au départ. Regarde, pour le christianisme, la perfection c'est après la mort, quand on arrive au paradis.

— Oui, mais la différence, c'est qu'en considérant les choses de ma façon, Dieu t'accorde plus qu'une chance.

— Évidemment, dans ce sens-là..., concéda Bruno lentement.

— En fait, je suis persuadée que tout le monde pense plus ou moins comme ça au fond de son cœur, continua Darina, mais personne n'ose l'avouer. Surtout les adultes : ils se ferment à la magie du monde. Tiens, comment peuvent-ils affirmer que les fées n'existent pas ?

— Hé, doucement Darina. Les fées, c'est autre chose !

— Pas du tout, insista la jeune fille, j'y crois depuis que je suis toute petite. Je te parie que sur ton île, les gens parlent de fantômes ?

— Oui, mais ce n'est pas la même chose ?
— Plus ou moins, si. En Irlande, et même à Dublin, qui est une grande ville, on croit aux fées. Je vais te dire ce que je pense. Je pense que quand on est très jeune, on croit aux fées parce qu'on le sent, et qu'on croit à tout ce qu'on sent. Mais quand on devient adulte et qu'on se met à faire des choses d'adultes, comme travailler, gagner de l'argent, réussir, on ne s'autorise plus à y croire.

Elle se pencha et s'appuya sur l'épaule de Bruno.

— Ma mère, comme je te l'ai dit, est quelqu'un de formidable, d'intelligent, mais elle aurait probablement une attaque si elle m'entendait parler en ce moment. Qui sait si, quand elle avait notre âge, elle ne pensait pas comme ça, elle ne ressentait pas ce que je ressens aujourd'hui ? Mais elle l'a oublié. Tu comprends, Bruno ? Moi, je sais que je n'oublierai jamais. Surtout maintenant que je t'ai rencontré...

— Tu as entendu ?

Bruno serra tout à coup le bras de Darina. Mais elle aussi avait entendu.

Ils retinrent leur souffle.

La porte s'ouvrit toute grande. Darina se rappela que la torche était allumée. Elle l'éteignit trop tard. La personne qui était entrée avait vu la lumière et s'approchait d'eux.

— Bonsoir, dit Gus. Mon Dieu, mais vous devez avoir mal aux fesses à rester ainsi assis par terre.

— Bonsoir grand-père, répondit Darina d'une petite voix où perçait la détermination. Je te présente Bruno.

A l'extérieur de la cuisine, dans l'entrée du pavillon de pêche, la pendule sonna les douze coups de minuit. Derek regarda d'un air désespéré le garçon qu'il appelait son fils. Jusqu'à ce soir, il n'avait pas mesuré à quel point Bruno pouvait se montrer inflexible et déterminé. Pour la centième fois de la soirée, il se demanda comment il avait pu vivre avec lui aussi longtemps sans remarquer ce trait de son caractère. Derek avait tout essayé. Il avait tenté de l'amadouer, l'avait menacé, avait cherché à le raisonner, mais en vain : Bruno était aussi intraitable que lorsqu'ils avaient entamé la discussion une heure auparavant.

Dans un sens, il était presque fier qu'il s'en tienne aussi fermement à ses opinions.

Après lui avoir laissé faire ses adieux à Darina, il était rentré avec Bruno et John au pavillon de pêche. Pendant le trajet, bien que la conversation ait été amicale, Derek n'avait pu s'ôter de l'esprit que Bruno avait un autre projet secret en vue, que seule Darina, peut-être, connaissait.

Ils étaient assis à la grande table de la cuisine. Bruno avait l'air aussi en forme et reposé que s'il était neuf heures du matin. Derek fit une ultime tentative pour essayer encore une fois de le convaincre.

— Écoute, Bruno, dit-il, tu es trop jeune pour comprendre exactement ce qui se passe.

— Je prends cela pour une insulte, papa.

La légèreté de Bruno démentait ses propos.

— Je n'ai pas l'intention de t'insulter, répliqua Derek, mais, si tu étais plus âgé, tu serais plus à même de prendre certaines choses en considération.

— Comme quoi, papa ?

Une expression oubliée depuis longtemps, entendue lors de ses cours de catéchisme, lui revint à la mémoire.

— Est-ce que tu sais ce qu'est un impedimenta, Bruno ?

Le jeune garçon fronça les sourcils.

— Je crois, oui. C'est une sorte d'obstacle ?

— D'une certaine façon. Mais je l'entendais de manière plus sérieuse. Du point de vue du droit canon, par exemple.

— Je ne te suis pas.

— J'aimerais, par conséquent, que tu prennes ce mot pour ce qu'il est.

Derek se pencha en avant pour donner plus de poids à ses mots.

— J'aimerais que tu me croies, continua-t-il, quand je te dis que quelque chose de très grave empêche toute relation entre toi et Darina Flynn.

— Tu parles du fait que nous soyons cousins germains ? Nous sommes déjà au courant. Ce n'est pas un problème...

— Non, c'est plus grave. Beaucoup plus grave.

Derek se leva et vint s'asseoir à côté de Bruno.

— Est-ce que tu me fais confiance ? Est-ce que je t'ai déjà laissé tomber dans le passé ?

— Non.

Pour la première fois, Derek vit l'ombre du doute passer sur le visage de Bruno.

— Est-ce que tu veux bien me faire encore confiance cette fois-ci encore ?

— C'est-à-dire ?

— Je te demande de me croire quand je te dis qu'il y a quelque chose que j'ai juré de garder secret et qui, pour des raisons éthiques, fait que tu ne peux pas aimer cette fille.

— Je ne te crois pas, répondit Bruno en se levant. Pardonne-moi, papa, je ne voulais pas être agressif. Je sens que tu es sincère. Mais comment peux-tu espérer que je croie quelque chose que tu refuses de m'expliquer ?

— Cela arrive tout le temps entre amis, entre un père et son fils.

— Oui, mais je pensais t'avoir expliqué que

Darina était ce qui comptait le plus pour moi dans la vie. Ne le prends pas mal, papa, mais il ne peut y avoir d'obstacle à notre amour, rien d'insurmontable pour nous, en tout cas. Je sais que nous sommes très jeunes tous les deux, et à mon avis, c'est ce qui vous ennuie. Mais ce que nous éprouvons l'un pour l'autre est vrai, c'est comme ça. Je ne l'ai pas cherché. C'est arrivé, c'est tout. Nous n'avons pas l'intention de causer du tracas à qui que ce soit. La solution, ce serait de retourner en arrière, mais nous ne le pouvons pas. Du moins, dans cette vie. Et je ne peux même pas dire, pour vous faire plaisir, que j'aurais préféré ne pas avoir rencontré Darina. Ce serait un terrible mensonge. Car je suis si heureux qu'aucun mot ne serait assez fort pour traduire ce que je ressens. Ça peut te paraître affreusement sentimental, mais la seule façon que j'ai de t'expliquer ce que représente Darina pour moi, c'est qu'elle est continuellement présente dans mon esprit, qu'elle est dans toutes les particules de l'air qui m'entoure, tout le temps.

— Je sais ce que tu veux dire.

— Alors si tu comprends si bien, c'est que tu as déjà éprouvé ce sentiment. Tu dois donc savoir que rien ne pourra nous empêcher de nous aimer. Rien ni personne.

— Pourquoi refuses-tu de me croire ?

— Parce qu'il n'y a rien à croire. En revanche, je veux que toi, tu me croies. J'aimerai Darina, quelles que soient les révélations que tu pourrais me faire.

Derek contempla le visage de Bruno, si beau et si jeune. Jamais il n'avait vu briller dans ses yeux une telle passion. L'espace d'un instant, il fut tenté de lui avouer la vérité. Mais il s'en garda. Même s'il se sentait capable de surmonter cette souffrance et la perte qui s'ensuivrait, il n'avait pas le droit de trahir Karen. Quoi qu'il se passe entre eux en ce moment.

Il prit Bruno par les épaules.

— Tu commets une terrible erreur, Bruno, dit-il. Je m'en veux de ne pas avoir réussi à te convaincre.

Dans une dernière tentative pour lui faire entendre raison, il le regarda droit dans les yeux.

— J'aimerais tellement te dire pourquoi, mais c'est un secret qui concerne deux autres personnes et j'ai juré, il y a des années de ça, de ne jamais le divulguer. Crois-moi, je le ferais si j'en avais le droit.

Bruno soutint son regard.

— Je respecte ton sens de l'honneur, papa. A ton tour, je te demande de respecter le mien. J'ai fait des promesses à Darina, et j'entends les tenir.

— Quelles promesses ?

Derek était tellement choqué qu'il relâcha son fils.

— Nous nous sommes juré, nous aussi, de ne jamais les dévoiler.

Sans quitter son père des yeux, il laissa la phrase en suspens. Devant son air déterminé, Derek ne pouvait qu'abandonner le combat. Il fallait admettre que même s'il lui révélait que Darina n'était pas sa cousine, mais sa demi-sœur, cela ne changerait rien aux sentiments de Bruno. Qui sait, d'ailleurs, si la nature même de cette révélation ne renforcerait pas leur amour.

Son seul espoir était que cet amour s'éteigne de lui-même.

Il garda donc le silence et détourna la tête.

— Je crois que ce sera tout pour ce soir, dit-il en se dirigeant vers la porte de la cuisine. Nous essaierons d'en reparler plus tard, quand la situation sera un peu calmée. Je ne sais pas comment tu te sens, mais en ce qui me concerne, je suis épuisé.

— Est-ce qu'elle pourra me rendre visite ?

Bruno, de toute évidence, ne voulait pas lâcher prise.

— C'est à ta mère de décider.

Derek se sentait las. Il avait fait de son mieux. Il n'aspirait plus qu'à une chose : dormir.

— Viens te coucher, Bruno, dit-il. Il est plus de minuit et nous partons très tôt demain matin.

— Oui, papa.

Ils montèrent ensemble dans leur chambre. Tout le monde était déjà couché, et il régnait un silence absolu dans la maison. Trop fatigué pour se brosser les dents, Derek se déshabilla à la hâte et, n'enfilant que la veste de son pyjama, se glissa entre les draps. Il se rendit vaguement compte que Bruno éteignait la lumière et se couchait à son tour avant de succomber au sommeil.

Rose prit la main de sa fille dans la sienne. Elle était assise au bord de son lit, et Darina était calée contre les oreillers.

— Tu vas avoir froid, comme ça. Les nuits sont glaciales ici. Un tee-shirt ne suffit pas.

— Mais non, maman. Tu crois qu'il fait froid parce qu'il gèle dehors, mais ce n'est que dans ta tête. Ça va très bien, je t'assure.

Darina avait raison. Il faisait frais dans la pièce, mais pas froid.

— Tu me pardonnes ? demanda-t-elle, en serrant la main de Darina.

— Te pardonner quoi ?

La jeune fille ne répondit pas à la pression de Rose ; sa main reposait sans vie dans celle de sa mère tandis que son regard s'était porté dans un coin de la chambre.

— Tu sais bien, fit Rose. Je suis sûre que rien de tout cela ne serait arrivé si je n'avais pas bêtement raccroché au nez de...

— Je t'en prie, maman, n'en parlons plus. Il n'y a rien à pardonner.

— En tout cas, sache que je m'en veux. J'ai réagi sans réfléchir, expliqua-t-elle en s'efforçant d'employer un ton neutre. A présent, dis-moi ce qui se passe entre Bruno et toi ? Je voudrais comprendre, Darina.

— Je te l'ai déjà dit. Bruno et moi, nous nous aimons. C'est aussi simple que ça.

— Mais Derek... le père de Bruno..., dit que d'après toi, votre relation est différente. Il dit que Bruno et toi, vous êtes persuadés que vous étiez destinés à vous rencontrer.

Darina regarda sa mère.

— Et alors ? Ça nous regarde, non ?

— Prends garde à ce que tu fais.

— Je sais ce que je ressens et ce que Bruno ressent.

Rose avait l'impression de marcher sur des œufs. Au moindre faux pas, tout se briserait.

— Prends au moins ton temps, ma chérie. Vous êtes si jeunes, tous les deux.

— As-tu peur que je sois enceinte ?

Rose se mordit la langue.

— Oui, entre autres, répondit-elle. Mais je crains surtout que cela ne t'affecte psychologiquement, et émotionnellement.

— Donc, tu t'en fiches, si je tombe enceinte...

— Bien sûr que non, ma chérie. Je serais très déçue.

— Avec tout le respect que je te dois, maman, permets-moi de te faire remarquer que tu n'es pas très bien placée pour parler de la sorte.

Touchée, pensa Rose ironiquement. Après tout, elle l'avait cherché.

— C'est vrai, j'ai commis des erreurs, Darina, et c'est bien pour cette raison que j'espère que tu n'en commettras pas à ton tour.

— Tu veux dire que tu regrettes de m'avoir eue ?

Darina regarda de nouveau ailleurs.

— Mais non, voyons, répliqua aussitôt Rose, tout en se rendant compte que sa fille l'avait astucieusement détournée de son but.

— S'il te plaît, Darina, dit-elle, plus fermement. Je veux que tu fasses attention avec ce garçon.

— Je t'ai déjà dit que nous ne couchions pas ensemble.

— Je le sais, et je vous en félicite. Une relation physique à ton âge ne ferait que compliquer les choses. Mais ce n'est pas...

— C'est vrai que tu es une experte, et si...

— Je t'en prie, Darina !

Refusant de s'enliser dans le ridicule, Rose se leva et se mit à arpenter la pièce.

— Laisse-moi te parler un peu de moi et de ton... ton père, dit-elle. Tu mérites au moins de savoir la vérité.

Elle jeta un coup d'œil à Darina et vit qu'elle avait enfin capté son attention.

— Maman, répondit platement la jeune fille, ça ne me regarde pas. C'est de l'histoire ancienne. Je ne veux rien savoir.

— Peut-être, rétorqua Rose tout en continuant à marcher, mais moi, j'ai envie de t'en parler. J'aurais d'ailleurs probablement dû le faire il y a longtemps, mais je n'en ai tout simplement pas eu le courage. Et je voudrais que tu me pardonnes pour ça aussi.

— Tu me mets dans une situation très embarrassante, maman.

— Ce n'est pas facile pour moi, non plus, sache-le. Mais je veux que tu m'écoutes. J'aimais John Flynn, certainement autant que tu aimes Bruno. Les obstacles ne manquaient pas pour nous non plus — sans parler du fait qu'il n'avait pas un sou, qu'il habitait la maison de gardien et que ta grand-mère aurait préféré mourir que de le recevoir chez elle. Mais c'est vrai que je ne lui ai jamais laissé l'occasion de me le dire, ajouta-t-elle avec honnêteté. J'ai juste *présumé* qu'elle ferait tout ce qui était en son pouvoir pour m'empêcher de le revoir.

Elle marqua une pause.

— Tout comme tu dois imaginer des tas de choses à mon sujet.

— Je n'imagine rien du tout. Mais toi, en revanche, tu sembles penser tout savoir en ce qui concerne Bruno et moi.

— Pas tout, Darina ! Et c'est bien là le problème.

Rose revint près du lit de sa fille.

— Pas tout, répéta-t-elle. Je connais le sentiment que tu éprouves pour ce garçon, tu peux me croire sur ce point, mais ce que je ne comprends pas et tu es la seule à pouvoir me l'expliquer, c'est cette dimension supplémentaire dont Bruno a parlé à son père. Cette histoire d'âme sœur.

— De double, plutôt, corrigea Darina.

— Je veux comprendre, je veux pouvoir t'aider.

Rose retint son souffle. Si Darina acceptait de se confier à elle, peut-être alors pourraient-ils s'en sortir intacts.

Darina tripota le drap de son lit avant de répondre.

— Tout ce que je peux dire, c'est qu'avec Bruno, j'ai l'impression de me regarder dans un miroir.

Comme si elle était consciente qu'en révélant ne serait-ce que cette parcelle d'information, elle s'exposait trop, elle se tut brusquement et se glissa sous les couvertures.

— Je suis fatiguée, dit-elle. Ne pourrions-nous pas parler de tout cela demain matin ?

— Continue, Darina, je t'en prie, continue.

Mais la jeune fille tourna la tête vers le mur.

Rose savait que si elle n'insistait pas, elle n'en saurait jamais plus.

— Je te promets de ne pas t'interrompre.

Elle caressa doucement l'épaule de sa fille, mais ce fut une erreur. Darina se raidit, comme sous l'effet d'une brûlure.

Rose recula.

— Très bien, ma chérie, pas ce soir. Mais promets-moi que nous en reparlerons, d'accord ? Cette notion de double n'est pas nouvelle pour moi, tu sais ; seulement je ne l'ai jamais vécue, et j'aimerais comprendre ce qu'on ressent.

— D'accord, maman, mais une autre fois, répondit Darina en jetant un bref coup d'œil par-dessus son épaule. C'est promis.

Elle poussa un long soupir, très théâtral, comme si elle ne pouvait plus lutter contre le sommeil.

Rose se pencha et lentement, délicatement, déposa un baiser sur son front. Les cheveux de Darina étaient encore imprégnés des odeurs de la campagne, et Rose se rappela la première fois où ses lèvres avaient effleuré les cheveux de bébé de Darina.

— Bonne nuit, ma chérie, murmura-t-elle. Dors bien.

Derek ouvrit les yeux. Un bruit, dehors, l'avait tiré de son sommeil, un sommeil lourd et sans rêve. Il avait envie de s'y replonger mais sentit qu'il devait d'abord identifier le bruit. Il tendit l'oreille, n'entendit rien. Un silence profond régnait dans la chambre.

Mais oui, bien sûr ! C'était ça, l'absence de bruit ! La pièce était bien trop silencieuse. Il se redressa et alluma la lampe de chevet.

Le lit de Bruno était vide.

Bêtement, il jeta un coup d'œil au pyjama qui traînait sur la chaise, refusant de croire ce qu'il voyait. Bruno se trouvait évidemment dans la salle de bains. Pourtant, pas le moindre écoulement d'eau ne lui parvenait. Il regarda sa montre : trois heures dix.

— Mon Dieu !

Il se leva d'un bond, grimaçant au contact du sol glacé, et, tandis qu'il s'habillait à la hâte, se répandit en injures muettes contre Bruno. Cette fois, il était allé trop loin. Dire qu'il avait passé la soirée entière à essayer de lui parler, à essayer de le comprendre ! Il n'avait jamais levé la main sur lui, mais cette fois, il avait besoin d'une bonne raclée.

Il était dans un tel état d'affolement que lorsqu'il se pencha pour lacer ses chaussures, son cœur se mit à palpiter. La tête lui tourna et il dut s'arrêter de bouger quelques secondes avant que son malaise ne se dissipe. Le petit salaud ! John avait raison. Essayer de surveiller ces deux-là, c'était comme essayer d'attraper deux lapins dans un champ.

Il répéta la phrase comme une litanie. Bruno était allé trop loin. Trop loin. Cette fois, quand il lui mettrait la main dessus, il saurait se faire comprendre.

En espérant ne réveiller personne, il descendit sur la pointe des pieds et attrapa son manteau à la patère, derrière la porte. Ses bagages, qu'il n'avait pas eu le temps de défaire la veille, se trouvaient toujours dans l'entrée, lui rappelant que dans quelques heures à peine, Bruno et lui seraient dans l'avion qui les ramènerait au Canada. Le plus tôt sera le mieux, pensa-t-il. Ce voyage avait été une catastrophe pour tout le monde et l'idée d'en parler à Karen l'angoissait déjà.

A la seule pensée de sa femme, il eut de nouveau des palpitations. Il allait devoir faire attention à la façon dont il s'y prendrait pour lui annoncer toutes ces mauvaises nouvelles. Car, malgré tout, en dépit des disputes et des cris, il éprouvait encore quelque chose pour elle, une attirance physique qui s'était atténuée mais existait toujours. C'était d'ailleurs ce qui maintenait leur couple. Ça, pensa-t-il sombrement, et ce secret qui les liait l'un à l'autre à tout jamais. Chacun pouvait se servir de Bruno pour faire chanter l'autre si l'envie l'en prenait. Peut-être que s'ils avaient eu des enfants à eux, les choses auraient été différentes...

Qu'allait-il se passer maintenant ? Bien sûr, il n'avait aucune preuve que Karen avait une aventure en ce moment, mais en réfléchissant bien, son comportement, ces derniers temps, lui avait paru bizarre ; de plus, à plusieurs reprises, lorsqu'il avait répondu au téléphone, la personne à l'autre bout du fil avait raccroché. Comment avait-il pu être aussi naïf ?

Un sentiment de jalousie physique, dont l'intensité l'étonna, l'étreignit brusquement. Bon sang ! Cela ne se passerait pas comme ça ! Il allait tirer ça au clair dès son retour. Mais où donc étaient les clés de sa voiture ? Dans sa rage, il renversa le vide-poche sur la console de l'entrée, puis fouilla les poches de son manteau, regarda par terre. Elles n'étaient nulle part.

Peut-être les avait-il tout simplement laissées sur le tableau de bord ? Il ouvrit la porte et s'arrêta net.

La vieille Hillman de John était là, mais sa voiture de location avait disparu.

La peur s'ajouta à la colère. Bruno savait conduire — dans la mesure où il n'y avait pas de transports en commun sur l'Ile, tous les jeunes conduisaient —, mais il n'avait jamais tenu le volant d'une voiture anglaise ni conduit à gauche. Qui plus est, sur une route gelée. Et à trois heures du matin.

Pour couronner le tout, conduire en Irlande à l'âge de seize ans, et sans être assuré, était totalement illégal.

— J'espère pour toi que tu ne croiseras pas la police, grommela Derek. Oh, le petit salaud ! Si je l'attrape...

Exprimer sa rage à voix haute l'aida à y voir plus clair, et il comprit qu'il n'avait plus le choix : il devait partir immédiatement à la recherche de son fils.

Sans aller réveiller John pour lui demander la permission, il ramassa ses clés et sortit dans la nuit claire.

Il mit le contact et, en attendant que le moteur chauffe, il réfléchit à ce qu'il allait dire à ces deux jeunes irresponsables quand il les trouverait au fond de l'écurie de Sundarbans, là où il était persuadé qu'ils étaient retournés se cacher.

Bizarrement, il se sentait en forme et avait les idées claires. Son cœur ne le trahissait pas, du moins pour l'instant, et bien qu'il n'ait dormi que trois heures, le froid et le calme de la nuit le stimulaient.

Il mit les essuie-glace pour accélérer le processus de dégivrage. C'est alors qu'une désagréable pensée lui traversa l'esprit. Pourvu qu'il ne soit pas allé trop loin avec cette histoire d'impedimenta. Bruno était un garçon intelligent. Il ne mettrait pas longtemps à faire le rapprochement entre...

Derek avait tort au moins sur un point.

Darina et Bruno ne se trouvaient pas dans l'écurie, mais dans le vieux hangar à bateaux, près du lac, à seulement deux cents mètres de l'endroit où ils s'étaient rencontrés pour la première fois. Ils s'étaient donné rendez-vous là, quand leurs parents les avaient laissés seuls, la veille, afin qu'ils se disent au revoir une dernière fois.

Après avoir nettoyé un coin du hangar, ils avaient ramassé de vieux morceaux de toile et les avaient assemblés en un lit de fortune. Allongés l'un contre l'autre, tout habillés, ils s'embrassaient partout, sur le moindre carré de peau que leurs lèvres pouvaient atteindre. Gêné par la poussière qui lui chatouillait le nez, Bruno éternua à plusieurs reprises, provoquant un fou rire chez Darina.

— Oh, Darina, je t'aime, murmura Bruno en la serrant contre lui.

— Je t'aime, aussi, Bruno.

— Je t'aimerai toujours, toute la vie, toute l'éternité...

— Moi aussi, répondit la jeune fille avec une absolue certitude.

— Je ne veux pas te quitter.

— Je sais.

Se redressant sur un coude, elle le regarda tendrement et caressa son visage, à moitié plongé dans l'obscurité ; les cercles concentriques de lumière qui provenaient de la torche électrique étaient la seule source lumineuse du hangar.

— J'aurais tellement aimé t'emmener dans un palais, dit-elle.

— Cet endroit est très bien.

— Comment ça s'est passé avec ton père ? demanda-t-elle, entre deux baisers.

— Exactement comme on s'y attendait, répondit Bruno. Il ne veut pas que je te voie.

— Ils sont tous d'accord sur ce point.

— C'est vrai. Mais en ce qui me concerne, ça m'est égal, Darina. Ils peuvent tous penser ce qu'ils veulent.

— Ils feront tout pour nous empêcher de nous aimer, tu sais.

Quelque chose, dans la façon dont elle prononça cette phrase, le fit hésiter.

— Parce que nous sommes cousins germains ?

— Je crois, oui. Mais j'ai l'impression qu'il y a autre chose. Et cela n'a rien à voir avec nous.

— C'est drôle que tu dises ça, fit remarquer Bruno d'un air pensif. Mon père m'a laissé entendre quelque chose dans le même genre, mais il n'a rien pu me dire d'autre. Un secret, paraît-il.

— Un secret ?

Darina se redressa aussitôt.

— Est-ce qu'il t'a donné des indices ?

— Non, pas vraiment.

— Tu en es sûr ?

— En fait, je n'écoutais pas très bien, mais il n'arrêtait pas de répéter qu'il avait prêté serment et que deux autres personnes étaient impliquées, quelque chose comme ça. Il a dit aussi que c'était comme un impedimenta.

— Tu es sûr que c'est le mot qu'il a employé ? demanda Darina en s'asseyant.

— Oui. Pourquoi, c'est important, tu crois ?

— Je ne sais pas. Il faut que je réfléchisse.

— Qu'est-ce que c'est, cette histoire d'impedimenta ?

— Je ne me rappelle pas exactement, mais je crois que ça a un rapport avec le mariage. On a rencontré ce mot dans un passage d'*Apologétiques*, mais j'ai oublié.

— C'est quoi *Apologétiques* ?

— Oh, c'est le titre d'un ouvrage qu'on a étudié en cours de religion. Il contient tous les arguments qui prouvent que le Christ est bien le fils de Dieu, et t'explique comment argumenter contre les Scientistes et les témoins de Jéhovah. Ce genre de choses.

— Quel rapport avec nous ?

Dans la semi-obscurité, la voix de Bruno n'était qu'un murmure.

— Eh bien, on prononce un interdit à un mariage quand une personne veut, par exemple, épouser sa belle-sœur, ou sa belle-mère, ou un proche.

— Alors, c'est bien ce que voulait dire mon père. Nous sommes cousins germains et donc...

— Bruno, Bruno, tu sais aussi bien que moi que l'Église catholique accorde des dispenses dans ces cas-là. A mon avis, il devait parler d'autre chose. Laisse-moi réfléchir, dit-elle lentement. Puis après un bref silence, elle demanda : Il t'a dit qu'il était tenu au secret par deux autres personnes ?

— Il a effectivement dit qu'il y avait deux autres personnes impliquées.

L'énormité de ce que contenaient ces quatre derniers mots les frappa tous les deux en même temps. Ils étaient proches de la vérité. Darina se mit à trembler.

— Tu sais à quoi je pense ? demanda-t-elle, d'une toute petite voix.

— Dis-moi, murmura Bruno sur le même ton tandis qu'instinctivement, ils s'écartaient l'un de l'autre.

— Je crois que ton père et ta mère ne sont pas tes vrais parents.

— Pourquoi penses-tu ça ? Sûrement, tu...

— Tu n'es pas mon cousin, Bruno, tu es mon frère.

— C'est impossible.

Mais Bruno ne paraissait guère convaincu lui-même.

— Je n'ai que quelques mois de moins que toi, ajouta-t-il aussitôt, comme s'il la suppliait de lui dire que cela ne pouvait être vrai.

— Est-ce que tu as déjà vu ton certificat de naissance ?

— Bien sûr.

— Il contenait bien le nom de ta mère et de ton père ?

— Oui.

— Et tu es sûr d'être né au Canada ?

— J'ai un certificat de naissance canadien et un passeport canadien.

— Bon, c'est déjà une chose. De toute façon, ma mère ne peut pas être la tienne, puisqu'au moment de ta naissance, nous vivions à Dublin. Nous devons donc nous tourner du côté de ton père.

— Pourquoi lui ?
Bruno eut brusquement peur.
— Darina, ne parlons plus de tout cela, je t'en prie.
— Il le faut, Bruno. Tu veux savoir la vérité, non ?
— Je... je ne sais plus.
— Ton père et ton oncle John sont jumeaux. Ils ont tous les deux émigré au Canada à la même époque. Vrai ?
— Oui. Papa m'a souvent raconté leur voyage en bateau, comment il avait rencontré ma mère, et comment oncle John...

Il ne finit pas sa phrase et le silence entre eux devint terrifiant. Il régnait un tel calme, à l'intérieur et à l'extérieur du hangar, qu'ils entendaient presque les infimes mouvements des araignées qui tissaient leurs toiles au-dessus de leur tête.

La lumière de la torche vacilla puis s'éteignit. Darina retint sa respiration.

— C'est ton oncle, dit-elle enfin, dans l'obscurité. Ce n'est pas ton oncle. C'est ton père. C'est ça le secret.

Bruno resta silencieux.

— Ça va ? lui demanda-t-elle.

Elle tendit la main et rencontra la sienne. Il resserra aussitôt ses doigts autour des siens.

— Je suis désolée, murmura Darina en se rapprochant doucement de lui avant de le prendre dans ses bras. Il n'y a que nous, Bruno. Il n'y a que nous. Je crois que nous le savions dès le début.

— Je ne le savais pas.

Bruno frémit.

— Je ne le savais pas, Darina, répéta-t-il. J'aimais mon père.

— Tu comprends maintenant pourquoi nous nous sommes reconnus ?

— Oui.

— Mais, en ce qui nous concerne, c'est plus qu'être frère et sœur, ou demi-frère et demi-sœur. Toi et moi, nous sommes nés à cette vie pour nous aider l'un l'autre à nous préparer à une autre vie, à passer dans une autre vie.

Elle avait parlé d'une voix plus forte, où l'on sentait poindre l'excitation.

— Je ne comprends pas ce que tu veux dire.

— Je suis sûre que nous étions ici, ce soir, pour découvrir ce secret. A présent, nous avons rempli notre tâche. Nous nous sommes trouvés.

— Tu veux parler encore de cette histoire de double ?

— Oui, plus ou moins. Mais, Bruno, si nous ne démêlons pas les choses dans cette vie présente, nous n'en finirons pas de nous rencontrer dans d'autres vies. Jusqu'à ce que nous acceptions d'être ce que nous sommes. Alors, seulement, nous serons heureux.

— Darina, je ne comprends rien à ce que tu racontes.

— Tu n'as pas besoin de comprendre. Il te suffit de sentir.

— Mais je n'étais pas malheureux, pas du tout.

Il s'écarta légèrement d'elle.

— Peut-être ne savais-tu pas ce qu'est le vrai bonheur ? N'avais-tu pas l'impression d'être continuellement à la recherche de quelque chose sans savoir exactement de quoi il s'agissait ?

— Oui, je suppose, maintenant que tu en parles. Mais tant que je ne savais pas, je n'étais pas malheureux.

— N'es-tu pas heureux depuis que tu m'as rencontrée, depuis que nous nous sommes rencontrés ?

— Oh, si, bien sûr !

Il la prit dans ses bras et la serra longuement contre lui.

— Comment sais-tu toutes ces choses ? Qui te les a enseignées ?

— Je ne connais pas tout, loin de là, mais surtout je sais ce que je ressens. Et je suis sûre que ce que je ressens est clair : je suis sûre que si nous faisons maintenant ce que nous avons à faire, nous serons transfigurés.

— Quoi ?

— Essaie de réfléchir logiquement à ce qui nous arrive, Bruno. Ils connaissent tous la vérité, et ils vont tout faire pour nous séparer de façon à ce que nous n'apprenions jamais ce qu'*ils* ont fait. Parce que ce sont *eux* qui on fait quelque chose. C'est *leur* problème. Si nous les laissons faire, cette heure est la dernière que nous passerons ensemble sur cette terre, dans cette vie. Et je sais que si nous ne les empêchons pas d'agir, je serai désespérée.

— Avons-nous le choix, murmura-t-il, la tête contre sa poitrine.

— Oui. Que possédons-nous ? Nous possédons notre âme et notre corps, et c'est tout ce que nous posséderons jamais.

— Tu crois vraiment que nous avons plus d'une vie ?

— Des centaines de millions de Bouddhistes et d'Hindous ne peuvent pas se tromper, répondit Darina, d'un ton presque enjoué. Pardonne-moi, je ne voulais pas donner l'impression de me moquer de toi. Mais pour répondre à ta question, oui, je le crois. Réfléchis, Bruno. Est-ce qu'il te semble logique que nous n'ayons qu'une seule chance dans la vie, et qu'en fonction de ce que nous faisons de cette chance, nous soyons punis ou récompensés pour l'éternité ? Dieu ne peut pas agir de la sorte. Du moins, je l'espère.

— Oui, je comprends ce que tu veux dire, mais...

— C'est tellement simple, continua Darina, de plus en plus excitée. En fait, tout le monde sait cela, mais très peu de gens l'admettent. Nous, oui, parce que nous écoutons encore notre cœur. Et aussi parce que les réponses que nos parents nous donnaient ne nous satisfaisaient pas.

— Parle pour toi, Darina. Moi, je n'ai jamais posé ce genre de questions.

— Mais tu me crois ? Tu sens que j'ai raison.

Bruno réfléchit.

— Oui, finit-il par dire. Oui, je te crois.

— Tu vois ! s'écria Darina, d'un air triomphant. Tu vois ! C'est pour ça que nous nous sommes rencontrés et reconnus tout de suite. C'est parce que tu es mon double et que je suis ton double, et que nous avons été *envoyés* l'un vers l'autre sur cette terre.

— Et tu penses vraiment que nous nous sommes déjà rencontrés ?

— Oui ! fit-elle en hochant vigoureusement la tête. Et je sens tout au fond de moi que Dieu nous appelle pour le rejoindre au paradis, là où est la perfection. L'Église catholique a raison sur ce point. Mais ce qu'Elle ne dit pas, c'est que si nous n'essayons pas dans une vie, nous avons droit à une autre chance, et ainsi de suite jusqu'à ce que nous ayons compris. Car au cours de toutes nos vies, nous croisons des êtres humains qui nous aident, ou au contraire, qui nous font du mal. C'est à nous de les reconnaître et d'accomplir ce que nous devons accomplir avec eux. Voilà notre devoir sur terre.

— Et que se passe-t-il si nous ne le faisons pas ?

— Nous continuons de les rencontrer jusqu'à ce qu'enfin, la vérité jaillisse.

— Es-tu en train de dire que si nous ne nous voyons plus après ce soir, nous nous reverrons dans une autre vie ?

Darina hésita.

— Oui. Mais, la différence, c'est que nous nous sommes reconnus, Bruno. Nous nous aimons, nous sommes venus au secours l'un de l'autre. Notre devoir sur terre est fini.

Il réfléchissait à une réponse quand elle lui mit la main sur le bras.

— Chut, fit-elle. Tu as entendu ?

Ils prêtèrent l'oreille. Une voiture approchait.

— Ce sont eux, murmura Darina en serrant le bras de Bruno. Ils nous cherchent.

— Qu'allons-nous faire ? demanda Bruno.

— Chut, ne faisons aucun bruit.

Ils attendirent sans bouger. Le bruit du moteur s'arrêta brusquement.

— Darina ! Nous ne pouvons pas rester ici à les attendre, s'exclama Bruno, affolé.

— Chut, chut, mon chéri.

Elle le serra contre elle et l'embrassa doucement.

— N'aie pas peur. Tout va bien se passer. Tu n'as rien à craindre, je suis là. Fais-moi confiance, et tout se passera bien, répéta-t-elle, en continuant de le couvrir de baisers. Personne ne nous séparera plus. Nous allons rester ensemble pour toujours.

Quelques secondes plus tard, ils se glissèrent à l'extérieur du hangar à bateaux et partirent se cacher dans le bois.

— A nous deux ! s'exclama Derek pour lui-même, tandis qu'il arrivait devant Sundarbans.

Il avait vu sa voiture de location au bout de l'allée. Il se gara juste à côté, et coupa le moteur.

Il décida de mener les recherches seul. A quoi bon réveiller tout le monde ? S'il avait besoin d'aide, il pourrait toujours revenir plus tard.

Remontant le col de son manteau, il partit aussitôt

en direction de l'écurie. La lune brillait, et il n'eut aucun mal à trouver son chemin. Il avait l'impression d'être la seule créature vivante d'une étrange planète. Depuis qu'il avait quitté la ferme des McGuigan, à Kelly's Cross, il avait perdu l'habitude de parcourir la campagne la nuit, sauf au volant de sa confortable voiture. Il devait admettre toutefois que c'était une très belle nuit, d'un froid sec, qui ne vous glaçait pas jusqu'aux os.

Mais ce n'était pas le moment d'admirer le paysage au clair de lune. Il y avait plus urgent à faire dans l'immédiat.

Un rat passa devant lui, alors qu'il pénétrait dans la cour de l'écurie. La porte de la remise où était entreposé le vieux cabriolet était entrouverte.

— A nous deux ! fit-il à nouveau, en s'en approchant doucement.

Il faisait très sombre à l'intérieur et si calme qu'il entendait sa propre respiration siffler dans sa poitrine après l'effort de cette courte marche. Apparemment, il n'y avait nulle trace des deux fugueurs. Se maudissant de n'avoir pas emporté de lampe électrique, il s'avança à tâtons le long du mur.

— Rien.

Ils n'étaient pas là.

— Bon sang ! s'écria-t-il.

Il ressortit et inspecta le reste de l'écurie, ouvrant toutes les portes des boxes qu'il pouvait, collant l'oreille contre celles qui lui résistaient.

Rien.

Derek fit demi-tour d'un pas rageur.

— Vous ne m'aurez pas comme ça, maugréa-t-il en quittant la cour.

Il coupa à travers le jardin d'agrément en direction du bois.

Blottis l'un contre l'autre au milieu des arbres, à

une centaine de mètres à peine du hangar à bateaux, Darina et Bruno ne parlaient plus. Le jeune garçon pleurait sans bruit ; Darina, les mains en coupe, recueillait ses larmes qu'elle goûtait avant de l'embrasser sur les lèvres, pour qu'il partage avec elle leur saveur salée.

Tout à coup, ils entendirent des pas ; le promeneur, de toute évidence, prenait soin de ne pas faire de bruit.

— Viens, murmura Darina en se relevant, nous n'avons pas beaucoup de temps.

Désespéré, Bruno la retint et la serra contre lui.

— Oh, mon Dieu, Darina...
— Est-ce que tu m'aimes ?
— Oui, je t'aime, je t'aime.
— Je t'aime aussi, Bruno. Fais-moi confiance, tout va bien se passer, mon chéri. Nous resterons ensemble pour toujours, pour l'éternité.
— Je ne sais pas si je suis capable d'aller jusqu'au bout.
— C'est notre seul salut. Tu le sais, Bruno.

Le bruit des pas se rapprochait. Bruno s'écarta soudain de la jeune fille. La peur se lisait dans ses yeux.

— Je me rappelle maintenant ce qui n'allait pas dans ta façon de voir les choses, quand tu disais que nous nous rencontrerions sans fin, dans d'autres vies...
— Eh bien ? fit Darina, calmement et tendrement.
— Tu disais aussi que notre tâche sur terre était finie.
— Presque.
— Pourquoi alors faut-il que nous nous rencontrions à nouveau ?
— Ce n'est pas une question de devoir, Bruno, mais nous le voulons et nous pouvons le faire. C'est ça, la perfection. C'est ça, le paradis.

Elle l'embrassa encore une fois, puis, serrant ses bras autour de son cou, elle ouvrit grand ses yeux et le regarda intensément.

— Viens, maintenant, viens, mon amour.

Docilement, les larmes ruisselant le long de ses joues et le regard accroché au sien, Bruno la suivit tandis qu'elle l'entraînait à reculons hors de leur cachette vers la rive du lac, scintillante au clair de lune.

Derek quitta le couvert des arbres à la hauteur du hangar à bateaux. Ils devaient être là. Pourquoi n'y avait-il pas songé plus tôt ? Il commençait vraiment à en avoir assez de tout ce cirque. Il avait mal aux jambes à force de marcher et son énergie première semblait l'avoir abandonné. Il jeta un coup d'œil à sa montre. Quatre heures. Là, c'en était trop. S'ils ne se trouvaient pas dans ce fichu hangar, il cesserait de jouer les héros solitaires et retournerait chercher de l'aide à la Grande Maison.

Il poussa un soupir. Tout ce chemin à rebrousser...

La porte du hangar était ouverte. Retenant sa respiration à cause de la poussière, il entra. A la lueur de la lune, il aperçut un objet brillant sur le rebord de la fenêtre. Une torche électrique. Il s'en empara. Elle était encore tiède. Ils étaient ici et l'avaient probablement entendu venir. Par conséquent, ils ne devaient pas être loin.

Il ressortit et scruta du regard les bords du lac. Il était sur le point de faire demi-tour quand il réalisa que la surface de l'eau, partout ailleurs plate et calme, était agitée de vaguelettes pratiquement devant lui ; il tendit le cou et aperçut, à une quarantaine de mètres, la cause de ce clapotis, qui s'éloignait doucement pour rejoindre le milieu du lac. Des cygnes, peut-être ? Ces créatures — car il en distinguait deux très proches l'une de l'autre — ne ressemblaient pourtant pas à des cygnes. Bien sûr, c'était absurde, mais on aurait plutôt dit deux phoques. Curieusement, tout en longeant la rive et en suivant du regard le mouvement de ces deux créatures aquatiques, il oublia, l'espace de quelques secondes, Bruno et Darina. Quand soudain il trébucha contre quelque chose de mou et s'arrêta pour voir ce que c'était.

— Mon Dieu !

Son cœur se figea : il venait de reconnaître les chaussures de sport de Bruno. Ils étaient là, dans l'eau. C'étaient deux têtes qu'il avait vues. Oui, c'étaient bien eux, ces deux idiots. Ils allaient mourir de froid par une nuit pareille. Il se mit à courir.

— Hé ! Hé ! hurla-t-il. Revenez ! Revenez tout de suite ! Vous êtes complètement fous ! Bruno ! Je t'ordonne de revenir immédiatement !

Mais les deux têtes continuaient de s'éloigner inexorablement.

Sans réfléchir, Derek retira ses chaussures et entra dans l'eau. Son cœur battait à tout rompre.

— Bruno ! Darina ! Revenez !

Comme il ne faisait guère attention où il posait ses pieds, il glissa soudain sur une pierre et s'affala dans l'eau. Il y avait peu de profondeur à cet endroit — à peine une soixantaine de centimètres —, mais le choc et la température lui firent l'effet d'un boulet de canon dans la poitrine, un boulet de canon qui explosa, paralysant ses épaules et ses bras ; il ne voyait plus rien, ses poumons étaient en feu.

Cherchant de l'air, il essaya de recracher l'eau glacée qu'il venait d'avaler. La douleur était atroce, elle envahissait non seulement son corps, mais l'eau tout autour de lui... l'air au-dessus de l'eau... le ciel... l'univers...

Enfin, telle une nappe de brouillard, l'obscurité

recouvrit la douleur. D'abord grise, délicieusement opaque et douce, elle vira ensuite au noir, et quand le noir s'évapora, une blancheur infiniment paisible se répandit en lui.

17

John se réveilla, le visage baigné de larmes. Il en fut surpris, car le rêve qu'il avait fait était heureux, plein de chaleur et d'amour, du temps où Derek et lui étaient enfants, et jouaient dans la cour de la maison de gardien. Leur mère leur avait fabriqué une table de ping-pong, et elle jouait avec eux, elle d'un côté, eux, de l'autre. Elle riait, ses cheveux scintillaient dans la lumière du soleil ; Derek et lui riaient aussi. Ils étaient si proches tous les trois dans son rêve, si proches et si heureux.

Mais quelques secondes à peine après son réveil, l'horreur des événements de la veille lui revint à l'esprit, en effaçant tout sentiment de joie. Abattu, il se retourna sur le ventre et enfouit sa tête dans l'oreiller.

Devant ses yeux, les scènes se déroulaient comme dans un film au ralenti.

Au bout d'un moment, il finit par se lever. Il alla frapper à la porte de la chambre que Derek et Bruno partageaient. Ne recevant pas de réponse, il l'ouvrit pour découvrir que la pièce était vide. Il jeta un coup d'œil par la fenêtre : la voiture de location n'était plus là.

Déjà fatigué et grognon à cause de ces nuits

blanches auxquelles s'ajoutait la tension de ces derniers jours, John sentit sa colère monter : Si Derek avait décidé de partir très tôt, il aurait pu au moins avoir la courtoisie de le prévenir.

Il descendit à la cuisine pour voir s'il avait laissé un mot, mais ne trouva rien. Derek exagérait, il était allé trop loin, fulminait-il en remontant l'escalier quatre à quatre pour se rendre dans la salle de bains.

Ce ne fut qu'une demi-heure plus tard, en sortant de la maison, qu'il s'aperçut que la Hillman avait également disparu.

A partir de ce moment-là, les événements s'enchaînèrent avec une logique impitoyable. En appelant Sundarbans pour savoir si, par hasard, Derek et Bruno ne s'y trouvaient pas, John apprit que Darina avait également disparu. De toute évidence, les deux tourtereaux s'étaient de nouveau enfuis, cette fois, dans la voiture de Derek, qui avait dû emprunter la Hillman pour partir à leur recherche. Mais où étaient-ils ?

Rose voulut prévenir la police, mais John la convainquit d'attendre au moins le départ des clients de l'hôtel.

Un quart d'heure plus tard, elle le rappelait, en proie à la panique : les deux voitures se trouvaient à Sundarbans, non loin de la maison, et les clés étaient encore sur les tableaux de bord.

Ils décidèrent alors de prévenir la police.

Vers dix heures du matin, on retrouva les chaussures de Darina et de Bruno, au bord du lac.

Le corps de Derek, à demi caché par les roseaux, fut découvert quelques minutes plus tard.

A midi, une équipe de plongeurs sortit de l'eau les deux autres corps. Darina et Bruno se tenaient encore enlacés, et ce fut dans cette étreinte à la rigidité cadavérique qu'on les déposa sur la rive.

A compter de cet instant, la journée ne fut plus

qu'une succession de coups de fil, de visites d'amis, de tasses de thé, de sandwiches, d'ambulances, de déclarations, de formulaires à remplir, de discussions avec l'entreprise de pompes funèbres et la police, et de pleurs, de pleurs, et de pleurs.

La seule qui ne pleura pas fut Rose. Elle semblait hébétée de stupeur, et bien que fou d'inquiétude pour elle, John fut incapable de dire ou faire quoi que ce soit pour la faire réagir. C'était comme si elle voyait le monde et cette effroyable tragédie de derrière un panneau de verre. Ses amis, Effie et Willie, qui étaient arrivés au milieu de l'après-midi, l'avaient prise en main, mais même eux ne purent briser son apparente indifférence. Elle était devenue étrangement insensible.

De temps en temps, Effie éclatait en sanglots, mais il semblait que rien ni personne ne pût entamer le calme alarmant et inqualifiable de Rose.

Ce fut à John qu'il incomba de recevoir le prêtre et l'entrepreneur de pompes funèbres, et quand, en fin de journée, il put rentrer chez lui, il se jeta sur son lit en repensant aux détails sordides de l'entretien qu'il avait eu avec les policiers ; en dépit de leur sympathie, ils n'avaient pu s'empêcher d'insister pour comprendre exactement ce qui s'était passé.

Le prêtre, en revanche, avait été merveilleux. Récemment nommé dans la paroisse de Monaghan et relativement jeune, il était arrivé juste après Effie et Willie, et leur avait été d'un grand secours en calmant la mère de Rose, en pleine crise d'hystérie ; mais surtout, en se portant volontaire pour appeler Karen à Charlottetown, et lui annoncer la terrible nouvelle. Il ne s'était pas montré indiscret dans ses questions, mais quand John lui avait expliqué les relations de parenté entre eux tous, il n'avait pu réprimer un froncement de sourcils. John ne lui en tenait pas rigueur ; du point de vue du prêtre, ces coïncidences étaient plus typiques d'une pièce de Tennessee Williams que du monde rural irlandais qu'il connaissait.

La sonnerie stridente du réveil retentit brusquement. Il était six heures. John devait aller chercher Karen et ses parents à l'aéroport de Dublin ; leur avion était censé arriver à dix heures trente. Il redoutait ce qui l'attendait, mais il aurait difficilement pu déléguer quelqu'un d'autre. Mona s'était proposée de l'accompagner et George lui avait offert de prendre sa Rover.

Il se fit violence pour se lever, et fila aussitôt dans la salle de bains. Mais quand il se regarda dans le miroir, au-dessus du lavabo, ce ne fut pas son visage qu'il vit mais les deux corps grotesquement enlacés de sa fille et de son jeune amant. Cette image, il le savait, ne le quitterait plus jusqu'à la fin de sa vie.

Rose et lui étaient présents lorsque les plongeurs les avaient ramenés sur la rive, leurs cheveux blonds ruisselants, raides et ternes, et de l'eau coulant de leurs yeux aveugles, de leurs bouches et de leurs oreilles. Les bras de Darina enserraient encore le cou de Bruno, ses doigts étroitement entrelacés derrière sa nuque ; mais quand on les sortit du canot pneumatique, leurs deux têtes se balancèrent mollement, comme celles de deux nouveau-nés.

Rose s'était arrêtée de respirer, et il s'était rapproché d'elle pour la soutenir ; mais elle avait levé la main pour l'écarter. C'était Gus qui s'était précipité avec une couverture pour recouvrir leurs corps déposés sur l'herbe humide.

Sans pouvoir se contrôler, John se mit à pleurer en silence.

Sa fille. Pendant deux jours — moins de deux jours — il avait eu une fille. Il n'avait même pas eu le temps d'avoir une conversation avec elle.

A plusieurs reprises, la veille, il s'était surpris à essayer de mesurer exactement sa réaction face à la mort de Darina. D'un côté, il n'avait pas l'impression d'avoir perdu un être de chair et de sang ; d'un autre, dès qu'il n'était plus absorbé dans une activité, l'image de son corps inerte accroché à celui de Bruno, la teinte bleutée de sa peau, revenaient le hanter.

Écœuré, il s'éloigna du miroir. Il n'avait pas le courage de se raser dans l'immédiat ; il verrait ça plus tard.

Mona était déjà dans la cuisine, en train de préparer le petit déjeuner.

— Ça va, John ? demanda-t-elle. Avez-vous réussi à dormir un peu ?

Son cœur était si à vif qu'il apprécia la gentillesse de ses paroles. Comme il aurait aimé pouvoir poser sa tête contre sa poitrine. Depuis qu'il la connaissait, Mona avait veillé sur lui, cherchant sans cesse à savoir s'il ne manquait de rien.

— Je ne vous l'ai jamais dit, Mona, mais j'aimerais que vous sachiez à quel point je vous apprécie et...

Elle se raidit comme si on venait de la frapper et l'interrompit :

— Ah, John, taisez-vous, dit-elle en rougissant. C'est vous qui avez été merveilleux avec Packy et moi pendant toutes ces années.

Elle s'empara de la poêle et l'agita de gauche à droite pour y faire fondre un morceau de lard.

— Je ne sais pas ce que nous serions devenus sans vous, ajouta-t-elle bravement, et John devina que cette dernière remarque lui avait coûté beaucoup. Mona n'était pas du genre à se laisser aller.

Pourtant, il tenait à lui dire son affection. Il s'approcha, lui ôta la poêle des mains avant de la poser délicatement sur la plaque du fourneau. Puis, il la prit par les épaules et la força à le regarder en face :

— Je suis sérieux, Mona : Jamais je n'aurais pu survivre sans vous. Je veux que vous le sachiez.

Mona, les larmes aux yeux, resta immobile sous la pression de ses mains, et l'espace d'une terrible seconde, il craignit d'être allé trop loin, de lui avoir donné un fol espoir. Mais Mona inspira profondément, puis déclara :

— Merci, John. J'en suis très heureuse.

Il la relâcha et alla s'asseoir à la table. En s'apitoyant ainsi sur son sort, il espérait ne pas s'être montré cruel avec elle.

— Ils ne devraient plus tarder à présent, John.

L'avion avait plus de quatre heures de retard, et John frémit quand Mona fit mine de poser la main sur son bras.

L'arrivée avait été annoncée au moins un quart d'heure auparavant, et il avait les nerfs à bout.

Même en temps normal, John haïssait l'aéroport de Dublin : la pagaïe générale, les annonces aux haut-parleurs, la précipitation, les visages préoccupés. Aujourd'hui, le bruit et la bousculade lui semblaient particulièrement odieux. Il savait que c'était ridicule de sa part, mais il avait du mal à accepter que le monde entier soit insensible à la tragédie à laquelle les trois personnes qu'il attendait et lui-même étaient mêlés.

Il aperçut Karen et ses parents avant qu'eux-mêmes ne le voient. Sven poussait un chariot à bagages tandis que Karen et sa mère se tenaient légèrement en arrière. Ils marchaient tous les trois lentement, jetant des coups d'œil à la ronde comme s'ils n'étaient pas sûrs de se trouver dans le bon aéroport. Karen, pour autant que John pût en juger, avait très peu changé : avec ses lunettes noires, ses cheveux blonds retenus en chignon, elle était aussi sculpturale et impressionnante qu'autrefois. John remarqua d'ailleurs qu'elle attirait toujours les regards sur son passage. Il respira profondément, et s'avança vers eux pour les accueillir.

La mère de Karen portait elle aussi des lunettes noires ; son tailleur sombre était le seul signe extérieur de deuil : apparemment, ils étaient tous les trois très calmes.

— Bonjour, Karen. Bonjour Monsieur, Madame Lindstrom, dit John doucement tout en leur serrant la main à tour de rôle. Je vous présente toutes mes condoléances.

— Et nous, les nôtres, John. Cela a dû être un terrible choc... La voix de Sven était forcée et rauque. Oui, un terrible choc.

— Tu connais Mona, Karen ?

John présenta Mona aux parents de Karen. Elle s'empressa de les assurer de toute sa sympathie. Elle était la personne idéale en pareilles circonstances. Et John lui fut reconnaissant de l'avoir accompagné.

Le trajet jusqu'à Monaghan fut triste et silencieux. Mona était assise à l'avant avec John, tandis que Karen était à l'arrière, entre ses parents. John les entendit renifler et se moucher plusieurs fois, elle et sa mère, mais ce fut tout. Il les admirait d'être si maîtresses d'elles-mêmes.

Alors qu'ils traversaient Ardee, John aperçut du coin de l'œil plusieurs armatures de lit métalliques entassées devant la porte de la boutique d'un antiquaire. C'étaient des châlits tout à fait ordinaires, assez répandus en Irlande, peints ou laqués en noir ou en blanc. Mais en les voyant, là, sur le trottoir, John ressentit une douleur si violente qu'il se courba en deux sur le volant.

— Excusez-moi, dit-il en haletant. Il faut que je passe dans un magasin prendre quelque chose.

Il se gara dès qu'il le put et sauta de la voiture.

L'image qui s'était brusquement imposée à lui faisait partie de celles qu'il ne se doutait même pas avoir gardées en lui : Derek et lui devaient avoir cinq ou six ans, et ils s'amusaient à sauter gaiement sur le lit dans la maison de gardien quand, tout à coup, l'un des boulons qui retenait l'armature s'était cassé, les précipitant l'un et l'autre à terre dans un enchevêtrement de ressorts, de couvertures, de draps, de bras et de jambes. Le souvenir du visage enfantin et riant de Derek était insupportable.

Évitant de justesse une voiture, il traversa la route en vitesse et entra chez le marchand de tabac.

Par chance, il y avait deux personnes avant lui qui attendaient, et quand ce fut son tour, il avait retrouvé son calme. Il prit au hasard une barre de chocolat, la paya et rejoignit sa voiture.

Le reste du voyage sembla n'être qu'un couloir interminable et silencieux et quand il se gara devant Willow House, il était épuisé. Deux chambres étaient réservées pour les Lindstrom : les y conduire, porter leurs bagages et les présenter à George et à Dorothy fut pour John presque un soulagement, tant cela le distrayait de la tension ambiante. Il venait de poser la valise des grands-parents de Bruno dans leur chambre et s'apprêtait à aller déposer celle de Karen dans la sienne, quand celle-ci posa une main sur son bras.

— John ? Est-ce que tu as une minute ? J'aimerais te parler.

Derrière ses lunettes noires, il était impossible de distinguer l'expression de ses yeux, mais John sentit en elle une certaine nervosité, sans rapport avec le deuil qu'elle vivait. S'il l'avait mieux connue, il aurait dit qu'elle était très en colère contre lui.

— Pour être franc, Karen, je dois repartir à Sundarbans tout de suite. J'ai promis que j'y serais vers une heure, et il est déjà deux heures, fit-il en posant la valise dans la chambre de Karen.

La rapidité avec laquelle il avait inventé ce mensonge l'étonna. Pourquoi lui avait-il dit cela ? Gêné par ce qu'il venait de faire, il la prit gentiment par les épaules.

— George vous conduira, tes parents et toi, à Sundarbans dès que vous vous serez installés. Tu devrais te reposer un peu avant, tu dois être épuisée. Ne peut-on pas parler plus tard ? Tu sais, nous allons beaucoup nous voir au cours des jours prochains.

Karen ne bougea pas et quelque chose dans la façon dont elle le toisa fit frémir John.

— Ça va, John, et je n'ai pas besoin de me reposer, merci. Je veux voir Bruno le plus tôt possible. Et il y a quelque chose que je veux que tu saches.

En fait, John et Karen ne purent se retrouver en tête à tête qu'après l'enterrement.

Ce fut en grande partie du fait de John. Bien que George et Dorothy aient engagé du personnel local pour les aider, il ne s'était pas accordé un seul moment de répit. A mesure que les événements se succédaient de façon cauchemardesque et irréelle, il était parvenu à la conclusion que la seule manière qu'il avait d'y survivre, était d'être continuellement occupé et de donner la priorité à la douleur des autres.

Il ne pouvait s'ôter de l'esprit, cependant, qu'il y avait une terrible logique dans ce qui se passait, comme s'il se trouvait engagé dans une partie de dominos morbide, où chacune de ces interventions devenait un supplice du fait même de la gentillesse des personnes directement touchées par ces deuils.

D'abord, il y eut l'épreuve de l'identification officielle à la morgue. Il s'était tenu aux côtés de Karen tandis qu'elle acquiesçait d'un hochement de tête devant les corps de son fils et son mari, puis, aux côtés de Rose quand elle identifia Darina.

Puis, ils durent tous attendre qu'on leur rende les corps après l'autopsie. D'un commun accord, ils s'étaient installés à Sundarbans où plusieurs voisins, dont l'ancien gardien, et l'infatigable Mrs. McKenna, étaient venus les aider à servir des rafraîchissements à la vingtaine d'amis qui avaient tenu à être présents. Le nom des O'Beirne Moffat était encore suffisamment connu dans la région pour qu'un deuil dans la famille soit un événement majeur ; l'étendue et l'horreur de la tragédie avaient attiré des gens de tout l'Ulster, de Leinster et de certains coins du Connacht. D'anciens amis avaient pris le train de Londres, et non seulement Willow House et Sundarbans, mais nombre d'hôtels et de *bed and breakfast* des alentours étaient complets.

Vint ensuite la délicate question de savoir où Derek et son fils seraient enterrés. Ce fut encore une fois à John qu'il incomba de demander à Karen et à ses parents s'ils désiraient ramener les corps au Canada, mais ils répondirent tous les trois qu'ils étaient sûrs que Derek aurait insisté pour être enterré dans son pays natal.

Karen marqua alors une pause et ajouta :

— Et Bruno, si on le lui avait demandé, aurait tenu à reposer auprès de son père.

John avait été assez décontenancé par sa véhémence. Même accablée de douleur, Karen jouait un rôle qu'il ne saisissait pas. A moins qu'il n'imagine des choses sous l'empire de son propre chagrin, se dit-il plus tard.

Et tout le temps, la même question revenait : *pourquoi ? pourquoi ? pourquoi ?*

Entre autres de la part des médias. Bien que les journalistes fassent leur possible pour être discrets, ils semblaient être partout où John posait les yeux, réclamant des commentaires, prenant des photos, épiant les réactions des uns et des autres. Willie et Effie s'étaient proposés pour filtrer les visiteurs à l'entrée ainsi que les appels téléphoniques, mais les gens de la presse — les envoyés spéciaux des grands journaux de Dublin et de Belfast, et le correspondant d'un quotidien populaire à Londres — ne parurent guère intimidés par leurs rebuffades.

Et lorsqu'ils se rendirent compte qu'ils n'obtenaient rien de la Grande Maison, ils allèrent interviewer les gens dans les pubs de la région et dans les rues de Carrickmacross. Tous les propos dignes d'intérêt faisaient les gros titres le lendemain. Le correspondant de Londres découvrit la postière, à présent à la retraite, qui avait connu les jumeaux et Rose dans leur enfance. Ce fut l'heure de gloire de Mrs. Doody.

Toute cette curiosité malsaine ne faisait qu'ajouter à la tension générale et quand John avait demandé au prêtre de la paroisse s'il était possible d'empêcher les journalistes de pénétrer dans l'église pendant le service funèbre, on lui avait répondu que non. Toutefois, le prêtre lui avait promis que dans son homélie, il les supplierait d'être discrets et de respecter le chagrin des familles.

Cependant, au cours de ces trente-six heures, ce fut surtout Rose qui l'inquiéta. Depuis que les corps avaient été découverts, elle ne s'était pas départie de son calme, parlant et se déplaçant comme dans un rêve. Il avait si peur pour son équilibre mental que le matin de la messe d'enterrement, il fit venir le médecin. Mais Rose refusa de le voir.

— Je t'en prie, ne te tracasse pas pour moi, John. Je vais bien. Je vais bien. Effie et Willie sont avec moi.

Raide comme un piquet et déjà vêtue de la robe et du manteau noirs qu'Effie lui avait achetés, elle était assise au bord du lit, dans la chambre qu'elle avait partagée avec Darina.

— Le docteur attend en bas, Rose. Il veut juste te parler, ça ne prendra pas plus d'une minute, je te le promets.

Il fit mine de s'approcher d'elle, de la prendre dans ses bras, mais elle le repoussa.

— Pas maintenant, John, s'il te plaît. Je ne veux pas te blesser mais...

Il tenta de la faire changer d'avis, mais rien n'y fit : Rose refusa de voir le médecin et John dut le renvoyer.

La réaction de Karen, en revanche, lui semblait beaucoup plus naturelle et plus compréhensible. Elle sanglotait, pleurait, arpentait le salon ; à plusieurs reprises, il la surprit l'épiant d'un regard implacable et chargé de haine. Quoi qu'elle ait à lui dire, ce ne devait pas être agréable à entendre, et il avait l'horrible pressentiment qu'il s'agissait de quelque chose que Derek avait fait, et dont elle voulait se libérer.

Et c'est à cause de cette intime conviction qu'il l'évita au cours de ces deux jours. Il se sentait incapable de supporter que l'on porte une accusation grave contre son frère, ou même qu'on le critique. Il ne lisait pas souvent, mais quelques années auparavant, dans la salle d'attente d'un médecin, il était tombé sur un article traitant de la psychologie de personnes venant de perdre un proche ; l'article disait, entre autres, que le deuil était particulièrement difficile à faire pour ceux qui n'avaient pas entretenu de bonnes relations avec le défunt. Instinctivement, il savait que c'était ce qui l'attendait dès qu'il cesserait de s'affairer suffisamment longtemps pour laisser la douleur l'affecter.

S'il devait continuer à faire face à la situation, il devait repousser le plus longtemps possible ce tête-à-tête avec Karen.

Ils se trouvaient tous dans le salon, mal à l'aise, quand John, debout près de la fenêtre, vit les deux limousines noires des pompes funèbres se garer devant la maison.

— Les voilà, annonça-t-il doucement.

Mr. et Mrs. Lindstrom se levèrent immédiatement et s'approchèrent de Karen qui, assise dans un fauteuil, regardait fixement le feu dans la cheminée. Elle les laissa l'aider à se relever et à enfiler son manteau. Willie et Effie, qui devaient voyager avec le Colonel et Daphné dans la seconde voiture, se levèrent à leur tour. Daphné n'avait pas dit un mot ce matin. Elle se tourna vers John, et le supplia du regard.

— S'il vous plaît, Monsieur Flynn, pouvez-vous aller chercher Rose ? Elle est dans sa chambre, je crois.

— Mais bien sûr, Madame, répondit John, surpris par sa demande.

Il était sur le point de quitter la pièce quand elle l'arrêta.

— Je voulais vous dire, Monsieur Flynn, que je... enfin, nous, le Colonel et moi-même, nous vous sommes très reconnaissants pour tout ce que vous avez fait pour nous ces derniers jours.

John regarda cette femme à la silhouette fragile, que son manteau noir et démodé rendait encore plus petite, et pour la première fois, il ne vit pas en elle la douairière intraitable et blessante, mais une vieille dame au comble du chagrin et effrayée.

— Mais de rien, Madame, dit-il.

— Oui, John, je m'associe à Daphné, intervint le Colonel en tripotant sa montre de gousset. Merci. Je ne sais pas ce qui nous a pris...

— Je vous en prie, Colonel. Je n'ai fait que mon devoir, murmura John.

Il sentait que s'il continuait, il risquait de s'effondrer.

— Je vous en prie, répéta-t-il. Je... Je vais chercher Rose.

Il frappa à sa chambre plusieurs fois, mais, n'obtenant pas de réponse, il entrouvrit doucement la porte. Rose était toujours assise au même endroit qu'au moment où il avait essayé de la persuader de voir le médecin, et dans la même position, droite et raide comme un mannequin dans une vitrine, et extrêmement pâle.

— C'est l'heure, Rose, dit-il en se tenant dans l'encadrement de la porte. Les voitures sont arrivées. Tout le monde est prêt.

Mais Rose ne bougea pas. On aurait dit qu'elle était en transe.

— Veux-tu que j'appelle Effie ?

— Non, murmura-t-elle, et elle secoua la tête imperceptiblement. Je ne veux pas y aller, John.

N'écoutant que son instinct, John se précipita vers elle.

— Ma chérie, tu n'es pas obligée d'y aller si tu ne le souhaites pas, dit-il en s'asseyant à côté d'elle. Mais je serai près de toi à chaque instant, et je crois que Darina aurait aimé que nous y allions ensemble. Tu ne crois pas ?

— Darina ne pense plus rien maintenant, dit-elle d'une voix atone.

— Non, bien sûr, pas dans ce sens, mais je suis certain qu'elle nous aidera à surmonter cette terrible épreuve. Je suis sûr qu'elle est heureuse là où elle est, et qu'elle veut que nous soyons avec elle.

Rose se tourna vers lui et le foudroya du regard.

— Quoi ?

Il lui prit la main et fut soulagé de voir qu'elle ne lui résistait plus.

— Je crois qu'elle nous aime d'une façon que nous ne pouvons pas comprendre dans l'immédiat. Darina était, est, une jeune fille pas comme les autres, Rose.

— Elle est morte, John.

— Je sais, ma chérie, je sais. C'est monstrueux. Darina est morte.

Alors, les défenses de Rose se brisèrent, elle se mit à balancer la tête d'avant en arrière, la bouche grande ouverte afin de laisser s'échapper toute la douleur contenue en elle. Les sons qui sortaient d'elle étaient presque inhumains, aigus, des hululements, un cri primitif qui se prolongeait sans fin ; John fut d'abord effrayé, puis il la tint contre lui du mieux qu'il put, tandis qu'elle continuait de se balancer au rythme d'un chant qu'elle seule entendait.

Cela dura plusieurs minutes, puis elle se calma peu à peu ; devant ce corps secoué de sanglots qui se laissait enfin aller, John savait désormais quoi faire.

Il la maintint serrée contre lui, la berça et l'apaisa comme elle lui avait appris, il y a très longtemps, à apaiser un cheval effrayé.

La réception après l'enterrement eut lieu à Willow House, mais il y avait tant de monde que l'hôtel finalement se révéla n'être pas assez grand. Dans un sens, ce fut une bénédiction. Les gens étaient entassés dans la petite salle à manger où les rafraîchissements étaient servis, et très vite, un joyeux brouhaha s'éleva, à mesure que se dissipait la tristesse qui avait accablé tout le monde à l'église et au cimetière. Des amis qui s'étaient perdus de vue depuis des années tombaient dans les bras les uns des autres et renouaient connaissance en se racontant des anecdotes sur leurs chers disparus.

Malgré les objections des Cranshaw, John avait insisté pour travailler, et prenait les commandes au bar. Parcourant la salle d'un œil professionnel, il vit qu'Effie et Willie s'occupaient de Rose mais que les Lindstrom et les O'Beirne Moffat s'étaient assis à l'écart.

Il pria l'un des extra de le remplacer et les rejoignit.

— Est-ce que je peux vous servir quelque chose ? demanda-t-il doucement. Un verre ? Un peu de soupe, peut-être ? Il fait très froid aujourd'hui.

— Oui, merci, John, répondit Sven Lindstrom, après un bref coup d'œil à sa femme. Nous prendrons un café, si ça ne vous dérange pas.

— Et vous, Madame ? Colonel ? demanda-t-il ensuite en se tournant vers les O'Beirne Moffat.

— Un whisky, si vous avez. Que voulez-vous, ma chérie ?

Daphné les regarda tous les deux.

— C'est scandaleux ! explosa-t-elle. Absolument scandaleux ! Darina est à peine enterrée qu'on est tous, là, à faire la fête !

— Mais c'est la coutume, Madame, répondit John. Nous organisons tout le temps des réceptions pour des funérailles. C'est ce qui remplace, aujourd'hui, la traditionnelle veillée.

— Eh bien, je persiste à penser que c'est tout à fait inconvenant, rétorqua Daphné, les joues empourprées.

— Mais John n'y est pour rien, ma chérie, protesta le Colonel. Tout ce qu'il désire, c'est nous apporter des rafraîchissements.

— Alors, j'aimerais un sherry, s'il vous plaît, déclara-t-elle.

Puis elle regarda John droit dans les yeux.

— Je suis désolée, dit-elle d'un air de défi, comme si elle proférait là une insulte.

La gentillesse qu'elle lui avait témoignée ce matin

même avait été de bien courte durée. Cette femme demeurerait toujours une énigme pour lui.

Alors qu'il attendait au bar d'être servi, il chercha Karen des yeux. Elle ne se trouvait pas dans la pièce, et devait probablement être remontée dans sa chambre. La salle à manger était si bondée qu'une partie des invités s'était repliée dans la serre.

Zigzaguant avec le plateau des consommations, John revint vers le petit groupe isolé et triste.

— Avez-vous vu Karen ? demanda Mrs. Lindstrom.

Elle semblait si malheureuse et si seule que John se sentit de tout cœur avec elle dans son chagrin.

— Non, cela fait un petit moment que je ne l'ai pas vue, répondit-il. Je dois aller vérifier si tout se passe bien à la cuisine, mais ensuite, je vous promets de la chercher. Êtes-vous sûrs de ne rien vouloir manger ?

La question s'adressait à tous les quatre, et tous les quatre secouèrent négativement la tête.

Tout en s'éloignant, il se demanda s'il ne devait pas les encourager à se joindre aux autres. Ils formaient un groupe plutôt mal assorti et avaient finalement peu de choses en commun. Hormis le fait, pensa-t-il en refoulant l'image des deux jeunes corps de Darina et de Bruno, que leurs petits-enfants respectifs étaient tombés amoureux l'un de l'autre et s'étaient noyés. Il ferma les yeux. Il ne fallait pas qu'il s'arrête.

Dorothy se trouvait dans la cuisine où elle aidait deux extra à beurrer des petits pains.

— J'étais persuadée qu'il y en aurait assez, lui dit-elle en repoussant une mèche de cheveux. Enfin, ces sandwiches seront prêts dans un instant.

— Il faut aussi de la soupe, déclara John.

Il s'approcha de la cuisinière et vérifia qu'il en restait dans la marmite.

— Pouvez-vous vous en occuper, John ? demanda

machinalement Dorothy. Oh, mon Dieu, qu'est-ce que je dis là ? Vous ne devriez pas travailler aujourd'hui, John. Ce n'est pas à vous de faire ça. Allez, sauvez-vous, dit-elle en lui posant la main sur le bras. Ça va ?

— Oui, ne vous inquiétez pas Dorothy. Mais pendant combien de temps encore je vais tenir le coup, ça je ne sais pas, ajouta-t-il à voix basse.

— Vous savez que vous pouvez compter sur nous, John.

— Oui. Vous avez été merveilleux, George et vous.

— Je ne parle pas à la légère. Et ce n'est peut-être ni le moment ni le lieu pour en discuter, mais George et moi avons décidé de fermer l'hôtel pendant deux semaines et, si vous n'avez pas d'autres projets, de vous emmener passer Noël à l'étranger.

John la regarda avec surprise.

— A l'étranger ? Mais, Dorothy, qu'allez-vous faire des réservations ?

— Ce n'est pas un problème de les annuler. Nous pouvons toujours prétexter des travaux de rénovation. Et de toute façon, il n'y a qu'une seule chambre de réservée pour cette période. Oui, la Suisse, la Floride, un endroit complètement différent...

Elle s'écarta et le regarda tendrement.

— Vous n'avez rien prévu encore, n'est-ce pas ?

— Eh bien... ça dépend.

Il pensa un instant à Rose. Inconsciemment, il avait bien échafaudé des projets. Mais c'était avant la tragédie.

— Pour être franc, répondit-il, je vis au jour le jour.

Il vit que Dorothy comprenait exactement ce qu'il voulait dire.

— Bien sûr, bien sûr, fit-elle doucement. Mais dès que vous aurez pris une décision, dites-le nous. En tout cas, George et moi sommes absolument d'accord sur un point : si vous nous accompagnez, c'est nous qui régalons. Après toutes ces années passées à vous occuper de nous, vous méritez bien que l'on vous dorlote un peu.

— Oh, Dorothy, vous êtes si bonne.

Se rendant compte que, ces derniers jours, il n'avait cessé de lui prodiguer sa gratitude, John rougit et, plutôt que d'ajouter quoi que ce soit, préféra serrer affectueusement son bras grassouillet.

Brusquement, il sentit que quelqu'un les observait. Il se retourna. Karen se tenait dans l'embrasure de la porte.

— Karen ? fit-il, gêné. Tes parents te cherchaient. Ça va ?

— Est-ce que maintenant te paraît être le bon moment pour m'écouter ? demanda-t-elle.

— Allez-y, John, dit Dorothy en le poussant hors de la cuisine. Je m'occuperai de la soupe.

— Veux-tu que l'on aille dans ma chambre ?

La voix de Karen le fit de nouveau frémir. Il ne pouvait plus remettre cette conversation à plus tard.

— Pourquoi n'irions-nous pas dans le salon ? suggéra-t-il.

Pour une raison ou pour une autre, l'idée de se retrouver en tête à tête avec elle hors d'un territoire neutre le mettait mal à l'aise.

— Nous y sommes, dit-il en ouvrant la porte. Ça va ? Tu tiens le choc ?

Il était tellement sur le qui-vive qu'il en avait presque des picotements dans les bras.

— A ton avis ?

Elle se mit à arpenter le salon, et soudain sa stature imposante ajoutée au contraste de ses cheveux blonds sur sa robe noire lui parut déplacée dans cette pièce remplie de bibelots multicolores. A tel point qu'il craignit qu'elle ne renverse quelque pièce rare ou que, tel un dragon, elle ne mette le feu au moindre souffle.

— Je suis très content que nous ayons enfin trouvé l'occasion de parler seuls, s'aventura-t-il. Derek...

— Je n'ai pas envie de parler de Derek, lâcha-t-elle brusquement. Quoique, si, en fait.

Elle virevolta et se plaça devant lui.

— Oui, maintenant que tu le mentionnes, j'aurais effectivement certaines petites choses à dire le concernant.

Elle retira alors ses lunettes noires, lentement, comme s'il s'agissait d'une arme. Ses yeux, cernés de bleu, n'étaient pas maquillés. John s'arma de courage pour ce qui allait suivre.

— C'est vrai que maintenant, cela n'a plus aucune importance, continua-t-elle, le regard en feu, mais j'avais l'intention de demander le divorce dès son retour.

John ne se doutait pas que la situation entre son frère et Karen pût être à ce point aussi dégradée. La nouvelle le stupéfia ; en même temps, il avait le sentiment que Karen s'en servait pour le punir.

— Je suis désolé, dit-il.

— Désolé est loin de suffire pour décrire notre couple !

Elle croisa les mains et se remit à arpenter la pièce.

John était sidéré, et sa peur se décuplait à l'idée de ce qu'il allait apprendre. Sans vouloir précipiter les événements, il avait maintenant hâte de savoir. Que pouvait-elle donc avoir à lui dire de si important ? L'annonce de ce divorce n'était-elle pas déjà suffisante ?

Karen faisait de si grandes enjambées qu'elle se cogna le tibia contre une table basse, renversant tout ce qui se trouvait sur le plateau.

— Merde ! explosa-t-elle en se frottant la jambe.

John accourut aussitôt vers elle.

— Ça va ? Est-ce que tu saignes ? Tu veux que j'aille te chercher un pansement ?

— Fous-moi la paix avec tes pansements !

Elle se redressa et le foudroya d'un regard si haineux que John recula de quelques pas.

Mais elle le suivit, le menton en avant, comme si elle s'apprêtait à se jeter sur lui.

— Je ne devrais probablement pas te dire ce que je vais te dire.

John continua de battre en retraite. Il finit par se retrouver le dos au mur. Comme il se demandait s'il n'allait pas devoir quitter la pièce, Karen plaqua ses mains contre ses oreilles et s'arrêta à quelques centimètres de lui.

— Merde !

Elle hurlait presque à présent.

— J'en ai assez ! Assez ! Je n'en peux plus !

John la regardait, impuissant, n'osant pas prononcer le moindre mot.

— Est-ce que tu comprends, au moins ? cria-t-elle. J'en ai assez !

— Oui, je comprends, je comprends, Karen, finit-il par murmurer.

— Qu'est-ce que tu peux bien comprendre ? hurla-t-elle. Tu ne sais rien !

— Je ne sais pas de quoi tu parles, Karen, et je comprends que tu sois bouleversée, mais si tu pouvais arrêter de hurler... Que vont penser les gens à côté ?

— Je n'en ai rien à faire !

Elle chancela sur ses talons avant de s'effondrer bruyamment dans un fauteuil, entraînant dans sa chute le guéridon, à côté d'elle, sur lequel étaient posés plusieurs cadres de verre.

John était cloué sur place. Bizarrement, plus Karen cédait à la colère, plus il était calme. Tel un peintre ou un photographe, il enregistrait tout, la façon dont elle était assise, la façon dont elle se tordait les mains, son menton qui commençait à s'épaissir.

Elle l'étudia du coin de l'œil pendant quelques secondes.

— Très bien, dit-elle enfin, sur un autre ton. Excuse-moi d'avoir hurlé. Mais avant de te dire ce que je vais te dire, je veux que tu saches que c'était *mon* idée. Derek n'a rien à voir avec tout ça. Je l'ai persuadé d'agir à ma façon et je l'ai fait jurer de ne jamais t'en parler. Apparemment, il a tenu sa promesse.

John eut brusquement très froid.

— Te rappelles-tu cette soirée que j'avais donnée chez mes parents à Charlottetown, pour la Saint-Sylvestre ? demanda-t-elle en examinant ses ongles.

— Oui, répondit John, je me la rappelle très bien.

— Eh bien, ce que tu ne te rappelles probablement pas — en fait, je n'en ai jamais été sûre et je ne pouvais guère te le demander —, c'est que je me suis glissée dans ton lit cette nuit-là pendant que tu dormais et que je t'ai fait l'amour. Enfin, si l'on peut dire, ajouta-t-elle, d'une voix si basse que John eut du mal à saisir exactement les mots.

— Quoi ? Nous avons couché ensemble ? Tous les deux ? Je me rappelle avoir dansé avec toi, mais...

— Tu peux me croire, insista Karen en élevant le ton. Je me suis bel et bien glissée dans ton lit et...

Elle éclata de rire de manière si cassante que John en fut presque terrifié.

— J'ai profité de ce que j'avais sous la main, mais en ce qui te concerne, tu te fichais pas mal de qui était dans ton lit, précisa-t-elle amèrement. Tu n'arrêtais pas de m'appeler Rose.

— Non, tu n'as pas pu faire une chose pareille, murmura John. Ce n'est pas vrai.

Il se souvenait qu'il était ivre quand il était monté se coucher. Était-il possible que Karen dise la vérité ?

— Pourquoi me racontes-tu ça maintenant ?

Mais à peine avait-il posé cette question qu'il sut précisément pourquoi elle avait choisi ce moment-là.

Karen examina de nouveau ses ongles.

— Parce que je pensais que tu aurais aimé savoir que Bruno est — pardon, était — ton fils.

John ne ressentit rien pendant quelques secondes. Puis, il sentit quelque chose s'emballer dans sa tête, un balancement irrégulier comme si son cerveau avait été attaché à la roue voilée d'une charrette. Le sol lui parut soudain moins stable et il dut écarter les mains pour ne pas tomber.

— Je ne te crois pas.

Karen le toisa avec mépris.

— Oh, tu peux me croire, tu sais. Tu n'as qu'à demander à Derek !

Comme il la dévisageait avec horreur, elle se rendit compte de ce qu'elle venait de dire et son visage se décomposa.

— Mon Dieu !

— Garce ! Espèce de garce !

John jurait rarement, mais à cet instant-là, plus rien n'avait d'importance à ses yeux. Sa voix vibrait de rage.

— Tu as attendu jusqu'à aujourd'hui, jusqu'à ce que Bruno soit mort, pour me dire qu'il était mon fils. Tu n'es qu'une garce !

Il avait envie de la frapper, mais redoutant de se laisser aller à sa violence, il se dirigea vers la fenêtre pour s'éloigner d'elle le plus possible. Dehors, une lourde pluie battue par le vent tombait sur le crépuscule de cette soirée de novembre, mais John ne voyait rien de tout cela : devant ses yeux, dansait à nouveau l'image torturante de deux corps dégoulinant d'eau.

Ses enfants.

Ils étaient tous deux ses enfants.

Jusqu'à présent, la situation lui était apparue comme presque insurmontable. Sa fille qu'il venait à peine de découvrir et son neveu.

Maintenant, c'étaient sa fille et son fils.

John se sentait des envies de meurtre. Il avait si mal, il était si fou de rage, qu'il était prêt à tuer quelqu'un.

Il se retourna vers Karen et la vit faire un mouvement de recul. Il la haïssait de reculer devant lui. Il haïssait cette pièce. Tout ce qui lui était arrivé de mauvais dans la vie s'était passé dans cette pièce. Il se disait que s'il n'en sortait pas, s'il ne quittait pas cette maison, ces gens, sa tête allait éclater.

— Je m'en vais, parvint-il à dire d'une voix étranglée.

Karen avait peur de lui, et cela lui donna au moins une sorte de satisfaction sauvage. Il devait passer devant elle pour sortir, et quand elle le vit faire un pas, elle se releva à moitié.

— John, je suis navrée, je ne pensais pas que cela te bouleverserait autant...

— Tu ne pensais pas que cela me bouleverserait ? Mais qu'est-ce que tu pensais, au juste ? Dans quel monde vis-tu ?

Il serra les poings et elle bondit derrière une chaise, qu'elle plaça aussitôt entre elle et lui. Son visage était terne et les cernes sous ses yeux ressemblaient plus à deux ecchymoses. Elle avait peur, très peur. Il la regarda longuement et au bout d'un moment, laissa retomber ses mains.

— Comment pensais-tu que j'allais réagir ?

Lorsqu'elle vit qu'elle n'avait plus rien à craindre de lui, elle retrouva un peu de son sang-froid, mais sans bouger de position.

— Je suppose que je n'ai pas réfléchi, dit-elle. Si ça peut t'aider, je n'en parlerai à personne d'autre.

— Mais tu peux le dire au monde entier ! Tu peux le hurler sur tous les toits ! Quelle importance, maintenant ? Karen, pour l'amour de Dieu, pourquoi as-tu éprouvé l'envie de me le dire ?

Pendant un long, très long moment, Karen l'observa par en dessous. Puis elle releva la tête.

— Il fallait que *quelqu'un* paie.

Rose ne retrouva John qu'une heure plus tard.

Depuis qu'elle s'était laissée aller à son chagrin, ce matin, en pleurant dans ses bras, elle en était venue à compter inconsciemment sur lui, même si, en réalité, c'était Effie qui avait constamment pris soin d'elle.

Lorsqu'elle était descendue de sa chambre pour monter dans la limousine, Effie n'avait eu qu'à la regarder pour comprendre dans quel état de bouleversement elle était ; elle avait alors sorti une pilule blanche de son sac et avait insisté pour que Rose la prenne. Ensuite, bien que de temps en temps elle fût secouée de violents tremblements et pleurât beaucoup, sa journée s'était déroulée dans une sorte de brouillard. C'était comme si ce n'était pas vraiment elle qui était là, mais son sosie, un sosie qui voyait, ressentait, tremblait, pleurait, remerciait les gens pour leur condoléances, mais n'éprouvait rien.

L'effet de la pilule avait commencé à s'atténuer quand les invités, dans la salle à manger bondée, s'étaient mis à se disperser. Rose était assise dans un coin de la pièce, avec Willie d'un côté et Effie de l'autre. Cependant, l'engourdissement de ses émotions ne se dissipait pas de façon égale. Par moment, elle se sentait submergée par une vague de solitude et d'horreur, mais avant qu'elle n'ait le temps d'en souffrir vraiment, la vague repartait, et le sosie reprenait son rôle, bavardait calmement avec ses amis ; nombre d'entre eux travaillaient avec elle à Aer Lingus et étaient venus spécialement de Dublin.

Et ce fut durant l'une de ces prises de conscience qu'elle remarqua l'absence de John. Elle avait tout à coup besoin de lui. Elle se leva brusquement, si brusquement que la tête lui tourna.

— Ça va ? demanda Effie.

Rose, la vraie Rose, en avait assez de tous ces gens autour d'elle, de toute cette commisération, et même d'Effie, qui ne la quittait pas des yeux.

— Oui, répondit-elle. Je vais aux toilettes.

Mais le trajet jusqu'à la porte de la salle à manger ne se fit pas sans peine. Tous voulaient lui manifester leur sympathie.

— Merci, merci, disait-elle à chacun, hochant la tête comme une marionnette, serrant les mains qui se tendaient, acceptant que des gens qu'elle n'avait jamais rencontrés l'embrassent avec compassion.

Finalement, elle parvint à gagner le hall et jeta un coup d'œil autour d'elle. John devait probablement être à la cuisine.

Deux femmes, qu'elle ne connaissait pas, étaient assises à la table, et l'une avait les jambes posées sur une chaise.

— Je cherche John Flynn, le directeur, dit-elle. Vous ne l'auriez pas vu ?

— Pas depuis une heure, Madame, répondit l'une des deux femmes.

Rose alla ensuite voir du côté du salon ; on aurait dit qu'une classe d'enfants mal élevés y avait été lâchée tant la pièce était en désordre, mais John n'était en vue nulle part.

Il ne se trouvait pas non plus dans la serre, ni dans aucune des chambres à l'étage. Au bout de l'un des couloirs, elle aperçut Dorothy et George en grande conversation. Craignant qu'ils n'insistent pour rester avec elle si elle leur demandait où était John, elle passa son chemin. Il n'y avait qu'une seule personne avec qui elle voulait être pour l'instant, c'était John, et lui seul.

Mais plus elle le cherchait, plus elle cédait à la frénésie. Même si son double jouait encore son rôle la plupart du temps, les moments de lucidité et leur cortège d'horreur se faisaient de plus en plus fréquents. Devait-elle demander un autre calmant à Effie ?

Si seulement elle pouvait trouver John, elle était sûre qu'il l'aiderait. Cela devint un impératif absolu. Si elle le trouvait, elle n'aurait plus à penser à rien...

Alors qu'elle descendait l'escalier de service, elle dut brusquement se retenir à la rampe : tout bougeait autour d'elle, les murs dansaient un quadrille macabre, avançaient et reculaient, les marches s'éloignaient à chacun de ses pas. Il fallait qu'elle trouve John. John Flynn était sa seule réalité.

Au prix d'un effort immense, elle parvint au bas de l'escalier et sortit par une petite porte menant au parking de l'hôtel. Les invités commençaient à partir et le moteur de plusieurs voitures ronronnait.

L'une d'elles, un ancien modèle, manœuvrait dans un nuage de fumée bleuâtre autour d'une autre voiture qui lui bloquait le passage. Rose s'avança, et avec soulagement vit que le conducteur n'était autre que John.

— John ! John ! appela-t-elle en courant vers lui.

Il s'arrêta et tourna la tête de son côté. La vitre était si sale qu'elle ne put voir l'expression de son visage. Elle ouvrit la portière et se rendit compte alors que quelque chose n'allait pas.

— John ? dit-elle, hésitante.

Le parking était éclairé, et maintenant, elle distinguait parfaitement ses traits. Mais le visage qu'elle découvrait n'était pas celui qu'elle espérait : gonflé, rouge, et ruisselant de larmes, il faisait si peur que Rose baissa les yeux.

Elle se sentit prise au piège. Elle tenait toujours la poignée de la portière et ne savait plus que faire.

— Bonsoir, Rose, dit-il, et sa voix, aussi, lui parut étrange, du moins différente de celle à laquelle elle s'était attendue ou dont elle avait besoin.

Le sosie de Rose reprit aussitôt son rôle.

— Est-ce que je peux monter ?

— Je suis désolé, fit John tandis qu'elle prenait place à ses côtés. Je n'en peux plus. C'est trop pour moi, beaucoup trop, répéta-t-il.

Rose — ou son sosie — sentit qu'elle devait le prendre dans ses bras, le réconforter comme il l'avait lui-même réconfortée ce matin. Mais il était assis si loin d'elle, tout recroquevillé dans le coin de son siège.

— Pardonne-moi, dit-il encore. Je ne peux pas être d'un grand secours pour l'instant.

— Ce n'est pas grave, John, dit-elle.

Il la regarda du coin de l'œil.

— Je t'aime tant, Rose.

— Moi aussi, je t'aime.

La formule lui parut plate. Pensait-elle vraiment ce qu'elle disait ?

Et lui ?

La voiture, qui leur bloquait le passage, une Mercedes flambant neuve, commença à avancer. Ils l'observèrent tous les deux.

— Belle voiture, fit John.

Il sortit un mouchoir en papier de sa manche, mais il était inutilisable.

— Oui, c'est une belle voiture. Tiens, dit Rose en lui tendant son mouchoir en tissu.

— Ça doit être bien d'avoir de l'argent.

Il faillit éclater de rire devant l'absurdité de ses paroles, mais sa voix s'étrangla et il étouffa un sanglot.

Rose sentit à nouveau qu'il lui fallait aller vers lui, pourtant, ses mains refusaient de lui obéir et restaient plaquées contre elle.

John se moucha.

— Ça va aller ? demanda-t-il. Quand rentres-tu à Dublin ?

— Je crois que je vais repartir ce soir, avec Effie et Willie.

— Ils peuvent rester ici aussi longtemps qu'ils veulent. Tu le sais. Ce n'est pas la place qui manque.

— Tu sais, leur travail les attend.

— Oui, bien sûr.

Puis ils se turent. Rose — ou était-ce son sosie ? — avait l'impression d'être aux aguets, comme si elle devait enregistrer tout ce qui allait se passer dans les minutes suivantes.

Deux autres voitures sortirent du parking.

John se moucha bruyamment.

— Excuse-moi de me laisser aller ainsi. Je ne suis pas comme ça d'habitude, Rose. J'ai bien peur d'avoir besoin d'un peu de temps. Tu comprends, il s'est passé tant de choses.

Rose essaya de comprendre. Voulait-il dire par là qu'il avait besoin de temps par rapport à elle ? Mais elle s'entendit répondre, ou plutôt son sosie :

— Moi aussi.

— Nous resterons en contact quand même ?

— Est-ce que tu viendras à Dublin ?

— Oui.

— Oui, bien sûr.

Il renifla longuement, et Rose détesta ce bruit.

— On ne sait jamais ce que nous réserve la vie, dit-il.

— Non, acquiesça-t-elle. Et c'est tout aussi bien.

Comme elle ne trouvait rien d'autre à ajouter, ils observèrent en silence plusieurs voitures partir.

— Rose, dit brusquement John, il y a trois jours, ou deux, ou quatre, je ne me souviens pas, je n'avais envie que d'une chose. Te tenir dans mes bras, te faire l'amour, t'épouser. J'avais l'impression que j'allais enfin réaliser le rêve de ma vie. Tu étais tout pour moi. Tu l'es toujours, précisa-t-il en triturant son mouchoir. Mais il y a des choses que je dois comprendre, des choses qui sont arrivées depuis... et je ne peux être avec personne pour l'instant, pas même toi. Est-ce que tu comprends ?

Rose hocha la tête, même si elle ne comprenait pas. Tout ce qu'elle voyait, c'était que John avait été là pour elle et qu'il n'y était plus ; sa voix disait des choses, mais elle ne les saisissait pas. Elle sentit qu'il lui fallait aller ailleurs, là où elle pourrait être seule, et réfléchir dans le calme. Ou bien où elle n'aurait pas à réfléchir. Elle ne savait pas encore.

— Je crois qu'il est temps que je parte, dit-elle.

— Je t'en prie, Rose, dis-moi que tu comprends. Dis-moi que tu m'attendras. Ce ne sera pas long.

— Bien sûr que je t'attendrai, John. Je t'ai déjà attendu tout ce temps.

C'était de toute évidence ce qu'il fallait dire parce qu'il sourit et lui prit la main. Sa main à elle était froide, terriblement froide.

— Nous ne pourrons jamais oublier ce qui s'est passé aujourd'hui, Rose, mais...

Rose ne savait pas comment l'aider à s'en sortir. Elle attendit donc, tandis qu'il se débattait avec lui-même.

— J'aimerais trouver quelque chose de profond à dire, continua-t-il enfin, quelque chose qui ne sonne pas comme un cliché, mais je n'y arrive pas. Je suis un homme simple.

— Je crois que je ferais mieux de partir maintenant, répéta-t-elle. Effie doit m'attendre.

L'espace d'un instant, elle crut qu'il allait l'embrasser. Mais il se contenta de lui toucher la joue.

— Au revoir, ma chérie. Je te téléphonerai dans quelques jours, quand j'aurai résolu certaines choses.
— Tu as mon numéro ?
— Oui.
— Prends soin de toi.
— Je t'aime.
— Je t'aime, moi aussi.

Rose s'interrogea à nouveau sur ces quelques mots qui lui venaient si facilement aux lèvres, et ne signifiaient pas grand-chose.

Ils étaient à mi-chemin de Dublin quand Rose, à moitié endormie à l'arrière de la voiture de Willie, ressentit une douleur atroce, celle de l'absence de Darina.

Elle fut terrifiée. Elle avait si mal qu'elle pensait que sa poitrine allait exploser. Des cris horribles s'échappaient de sa bouche, incontrôlables.

Willie arrêta la voiture et Effie s'installa à l'arrière avec elle. Rose savait qu'elle se donnait en spectacle, mais elle ne pouvait s'en empêcher ; pleurer toutes les larmes de son corps, était le seul moyen qu'avait Rose pour calmer sa douleur.

Elle criait des mots incohérents auxquels Effie tentait visiblement de donner un sens, tout en la berçant dans ses bras comme un bébé. Essayant de couvrir ses cris, elle entendit qu'Effie parlait à Willie.

— Tu comprends ce qu'elle veut ? J'ai l'impression qu'elle demande quelque chose.

Rose tenta de lui dire que tout ce qu'elle voulait, c'était Darina, et personne ne pouvait la lui rendre.

Ce fut Willie finalement qui comprit ce qu'elle disait. *Un jour de plus, je vous en prie, un jour de plus.*

Ils la tinrent tous les deux contre eux mais cela n'avait plus d'importance. Plus rien n'avait d'importance.

Effie le sentit, et finit par lui donner l'une de ses pilules miracle.

Ils attendirent sur le bord de la route, dans l'obscurité. Willie sortit marcher, mais Effie continua de bercer Rose jusqu'à ce qu'elle soit complètement apaisée.

Rose sentit que la voiture repartait, et la tête contre l'épaule d'Effie, elle s'endormit d'un sommeil fatigué.

Rose continua de refuser la réalité pendant les premiers jours qui suivirent son retour à Dublin. Effie et Willie, qui devaient déménager dans leur nouvelle maison au milieu du mois, tentèrent de la persuader de s'installer avec eux.

— Cet appartement sera trop grand pour toi toute seule, disait Effie gentiment. Et les souvenirs seront trop pénibles. Tu vas avoir besoin de compagnie, de quelqu'un pour s'occuper de toi.

Cependant, Rose sentait qu'elle devait affronter seule le traumatisme de la mort de sa fille et sa solitude, au risque de ne plus jamais retrouver une vie normale. Elle remercia Effie et Willie, mais refusa leur offre.

La compagnie aérienne, aussi, se montra pleine de sollicitude, proposant de lui accorder un congé exceptionnel, mais Rose refusa également.

Elle demanda au contraire à être transférée sur les vols transatlantiques. Cela signifiait des escales à New York, Boston et Chicago, des villes qu'elle aimait bien. Mais la vraie raison de sa requête tenait surtout au fait que Rose pensait mieux s'en sortir avec les équipages des vols transatlantiques : les hôtesses des longs courriers étaient souvent plus âgées et ayant plus de maturité, elles seraient plus à même de la comprendre et d'accepter ses humeurs changeantes que ses jeunes collègues, essentiellement préoccupées de leur carrière.

Elle retourna travailler moins d'une semaine après l'enterrement. Elle était en train de dîner avec trois autres hôtesses dans un hôtel près de Central Park, à New York, quand John téléphona à Dublin.

John raccrocha dès qu'il entendit le bip du répondeur. Il était quatre heures de l'après-midi et il lui avait fallu plusieurs heures pour se décider enfin à l'appeler. Qu'est-ce qui le retenait ? Il aimait Rose, il en était absolument certain. Alors pourquoi repoussait-il toujours le moment de la retrouver ?

Quelque chose d'autre le troublait beaucoup : si pendant près de dix-sept ans, il avait été capable de retrouver, chaque fois, tous les détails de l'adorable visage de Rose et de son corps magnifique, désormais, quand il essayait de la faire renaître devant ses yeux, il ne voyait qu'un disque blanc et opaque.

Il regarda fixement le téléphone. Elle devait probablement être à son travail. Il essaierait plus tard.

Il avait insisté pour reprendre ses occupations à Willow House le lendemain même de l'enterrement. Dorothy et George avaient protesté avec véhémence, lui faisant remarquer que c'était beaucoup trop tôt et qu'il devait prendre des vacances, mais il avait refusé de les écouter. La seule chose qu'il leur avait demandée était qu'ils se chargent de raccompagner les Lindstrom et Karen à l'aéroport.

L'hôtel connaissait, de toute façon, une période d'accalmie, et les seuls clients étaient quatre pêcheurs gallois qui partaient très tôt le matin et rentraient au coucher du soleil.

John s'était lancé dans le travail, supervisant la remise à neuf de quatre chambres et posant lui-même une nouvelle moquette dans certains couloirs.

Il s'était aussi attelé au projet de Sundarbans avec un dynamisme tel que George, qui était obligé de l'accompagner à certains rendez-vous, n'avait pu s'empêcher de lui en faire la remarque.

— Écoutez, John, vous en faites trop. Vous êtes sûr de tenir le coup, à ce rythme ?

— Évidemment que j'en suis sûr ! Et j'aimerais bien qu'on cesse de me materner ! Ne m'en veuillez pas, George, mais j'ai le sentiment que si je ne travaille pas vingt-quatre heures par jour, je risque de perdre la tête.

— Faites attention à vous, tout de même. Et puis, si vous flanchez, ce sera désastreux pour nous tous. Je ne sais pas ce que nous ferions.

Au bout de quinze jours, son désir de voir Rose refit surface, et quand il eut trouvé le courage de lui téléphoner, il ne s'arrêta plus. Il avait commencé à quatre heures de l'après-midi ce jour-là, et avait rappelé toutes les demi-heures jusqu'à ce que l'on décroche, enfin, vers neuf heures du soir.

Mais ce ne fut pas Rose qui répondit. Lorsqu'il reconnut la voix d'Effie, il faillit raccrocher, mais se reprit à temps.

— Bonsoir, Effie, ici John Flynn, dit-il, en s'efforçant de donner une certaine légèreté à sa voix.

— Bonsoir, John. Excusez-moi, je viens d'arriver, c'est pourquoi je suis tout essoufflée. J'étais, en bas, à la porte d'entrée, quand j'ai entendu le téléphone sonner. Willie et moi avons reçu hier les clés de notre maison, et vous m'attrapez au vol, j'étais venue chercher quelques petites choses. Nous serons définitivement partis d'ici dans deux ou trois jours. Vous cherchez Rose je suppose ?

— Oui, j'aimerais lui parler.

— Je suis navrée, mais Rose est à New York. Elle devrait rentrer demain. A mon avis, elle sera là pour le déjeuner. Voulez-vous lui laisser un message ?

— Oui, si ça ne vous ennuie pas.

Ils marquèrent l'un et l'autre une pause. Ils ne se connaissaient pas vraiment.

— Comment ça va, John ? demanda finalement Effie. Vous vous en sortez ?

— Plus ou moins. Mon travail m'aide beaucoup.

— C'est également l'avis de Rose. John, tout ça est encore très récent, ne soyez pas trop exigeant avec vous-même.

— J'essaierai, Effie. Merci.

— Bon. Quel est votre message ? Je vais l'écrire tout de suite, comme ça je suis sûre de ne pas l'oublier. Voulez-vous qu'elle vous rappelle ?

Il lui donna le numéro de Willow House et celui du pavillon de pêche, puis se ravisa. Il ne supportait pas l'idée d'attendre à côté du téléphone.

— Non, dites-lui plutôt que c'est moi qui la rappellerai. Demain, entre deux et quatre.

— Oh, elle sera sûrement là, répondit Effie. Je le sais parce qu'elle nous a dit qu'elle viendrait nous rendre visite, et m'a demandé de l'appeler justement vers trois heures pour fixer un rendez-vous avec Willie. Il doit passer la prendre en sortant de son travail.

Le sang de Rose ne fit qu'un tour quand, le lendemain, elle vit le message sur le guéridon. Bien qu'Effie ait écrit que John la rappellerait, sa première réaction fut de composer le numéro de Willow House. Mais elle raccrocha à la seconde sonnerie.

Elle se sentait terriblement partagée. D'un côté, elle mourait d'envie de lui parler, de le voir, d'être avec lui, mais de l'autre, elle fuyait tout attachement, et c'était cette attitude qui, la plupart du temps, prévalait.

Même la constante sollicitude d'Effie commençait à l'agacer, pourtant, elle savait qu'elle ne s'en serait pas sortie sans l'aide de sa tendre amie.

Parfois, elle souhaitait partir très loin, vivre incognito dans une grande ville, ou bien alors sur une île, au milieu de l'océan, n'importe où pourvu qu'elle ne voit plus les expressions de sympathie ou de gêne dans les yeux des autres.

Elle rangea le message d'Effie dans son sac. Elle avait volé toute la nuit et était fatiguée. Il valait mieux qu'elle dorme d'abord ; elle appellerait John à son réveil, selon son humeur.

Elle était à mi-chemin dans l'escalier quand elle changea d'avis. Elle fit demi-tour, retourna dans le hall et décrocha le téléphone.

John tournait en rond dans la pièce minuscule qui lui servait de bureau derrière la réception. Il avait appelé le numéro de Rose toutes les cinq minutes depuis deux heures de l'après-midi, mais la ligne était constamment occupée. Avec qui pouvait-elle parler aussi longtemps ? Effie lui avait dit qu'elle devait l'appeler vers trois heures.

John regarda sa montre. Il était trois heures moins cinq. Après une dernière tentative aussi infructueuse que les précédentes, il décida d'appeler l'opératrice.

Cette dernière ne fit que lui confirmer que la ligne était occupée.

— Pouvez-vous savoir si la personne est en conversation ?

John avait la sensation d'enfoncer une aiguille dans une plaie ouverte. Mais il devait savoir.

L'opératrice revint au bout du fil après quelques secondes.

— Non, monsieur, il n'y a personne sur la ligne. A mon avis, le téléphone est décroché. Voulez-vous que je le signale aux dérangements ?

— Non, merci, ce n'est pas nécessaire.

John raccrocha. Il avait les mains qui tremblaient. Il était sûr qu'Effie avait bien transmis son message. Rose devait donc savoir qu'il allait l'appeler. Et elle ne voulait pas lui parler.

Au moins, maintenant, il était fixé.

Près de six semaines plus tard, Rose envoya, au dernier moment, une carte de Noël à John. Elle la choisit la plus simple possible, évitant les arbres de Noël et les guirlandes, et toutes celles qui comportaient le mot « joie » dans le petit texte d'accompagnement. Elle réfléchit longuement à ce qu'elle écrivit :

Je sais que ce sera difficile pour nous deux, mais j'espère de tout mon cœur que tu passeras un bon Noël. Peut-être nous reverrons-nous dans des circonstances plus agréables l'année prochaine ? Je pense à toi.

Affectueusement, Rose.

PS : Je serai avec Willie et Effie Brehony pour Noël.

Bien que Gus, soutenu par les Cranshaw, ait tout fait pour qu'elle accepte, Rose n'avait pu se résoudre à venir passer les vacances à Sundarbans. Hormis toute autre considération, elle se sentait incapable de supporter le choc que lui causerait inévitablement la vue de la maison ; lors d'une conversation téléphonique, son père lui avait en effet annoncé que les échafaudages grimpaient déjà le long de la façade. Son vœu était de rester seule dans son appartement de

Drumcondra, et ce n'est que contrainte et forcée qu'elle avait fini par accepter l'invitation d'Effie et de Willie.

Après avoir refermé l'enveloppe, elle repensa à ce qu'elle avait écrit en post-scriptum : l'allusion — en particulier le fait de préciser le nom de famille de Willie au cas où John aurait oublié — était peut-être un peu lourde. Mais avant d'avoir le temps de changer d'avis, elle la posta dans la boîte aux lettres, au coin de la rue.

A partir de ce jour, elle surveilla le courrier, attendant une carte de lui, un petit mot, n'importe quoi. Elle savait qu'elle était seule responsable du silence de John, pourtant, cela ne l'empêchait pas de continuer d'espérer. Depuis l'enterrement, elle avait eu le temps de réfléchir à ses sentiments à son égard, mais ils étaient encore trop fragiles pour qu'elle les prenne vraiment au sérieux.

Pourtant, la veille de Noël, après la dernière distribution du courrier, elle avait été surprise par l'étendue de sa déception. John ne lui avait pas répondu. Peut-être lui avait-elle écrit trop tard pour qu'il ait le temps de lui répondre « Joyeux Noël » ?

Le jour de Noël, triste malgré les efforts d'Effie et de Willie, se passa tant bien que mal, et elle rentra chez elle en début de soirée. Elle avait envie d'être seule, bien que, tout au fond de son cœur, elle espérât que John, n'ayant pas trouvé le nouveau numéro de Willie Brehony, appellerait chez elle.

Elle écouta les chants de Noël à la radio puis jeta un coup d'œil aux différents programmes de la télévision : pas un qui ne lui rappelât pas sa solitude. La porte du salon était restée entrouverte ; de là où elle était assise, elle pouvait surveiller le téléphone. Plus elle le regardait, plus il devenait silencieux.

Finalement, elle ne put supporter l'attente davantage. Elle avait gardé le morceau de papier sur lequel Effie avait inscrit les deux numéros où elle pouvait joindre John, et elle essaya le pavillon de pêche en premier. Un homme, certainement le père de Mona, répondit à la troisième sonnerie. Rose ne parvenait pas à se rappeler son nom.

— Excusez-moi de vous déranger, dit-elle, je voudrais parler à John Flynn, s'il vous plaît. Et joyeux Noël. Ici, Rose O'Beirne.

— Joyeux Noël, joyeux Noël, s'écria le vieil homme qui, comme beaucoup de personnes âgées, ne faisait pas confiance aux nouvelles technologies et pensait qu'il devait crier pour se faire entendre. John n'est pas là. Attendez, je vous passe ma fille.

Au bout d'une minute ou deux, Mona arriva.

— Bonsoir, Rose, j'espère que vous passez un joyeux Noël, enfin, aussi bon que possible.

— Merci, Mona. C'est un peu triste, c'est vrai, mais je fais de mon mieux. Votre père m'a dit que John n'était pas là ?

— Non, Rose. Mr. et Mrs. Cranshaw l'ont emmené passer les fêtes en Floride. Ils sont partis pour une quinzaine de jours. Ils seront de retour la veille du jour de l'An. John était surmené, vous comprenez. Nous étions tous un peu inquiets pour lui, et nous nous sommes dit que des vacances ne pouvaient lui faire que du bien. Et vous Rose, comment allez-vous ?

— Oh, ça va, répondit Rose, songeuse. Il y a des hauts et des bas, mais je m'en sors.

Tandis qu'elle parlait, la déception en elle s'apaisait. *Il était absent. C'était donc pour cela qu'il ne lui avait pas téléphoné... Il n'avait sans doute même pas vu sa carte.*

— Vous dites qu'il sera de retour la veille du jour de l'An ?

— Oui, c'est ça.
— Pouvez-vous lui dire que j'ai appelé ?
— Bien sûr. Prenez soin de vous, Rose.
— Oui, Mona.
— Et prions pour que 1971 soit une meilleure année pour tout le monde.
— Oui, Mona, prions le Seigneur.

La voix de Rose vacilla. Elle avait tenu le coup toute la journée, elle n'allait tout de même pas s'effondrer maintenant.

— Au revoir, Mona, dit-elle, et elle raccrocha très vite.

Mais les larmes jaillirent, comme souvent, lorsqu'elle se mit au lit, un peu plus tard. Or pour la première fois depuis la mort de Darina, ce n'étaient pas des larmes d'amertume, mais des larmes de pure souffrance, et quand elles se furent calmées, quand elles eurent tout purifié sur leur passage, Rose s'endormit d'un sommeil paisible.

John passait rapidement en revue son courrier sans prendre la peine de l'ouvrir, quand il vit qu'une enveloppe contenait apparemment une carte de Noël. Il se demanda, assez démoralisé, qui pouvait bien lui avoir envoyé ses vœux quand il était encore en deuil.

Il la mit de côté et jeta un coup d'œil sur la liste des appels téléphoniques que Mona avait soigneusement notés sur un calepin. La plupart concernait le projet de Sundarbans, qui avançait à grands pas. Mona était assise près du fourneau de cuisine, ses doigts dansant sur une paire d'aiguilles à tricoter.

— Il y a un message que je n'ai pas écrit, dit-elle. Rose O'Beirne Moffat a appelé le jour de Noël, et je n'avais pas de papier sous la main, mais je savais que je ne l'oublierais pas.

Le sang de John ne fit qu'un tour.

— Merci, dit-il, faisant mine d'être absorbé dans la liste de messages.

Après un laps de temps raisonnable, il alla dans l'entrée et composa le numéro de Rose, imprimé de manière indélébile dans sa mémoire. Il n'obtint pas de réponse, mais il savait à présent que leur retrouvailles n'étaient plus qu'une question de temps. Rose était peut-être de nouveau à l'étranger... Il regarda la pendule. Neuf heures et demie. Il ne pensait pas qu'il était si tard. La journée avait passé tellement vite. Il était allé directement de l'aéroport de Dublin à Willow House avec les Cranshaw et la réouverture de l'hôtel, fermé depuis deux semaines, les avait accaparés toute la journée.

Il retourna dans la cuisine et commença à trier son courrier. L'une des factures le glaça. Elle provenait du marbrier qui avait gravé le nom de Derek sur la pierre tombale de leur mère.

Inscription en lettres d'or sur pierre tombale au cimetière de Drumboola :

« ET SON FILS, DEREK, MATTHEW FLYNN, NÉ LE 25/8/1938, MORT LE 3/11/1970. »

Merci de bien vouloir me faire parvenir la somme de onze livres.

Le caractère irréversible de ces quelques mots, écrits noir sur blanc, eut un effet étrange sur lui.

La Floride, finalement, lui avait fait du bien, même s'il avait détesté le climat. Mais la chaleur avait eu raison de lui au point que les tragiques événements du mois de novembre n'étaient guère remontés jusqu'à la surface de sa conscience.

Maintenant qu'il était de retour, la douleur revenait, aussi violente qu'un coup de poignard.

Il reposa la facture et la carte de Noël.

Rose venait enfin de décider d'aller le voir.

Toute la journée, la première des trois jours de congé qu'elle prenait, elle avait fait les cent pas chez elle, fixant tour à tour le téléphone et la pendule ; il était de retour, il devait être de retour à présent — il se trouvait même probablement à l'hôtel. Oserait-elle ? N'oserait-elle pas ? Et comment allait-il réagir ? Que penserait-il ?

Ce pont du Nouvel An s'étendait devant elle comme un désert. Même Effie et Willie étaient absents, en visite chez des parents de Willie, à Cork.

Vers sept heures, elle se regarda dans le miroir.

— Zut, zut, zut ! lança-t-elle à son reflet.

Elle appela un ami dans une agence de location à Dublin, et il lui promit de lui amener une voiture dès qu'il aurait fini sa journée de travail, vers huit heures. Puis elle téléphona à Sundarbans et annonça, au grand étonnement de sa mère, qu'elle avait décidé de leur rendre visite, et qu'elle arriverait aux alentours de onze heures et demie.

Elle s'apprêtait à donner un troisième coup de téléphone quand elle changea d'avis : elle ne l'appellerait pas, elle irait chez lui sans prévenir. Oui, elle s'arrêterait au pavillon de pêche avant d'aller chez ses parents.

Et s'il dormait ?

Aucune importance. Elle le réveillerait. D'ailleurs, personne ne dormait la veille du jour de l'An. Elle avait trente-trois ans, après tout. Elle était adulte, et lui aussi.

De toute façon, il n'avait eu aucun scrupule à la réveiller, elle, dix-sept ans auparavant.

Elle jeta en vitesse quelques vêtements dans un sac de voyage et attendit avec impatience l'arrivée de son ami.

John monta se coucher à dix heures et demie. Il était épuisé et en plein décalage horaire, trop épuisé sans doute, car à peine s'était-il allongé dans son lit qu'il fut incapable de trouver le sommeil. Quelque chose le tracassait, quelque chose qu'il n'arrivait pas à saisir. Et brusquement, il sut : *Et Son Fils, Derek Matthew Flynn, Né le 25/8/1938, Mort le 3/11/1970.*

La rage qui couvait en lui ces derniers temps et qu'il ne connaissait que trop bien, revint le tenailler. Derek Matthew Flynn méritait-il vraiment une épitaphe aussi humaine, aussi *ordinaire* sur la pierre tombale de sa mère ? Plus John se disait que c'était absurde de penser une chose pareille, plus l'inscription semblait le narguer.

Depuis l'enterrement, il avait tenu son frère à l'écart de ses réflexions ; s'appesantir sur les trahisons, sur les années de jalousie et de méfiance, sur le manque d'amour et d'affection lui était trop pénible.

Mais à présent, ces pensées ne le quittaient plus, et ils les énumérait mentalement : la monstrueuse lettre anonyme qui lui avait fait perdre Rose, et par contrecoup, l'avait privé de la joie d'être père. Oh, si seulement Derek n'avait pas envoyé cette lettre, il aurait eu une vie de famille normale, il aurait eu d'autres enfants...

Et, tout aussi douloureux, sinon pire, le mensonge dans lequel Derek et Karen avaient vécu.

Pendant plus de seize ans, il avait eu un fils et une fille, et à cause de son frère, il en avait été dépossédé. A cause de lui, il avait été privé de la femme qu'il aimait.

La conduite de Derek l'avait même empêché de tenir avec dignité sa vraie place à l'enterrement de ses enfants.

Ces pensées s'enchaînaient en un cercle infernal où la haine faisait suite à la colère, et la colère à la haine.

Il tenta désespérément d'être juste : Derek ne savait pas que Rose était enceinte — *du moins, était-ce ce qu'il avait dit.*

Karen lui avait dit et répété que l'idée de garder secrète l'origine de la naissance de Bruno venait d'elle. *Mais était-ce la vérité ?*

Plus il y pensait, plus il était en colère et agité. Il se tourna et se retourna dans son lit, repoussant les couvertures jusqu'à ce qu'elles s'emmêlent autour de ses pieds.

Puis ce fut la goutte d'eau qui fait déborder le vase : *si Derek ne l'avait pas trahi, était-il possible que ces deux enfants eussent vécu ? S'ils avaient été élevés comme ils l'auraient dû, seraient-ils tombés amoureux l'un de l'autre ?*

Il savait que c'était une question à laquelle il ne pouvait répondre avec certitude, pourtant, il bondit de son lit et, à moitié conscient de ce qu'il faisait, attrapa ses vêtements et ses chaussures, les enfila en toute hâte, mit son manteau et descendit l'escalier quatre à quatre.

Mona et son père étaient dans la salle de séjour, en train d'écouter la radio. Mona vint à sa rencontre quand elle l'entendit descendre.

— La radio vous dérange, John ? Je vais baisser si c'est trop fort.

— Non, non, Mona, ça ne me dérange pas du tout. Il faut que je sorte. Je ne serai pas long.

Il avait parlé entre ses dents, gardant les yeux baissés tout en faisait mine de chercher ses gants sur la console.

— Je monte au cimetière quelques minutes, dit-il.

— Oh, fit Mona en hochant la tête comme si elle comprenait.

John conduisait à toute allure le long des petites routes. Il ne savait pas exactement ce qu'il allait faire, mais en tout cas, Derek n'allait pas s'en tirer comme ça.

Rose n'avait jamais conduit aussi vite. Il ne lui restait plus que quelques kilomètres à parcourir et elle poussa le moteur au maximum. Par chance, c'était une nuit claire et il n'y avait pas beaucoup de circulation sur la route, bien que les parkings des pubs, dans les différents villages qu'elle avait traversés, fussent tous bondés.

Enfin, elle s'engagea dans le petit chemin cahoteux qui menait au pavillon de pêche. Les lumières au rez-de-chaussée étaient toutes allumées, et elle vit, à la pendule du tableau de bord, qu'il n'était que onze heures et quart. C'était encore une heure décente pour passer à l'improviste chez quelqu'un, une veille de Nouvel An.

Mona ouvrit la porte. La surprise lui fit porter ses mains à sa gorge.

— Rose !

L'impatience de Rose était si grande qu'elle ne se perdit pas en formalités.

— Est-ce que John est là ? J'aimerais le voir.

— Il vient de partir, il y a un quart d'heure à peine, répondit Mona, mais, devant l'air manifestement déçu de Rose, elle s'empressa d'ajouter : Écoutez, je ne sais pas si j'ai le droit de vous le dire, mais il est allé au cimetière. C'est la veille de la nouvelle année, vous comprenez, précisa-t-elle, comme si c'était là une explication. Je suis sûre qu'il ne va pas tarder. Voulez-vous entrer ?

— Non, merci, répondit Rose. Je vais le retrouver là-haut. Il y a une ou deux choses dont j'aimerais parler avec lui. Au sujet de Sundarbans, expliqua Rose, tout en se rendant compte qu'aux yeux de Mona, elle devait probablement passer pour une folle. Je vais sans doute le rencontrer en chemin.

— Très bien, comme vous voulez.

Rose remonta dans sa voiture et fit un signe de la main à Mona avant de démarrer. Le cimetière ? Pourquoi y était-il allé ?

Dix minutes plus tard, elle s'arrêtait à la grille du cimetière. Sa voiture était bien là, mais la portière du conducteur était restée grande ouverte et la lumière à l'intérieur était allumée. Le coffre aussi était entrouvert. Rose hésita. A la pensée de Darina, si calme et si froide, là, et si seule, une note de douleur, claire et pure, résonna en elle.

Elle descendit de voiture et scruta les alentours. Remontant le col de son manteau, elle alla fermer la portière de la voiture de John, puis franchit la grille d'entrée. Là, elle s'arrêta un instant pour se repérer.

Envahi de mûriers et d'aubépines enchevêtrés, le cimetière s'étendait jusqu'au sommet d'une petite colline où un arbre épineux, dépouillé de ses feuilles, se découpait comme une main déformée sur un ciel brillant d'étoiles. Cela faisait plusieurs siècles que les catholiques du district étaient enterrés là. Les anciennes dalles de pierre et les croix celtiques, recouvertes d'un épais tapis de lierre, d'orties et de broussailles denses et ligneuses, penchaient de façon menaçante. Évitant la partie où reposait Darina, Rose laissa errer son regard tout autour. Bien qu'une lune aux trois quarts pleine brillât, très blanche, elle ne put détecter le moindre mouvement. Tout était envahi par cette odeur âcre et douce si particulière aux cimetières, mélange de terre retournée, de végétation pourrissante — et d'autre chose que Rose préférait ne pas avoir à définir. Elle se redressa et commença à monter ; ses pas ne faisaient aucun bruit sur le sentier herbeux.

Cette partie du cimetière, juste devant elle, était

plus soignée que celle qu'elle venait de quitter ; les tombes y étaient encore entretenues et leurs dalles de marbre scintillaient à la lueur de la lune. Mais à l'endroit précis où l'ancienne section finissait et où commençait la nouvelle, Rose trébucha contre un Christ couvert de mousse qui était tombé de son socle et gisait sur un lit de ronces, son regard de pierre, aveugle, tourné pour toujours vers la résurrection. Sous l'effet trompeur de la lune, Rose eut l'impression que ses yeux étaient vivants et qu'ils la fixaient.

Brusquement, toute l'ornementation du cimetière lui parut imposante et sinistre. La statue d'un ange aux ailes déployées semblait fondre sur elle du sommet de la tombe où il était perché, juste au bord du chemin ; à ses pieds, des fleurs artificielles, décolorées par la lumière de la lune, poussaient leurs tentacules menaçants vers leur dôme de plastique, comme pour l'entraîner vers le bas et l'engloutir ; la terre noire et les graviers sur les tombes semblaient être un rempart bien mince pour protéger les occupants qui pourrissaient dessous.

C'était plus qu'elle n'en pouvait supporter. Revenant sur ses pas, Rose décida d'attendre John à l'extérieur, près de sa voiture. Si vraiment il était là, il faudrait bien qu'il sorte tôt ou tard. C'est alors qu'elle entendit un bruit, un tintement isolé, semblable à celui d'une cuillère qui heurte une tasse en porcelaine.

Elle se força à rester immobile et continua d'écouter. Le bruit se fit entendre à nouveau, indéniable.

Et à nouveau encore — le même tintement rythmé, toujours sur la même note ; il venait de l'autre côté de la colline.

Précautionneusement, sentant son cœur battre à tout rompre, elle escalada la colline jusqu'à l'arbre épineux ; de là, elle surplombait tout le cimetière. Alors, elle l'aperçut, accroupi devant une tombe ; ses cheveux clairs se détachaient avec précision sur la pierre tombale. Elle voulut l'appeler, mais elle avait la gorge trop sèche, et aucun son n'en sortit. Dans l'espoir qu'il l'entendrait et la verrait enfin, elle fit quelques pas vers lui.

— John ? appela-t-elle. John ?

Il était trop absorbé par sa tâche et ne l'entendit pas. En s'approchant davantage, elle vit qu'il se servait de ses outils de voiture — une clef en croix et un démonte-pneu — comme d'un marteau et d'un ciseau, tenant le démonte-pneu d'une main contre la pierre et donnant, à l'aide de la clef en croix, de petits coups dessus. Elle comprit enfin ce qu'il faisait.

John s'acharnait à effacer de la pierre le nom qui y était gravé. Elle resta figée sur place. Il était en train de se passer quelque chose d'effroyable, elle le sentait.

— John ! appela-t-elle plus fort.

Il bondit sur ses pieds et virevolta. Alors qu'il la regardait sans la reconnaître, elle s'aperçut que son visage était marqué de rides qu'elle ne lui avait jamais vues auparavant.

— C'est moi, dit-elle, effrayée. C'est moi, Rose.

Il donna l'impression de revenir lentement à la réalité. Son visage se détendit et la fixité de son regard laissa la place à une expression d'étonnement, puis de soulagement et de joie.

— Rose !

Mais très vite, la prudence vint remplacer la joie.

— Qu'est-ce que tu fais ici ? demanda-t-il.

— Je suis venue te voir. Mona m'a dit que tu étais ici.

Elle montra d'un geste de la main la clef en croix et le démonte-pneu.

— Qu'est-ce que tu fais avec ça ?

Il baissa les yeux sur les outils qu'il tenait encore

dans les mains, puis, comme s'il en avait fini avec eux, il les fit passer dans une seule main. Alors, il la regarda calmement.

— Si je te le disais, tu ne me croirais certainement pas.

Rose fixa la tombe. A la clarté de la lune, les lettres d'or brillaient, se détachant clairement. Deux taches noires, là où le marbre avait été ébréché, précédaient trois lettres : *r... e... k.*

Atterrée, Rose comprit ce qu'il faisait.

— Tu étais en train d'ôter le nom de Derek de la pierre !

Elle recula de quelques pas.

— Pourquoi, John ?

Il ne réagit pas immédiatement. Il recula à son tour et s'appuya, presque avec désinvolture, contre la pierre tombale.

— Tu vois, je t'avais dit que tu ne me croirais pas, fit-il en haussant les épaules.

— Mais pourquoi ? Pourquoi ?

Il lui adressa à nouveau un regard vide d'expression. Rose frissonna.

— Eh bien, en grande partie à cause de toi, Rose, dit-il enfin.

— Moi ?

C'était la dernière réponse à laquelle elle s'était attendue.

Elle sentait qu'il l'observait comme si c'était elle, et non lui, qui se comportait bizarrement.

— Cette lettre anonyme, dit-il lentement. Nous aurions pu nous marier, avoir des enfants.

— Je comprends.

Mais Rose ne comprenait qu'à moitié. Elle se sentait impuissante et absolument pas dans son élément. Quelle sorte de passion était-ce là, qui poussait un homme à effacer d'une pierre tombale le nom de son frère jumeau ?

— Je regrette que tu aies vu ça, déclara John, avec la même expression de prudence.

— Eh bien, pas moi, dit-elle en levant le menton. Si nous devons vivre ensemble, John, il ne doit pas y avoir de secrets entre nous.

Sa voix s'estompa. Sa hardiesse était ridicule en pareils lieux et en de pareilles circonstances.

Un silence total régnait dans le cimetière. Elle pouvait presque l'entendre respirer. Au loin, une voiture démarra, s'emballa puis se tut. Rose frissonna.

— Et s'il y a des secrets qui ne peuvent être dits ? demanda-t-il doucement.

Le sang de Rose se glaça. Elle eut soudain très peur.

— Y en a-t-il ?

Il continua de la regarder avec cette expression intense, bizarre, puis il s'avança vers elle, comme s'il allait lui expliquer quelque chose. Alors il sembla se détendre. Laissant tomber les outils par terre, au milieu de quelques fleurs pourrissantes, il franchit la distance qui les séparait.

— Non, dit-il. Tu sais tout ce qu'il y a à savoir.

Achevé d'imprimer
par Maury-Eurolivres S.A.
45300 Manchecourt